Siegfried Lenz

Exerzierplatz

Siegfried Lenz

Exerzierplatz

Roman

Aufbau-Verlag
Berlin und Weimar
1986

1. Auflage 1986
Aufbau-Verlag Berlin und Weimar
Ausgabe für die sozialistischen Länder mit Genehmigung
des Hoffmann und Campe Verlags

Einbandgestaltung Harri Lütke
Typographie Peter Birmele
Karl-Marx-Werk, Graphischer Großbetrieb, Pößneck V 15/30
Printed in the German Democratic Republic
Lizenznummer 301. 120/16/86
Bestellnummer 613 399 2
01100

Sie haben ihn entmündigt. Ich weiß nicht, was das bedeutet, aber Magda hat gesagt, daß sie ihm einen Vormund bestellt haben, ihm, der eine Million Bäume und Pflanzen besitzt, die er wie kein anderer zum Wachsen bringt, hier, in den milden Ostseewinden. Solange ich denken kann, hat er dafür gesorgt, daß ich zu essen bekam, und er hat es bestimmt gewußt – wenn nicht sogar befürwortet –, daß Magda mir oft spät in der Dunkelheit Reste aus der Küche brachte, Brotenden und Wurst- und Käsescheiben für den Nachthunger. Er hat alles über mich gewußt, nicht nur über meinen ewigen Hunger, und vermutlich empfand er soviel für mich, daß er mich einmal seinen Freund genannt hat, seinen einzigen Freund; das war, als er mir die Aufsicht über alle Messer und Scheren anvertraute, über die schönen Okulier- und Stecklingsmesser, über die Schnelläugler und Schwunghippen. Wenn ich's richtig bedenke, Bruno, hat er damals gesagt, bist du mein einziger Freund. Danach hat er sich hingesetzt, in unserem alten kleinen Geräteschuppen, den er für mich zur Wohnung hat ausbauen und mit Sicherheitsschlössern versehen lassen, hat sich hingesetzt und mich lange grüblerisch angesehen.

Wenn Magda nicht gesagt hätte, daß sie ihn entmündigt haben, hätte ich mir gewisse Veränderungen gar nicht erklären können, jetzt aber weiß ich, woher sein besserwisserisches Lächeln kommt und die Mattigkeit und diese Scheu, die ich nie zuvor an ihm festgestellt habe. Er ertappte mich, als ich in der Abenddämmerung die jungen Nadeln aus den Fichten riß und aus ihrem harzigen Ende die Süße saugte, die den Hunger besänftigt und gegen die Gicht schützt. Früher hätte er sich erregt und wäre rot angelaufen unter seinem struppigen Stoppelhaar, jetzt aber lächelte er nur besserwisserisch und blickte auf seinen Hund hinab, scheu, als riskierte er nicht, mich zur Rede zu stellen. Ach, Bruno, sagte er, und das war schon alles. Da beeilte ich mich, zu dem neuen Geräteschuppen zu kommen, um noch vor der Dunkelheit die Rillenscheibe zu reinigen und vielleicht auch noch die Zapfegge und die Pflüge.

Bei Dunkelheit bin ich am liebsten bei mir zu Hause, liege auf meinem Lager oder sitze auf dem braunen Sessel, den der Chef mir vor vielen Jahren geschenkt hat, zur Belohnung für einen Dienst, den ich ihm erwiesen haben soll. Licht mache ich selten, auf die beiden Sicherheitsschlösser kann ich mich verlassen. Die Quartiere der Jungpflanzen, die endlosen Spaliere der Koniferen und Buschbäume liegen dann verlassen da, alle Kulturen scheinen sich zu dukken in Erwartung des Hakenmannes, den ich so oft im Traum gesehen habe; es ist ein kleiner, barfüßiger Mann mit einem Haken, der still durch unsere Pflanzungen geht und nach einem Plan, den nur er kennt, die jungen Stämme knickt. Meist warte ich bis zum Pfeifen der Lokomotive, die weit hinter unserer Baumschule einen Zug durch hügeliges Land schleppt, nach Schleswig, und ich nehme mir dann vor, eines Tages auch aufzubrechen, um eine Stadt kennenzulernen.

In besserer Zeit brachte Magda mir Brötchen und Schinkenscheiben, die als angetrocknet galten; obwohl ich beobachten konnte, wie Magdas Schatten sich vom großen Haus löste, ließ ich sie siebenmal klopfen und öffnete erst, nachdem sie sich am Fenster gezeigt hatte. Es hat ihr Freude bereitet, mir beim Essen zuzusehen, und sie hat mich bewundert, wie schnell ich mit allem fertig wurde. Wie oft hat sie danach meine offene Hand unters Licht gezogen, um in den Linien zu lesen, doch an einer bestimmten Stelle seufzte sie immer und schüttelte ärgerlich den Kopf, weil da angeblich ein Planetenberg fehlte und ein Kreuzweg in die Irre führte. Das, hat sie gemeint, sei schon ein Grund, um mir gegenüber vorsichtig zu sein; dennoch ist sie manchmal bei mir geblieben bis zum Morgen, hat ihre Hand auf meine Brust gelegt und gegen meinen Hals geatmet. Ich weiß nicht, warum sie mich immer wieder nach meinen Eltern fragte, ich habe ihr doch mehr als einmal gesagt, daß sie nach dem Untergang des großen Landungsprahms auf einem gelben Floß davontrieben, während ich zwischen Soldaten und Pferden schwamm, so lange, bis sich der alte Raddampfer herangeschaufelt hatte, die »Stradaune«.

Ob ich fortgehen muß nach der Entmündigung des Chefs, konnte Magda auch nicht sagen; obwohl sie drüben im großen Haus ist, in der Festung, wie wir es nennen, hat sie noch nichts erfahren, was mich beunruhigen müßte. Er, der immer gut zu mir war, der mich einmal seinen einzigen Freund genannt hat, sitzt nach wie vor am Kopfende des Tisches, schluckt vor jeder Mahlzeit seinen doppelten Wacholder, den sein Sohn ihm serviert, schneidet aus Tradition das Fleisch und führt das Wort, dem, wenn es sein muß, nur einer widerspricht, Dorothea Zeller, seine Frau. Wenn Magda nur nicht vergißt, mir die neuesten Nachrichten aus der Festung zu bringen; seit dieser Serbe hier bei uns arbeitet, ist sie nur noch selten zu mir gekommen, dieser rotäugige Mirko, der mir immer eine Hand auf die Schulter legt, wenn er mit mir spricht. Vielleicht sollte ich mir ein Herz fassen und den Chef selbst fragen, er könnte mir eher als jeder andere sagen, ob ich nun fort muß aus Hollenhusen, fort von meinem Lieblingsquartier, den veredelten Blaufichten, die ich alle selbst gestäbt habe. So, wie wir miteinander stehen, ist es nicht ausgeschlossen, daß er mir sogar erzählt, warum sie ihn entmündigt haben – ihn, dem hier jeder etwas verdankt –, und was das alles für ihn bedeutet. Wenn ich nur in seiner Nähe bleiben darf.

Nach seinen Anweisungen arbeite ich am liebsten; sagt er mir, daß ich unsere Windschutzpflanzung auslichten soll, dann zwitschert und schnappt und singt mein Werkzeug nur so im Thujagehölz, und die Hecke dankt uns bald mit ihrer Dichte und Schnellwüchsigkeit. Fast genau so gern lasse ich mir die Arbeit von Ewaldsen zuteilen, unserm Vorarbeiter, der auch im Sommer mit geflickten Gummistiefeln herumläuft, mir jeden Satz mehrmals wiederholt und noch jedesmal erstaunt war über die Menge der Pflanzen, die ich umtopfen konnte. Mit Joachim, dem Sohn des Chefs, hab ich meine Schwierigkeiten; gibt der mir Anweisungen, dann taucht er mehrmals unerwartet auf, kontrolliert, sieht auf die Uhr, überschlägt die Leistung; meist geht er kopfschüttelnd weg in seinen lederbesetzten Kniehosen. Wenn's nach ihm ginge, dürfte ich wohl kaum hierbleiben; dabei hab ich ihn heranwachsen sehn und hab so manches Mal auf mich genommen, was er verschuldet hatte. Aufgeregt bin ich immer, wenn die Frau des Chefs mich rufen läßt; einmal soll ich ihr Kaminholz sägen und spalten, ein anderes Mal wünscht sie, daß ich die Kartoffeln in ihrem Keller verlese; sie bleibt dann immer dabei, nicht, um mich zu beaufsichtigen, sondern um mit anzufassen. Ihr helles Gesicht, das ich bei der Arbeit heimlich anschaue, beweist schon ihre Unabhängigkeit. Viel gäbe ich dafür, wenn Inas Kinder mir nichts zu sagen hätten, doch sie ist die Tochter des Chefs und lebt auch nach dem Unglück bei uns, und obwohl ich weiß, daß es ihre Söhne sind, die mir aus einem Versteck Erdklumpen oder Hölzer oder sogar Steine nachschmeißen, helfe ich ihnen beim Aufschlagen eines Zelts, wenn sie es wünschen, bringe ihnen ihre Schaukel an oder gehe zur Holle hinab, um in dem lichtarmen Flüßchen Kaulquappen für ihr Aquarium zu fangen.

Ich bin mir doch nicht sicher, ob ich den Chef ansprechen soll; vielleicht war er an dem Abend, als er mich beim Kauen der Fichtennadeln überraschte, nur deshalb so einsilbig, weil er mir noch immer den Verzicht auf sein Geschenk nachträgt. Auch wenn ich einiges von ihm gewohnt bin, erschrockener war ich nie. Er ist einfach zu mir hereingekommen an einem Sonntag, hat sich hingesetzt und mich lange angesehen mit seinen eisblauen Augen, und dann hat er angefangen, sich zu erinnern: wie wir gemeinsam dieses Land ausschritten, das durch viele Jahre, bis zum Ende des Krieges, ein Exerzierplatz gewesen war; wie wir uns der mineralischen Beschaffenheit des Bodens durch Knet- und Fingerproben versicherten; wie wir uns sorgten, ob die von weither aus dem Osten mitgebrachten Samen keimen würden. Und plötzlich hat er seine Taschenuhr herausgezogen und sie mir mit geöffnetem Sprungdeckel zugeschoben, und da ich zögerte, die goldene Uhr zu berühren, sagte er: Damit du etwas hast, das dich an unsere Anfänge erinnert; doch ich wagte es immer noch nicht, die Uhr in die Hand zu nehmen, denn auf dem Sprungdeckel war etwas eingraviert. Soviel er auch nickte und drängte, ich rührte die Uhr nicht an, weil ich mit ihr sofort aufgefallen wäre oder mich sofort einem Verdacht ausgesetzt hätte, und wenn ich etwas zu vermeiden versuche, dann ist es dies: aufzufallen. Ich habe starr auf die Gravur gedeutet, bis er sie endlich las; er schien nur ein wenig verblüfft und hat den Sprungdeckel zugedrückt und ist ohne ein weiteres Wort gegangen.

Einen wüßte ich, der mir offen sagen würde, worauf ich jetzt gefaßt sein muß, und wenn er nur hier wäre, würde ich ihn mit Freude aufsuchen, weil er immer gut zu mir war, weil er mir angeboten hat, zu ihm zu kommen, wenn mich etwas bedrückt – aber Max, unser Krauskopf, ist fort, der älteste Sohn des Chefs ist in der Stadt und spricht da zu tausend Studenten, und wenn ich ihm schriebe, würde es ihn nur belasten. Magda hat gesagt, daß in den Zeitungen, die in der Festung herumliegen, manchmal sein Bild zu sehen ist. Bescheidener als er hat keiner hier gelebt, doch er wollte es nicht anders haben, nur Stuhl, Bett und Tisch; die Ziegelsteine und die Bretter, aus denen er seine Bücherregale machte, hab ich ihm in Hollenhusen besorgt. Er kommt nur selten zu Besuch, kommt nicht einmal zu allen großen Festen, doch wenn er seinen Besuch angekündigt hat, bin ich schon früh auf unserem öden Bahnhof, um ihn abzuholen und seine Sachen zu tragen und neben ihm herzugehen und mit ihm zu sprechen: das allein lohnt sich schon. Unterläuft es mir einmal, daß ich ihn mit seinem Titel anspreche, dann verwarnt er mich spaßhaft und erinnert mich daran, wieviel Vergangenheit wir teilen – und er sagte sogar: welch einen Reichtum an Vergangenheit wir teilen –, und wenn ich's auch umgehe, ihn direkt anzusprechen: in Gedanken nenne ich ihn Max, so, wie er es will.

Weil keiner damit gerechnet hat, daß sie den Chef entmündigen lassen könnten, hab ich mir auch kein Verzeichnis der Verstecke angelegt, in denen ich aufbewahrte, was niemanden etwas angeht und was mir einmal helfen soll, unabhängig zu sein und alles, worauf ich Wert lege, noch einmal zu erleben. Das Geld jedenfalls, oder doch den Teil, den sie mir auszahlen, hab ich hinten beim Wacholder vergraben; da ist es sicher, weil sie nur jeden zweiten Winter dort herumtrampeln, wenn sie mit dem Mähnenkamm die Früchte ernten, auskämmen, ja. Was das Land hergab, all die Fundstücke, die an Generationen von Soldaten erinnern, hab ich auf mindestens drei Verstecke aufgeteilt, die Patronen und Hülsen und Splitter liegen am Rand der Grube, aus der wir früher den Sand zum Vorkeimen holten, die metallenen Knöpfe, die Münzen, die Kokarden und das Seitengewehr müssen bei den Schmucktannen vergraben sein, desgleichen die Handgranate und das Koppelschloß, nur die beiden Trillerpfeifen an geflochtener Schnur, die hab ich hier unterm Kopfkissen. Wo das Quartier der hochstämmigen Linden endet, hab ich alles in der Erde verwahrt, was Max mir einst schenkte und was Joachim und Ina mir zusteckten – damals, als ich bei ihnen war. Es sind fast ausnahmslos Geschenke des schlechten Gewissens, mit denen sie sich loszukaufen versuchten, wenn sie etwas auf mich abgewälzt hatten; ah, ich weiß noch, wofür ich die Mundharmonika bekam und das Messer mit Korkenzieher und von Ina den kleinen Kasten mit Buntstiften, ich weiß es noch und kenne die Anlässe. Wenn ich gehen muß, werde ich alle Verstecke räumen, nichts soll zurückbleiben, denn eines Tages möchte ich alles um mich herum ausbreiten, und ich möchte jedes Ding einzeln in die Hand nehmen, es einfach reden lassen und mich dabei erinnern. Vorsicht, jetzt ist Vorsicht geraten: was Magda mir anvertraut hat, darf nicht unter die Leute kommen, nicht unter die aus Hollenhusen, die jetzt gern bei uns zur Arbeit erscheinen – manche aus dem Nest leben heute nur vom Chef, all diese Knurrhähne, die ihn in den ersten Jahren nur mit Mißtrauen und ihrem bedächtigen Spott begleitet haben –, und auch unter die Fremden nicht, für die der Chef ein schönes hölzernes Wohnhaus hat bauen lassen. Ich werde mir jedes Wort verkneifen, denn es läßt sich wohl absehen, was an Gerücht und Nachrede umlaufen wird, wenn die Leute aus Hollenhusen es erst einmal erfahren haben, und dann lassen sich auch die Bestürzung und die Furcht voraussagen, die sich unter Elef und seinen Leuten verbreiten wird, denn der Chef selbst war es, der ihnen den Weg aus ihrer Heimat zu uns geebnet hat. Elef ist der einzige, der seine Schirmmütze abnimmt, wenn er mit mir spricht, und wenn ich ihn in seinen verbeulten Röhrenhosen von weitem sehe, umgeben von ein paar anderen Schirmmützen und übergroßen Kopftüchern, dann entsteht immer in mir der Wunsch, einmal von ihm eingeladen zu werden.

Am liebsten möchte ich Magda noch einmal rufen und mir wiederholen lassen, was sie gesagt hat, denn es will und will mir nicht gelingen, ihre Nachricht zu glauben und mich mit ihr abzufinden. Zahlreich sind ja die Möglichkeiten für Mißverständnisse: ein verstümmelter Satz, die Ungenauigkeit, mit der einer in der Erregung hört, ein gewisser Blick und ein absichtsloses Schweigen können schon für einen Irrtum sorgen; so hab ich mich auch schon selbst geirrt, viele Male. Ich kann es einfach nicht glauben, daß man dem Chef einen Vormund bestellt hat, der nun für ihn denkt und unterschreibt; denn selbst wenn sie einen Vormund für ihn in Schleswig finden sollten, wird der nicht in der Lage sein, dem Chef das Wasser zu reichen, ihm, der mehr im kleinen Finger hat als alle Vormunde zusammen in ihren Händen. Keiner weiß mehr als er, der nur ein Blatt, einen Ast in die Hand zu nehmen braucht, um schon alles durchschaut zu haben, niemand kennt wie er die Geheimnisse der Bäume und Pflanzen.

Der Vormund sollte den Chef nur einmal durch unsere Kulturen begleiten, er sollte mit ihm durch die Quartiere gehen wie ich, und einem gesprächsbereiten Chef zuhören, der ihm nachweist, daß alles, was wächst, seinen vorbestimmten Feind hat, den anderen, der eigens für ihn gemacht ist, der wartet und zustößt und dann für das Sterben sorgt. Zuerst wollte ich es dem Chef kaum abnehmen, doch er bewies mir, daß jede, aber auch jede Pflanzengattung ihren ureigensten, intimen Feind hat, und da wir bei den Kiefern waren, sagte er: Nimm nur die Kiefern, Bruno; und dann sprach er vom Kieferntriebwickler, vom Kiefernknospenwickler oder vom Kiefernquirlwickler, unersättlichen Raupen, die in Harzgehäusen leben und junge Triebe und Knospen anfallen. Er zählte mir alle Schädlinge auf, die sich nur an die Kiefer halten, von den Kiefernzweigläusen bis zur Kiefernbuschhorn-Blattwespe, er kennt alle Feinde der Kiefer, er weiß aber genau so gut, was den Laubgehölzen droht, jeder einzelnen Art, jeder. Wohin wir auch kamen bei unserem gemeinsamen Gang über das Land, und worauf ich auch – mitunter in prüfender Absicht – zeigte: die innigsten Feinde jeder Gattung fielen ihm ohne Anstrengung ein, und während es in meinem Kopf schon nachhallte von den Namen, die er nannte, erwähnte er immer neue, sprach vom Eschenrüßler und der Fliedermotte. Hundert Namen hat er zumindest genannt, das regnete nur so auf mich herunter, Birnblattsauger, Pappelbock und Eichenwickler, und weil ich zuletzt nur noch versucht war, mir die Namen einzuprägen, bekam ich nicht mehr mit, für welche Schadbilder diese Rüßler und Wickler verantwortlich sind, was sie verspinnen oder welken lassen oder skelettieren. Jedenfalls, das würde mich schon interessieren: wie lange ein Vormund noch Vormund sein möchte nach einem Gang mit dem Chef, nach einem Gespräch über intime tödliche Feindschaft, mich würde das schon interessieren.

Ich muß den Riegel vorlegen, obwohl ich mich auf die beiden Sicherheitsschlösser verlassen kann, ist es wohl besser, heute zusätzlich den eisernen Riegel vorzulegen, denn die Spuren, die wie immer aus dem Birkenquartier kommen, führen auf mein Fenster zu, Spuren von nackten Füßen, deren Herkunft keiner enträtseln, deren Ziel keiner bestimmen wird. Sie beginnen plötzlich und enden plötzlich, gerade so, als ob der, der sie hinterlassen hat, sich an einem Seil herabließ und, wenn er es für richtig hielt, an einem Seil wieder emporzog, hoch in die Lüfte. So oft ich die Spuren auch verfolgte: am Ende wußte ich nur soviel, daß dem, der uns seine Spuren hinterließ, am rechten Fuß die große Zehe fehlte, der Abdruck der Ferse ist allemal genauer und aufschlußreicher.

Ich hab dem Chef nicht erzählt, daß die Spuren mehrmals von meinem Fenster zur Festung hinüberführten, nach leichtem Regen habe ich's entdeckt, aber auch wenn der Tau den Sommerstaub auf der Terrasse befiel, die Spuren führten jedesmal über den Grashügel an den Rosenbeeten vorbei zu den drei Linden, von wo aus man in die Zimmer sehen kann, in denen Ina mit den Kindern wohnt. Selbst wenn ich dem Chef die Spuren zeigen könnte, würde er doch nur sagen, was er immer sagt: Du denkst zuviel, Bruno, und dein Denken bringt dir nichts ein als Unruhe. Und wie ich ihn kenne, würde er mir freundlich mit einer wischenden Bewegung über den Kopf fahren, so als könnte er dadurch mein Denken besänftigen und mich von der Unruhe heilen.

Es war nicht der Pfiff der Lokomotive, der die Saatkrähen im Schlaf gestört hat, es muß etwas anderes gewesen sein, das sie in ihren zerzausten alten Kiefern am Bahndamm erschreckt hat; warnend schwangen sie von ihren lieblosen Nestern ab, und jetzt kreisen sie über den Kulturen, über der Versandhalle und dem neuen Geräteschuppen, sie dehnen ihre Kreise bis zur Festung aus, wo immer noch Licht brennt, wo die ganze Familie wohl um einen Tisch herumsitzt und beratschlagt, wie alles weitergehen soll, mit dem Kleinen, mit dem Großen. Mehr als schattenhafte Bewegungen kann ich nicht erkennen, aber ich stelle mir vor, wie sie Papiere wandern lassen und sich gemeinsam über ein Dokument beugen und es so lange studieren und auslegen, bis sie zufrieden sind, bis ihre Blicke sich finden und sie einander erleichtert zunicken, vielleicht über den hinweg, den alles betrifft und der still unter ihnen sitzt, still und bereitwillig.

Er wird mich nicht fortgehen lassen, selbst wenn sein Sohn Joachim es verlangt, er wird darauf verweisen, daß ich ihm vom ersten Tag an geholfen habe, dies Land in Besitz zu nehmen und zu bearbeiten und zu verwandeln, und daß wir gemeinsam den Hügel bestimmten, auf dem einmal das Haus stehen sollte, seine Festung. An diesen Augenblick wird er sich ja wohl noch erinnern: wir standen auf dem alten, vernarbten Soldatenland und suchten nach einem Platz für das Haus, alles ging in einem Flimmern auf, die Übungsbunker, die Attrappen und der Übungspanzer, die Stille pulste, sie klopfte, und dann gingen wir, ohne uns verständigt zu haben, durch versprengt stehende Fichten einen Hügel hinauf und setzten uns hin und aßen unser Brot. Hier, Bruno, hat der Chef gesagt, hier bauen wir einmal unsere Festung, hier bleiben wir. Aus Spaß hat er sich auf den Bauch gelegt und das Eisenrohr, das wir in den Boden trieben, um Erdproben zu nehmen, wie ein Gewehr in die Schulter eingezogen und hierhin gezielt und dorthin gezielt, und zum Schluß hat er lächelnd gesagt, daß sich ein besseres Schußfeld nicht finden ließe.

Schon wieder höre ich hinter mir die Stimme, ich hab schon wieder zu sprechen angefangen, bin schon wieder dabei, mir selbst zuzuhören. Nein, es steht keiner hinter mir, ich bin allein hier, kann den Sicherheitsschlössern und dem Riegel vertrauen. Ich weiß, daß diese Unruhe nur von meinem ewigen Hunger kommt, ein Stück roher Wruke kann mich schon beruhigen, aber noch mehr beruhigt mich

Schwarzbrot, wenn es in Sauermilch hineingebrockt ist. Es ist nicht oft geschehen, daß ich so satt war, wie ich's mir immer zu sein wünschte, auch als Magda noch in der Dunkelheit zu mir kam mit den vielen guten Resten, war mein Hunger nur vorübergehend beschwichtigt, nicht vollkommen gestillt. Magda hat gesagt, daß der Chef in der letzten Zeit immer weniger ißt, manchmal genügt ihm ein einziges Stück Fleisch, manchmal gibt er sich auch mit zwei Äpfeln zufrieden, und am Morgen reicht ihm sein Milchkaffee; da kann man wohl annehmen, daß er nicht von seinem Hunger geweckt wird, so wie ich es werde. Mich weckt jeden Morgen ein Ziehen in den Eingeweiden, ich spüre es sogar im Traum, und nach dem Aufwachen taste ich dann gleich das Fensterbrett ab auf der Suche nach etwas Eßbarem, das ich mir nach Möglichkeit bereitlege. Vor dir, hat Magda einmal gesagt, müßte man wohl alles wegschließen, was man zwischen die Zähne nehmen kann.

Wenn der alte Lauritzen noch lebte, unser krummer, eigensinniger Nachbar, der in den ersten Jahren nur Verachtung für uns übrig hatte, dann wüßte ich, wohin ich gehen könnte: überall, wo ich ihn traf, machte er mir ein Angebot, zu ihm zu kommen, überall – auf dem Hollenhuser Bahnhof, während ich auf Max gewartet hab, bei den einjährigen Schattenmorellen am Großen Teich und mehrmals im sogenannten Dänenwäldchen, um dessen Besitz er und der Chef lange Krieg gegeneinander führten. Wann trittst du bei mir ein, Bruno, fragte er immer, und wenn ich die Achseln zuckte, grummelte er: Wirst es noch bereuen, Schwachkopf. Zwei Männer hat er überreden können, vom Chef weg und zu ihm zu gehen, mich nicht, obwohl er mir eine Arbeit versprach, bei der ich nichts zu tun haben sollte mit seinen Pferden. Ist gut, ist gut, sagte er, als ich ihn darauf hinwies, daß ich niemals mit Pferden arbeiten könnte, wir werden etwas anderes für dich finden, Arbeit gibt's genug. Vielleicht wäre er gut zu mir gewesen, ich weiß es nicht; ich weiß nur, daß etwas nicht gestimmt hat zwischen uns beiden, denn die Blumen, die ich ihm bei seinem Begräbnis nachtrug, verwelkten und verdorrten schon auf dem kurzen Weg vom Friedhofstor bis zu seinem Grab.

So zufrieden und ausgeglichen hab ich den Chef nur selten erlebt wie damals, als der alte Lauritzen ihm das Dänenwäldchen überließ mit allen Rechten, diesen düsteren, vom Windbruch entstellten und von Fremden kaum begangenen Forst. Weil man bei seltenem Nordwind die schwachen Klagen verwundeter dänischer Soldaten hören konnte, die sich vor hundert Jahren hier verborgen hatten, ging ich oft da hinunter und saß auf einem Stubben oder lag im Gras und wartete auf das Gestöhn, das Ächzen. Als mich der Hund des Chefs in einer Kuhle aufspürte, hab ich mich auf wer weiß was gefaßt gemacht, doch der Chef hat mich nur freundlich am Ärmel gezogen und zu einer gestürzten Fichte geführt. Wir haben uns da hingesetzt und ein bißchen aus seiner Flasche getrunken, und dann erschrak ich ein wenig, weil er mich plötzlich fragte, ob ich zufrieden sei. Nie zuvor hat er mich so etwas gefragt, er, dem ich alles verdanke, die erste Rettung nach dem Untergang des großen Landungsprahms und die zweite Rettung nach dem Unglück des Raddampfers »Stradaune«. Ich muß ihn wohl verwirrt angesehen haben, denn er winkte lächelnd ab und lenkte meinen Blick auf das wilde Wachstum des Dänenwäldchens und sagte: Siehst du, Bruno, die Natur vergißt nie, daß sie einmal Wildnis war; wir müssen aber verhindern, daß sie sich allzu oft daran erinnert.

Und dann hat er wieder einmal von den unübersehbaren Kulturen im Osten erzählt, die einst seinem Vater gehört hatten, von dem kargen Land am Rand der Rominter Heide, auf dem sie die widerstandsfähigsten Nadelgehölze zogen; karge Böden sind manchmal gute Böden. Ich könnte ihm tagelang zuhören, wenn er von dieser Zeit erzählt, von den Wintern dort, von den Pflanzplänen, von dem Wolf, den er erlegte. Manchmal habe ich das Gefühl, schon damals bei ihm gewesen zu sein, obwohl ich genau weiß, daß ich von noch weiter her komme, vom Memelfluß, der alles lautlos in sich hineinzog, alles, was ich vom Ufer aus hineinwarf. Wir saßen lange auf der gestürzten Fichte, der Chef und ich, und als er fand, daß er genug erzählt hätte, schlug er mir auf den Rücken, und dann gingen wir nebeneinander durch das Dänenwäldchen, das ihm bei bestimmter Gelegenheit zugeschrieben wurde, als Versöhnungsgeschenk. Er war sehr froh. Hin und wieder stieß er mit der Fußspitze mutwillig in den Boden. Bevor wir aus dem Wäldchen traten, ließ er mich noch einmal ein wenig trinken, und als ich ihm die schmale Flasche zurückreichte, sagte er: Glaub mir, Bruno, wer auf Sicherheit aus ist, der muß sich ausdehnen.

Heute wird wohl keiner mehr hierher kommen, um mir Neuigkeiten zu bringen, ich kann mich wohl ausziehen, alles fertigmachen für die Nacht. Die grüne Joppe, die der Chef mir geschenkt hat, ist mit den Jahren immer schwerer geworden, die Ärmel, scheint mir, sind noch mehr eingelaufen, und der Saum ist schon abgeschabt – dennoch trage ich sie gern, so gern wie die Rohlederstiefel, die mir Max zu Ostern mitbrachte. Einmal, als ich den Kragen der Joppe hochgeschlagen hatte – ich stand im Schatten der jungen Zedern –, haben mich Elefs Leute mit dem Chef verwechselt und schickten mir einen entgegen, der mir eine Bitte vortragen sollte; ich begriff nicht, warum sie sich über ihren Irrtum so freuen konnten. Was ich ins Futter eingenäht habe, geht keinen etwas an, die leere Schrotpatronenhülse wird nie einer zu sehen bekommen. Meine Hosen; ich weiß nicht, warum ich mehr Hosen als Jacken auftrage, auch die dunkle, die die Frau des Chefs mir geschenkt hat, ist schon wieder ausgefranst, wirft Beutel über den Knien und ist so dünngescheuert, daß ich bald Flicken aufsetzen muß. Mit Strümpfen komme ich noch am besten aus, weil ich den ganzen Sommer hindurch keine trage.

Das ist Joachim: der Schein seiner Taschenlampe wandert über Beete und Kulturen, ruht auf den Wegen, schwenkt zu den Gebäuden hinüber, die, seit er das Sagen hat, geschlossen werden müssen. Er ist auf seinem letzten Kontrollgang, wie fast jeden Abend. Nicht zu Max, der immer beiseite stand, faßte der Chef Zutrauen, sondern zu Joachim, der wohl schon unzufrieden auf die Welt kam, und der mich nur immer kopfschüttelnd stehen läßt, als ob mit mir gar nichts anzufangen wäre. Selbst an solch einem Tag möchte er auf seinen Kontrollgang nicht verzichten; wenn es nach ihm ginge, würde er uns allen hier wohl gern das Kommando zum Einschlafen geben, ein leises Kommando, denn er ist kein Mann der lauten Worte. Mitunter kann er mich so lange schweigend ansehen, bis ich ganz unsicher werde beim Umtopfen oder Ausschneiden, ganz zittrig. Gösselchen haben sie ihn früher genannt, weil er so zart war und eine so empfindliche Haut hatte. Er wäre gewiß froh, wenn ich fortginge.

Es lohnt sich wohl nicht, auf den Schlaf zu warten, erst muß der Nachtzug vorbei; erst wenn ich den Pfiff seiner Lokomotive gehört habe, werde ich einschlafen können. Am leichtesten schlafe ich ein, wenn ich an den Wind in den Tannen denke, wie er da sacht hindurchgeht, oder wenn ich an den stillen Exerzierplatz denke, über dem zwei Bussarde kreisen in der warmen Luft, ohne Flügelschlag. Oft gelingt es mir gar nicht, zu denken, jetzt schlafe ich ein, weil ich bereits eingeschlafen bin und vielleicht schon träume, daß ich am Grund des Memelflusses liege und hoch über mir langsame, gedrungene Wolken sehe, prall wie Kartoffelsäcke. Es kann nicht mehr lange dauern bis zum Pfiff der Lokomotive.

Wenn unser Vorarbeiter Ewaldsen sieht, wie ich mir schnell ein paar Samen in den Mund stecke, dann droht er mir, oder er verzieht das Gesicht und wendet sich ab. Er droht mir nur spaßhaft, denn er ist gutmütig und nachsichtig wie kaum ein anderer, und er verzieht sein Gesicht, weil er wohl glaubt, daß die Samen bitter oder faulig schmecken, einige gärig. Er meint, ich müßte einen Drosselmagen haben, weil bei mir alles folgenlos bleibt; kein Schaum platzt mir aus den Mundwinkeln, meine Pupille wird nicht starr, und ich wälze mich auch nicht in Krämpfen. Ich, Bruno, hat er gesagt, wäre schon längst krepiert, wenn ich all die Schoten und Kapseln geschluckt hätte, die du geschluckt hast. Zugegeben, einige Samen machen schwindlig, andere verursachen ein Brennen auf der Haut, und wenn ich den Fruchtfleischsamen von Liguster, Taxus und Berberis esse, den wir immer leicht anrotten lassen, dann zirpt und tickt es in meinem Kopf wie von hundert Zikaden. Geschadet hat mir aber noch nichts. Gern esse ich den Samen aus den Nadelholzzapfen, solange er noch nicht entflügelt ist; ich habe dann manchmal das Gefühl, daß meine Stimme sich stärkt und schwillt und immer mehr Wörter zu meiner Verfügung sind, während ich nach dem Genuß von Spirea und Magnolie, deren Samen vor der Saat ja nicht trocken werden darf, einfach ruhig in einem Boot zu gleiten glaube, an bekannten Ufern vorbei. Bruno, Bruno, sagt unser Vorarbeiter Ewaldsen, halt dich nur ein bißchen zurück, damit noch etwas für die Saatbeete übrigbleibt.

Hier von den Saatbeeten aus habe ich die Festung immer

im Auge, doch noch ist keiner erschienen, auf den Wegen nicht und nicht auf der Terrasse, der Dunst hat sich schon ganz gehoben, und in den oberen Fenstern glänzt die Sonne. An einem gewöhnlichen Tag wäre der Chef längst bei uns gewesen, hätte mir über den Kopf gewischt, hätte uns etwas vorgemacht im Saatbeet, hätte sich bestimmt nach Ewaldsens kranker Frau erkundigt und wäre nach einem Lob für uns beide weitergegangen, fortgezogen von seinem Bedürfnis, überall dabei zu sein. Jetzt aber will und will er nicht kommen, vielleicht hält ihn der Vormund zurück, den sie für ihn bestellt haben, ich weiß es nicht.

Unser Vorarbeiter Ewaldsen hat nur erstaunt zu mir herübergesehen, als ich ihn fragte, wozu man einen Vormund braucht; er mußte erst nachdenken, und auch dann sagte er nicht mehr als: Du stellst vielleicht Fragen, Bruno. Aber plötzlich, als hätte er sich an einen bestimmten Fall aus Hollenhusen erinnert, fiel ihm doch eine Antwort ein, und er sagte, daß sie einem bei Geistesschwäche oder Trunksucht oder gewissen Gebrechen einen Vormund bestellen können; da muß sich erst allerhand aufsummen, hat er außerdem gesagt. Ich bin jetzt noch ratloser, denn ich weiß genau, daß man dem Chef nichts davon nachsagen kann; der ist immer noch sein bester Vormund und steckt alle hier in die Tasche. Wenn ich unserm Vorarbeiter Ewaldsen auftischte, was Magda mir erzählt hat, dann würde er wohl nur eine wegwerfende Handbewegung machen und weiterarbeiten, seit siebenundzwanzig Jahren ist er beim Chef, nur vier Jahre weniger als ich, und darum wird er nur das glauben, was seine Erfahrung zuläßt.

Nein, keiner ist länger beim Chef als ich, keiner hat es auf einunddreißig Jahre gebracht. Am Anfang hab ich noch für jedes Jahr eine Kerbe in meinen schönen Kaddikstock geschnitten, ich hatte ihn für meine Eltern gedacht, ich wollte ihnen den Stock an dem Tag schenken, an dem sie in Hollenhusen auftauchten, um mich abzuholen, doch sie kamen und kamen nicht, das gelbe Floß hat sie mitgenommen auf Nimmerwiedersehn. In jener Zeit, als ich die Jahre noch mit Kerben zählte, hab ich viel geweint, einfach weil ich dachte, das Weinen könnte es meinen Eltern erleichtern, mich in Hollenhusen zu finden. Was mir heute Mühe macht, gelang mir damals nach Wunsch: ich konnte immer und überall losweinen, nicht nur trocken schluchzen, sondern Gesicht und Hände nässend weinen; ich brauchte nur an den Untergang des großen Landungsprahms zu denken, wie die Bombe uns traf und alles schwamm, Soldaten, Zivilisten und Pferde. Ich brauchte nur an die Augen der Pferde zu denken und an das gelbe Floß, auf dem meine Eltern kauerten, dann spürte ich schon, wie es heiß wurde und die Tränen kamen – ganz gleich, ob ich im Bett lag oder draußen auf dem Land war. Wenn der Chef mich beim Weinen überraschte, hat er nie ein Wort zu mir gesagt, zeigte kein Verlangen, mich zu trösten, er hat mich nur angesehen und mir zugenickt, nicht aufmunternd, sondern so, als könnte er mich verstehen. Von ihm habe ich nicht erfahren, daß die Pferde mich unter Wasser gedrückt und mit ihren Hufen getroffen hatten; sie sind gute und rücksichtslose Schwimmer, sie schwimmen mit verdrehten Augen und gebleckten Gebiß, und aus ihren Nüstern faucht und schnaubt es unentwegt, während ihre Hufe das Wasser walken. Max hat es mir später erzählt, und von ihm weiß ich auch, daß der Chef nach mir tauchte und mich hochbrachte und so lange in seinem Griff hielt, bis er mich auf treibendes Bretterzeug heben konnte. Und dann blieb er bei mir, bis die »Stradaune« uns auffischte; ganz blau und grün soll ich gewesen sein. Obwohl Max nicht dabei gewesen war, wußte er alles, wußte jedenfalls mehr als ich, er war der einzige, der mich getröstet hat, und um das Weinen abzustellen, brauchte ich nur an ihn zu denken, an seine Zuneigung, die ich gleich am ersten Tag spürte, als er aus dem Krieg zurückkam, in einer blauen Uniform.

Ich dreh mich nicht um, ich beuge mich noch tiefer über das Saatbeet, obwohl ich längst das schabende Geräusch hinter mir gehört habe, dies zischende Geräusch, das von

Joachims lederbesetzten Hosen kommt. Er soll ruhig denken, daß er mich überrascht, und um ihm meine Überraschung anzuzeigen, werde ich gleich dreimal ausspucken, um den Schreck zu überwinden. Vermutlich macht er seinen ersten Gang als neuer Chef; es sollte mich nicht wundern, wenn er mir und unserm Vorarbeiter Ewaldsen erklären würde, daß sich etwas verändert hat an entscheidender Stelle, schließlich sind wir hier die Ältesten, die Gehilfen der ersten Stunde. Er sieht aus wie sonst, sein Gruß ist kurz und freundlich wie immer, dem schmalen Gesicht läßt sich nichts ansehen, kein heimliches Leiden, keine Verlegenheit, keine Trauer, nichts. Wie ruhig er mich ins Auge faßt, nicht mehr lange, und ich werde unsicher. Meine Mutter erwartet dich, Bruno. Ich nicke und höre mich schon fragen: Ist was mit dem Chef? Er stutzt, er sieht mich verwundert an, und sein Kopfschütteln soll nur besagen, wie unangebracht meine Frage ist, sein Kopfschütteln enthält bereits die Antwort. Ach, Bruno. Auch im Weggehen ist ihm nichts anzumerken, er geht nicht gebeugter als sonst, kein zusätzliches Gewicht hemmt seinen Schritt, doch ich weiß, daß alles nur Selbstbeherrschung ist, seine Kontrolle über sich selbst reicht so weit, daß er seine Hand mitten im Schlag anhalten kann – wie damals, als ich ihm einen Grund gab, mich zu schlagen: seine Hand war schon über mir, ich duckte mich schon, da rief er im letzten Augenblick den Schlag zurück, preßte die Lippen zusammen und ließ mich stehen.

Sehe ich von weither auf das große Haus, das sie hier nur die Festung nennen, dann erkenne ich deutlich den ehemaligen Kommandohügel des Exerzierplatzes, die Rosenbeete, die geschwungenen Wege, die Linden sind plötzlich weg, und an ihrer Stelle sehe ich hartes Gras und zähe Kräuter, eine zerwühlte und spurenreiche Erde, die das Haus wie in trotzigem Anspruch besetzt hält. Es ist das geräumigste Haus in Hollenhusen, die Fußböden sind aus geschliffenem Stein, an den Wänden hängen bräunliche Photographien, viele Stühle und Sessel sind auf den Fluren, und in der Diele steht eine große Schüssel mit Obst, die die Frau des Chefs immer selbst nachfüllt.

Jetzt werde ich weiter an der Windschutzhecke entlanggehen, da entdecken sie mich nicht gleich, und wenn ich hinter der Versandhalle auf den Hauptweg trete, bin ich fast da, und Inas Kinder haben keine Zeit mehr, sich etwas auszudenken. Einmal haben sie mich mit einem Lehmbrokken über dem Auge getroffen, es blutete ein wenig, ohne daß ich es merkte, der Chef hat von mir nicht erfahren, woher die kleine Wunde stammte. Wenn es nach ihm gegangen wäre, hätte auch ich in der Festung wohnen sollen, in der gemütlichen trockenen Kellerwohnung, die er eigens für mich gedacht hat – sogar eine eigene Treppe hat er bauen lassen, die von Rhododendron beschattet wird –, doch ich hielt es nicht aus, ich blieb gerade einen Monat da unten. Ich konnte machen, was ich wollte; jeden Abend, wenn ich zu mir hinabstieg, begegnete ich meinen Eltern, meist kauerten sie schon hinter dem vergitterten Fenster und riefen mich leise an, pochten zuerst an die Scheibe und riefen mich dann an und gaben mir Zeichen, langsam, wie erschöpft; ihre Zeichen konnte ich nicht deuten. Sie trugen schäbige Kleidung, sie schienen weither gekommen zu sein, manchmal fand ich den Abdruck eines Körpers auf meinem Bett, so daß ich annehmen mußte, einer von ihnen habe sich dort ausgeruht; ab und zu stand auch die Tür des Schranks offen. So laut ich auch sprach und rief, sie verstanden mich nicht; sie verstanden mich einfach nicht und gingen enttäuscht fort in ihrer abgetragenen Kleidung. Es war ein Monat der Schlaflosigkeit. Der Chef war schnell einverstanden, als ich ihn darum bat, mir wieder die alte Wohnung zu geben neben dem Gewächshaus; er versuchte erst gar nicht, mich zum Bleiben zu überreden.

Vielleicht wird die Frau des Chefs mir erzählen, was geschehen ist und worauf ich mich gefaßt machen muß, auch wenn sie hier und da Ungeduld mit mir zeigte, war sie immer gut zu mir, sie sorgte, daß ich meinen Teil bekam, und hat mir so manches Mal gesagt, daß ich zu ihnen gehöre.

Ich komme einfach nicht von ihrem hellen Gesicht los, es ist so schön und ebenmäßig, am liebsten möchte ich es berühren, doch das wird sie nie erfahren, auch mit all ihrer Klugheit nicht. Es ist schwer, Wünsche zu verbergen, vielleicht ist es das schwerste in der Welt. Für mich nenne ich sie Dorothea. Wenn ich sie heimlich ansehe, muß ich oft daran denken, daß sie mich einmal geküßt hat, in einem Winter vor langer Zeit, als wir alle noch in der Baracke lebten, in einem einzigen Raum, den wir mit Hilfe einer Zeltplane und einer Decke geteilt hatten. Ich war im Schneetreiben von einem fahrenden Güterzug gefallen; ich hatte ihn bei der langen Kurve hinter dem Exerzierplatz abgepaßt, war aufgesprungen, hatte in aller Hast ein paar mächtige Kohlebrocken hinabgeworfen, die Max und der Chef einsammelten; dann war ich ausgerutscht und gefallen. Sie betteten mich dicht beim gußeisernen Ofen, ein alter Arzt kam, der in einer Nachbarbaracke wohnte, ich glaubte, daß ich nun sterben müßte. Dorothea saß länger bei mir als alle anderen, sie trocknete mein schweißnasses Gesicht ab und lächelte mir zu, sie brachte mir Milch, Kamillentee, einmal einen Riegel Schokolade, den ich gleich aufessen mußte. Winternebel hing zwischen den Baracken, ließ den Tarnanstrich verblassen; jeden Morgen war das Fenster von Frostblumen beschlagen, die ich zu bestimmen versuchte, bevor sie in der allmählich aufkommenden Wärme wegschmolzen. Der alte Arzt sprach nie mit mir, er unterhielt sich nur flüsternd an der Tür mit Dorothea und entfernte sich mit Trippelschritten über den hellhörigen Gang, der an manchen Stellen, besonders am Eingang, ganz ausgetreten und abgewetzt war von den Stiefeln der Soldaten. Und als ich ihn an einem Abend fragte, ob ich bald sterben würde, kniff er mich nur in die Wange, und nachdem er gegangen war, setzte sich Dorothea auf den Rand meines Lagers und küßte mich auf beide Augen. Du wirst bald aufstehn, Bruno, hat sie gesagt, bald.

Am liebsten möchte ich mir gleich zwei Äpfel aus der Schüssel nehmen, aber von der Wand sieht aus dunkel glänzendem Rahmen der Vater des Chefs herab, er scheint die Äpfel zu bewachen, er scheint den Ein- und Ausgang zu kontrollieren. Wie gern hätte ich ihn hier in Hollenhusen erlebt, nach allem, was ich weiß, muß er ein wortarmer, gütiger Mann gewesen sein, ein Einzelgänger auf seinem Feld.

Sie weist Ina zurecht, das ist die Stimme von Dorothea, die ihre Tochter zurechtweist; ich darf nicht zuhören, jetzt muß ich mich bemerkbar machen, mich melden, auch wenn ich etwas erfahren könnte, was vielleicht wichtig ist für mich. Es geht um eine Zeitungsanzeige, soviel ist sicher, um eine Bekanntmachung, von der Dorothea glaubt, daß sie etwas Gewöhnliches hat, gewöhnlich lautet, ich weiß nicht, was das Gewöhnliche ist, ob es wahr ist oder unwahr, über das Gewöhnliche hab ich noch niemals nachgedacht.

Da bist du ja, Bruno, sagt sie und kommt mir schon entgegen, ihr Gesicht verrät nichts, Müdigkeit vielleicht, eine kleine Nervosität, doch nichts, was auf eine große Entscheidung schließen läßt. Ina nickt mir nur einmal zu und wendet sich gleich ab zum Fenster, zeigt mir ihren mageren Rücken. Geht es dir nicht gut, Bruno, fragt Dorothea, du siehst so abgespannt aus. Ich kann nur den Kopf schütteln, es gelingt mir nicht, viel zu sagen in ihrer Nähe.

Max kommt also, er kommt mit dem Mittagszug, wie immer wird er in seinem ehemaligen Zimmer schlafen, auf dem Feldbett, nur ein paar Tage. Ich weiß schon Bescheid, und sie sieht mir wohl die Freude an über den angekündigten Besuch, denn sie sagt nur: Auch wir freuen uns auf ihn.

Wenn Max sich aufrichtet auf seinem Feldbett, kann er weithin über unsere Quartiere sehen, bis zu der Stelle, an der früher die Baracken der Soldaten standen, acht hölzerne Baracken mit Teerpappdach und Tarnanstrich, und wenn er aufsteht und ans andere Fenster geht, kann er das Dänenwäldchen erkennen und den Großen Teich. Jetzt sind sie weg; die alten Kiefern, in denen die Krähen nisten, sind noch da, aber die Baracken sind weg, und nichts erinnert mehr daran, daß wir dort einmal lebten mit tausend anderen, die ankamen von irgendwoher und einen Raum besetzten und lebten und warteten.

Der Chef zog mich einfach da hinein; er, der alles erfährt, hatte herausbekommen, daß Dorothea mit Joachim und Ina dort schon wohnten; und er zog mich in ihren Raum, als ob ich bereits zu ihnen gehörte, und ließ mich die Begrüßung erleben und das Weinen und Trösten und alles. Dann sagte er: Ich hab euch noch jemanden mitgebracht, der erst einmal bei uns bleiben wird. Das hat er gesagt, und das war für den ersten Tag schon alles. Ina wußte, wo es einen Strohsack zu holen gab, wir haben ihn zusammen in der Dunkelheit weggetragen, und als alles gut gegangen war, haben wir nebeneinandergesessen und uns gemeinsam gefreut. Der Chef wollte an der Wand schlafen, ich schlief zwischen ihm und Joachim, und Dorothea und Ina schliefen hinter der Zeltplane und der Decke.

Bestimmt haben sie Max gerufen, weil seine Stimme im Rat nicht fehlen darf, vermutlich brauchen sie sogar seine Hilfe; ich kann mir denken, daß sie jetzt angewiesen sind auf ihn. Obwohl ich immer zu ihm kommen kann, wenn mich etwas bedrückt, möchte ich ihn nicht gleich mit meinen Fragen bedrängen, und wenn ich es später tue, muß ich aufpassen, daß ich Magda nicht verrate. Wenn du mich verrätst, Bruno, hat Magda gesagt, wird es mir um jedes Stück Brot leid tun, das ich dir gebracht habe.

Vielleicht lädt Max mich ein, ihn wie so oft zu begleiten, immer an der Holle entlang, zur Gerichtslinde und zu den beiden Hünengräbern, ich weiß schon gar nicht mehr, wie viele Male ich mit ihm auf den Steinen saß und ihm zuhörte. Dort könnte ich ihn fragen, vor der morschen, ausgehöhlten Gerichtslinde, an die ich einmal gefesselt war mit Stricken, kreuzweis, stramm gefesselt, und es dennoch eine ganze Nacht aushielt, ohne um Hilfe zu rufen, ohne einen Namen preiszugeben. Dort könnte ich ihn fragen, weil das der alte Platz ist, an dem er auch mir unzählige Fragen gestellt hat, nach meinen frühesten Erinnerungen zum Beispiel, nach meinen Bedürfnissen und Enttäuschungen und nach sogenannten Zielen, von denen ich mich leiten lasse.

Solche Fragen hat Joachim mir nie gestellt, der wollte anfangs immer nur erzählt bekommen, was alles sein Vater riskiert hat, um mich zu retten, zuerst beim Untergang des großen Landungsprahms und dann, als die gutmütige »Stradaune«, die uns an Bord genommen hatte, im Morgengrauen auf ein Wrack lief und in der Länge ihres ganzen Vorschiffs aufgeschlitzt wurde, wie mit einem Messer aufgeschlitzt. Er unterbrach mich nur selten, er hörte mir so nachdenklich zu, als ob er da ständig etwas verglich und erwog, und ich hab schließlich darauf geachtet, daß ich immer dieselben Worte gebrauchte. Mir entging nicht, wie aufmerksam er sich die Narben auf meiner Wange ansah, diesen rotblauen Narbenkelch unter meinem leckenden Auge – so hat er es selbst einmal genannt: Leckauge –, und er nickte nur, wenn ich ihm erzählte, daß es sein Vater war, der Chef, der mir die ersten Verbände anlegte, schon auf der »Stradaune«, auf dem alten Raddampfer, der nicht dazu bestimmt war, unterzugehen, sondern nur voll Wasser lief und sich auf das unbekannte Wrack setzte. Ließ ich mal etwas in meiner Erzählung aus, dann wußte Joachim gleich, was ich ausgelassen hatte, und ich sagte dann pflichtschuldig: Ja, ja, ach richtig, und flickte also ein, wie der Chef mich das letzte Stück durch hüfthohes Wasser trug, nachdem das überbesetzte Schlauchboot der »Stradaune« in der Brandung gekentert war. Ich konnte das alles schon rückwärts erzählen, und wenn er es gewünscht hätte, hätte ich leicht mit dem Satz anfangen können, den der Chef zu mir sagte, als er mich in den Sand legte und sich über mich beugte: Mal sehn, Junge, was mit uns beiden das dritte Mal passiert. Das sagte er am letzten Tag des Krieges.

Einschlafen könnte ich nicht auf diesem Feldbett, ich brauche nur eine Weile zur Probe zu liegen, dann summt es schon in meinem Kopf, summt wie von unruhigen Wespen, die raus wollen, und in den Armen fängt es an zu kribbeln. Daß Max so liegen und lesen und nachdenken konnte, tagelang, in diesem bescheidenen Zimmer. Seinen guten Schlaf hat er wohl vom Chef geerbt, diesen tiefen unbekümmerten Schlaf, der überall gelingt, selbst unter den Kuschelfichten auf dem Exerzierplatz. Wenn ich an unsere Barackenzeit denke, sehe ich den Chef immer nur auf seinem Strohsack liegen, gekrümmt, das Gesicht zur Wand, niemals ärgerlich oder wütend, wenn irgendwo gehämmert wurde, gestritten, er lag wie nach einem sanften Tod da in seiner Uniform, von der er die Rangabzeichen abgeschnitten hatte. Weckten wir ihn zum Essen, dann löffelte er sein Geschirr leer, legte sich gegen die Wand und starrte vor sich hin. Manchmal, wenn sein Blick auf mich fiel, lächelte er schwach, und er konnte dann sagen: Na, Junge, wir kommen wohl nicht voneinander los. Er nahm es Ina nicht übel, wenn sie ihn im Schlaf kitzelte, er brummte nur versöhnlich; auch wenn man auf ihn trat oder etwas auf ihn fallen ließ, brummte er nur versöhnlich. Die einzige, die auf seinen Schlaf Rücksicht nahm, war Dorothea, sie hantierte behutsam, trat leise auf, zischte uns Ermahnungen zu, sie wußte, daß es irgendwann ein endgültiges Erwachen geben würde – nach einer Ruhe, die er damals wohl nötig hatte. Nichts wurde auf entschiedene Dauer geplant; was uns wichtig erschien, wurde verschoben auf den Tag seines endgültigen Erwachens, und als Joachim mich einmal fragte: Wie lange willst du noch bei uns bleiben, antwortete Dorothea für ihn: Wart nur, bis Papa aufgestanden ist, dann wird alles geregelt.

Bis zum Mittagszug ist noch Zeit, es lohnt sich nicht mehr, etwas anzufangen, ich werde durch die Nadelholzquartiere gehen bis zur Sandgrube, auf den Bahndamm steigen und an den Gleisen horchen und dann zwischen den Gleisen entlanggehen zum Bahnhof. Ich kann nicht früh genug auf dem Bahnhof sein; selbst hier in Hollenhusen, wo die Züge nur selten halten und wo nur immer dann etwas los ist, wenn wir eine größere Sendung Bäume und Pflanzen auf den Weg bringen, bin ich gern zu früh da, sehe mich um, lese die Bekanntmachungen und überlege mir, wohin die wenigen sonntäglich gekleideten Reisenden fahren könnten.

Eines Tages werde auch ich in die Stadt fahren, vielleicht mit dem Mittagszug, und vielleicht werde ich wie Max im letzten Waggon reisen und beim Einlaufen in einen Bahnhof das Fenster herunterlassen und mein Gesicht in den Fahrtwind halten; das kann schon sein. Wenn ich mich nach seinem Gepäck bücke, wird er gewiß wieder sagen: Nicht so eifrig, Bruno, zuerst muß ich sehen, ob du dich verändert hast; und er wird mir beide Hände auf die Schultern legen und feststellen, daß ich immer noch der alte bin. Ich aber werde sehen, daß er immer noch ein heimliches Leiden mit sich herumträgt, sein Lächeln wird die Bitternis nicht ganz verdrängen, diese ruhige Bitternis, die wohl kommt, wenn einer soviel versteht wie er. Wer weiß, wie alles jetzt wäre bei uns, wenn er die Hoffnungen des Chefs erfüllt hätte; daß der Chef zuerst auf ihn setzte und seine großen Pläne mit ihm hatte, konnte damals jeder erkennen, das zeigte sich bereits an dem Tag, an dem Max heimkehrte in seiner blauen Uniform. Weg waren der Schlaf, die Müdigkeit, die Schwermut; der Chef, der eben noch im Traum gesprochen hatte, war endgültig erwacht, er umarmte, beklopfte Max vor Freude und besann sich, daß er für diesen Augenblick eine kleine Dose Kaffee verborgen hatte, die fischte er aus der knisternden Tiefe seines Strohsacks. Endlich, Max, endlich, hat der Chef einmal zu ihm gesagt, und Max darauf: Ja, endlich, Vater, und danach haben sie sich kopfschüttelnd und ungläubig und glücklich angesehen. Und später ist er mitten im Erzählen aufgestanden und hat seinen Seesack herangeschleppt, aus dem er mehrere gefütterte Etuis herausholte, in jedem Etui sechs Obstmesser aus Sterlingsilber, schöne Messer mit geschwungener, breiter Klinge. Jeder bekam eines der Etuis geschenkt, die er aus dem Krieg mitgebracht hatte, aus der Offiziersmesse, in die sie ihn als Steward kommandiert hatten.

Hoffentlich stürzt die Apfelpyramide nicht zusammen, wenn ich mir im Vorübergehen ein paar schnappe, Dorothea hat mir zwar erlaubt, aus allen Fruchtschalen zu nehmen, die in der Festung herumstehen, doch sie weiß nicht, wie oft ich mich schon bedient habe. Dorothea spricht leise auf Ina ein, die in einem Ledersessel sitzt und vor sich hinweint, ich werde nichts sagen und einfach vorbeigehen, und wenn sie mich hören, werden sie schon denken, daß ich es gewesen bin, der da vorbeigegangen ist.

In unserer Barackenzeit hat Ina mir einmal gezeigt, wie man einen Schmerz aushält; sie hat sich eine Stopfnadel – eine große, wie man sie zum Nähen von Säcken braucht – in die Hand getrieben, in den Handballen, ganz langsam hat sie die Nadel hineingedrückt, und ich habe in ihr mageres, wachsames Gesicht gesehen und mußte ihr bestätigen, daß nicht eine einzige Träne kam. Meistens war sie gut zu mir damals, wie oft schob sie mir heimlich zu, was sie nicht mehr essen wollte oder konnte; wir saßen nebeneinander am Tisch, und sobald sie eine angebissene Brotscheibe wie absichtslos auf ihren Schoß senkte, wußte ich bereits, daß die für mich bestimmt war. Aber sie hat mich auch traurig gemacht, besonders an einem Sonntag im Winter, als ich sie auf ihrem selbstgemachten Schlitten durch glitzernden Schnee zog und wir bei der Rückkehr vom verschneiten Dänenwäldchen ihren beiden Freundinnen begegneten. Die Freundinnen fragten sie, wer ich sei, und Ina nannte mich ihr neues Pferd, ihr Pferd Bruno, das alle Gangarten beherrschte; um es ihnen gleich zu beweisen, lud sie ihre Freundinnen ein, sich auf den Schlitten zu setzen, und obwohl ich müde war und meine Schulter weh tat, zog ich sie durch den Schnee, trabte, wie Ina es verlangte, machte kleine Galoppsprünge, zerrte und schnaufte, schwer war es die Hügel hinauf, hügelabwärts fuhr der Schlitten mir mit Wucht in die Kniekehlen, alles zu ihrer Freude. Ina hat behauptet, daß ich später, als wir allein waren, versucht haben soll, ihr den Hals zuzudrücken; unter den alten Kiefern soll es gewesen sein, wo wir uns nach ihrem Wunsch mit Schnee »einseiften«; aber davon weiß ich nichts, das muß sie erfunden haben. Zu Hause hat sie es jedenfalls erzählt;

ich lag auf meinem Strohsack und hörte ihre flüsternde Unterhaltung, trotz meiner Erschöpfung konnte ich nicht einschlafen, und ich bekam mit, wie Dorothea sie beruhigte und der Chef ihr behutsame Vorwürfe machte und sie zu Schonung und Nachsicht mir gegenüber ermahnte.

Kann sein, daß er jetzt am Fenster steht und mich beobachtet, wie ich den Hauptweg hinabgehe, ich will mich nicht umsehen, obwohl ich ihm gern zuwinken möchte, ja, er beobachtet mich bestimmt, denn meine Beine versteifen sich und die Hand beginnt zu zucken und die Haut rauht sich auf wie von einem Schauer. Ich kann mir vorstellen, daß er sich eingeschlossen hat, um ungestört nachzudenken, über sich und uns alle, ganz besonders aber über das, was man ihm angetan hat. Vielleicht wird er sich auch daran erinnern, wie wir beide hier über das Land gingen, über dies zermahlene Soldatenland, er mit Hammer und Eisenrohr voran, das ihm einen richtigen Erdbohrstock ersetzte, und ich hinter ihm mit dem Beutel, in dem die Blechdosen schepperten.

Nach seinem endgültigen Erwachen zog es ihn jeden Tag auf den verlassenen Exerzierplatz hinaus, er schritt ihn aus, er streifte durch Gebüsch und Kuschelfichten, ich sah ihn allein lange auf dem Hügel sitzen, fand ihn, wie er ganz alte Panzerspuren untersuchte, erkannte von weitem, wie er geborstenen, metallenen Krempel zusammentrug, das aber schon planvoll. Mit uns sprach er nicht über seine täglichen Gänge, er hätte sich wohl nur gefreut, wenn Max ihn begleitet hätte, bei jedem Aufbruch fragte er ihn, ob er nicht mit hinauskommen wolle, oft bat er ihn sogar darum, doch Max hatte immer dringende Arbeiten vor, Max bedauerte und blieb vor seiner selbstgemachten Schreibplatte sitzen, die er aufs Fensterbrett legte und mit einer Latte abstützte. Ich weiß nicht, warum er Joachim niemals bat, ihn zu begleiten, denn man konnte ihm anmerken, daß er den Wunsch hatte, begleitet zu werden; zuviel hatte sich in ihm angesammelt, aber vielleicht versprach er sich nichts von Joachims Begleitung, weil der so zart war und so stockbeinig wie ein Fohlen. So ging er zuerst allein, ohne zu wissen, daß ich ihm mitunter folgte und ihn im Auge behielt, so lange, bis er mich einmal im Haselgebüsch ertappte. Als er mich an den Beinen aus dem Haselgebüsch zog, hatte ich Angst, daß er mich schlagen würde, aber der Chef hat mich niemals geschlagen, in all den Jahren nicht; und damals lachte er nur triumphierend und sagte: Siehst du, Bruno, man muß auch nach hinten sichern. Und am nächsten Morgen war ich es, den er vor allen aufforderte, ihn zu begleiten.

Ich war glücklich, ich trug gern den Stoffbeutel mit den Blechdosen, und ich hätte auch den Hammer und das Eisenrohr getragen, wenn er es nur zugelassen hätte. Mit ihm, da gab es überall etwas zu sehen; er zeigte mir seltene Vögel und eine Blindschleiche, einmal sogar zwei spielende Dachse; er brauchte nur plötzlich auf eine gewisse Art stehenzubleiben, dann wußte ich schon, daß es etwas zu sehen gab. Ich wunderte mich zuletzt nicht mehr, daß er alles mit Namen kannte und überall etwas herauslas, aus der Farbe der Gräser, aus der Farbe der Erde. Er schlug das Eisenrohr einen Meter tief in den Boden, lockerte es, hob es sachte heraus mit den verschiedenen Erdschichten, die es barg; ich drückte sie vorsichtig mit einem Stöckchen in seine Hand, er rieb die kleinen Proben, knetete sie, füllte sie auf die Blechschachteln ab und konnte zu jeder etwas sagen.

Einmal wollte er, daß ich es ihm nachmachte, ich mußte die Augen schließen, und er legte mir allerlei Erdproben in die Hand, klebrige, körnige, stumpfe, rauhe und fettige, aber es gelang mir nicht, den Boden zu bestimmen, zu dem sie gehörten, nur den sandigen Boden, den erriet ich. Am meisten freute er sich über die Streifen grauschwarzer Erde, er sagte, wenn er ein Baum wäre und sich einen Platz zum Wachsen aussuchen dürfte, dann würde er nicht auf gelber oder brauner, sondern auf grauschwarzer Erde stehen wollen, denn hier ist der Boden am besten durchlüftet und das Wasser kann bei Trockenheit leichter aufsteigen, und bei langem Regen kann das Überschußwasser rascher versickern.

Wir untersuchten den ganzen Exerzierplatz, schlugen das Eisenrohr in den Boden, wo früher Verteidigungsnester gewesen waren, nahmen Erdproben in der Senke, wo die Soldaten sich vielleicht zum Überraschungsangriff gesammelt hatten, und was er zusätzlich wissen wollte, das ließ sich der Chef von den Pflanzengesellschaften sagen, von der Golddistel, vom Knäuelgras und, wo es zum Flüßchen Holle hinabging, vom Moor-Labkraut. Und eines Tages – wir saßen im Schatten des eingesackten Übungspanzers und aßen unser Brot – sagte er zu mir: Wir werden etwas machen aus diesem Land, auch die Gutachten sprechen dafür; ja, Bruno, wir werden etwas machen aus dem Soldatenland. Er dachte noch ein wenig nach, dann sind wir sehr schnell nach Hause gegangen und haben unterwegs nicht mehr gesprochen.

Jetzt tue ich einfach so, als sähe ich Mirko nicht auf seinem neuen Stallmiststreuer, er pfeift schon, doch ich werde es nicht gehört haben. Er will mir ja doch nur zeigen, wie wendig seine Maschine ist zwischen den Quartieren, und wie leicht er sie beherrscht, und damit will er mich nur daran erinnern, daß ich keine Maschine bedienen darf, seinen Miststreuer nicht und nicht die Rodemaschine. Aus seiner Flasche werde ich nie mehr trinken, weil man danach immer hinfällt, aber ich werde mich gleich neben ihn setzen, wenn er von seinem Dorf erzählt, von den Bergen und den Tänzen und dem Piff-Paff der Jäger in den herbstlichen Wäldern. Vielleicht geht Magda nur so oft zu ihm, weil auch sie ihm gern zuhört, wenn er von seinem Dorf erzählt. Dort bei den Schmucktannen habe ich die Münzen vergraben und die Knöpfe und Kokarden, ich muß eine Liste mit allen Verstecken anlegen, eine Liste und eine Skizze, die ich ins Futter der Jacke einnähen werde, wie ich es mit dem anderen getan habe, mit der Patronenhülse. Wenn ich sterbe und die Verstecke nicht selbst räumen kann, dann soll alles gefunden werden.

Eine Zeitlang macht es Spaß, zwischen den Schienen zu gehen, alle Schritte sind gleich lang, die Schwellen dulden kein Ausruhen, treiben einen voran, auf einer Schwelle mag ich nicht stehenbleiben; doch schon nach einer Weile werde ich müde, möchte den Schritt wechseln oder schlendern oder traben, und dann springe ich aus den Schienen auf den Schotterweg. Die Schienen melden noch nichts, nur ein fernes Singen und Knistern – der rhythmische Schlag, mit dem sich der Zug ankündigt, ist noch nicht zu hören. Aber lange wird es nicht mehr dauern, eine bepackte Karre wartet schon auf dem Bahnsteig, und vor dem großen Schild »Hollenhusen« steht ein alter Mann in Schwarz, der den Stationsnamen liest und nicht wegfindet; vielleicht fragt er sich, wie er hierher gekommen ist. Ich werde gleich zum Ende des Bahnsteigs gehen, denn wie immer wird Max im letzten Wagen sitzen. Diesmal wird er mir wohl kein Geschenk mitbringen, ich kann mir vorstellen, daß ihm keine Zeit blieb in der Eile des Aufbruchs; doch was er mir nicht mitbringt, das kann ich auch nicht verlieren, und es waren ja oft seine Geschenke, die ich verloren habe, die Mütze, die schönen Taschentücher. Fragt mich einer, wo ein Geschenk geblieben ist, dann muß ich schon damit rechnen, es verloren zu haben; manchmal denke ich schon, daß die Sachen bei mir nicht bleiben wollen, nicht einmal Dorotheas Geschenke.

Hollenhusen wächst und wächst, früher gab es nur eine Straße, und die führte hinein und hinaus, und jetzt haben sie Querwege und Ringwege und sogar einen Wanderweg; ich trau mich da kaum mehr hinein. Früher kannte ich auch fast jeden in Hollenhusen, jeder erwiderte meinen Gruß; jetzt gibt es zu viele hier, die ich nicht kenne, fremde Leute, die sich anstoßen, wenn ich vorbeigehe, und die mir schweigend nachgucken, als könnten sie mit meinem Gruß nichts anfangen. Das neue Gemeindehaus, das sie gebaut haben, hat so viele Zimmer, daß sich nicht einmal der Chef zurechtfand, als er meinetwegen dorthin bestellt wurde; wir mußten uns erst die Zimmernummer sagen lassen, und auch danach mußten wir noch auf Stühlen sitzen und warten.

Damals, in der Barackenzeit, sagte der Chef einfach: Los, Bruno, komm, wir wollen mal den Gemeindevorsteher besuchen, und dann gingen wir und holten Detlefsen, den Gemeindevorsteher, von seiner Häckselmaschine weg und ließen uns von ihm in eine niedrige Stube seines Hauses führen, das war schon das Gemeindebüro. Er hatte noch Häcksel auf dem Ärmel und am Kragen, als er uns gegenübersaß mit seinem langen sauertöpfischen Gesicht und nicht etwa uns musterte, sondern seinen Blick an eine gerahmte Photographie der Hollenhusener Hünengräber hängte. Der Chef hatte nichts mitgenommen, kein Papier und nichts, er sagte einfach, daß er den ehemaligen Exerzierplatz übernehmen möchte, um da Pflanzen und Bäume zu ziehen in den verschiedensten Kulturen; über die Bedingungen müßte wohl mit der Gemeinde gesprochen werden. Es ist guter Boden für Freilandquartiere, hat der Chef gesagt, dort könnten Laub- und Nadel- und Obstgehölze stehen, es ist gutes Land zur Anzucht, und für Hollenhusen würde bei allem etwas herauskommen. Das hat er gesagt, und er hat sich außerdem bereiterklärt, vor dem Gemeinderat zu erscheinen und Papiere vorzulegen, falls es gewünscht werden sollte. Der Gemeindevorsteher hörte immer nur zu, und er bewegte sich auch nicht, lang und steif wie ein Reihervogel hockte er vor uns, doch zum Schluß senkte er den Blick, sagte ganz langsam, daß er von allem Kenntnis genommen habe. Er sagte auch genau so langsam, daß er das Ansuchen des Chefs im Gemeinderat zur Sprache bringen werde, zu gegebener Zeit; allerdings, so sagte er, könne er ihm nichts garantieren, weil da vor dem Chef schon zwei andere Interessenten auf der Liste stünden, die ebenfalls ihre Pläne hätten mit dem alten Exerzierplatz, andere Pläne.

Er schluckte, sah uns undurchdringlich an und bleckte die Zähne, große, schadhafte Zähne mit gelblichem Belag, und da spürte ich, wie mein Hals schwoll, zuwuchs, etwas begann in mir zu klopfen, schnell, immer schneller, meine Hände bedeckten sich mit Schweiß, in den Schläfen wummerte es beim plötzlichen Andrang des Blutes, und während der Chef nur enttäuscht dasaß, hörte ich die Stimme des Gemeindevorstehers, gedämpft, monoton, wie aus einer Gruft, ich hörte seine Stimme, obwohl er die Lippen nicht bewegte, und die Stimme sagte: Du nicht, unser Land ist für unsere Leute, wir werden schon zwei finden, die es übernehmen wollen. Ich sah auf seine krummen, unruhig zuckenden Finger und wußte, daß ich mich nicht verhört hatte, es war seine Stimme, die nach innen sprach.

Daß der Chef nichts mitbekommen hatte, konnte ich zuerst gar nicht glauben, aber es war so, er war auf dem Heimweg ganz still vor Enttäuschung, weil er anerkennen mußte, daß es vor ihm noch zwei andere Interessenten gab, und er war schon nahe daran, auf alles zu verzichten. Weil ich mehrmals pinkeln mußte, blieb ich immer zurück, doch sobald ich ihn eingeholt hatte, wiederholte ich, was ich wußte, wiederholte nur die Worte, die die Stimme gesagt hatte, und zuletzt ist er stehengeblieben, hat mich grüblerisch angesehen und sich leicht auf die Unterlippe gebissen, und dann hat er gesagt: Ich glaube dir, Bruno, seltsam, ich hab das Gefühl, daß du recht hast; wir geben nicht auf. Er war sehr ernst. Er legte seinen Arm auf meine Schulter, und wir haben einen Umweg zur Holle gemacht, dort saßen wir im Ufergras, und der Chef erzählte von den Quartieren am Rand der Rominter Heide und von seinem Vater, der einen großen Fehler gemacht hatte, weil er sich spezialisierte, auf Großbäume spezialisierte. Wir, Bruno, hat der Chef gesagt, wir werden das nicht tun, und er hat mir zugenickt, als ob er schon gewonnen hätte.

Jetzt sind da schon fünf auf dem Bahnsteig, und ich verstehe nicht, warum sie so verdrossen und enttäuscht aussehen. Zwanzig Minuten Verspätung, hat der Mann in der Uniform gesagt, da kann man sich doch auf eine der Bänke setzen und sich alles mögliche vorstellen: was man vom Abteilfenster sehen wird und wie die Geschenke gefallen werden, dort, wo man ankommt, und was es zu essen geben wird. Ich warte gern, Warten ist eine meiner Lieblingsbeschäftigungen. Hier kann ich für mich allein sitzen und in die Richtung sehen, aus der Max kommen wird, und ich brauche nicht einmal die Augen zu schließen, damit er schon da ist, damit ich mir aussuchen kann, wie er mir entgegenkommt, bedrückt und schweigsam oder mit seinem traurigen Lächeln, das er für alles übrig hat. Die Luft zittert über den Gleisen, noch ist der Zug nicht zu hören, doch ich sehe Max schon, halte seine Hand, frage ihn schon mit den Augen ab.

Hier ist er plötzlich stehengeblieben, hier, beim neuen Geräteschuppen, und als ich dachte, daß er sich nur ein wenig ausruhen wollte, nahm er mir die Reisetasche aus der Hand und sagte: So, Bruno, nun geh ich besser allein, und er ist mit dem schweren Koffer – den er unbedingt selbst tragen wollte – und der Reisetasche den Hauptweg hinaufgegangen zur Festung, ohne sich auch nur einmal nach mir umzudrehen. Diesmal hat er nicht gefragt: Alles im Lot in Hollenhusen?, auch den Koffer wollte er mir nicht wie sonst überlassen, obwohl er doch weiß, daß ich mehr wegtragen kann als jeder hier, wenn es darauf ankommt. Fülliger ist Max geworden, sein Kinn drückt schon auf das quellende Fleisch, sein Riemen schneidet unterm Bauchnabel in den massigen Leib, und wenn er geht, muß ich an eine Ente denken. Viel zu sagen hatte er nicht; er wollte sich nur rasch davon überzeugen, daß ich noch der alte war, dann nickte er schon über die Gleise hinüber und ging mir voraus auf dem verbotenen Weg. In unseren Quartieren allerdings, da blieb er öfter als sonst stehen, und ich weiß nicht, ob er nur Atem holen wollte oder sich auf etwas besann, etwas wiederzufinden suchte. Ich wagte es nicht, das Marzipanbrot zu essen, das er mir auf dem Bahnsteig geschenkt hatte; solange er in seiner Nachdenklichkeit verharrte, wagte ich es nicht. Über den Chef sagte er kein Wort, wir beide erwähnten ihn einfach nicht, und je länger wir über ihn schwiegen, desto heftiger mußte ich an ihn denken, an den Mann, der mich seinen einzigen Freund genannt hat.

Sie fanden wohl nicht zueinander, Max und der Chef, anfangs nicht und zuletzt nicht, sie trieben auseinander wie Flöße, die von verschiedenen Winden erfaßt worden sind, und ich war viele Male traurig darüber, daß es dem Chef nicht gelang, Max auf seine Seite zu ziehen, trotz aller Bitten und Vorstellungen und aller Aussprachen, die sie auch dann führten, wenn ich dabei war.

Aber eines Tages hat der Chef es aufgegeben, und es war kein beliebiger, es war sein glücklichster Tag, wie er selbst gesagt hat – jener Freitag, an dem er den Pachtvertrag für den ganzen Exerzierplatz unterschrieb, einschließlich des feuchten Landes, das bis an die Holle reicht. Es gab Rührei mit Speck und Bratkartoffeln, er hatte es sich selbst gewünscht, und ich weiß noch: in meiner Vorfreude kletterte ich in die alte Föhre hinauf, um ihm entgegenzusehen, um ihm als erster zuzuwinken, sobald er auf der kleinen Brücke auftauchte, an meinem Kaddikstock baumelte ein weißer Lappen. Ich saß gern in der Föhre; wenn sie mich verspotteten oder verfolgten, kletterte ich bis zu den höchsten tragenden Astgabeln hinauf, keiner der Jungen aus den Nachbarbaracken wagte es, mir dorthin zu folgen, die Zweige verdeckten mich, und ich konnte es lange aushalten in meinem grünen Versteck, so lange, bis meine Angst sich legte. Der Chef wußte sofort, daß ich es war, der da hoch in der Föhre den Lappen schwenkte, er winkte von der Brücke zurück, nein, er winkte nicht, mit seiner hochgestreckten Faust machte er so einige Hammerschläge in die Luft; da erkannte ich, daß alles nach seinem Willen gegangen war. Ich lief ihm entgegen, er wischte mir übers Haar, seine Hand legte sich wie eine Klemme um meinen Nakken, und wenn ich aufblickte zu ihm, sah ich auf seinem breiten, straffen Gesicht nichts als grimmige Zufriedenheit. Es war gar nicht leicht, seinen Schritt aufzunehmen, ich zuckelte nur neben ihm her, mitunter glaubte ich, daß er mich vergessen hatte, aber bei dem eingegrabenen Übungspanzer, in dem ich die drei Vogelskelette fand, blieb er plötzlich stehen, sah mich lange an und sagte: Du hattest recht, Bruno, tatsächlich, es war gut, daß ich auf dich gehört habe. Das hat er gesagt, und dann sind wir nach Hause gegangen und haben gegessen, und nach dem Essen legte er den Pachtvertrag auf den Tisch, der auf neunundneunzig Jahre lautete und dem Chef das Vorkaufsrecht für das ehemalige Soldatenland einräumte. Dorothea hat ihn zuerst gelesen, man konnte ihr ansehen, wie sehr sie sich freute, doch es war eine zage Freude, das weiß ich noch, und während Joachim und Ina dann den Vertrag beguckten, hat sie aus einem Karton kleine lederne Beutel hervorgekramt, drei oder vier Beutel, in denen geflügelter Samen von Koniferen, aber auch von Laubgehölzen drin war. Von zu Hause, sagte sie, ich mußte sie einfach mitnehmen. Der Chef hat sie nur entgeistert angesehen, dann hat er sich ein paar Samen auf die Hand gekippt und sie ins Licht gehoben und festgestellt: Die sind keimfähig, und wenn sie noch ein paar Jahre liegen sollten.

Ich merkte schon, wie er immer wieder zu Max hinsah, der sich gleich nach dem Essen ruhig an seine Schreibplatte gesetzt hatte und da etwas aus Büchern herausschrieb und miteinander verglich, und auf einmal nahm der Chef den Pachtvertrag und legte ihn vor Max hin, legte ihn einfach auf den Schreibblock und die aufgeschlagenen Bücher und fragte sehr freundlich: Willst du nicht mal einen Blick draufwerfen, Junge? Das hab ich mitgebracht, jetzt haben wir es geschafft. Max nickte und fing an zu lesen, und der Chef angelte sich einen Hocker und setzte sich ebenfalls an die Schreibplatte, holte aus der Brusttasche ein Fläschchen heraus und stellte es aufs Fensterbrett. Weil Max so lange las, glaubten wir schon, daß er wieder mal einen Fehler entdeckt hatte – er braucht sich ja nur etwas unter die Augen zu halten, dann weiß er gleich, was nicht stimmt, nicht zusammenpaßt –, aber am Pachtvertrag hatte er nichts auszusetzen, er fand ihn gelungen, ja, das sagte er: ein gelungener Vertrag. Da Max nicht mittrinken wollte, trank der Chef allein, und er blickte hinaus auf das Land, das er übernommen hatte und freute sich. Ob ihr's glaubt oder nicht, sagte er, das ist einer der glücklichsten Tage meines Lebens.

Und er hat auch gesagt: Wir werden es ihnen zeigen, jetzt, wo der ganze Mist vorbei ist, wir werden ihnen zeigen, was sich aus diesem Land machen läßt, das nur Kommandos und genagelte Stiefel kennt; und dann hat er uns gesagt, was alles entstehen würde mit der Zeit, nach seinen Plänen, nach seinen Wünschen.

Alles war fertig in seinem Kopf, und als er das Land einteilte und bestimmte, sah ich schon die jungen Quartiere, bis zum Horizont standen die Gehölze, liefen die Saatbeete, ich sah die Schuppen und das Gewächshaus dort, wo er sie haben wollte, Wege zeigten sich, ganze Schulen von Pflanzen, die nach seinem Willen wuchsen, und alles wurde von einem dunklen, schützenden Band umschlossen, der Windhecke. Ich war ganz aufgeregt, als er den Exerzierplatz nach seinen Plänen verwandelte, als er all die Kenntnisse und Erfahrungen ausspielte, die er von weither mitgebracht hatte, vom Rand der Rominter Heide, und bei seinem Zutrauen und seiner Unbeirrbarkeit zweifelte ich nicht, daß ihm gelingen würde, was er sich vorgenommen hatte.

Einmal sagte er: Wie du siehst, Max, hab ich so meine Hoffnungen; ich hätte das Land auch für achtundvierzig Jahre kriegen können, aber das war mir zu wenig, ich erhöhte auf neunundneunzig und sicherte mir das Vorkaufsrecht. Und dann trank er zwei kleine Schlucke aus dem Fläschchen und sagte noch: Das Land, Max, Sicherheit gibt uns nur das Land. Jetzt wandte Max ihm das Gesicht zu und sah ihn verwundert an, nicht anders, als ob er sich gerade verhört hätte, er sah ihn so lange an, bis der Chef fragte: Hab ich nicht recht? Da schüttelte Max nur den Kopf und sagte: Denk an Großvater; und das war schon alles. Mir entging nicht, daß der Chef immer nur zu Max hinsprach, auch wenn er an ihm vorbeiblickte über das verschattete Land, ich spürte, wie er ihn anstecken wollte mit seiner Begeisterung, es war das letzte Mal, daß er so sprach, von der großen Aufgabe und der Zukunft und davon, daß man gemeinsam nicht zu schlagen wäre und daß eines Tages alles weitergegeben und übernommen werden könnte, es war wohl das letzte Mal; zum Schluß fragte der Chef: Was meinst du, Max?, und Max sagte leise: Jeder muß wohl das Instrument spielen, das für ihn gemacht ist. Das hat er gesagt.

Ich brauche nur daran zu denken, dann werde ich schon traurig, und ich sehe den Chef aufstehen und aus dem Fenster gucken; ein paarmal ließ er seine Hand auf den Rand der Schreibplatte fallen, sein Atem ging gepreßt, seine Augen wurden schmal, und ich erkannte, wieviel es ihm ausmachte, alleingelassen zu sein, und wie sehr er sich anstrengte, mit seiner Enttäuschung fertigzuwerden. Es schien ihm nicht zu gelingen; er, der sich kaum jemals mit etwas abfinden wollte, schien sich auch diesmal nicht mit der Antwort von Max abfinden zu können. Langsam ging er vom Fenster weg. Er öffnete die Ofenklappe und schmiß sie zu. Er griff sich ein Stück Feuerholz, wog es in der Hand und warf es zurück. Einem der Kartons, der unter dem eisernen Bettgestell hervorstand, gab er einen kleinen Spickfuß, so daß er zurückschorrte. Ich war ganz still vor Furcht. Nickend musterte er dann den geteilten Barackenraum, unsere Lager, die Rucksäcke, die Kartons, die Kiste und den Seesack, die alles enthielten, was ihnen noch geblieben war, was der Krieg ihnen gelassen hatte, und plötzlich sagte er: Na gut, mein Junge, und dann ging er. Wir warteten, aber er kam nicht unterm Fenster vorbei; Ina und Joachim, die ihm auf ein Zeichen von Dorothea folgten, kamen auch nicht unterm Fenster vorbei, nur ihre Stimmen waren einmal zu hören, als sie an der Gemeinschaftswasserleitung naßgespritzt wurden.

Ich weiß nicht, ob Dorothea Max trösten oder nur beschwichtigen wollte, sie stellte sich hinter ihn, beugte sich zu ihm hinab und begann zu flüstern, und ich machte keinen Versuch, zu verstehen, um was es ging, weil es nicht für mich bestimmt war. Am liebsten wäre ich hinausgegangen, aber damals hatte ich oft Angst vor einem Jungen, der die Schlechtigkeit schon im Blick hatte, Heiner Walendy hieß er, er hatte schon einmal Feuer gelegt. So blieb ich. Ich rührte mich nicht auf meinem Strohsack, schloß die Augen und dachte an den Großen Teich und an das Knarren und Quaken der Frösche dort, und bald wurde es so laut in meinem Kopf, daß ich mir die Ohren zuhalten mußte. Aber dann hörte ich doch, wie Max mal wieder Dorotheas Hände rieb, er mußte es oft tun, auch im Sommer, weil Dorothea oft an den Händen fror und kein Gefühl mehr in den Fingern hatte, manchmal rieb Max so heftig, daß Dorothea lachend protestierte. Ich hätte ihr auch gern die Hände warm gerieben, doch sie bat mich nie darum, und von mir aus wagte ich es nicht, ihr das anzubieten.

Als sie sich einig waren, hat sie Max wieder allein gelassen, und sie hat sich hingekniet und den Karton unter dem Bettgestell hervorgezogen, vermutlich, um nachzusehen, wieviel er abbekommen hatte durch den Fußtritt des Chefs. Sie hat den Deckel abgehoben und allerlei Papiere und Brieftaschen herausgenommen, auch zwei bemalte hölzerne Vögel hat sie hervorgeholt, die an einem Stab aufgehängt waren; schließlich geriet sie an das Album, in dem sie gleich blättern mußte, vor und zurück, mal ungläubig, mal erheitert. Was sie da wiederfand, hat sie so erfüllt, daß sie sich auf die Bettkante setzte und das Album auf ihren Schoß nahm, und auf einmal sagte sie prustend: Komm, Bruno, hier gibt's was zu sehen. Wir haben dann nebeneinander gesessen, und sie hat mir vergnügt die vielen eingeklebten Photos gezeigt, es waren alte, bräunliche Photos, manche wirkten verwaschen, an den Rändern löste sich alles in Licht auf, einige waren auch von kleinen Punkten gesprenkelt. Ich wollte es zuerst gar nicht glauben, daß das schwerköpfige Kind, das aus einer hochrädrigen überdachten Karre herausguckte und mit einer Rassel drohte, der Chef sein sollte, aber er war es, an seinen Augen erkannte ich ihn wieder. Er war es auch, der mit Wurstfingern und Faltenhals auf einem Fell lag, mühsam abgestemmt, und er war auch der kleine Hornist, der auf den Knien eines schuldbewußt dreinblickenden Mannes saß und sein Horn gerade an die Lippen setzen wollte. Dorothea zeigte mir den Chef mit einer Schultüte und als Reiter auf einem Pferd. Auf einem Photo war ein schöner Grabstein zu sehen, unter dem lag die Schwester des Chefs, die sich mit ihm zu früh aufs Eis gewagt hatte, beide waren eingebrochen, doch nur ihn haben sie retten können. Am leichtesten erkannte ich den Chef wieder, wenn er mit offenem Hemd vor dem Hintergrund der Kulturen stand, den Fuß auf eine Schubkarre gehoben, oder mit geschultertem Setzspaten; ich weiß das alles noch, und ich erinnere mich auch an zwei Bilder, auf denen der Chef und Dorothea drauf waren: einmal hielten sie sich auf einer Brücke an den Händen, deren Geländer bestimmt aus Birkenholz war, ein andermal trug der Chef eine Uniform und ging mit Dorothea durch ein Spalier von Männern, die alle wie Jäger aussahen. Als Dorothea das Album zuklappte, da sagte sie nur: Was gewesen ist, ist gewesen, aber sie sagte auch noch: Morgen wollen wir deine Photos abholen, Bruno.

Ich hab dann für mich gesessen und wie oft an die Memel gedacht, an den dunklen Fluß, der im Frühjahr alle nur möglichen Dinge vorbeibrachte, Stühle und tote Katzen und Flaschen und Bretterzeug noch und noch, und manchmal eine aufgeblähte Kuh, die sich steifbeinig in den Strudeln drehte und, wieder von der Strömung erfaßt, sacht weitertrieb. Breite geteerte Boote glitten in meiner Erinnerung unter braunen Segeln vorbei. Eine alte Frau ging über den mit Borke bedeckten Platz unseres Sägewerks, sie schleppte zwei Körbe, einen mit frischen Hechten, einen anderen mit geräucherten Flundern, sie kam gerade bis zum Gatter, da erschien mein Vater und sah in die Körbe und schickte die Frau weg, weil er Barsche haben wollte, immer nur Barsche. Pferdegespanne zogen große Stämme aus dem Fluß und schleiften sie zum Gatter hinauf. Aus dem weißgetünchten Verwalterhaus rief die Stimme meiner Mutter, mein Nachhilfelehrer war gekommen, er saß bereits am Tisch und aß Sandkuchen und trank Kaffee. Die

Dampfsirene ging, und unten am Fluß ließ ein Mann den langen Bootshaken fallen.

Auf einmal saßen wir in der Dämmerung, Ina und Joachim waren schon mehrmals hereingekommen und wieder fortgegangen, Regenschleier hingen über dem Exerzierplatz, und Dorothea schickte nun wieder mich und Max los, um den Chef zu suchen; sie war wohl in Sorge, weil er sonst nie vergaß, zu sagen, was er vorhatte und wohin er gehen wollte. Ich nahm mir gleich vor, den Chef allein zu finden, und rannte los, ohne auf Max zu hören, lief zwischen den Baracken hindurch zur Sandstraße und dann weiter bis zur mickrigen Schonung von Kuschelfichten, da lauschte ich erst einmal. In der Dunkelheit war ich noch nie auf dem Exerzierplatz gewesen, es war still, nichts bewegte sich, dennoch rechnete ich damit, daß man mich beobachtete, aus dem Gebüsch, vom Hügel herab, aus den Häuserattrappen. Ich mußte an den Feldwebel denken, von dem sie damals erzählten, daß er auf diesem Land verschwunden war – jetzt wissen wir alles, kennen sogar die Namen der Soldaten, die den Feldwebel hier hatten verschwinden lassen –, und ich schnürte vorsichtig bis zur Senke, schlug einen Haken und näherte mich von hinten dem eingegrabenen Übungspanzer. Die drei Vogelskelette lagen immer noch im Nest neben dem Fahrersitz, vermutlich waren die jungen Vögel verhungert, weil irgendjemand das Turmluk geschlossen hatte, ich weiß es nicht, ich nehm es nur an. Der Chef war nicht beim Übungspanzer, und so suchte ich weiter, bog Gesträuch auseinander, spähte auf die Schienen hinab, folgte dem zerwühlten Weg, der zu den Häuserattrappen führte. Einmal schreckte ich einen Hasen auf, einmal warf ich mich auf die Erde, weil ein sausender Luftzug knapp über meinen Kopf hinwegging, ein scharfes Wehen wie von sehr großen Schwingen.

Und plötzlich sah ich in einer Hausattrappe ein Streichholz aufflammen, es entzündete keine Tabaksglut, es wanderte an einer Wand entlang, an einem Holzbalken in der Wand, der noch nicht geklaut worden war wie all das andere, das man verbrennen konnte. Drei, vier Streichhölzer flammten auf, und alle warfen ihr bescheidenes Licht auf den Balken, der wohl auf seine Brauchbarkeit geprüft wurde. Da schlich ich mich näher heran, denn ich dachte, daß gleich ein Brecheisen in die Mauer fahren, daß die Mauer zusammenkrachen und den Balken freigeben würde, doch alles blieb ruhig.

Er packte mich von hinten, sein Würgegriff war so fest, daß ich kaum noch Luft bekam, und langsam hob er mich vom Boden hoch und schüttelte mich. Mein Herz schlug gegen die Rippen; ich wollte schreien, doch ich konnte es nicht, und als ich schon das Schlimmste dachte, ließ er mich los und riß mich am Hemd herum und fragte nur: Wer bist du, hm? Wer bist du? Zuerst konnte ich gar nichts sagen, so groß war mein Schreck, ich brauchte eine ganze Zeit, bis ich ihm antworten konnte: Aus den Baracken, von dort, und ich zeigte auf die schwachen Lichter. Da wollte er gar nicht mehr wissen, was ich hier draußen suchte, er sagte: Hier gibt's nichts mehr zu stehlen; was zu stehlen war, habt ihr längst weggeschleppt, und dann sagte er auch noch: Laß dich hier nicht wieder sehen, ihr habt hier draußen nichts zu suchen, ihr gehört nicht hierher. Es war Lauritzen, der das zu mir gesagt hat, ich hab ihn bei unserer nächsten Begegnung gleich wiedererkannt an seiner Stimme, der krumme, eigensinnige Lauritzen, der nie erfuhr, wem er auf dem Exerzierplatz gedroht hatte.

Alle waren schon zu Hause, auch Max, alle warteten auf den Chef, der nicht kommen wollte, obwohl es schon lange dunkel war und nichts mehr sich selbst glich; wir hielten die Fenster besetzt, horchten auf den Flur hinaus und fingen allmählich an, uns ein Unglück auszudenken, das ihn getroffen haben könnte: Wenn er nun aber, und falls ihn nun jemand, und er könnte doch auch; so fragten wir uns. Einmal hat eine Frau so laut im Traum geschrien, daß es in der ganzen Baracke zu hören war, doch keine Tür öffnete sich, und keine Schritte huschten hin und her, wir kannten das schon. Es war wohl sehr spät, als Dorothea mit der Taschenlampe hinausging, nur der zuckende, schwenkende Schein war zu sehen, der hierhin und dorthin in die Dunkelheit stach, sich sogar in die Wipfel der Kiefern verirrte, aber auch von der Taschenlampe ließ sich der Chef nicht finden. Wir haben dann das elektrische Licht ausgemacht und gewartet, keiner sagte mehr etwas, nur Max fragte einmal, ob er sich eine Gurke aus dem Steinkrug nehmen dürfe, und wir hörten zu, wie er sich zum Krug hintastete, das Pergamentpapier löste und da fischte, und plötzlich hatte auch ich eine tropfende Gurke in der Hand.

Die beiden Männer, die den Chef brachten, hatten wir nie zuvor gesehen, beide trugen gefärbte Uniformen und Soldatenstiefel. Sie hatten den Chef untergehakt und schleiften ihn herein, schleiften ihn bis zu seinem Strohsack und ließen ihn so berechnet fallen, daß er sich nicht weh tat, und dann grüßten sie Dorothea militärisch und schoben ab, polternd über den langen Flur. Der Chef schluckte immerfort, Speichel floß aus seinem Mund, und ab und zu wischte er sich übers Gesicht, als wollte er Fliegen verscheuchen, und mit den Füßen machte er scharrende Bewegungen. Es gluckste aus ihm, er röchelte. Manchmal ging ein schwaches Lächeln über sein Gesicht. Alle setzten sich auf Joachims Lager und sahen zu, wie Dorothea den Chef auszog, die Stiefel zuerst, dann die Strümpfe und die Joppe und das Hemd, zuletzt zog sie ihm die lehmverschmierte Hose aus, und dann wurde ich zum ersten Mal gewahr, wie viele Narben der Chef hatte, eine lange, geschwungene über der Hüfte, zwei sternförmige an der Schulter, am Oberschenkel hatte er eine Narbe und eine rot unterfeuerte auf der Brust, insgesamt habe ich neun Narben gezählt. Sein Körper war breit, gedrungen, fettlos, die Haut straff gespannt; wie er so lag, erschienen mir die Arme reichlich lang. Er ließ alles mit sich geschehen, er blieb auch gelenkig und nachgiebig, als Dorothea ihn aufsetzte und ihm ein Nachthemd überstreifte, er schwankte und stieß auf, bevor er zurückfiel auf seinen Strohsack, grummelte er etwas, und das hörte sich an wie:

Morgen geht es los, morgen. Kaum lag er unter der Decke, da schlief er auch schon ein, und Max, der immer nur kopfschüttelnd zugeguckt hatte, sagte zu Dorothea: Das ist ja eine schöne Bescherung, worauf Dorothea ihn aus schmalen Augen musterte und sagte: Tu ja nicht so überheblich, davon begreifst du nichts, du weißt nicht, was er auf sich genommen hat – für uns alle.

Das war damals, als er den Pachtvertrag für neunundneunzig Jahre unterschrieb und zum letzten Mal mit Max über das Land sprach, für das er sich das Vorkaufsrecht gesichert hatte.

Wenn ich nur bei ihm bleiben kann, bei ihm. Er kann doch nicht aufhören zu arbeiten, auch wenn sie ihn entmündigt haben, vielleicht werden sie ihm etwas ausstükken, das feuchte Land an der Holle vielleicht, das er dann nach eigenem Ermessen bearbeiten darf, das saure unbenutzte Land, aus dem nur er einen Garten machen kann, über den alle staunen. Ich könnte mit ihm anfangen wie in der Barackenzeit, ich könnte ihm bei der Drainage helfen und beim Roden und Kultivieren und Düngen, wir hätten etwas für uns allein, und sein Wissen brauchte nicht brachzuliegen.

Doch wer weiß, was Max dazu sagen wird, den sie so eilig gerufen haben, diesmal war er anders als sonst, er wollte mit dem schweren Koffer allein gehen das letzte Stück, und er hat nicht gefragt: Alles im Lot in Hollenhusen? Auch von der Gerichtslinde hat er nichts gesagt und davon, daß ich ihn dorthin begleiten soll, wo wir früher so viele wichtige Dinge besprochen haben, wo er einmal sagte, daß nur das wichtig ist, was wir für wichtig halten. Aber vielleicht kommt er ja noch, und darum will ich lieber bei den Geräten bleiben, hier, wo er mich stehenließ.

Das ist das Eisen, das zur Mittagspause ruft, Ewaldsen schlägt es oder der launische Löbsack, das an einem Strick hängende Eisen, dessen schwingende Töne jeden finden, selbst wenn er in der Sandgrube arbeitet oder im Gewächshaus, sogar im Dänenwäldchen kann man bei Ostwind hören, daß hier Mittag geschlagen wird. So hoch, so durchdringend sind die Töne, daß es weh tut, wenn man in der Nähe des Eisens ist, und manchmal spüre ich auch, wie meine Haut ganz heiß wird und so ein Druck auf die Schläfen kommt, gerade, als möchte da etwas zerspringen. Dabei ist es nur ein Stück von einer abgefahrenen Schiene, das frei an der Seite des Schuppens hängt. Am liebsten möchte ich gleich losrennen, an den Rhododendren vorbei zur Festung und durch den Nebeneingang zu meinem Tisch, aber bestimmt wird dann die alte Lisbeth gleich wieder raunzen: Typisch, der Vielfraß ist der erste, und darum will ich erst die Drillmaschine fertigmachen, bevor ich hinübergehe. Daß ich im Vorraum zur Küche essen darf, kann ich nur dem Chef verdanken, er selbst hat es verfügt, und ein paarmal, wenn er naß war vom Regen oder wenn er zuviel Erde an den Sachen hatte und alles schnell gehen sollte, hat auch er hier gegessen, in diesem Raum, der hellblau gefliest ist bis in Augenhöhe, und wo alles gewaschen wird, das nachher auf den Tisch kommt. Mir würde es dort noch besser schmecken, wenn Lisbeth mich nicht immer unter Beobachtung hätte, kaum habe ich mich an den Tisch gesetzt, kaum hat Magda mir den Teller hingestellt, da öffnet sich schon die breite Klappe, und Lisbeth dreht sich auf ihrem

Stuhl so, daß sie mich im Auge hat, und sie guckt nie anders als düster und übellaunig. Obwohl sie so schwer ist und so kurzatmig, daß sie kaum noch gehen kann, wird sie nur ganz selten krank, in ihrem Gesicht hängt alles und schlackert und ist faltig, und wenn sie spricht, orgelt es aus ihrer Fülle herauf, daß man erschrecken könnte. Einmal hab ich gesehen, daß sie auf zwei Stühlen saß. Gegen sie, da wagt keiner etwas zu sagen, auch Magda nicht, die sie mitunter anfährt und zurechtweist, denn alle wissen, daß Lisbeth schon früher bei der Familie des Chefs war, in jener Zeit, als sie noch am Rande der Rominter Heide lebten, bis auf die Jahre, die sie im Gefängnis war, hat sie immer für die Zellers gearbeitet, und als sie eines Tages in Hollenhusen auftauchte, hat der Chef sie gleich hierbehalten, nicht anders, als hätte er auf sie gewartet.

Sie hat gar nicht geraunzt diesmal, sie hat nur genickt auf meinen Gruß und sitzt jetzt die ganze Zeit auf ihrem Stuhl vor dem Herd, rührt und schmeckt ab und hat kaum ein Auge für mich. Auch den Teller ließ sie sich nicht vorzeigen, den Magda für mich aufgefüllt hat, sie hat nur bestimmt, daß Magda die Fäden von den Kohlrouladen lösen soll, weil ich die sonst mit aufesse. Die Küchenklappe ist nicht einmal ganz geöffnet, ich kann Magda Zeichen geben, ohne daß Lisbeth es merkt, und Magda wagt es, mir eine zweite Portion zu bringen, heute wagt sie es. Sie hat mir sogar etwas zugeflüstert, ohne daß Lisbeth gleich wissen wollte, was wir zu flüstern haben. Aber jetzt flüstert sie mit Magda und füllt da etwas auf ein Schüsselchen und setzt es auf ein Tablett, wenn das man nicht für den Chef ist, etwas Leichtes, Einfaches, ein Brei, von dem jedenfalls keine schweren Träume kommen. Mir macht sie immer mit schweren Träumen Angst, sie tut so, als wüßte sie, was ich nach Schweinerippen träumen werde und was nach Bauchspeck mit Birnen und was nach Falschem Hasen, aber wenn sie mir vorausgesagt hat, daß ich im Traum verschüttet werde, dann sehe ich nur den Hakenmann, wie er barfuß durch unsere Quartiere geht und die Spitzen der jungen Pflanzen knickt.

Warum nicht, sage ich, denn es war ihre Stimme, die mich gefragt hat, ob ich einen Klacks Apfelgrütze essen möchte, es ist ein bißchen zuviel geworden, sagt sie, und ich soll nur hereinkommen und mir die kleine Glaskumme nehmen. Wenn sie vor einem sitzt mit ihrer gewölbten Nase und dem schütteren Haar, dann möchte man gleich Zutrauen zu ihr fassen und ihr bei allem helfen, und man möchte gar nicht glauben, daß sie soviel zu raunzen hat. Noch bevor ich mir die Glaskumme schnappe, hab ich schon gefragt, ob der Chef vielleicht krank ist, weil er sich Apfelgrütze bestellt hat. Krank, sagt sie schnaufend, du bist krank, und jetzt raus hier. Sie will nicht wissen, wie mir die Apfelgrütze schmeckt, unbeweglich hockt sie da, den Blick auf die Küchenhandtücher gerichtet, stierend, der kümmerliche Haarknoten sitzt ihr wie eine Maus im Nacken, die Hände liegen im Schoß zusammen. Jetzt wartet sie bestimmt nicht darauf, daß ich meinen Teller im Ausguß abspüle und den Tisch abwische.

Wenn Magda zu mir kommt in der Dunkelheit – und sie wird kommen, sie hat es angekündigt –, dann werde ich sie noch einmal fragen, warum Lisbeth im Gefängnis gewesen ist, ich kann mir gar nicht denken, daß sie im Schlaf ihr kleines Kind totgedrückt hat, aber Magda hat das gesagt, und sie hat immer recht. Wie Lisbeth mich anguckt; ich hab doch nur gefragt, ob es was zum Schleifen gibt, Messer oder Scheren. Sie hat ganz kleine dunkle Korinthenaugen und nickt mir zu, obwohl ich noch gar nicht gegrüßt habe, ich merke schon, daß sie allein sein möchte. Es hat gut geschmeckt, sage ich und sage auch: Ich geh jetzt schleifen.

Hier im Rhododendron finden sie mich nicht, ich kann mich hinsetzen und warten, hier bin ich sicher vor ihnen, denn daß sie mich suchen und sich wieder mal etwas für mich ausgedacht haben, kann ich schon von weitem erkennen: Inas Kinder. Wie zart sie der Schulranzen macht, beide sind schmalbrüstig, ihre Streichholzbeine drohen immer umzuknicken, und ihre Hälse sind so dünn, daß ich sie mit einer Hand umfassen könnte, Tim und Tobias. Gewiß haben sie es auf mich abgesehen. Einmal hielten sie mir eine rostige Falle hin und wollten mich überreden, den eingeklemmten Bonbon vom Köderbrettchen zu nehmen, doch ich drückte mit einem Stock auf das Brettchen, und als die Falle zugeschnappt war, nahm ich mir den Bonbon.

Ich möchte nur wissen, wo der Schulranzen geblieben ist, den der Chef mir geschenkt hat, vermutlich habe ich ihn verloren, wie ich auch all die andern Geschenke verloren habe, die Mütze, die schönen Taschentücher und das kleine Fernglas. Ina sagte damals, ich sei schon zu groß für einen Schulranzen und müßte eine Ledertasche mit mehreren Fächern haben, doch da hatte der Chef schon einen gebrauchten Ranzen besorgt, und er ließ es sich nicht nehmen, mich selbst zur Hollenhusener Schule zu begleiten, wo er mich für ein letztes Schuljahr angemeldet hatte.

Es gab zwei Klassen damals, eine für die Kleinen, eine für die Größeren, und ich kam zu den Großen, die mich gleich umringten und die Köpfe zusammensteckten und sich bestimmt etwas ausdachten für mich. Sie reichten mir alle nur bis zur Schulter, das sah ich, als wir uns auf dem huckligen Schulhof aufstellen mußten, und es fiel mir schwer, ihre Gesichter auseinanderzuhalten, alle waren glatt und blondwimprig und hatten den wissenden Blick. Wir waren noch nicht in dem Klassenraum mit den engen Bänken, da hatten sie schon ausprobiert, wie empfindlich meine Kniekehlen waren und mein Nacken, und die aufgeblasene Papiertüte, die sie an meinem Hinterkopf platzen ließen, hatte ihnen auch schon gezeigt, wie schreckhaft ich war. Ich war traurig, daß keiner neben mir sitzen wollte, weder Jens Redlefsen noch Lars Luderjahn wollten zu mir hinüberwechseln, am ersten Tag nicht und später nicht; dafür ließ mich unsere Lehrerin Fräulein Ratzum in der ersten Reihe sitzen, dicht bei der Tür. Fräulein Ratzum nannte mich immer nur »unsern Bruno«; wenn sie meine Meinung hören wollte, dann fragte sie: Was sagt denn unser Bruno dazu? oder: Möchte sich unser Bruno auch dazu äußern? Und manchmal fragte sie auch nur: Und unser Bruno?

Einmal hat sie uns von der Erfindung des Rades erzählt, sie hat gesagt, das Rad sei eine der schönsten und wichtigsten Erfindungen, zum Transport zum Beispiel, zur Fortbewegung, überhaupt, erst das Rad hat uns geholfen, die Ferne zu erobern. Als sie plötzlich fragte: Was meint unser Bruno dazu?, habe ich gesagt, daß auch die Pflanzen allerlei erfunden haben, um ihre Samen zu transportieren und die Ferne zu erobern: der Löwenzahn zum Beispiel, der seine Fallschirme ausschickt, die Klette, die sich an den Fuchs hängt, die Propellersamen der Linde und die Ähren des Wildhafers, die krabbeln und hüpfen können und ziemlich weit kommen. Fräulein Ratzum war zuerst überrascht, aber dann hat sie mir recht gegeben und vor allen gesagt: Unser Bruno hat sich Gedanken über ein großes Geheimnis gemacht. Das hat sie gesagt und mich aus beiden Augen, aus dem blaßblauen und dem grünlichen, nachdenklich angesehen.

Fräulein Ratzum war ganz übersät mit Sommersprossen – gefleckt und gesprenkelt die Stirn und der Hals und die fleischigen Arme; sie trug durchgeknöpfte Wanderschuhe und meistens graue Wollkleider; wenn sie mit uns ein Lied einübte, flackerten im Hintergrund ihrer verschiedenfarbigen Augen zwei kleine Lichter. Sie wohnte für sich auf dem Altenteil eines Hofes, ich weiß noch: bei Steenberg, und wenn man über die Hecke linste, konnte man sehen, wie sie sich wusch oder allein aß und unsere Hefte korrigierte. Als Schnee fiel, bin ich schon sehr früh an der Hecke gewesen und habe dort im Dunkeln gewartet, bis sie rauskam, und dann habe ich ihr angeboten, ihre Tasche zu tragen, und sie hat mir den Schnee vom Haar gewischt und gesagt: Unser Bruno ist ein wirklicher Kavalier. Ich habe oft auf sie gewartet, bei Glatteis, bei Tauwetter, wenn unsere Straße absoff, einmal sind wir Hand in Hand über Matsch und Pfützen gesprungen, und als die Morgen heller und wärmer wurden, haben wir einen Umweg über das Dänenwäldchen gemacht, und ich habe ihr gezeigt, wie die Ameisen die Samen der Veilchen wegtransportierten.

Am liebsten hätte ich sie für mich allein als Lehrerin gehabt.

Es ist nie herausgekommen, wer ihren Stuhl so mit Leim bestrich, daß sie mit ihrem Wollkleid daran festklebte, doch die Leimtube, die fand sich auf einmal in meinem Schulranzen, Fräulein Ratzum selbst fischte sie bei der Untersuchung da heraus, und sie hat sie in der Hand gehalten und mich lange ungläubig angesehen, und ihre verschiedenfarbigen Augen wurden feucht. Tränen kamen ihr nicht, ihr Kinn hat nur einen Augenblick lang gezittert, und ihre Lippen haben gezuckt, und das war schon alles. Sie hat die Rückseite des Rocks nach vorn geholt und den Fleck betrachtet, der sich schon eindunkelte, sie hat auch ein bißchen zu reiben versucht, bekam jedoch gleich klebrige Finger, was die Bande hinter mir kichern und glucksen ließ. Ich sprang auf und wollte etwas sagen, doch mein Hals schwoll und wuchs zu, meine Hände wurden naß, in den Schläfen wummerte es, und obwohl meine Lehrerin jetzt dicht vor mir stand, sah ich sie wie durch einen Schleier, und ich hörte sie mit gedämpfter Stimme sagen: Warum, Bruno, warum hast du das gemacht, ich konnte nie klug aus dir werden, aber jetzt weiß ich, du bist wie die andern. Und sie sagte auch noch, ohne die Lippen zu bewegen: Ich bin traurig, sehr traurig; von mir hast du nichts mehr zu erwarten. Sie ließ mich stehen und ging zu ihrem Katheder und schrieb, es wurde ganz still in der Klasse. Ich stand und stand und horchte auf die Klopfgeräusche in meinem Kopf. Bis zum Ende der Stunde mußte ich stehn, und als sie das Klassenzimmer verließ, nickte sie mir nicht zu wie sonst.

Die Vögel waren noch nicht wach, da kauerte ich am nächsten Morgen schon hinter der Hecke, die Vorhänge in ihrer Stube waren noch zugezogen, Steenbergs Hund lag vor seiner Hütte auf dem harten Lehmboden und blinzelte mich an – wir kannten uns bereits so gut, daß er nicht mehr anschlug. Dann sangen die Vögel, zuerst machten sie nur Stimmproben hier und da, der Buchfink und der Fliegenschnepper, aber auch die Drossel und die Lerche und die

Goldammer, und allmählich stimmten sie ihren Gesang aufeinander ab, und ich mußte denken, daß Fräulein Ratzum all die Einsätze mit ihnen geübt hätte, daß überhaupt der ganze Chor von ihr zusammengestellt worden war. Ich hielt es kaum noch aus vor Ungeduld, ich kauerte nicht mehr hinter der Hecke, sondern ging hin und her, und auf einmal hörte ich, wie Fräulein Ratzum ein Fenster öffnete, und da war ich schon bei ihr und wünschte ihr einen guten Morgen.

Zuerst lächelte sie überrascht, dann aber ging ein Schatten über ihr Gesicht, und sie sagte leise: Es ist wohl besser, Bruno, wenn jeder für sich geht. Ich wollte ihr schnell sagen, was ich mir zurechtgelegt hatte, alles, was sie erfahren sollte, war Wort für Wort überlegt, aber auf einmal konnte ich nichts herausbringen, weil ich das graue Wollkleid ansehen mußte, das auf einem der Bügel vor dem Schrank hing. Es hatte rostbraune Flecken, wie versengelt sah es aus, von einem zu heißen Plätteisen versengelt. Unsere Lehrerin gab mir einen Klaps auf die Wange, nicht warnend, nicht strafend, sondern nur auffordernd, und dann sagte sie: Unser Bruno wird nun eine Zeitlang schön allein gehen; und mehr sagte sie nicht.

Ich lief fort, lief über die Wiesen und an der Holle entlang zum Dänenwäldchen, ich konnte nicht anhalten, wollte nur weiter und weiter, aber am Großen Teich, da stellten mir Erlenwurzeln ein Bein, und ich fiel hin und blieb liegen im Gras. Das Wasser war torfbraun, in der Tiefe schimmerte es golden, und dort, wo das Schilf hineingewandert war, blitzte es wie aus kleinen bewegten Spiegeln. Schlammwolken lagen über dem flachen verkrauteten Grund. Ich kroch ganz nah ans Wasser heran, und das Dröhnen, das ich beim Laufen gespürt hatte, nahm langsam ab, es hörte ganz auf, als ich mir eine verrunzelte Kalmuswurzel brach und ein bißchen von dem bitteren Fleisch aß. Die Wasserspinnen. Die Libellen. Die Käfer, die sich einfach absinken ließen. Überall lief es und ruderte und lauerte. Zwei Bläßhühner, immer nickend. Die Schleie, die plötzlich sprang. Am andern Ufer der Iltis, der krausnasig lauschte. Ich wollte ihm nachschleichen, doch er lockte mich nur zum Dänenwäldchen hinüber und verschwand auf einmal.

Ich weiß nicht, warum die andern so gegrinst haben, als ich in die Klasse kam, vielleicht, weil ich schmutzig war und verklebt und mit Kletten behängt, ich weiß es nicht mehr – ich weiß nur, daß ich zum ersten Mal zu spät zum Unterricht kam. Gleich mußte ich den Zeigestock nehmen und vor die Europa-Karte treten, blau, grün und rosa, gleich wollte Fräulein Ratzum von mir wissen, woher die Goten kamen, wohin sie wanderten und in welche Stämme sie zerfielen, zerfielen, ja: Unser Bruno wird uns das jetzt mal sagen. Da wurde der Zeigestock unruhig, er hob sich, tippte hier und da auf Gebirge und Wasser, kreiste unsicher und wollte sich nicht festlegen. Schwer und immer schwerer wurde meine Hand, schon starb das Gefühl für den Stock, und ein anderes Gefühl machte sich bemerkbar, so ein Schnüren, ein Pressen, ich spürte, wie es in meinen Fingern zu pulsen anfing, und vor meinen Augen sah ich deutlich eine Spirale, die sich drehte. Skandinavien, sagte eine Stimme, die nur die Stimme unserer Lehrerin sein konnte, und ich tippte mit gesammelter Konzentration auf Skandinavien, und Fräulein Ratzum lobte mich und bestätigte: Ja, von Skandinavien kamen die Goten und zogen zunächst zur Bernsteinküste und zur Weichselniederung. So, und nun weiter; doch ich wußte nicht weiter, ich ließ den Zeigestock pendeln und überlegte und horchte, bis ich aus der Ferne wieder die Stimme hörte, bis sie klar genug sagte: Du bist doch nahe dran, Bruno, zwischen Karpaten und Dnepr war eins ihrer Reiche. Sofort schlug ich einen großzügigen Kreis zwischen Karpaten und Dnepr, und Fräulein Ratzum sagte zufrieden: Siehst du, und zur Klasse: Merkt euch das, was unser Bruno aufzeigt.

Ich sah in ihr sommersprossiges Gesicht und wartete, mein linkes Auge brannte, etwas kam zwischen die Lippen, das säuerlich schmeckte, doch ich hielt es aus und wartete und hörte die Worte Ostgoten und Westgoten, nein, jetzt hörte ich die Worte nicht mehr, ich dachte sie einfach nach, weil unsere Lehrerin sie laut genug vordachte: Also die Ostgoten machten sich ein Reich in den südlichen Steppen Rußlands, und sie unternahmen große Raubzüge und besiegten einige Kaiser und verwüsteten Thrakien. Unser Bruno hat sich gut vorbereitet, sagte Fräulein Ratzum und starrte mich plötzlich besorgt an und fragte: Ist was, ist dir schlecht, hast du Fieber? Du bist ja ganz naß von Schweiß. Sie bugsierte mich zu meiner Bank in der ersten Reihe, und ich kam nicht mehr dran an diesem Tag, selbst beim Singen durfte ich sitzen bleiben, und nicht nur dies – am Ende der letzten Stunde nickte sie mir zu wie sonst. Vielleicht hat Heiner Walendy mir deswegen aufgelauert, er, der die Schlechtigkeit im Blick hatte, doch ich erkannte ihn früh und kletterte auf meine Föhre hinauf, kletterte bis zur höchsten tragenden Astgabel.

Weg, Bruno, sie sind weg, die mageren Quälgeister, jetzt kannst du zum Schleifen gehn – jetzt werde ich die Klingen über den Ölstein ziehen, daß das Holz die Schnitte gar nicht merkt, so sauber werden sie sein, so glatt und klar. Seit der Chef mir die Aufsicht gegeben hat über Messer, Scheren und Sägen und alles Veredlungsgerät, hat sich noch keiner beklagt über stumpfe Klingen oder verschmutzte Zähne der Sägebänder, bei mir hat alles seine Schärfe, seinen Biß, weil ich Winkel anschleife, wo Winkel hingehören, und die Schneiden flach lasse, wenn sie ursprünglich flach waren. Sind die Werkzeuge stumpf, dann kann es leicht Quetschwunden geben, hat der Chef gesagt, und darum prüfe ich jede Schneide auf ihre Schärfe, nehme mir ein weiches Holz und probiere Aufwärtsschnitte. Zuerst war es gar nicht leicht, all die Namen zu behalten, da müssen Okulier- und Kopuliermesser unterschieden werden, wir haben Hippen und Schnelläugler und dazu Amboß-Scheren und Baumbeutel und Papageienschnabelscheren und ich weiß nicht wie viele Sägen, doch es hat nicht lange gedauert, bis ich alle kannte, und jetzt brauche ich nur eine Griffschale in der Hand zu halten, dann weiß ich selbst im Dunkeln, welches Schneidewerkzeug es ist. Schleifen mag ich noch lieber als Umtopfen, es schmirgelt so schön, wenn der Ölstein den Stahl bearbeitet, es wetzt und zischt, und in meinem Bauch fängt es dann an zu kribbeln, gerade als ob ich gekitzelt werde. Hier ist das Sandpapier, hier der Lederriemen, der Lappen, das Ölkännchen, aus dem Gelenke und Federn etwas bekommen werden, jedes nur einen berechneten Tropfen. Einmal fehlte mir ein Stecklingsmesser mit geschliffener Spitze, ich hab es gleich gesehn, als ich die Schublade aufzog, und ich suchte und suchte das ganze Gerätehaus ab und die Quartiere, ohne es zu finden, und dann stellte es sich heraus, daß der Chef selbst das Messer herausgenommen hatte, nur um festzustellen, ob ich auch alles sorgfältig verwaltete, was er mir anvertraut hatte.

Das Messer, das Joachim mir einmal schenkte, hatte keine Edelstahlklinge, keine Messingeinlage, es hatte auch nicht den Griff aus Nußbaumholz, es war nur ein flaches silbriges Messer mit Korkenzieher. Ich hatte dem Chef nicht erzählt, daß Joachim dabei war, als ich an die Gerichtslinde gefesselt wurde und es dort eine ganze Nacht aushielt, ohne um Hilfe zu rufen, ich hatte Angst, mich an irgendeinen Namen zu erinnern, weil der Chef so aufgebracht war und mit allen einzeln abrechnen wollte, die mich festgebunden hatten, er wollte jedem den Hals umdrehen; das hat er gesagt. Joachim hockte auf seinem Lager und machte sich klein und sagte kein Wort, und ich sah, daß auch er Angst hatte. Als wir dann allein waren, zeigte er mir das Messer, er zeigte es mir und fragte, wie es mir gefiele; da wußte ich schon, daß er es mir schenken wollte und wofür. Du kannst es behalten, sagte er mir, und das war schon alles.

Verloren, auch dieses Messer habe ich verloren, vermutlich beim Hollenhusener Bahnhof, im Tulpenbeet unter der Pappel, zu der sie mich nach der Schule schleppten, zwinkernd und mit geheimnisvollen Andeutungen. Redlefsen war dabei und Luderjahn und ein zahmer Heiner Walendy, sie konnten das Ende der letzten Stunde kaum erwarten, sie machten mir Zeichen, während Fräulein Ratzum an der Tafel stand und schrieb, und die Zeichen besagten: Abgemacht, beeil dich, wir erwarten dich auf dem Schulhof.

Erst wenn man im Regen von der Schule zum Hollenhusener Bahnhof gehen muß, merkt man, wie weit der Weg ist; wir gingen und gingen, und sie verrieten mit keinem Wort, was sie mir zeigen wollten, auf meine Fragen nickten sie immer nur beschwichtigend: Wirst schon sehen, erst einmal weiter. Mir entging nicht, daß sie sich heimlich anstießen und auf etwas vorbereiteten, das entging mir nicht. Wir waren ganz naß, als wir am Bahnhof ankamen, und sie führten mich gleich über eine mickrige Grasfläche zur Pappel, auf die jeder zugehen mußte, der den Bahnhof verließ.

Das Plakat, ja, zuerst sah ich nur das Plakat, das da mit Reißzwecken in Augenhöhe befestigt war, und ich wunderte mich und schaute mich nach ihnen um, die jetzt dicht neben mir standen und meinen Blick abwiesen und ihn zu dem Plakat hinlenkten: Nun guck doch genauer hin. Ich las die Überschrift: Kinder suchen ihre Eltern; ich sah schnell über die sechs abgebildeten Kindergesichter, sie kamen mir wie Geschwister vor, alle stumpfnasig und mit starrem Blick, alle großköpfig – aber das lag wohl am Format. Um zweckdienliche Auskunft bat das Rote Kreuz, das weiß ich noch. Und dann sagte Heiner Walendy dicht an meinem Ohr: Der in der Mitte, der mit dem verrutschten Auge, kommt er dir nicht bekannt vor? Und plötzlich erkannte ich mich. Unter dem Photo stand: Bruno Messmer, mein Name, mein Geburtstag. Meinen Heimatort konnten sie nur vermuten, vielleicht Schlohmitten an der Memel. Kinder suchen ihre Eltern, das stand groß auf dem Plakat. Das bin ich, sagte ich zu den anderen, das bin ich, und auf einmal wurde es mir ganz heiß, und ich holte mein Messer heraus, um die Reißzwecken zu lösen, die kräftig in das Holz hineingedrückt waren. Das darfst du nicht, sagte Heiner Walendy, das Plakat darfst du nicht abmachen, und er packte mein Handgelenk und zog es herab, und die andern lachten. Sie lachten, und einer sagte: Unser Bruno weiß nicht mal, woher er kommt; und ein anderer sagte: Unsern Bruno, den haben sie in einem Krähennest gefunden. Und während Heiner Walendy immer noch mein Handgelenk festhielt, beschlossen sie, das Plakat in der Schule aufzuhängen, an die Tafel wollten sie es pinnen und mein Photo einkasteln und ausmalen. Da stieß ich sie zurück und riß das Plakat herunter, es war nur an den Enden zerfetzt, und ehe sie sich faßten und über mich herfielen, hatte ich es schon unter mein Hemd geschoben, unter mein nasses Hemd. Sie warfen mich gleich auf die Erde, und Heiner Walendy drückte mein Gesicht in das Tulpenbeet und verlangte das Plakat. Er ritt auf mir. Er drohte und forderte. Mit seinen Fäusten betrommelte er meinen Schulranzen. Erde war in meinem Mund, und in meinem Kopf dröhnte es. Ich weiß nicht mehr, woher ich auf einmal die Kraft hatte, mich abzustemmen und auf die Seite zu werfen, ich scharrte und fuchtelte und kam auf einmal frei, und Heiner Walendy, der eben noch auf mir geritten hatte, kippte langsam ab und blieb ruhig liegen. Da rannten die andern schon, und auch ich lief los, flitzte über die Gleise und den Schotterweg entlang, immerfort Erde spuckend, das Plakat unter meinem dreckigen Hemd, ich lief zu den Kuschelfichten auf dem Exerzierplatz, wollte mich da verstecken, glaubte dann aber doch, noch mehr Deckung in dem eingegrabenen Übungspanzer zu finden, den der Chef sprengen wollte, aber immer noch nicht gesprengt hatte. In der Kühle, in der Dämmerung hab ich auf dem Sitz des Richtschützen gesessen, das Turmluk war geschlossen, Licht kam nur durch die Sehschlitze, genug Licht, um mein Photo auf dem Plakat wiederzufinden, das ich auf den Knien hielt. Es war eines der Photos, die Dorothea von mir hatte machen lassen, ohne sie mir jemals zu zeigen. Lange sah ich auf mein Bild, las immer wieder die Bildunterschrift, und meine Trauer wurde so groß, daß ich nur noch den Wunsch hatte, zu verschwinden, für ein ganzes Jahr zu verschwinden in einer Erdspalte oder irgendwo. Ich stellte mir vor, daß die Erde sich öffnete, einfach aufrisse, und daß der Übungspanzer tiefer und tiefer sackte, bis er auf Grund geriet, bis nachstürzende Brocken ihn ganz zugedeckt hätten, so daß keiner uns aufspüren konnte unten in der Erde. Vergessen zu werden für eine Zeit, das wünschte ich mir. Aber dann hörte ich die Stimmen, die Rufe, sie kamen gedämpft aus der Ferne, aus der Dunkelheit, die über dem Exerzierplatz lag. Fackeln schwankten. Der Lichtstrahl von Taschenlampen wanderte den Boden ab. Durch den Sehschlitz erkannte ich, daß sich die Kette der Suchenden zum feuchten Land hinabbewegte, zur Holle. Einmal bellte ein Hund in meiner Nähe, doch er wurde von weither zurückgerufen und gehorchte. Obwohl ich die Rufe nicht verstehen konnte, wußte ich gleich, daß sie mir galten, wußte, daß die Männer unterwegs waren, um mich zu suchen. Ich zog die Hebel des Turmluks fest. Niemand konnte es nun von außen öffnen. Ich faltete das Plakat und schob es unter mein Hemd und wartete, entschlossen, auf keinen Anruf zu antworten und mich tot zu stellen, falls sie zurückkommen und mein Versteck untersuchen sollten. Und nach einer Weile kamen sie zurück, sie kamen genau auf mich zu, ohne meinen Namen zu rufen, mit ihren Fackeln näherten sie sich und ließen dem Hund freien Lauf, der gleich auf die Plattform sprang und zu winseln begann. Dann stieg einer der Männer auf die Plattform und versuchte, das Luk zu öffnen, er ruckte und fluchte, er hämmerte mit einem harten Gegenstand auf den Stahl, doch das Luk blieb geschlossen. Ich hörte, wie sie sich beratschlagten, ich lag ganz still und hörte ihnen zu mit diesem Druck auf den Schläfen, diesem Druck auf dem Magen, und plötzlich sagte der Chef: Von mir aus sollten wir ihn sprengen. Er sagte es so laut, daß es alle mitbekamen, und wie es schien, hatte keiner etwas dagegen, denn da wurde nicht mehr nachgefragt. Meine Hände zitterten ganz schön, als ich die Hebel des Turmluks bewegte, die Hebel widersetzten sich, sie klemmten, und auf einmal knisterte und tickte es in meinem Kopf, und ich schrie und schrie noch einmal, und da ging das Turmluk auf.

Wenn ich an diese Nacht denke, dann hebt der Chef mich vom Übungspanzer herunter, dann reibt er meine Schultern und den Rücken und hängt mir seine Joppe über, dann packt er mich am Genick und sagt: Das wirst du nie wieder tun, Bruno, nie wieder. Wir gingen zwischen den Fackeln, eine nach der andern blieb zurück oder erlosch, immer wieder gab er kurzen Abschied, kurzen Dank; zuletzt, bei den Baracken, trennten wir uns von dem alten Gollup, der bei feuchtem Wetter oft die Granatsplitter verfluchte, die in seiner Brust wanderten.

Dorothea erwartete uns schon, ich mußte mich ausziehen, mußte das Plakat abliefern, das sie behutsam glättete und zum Trocknen aufhängte, und dann mußte ich Heißes, Bitteres trinken, von dem mir bald schwindlig wurde, und mußte mich in eine graue Wolldecke wickeln. Weil meine Hände immer noch zitterten, hat Dorothea sie in ihre genommen und sie einfach fest umschlossen, und sie saß bei mir und hat ein paarmal gesagt, daß ich keine Angst zu haben brauchte; auch daß ich zu ihnen gehörte, hat sie gesagt, und daß ich immer bei ihnen bleiben könnte, wenn meine Eltern mich nicht holten. Wir wollen dich nicht loswerden, hat sie gesagt, aber vielleicht suchen dich deine Eltern, und damit sie hierher finden, haben wir dem Roten Kreuz dein Bild geschickt. Später ist auch der Chef zu mir gekommen, und er hat nicht mehr gesagt, als daß es erst einmal aus ist mit der Schule. Er erwähnte mit keinem Wort, daß ich Heiner Walendy das Messer in den Rücken gestoßen hatte, die große Klinge in den Rücken, das erfuhr ich erst am nächsten Morgen, als der Chef nicht wie sonst zum Exerzierplatz hinausging, sondern zur Schule. Als er mir beibrachte, was ich getan hatte, wollte ich es ihm zuerst nicht glauben, aber der Chef hat immer nur gesagt, was zutraf, und deshalb gab es keinen Zweifel daran, daß meine Klinge in Heiner Walendys Schulter gefahren war, leicht und mit

Schwung, und ohne daß ich es merkte. Wer weiß, wer mein Messer gefunden hat.

Jetzt werden sie mich wohl fortschicken, der Chef ist der einzige, der für mich gesorgt und mich beschützt hat, wenn es nötig war, doch nun haben sie ihn entmündigt, und das heißt gewiß, daß er nichts mehr zu sagen hat hier in Hollenhusen. Ich kann mir denken, daß sie ihm von jetzt an nur noch sein Gnadenbrot geben und ab und zu einen Wacholder, sie werden ihm nahelegen, nach Möglichkeit in seinem Zimmer zu bleiben, keine Anweisungen zu geben, keine Kunden durch die Quartiere zu begleiten, nichts. Wenn er nur mal auf die Terrasse käme oder sich zumindest am Fenster zeigte, wenn ich nur einmal mit ihm sprechen könnte unter vier Augen. Vielleicht weiß Magda einen Weg, Magda, die versprochen hat, in der Dunkelheit zu kommen, mit Resten, hoffentlich mit Resten. Der Chef ist der einzige, der verhindern kann, daß ich fortgehen muß, er, dem sie hier alles verdanken, auf den bisher jeder hörte. Sie können doch nicht vergessen haben, daß er es war, der dieses Land übernahm und es am Anfang mit geliehenem Gerät und gemieteten Pferden bearbeitete, und sie können sich doch wohl nicht darüber hinwegsetzen, daß alles hier mit seinem Namen verbunden ist.

Ich war ja von Anfang an dabei, zuerst nur an den Nachmittagen, und dann, nachdem er mich aus der Schule genommen hatte, von morgens bis abends, ich war dabei, als er das Land nach seinem Plan einteilte und Stück um Stück drainierte und pflügte und eggte. Er hatte es erreicht, daß ich nicht mehr zur Schule brauchte, und wenn ich aufwachte, aß ich schnell zwei Teller Grütze und lief zum Exerzierplatz hinaus, wo er schon hinter dem Gespann ging oder rodete oder Gräben aushob, manchmal mußte ich ihn im Nebel suchen, manchmal winkte er mir schon vom buschlosen Hügel. Kaum ein Tag, an dem er nicht etwas gefunden hätte für mich; bevor ich anfing, linste ich erst einmal in den verrosteten Stahlhelm, in den er alles hineinwarf, Knöpfe, Splitter, Kokarden, immer Patronenhülsen.

Weil ich nicht hinter den Tieren gehen konnte, sammelte ich Steine in einem Korb, sammelte den letzten Krempel von den gesprengten Häuserattrappen und Eisenteile und Blech, und sobald der Haufen mir bis zur Brust reichte, fuhr ich ihn mit dem Handwagen ab, mit dem Bollerwagen. Dort, wo unser Land an Lauritzens Äcker grenzte, zog ich eine Mauer hoch, türmte und schichtete das abgesammelte Zeug so aufeinander, daß man gut darauf sitzen und ausruhen konnte; nur die Flintsteine legte ich beiseite, mit den schwarz glänzenden Flintsteinen steckte ich mir einen eigenen kleinen Garten ab, in dessen Mitte eine Zwergbirke wuchs. Trocken war der Sommer, immer ging leichter Ostwind, über den Himmel zogen nur lockere Wolkenschleier. Näherten wir uns einander, der Chef und ich, oder passierten wir einander mit Gespann und Bollerwagen, dann nickten wir uns jedesmal zu, lächelten und nickten uns zu, und mitunter gaben wir uns auch kurze Zeichen der Freude und der Verschworenheit, und dann spürte ich kaum noch den Brustriemen. Damals wurde ich tagsüber überhaupt nicht müde. Ina, die wurde schnell müde, wenn sie mir manchmal nach der Schule half, Steine und gerodetes Holz zu sammeln, und Joachim brauchte sich nur zweimal zu bücken, dann mußte er sich schon ausruhen, ich aber wurde erst müde, wenn ich mich abends hinlegte.

Wer zuerst Dorothea mit dem Korb entdeckte, der stieß einen Pfiff aus, das hatte sich so ergeben ohne Abmachung, und auf den Pfiff ließen wir die Arbeit liegen und gingen zu meiner Mauer, wo Dorothea das Essen verteilte, Brot und Griebenschmalz und Äpfel und ungesüßten Hagebuttentee, ein paarmal auch dicke Bohnen und Kartoffelflinsen. Sie saß mit uns auf der Mauer und sah zu, wie wir aßen, sie achtete darauf, daß der Chef und ich unsere Hemden anzogen, und bevor sie mit leerem Korb wegging, lobte sie jedesmal, was wir getan hatten. Wenn der Chef aufzählte, was noch alles getan werden mußte vom Aufsanden bis zum Düngen, dann sagte sie: Wie wollt ihr das bloß schaffen? Und der Chef sagte: Stück für Stück und mit Brunos Hilfe, und dabei zwinkerte er mir zu. Das war ein seltenes Glück damals, ich brauchte nichts, ich entbehrte nichts, und mit jedem Tag konnten wir sehen, daß wir etwas gewonnen hatten, dazugewonnen. Machten wir Feierabend, dann ging es nicht gleich nach Hause, oft genug haben wir noch eine Weile auf der Mauer gesessen, und der Chef, dem hier keiner das Wasser reicht, hat von den verlorenen Quartieren am Rand der Rominter Heide erzählt, von den Quartieren im Sonnenaufgang, wie er sagte, oder er hat die Steine zur Hand genommen, die ich gesammelt hatte, und hat mir gesagt, was Feldspat ist, was Granit und Gneis. Er hat mir von der Herkunft der Steine erzählt, von ihrer Wanderschaft auf dem Rücken der Gletscher, und ich war dabei, wie das Eis aus dem Norden kam und Berge abhobelte und lange Täler grub und steinigen Schutt vor sich herschob – wovon er auch erzählte, ich war sogleich dabei. Nicht selten hatte ich dann den Wunsch, ein Baum in der Ebene zu sein, der frei und für sich stand, oder ein kleiner Fluß wie die Holle oder ein Findling, den die schmelzenden Gletscher verloren hatten; ich wollte das sein, um immer nur zusehen und zuhören zu können.

Einmal stießen wir im Wacholder auf einen Findling, er hob seinen bemoosten Rücken nur ein wenig heraus, den von grauen Flechten bespannten Rücken, der einige Dellen hatte wie von sehr harten Schlägen, und über den Kratzspuren liefen, dünn und scharf, als hätte jemand ein spitzes Eisen über den Stein gezogen. Der Chef erkannte gleich, daß der Findling tief hinabreichte in die Erde, er vermaß ihn mit einem Stück Draht, das er als Sonde gebrauchte, er stach und stocherte und fühlte, bis er die Größe des Steins festgestellt hatte, doch danach fand er sich nicht etwa mit ihm ab, sondern entschied, ihn auszugraben und wegzutransportieren. Und wir gruben und gruben, und der Findling wuchs sich nach unten und in die Länge aus, in seiner Gestalt glich er ein bißchen einem Walfisch – der klumpige, keulenartige Kopf, die allmähliche Verjüngung zum Ende hin –, und weil ihn an mehreren Stellen feine Wurzeln umklammert hielten, kam er mir so vor, als sei er in ein Netz gegangen. Ganz mit Erde beschmiert waren unsere Arme und der Hals und die Brust, als wir dicht am Stein arbeiteten, an diesem widerständigen Brocken, der sich nicht einmal rührte, wenn wir uns probeweise gegen ihn stemmten. Hätte ich etwas zu sagen gehabt, dann wäre der Stein in seinem Bett geblieben, aber der Chef hatte seine Gründe, ihn wegzubringen, und so gruben wir ihn frei und legten eine Gleitbahn an, eine Schräge im Erdreich, über die der Findling von den Pferden herausgeschleppt werden sollte.

Gerade hatten wir ihm die Kette umgelegt – die mit einem Schäkel verlängerte Kette, die in zwei Buchten um den Stein lief und mehrmals geknotet war –, da erschien Lauritzen über uns, krumm wie immer stand er da in seiner grünen Joppe, den Stock in den Boden gerammt, und wie immer guckte er nur abschätzig und ließ sich Zeit mit dem ersten Wort. Die Mauer, er wollte die Mauer weghaben, die ich aus den abgesammelten Steinen und dem ganzen sperrigen Krempel geschichtet hatte, er konnte sich nicht damit zufrieden geben, daß sie auf der Grenzlinie zwischen unserm und seinem Land verlief; weil es, solange er denken konnte, nie eine Mauer gegeben hatte, die die Felder in Hollenhusen voneinander trennte, war er nicht bereit, unsern langgezogenen Abfallhaufen zu dulden. Das sagte er, und dann verlangte er die sofortige Beseitigung der Mauer und äugte auf den Chef hinab, der sich, während er den Sitz der Kette verbesserte, an den Stein drückte, ächzend, heftig atmend, er arbeitete einfach auf seine Art weiter, ohne Lauritzen zu antworten, ohne ihm auch nur zu verstehen zu geben, wie weit er ihn verstanden hatte.

Eine Handbewegung, die machte er allerdings gegen unseren eigensinnigen Nachbarn, aber die konnte ebenso besagen: Schon gut, schon gut, wie auch: Verzieh dich endlich, und Lauritzen ging grußlos davon, und auch ich ging fort und sah aus der Ferne zu, wie der Chef die Pferde einspannte, wie er sie anziehen ließ, einmal und noch einmal. Weil sie es nicht mit mächtigem Zug schafften, sprangen sie an, daß die Erdklumpen nur so von ihren Hufen flogen, sie erhoben sich auf die Hinterhand, schüttelten sich, keilten aus und warfen die Köpfe; der Findling bewegte sich erst, als der Chef zwei Stämme auf die schräge Gleitbahn brachte. Mit stetigem Zug schleppten sie den Stein aus der Grube und dann gleich weiter bis zum Rand unseres Landes. Der Chef winkte mir, er war so erschöpft, daß er nichts sagen wollte oder konnte, sein Oberkörper war ganz naß, und unter der Haut an einer seiner neun Narben pulste es. Ich habe ihm mit seinem Hemd den Rücken abgerieben, und dann hat er sich auf den Findling gesetzt, und ich bin zu dem Loch gegangen und habe es zugeworfen, zur Hälfte zugeworfen mit der schwarzgrauen Erde. Ausdruckslos hat der Chef mir zugesehen, und als ich wieder zu ihm kam, hat er den Findling mit der flachen Hand beklopft und gesagt, daß er soeben seinen Grabstein geborgen habe. Unter dem kann man endgültig ausruhen, hat er auch noch gesagt.

An Lauritzen dachten wir nicht mehr, er fiel uns erst wieder ein, als wir an einem Morgen nur noch Reste meiner Mauer fanden, über Nacht war sie abgetragen worden, nicht ganz, aber doch erheblich an der Stelle, an der wir uns zum Essen hinsetzten, und all die abgesammelten Steine und Hölzer waren nicht etwa verschwunden, sondern lagen verstreut auf unserem Land, das aussah wie mit Pocken bedeckt. Da ging eine frische Wagenspur übers Land, ich zeigte sie dem Chef, und er verfolgte sie geduldig, ging hin und her und im Kreis und schließlich zur Holle hinab, das heißt zu der Behelfsbrücke, die Lauritzen sich hatte bauen lassen; dort stand er und beratschlagte sich mit sich selbst. Und dann sammelten wir gemeinsam ein, was verstreut war, und zogen wortlos unsere Mauer hoch, nicht mehr genau auf der Grenzlinie, sondern erkennbar auf unserm Teil, das Klicken und Poltern der Steine begleitete unsere Arbeit, und als Dorothea mit dem Korb kam, warf die Mauer schon einen schmalen Schatten.

Sie bestand nur wenige Tage, wieder fanden wir sie an

einem Morgen abgetragen, in weitem Umkreis, wütend hierhin und dorthin geschleudert, lag alles, woraus wir sie gebildet hatten, und nicht nur dies – mir kam es so vor, als ob da noch eine zusätzliche Ladung Steine auf unser Land gekarrt worden wäre, dazu rostige Teile von Landmaschinen und ein paar Stubben und Stacheldraht und eine löchrige Eisenbalje. Ich konnte gar nichts sagen, so erschrocken war ich, so ratlos, ich sah immer nur den Chef an, dessen Gesicht ganz dunkel wurde vor Erbitterung, der aber dennoch schweigend über das Land blickte, registrierend, als wollte er den Schaden bemessen, der uns zugefügt worden war, und nach einer Weile nickte er und sagte mit einer Stimme, in der weder Zorn noch Empörung war: Na, denn man los – und das war schon alles.

Er hörte mir nicht zu, er überging einfach meinen Vorschlag, ein paar Fallgruben zur Holle hin auszuheben und die schön zu tarnen, er schwieg auch zu meinem Plan, nachts auf Wache zu gehen; mit langsamen Bewegungen, wie geistesabwesend, schleppte er die verstreuten Dinge zusammen und hielt mich so dazu an, es ihm nachzutun.

Und wir schleppten und karrten und zogen abermals unsere Mauer hoch, und diesmal verging ein ganzer Tag, bis wir es geschafft hatten. Im Sonnenuntergang ruhten wir uns aus. Hinter Hollenhusen glomm es, leuchtete es gelbrot mit rätselhaftem Widerschein. Der Chef sagte: Nur aufhalten, Bruno, uns können sie hier nur aufhalten, aber niemals fertigmachen; das hat er gesagt, und ich mußte an seine neun Narben und zwei Schiffbrüche denken und daran, daß er eine Verschüttung in Rußland überlebt hatte, ein Zugattentat in Belgien, und daß es ihm als einzigem gelang, aus einem Hinterhalt zu entkommen, in den seine Kompanie in Kroatien geraten war.

Wortlos gingen wir nach Hause, und in der Nacht träumte ich von dem größten Findling der Welt, ein ganzes Dorf hatte auf ihm Platz gefunden, Höfe, Kirche, Schule, Gemeindehaus, der Findling war nur sanft gebuckelt, und wo die Sonne auf ihn traf, funkelten Quarz und Glimmer.

Und ich träumte, daß der Chef und ich den Findling heimlich vermaßen und dann so, daß es keiner merkte, die längste und stärkste Kette um ihn brachten, die sich denken läßt, eine Kette, die im Dänenwäldchen zusammenlief. Hier führte der Chef in der Dunkelheit alle Pferde hinein, die er auf den Koppeln um Schleswig fand, und als er hundert Pferde beisammen hatte, spannte er unter einem Gewitter an und erreichte es mit einem einzigen Kommando, daß alle Tiere zugleich anzogen, und ihre gesammelte Kraft lockerte den Findling, machte ihn nachgiebig und brachte ihn ins Gleiten mit allem, was er trug. Einmal fragte ich den Chef, wie weit er den Findling fortziehen wollte, und er sagte: Hinter den Horizont, ans Meer. Doch so weit kamen wir nicht, weil aus dem Loch, das der Findling zurückließ, Soldaten in den seltsamsten Uniformen heraufstiegen, es waren zumeist bärtige Soldaten, und sie schwärmten aus ohne Befehl und begannen, auf die Pferde zu schießen, mit fröhlichem Piff-Paff dezimierten sie das größte Gespann, das es je gegeben hat, bis zuletzt nur noch zwei Pferde übrig waren. Als sie den Chef und mich auf die beiden Pferde binden wollten, wachte ich auf und linste gleich zum Lager des Chefs hinüber; es war leer.

Und ich weiß nicht, wie verwirrt ich war, als wir tags darauf den von uns so genannten Kommandohügel hinaufstiegen. Wie so oft lag leichter Morgennebel über dem Exerzierplatz, und aus dem bereits ziehenden Nebel hoben sich die Rücken trabender Pferde und die Silhouetten grasenden Viehs, und zwischen ihnen gingen zwei Männer und fuchtelten und brüllten, um die Tiere abzudrängen, zur Holle hinunter, zu den Wiesen und Koppeln von Lauritzen. Die Tiere wollten nicht parieren, sie spielten mit ihren Treibern und foppten sie, es machte Freude, zuzusehen, wie sie aus dem Stand den schweren Bug herumwarfen oder durch plötzlichen Trab Abstand gewannen. Auch dem Chef schien es Freude zu machen, denn er lächelte und zeigte keine Eile, mit der Arbeit anzufangen. Er stieß mich an und deutete zu den Hafer- und Gerstenfeldern hinüber, auch dort standen Tiere, nein, sie standen nicht, sie wateten durch das Getreide, trotteten Schneisen hinein, wobei sie mit langer Zunge die Ähren büschelten und abrissen. Er machte mich auch darauf aufmerksam, daß alle Gatter offenstanden und daß der Behelfsbrücke die tragenden Balken und Bretter fehlten – einige waren ein Stück die Holle hinabgetrieben, hatten sich an der Biegung quergelegt und dämmten das Wasser –, und damit gab er mir zu verstehen, welch einen Umweg sie nun mit den Tieren machen müßten, um sie wieder auf das eingezäunte Weideland zu bringen.

Am liebsten hätte ich mich auf dem Hügel hingelegt und beobachtet, wie sie die bockigen Tiere von unserem Land abzutreiben versuchten, doch als die Sonne durchkam, erlaubte der Chef sich nicht mehr, untätig zuzusehen, er zog mich zu den Kuschelfichten hinab, die gerodet werden mußten, nicht bereit, den beiden Männern zu helfen, deren Hussa und Prrr und Wu-Ku aus allen Richtungen zu hören war. Manchmal vibrierte die Erde vom Hufschlag rennender Tiere. Manchmal brach ein einzelnes Tier bis zu uns durch, erschrak, sobald es Spitzhacke oder Spaten sah, und wendete gleich wieder. Wir kümmerten uns nicht um das Treiben. Hand in Hand fällten und rodeten wir, und es fiel mir zu, die dünneren, waagerecht kriechenden Nebenwurzeln zu ziehen, die oft genug mit einem Knall rissen; die Mutterwurzeln gruben wir aus. Mitleid hatte ich immer mit den weißen feinen Haarwurzeln; wenn ich die Erdkrümel von ihnen blies, wenn ich sie in den Wind hielt, dann fingen sie an zu zittern, zu strampeln, und es sah aus, als wollten sie weglaufen. Mehrmals habe ich sie abgerupft und gegessen; ich spürte sie kaum zwischen den Zähnen, auch einen eigenen Geschmack konnte ich nicht feststellen, obwohl sie, wie der Chef sagte, für Leben sorgten, Feuchtigkeit und Salze und was sonst noch nötig war, aufnahmen und weiterschickten.

Ohne den Reiter hätten sie die Tiere nicht forttreiben können. Es war ein junger Mann mit verschlossenem Gesicht, er ritt an uns vorbei ohne Gruß, er umrundete zuerst einmal die Tiere und drängte sie dann zusammen, doch nur, um die Pferde an eine Leine zu nehmen. Im Schritt ging es zur Holle hinunter und an der Holle entlang zur nächsten Behelfsbrücke, und das Vieh trottete hinterher, von Rufen und Drohungen in Bewegung gehalten. Mittags noch kamen ihre Rufe zu uns herüber, sahen wir die Männer durch die Felder laufen, um einzelne störrische Tiere einzufangen, und ich freute mich jedesmal, wenn ein Versuch mißlang. Nachdem sie es schließlich geschafft hatten, gingen sie zur Brücke und fischten Balken und Bretter aus dem Fluß und reparierten alles. Wie lange sie da stehen und zu uns herübergucken konnten! Vermutlich erwogen und bebrüteten sie da etwas, ohne sich einig zu werden.

Der Chef, der alles mitbekam, lächelte nur flüchtig und sagte einmal: Ich hab das Gefühl, Bruno, daß unsere Mauer von nun an stehenbleibt. Mehr sagte er nicht, und mich hat es nicht gewundert, daß er recht behalten hat.

Max hat mich nicht vergessen, es gibt keinen Zweifel, daß er nach mir Ausschau hält, dort auf der Terrasse, jetzt, nachdem er alle begrüßt und seinen Ratschlag abgegeben hat. Vielleicht will er mich einladen, ihn zur Gerichtslinde zu begleiten oder zum Hünengrab, um mir das Neueste aus der Festung zu erzählen, vielleicht will er mir auch nur erklären, warum er anders war als sonst bei unseren Wiedersehen, er, der meistens gut zu mir war und der immer Geduld hatte mit mir. Daß er zum Hauptweg hinabgeht und weiter in Richtung zum Gewächshaus, kann doch nur bedeuten, daß er mich zu Hause vermutet, also muß ich hinüber, denn er soll nicht vergebens bei mir anklopfen, nur anklopfen, warten und umkehren. Es ist ja auch möglich, daß er mich zum Zuhören braucht, wie schon so viele Male. Die Messer und Scheren kann ich später wegräumen; wenn Joachim seinen abendlichen Kontrollgang macht, wird schon alles an seinem Platz sein.

Er hat mich erkannt, hat mein Zeichen verstanden. Langsam, altes Haus, sagt er, langsam, und bleibt vor meiner Tür stehen und zeigt schmunzelnd auf die beiden Schlösser, zeigt so ausdauernd auf sie, daß mir gar nichts anderes übrigbleibt, als sie vor seinen Augen zu öffnen. Etwas bedrückt ihn, etwas setzt ihm zu, ich kann es seinen Bewegungen ansehen, der ganzen Art, wie er zu mir hineingeht: nicht gespannt und neugierig, sondern zögernd, als ob er etwas verbirgt, nein, so wie er bewegt sich einer mit schlechtem Gewissen, er hat etwas vor, das er selbst nicht entschuldigen kann, ich kenne doch Max. So also lebst du,

Bruno, gemütlich hast du es; das sagt er mit gespaltenem Interesse und geht herum und beklopft die Sessellehne, begutachtet die Aussicht, setzt sich auf den einzigen Hocker. Wie eilig er alles mustert, eilig und kalt; da kann er noch so gelassen tun, ich merke ihm an, daß er nach etwas fahndet, das er bei mir zu finden hofft, ich spüre, daß er am liebsten die Schubfächer meiner Kommode aufziehen und die dunkelblaue Truhe inspizieren möchte, die Dorothea mir geschenkt hat zu meinem einundzwanzigsten Geburtstag. Praktisch findet er das Gestell mit dem Vorhang, hinter dem meine Sachen hängen und die Schuhe und die Gummistiefel stehen, und die kleine Uhr in ihrem Marmorgehäuse gefällt ihm so sehr, daß er sie vom Fensterbrett herabnimmt. Nein, eine Reparatur lohnt sich nicht. Ob ich denn keine Taschenuhr habe, will er wissen, eine Uhr mit Sprungdeckel zum Beispiel. Nein, nein.

Er schüttelt den Kopf, weniger über mich als über sich selbst, er bereut wohl die Frage, er bereut es vermutlich überhaupt, zu mir gekommen zu sein. Endlich hat er sein Buch entdeckt, das einzige Buch, das bei mir liegt und das wie durch ein Wunder nicht verlorenging, sein Erstling, in den er hineingeschrieben hat: Bruno, dem geduldigsten Zuhörer, zur Erinnerung an gemeinsame Jahre. Mit traurigem Lächeln liest er die alte Widmung, sieht mich an und nickt, gerade so, als sei er immer noch einverstanden mit den Worten von damals. Vieles ist geschehen, sagt er, mit dem Buch, mit mir, mit meiner »Theorie des Eigentums«; na, du weißt ja. Er blättert in dem Buch, das er mir geschenkt hat; ich hab es schon fünfmal gelesen, und jedesmal hatte ich das Gefühl, in ein Loch zu fallen, in ein Loch mit glatten Wänden. Ja, schon fünfmal, aber ich werde es bestimmt noch ein sechstes Mal lesen, sage ich, und er legt das Buch an seinen Platz und steht auf und seufzt und weiß nicht, wie er sich einleiten soll.

Bruno? Ja? Du gehörst doch zu uns, Bruno, sagt er, du hast doch so lange mit uns gelebt, denk nur mal an die vergangene Zeit und an alles, was du dem Chef zu verdanken hast. Er bedenkt sich, verschränkt seine Finger, und ich merke, wie schwer es ihm fällt, weiterzusprechen. Ist der Chef krank? frage ich. Er antwortet mir nicht, dringend sieht er mich an, flüstert: Nur du, Bruno, du bist der einzige, den ich ins Vertrauen ziehen kann, du sollst wissen, daß sie sich Sorgen machen in der Festung. Um den Chef? frage ich. Sie vermissen dort einiges, sagt er, persönliche Dinge, wertvolle Dinge, sie sind einfach abhanden gekommen. Gestohlen? frage ich. Nein, sagt er, nicht gestohlen, Bruno, zumindest glauben sie es nicht; sie vermuten, daß es sich hier irgendwo befindet, hier in Hollenhusen. Ich soll die Augen offenhalten, sagt er, ich soll herumgehen und herausfinden, ob einer etwas hat, was ihm nicht zukommt, und jeden auffälligen oder verdächtigen Besitz soll ich sogleich melden, ihm, Max, der mich ins Vertrauen gezogen hat. Ja, sage ich. Vergiß nicht, sagt er, du bist einer von uns, wir müssen zusammenhalten, wir dürfen es nicht zulassen, daß alles sich auflöst und abhanden kommt; doch das wichtigste ist erst einmal Schweigen. Er gibt mir die Hand, und ich bin traurig, weil er traurig ist. Wie lange er meine Hand in der seinen hält, wie aufmerksam er in meinen Augen forscht, nicht anders, als ob er mir noch mehr vertrauen möchte, sich aber zunächst vergewissern muß, daß es bei mir gut aufgehoben ist. Weißt du, Bruno, fragt er, wie lange du schon meinen Vater Chef nennst? Von Anfang an, sage ich, weil alle ihn Chef nannten, habe ich ihn auch so genannt, von Anfang an und immer. Der Chef hat viel für uns getan, sagt er, doch wie es aussieht, müssen wir nun etwas für ihn tun.

Er geht mit gesenktem Gesicht, und ich kann ihm nicht nachsehen, in meinem Kopf schwirrt es wie von Junikäfern, erst einmal muß ich mich hinsetzen und warten, bis es still wird, bis ich alles ordnen und sortieren kann. Wenn ich noch den grünen Flaschenboden hätte, könnte ich mich gleich auf die Suche nach dem Verschwundenen machen, mit dem sandgeschliffenen Glas, das lange im Meer gelegen hat, könnte ich auch bestimmt einiges wiederfinden, ich brauchte nur den aufblitzenden Pfeilen zu folgen, die sich immer im Inneren zeigten, doch ein Schrotschuß von Joachim hat dem hilfreichen Glas ein Ende gemacht, es zerstäubte einfach in einem Sprühregen von Splittern. In den wenigen Tagen, in denen ich es besaß, konnte ich fast alles wiederfinden, was ich verloren hatte, der ehemalige Soldat hatte mir nicht zuviel versprochen, Simon, der streunende Alte, der es von weither mitbrachte, und der es mir schenkte, als ich ihn zum ersten Mal abends beim Graben auf unserem Land überraschte. Wenn es sich herausstellen sollte, daß ich hier nicht mehr bleiben kann, werde ich vielleicht herumziehen müssen wie er. Ich weiß nicht, wieviel ein Vormund zu bestimmen hat, doch falls er den Chef einschließen darf, dann bin ich immer bereit, ihm die Türen zu öffnen, so leise, daß es keiner merkt, und wenn er es nur will, würde ich überall mit ihm hingehen. Das müßte der Chef eigentlich wissen, er, der mich besser kennt als jeder andere hier, und der mich noch immer gehört hat, wenn ich ihm dringend etwas mitteilen mußte; auch wenn wir noch so weit voneinander entfernt waren, hat er mich verstanden. Als mich einmal die Kräfte verließen im Großen Teich, habe ich mich einfach an ihn gewandt, habe nicht einmal laut gerufen, sondern nur gedacht, daß er kommen muß, und obwohl er vorher nicht zu sehen war, kam er aus dem Dänenwäldchen gerannt und hatte gleich einen Strick in der Hand und warf ihn mir zu.

Es war nicht Inas Schuld, daß mich die Kräfte verließen, sie hat nur zu ihrer Freude Holzstücke ins Wasser geworfen, und ich hab sie zu meiner Freude apportiert, zu Ina, die mich überrascht hatte, als ich nackt war und mich abkühlen wollte. Sie saß in ihrem Badeanzug auf meinen Sachen, und jedesmal, wenn ich das Holzstück am Ufer ablegte, lobte sie mich.

Mit dem grünen Flaschenboden konnte man nur das wiederfinden, was über der Erde verlorengegangen war; alles, was in ihr lag, was verschüttet, vergraben, versenkt war, zeigte sich nicht in dem vom Meer geschliffenen Glas, das hat Simon damals gesagt, der streunende ehemalige Soldat, und das war wohl auch der Grund, warum er es wegschenkte und beim nächsten Mal, als er auf unserem Land auftauchte, einen schweren Magneten an einer Schnur hinter sich herzog, ein rot und blau bemaltes Eisen, das hüpfte und sprang, während er verbissen seine Kreise zog. Er duldete mich in seiner Nähe. So oft er auch grub und so oft er auch seine schmutzigen Skizzen befragte, er fand nicht, wonach er suchte, sein kurzstieliger Feldspaten stieß nirgends auf eine Bataillonskasse, die auf unserem Land vergraben sein sollte, doch ich weiß nicht, ob es das war, was ihn zu uns zog; vielleicht suchte er etwas anderes. Er grub nicht planlos, er grub immer in der Nähe der Stelle, wo einst der Findling gelegen hatte. Fünfmal grub er, dann gab er es auf, und nachdem er eine Weile niedergeschlagen dagesessen hatte, winkte er mich zu sich heran und wollte mir nichts anderes sagen, als daß dies Land gut gedüngt sei, sehr gut gedüngt, er selbst habe dazu beigetragen in vergangener Zeit. Er wollte nicht mit mir gehen, um den Chef zu begrüßen, er mußte dringend weiter, dem Chef sollte ich nur sagen, daß Simon hier gewesen sei, das war schon alles. Seine schuppige Eidechsenhaut rötete sich, als er aufstand und die Luft einsog und dann einfach davonging, nachdem er sich meinen Namen auf dem Rand einer schmutzigen Skizze notiert hatte.

Der Chef kannte keinen Simon, er schüttelte nur den Kopf, als ich ihm von dem Mann in dem langen Soldatenmantel erzählte; und ich weiß noch, er nahm sich nicht die Zeit, länger nachzudenken, als er in unserem Schuppen die Keimwilligkeit der Saat bestimmte, in der flachen, verschließbaren Bretterbude, die wir mit den Resten aus den Häuserattrappen hochgezogen hatten, in der Senke, durch die ein von uns erlaufener Weg führte. Hier ging kein Wind, hier kochte die Sonne. Nichts blieb dem Chef verborgen: wenn er die Samenschalen entfernte, wenn er die Saat wässerte oder in eine Lösung legte und rot werden ließ, wenn er die Samen von Koniferen und Buchen der Länge nach aufschnitt und den Embryo befreite, dann wußte er gleich, was während der Keimruhe geschehen war, und er konnte gleich sagen, ob das Gut sich eignete zur Versuchsaussaat. Er wässerte im Dunkeln, er rückte ins Licht, er ließ sich von Längs- und Querschnitten bestätigen, was er wissen mußte, und fast alles, was er abgezählt in Töpfen oder Schalen aussäte, lief auf und war gut für das Freiland.

Auch viel von der Saat, die Dorothea in ledernen Beuteln von den verlorenen Quartieren im Osten mitgebracht hatte, lief auf und hob sich und breitete sich aus unter den Glasscheiben, die der Chef über die Töpfe und Schalen gelegt hatte. Wenn er auf seinem dreibeinigen Hocker saß und das Aufgelaufene betrachtete, dann wollte er nicht angesprochen werden, still mußte ich mich verhalten, ich durfte nicht herumgehen, nicht hantieren, auch zu nahe kommen durfte ich ihm nicht, ich weiß nicht, warum, aber ich weiß, daß er mitunter die Lippen bewegte, daß er leise auf die Keimblätter hinabredete, auf die Kotyledonen. Manchmal, wenn ich auf dem rohen Arbeitstisch saß und ihm zusah, fühlte ich mich gar nicht mehr in meinem Körper, und ich vergaß zu atmen; alles summte dann, alles wurde leicht, und ich erschrak noch jedesmal, wenn der Chef aufstand und sagte: Komm, Bruno. Kein einziges Mal traf ich Joachim oder Max in unserm Schuppen, selten Dorothea und noch seltener Ina, ich glaube, daß der Chef am liebsten mit mir dort war, und das vor allem, weil er mich nach einer Weile gar nicht mehr bemerkte. Eines abends, als er mich beinahe eingeschlossen hatte, sagte er: Entschuldige, Bruno, aber dich kann man schon mal vergessen, ich hab gar nicht bemerkt, daß du bei mir warst.

So wie ich meinen eigenen Garten haben mußte, den ich mit Flintsteinen eingrenzte, so mußte ich damals auch mein eigenes Saatbeet haben, der Chef nickte dazu, und er hatte nichts dagegen, daß ich Humuserde zum alten Bootsskelett trug, das wir aus dem feuchten Land ausgegraben hatten, und den gut erhaltenen Bootsboden ausschüttete. Das Boot war vielleicht hundert Jahre alt, gegen die Härte der Spanten kam kein Messer an, schon nach wenigen Tagen begann das Holz sich unter der Sonne zu verfärben; es verlor seine Schwärze und wurde graubraun. Da es keine Ruderbänke hatte, konnte ich das Beet über die ganze Bootslänge anlegen, und dann säte ich Holunder, Eberesche und Stechginster ein, das eine angerottet, das andere gewaschen, und nach seiner Zeit lief das meiste auf, gegen den Wind durch Sackreste geschützt, die ich an den Spanten festgebunden hatte. Um meine kleine Pflanzung gegen Kaninchen zu sichern, legte ich einige Drahtschlingen aus, doch der Chef wollte es nicht haben, er sammelte wortlos die Schlingen ein und trug sie zur Bretterbude in der Senke.

Am liebsten saß ich im letzten Licht auf der Erde über dem Bootskiel, ich dachte mir ein braunes Segel und ein aus Ästen geflochtenes Ruderhaus, ließ die Holle breit und immer breiter werden, bis sie uns aufnehmen konnte, und dann dauerte es nicht lange, und mein schwimmender Garten trieb zu fernen Küsten, zur Mündung der Memel. Und sobald ich an die Memel dachte, an den geschwollenen Fluß, spürte ich auch schon den Schmerz, er stieg aus dem Bauch auf und drückte auf das Herz, und zuerst wußte ich nicht, wie ich mich wehren konnte, zuerst nicht, ich hockte immer nur ganz betäubt da, ganz gerädert, bis es mir einfiel, dem Schmerz zu antworten, einfach, indem ich mich niederließ und mit dem Kopf auf den Boden schlug, wieder und wieder, daß es in meinem Innern nur so dröhnte, und wenn das Dröhnen sich dann legte, war der Schmerz weg.

Einmal fand mich so der Chef, er trat dicht neben mich heran, ohne mich aufzuheben, er stand nur und wartete, und als ich mich aufrichtete, setzte er sich neben mich und wischte mir übers Haar. Gesagt hat er nichts; erst auf dem gemeinsamen Heimweg, als wir vom Hügel aus noch einmal das bearbeitete Land überblickten, murmelte er etwas für sich, ich hab nicht alles mitbekommen, ich verstand nur, daß jeder etwas mitschleppt, von dem er sich losschlagen möchte. Dort auf dem Hügel hat er es gesagt, wo jetzt die Festung steht, in der sie ihn vermutlich gefangenhalten, ihn, der immer alles bestimmte und festlegte und dem jeder hier etwas zu verdanken hat. Wenn er jetzt am Fenster auftauchte oder auf der Terrasse: ich würde gleich hinlaufen zu ihm und ihn mitziehen ohne ein Wort, hierher, zu mir, wo ich ihn alles fragen könnte, denn er kann mir bestimmt sagen, ob ich Hollenhusen verlassen muß. Er weiß, daß es hier keinen gibt, der so zu ihm gehalten und alles mitgemacht hat wie ich, Dorothea vielleicht ausgenommen, und er wird sich wohl noch erinnern, wie gut ich die hundert Aufträge ausgeführt habe, die ich in den vielen Jahren von ihm bekam.

Ich brauche nur an den Winter zu denken, in dem er mich mit dem Schlitten zum Dänenwäldchen schickte, um Bruchholz zu sammeln, nicht für uns, denn wir hatten genug gestapelt unter unsern beiden Barackenfenstern, sondern für den alten Magnussen, der auf einem verfallenen Hof für sich lebte, nur mit seinen Perlhühnern. Sie hatten nur ein paarmal miteinander gesprochen, der Chef und der Alte, über den krummen, löchrigen Zaun hinweg, nur so im Vorübergehen, und beim ersten Schnee schickte der Chef mich mit einer Schlittenfuhre Bruchholz zu dem verwahrlosten Anwesen, das alle nur Kollerhof nannten, ich weiß auch nicht, warum. Keiner von uns war jemals zuvor in dem Haus gewesen, Joachim nicht und Max und Ina nicht, nicht einmal Heiner Walendy hatte sich getraut, dem Alten zu folgen. Ich zog den Schlitten vors Haus und nahm mir nicht die Zeit, das Holz abzuladen und zu schichten; um schnell wegzukommen, kippte ich den Schlitten einfach um, so daß die Ladung in den Schnee fiel, doch Magnussen, der wohl den ganzen Tag am Fenster saß, hatte mich schon entdeckt, klopfte bereits dringend gegen die Scheibe, und als ich den Zugriemen über die Schulter nahm, stand er in der Tür und hielt mir seine Keksdose entgegen. Vorsichtig ging ich zu ihm hin, und weil ich die Hand nicht ausstreckte, steckte er mir seine Kekse in die Tasche, ganz voll stopfte er meine Tasche – niemals habe ich bessere

Kekse gegessen, sie schmeckten nach Anis und nach Rosenöl. Ich hab ihm noch mehrere Ladungen Bruchholz gebracht, die ich immer weniger eilig ablud, manchmal pfiff ich sogar bei der Annäherung, um ihn auf mich aufmerksam zu machen, aber er hatte mich immer schon gesehen und stand mit seiner Keksdose bereit und forderte mich auf, zu nehmen. Sein Haus betrat ich nicht.

Aber an einem Sonntag, an dem großflockiger Schnee fiel, erschien er weder hinter dem Fenster noch in der Tür, er erschien nicht, obwohl ich geräuschvoll ablud und meinen Aufbruch hinauszögerte, und da ich mich den ganzen Tag schon auf seine Kekse gefreut hatte, ging ich um das Haus, um ihn zu suchen, doch ich fand nur den verschneiten Kastenwagen und verschneite Pflüge und Brunnenrohre. Etwas warnte Bruno, etwas riet ihm, mit seinem Schlitten abzuziehen. Doch nachdem ich bemerkt hatte, wie der Wind mit der nur angelehnten Tür spielte, schlüpfte ich auf den Gang, dessen Boden aus hartem Lehm bestand, tastete mich vorwärts und schreckte einige Perlhühner auf, die in einer Ecke geschlafen hatten; zwischen meinen Beinen hindurch flohen die Hühner nach draußen.

Als Magnussen mich rief, wollte ich zuerst wegrennen, er wußte, daß ich es war, der vor seiner Wohnstube stand, und da sein Rufen nicht aufhörte und dringender wurde, ging ich zu ihm hinein und roch gleich die säuerliche verbrauchte Luft und sah ihn selbst auf seinem Lager liegen, angezogen, eine Pferdedecke um die Füße gewickelt. Über dem Lager hing ein großer Spiegel, in dessen Rand unzählige Postkarten steckten, und von einer niedrigen Kommode funkelte mich ein ausgestopfter Iltis an. Was ich sofort entdeckte, das waren Tellereisen und Fallen, die in einer offenen Kammer lagen, und dazu Aalgabeln und Harpunen und Pickeisen, mit denen man schlafende Fasane von den Ästen herunterpicken kann, zuerst blenden und dann herunterpicken.

Er winkte mich zu sich heran, er war jetzt sehr freundlich, und es war eine unerwartete Wärme in seinem Blick, als er mich aufforderte, das Bruchholz wieder aufzuladen und abzufahren, er sagte: Ich hab genug für die verbleibende Zeit, ich brauch nicht mehr. Dann schenkte er mir die geschlossene Keksdose und starrte auf die Decke und wollte nicht mehr sprechen, und ich ging hinaus und lud das Bruchholz auf, wie er es gewünscht hatte – sein eigener Stapel reichte vielleicht noch für acht Tage. So brachte ich meine Ladung nach Hause, schichtete sie unter dem Fenster, wo wir sie immer unter Beobachtung hatten, und als der Chef dazukam, erzählte ich ihm, daß der alte Magnussen das Holz nicht angenommen hatte und daß er still lag auf seinem Lager. Da ist der Chef allein durch das Stiemwetter zum Kollerhof gegangen, er wollte mich nicht mitnehmen, auch an den folgenden Tagen nicht, nur Dorothea, die hat er einmal mitgenommen, doch was sie dort taten, das weiß ich nicht. Jedenfalls, bevor er seinen bescheidenen Holzstapel aufgebraucht hatte, war Magnussen tot.

Und bald darauf verließen wir die Baracke und zogen auf den Kollerhof; es war Tauwetter, und wir beluden den Schlitten und die zweirädrige Karre, unsere Nachbarn standen dabei und sahen uns zu, ungläubig einige, andere mißgünstig, keiner ließ sich herbei, uns zu helfen, doch als wir mit der letzten Fuhre abzogen, wünschten uns ein paar alles Gute und begleiteten uns bis zum Bahndamm, von wo aus sie uns lange nachblickten.

Max war der einzige von uns, den der Umzug unerregt ließ; was ihm gehörte, sammelte und band er erst im letzten Augenblick zusammen, und so, wie er hinter der Karre hertrottete, mußte man von ihm annehmen, daß er mit jedem neuen Zuhause einverstanden war. Ina und Joachim stritten sich auf dem ganzen Weg darüber, wer von ihnen die große Kammer auf dem Boden beziehen sollte, deren Fenster zum Dänenwäldchen hinausgingen; sie waren schon vorher heimlich auf dem Kollerhof gewesen, zumindest waren sie um das Haus herumgeschlichen, um alles zu untersuchen. Am meisten leid tat mir Dorothea, sie saß vor unserem Aufbruch ganz regungslos auf den geschichteten Strohsäcken, ihre Lippen waren blaß, sie bibberte, und ich sah, daß sie weinen wollte und nicht weinen konnte; vielleicht fiel ihr der Abschied von diesem Raum so schwer. Doch dann, als der Chef und ich den Barackenraum ausfegten, als wir mit unseren Besen zusammenstießen und sie gleich darauf wie kleine feindliche Hunde übereinander herfallen ließen, da hob Dorothea das Gesicht und lächelte, und der Chef warf den Besen hin und zog sie hoch und hielt sie ganz fest. Ach, Dotti, sagte er, und das war schon alles, und dann schleppten sie gemeinsam die Strohsäcke hinaus.

Magnussens Neffe erwartete uns in der Wohnstube, ein selbstbewußter, altmodisch gekleideter Riese, der es bedauerte, uns das Haus nicht gereinigt übergeben zu können, nicht befreit von allem Krimskram und dem kuriosen Zeug, das sich so angesammelt hatte in einem Leben, dabei zeigte er auf zwei Haufen, zu denen er alles, was ihm nutzlos vorkam, zusammengeworfen hatte, fertig zum Abtransport. Ich beschloß gleich, den ausgestopften Iltis zu retten und einige Bilderrahmen und Formen zum Ausstechen von Keksen; doch zuerst folgten wir Magnussens Neffen durch das Haus, linsten in alle Kammern und Verschläge, legten unsere Hände auf den Kachelofen, prüften das Klo, das nur aus rohen Brettern gemacht war, zogen durch Stall und Schuppen, und zum Schluß bekam der Chef den einzigen Schlüssel, den es auf dem Kollerhof gab. Dann wünschte uns Magnussens Neffe eine gute Zeit und ging am Rand der überschwemmten Wiesen zum Bahnhof von Hollenhusen.

Der Wind, damals habe ich zum ersten Mal den Wind gesehen in seiner beweglichen Gestalt, ich habe ihn durch das einzige Fenster meiner Kammer gesehn, ein trübes Dachfenster, das auf den Himmel hinausführte: grauweiß zog er vorüber, drehte und verrenkte sich und ließ Laken hinter sich herflattern und Säcke, und dabei pfiff er und spielte auf knarrenden Drähten. Kaum war ich allein in der kleinen Bodenkammer, die der Chef mir angewiesen hatte, da sah ich ihn auch schon, und ich wollte gleich hinüberrennen zu Ina, die die große Bodenkammer bekommen hatte, wollte ihr zeigen, was ich entdeckt hatte, doch da teilte sich schon der Wind und fuhr in einen Saatkrähenschwarm, den er wohl aufs Dänenwäldchen hinabschleuderte. Als ich meine Kammer anguckte, da wußte ich bereits, daß ich oft wach liegen würde in der Nacht – es knisterte immerfort in den Wänden, aus dem moosbewachsenen Dach war manchmal ein Knurren zu hören, und weil dort, wo der Kamin war, die Bodenbretter nicht dicht schlossen, konnte ich verstehen, was unten vor sich ging, in der Wohnstube. Max und Joachim, die fanden sich erst damit ab, zusammenzuziehen, als der Chef versprach, eine Mauer zu durchbrechen und die geräumige Vorratskammer zum Arbeitszimmer zu machen. Um herauszubekommen, ob Ina mich belauschen konnte, klopfte ich ein paarmal an die gekalkte Holzwand, bald klopfte sie zurück, und da wußte ich Bescheid.

Am ersten Abend gab es Bratkartoffeln und rote Beete, wir seufzten in der Wärme, die der Kachelofen ausstrahlte, wir aßen und seufzten und zogen unsere Jacken und Pullover aus. Der Chef knöpfte sein Hemd auf, so daß die rot unterfeuerte Narbe auf der Brust zu sehen war, und auf einmal hat Joachim ihn gefragt, ob er auch eine Rente bekäme so wie Redlefsens Vater, dem sie einen Arm abgeschossen hatten; darauf hat der Chef nur geschmunzelt und dann gesagt, daß ihm seine Narben mehr wert seien als das, was sie ihm dafür geboten haben, Narben dieser Art dürfe man nicht verramschen. Das hat er gesagt. Später kam beißender Qualm aus dem Küchenherd, zuckende Schleier hüllten uns ein, und allen liefen die Tränen, doch wir blieben sitzen und hörten dem Chef zu, der vom Krieg erzählte, von einem Mann, den er Boris nannte und den er weit in Rußland traf, am Schwarzen Meer.

Sie hatten viel Land erobert, der Chef und seine Kompanie, und am Schwarzen Meer eroberten sie weite Quartiere mit Laub- und Nadelgehölzen und Kulturen von duftenden Sträuchern, und danach konnten sie nicht weiter, weil viele Männer Fieber hatten und an Geschwüren litten und an allen möglichen Schmerzen. Am Rand der Quartiere lagerten sie, es war ein trockener Sommer, der die Erde aufplatzen ließ, zu essen gab es nur Dosenfleisch und Brot. Die Quartiere waren verlassen, oder sie wirkten doch verlassen, wenn der Chef sie durchstreifte, wenn er sich in ihnen verlor, er, der weniger litt als die anderen, und der allabendlich gehen mußte, um zu seiner Müdigkeit zu kommen. Auf einem Gang in der Dämmerung traf er Boris, der mager war und bärtig und demutsvoll; er lebte in einer Laubhütte und bot dem Chef gleich Beeren an, als er ihn überraschte, auch kalten Tee bot er an, nicht ängstlich und eilfertig, sondern gelassen und mit selbstverständlicher Freundlichkeit. Über alles konnten sie nicht miteinander reden, aber der Chef erfuhr doch, daß Boris seit vielen Jahren hierher gehörte, ein Institut hatte ihn einst geschickt, hatte ihn dann vermutlich vergessen, so daß er sich ganz seinen eigenen Arbeiten widmen konnte; winters wohnte er im Gemeinschaftshaus, im Sommer in der Laubhütte. Der Chef hat nicht nur einmal, er hat mehrmals gesagt, daß Boris sein ganzes Leben damit beschäftigt war, alles über die Empfindungen der Pflanzen zu erfahren.

Da die Ruhepause am Rand der Kulturen dauerte, hat er Boris noch manches Mal aufgesucht, sie tranken Tee, sie gingen gemeinsam über das Land, verglichen, taxierten, tauschten sich aus, so gut es ging, und wenn es auch für den Chef nicht viel Neues zu sehen gab, etwas verwunderte ihn doch: die Gewohnheit von Boris, sich mit ausgesuchten Pflanzen überraschend zu befassen, sie zu berühren oder auf unterschiedliche Weise anzusprechen. Einige tippte er nur an, anderen schnippte er mit dem Finger gegen Blatt oder Stengel, er beschattete sie plötzlich, er redete auf sie ein, ließ sie Wohlwollen oder Enttäuschung spüren, und unter Berührungen, Schimpf und lobenden Worten füllten sich kleine Blattkissen, eine junge Silberlinde stellte ihre Blätter auf, der Sinnpflanze fielen wie vor Schreck einige Stengel ab, selbst einige Blüten bewiesen, daß sie etwas empfanden – sie öffneten oder schlossen sich. Einmal behauptete Boris, daß Pflanzen sich ängstigen können, einmal zeigte er dem Chef, daß sie sogar in Ohnmacht fallen, wenn man blitzschnell einige Nachbarpflanzen ausreißt; auch Krämpfe konnte Boris bei einigen Pflanzen hervorrufen, und den Efeu hat er betrunken gemacht, indem er die Luftwurzeln in verdünnten Alkohol tunkte, das schwankte und raschelte nur so.

Oft, wenn sie gemeinsam durch die verlassenen Kulturen gingen, riß Boris Blätter und Blüten ab, er behielt sie in der Hand und schien auf etwas zu warten, mitunter legte er sie sich auch auf die Zunge und war ganz still und gespannt, und der Chef mußte glauben, daß er die Wirkung der Pflanzen erkundete. Wie gut er die Wirkungen kannte, das hat sich herausgestellt, als er einmal die kranken Soldaten sah, die von Fieber geschüttelt, von Geschwüren geplagt wurden. Wortlos pflückte er Blätter und Blüten und tat sie in Glasbehälter, die zur Hälfte mit Quellwasser gefüllt waren. Drei Tage ließ er die Behälter in der Sonne stehen, dann übergab er sie dem Chef, und der ließ die Soldaten trinken, in Abständen, die Boris aufgegeben hatte; und schon nach kurzer Zeit wurde einer nach dem andern gesund. Der Chef überlegte, was er Boris schenken könnte, er suchte und überlegte, doch weder er noch die Soldaten hatten etwas bei sich, das ihm passend erschien, schließlich wußte er nichts Besseres, als Geld zu sammeln, und die Soldaten gaben gern. Die Laubhütte war leer, als der Chef das Geld hinbrachte, und nachdem er eine Weile gewartet hatte, legte er den Umschlag auf den Tisch und ging fort, entschlossen, am nächsten Tag wiederzukommen. Boris ließ sich nicht blicken, so oft der Chef auch zur Laubhütte ging in den nächsten Tagen und dort rief und Ausschau hielt. Niemand bewegte sich in den Quartieren, niemand gab Antwort.

Kurz bevor er und seine Kompanie aufbrachen, ging er

ein letztes Mal zur Laubhütte, es war ein sehr früher Morgen, und diesmal sah er Boris wieder: Der magere Mann lehnte an einem der hölzernen Pfosten, die die Laubhütte trugen, lehnte da, ohne sich zu rühren. Der Chef winkte und ging auf ihn zu, schnell, immer schneller, und als er nah genug war, bemerkte er, daß die Füße von Boris nicht auf der Erde standen, langgestreckt, die Zehen nach unten, baumelten sie eine Handbreit darüber; die Schultern waren abgesackt, der Kopf lag wie lauschend auf der Seite. Boris hing in einer Schlinge, er war schon tot, und verstreut um ihn herum, im Gras, zwischen den Sträuchern, vom Wind gegen geschnittenes Astwerk gepreßt, da lagen die Geldscheine, die der Chef und die Soldaten gesammelt hatten.

Das erzählte der Chef, als wir zum ersten Mal unter uns waren, unter dem Dach des Kollerhofs, und danach legten wir kein Holz mehr ins Feuer, wir beratschlagten uns nur für den nächsten Tag, setzten das Dringendste und das Zweitdringendste fest, jeder war einverstanden mit der Arbeit, die der Chef ihm zuteilte, auch Max. Ich durfte die Pfanne säubern und die nachgebliebenen Kartoffeln aufessen, und aus dem Hügel von Krimskram durfte ich die Dinge für mich herausfischen, die ich mir auf den ersten Blick reserviert hatte, dazu den Spiegel, der über und über mit Postkarten bepflastert war, und eine runde Taschenlampe, die ich wohl verloren habe wie so vieles andere.

Platz war mehr als genug in meiner Kammer, ich legte die Dinge einfach ab und setzte mich auf mein Lager und begann, die Kammer im Dunkeln auszuhorchen; die Geräusche waren mir vertraut, das Knistern, das Rascheln und Murren, nur das heftige Krabbeln kannte ich nicht, das kam von zwei harten, schwarzen Käfern, die ich im Schein der Taschenlampe zerquetschte. Eilig zog sich Ina nebenan aus, sie ließ sich auf ihr Lager fallen, und dann war es still bei ihr. Unten in der Wohnstube sprach noch der Chef mit Dorothea, deutlich waren ihre Stimmen beim Kamin zu hören, dort, wo die Bodenbretter nicht schlossen. Dorothea wollte ankommen, endlich irgendwo für immer ankommen und bleiben und sich mit allem abfinden, und der Chef widersprach ihr nicht, er meinte nur, es sei noch zu früh, um sich mit allem abzufinden, darum sei er auch bereit, die Durststrecke in Kauf zu nehmen, die nun vor uns lag, er sagte: Durststrecke. Und er sagte: Wenn wir die hinter uns haben, sind wir da, wo uns nichts mehr erschüttern und umwerfen kann. Weil Dorothea fror, wollte der Chef ihr eine Decke bringen, doch sie wollte nicht länger aufbleiben, sie war gespannt, was sie träumen würde in der ersten Nacht auf dem Kollerhof.

Ich muß rüber, muß die geschliffenen Scheren und Messer wegräumen, den Ölstein an seinen Platz stellen, denn bald wird Joachim seinen Kontrollgang machen, und wenn nicht alles seine Ordnung hat, könnte er außer sich geraten und alles, was ich liegengelassen habe, einfach verstreuen oder sogar verstecken; das hat er schon einmal gemacht. Er wäre bestimmt der erste, der mich fortschicken möchte von Hollenhusen, wenn es nach ihm ginge, dürfte ich niemals die Aufsicht haben über Messer und Scheren und das ganze Veredelungsgerät, das verdanke ich nur dem Chef, der mich einmal seinen einzigen Freund genannt hat.

Wenn Magda nicht kommt, dann werde ich noch einmal das Buch von Max lesen, zum sechsten Mal; aber sie wird kommen, sie hat es versprochen, bald muß ich auf die abgemachten Klopfzeichen achten, mitzählen, denn mitunter hat Magda schon vergessen, daß sie siebenmal klopfen muß, damit ich öffne. Wenn es zweimal klopft oder dreimal, lösche ich das Licht und lüfte das schwarze Papierrollo, so daß ich gleich erkennen kann, wer draußen steht; der Schein der großen Lampe am Hauptweg reicht bis zu meiner Tür. Ich weiß nicht, warum so oft an meine Tür geklopft wird, es sind nicht allein Inas Kinder, die kleinen Quälgeister, die klopfen und dann fortrennen, es sind auch andere, die sich anschleichen in der Dunkelheit und, wenn ich gar nicht darauf gefaßt bin, gegen die Tür hämmern, um mich zu erschrecken. Meistens ist niemand zu sehen. Fliehende Schritte sind nur selten zu hören. Bekomme ich mal eine Gestalt zu Gesicht, dann trägt sie einen langen Mantel oder eine Kapuze und ist in den Quartieren untergetaucht, bevor ich mir ein Bild von ihr machen kann.

Magda sagt nur: Auf dich haben sie es eben abgesehen, und mehr sagt sie nicht. Ich glaube, daß es ihr ganz recht ist, wenn ich manchmal Angst habe, und dann und wann hat sie mir wohl auch ihr Erschrecken vorgespielt, nur um mich unruhig zu machen. Eines Nachts, als sie gerade gehen wollte, hat sie rasch durch das Fenster gesehen, über den Kulturen hing ein kalter Mond, und plötzlich stieß sie einen Schrei aus und deutete hinaus zu den jungen Koniferen, zwischen denen angeblich ein großes zottiges Tier mit glimmenden Augen stehen sollte, ein nie gesehenes Tier, das mächtige geschwungene Hörner hatte und ein silberweißes Vlies. Wo, fragte ich, wo, und sie immer nur: Da, siehst du nicht, da, mitten in den Spalieren, und sie hörte nicht auf zu zeigen und drängte sich an mich und hielt sich an mir fest. Ich habe nichts gesehen, und am nächsten Morgen fanden sich auch keine Spuren zwischen den Koniferen, so lange ich auch suchte.

Auf dem Kollerhof, da gab es nicht mal ein einziges Sicherheitsschloß, da konnte ich keine Schutzschiene vor meine Kammertür schieben, nur verhaspeln konnte ich die Tür, mit einer krummen Haspel sichern, die aber jedem festen Zugriff, jedem Rütteln nachgegeben hätte. Der Chef lachte nur, als ich ihn um ein Schloß bat, er wollte wissen, ob ich ihnen nicht mehr traute, und Dorothea, die im Sommer sogar bei offener Tür schlief, fragte mich, welchen Schatz ich vor ihnen verbergen wollte. Alles wurde verbessert, verschönert, so daß Magnussens verwahrlostes Anwesen kaum noch wiederzuerkennen war, nur auf Schlösser und Schlüssel legten sie keinen Wert. Wir dichteten das Dach und räumten die Nester der Spatzen aus; wir brachen eine Wand durch, mauerten dem Küchenherd einen neuen Abzug, legten den Flur mit Holzdielen aus, verstopften die Fensterritzen mit Moos, schlugen dem Zaun heile Latten an, wir fegten und spachtelten und kalkten, doch ans Verschließen dachte niemand, und als sie herausfanden, daß ich meine Tür mit einer Haspel gesichert hatte, schüttelten sie nur den Kopf.

Die offene Stelle beim Kamin, die wurde nicht abgedeckt, es störte mich nicht, wenn sie unten in der Wohnstube miteinander sprachen, oft schläferten mich ihre Stimmen ein, das war wie das Murmeln der Holle im Frühjahr; oft erfuhr ich auch, welche geheimen Sorgen sie hatten. Einmal hat Dorothea dem Chef vorgerechnet, daß wir wohl zwanzig Jahre auf Schulden sitzen würden, und der Chef hat darauf gesagt: Du vergißt, daß wir Glück haben können. Das hat er gesagt und ist dann in den Regen hinausgegangen, um die alte Hecke auszudünnen, in der sich Weißdorn, Holunder und Haselstrauch bedrängten. Vieles erfuhr ich beim Zuhören, ich wußte immer Bescheid und konnte mich einrichten auf das Bevorstehende.

Traurig war ich, als ich hörte, daß sie mich in eine Lehre geben wollten, weg vom Kollerhof und unserm Land, zu Meister Paulsen, der noch Reetdächer decken konnte, und wenn nicht zu ihm, dann zu Boom, dem letzten Peitschenmacher, der die halbe Ostküste belieferte; auch Tordsen mit seinem Kolonialwarenladen erwogen sie. Der Junge kann doch nicht neben uns herleben, sagte Dorothea. Wir dürfen ihn doch nicht sich selbst überlassen, sagte sie. Und sie sagte auch: Wir haben doch die Verantwortung für seinen Werdegang – ein seltsames Wort, doch das gebrauchte sie: Werdegang. Obwohl es ihm nicht leichtfiel, mußte der Chef ihr schließlich recht geben, er bekannte, daß er mich entbehren würde bei allen Arbeiten, er lobte meine Willigkeit, meine Ausdauer, er sagte sogar, daß es ihm Freude mache, mich neben sich zu haben, aber am Ende war er bereit, mir in meinem Werdegang nichts in den Weg zu legen. Sie waren sich schnell darin einig, daß es nicht einfach wäre, etwas für mich zu finden, sie sahen da allerlei Schwierigkeiten und Widerstände voraus. Vergiß nicht, sagte der Chef, daß unser Bruno anders ist als die andern, und solch ein Satz genügte schon, um von einem bestimmten Plan Abschied zu nehmen. Dorothea wollte es übernehmen, zuerst meine Wünsche aus mir herauszufragen, und danach wollten sie mich gemeinsam davon überzeugen, daß eine Lehre oder eine Ausbildung an anderm Ort mir später helfen würde, weiterzukommen, voranzukommen.

Dieser Morgen, diese Dämmerung, und die gefrorene Wiese knirschte und krachte unter unseren Schritten, als der Chef mich zu Jakob Ewaldsen brachte, dem Bruder unseres Vorarbeiters; als er mich in sauberem Hemd und mit geschnittenen Haaren und in wasserdichten Rohlederstiefeln meinem neuen Arbeitsplatz zuführte, der Postnebenstelle von Hollenhusen. Jakob Ewaldsen verwaltete die Poststelle an den Vormittagen, an den Nachmittagen reparierte er landwirtschaftliche Maschinen; er war der einzige, der sich bereitgefunden hatte, mich anzunehmen – nicht Meister Paulsen, der reisende Dachdecker, und auch Tordsen nicht, der mich in seinem Laden nur ansah und sich gleich schützend vor seine Waren stellte. In der Nacht hatte ich nur wenig geweint, und ich war schon gewaschen und angezogen, als der Chef mich holen kam, und nach einem schweigsamen Frühstück – Dorothea schmuggelte ein paar Rosinen in meine Hafergrütze – zogen wir los, über Wiesen, über ein klumpiges Feld und dann auf den Pappelweg nach Hollenhusen.

Zwei Elstern flogen uns voraus, setzten sich, erwarteten uns, schwangen ab und setzten sich bald wieder. Wir wußten beide, der Chef und ich, daß wir traurig waren, darum sagten wir nicht viel.

Der Mann, der mich angenommen hatte, grüßte freudlos, als wir den trüben Raum der Postnebenstelle betraten; gleichgültig schnappte er sich das Tabakpäckchen, das der Chef ihm zuschob, lud uns mit einer Handbewegung ein, auf der einzigen ramponierten Bank Platz zu nehmen und fuhr fort, einen Stapel Post auf drei offene, in Gestellen hängende Säcke zu verteilen; danach verschnürte er die Säcke und stellte sie neben die Tür, abholbereit für den Bus, den er jeden Augenblick erwartete. Jakob Ewaldsen war anders als sein Bruder, breit war er, gedrungen, seine Haut glänzte nach ausgelassenem Fett, und in seinem Gesicht war immer ein Ausdruck von Verdrossenheit. Als er mich anstierte mit all seiner Verdrossenheit, da hoffte ich schon, daß er seine Zusage widerrufen und mich wegschikken würde, doch er forderte mich nur auf, vor die Tür zu gehen und nach dem Bus Ausschau zu halten, gewiß wollte er noch einmal mit dem Chef allein sprechen. Bevor noch die Lichter des Busses vom Pappelweg herüberschwenkten, wurde ich wieder in den Raum gerufen, der Chef legte mir einen Arm um die Schulter, und nach einigem Schweigen erfuhr ich, daß ich Posthilfsangestellter zur Probe war – aber nur zur Probe, sagte Jakob Ewaldsen, damit das klar ist.

Bruno bekam anfangs nur schwer Luft in dem niedrigen kahlen Raum – ob ich fegte oder die lederne Posttasche wienerte, ob ich zählte, Briefe für die Zustellung sortierte, das Porto prüfte oder stempelte: nach einer gewissen Zeit wollte mir immer der Atem ausgehen. Ich stürzte dann einfach mitten in der Arbeit nach draußen, pumpte und pumpte, sog mich ganz voll mit erfrischender Luft.

Jakob Ewaldsen kümmerte sich nicht viel um mich, er sagte mir nur, was er getan haben wollte, warf mir die Dienstvorschrift für Postangestellte hin, riet mir vielleicht noch, im Zweifelsfall alles Nötige in der Vorschrift nachzulesen, dann widmete er sich schon seinen Kladden und Tabellen, oder er ging in seine angrenzende Wohnung, um seine Frau ins Verhör zu nehmen und ihr einmal mehr vorzurechnen, daß sie sein Geld verplemperte. Oft schlug er sie auch, es waren immer die gleichen kurzen Doppelschläge, unter denen die Frau immer in der gleichen Tonlage schrie, manchmal schrie sie auch vorsorglich, bevor die Schläge sie trafen, von ihm selbst war, solange er schlug, kein Wort zu hören. Einmal, ich hatte vierzehn Schläge gezählt, wurde es plötzlich ganz still, da stand ich auf und öffnete vorsichtig die Tür und fand Jakob Ewaldsen und seine Frau am Tisch, sie saßen sich gegenüber und tranken aus blauen Emaillebechern Kaffee. Es gelang ihm, sich von einem Augenblick zum andern zu beruhigen, seine Zornfarbe zu verlieren, das hat er mir oft genug vorgemacht, wenn er das Abstrafen unterbrechen mußte, um einen seiner seltenen Vormittagskunden abzufertigen.

Am liebsten zog ich mit der Segeltuchtasche los, um die Hollenhusener Briefkästen zu leeren, den beim Höker Tordsen, den am Bahnhof und schließlich den bei uns; ich schüttelte die Briefe mehrmals durch, schwenkte und stukkerte sie, so daß in der Tasche ein kleines Stiemwetter entstand, und in der Poststelle kippte ich alles in einen Korb und machte mich gleich daran, die Bestimmungsorte der Briefe festzustellen. Wo die überall hinwollten! Redlefsens Briefe mußten immer nach Schleswig, Tordsen wollte seine Doppelbriefe, oft unterfrankiert, nach Flensburg befördert haben, Fräulein Ratzums zierlich beschriebene Umschläge gingen nicht, wie die von Lauritzen, nach Kappeln, sondern an Doktor Ringleb nach Husum. Zeigte sich hin und wieder, rotblau schraffiert, ein Luftpostbrief, dann wußte ich gleich, daß er nach Amerika wollte, nach Wyoming, woher der Bahnhofsvorsteher Kraske immer große, auf dem Transport beschädigte Pakete bekam. Wenn ein Brief nach Hamburg bestimmt war, nach Heide oder Harrislee, dann stellte ich mir gleich vor, wie es dort aussah, bei manchem Brief fragte ich mich auch, ob der Empfänger wohl lachen oder weinen würde. Postkarten gingen nur wenige bei uns ein, entweder sollten sie Grüße bringen oder einen Besuch ankündigen. Einmal erkannte ich an der Handschrift einen Brief von Ina, der war an sie selbst auf dem Kollerhof adressiert; der Chef schrieb selten, schrieb entweder nach Rellingen oder nach Bremen; Max schickte die meisten Briefe weg, dafür bekam er auch mehr Post als alle anderen.

Die Wege, die langen Wege, auf die Ewaldsen mich mitnahm, wenn er die Post zustellte in Hollenhusen und in den Baracken und auf den abgelegensten Gehöften. Er ließ mich sein Fahrrad schieben, an dem allerhand Päckchen baumelten und die verschlossene Posttasche, er ging immer nur hinter mir her, bei Regen und Sturm in einem alten Kradmelder-Mantel, bei Frost in einer Lodenjoppe und in der ersten Wärme des Frühjahrs in einer verschossenen Postjacke, und so weit wir auch gingen, nie ging er neben mir. Manchmal hab ich mich gefragt, wie wir wohl von weitem aussahen, wenn wir unter zerfetzten Wolken Feldwege entlangtrotteten oder vor dunklem Himmel die Holle überquerten, dort, wo sie am einsamen Hof des Peitschenmachers Boom vorbeigeht. Zogen wir am Rand des alten Exerzierplatzes, der nun zum Teil Freiland geworden war, zu den Baracken hinüber, dann sahen wir dann und wann in der Ferne den Chef, er winkte immer zuerst, winkte verhalten, und ich mußte denken, daß er mich an seine Seite wünschte.

Wie verschiedenartig sich die Hollenhusener betrugen, wenn wir ihnen die Post zustellten; einige waren ungläubig, verwirrt, wollten den Brief kaum annehmen, andere rannten ins Haus und mußten gleich lesen, Paulsen wies uns nur an, alles aufs Fensterbrett zu legen, zu dem Stapel ungeöffneter Briefe, und in den Baracken gab es zwei, die uns täglich entgegenkamen, die ganz krank waren vor Erwartung, Frau Schmundt und der hinkende Kapitän. Nie war etwas für sie dabei, obwohl gerade sie einen Brief am dringendsten brauchten und sich nach nichts anderem sehnten.

Einmal hat Jakob Ewaldsen hohes Fieber bekommen, da hat er mir aus dem Bett den Auftrag gegeben, die Post allein auszutragen, und ich bepackte sein Fahrrad wie an jedem Tag, die Päckchen an die Lenkstange, die Posttasche auf den Gepäckträger; danach ging ich noch einmal zu ihm und hörte mir seine Ermahnungen und Warnungen an. Geldsendungen vertraute er mir nicht an, doch sein Fahrrad, das stellte er mir zur Verfügung, und ich schob allein los auf den bekannten Wegen, wie aufgeregt ich war, wie ehrgeizig und achtsam, manche begrüßten mich als den neuen Postboten, ich bekam ein Glas Saft, eine dicke Scheibe frisch gebackenes Brot, man stellte mir in Aussicht, bald eine Postmütze zu tragen, es war ein heller Tag, und die ersten Stare waren gekommen. Brenzlig wurde es nur bei den Baracken, weil Heiner Walendy und ein paar aus seiner Bande mich gleich entdeckten und verfolgten, sie johlten und lachten mich aus, sie traten gegen das Fahrrad und versuchten, die Posttasche zu erbeuten, und das wäre ihnen zum Schluß auch gelungen, wenn unser alter Nachbar Kukeitis sie nicht vertrieben hätte. Daß ich auf dem Heimweg einige Postsachen übrig hatte, machte mir nichts aus – ich beschloß einfach, es so wie Jakob Ewaldsen zu halten, der alles, was er übrig hatte, in den Korb für den nächsten

Tag warf und dazu grummelte: Ihr werdet's schon früh genug erfahren.

Das Fieber dauerte, ich durfte meine Botengänge allein machen, ohne Ermahnungen, ohne Warnungen, eine leise Freude kam auf, etliche, denen ich Post brachte, lächelten aufmunternd und waren gut zu mir – traurig war ich immer nur, sobald ich Frau Schmundt und den hinkenden Kapitän ankommen sah: für sie war nie etwas dabei, so heftig ich ihnen auch wünschen half. Um ihnen den Weg zu ersparen, gab ich ihnen schon aus der Ferne ein Zeichen, sichelte ihnen ein langsames Nein zu, das tat ich auch an dem Morgen, an dem mich das Unglück erwartete, auf der Brücke, auf der gemauerten Brücke über die Holle, dort, wo die Gemüsefelder bis ans Wasser gehen.

Mein Zeichen: nix, leider nix, hatte sie wieder einmal zur Umkehr bewogen, sie gingen enttäuscht zu den Baracken zurück, und ich setzte einen Fuß aufs Pedal und rollte die sanfte Neigung hinab, das gab Schwung für den Weg über die Brücke, die ich, seitdem ich allein fuhr, jedesmal im Laufschritt nahm. Es holperte, rüttelte, als ich über den unebenen Ziegelweg fuhr, die Päckchen an der Lenkstange zappelten und schlugen gegeneinander, ich hörte nicht, ich sah nicht, was mir entgegenkam, vom Erlenhof, vom größten Hof in Hollenhusen, auf dem Lauritzens Schwester herrschte.

Eine Deichsel, das Pferd schleifte in wildem Galopp eine Deichsel hinter sich her, die nur so schleuderte und polterte und deren eiserner Beschlag Funken aus den Steinen riß, ich sah die Hufe, das schlimme Weiß in den Augen, die Mähne wehte, Schaum flog, ein wildes Schnauben war in der Luft. Das durchgegangene Pferd kam genau auf mich zu, es wich nicht aus, wurde nicht langsamer, als es mich auf der gerundeten Brücke sah, es hatte es bestimmt auf mich abgesehen, wollte mich umrennen, wegmähen mit der wirbelnden Deichsel, da mußte ich springen, da blieb mir nichts anderes übrig, als das Fahrrad ans Brückengeländer zu stoßen und selbst hinter den schützenden Granitstein zu springen und mich zu ducken. Mit geschlossenen Augen ließ ich das Gewitter vorbei, es rumpelte und knallte, und die ausschlagende Deichsel streifte das Fahrrad und traf den Stein mit voller Wucht.

Das dunkle Flüßchen, die treibenden Briefe überall, weiße, braune Briefe und Streifbandsendungen und die Posttasche, die langsam versackte, ich sah es mit einem Blick und sah die mit Papier gesprenkelte Böschung und den abgerissenen Gepäckträger, auch das Hinterrad hatte eins abbekommen und hatte sich zur Acht verzogen, sogar das Rohrgeländer der Brücke war eingebeult, nur mich hatte die Deichsel nicht erwischt, mich nicht. Das Pferd hörte nicht auf zu galoppieren, es verschwand schon hinter dem Pappelweg. Ich sprang die Böschung hinab und barg zuerst die Posttasche, dann lief ich flußabwärts zu den Briefen, die die Strömung am weitesten weggeschwemmt hatte, ein Stock fehlte, ein Stock mit einer kleinen Astgabel, um das Treibende aufzufischen, doch es fand sich nichts, und weil einige Umschläge sich vollgesogen hatten und schon unter Wasser dahintrieben, sprang ich in die Holle und suchte und sammelte zusammen, was die kleine Strömung mir zutrieb. Bis zu den Schenkeln reichte mir das Wasser, ich spürte nicht den Stau, nicht die Kälte, watete nur in Richtung Brücke und grabschte und tauchte bis zum Ellenbogen, in all der Eile konnte ich nicht jeden einzelnen Brief aufs Trockne bringen, ich klatschte einfach die nassen Umschläge zusammen, einen auf den andern, nicht anders als nasse Taschentücher, und wie Taschentücher drückte ich sie langsam am Ufer aus, wrang sie nicht, sondern drückte sie nur aus, wobei zu meinem Schrecken manche Schrift verblaßte, verschlierte. Ich wischte die Posttasche mit meinem Pullover aus. Ich sackte die nassen Briefe ein. Ich stieg zum Fahrrad hinauf oder wollte gerade zu ihm hinaufsteigen, als ein Eisvogel sich beim Brückenfuß in die Holle stürzte, knapp neben einer Krautinsel tauchte er ein, und die Holle verriet nicht, ob er flußaufwärts oder flußabwärts lief.

Das Hinterrad eierte und schleifte am Schutzblech, ich konnte meinen Weg nicht fortsetzen, konnte nicht die nassen Postsachen zustellen; so kehrte ich um, die Tasche über der Schulter, in Gedanken schon damit beschäftigt, die Briefe zum Trocknen auszulegen im Hintergarten der Poststelle und sie danach mit dem schweren Plätteisen von Frau Ewaldsen zu plätten. Ein Mann rannte an mir vorbei, er kam bestimmt vom Erlenhof und versuchte, das Pferd einzufangen, auch die beiden Mädchen, die mich auf neuen Fahrrädern überholten, kamen gewiß vom Erlenhof, hochgewachsene Mädchen, die sich über mich lustig machten, die plötzlich umbogen und zurückkamen, nur um mich von vorn zu sehen, und während sie mich umradelten, hörte ich eins der Mädchen sagen: Der sieht vielleicht aus, und das als Postbote. Da habe ich mich weggedreht und gewartet, bis sie weit fort waren, und über einen holprigen Gehweg bin ich zur Poststelle zurückgegangen und habe gleich die Briefe, die zu einem Kuchen zusammengebacken waren, zum Trocknen ausgelegt und meine Strümpfe dazu.

Unbemerkt, denn Jakob Ewaldsen lag immer noch mit Fieber, und seine Frau mußte bei Tordsen für eine Hochzeit vorkochen. Barfuß glitt ich durch das Gras, ich wendete die Briefe, ich fächerte und wedelte mit ihnen, und unter einer unverschleierten Sonne trocknete alles ganz schnell, ich mußte mich wundern, wie schnell alles trocknete. Die Sonne hatte so viel Kraft, daß das Papier sich verzog, daß es sich krüllte, wellte, manche Briefe sahen aus, als wären sie voller Luftblasen, beim Wenden fiel mir auch auf, daß der Leim nicht mehr hielt und viele Umschläge sich öffneten.

Die Posttasche, die wollte nicht so schnell trocknen, obwohl ich sie schräg legte und stützte, so daß die Sonne hineinlangen konnte bis auf den Grund. Als aus einem aufgegangenen Brief ein Geldschein hervorlugte, erschrak ich ein wenig und versuchte sofort, den Brief mit Spucke wieder zuzukleben, doch meine Spucke hielt nicht, der gewellte Umschlag öffnete sich alsbald, weil die Holle und die

Sonne ihm die Klebekraft genommen hatten; deshalb sammelte ich nach dem Trocknen alle Postsachen ein und trug sie in unseren Arbeitsraum, um dort mit Hilfe des Leimpottes nachzukleben. Vor dem Plätten sollte alles schön verleimt werden.

Ich kippte die Ladung auf die ehemalige Tonbank, die unser Arbeitstisch war, sortierte, prüfte und klebte, der Leim roch so süß, daß ich ihn am liebsten probiert hätte, der honigfarbene, fädenziehende Leim, der sich immer leichter auftragen ließ, je länger ich klebte. Einmal erschien ein Postkunde an der Tür, er klopfte und rief, obwohl das Pappschild ihn darauf hinwies, daß wir vorübergehend geschlossen hatten, er ging einfach nicht weg, und als ich ihm schließlich öffnete, wollte er mir nur einen frankierten Brief aushändigen, den er gut und gern in den Postkasten neben der Tür hätte werfen können. Ab und zu hielt ich inne und lauschte, denn die Poststelle war ein Haus des Echos: ließ sich ein Seufzen hören, dann antwortete ihm bald ein schwächeres Seufzen, auf einen deutlichen Schlag folgte ein undeutlicher, und erhob sich eine Stimme, dann gab eine ferne, abgenutzte etwas zurück. Ich lauschte gerade einem Echo, als der Drücker der Wohnungstür niederging, nackte Füße erschienen, der Saum eines Nachthemdes, und dann stand mir Jakob Ewaldsen gegenüber, verwirrt zuerst, weil er mich unterwegs glaubte, nach einem Augenblick aber schon mißtrauisch und mit zunehmendem Verdacht, und so kam er näher, ohne ein Wort zu sagen, und als er neben mir war, riß er mir den Brief aus der Hand, den die Holle und die Sonne geöffnet hatten, durchfingerte den Umschlag und zog auch gleich einen Geldschein heraus, den er mir vors Gesicht hielt und dann auf den Tisch knallte. Und noch bevor ich etwas sagen konnte, sagte er: Das also; und sie nennen dich Hohlkopf und Dösbaddel; das also. Mehr sagte er nicht.

Er schlug kurz zu und genau, ich sah den Schlag gar nicht kommen, doch selbst wenn ich seine Faust gesehen hätte, wäre ich nicht ausgewichen, denn etwas hielt mich fest, etwas machte, daß ich steif und unbeweglich war, so daß ich mich nicht einmal wegduckte, nachdem er mich zum ersten Mal getroffen hatte. Wie oft er zuschlug, bis ich hinfiel, das weiß ich nicht mehr, ich weiß nur, daß er mich am Kinn traf, am Kopf, und daß es ganz warm wurde in meinem Mund, mein Mund füllte sich mit einem sämigen Zeug, das ich runterschlucken mußte, um Luft zu bekommen, aber da lag ich schon, lag neben dem Gestell für die Richtungssäcke, und ihn, Jakob Ewaldsen, sah ich nur schwebend in seinem grauweißen Nachthemd, in seinem Fieberhemd. Hochgerissen, plötzlich hat er mich hochgerissen, und während er mich mit einer Hand gegen die Wand drückte, hat er mich mit der anderen Hand abgetastet, abgeklopft, alle Taschen hat er nach außen gestülpt, sogar unterm Hemd hat er gesucht, ohne zu finden, worauf er aus war. Was ich ihm sagen wollte, konnte ich ihm nicht sagen, weil es in meinem Mund nur quoll und quoll, ich hatte mir unter einem seiner Schläge in die Zungenspitze gebissen, und der Schmerz hätte mich wer weiß wohin rennen lassen, wenn ich mich nur auf den Beinen hätte halten können. Mir fiel es nicht gleich ein, den Chef zu rufen. Ich war wohl zu betäubt, um ihn herbeizuwünschen, und als ich es schließlich tat, da dauerte und dauerte es, bis er kam, und er hat mich auch nicht gleich fortgebracht, sondern hat zuerst Jakob Ewaldsen zur Rede gestellt, so erregt und aufgebracht, daß ich schon dachte, nun geht es zwischen ihnen los. Einmal sagte der Chef: Wir sprechen uns wieder, und er sagte auch: Ein Kind, sich an einem Kind zu vergreifen, und zum Schluß sagte er noch: Du bekommst deine Quittung, wart nur ab.

Es war schön, krank zu sein, nicht am Anfang, aber zuletzt: zweimal am Tag kam der Chef in meine Kammer und saß bei mir und hatte immer etwas zu erzählen. Dorothea kam sogar fünfmal, kam mit Suppen und Brotpudding und Brei und sah zu, wie ich alles aufaß, und auch die anderen kamen und brachten mir manchmal etwas mit; Max teilte mit mir eine Apfelsine. Durch mein Dachfenster habe ich den großen Vögeln zugesehen, den Bussarden, die ohne einen einzigen Flügelschlag kreisten und plötzlich wie übermütig durcheinanderstoben, und nachts stand dort der Mond und ließ sein Licht gerade in meine Kammer fallen, sein gelbgrünes Licht. Oft hörte ich zu, wenn sie unten sprachen, beim Essen oder an den Abenden, ich brauchte nur an die Wand zu rücken, um alles mitzubekommen. Über mich sprachen sie nur selten, meist hatte Ina das Wort, die immer von den beiden Fahrschülern erzählen mußte, von Rolf und von Dieter, mit denen sie täglich zur Schule nach Schleswig fuhr; beide mußten sehr gute Läufer sein, denn beide konnten neben dem abfahrenden Zug ein ganzes Stück herrennen. Joachim war kaum zu hören, und Max, der uns verlassen wollte, sprach gerade so viel, daß ich wußte: der ist noch da. Einmal bekam ich im letzten Augenblick mit, wie Dorothea sagte: Dann behalt doch den Jungen bei dir, und der Chef sagte darauf: Nichts, was ich lieber täte. Da hätte nicht viel gefehlt, und ich wäre hinuntergelaufen.

Jetzt ist Magda eingeschlafen. Ich darf nicht mehr sprechen, darf mich nicht rühren, ich muß ganz ruhig liegen, damit ihr Arm nicht von meiner Brust gleitet und ihre Füße bedeckt bleiben, sie wacht schon bei der geringsten Bewegung auf, und wenn sie erst wach ist, ist sie schlecht gelaunt und will gehen. Im Schlaf sieht Magda immer anders aus als im Wachsein, alle Strenge geht aus ihrem Gesicht, die Lippen fallen auseinander und werfen sich auf, über den Nasenwurzeln erscheint eine kleine Falte, gerade als ob sie angestrengt über etwas nachdenkt, doch nach einer gewissen Zeit ändert sich auch dieser Ausdruck, und Magdas Gesicht erschlafft und sieht nur noch zufrieden und ein bißchen zerknautscht aus. Auch wenn sie es nicht gern hört, aber im Schlaf, da riecht sie nach Milchreis.

Wenn ich nur wüßte, wonach sie geforscht hat; sie war kaum gekommen, da zog sie schon die Schubladen der Kommode auf und ordnete und glättete, verteilte und brachte zusammen, was zusammen gehört, und danach packte sie die Truhe aus, legte alles auf den Fußboden und schüttelte den Kopf, nicht belustigt wie sonst, sondern enttäuscht und ratlos, und das tat sie auch, nachdem sie durch den Vorhang getaucht war und mein Gestell abgesucht hatte. Sie hat bestimmt gehofft, etwas bei mir zu finden, sowie auch Max wohl darauf aus war, etwas Besonderes zu entdecken, aber beide haben mir verschwiegen, was es war, beide. Allzuviel mag ich Magda nicht fragen, denn sie kann vieles Fragen nicht leiden und wird schnell ärgerlich und gereizt, oft sagt sie nur: Wenn du so weiter fragst, dann gehe ich. Es ist schon besser, zu warten, bis sie von selber spricht. Das Wichtigste: sie hat den Chef gesehen, sie ist dazugekommen, wie er mit den anderen am Tisch saß, seinen doppelten Wacholder schluckte und sich dann von Dorothea Apfelgrütze auffüllen ließ, während die anderen Brot und Aufschnitt aßen und ihren Tee tranken. Magda hat genau gehört, wie sie in seiner Gegenwart über Haushaltskosten sprachen, Joachim hatte ein Blatt Papier vor sich liegen, von dem er Summen ablas, die er manchmal ohne ein weiteres Wort wiederholte, und der Chef saß dabei, ruhig und in sich gekehrt, als ginge ihn das alles nichts an. Ich kann mir vorstellen, daß er nur für sich gelächelt hat, als sie in seinem Beisein die Haushaltskosten überprüften, ohne sich an ihn zu wenden, an ihn, dem alle hier etwas zu verdanken haben, nicht nur die in der Festung. Als Magda ihnen zum zweiten Mal Tee brachte, waren sie immer noch dabei, Summen zu nennen und zu überprüfen. Keiner hatte mehr Lust zu essen, und zu sagen hatten sie immer nur wenige Worte, Worte des Zweifels oder der Bestätigung, die Joachim auf seinem Blatt Papier notierte, neben einem geistesabwesenden Chef, der sich kein einziges Mal einmischte und nicht einmal den Kopf hob, als er selbst erwähnt wurde. Daß sie sich sorgten, konnte Magda schon beim Eintreten sehen, Ina ist ihr noch nie so bedrückt vorgekommen, und Joachim zuckte ein paarmal die Achseln, als sähe er keinen Ausweg; nur Dorothea und Max, die wollten sich nicht abfinden, die fragten und fragten nach und überschlugen und setzten neu an.

Es war Joachim, der plötzlich den Vorschlag machte, Lisbeth zu entlassen. Magda hat sich nicht verhört, sie war so erschrocken, daß sie sich an der Tür umwandte und zurückblickte, und da wiederholte Joachim den Vorschlag, sich von Lisbeth zu trennen und ihr eine Abfindung zu zahlen für alle Dienste. Die andern am Tisch sahen ihn nur bestürzt an, schweigend und bestürzt, vielleicht, weil keiner so weit zu gehen wagte in seinen Gedanken und Vorschlägen, weil Lisbeth doch schon in der Rominter Zeit für die

Familie des Chefs gearbeitet hatte und, als sie in Hollenhusen auftauchte, nicht anders aufgenommen wurde, als hätte man jahrelang auf sie gewartet. In ihr Schweigen hinein nannte Joachim die Summe, die Lisbeth als Lohn erhielt, er las die Summe vom Blatt ab und ermittelte einen weiteren Betrag für Essen und Unterkunft.

Gerade wollte Magda den Raum verlassen, da stand der Chef auf, er guckte sie alle der Reihe nach an, er ließ sich Zeit wie so oft, nichts entging ihm, und ich kann mir denken, daß sie nur betreten dasaßen und darauf warteten, was er ihnen zu sagen hätte, er, der auch im Halbschlaf zuhören kann und nichts von Wichtigkeit vergißt. Gern wäre ich auch dabeigewesen, als er sie zuerst mit seinem Blick zurechtwies und dann sagte: Lisbeth bleibt, merkt euch das. Und das war schon alles. Er ist dann noch einen Augenblick stehengeblieben, gerade so, als ob er Fragen erwartete, Widerspruch, aber keiner hat es gewagt, ihm etwas zu entgegnen, nicht einmal Dorothea, und er hat auf den Tisch geklopft, wie er es manchmal tut, und ist hinausgegangen, gleich nach Magda.

Und auf dem Flur hat er Magda plötzlich am Arm gefaßt und sie mit sich gezogen, er brachte sie in sein Zimmer, er bot ihr den gepolsterten Stuhl an, auf dem auch ich schon gesessen habe, und bei allem sagte er nichts und gab keine Erklärung, so daß Magda sich wie von selbst beruhigte. Als er sich auf die leere Schreibtischplatte hinabbeugte, als er sein Gesicht mit den Händen bedeckte, als er in Unentschiedenheit vor sich hinstarrte, da dachte Magda schon, daß ihm entfallen sei, warum er sie mit sich gezogen habe, aber dem Chef entfällt nichts, das müßte sie wissen, nichts, und wenn sie ihn dreimal entmündigen. Der Umschlag; in seinem Schreibtisch suchte und fand er einen doppelten Umschlag, auf den er Lisbeths Namen schrieb; danach bat er Magda, einen Moment ans Fenster zu treten und sich nicht umzudrehen, und Magda tat, was er verlangte; sie tat es und sah im Spiegelbild, wie der Chef das Polster des Stuhls anhob und eine Ledertasche hervorholte, die er zum

Schreibtisch trug und öffnete. Jetzt, sagte Magda, durfte sie sich umdrehen, und sie sah zu, wie der Chef aus der Tasche allerlei herausnahm, Dokumente und Geld und einige Etuis, doch das war es nicht, wonach er suchte, ihm war nur an dem Photo gelegen, auf dem der Vater des Chefs zu sehen war und neben ihm eine junge, aber schon verdüsterte Lisbeth. Beide, sagte Magda, saßen dicht zusammen auf einer rohen Bank, der Vater des Chefs rauchte Pfeife, Lisbeth hielt einen Korb auf dem Schoß. Dies Photo legte der Chef in den Umschlag, legte noch etwas Geld dazu und bat Magda, damit sogleich zu Lisbeth zu gehen und es ihr zuzustecken.

In Lisbeths Zimmer bin ich noch nie gewesen, es soll groß und schattig sein, die hohen Rhododendren vor dem Fenster sorgen immer für Dämmerung, zwei Wanduhren hängen sich gegenüber, und unter ihrem Bett liegen verschnürte Kartons und Pappkoffer. Am Kopfende des Bettes ist ein Jahreskalender angepinnt, auf dem jeder vergangene Tag durchgestrichen wird. Bilder, sagt Magda, gibt es nicht, nur einen gestickten Wandläufer, auf dem zwei Mädchen zwischen Wasserrosen schwimmen. Für Besuch ist sie nicht eingerichtet, wer zu ihr kommt, findet sie in dem einzigen altersschwachen Sessel, aus dem sie sich wohl nur erhebt, um schlafen zu gehen. Magda ist schon öfter bei ihr gewesen, und immer saß Lisbeth in ihrem Sessel, und sie saß dort auch, als Magda mit der Sendung des Chefs kam, nur in der Absicht, den Umschlag zu überreichen und gleich wieder fortzugehen; doch zu ihrer Überraschung wurde sie aufgefordert, sich auf die Bettkante zu setzen, zu warten. Schwach nur war die Freude über das, was der Umschlag enthielt, Lisbeth hat das Geld nicht einmal gezählt, und das alte Photo hat sie lediglich zu einem kurzen Lächeln gebracht, sie hat beides auf das Fensterbrett gelegt und sich eine Weile bedacht und dann gesagt: Ein Photo und Geld, das gibt man zum Abschied.

Magda hat schon immer vermutet, daß Lisbeth mehr weiß als andere, und nachdem sie lange genug gewartet hatte, zeigte es sich, daß sie recht hatte mit ihrer Vermutung. Lisbeth begann, von sich selbst zu sprechen, in Andeutungen zuerst und dann zunehmend offener und deutlicher. Wenn Magda nicht so aufgeregt gewesen wäre, hätte sie noch mehr behalten von allem, was Lisbeth erzählte, ich kenne das bei ihr; ich weiß, daß nichts bei ihr hängenbleibt, wenn sie aufgeregt ist, aber soviel wollte sie verstanden haben: Für uns in Hollenhusen beginnen schwere Zeiten, allzulange werden wir nicht mehr bleiben, hat Lisbeth gesagt. Alles hängt in der Luft, hat sie gesagt und hinzugefügt, daß wir alle jetzt nur noch hoffen könnten.

Lisbeth kann es nur von den andern wissen, vielleicht von Ina, vielleicht von Joachim; sie hat bestimmt nur wiederholt, was man ihr hingestreut hat als Erklärung, ich weiß es nicht, aber ich weiß, daß nur der Chef allein etwas retten könnte, wenn etwas gerettet werden soll, er, dem keiner das Wasser reichen kann. Er braucht nur ein wenig nachzudenken, dann ahnt er schon, was zu tun ist, er sieht alles, er spürt und erkennt alles, gegen seine Ausdauer kommt niemand an; niemand kann Pläne machen wie er, die immer noch aufgegangen sind. Wenn hier alles in der Luft hängt, dann brauchen sie doch nur ihn zu fragen, bisher hat er immer gewußt, wo die sicheren Wege verlaufen, und er war immer bereit, von seinem Wissen abzugeben.

Wer mit ihm Stecklinge setzt, dem wird er sogleich erzählen, warum Laubgehölzstecklinge in den frühen Morgenstunden geschnitten werden sollen, nicht mit dem Messer, das ist gar nicht nötig, sondern mit der Schere, und er wird jedem beweisen, daß es gut ist, den Schnitt dicht unterhalb eines Knotens zu führen. An den Knoten, Bruno, hat er gesagt, da stauen sich die Wuchsstoffe, da wird die Wurzelbildung gefördert. Andere, die behalten ihr Wissen für sich, die tun etwas, aber sagen keinem, aus welchem Grund sie es tun und was sie bei allem erwarten; er hingegen sagt immer, warum er etwas so tut und nicht anders, mir hat er es oft gesagt.

Ich brauche nur daran zu denken, wie wir dicht nebeneinander im Schuppen oder auf dem Land arbeiteten, dann höre ich schon seine Stimme, dann ruft er mich schon und macht mir vor, wie fleischige Wurzelstecklinge geschnitten und wie Triebstecklinge ausgesetzt werden, und er muß mir einfach sagen, warum wir Taxus im April stecken und Potentilla im Juni und Koniferen, bei denen es lange dauert bis zur Bewurzelung, erst im September. Zu Beginn, da ließ er mich einen Steckling halten und zeigte mir, wie sich an der Schnittstelle Wundgewebe bildet – er sagte Kallus dazu –, so ein fetthaltiger Abschluß, durch den die Adventivwurzeln hindurchwachsen, oder er erklärte mir, warum er die Senker scharf knickte und die Rinde absichtlich verwundete. Er wollte eben, daß ich alles kannte, womit ich umging, und daß ich über das Bescheid wußte, was er mir auftrug – er, den noch keiner in Verlegenheit gebracht hat, nicht einmal die mißgünstigen Hollenhusener, die an Sonntagen zu uns herauskamen und an unseren Kästen und Beeten entlangzogen, neugierig und abschätzig. Sie riskierten es nicht, sich an den Chef selbst zu wenden, aber sie achteten darauf, daß er ihren Spott mitbekam, redeten, wenn er ihnen den Rücken zukehrte oder wenn sie selbst sich schon abdrehten: Endlich bekommen wir einen blühenden Exerzierplatz, sagte einer, und ein anderer sagte: Gutes Material für Besenbinder, und ich hörte auch, wie einer sagte: Wirst sehen, bald werden hier die Jungbäume exerzieren. Ihr Kopfschütteln. Ihr besserwisserisches Grinsen. Dem Chef entging nichts, doch es schien ihn kaum zu berühren.

Einmal kam Lauritzen mit seinem Sohn herüber, er ging so selbstverständlich über unser Land, als gehörte es ihm, mit seinem Stock zeichnete er die Quartiereinteilung nach, er begutachtete unsere Beete, kratzte an den Absenkern und Abrissen herum, ab und zu hob er eine Handvoll Erde auf und blies in sie hinein, und während sein Sohn nur schweigend neben ihm herging, mußte er zu allem seinen Senf geben, fuchtelnd und unzufrieden. Na, Zeller, sagte er zur Begrüßung und sah sich spöttisch um, und da der Chef nicht aufgelegt war, mit ihm zu sprechen, wandte er sich an seinen Sohn und wollte von ihm hören, ob dies nicht sehr guter Mais-Boden sei. Was meinst du, Niels, fragte er, ist das nicht sehr guter Mais-Boden? Und sein Sohn sah ihn betreten an und hatte keine Antwort darauf. Und dann standen sie und beobachteten, wie der Chef Schwarztorf mit Sand mischte, es war seine eigene Mischung, für Stecklinge gedacht, die sich nur langsam bewurzeln, die breite Schaufel fuhr leicht ins Gemisch, wackelte, rüttelte, ließ kleine Staubfahnen aufwehen, immer mehr verlor sich das Streifige, der dunkle Torf nahm den hellen Sand restlos auf, und zuletzt stieß der Chef die Schaufel in den lockeren Hügel. Da stieß Lauritzen wie übermütig auch seinen Stock in den Hügel, bohrte und schraubte ihn tief hinein, faltete wartend die Hände vor dem Bauch und seufzte und sagte zwinkernd zu seinem Sohn: Mal sehen, wie lange es dauert, bis der ausschlägt. Plötzlich fragte der Chef: Soll ich mal nachhelfen? Er fragte es ruhig, mit seinem undurchdringlichen Gesicht, so daß ich mich schon auf etwas gefaßt machte, und als Lauritzen ihn lächelnd dazu aufforderte, zog der Chef den Stock aus dem Erdgemisch und brach ihn zweimal, brach ihn berechnet überm Knie und ließ die Stumpen in der Hand wippen. Hier, sagte er, an den Knoten, da muß der Bruch sein, die eiserne Spitze läßt ja wohl keine Wurzel durch. Das sagte er und drückte die Stumpen wie Stecklinge in den Boden und häufelte sie, und ohne sich weiter um Lauritzen zu kümmern, schaufelte er mir die Schubkarre voll und legte mir die Laufbretter zurecht. Lauritzen war anzusehen, daß er noch gern etwas losgelassen hätte bei uns, er erregte sich, pumpte sich auf, doch sein Sohn schob ihn sanft mit beiden Händen an, komm jetzt, komm schon, und ohne daß der Alte es merkte, nickte er uns freundlich zu und deutete uns mit einem Zeichen an, daß er allein wiederkäme, bei Gelegenheit.

Wir arbeiteten wie immer bis zur Dämmerung, zuletzt säuberten wir das Gerät und räumten alles auf, und dann gingen wir zum Bahndamm und saßen ein Weilchen auf der Böschung über den Schienen, wo er mich einweihte in seine großen Pläne. Dort drüben, Bruno, wird einmal die Packhalle mit dem Sortierraum stehen, hat er gesagt, und da hinten, da werden wir unsere Versandhalle bauen; eines Tages werden wir unsere Pflanzen in alle Himmelsrichtungen liefern, von einer eigenen Verladerampe, die uns die Bahn errichten wird. Was von uns kommt, wird für sich selbst sprechen. Wir werden nie aufhören, Wünsche zu haben, hat er gesagt, und dann hat er wieder von seinem Vater erzählt, der sich zufrieden gab mit der Aufzucht von Großbäumen und deshalb in Schwierigkeiten geraten war. Bevor wir zum Kollerhof aufbrachen, sagte er: Wer sicheren Stand haben will, muß auf drei Beinen stehen. Ich konnte gar nichts sagen, so froh war ich, so begeistert; nicht einen Augenblick zweifelte ich daran, daß alles so werden würde, wie er es plante, und in meiner Dankbarkeit dafür, daß er mich eingeweiht hatte, nahm ich mir vor, bei allem mehr zu tun, als er von mir erwartete. Bei der Hecke am Kollerhof sagte er plötzlich: Hüpf nicht so herum, Bruno, spar deine Kraft. Ich hatte überhaupt nicht gemerkt, daß ich hüpfte.

Es hat geregnet über Nacht, ein stiller Regen, keiner von uns ist wach geworden, lautlos hat sich das Wasser gesammelt, und jetzt tropft es von den Rinnen, von den Ästen, die Tropfen schlagen sich kleine genaue Löcher in die Erde, sie rollen über Zweige und Blätter, ziehen sich in die Länge und fallen auf andere Blätter, die erzittern, sich schütteln und gleich wieder zurückschnellen, bis sie der nächste Tropfen trifft und wegkugelt oder zerplatzt. Aus allen Büschen blinkt es, nicht starr, nicht feststehend, es ist ein bewegliches Blinken, das von den gleitenden und fallenden Tropfen kommt, und das Nadelholz in den Quartieren sieht aus, als wäre es mit kleinen Kristallen besetzt.

Jetzt leuchten die Spinnennetze, die zwischen den Pflanzen gewoben sind, auch in ihnen hängen Tropfen, die die Netze beschweren und herabziehen; am liebsten möchte ich, daß alles so bleibt, daß keine Sonne sich zeigt und kein Wind aufkommt, aber es wird ein heller, windiger Tag. Wer weiß, warum unser Vorarbeiter Ewaldsen mich in der Packhalle haben will, es wurden nur wenige Sendungen fertiggemacht in der letzten Woche, vor allem Obstgehölze, Kern- und Steinobst; vermutlich werde ich fegen müssen, aufräumen, fegen.

Paddy, das ist Paddy, der schnüffelnd und geduckt durch die Kulturen streift, der Chef hat es ihm nicht abgewöhnen können, allein zu streifen, doch er wird nichts aufspüren, die wenigen Kaninchen, die am Anfang da waren, sind längst tot, und die beiden Dachse sind fortgezogen. Ich brauche ihn nicht zu rufen, er wird mir nicht gehorchen; obwohl er alt ist, bricht Paddy eine Jagd nicht ab; vielleicht käme er, wenn der Chef ihn riefe, vielleicht.

Was gibt's Neues, Bruno, fragt Ewaldsen, er fragt es mit abgewandtem Gesicht, während er einen roten Flicken von einem Gummistiefel abzieht und wieder aufklebt, und ich weiß nicht, was ich sagen soll, aber ich weiß, daß er mich noch nie danach gefragt hat, was es Neues gibt, in siebenundzwanzig Jahren nicht. So, wie er jetzt zu mir kommt, erwartet er etwas Bestimmtes, er zwinkert mir zu, sieht mich forschend an, lange, viel zu lange, doch ich darf nichts sagen. Magda hat mir das Wort abgenommen. Alles, was sie aus der Festung mitbringt, muß unter uns bleiben. Wie ausgezehrt er ist, wie zerfurcht. Nix, Bruno, nix Neues? Er brennt sich seine Pfeife an, zieht so heftig, daß der Glutklumpen leuchtet, er schlägt mit der flachen Hand auf einen Holzkübel: Komm, setzen wir uns. Wir sind allein. Es ist so still, daß ich das Ticken seiner Taschenuhr in der Westentasche hören kann. Siehst du, Bruno, du hast mich gefragt, wozu man so einen Vormund braucht, und ich kann es dir sagen: wenn einer nicht mehr fertig wird mit sich, wenn nicht mehr zu verantworten ist, was er tut, dann kann man für ihn gesetzliche Fürsorge beantragen, beim Gericht. Das Gericht benennt dann einen Vormund, der alles übernimmt, die Verwaltung, die Unterschriften, den ganzen Schutz. So ist das. Aber hier bei uns gibt es wohl keinen, der einen Vormund braucht, keinen.

Jetzt wartet er wieder, er spürt wohl, daß ich etwas weiß, vielleicht hat er selbst auch schon etwas erfahren, gerüchtweise, denn warum sonst redet er von einem Vormund und vom Gericht ohne Ankündigung? Er will mich aushorchen, aber ich darf Max nicht enttäuschen und Magda nicht; ich hab ihnen versprochen, zu schweigen. Wenn er spricht, sieht er oft auf seine Gummistiefel hinab und kratzt leicht seine Handrücken, die ganz schuppig sind, streicht über die Haut, in deren Rillen Erde sitzt wie endgültig. Sie munkeln, Bruno, sagt er, sie haben immer was zu munkeln, einer will was aus Schleswig gehört haben, direkt vom

Amtsgericht, der andere hat was in der Festung aufgeschnappt – wir beide, denk ich, wissen mehr, uns kann keiner etwas vormachen. Das ist schon alles, und nun soll ich mir die Packhalle vornehmen, gründlich, denn die hat's mal nötig, Bruno, diese hohe Halle mit dem Aluminiumgerippe, in der man sich fühlt wie im Bauch eines großen Fisches. Das Tor kann er ruhig ganz öffnen, das auf Rollen laufende Tor, ein kleiner Schubs genügt schon.

Ina, das ist Ina; sie braucht nicht zu rufen, Paddy wird nicht gehorchen und zu ihr laufen; wenn er die Kulturen durchstöbert, kennt er keinen Herrn. Sie rupft Blüten, pflückt sich vom Fruchtbehang, in ihren Tütchen steckt bereits Grün vom Lebensbaum, also hat einer Geburtstag in der Festung, vermutlich Tim oder Tobias, einer dieser Quälgeister – der Chef und Dorothea haben im Winter Geburtstag. Blüten und Früchte und Zweige wird sie zu schönen Bogen auf dem Tisch auslegen, dort, wo das Geburtstagskind sitzt, das ist schon immer so gewesen, in der Baracke und auf dem Kollerhof, auch an meinem Geburtstag waren Tasse und Teller immer bunt eingerahmt, jedesmal waren Holunderblüten dabei. Wenn ich nur wüßte, wo all die Geschenke geblieben sind, die auf meinem Platz lagen, das braune Etui mit Kamm und Spiegel, und der Lederriemen und das dicke Buch, die Geschichte der Segelschifffahrt mit vielen Bildern. Die Federkugel, die ich Ina zu ihrem sechzehnten Geburtstag geschenkt habe, die liegt immer noch auf ihrem Fensterbrett, die bemalte Tonkugel, die ich mit Federn gespickt habe, Tauben- und Drosselfedern, mit Federn vom Eichelhäher und von der Saatkrähe und von der Wildtaube und vom Fischreiher. Ihr ist mein Geschenk nicht weggekommen.

Sie lag noch im Bett, als ich es ihr brachte, ich ging ganz leise in ihre Kammer, um die Federkugel unbemerkt neben ihr Kopfende zu legen, doch Ina war schon wach, vielleicht vom Wind, der heulend unters Dach langte, vielleicht von ihrer Aufregung, und zuerst konnte sie nicht erkennen, was ich ihr geben wollte, und fragte beinahe ängstlich: Was ist das, Bruno, was hast du da? Weil sie sich fürchtete, die Federkugel in die Hand zu nehmen, hab ich sie auf die Bettdecke gelegt, und erst nach langem Äugen hat sie sie mit ausgestrecktem Finger berührt und dann sanft gestreichelt und schließlich mit beiden Händen aufgenommen. Dann hat sie mich leise gefragt, ob ich alle Federn selbst gefunden hätte, und als ich darauf nur nickte, hat sie sich schnell aufgerichtet und sich an mich gepreßt, danach hat sie eine Hand auf meine Brust gelegt und mich verwundert angesehen. Was ich da an der Lederschnur trug, wollte sie dann wissen, was da an meiner Brust baumelte, und ich hab ihr die ovale Erkennungsmarke gezeigt, die ich beim Steinesammeln auf unserm Land gefunden hatte, auf dem alten Exerzierplatz. Ein Soldat hat sie verloren, sagte ich, hier stehen alle seine Kennziffern drauf. Darauf hat sie ungläubig gelächelt und gleich wieder mein Geschenk gestreichelt. Das ist ein schönes Geschenk, Bruno, hat sie gesagt, ich werd es immer behalten. Den ganzen Tag wollte sie die Federkugel auf ihrem Platz am Tisch stehen haben.

Es war der Tag, an dem Elma kam, Elma Tordsen vom Kolonialwarenladen, Inas Freundin; auch Rolf kam zur Geburtstagsfeier, der Renner, der so oft neben dem anfahrenden Zug herlief, alle waren Fahrschüler, gingen in eine Klasse, sie kannten sich gut, wußten alles übereinander, eine Anspielung reichte aus, damit sie lachen konnten. Am Tisch bemerkten sie mich kaum, selbst als Ina ihnen die Federkugel zeigte, blickten sie nur kurz und gleichgültig zu mir herüber und fuhren fort, ihre Lehrer nachzumachen und über andere Schüler zu sprechen, auch was auf einer Klassenreise geschehen war, mußte noch einmal in Stichworten verhandelt werden, und während sie redeten, trugen der Chef und ich, von Dorothea blickweise ermuntert, einen Wettkampf aus, den ich gewann: zum Schluß hatte ich zwei Stücke Streuselkuchen mehr gegessen als er.

Nach dem Geburtstagskaffee gingen wir auf den Hof hinaus, ich durfte zusehen, wie sie mit Rolfs Luftpistole auf eine Scheibe schossen, rot und grün befiederte Bolzen, alle waren unzufrieden mit ihren Schüssen, nur der Chef nicht, er traf sechsmal und ließ uns allein. Am zweitbesten schoß Elma, sie hielt die Pistole mit beiden Händen und stand breitbeinig da und zielte so lange, daß die andern schon ungeduldig wurden, und wenn sie den Schuß endlich abgefeuert hatte, hüpfte sie ein paarmal auf der Stelle. Joachim, der traf immer nur die Stalltür, und ein Schuß von Ina verirrte sich sogar ins Dach.

Als Rolf sich lebende Ziele wünschte und mit kleinen Kugeln auf die Blumen des Staudengartens schoß, auf Astern und Rosen, versuchte Elma, ihm die Luftpistole wegzunehmen, sie zerrte, sie hängte sich an ihn und betrommelte seinen Rücken, doch er schüttelte sie immer wieder ab, und auf einmal standen wir alle ganz still und blickten nur hoch, denn um das Dach herum segelte in böigem Wind Ak-Ak, der alte Wilderpel, den ich mit Rübenschnitzeln gezähmt hatte in Monaten. Er suchte mich wohl, kurvte tiefer herab und segelte knapp über unseren Köpfen hinweg zur sumpfigen Wiese hinterm Kollerhof, zu den versuppten Gräben, wo ich ihm regelmäßig Futter hinstreute; dort landete er und hatte so viel Übergewicht, daß er sich fast überschlug. Ak-Ak hatte sich in einem Tellereisen gefangen, das gewiß noch der alte Magnussen ausgelegt hatte, der Schnabel war nur angesplittert, nicht gebrochen, und nachdem ich den Erpel befreit hatte, fing er gleich an, sich zu putzen. Kein einziges Mal hab ich versucht, ihn zu greifen, zu streicheln, wenn ich mit Futter kam, hab ich immer zu ihm gesprochen, er ging hin und her, flog kurz weg und kam wieder, und eines Tages vergaß er seine Scheu und überquerte die Linie, die er wohl für seine Sicherheit brauchte; zuletzt wurde er so zutraulich, daß er um mich herumschwänzelte, sobald ich mich hinhockte und ruhig verharrte.

Mit gerecktem Hals wartete er am Weidengebüsch auf mich, ich flitzte in den Stall, grabschte mir eine Handvoll Rübenschnitzel, und als ich zu ihm lief, watschelte er mir schon entgegen, grüßte wie immer mit seinem fordernden

Ak-Ak. Ina und die andern folgten mir. Ich kniete mich hin und machte ihnen ein Zeichen, nicht näher zu kommen, und sie hielten sich daran – bis auf Rolf; der rief mir ein paarmal etwas zu, scharf, befehlsartig, aber ich konnte ihn nicht verstehen, da der Wind seine Worte mitnahm. Und dann war Ak-Ak dicht vor mir und machte den Hals lang und schnappte nach den Schnitzeln. Den Schuß, den Rolf abfeuerte, hab ich gar nicht gehört, ich spürte nur einen leichten Schlag gegen die Brust, gegen die Erkennungsmarke, und noch bevor ich die Hand rührte oder mich umdrehte, sah ich, wie der Erpel einen kleinen Hopser machte und dann den Kopf heftig am Boden scheuerte und wild um mich herumflatterte, ohne aufzufliegen. Der Querschläger hatte ihn ins Auge getroffen, ins Auge, und während er flatterte und hopste, kamen die andern angelaufen und Joachim warf sich auf ihn und fing ihn.

So sehr ich ihn auch darum bat, er wollte mir das verwundete Tier nicht geben, er drückte es fest an seinen Körper, weil es unaufhörlich ruderte und sich wand, und dann haben sich Rolf und Joachim besprochen und sind zu dem Weidengebüsch gegangen, wo sie Ak-Ak mehrmals in den Kopf schossen, bis er tot war. Da bin ich ins Haus gegangen, in meine Kammer, und hab die Tür verhaspelt und mich auf mein Lager gelegt.

Einem anderen als Dorothea hätte ich bestimmt nicht geöffnet, sie stand allein hinter der Tür, bat, klopfte und bat, und als ich sie hereinließ, nahm sie gleich meine Hand, und wir setzten uns hin. Die Ruhe. Die Besänftigung. Sie war da, und ich wartete auf ihre Worte; sie sagte nicht viel, sie meinte nur, daß Ak-Ak verletzt war und erlöst werden mußte. Und sie sagte auch: Zum Mitleid, Bruno, da gehört mitunter auch Härte, Härte und Mut. Und das war schon alles. Dann hat sie mich eingehakt und daran erinnert, daß Geburtstag war, sie wollten etwas steigen lassen, aber nicht ohne mich, sie warteten alle nur auf mich, und besonders Ina, die schon ein paarmal versucht hatte, mich zu holen. Sie saßen bereits in der großen Wohnstube, bei meinem Eintritt sprangen sie auf und zeigten mir die beiden langschwänzigen Papierdrachen, die der Chef heimlich für diesen Tag gemacht hatte, bunt bemalte Drachen mit breiten, lachenden Mündern, mit Clownsbacken und Schielaugen. Es waren die größten Drachen, die ich je gesehen hatte, und die Schnurknäuel waren so dick, daß man sie in beide Hände nehmen mußte. Wer mit wem, wer gegen wen? Ina wollte, das war klar, nur mit Rolf gehen, mit ihm, der überall neben ihr sitzen mußte, für den sie unablässig ein Auge hatte, aber dann wetteten sie, und Rolf mußte mit Elma gehen, und die andere Partei, das waren Ina und ich.

Nur ein paar Schritte Anlauf auf der Wiese hinterm Kollerhof, und der Wind preßte das Pergamentpapier gegen das leichte Holzkreuz, die Drachen stiegen, pendelten zuerst, beruhigten sich mehr und mehr in der Höhe, getrimmt von den schwingenden Papierschwänzen.

Wir steckten Schnur nach, die Drachen stiegen und stiegen, und je höher der Wind sie trug, desto schwerer war es, sie zu halten; doch obwohl unsere Hände schon brannten, trieb Ina mich an, die Schnur schneller abzuwickeln, unser Drachen sollte am höchsten stehen, wir sollten gewinnen. Ihr Eifer steckte mich an, alles, was sie sich wünschte, wünschte auch ich mir, und gemeinsam rissen wir die Schnur vom Knäuel, Hand über Hand, wir stützten einander, hielten uns ganz fest und bewahrten einander davor, zu straucheln, und bevor ich ins Haus lief, um ein neues Knäuel zu holen, band ich ihr das Ende der Schnur um den Bauch und verknotete es, und dabei legte Ina mir beide Arme um den Hals und sagte: nur Schnell, Bruno, schnell, wir müssen gewinnen. Wenn wir uns in die Augen sahen, dann freuten wir uns, und wenn ich sie festhielt, dann wollte ich sie gar nicht mehr loslassen, und sie war einverstanden damit. Sie wollte gewinnen, sie wollte, daß unser Drachen am höchsten stieg, daß er die meiste Post bekam – durchlöcherte Pappstücke, die der Wind an der Schnur hinauftrieb, so weit es ging; einmal stürzte und überschlug er sich und hätte sich beinahe in der Überlandleitung verfangen, aber auf ihr hastiges Kommando rannten wir los und brachten Wind unter den taumelnden Drachen, so daß er wieder auftrieb und sich pendelnd über den Kollerhof erhob.

Manchmal war ihr Gesicht gar nicht zu sehen, weil der Wind ihr Haar verwehte, verblies, ihr schimmerndes Haar. Manchmal rutschte ihr Kettchen aus dem Halsausschnitt, und ich konnte den Bernsteintropfen erkennen mit den fünf eingeschlossenen Insekten. Daß sie sich abstemmen konnte mit ihren dünnen Schenkeln, das hätte ich ihr gar nicht zugetraut. Wenn es nach mir gegangen wäre, hätten wir den Drachen nicht einzuholen brauchen, doch Dorothea rief uns alle zum Essen hinein, und wir bargen und wollten die Schnur auf, und Ina ging neben mir ins Haus.

Beim Essen saß sie neben Rolf, es gab zuerst Rührei mit Krabben, und weil sie wohl wußte, wie gern er Krabben aß, tat sie ihm immer noch einen Löffel auf, immer noch einen, er konnte nicht genug kriegen, der Schnelläufer mit seinen Sommersprossen und dem blonden Streichholzhaarschnitt, und er aß genau so geschwind wie ich, obwohl er fortwährend etwas zu erzählen hatte, aus der Schule und aus der Hollenhusener Sparkasse, in der sein Vater das Sagen hatte. Bei den Waffeln, als es dann Waffeln mit Sirup gab, hat Ina gefragt, ob der Sieger nicht etwas haben müßte für seinen Sieg, und ohne auf eine Antwort zu warten, brachte sie die letzte gelbbraune Waffel, die übriggeblieben war, auf meinen Teller, sie selbst kleckste den Sirup drauf; aber das war noch nicht alles. Als ich die Gabel in der rechten Hand hielt, legte sie ihre Hand plötzlich auf meine linke, sie drückte sie flach an die Tischplatte, klapste sie, beschwerte sie, und ich fühlte nichts als dieses kleine warme Gewicht und wagte nicht, hinzusehen, und schon gar nicht, die Waffel zu teilen. Später bemerkte ich, daß auch um ihre Hand ein roter Striemen lief, dort, wo die Schnur ins Fleisch geschnitten hatte.

Obwohl Dorothea auch mich nach dem Essen aufforderte, zu bleiben, verabschiedete ich mich und ging hinauf in meine Kammer, ich zog mich nicht aus, legte mich nur auf mein Lager und lauschte auf die Stimmen unten, auf ihre Stimme, sie spielten Spiele, an denen ich doch nicht hätte teilnehmen können; der Chef gewann immer und wurde darum ausgeschlossen. Ich wartete, meine Kammertür hatte ich ein wenig offen gelassen, nur einen Spalt, einmal mußte Ina ja heraufkommen, und ich hoffte, daß sie meine offene Tür bemerken und sie nicht schließen würde, ohne mir gute Nacht hineinzurufen. Immer noch fühlte ich ihre Arme um meinen Hals, sah die Freude in ihren Augen, bei allem Kuddelmuddel in meinem Kopf spürte ich ihr loses Haar in meinem Gesicht und empfand das Gewicht ihrer Hand auf meiner Hand, und wenn ich's mir nur vorstellte, hielt ich sie wieder ganz fest und band die Drachenschnur um ihren Bauch und verknotete sie, während Ina mich begeistert anspornte.

Als sie endlich heraufkam, hat sie nicht mehr zu mir hineingelauscht, auch meine Tür hat sie nicht geschlossen, sie hat sich mit einem prustenden Laut auf ihr Bett fallen lassen, lag eine Weile still, dann hat sie sich ganz schnell ausgezogen, wobei sie ihre Schuhe wohl nur so wegschleuderte. Vor dem Einschlafen, da hab ich mir noch lange überlegt, womit ich ihr am nächsten Tag eine Freude machen könnte, aber ich fand nichts – oder ich fand so viel, daß ich mich nicht entscheiden konnte.

Ich mußte einfach ihr Fahrrad putzen, mit dem sie an jedem Morgen zum Hollenhusener Bahnhof fuhr, ich mußte es wienern und die Reifen aufpumpen, während sie lustlos beim Frühstück saß, langzähnig kaute und Milch trank; Dorothea saß mit ihr am Küchentisch und wachte darüber, daß Ina beide Brotscheiben aß, mehrmals mußte Dorothea wie allmorgendlich sagen: Stopf nicht so, Kind. Durch die Fensterscheibe konnte ich beide beobachten, konnte sehen, wie Ina quengelte und Dorothea ihr zusprach; ich war längst fertig, ich zog die paar Schrauben nur zum Schein nach, doch dann, als Ina die Mappe aufnahm und einen schnellen Kuß an Dorotheas Wange abstreifte, schob ich das Fahrrad nicht zum Eingang, wie ich es vorgehabt hatte, ging nicht auf sie zu, um sie zu begrüßen und in ihrem Gesicht zu lesen, alle Worte waren weg, ich ließ das Fahrrad neben der Holzbank stehen und lief zur Hecke und duckte mich da. Sie merkte nicht, wie das Fahrrad glänzte, sie war wohl zu müde, doch ich war glücklich, als sie an mir vorbeifuhr, ich brauchte ihren Dank nicht; es genügte mir, daran zu denken, daß keine andere Fahrschülerin ein so gepflegtes Rad am Bahnhof abstellen würde wie Ina, und ich war schon froh.

Wie ungeduldig ich damals ihre Rückkehr erwartete, jeden Tag richtete ich es so ein, daß ich ihr aus der Ferne zuwinken konnte. Saßen wir gemeinsam am Tisch, dann wagte ich es mitunter nicht, sie offen anzusehen, ich weiß auch nicht, warum, ich wünschte mir immer nur eins: daß wir uns in der Einsamkeit begegnen, vielleicht in der Dämmerung zwischen den Kulturen, oder daß wir wieder eine Partei bildeten in einem Wettkampf. Erst wenn wir Kerzen ansteckten, um Strom zu sparen, wenn die Schatten sich bewegten, wagte ich es, zu ihr hinüberzusehen, und dann konnte ich nicht wegfinden von ihr, von ihrem mageren, wachsamen Gesicht, von ihren großen Augen und der mehrfarbigen Schmetterlingsspange in ihrem Haar; ich mußte sie ansehen, denn ich hoffte immer auf ein Zeichen, das nur für mich bestimmt war, auf eine Berührung, die erneuerte und bestätigte, was plötzlich beim Drachensteigen geschehen war. Darauf hoffte ich.

Einmal war ich heimlich in ihre Kammer gegangen, ich war allein auf dem Kollerhof, und da die Tür offenstand, bin ich zu ihr hineingegangen – um viele Dinge hatte sie Schleifen gebunden, blaue und gelbe Schleifen, um ein Photo von Dorothea, um eine Vase, um den Fuß eines Globus, den sie vom Chef zu Weihnachten bekommen hatte. Am liebsten hätte ich damit begonnen, ihre Sachen aufzuräumen, die Schuhe, den Schal, den Pullover auf ihren Platz zu legen, das Baumwollhemdchen von der Stuhllehne zu nehmen, den Schlafanzug unters Kopfkissen zu legen, doch ich wagte nicht, etwas zu berühren, weil mich vom Schrank her die ausgestopfte Eule beobachtete, die ebenso aus Magnussens Hinterlassenschaft stammte wie mein ausgestopfter Iltis. Das Bernsteinauge. Der gespaltene Blick.

Auf einem breiten, glatten Brett, das ihr den Tisch ersetzte, lagen einige Blätter aus Inas Zeichenblock, mit bunter Keide hatte sie Herbstblumen gemalt, aus jeder Blume sah ein verstecktes Gesicht, das erst gefunden werden wollte. Es waren heitere Gesichter, die Übermut zeigten. Eine Weile hab ich nur auf ihrem Stuhl gesessen, dann bin ich an den Schrank gegangen, und weil das Eulenauge mich dort nicht erreichte, hab ich ihn geöffnet und den Lavendelduft eingeatmet.

Die Blumen, gewiß hätte ich nicht damit angefangen, ihr heimlich eine Blume in den Schulranzen zu legen, wenn Bruno nicht die Zeichnungen in ihrer Kammer gesehen hätte, all die zwinkernden übermütigen Blumengesichter. Ich pflückte sie nicht von unserem Staudenbeet auf dem Kollerhof; die Chrysanthemen und Astern und ich weiß nicht was, die holte ich vom Hollenhusener Friedhof, die knipste ich aus frischen Kränzen heraus oder fischte sie, bevor sie in Wind und Regen verdarben, aus grünen Blechvasen, immer nur eine einzelne Blume, die ich meist in der Frühe holte. Leicht schwang ich über die bröckelnde Mauer, suchte mir, auf Abwechslung bedacht, ein geschmücktes Grab, knipste ab, was mir gefiel, und verbarg die Blume gleich unter der Jacke; zeigte sich mal einer auf der Straße oder auf dem Vorplatz, dann las ich die Inschriften auf den Grabsteinen oder setzte mich wie ein Trauernder auf ein Ruhebänkchen. Bevor Ina mit dem Fahrrad zum Bahnhof fuhr, schmuggelte ich die Blume in ihre Mappe, die entweder im Flur lag oder schon im Gepäckträger eingeklemmt war, und jedesmal versuchte ich, mir ihre Überraschung und ihre Freude vorzustellen, wenn sie die Mappe in der Klasse öffnete.

Zu Hause erzählte sie nichts von den Blumen, sie zeigte

nichts vor und fragte nichts, dennoch glaube ich, daß sie mich im Verdacht hatte, weil sie öfter als sonst den Kopf über mich schüttelte, nicht vorwurfsvoll, nur mit traurigem Lächeln. Am meisten freute ich mich, wenn sie Aufträge für mich hatte. Putzte ich ihre Schuhe oder reparierte ich das Schloß ihres Kettchens, an dem der Bernsteintropfen hing, dann zog ich meine Arbeit in die Länge; oft mußte ich vor Schreck innehalten, weil ich das Gefühl hatte, sie selbst zu berühren, ihren Fuß, ihren Hals. Sollte ich in der Hollenhusener Sparkasse einen Brief für Rolf abgeben, dann trug ich ihn nur das erste Stück in der Hand; kaum war ich auf dem Pappelweg, schob ich ihren Brief in den Hemdausschnitt. Wie glücklich ich war, als ich ihr mein Geld borgen durfte; vor ihren Augen hab ich den ausgestopften Iltis geöffnet, in dem ich damals alle Münzen verwahrte, die ich vom Chef oder von Dorothea bekommen hatte; es waren mehr als acht Mark, die ich aus dem Iltis herausschüttelte. Ina hat das Geld im Schein meiner Taschenlampe nachgezählt, und zum Dank durfte ich sie am nächsten Tag begleiten. Sie hat Rolf ein Wurfspiel mit sechs Pfeilen gekauft.

Nach einem Monat wollte Ina mir das Geld zurückgeben, doch als die Zeit um war, da bat sie um die gleiche Frist, und ich war sehr froh darüber und wünschte nur, daß sie mir den Betrag noch lange schuldig bliebe. Es bedrückte sie, daß ihr Taschengeld nicht ausreichte, um die Schulden zurückzuzahlen, es bedrückte sie sehr, und als sie mir einmal zwei Mark als Anzahlung geben wollte, nahm ich das Geld nicht an und tröstete sie. Das aber machte sie nicht zufriedener, sie sorgte sich, sie litt wohl auch darunter, daß sie ihr Versprechen nicht halten konnte, manchmal glaubte ich schon, daß sie mir aus dem Weg ging, um nicht an ihre Schulden erinnert zu werden, und weil das auch mich bedrückte, dachte ich mir einen Plan aus, wie ich ihr alles erlassen könnte, den ganzen Betrag auf einmal.

Zeichen lesen, ich hab mir viele verschiedene Zeichen ausgedacht, die kreuz und quer über unser Land führten, zu meinem Versteck, zu dem alten Bootsskelett; mit ausgelegten Steinen, mit abgebrochenen Ästen, mit Läppchen und buntem Papier, das ich an Jungpflanzen befestigte, markierte ich einen Weg, und nach anfänglichem Zögern und geduldigem Zureden war Ina einverstanden und nahm meinen Vorschlag an: sie wollte versuchen, mich mit Hilfe der Zeichen in meinem Versteck aufzustöbern. Vergnügt war sie nicht, auch nachdem sie zugestimmt hatte, waren ihr noch Bedenken anzusehen, vielleicht glaubte sie, daß ich es ihr zu leicht machen würde, die Schulden auf einmal loszuwerden. Am Findling, den der Chef und ich ausgegraben hatten, sollte die Suche beginnen; ein Pfeil, mit Kreide auf den verwitterten Buckel geschrieben, zeigte die Richtung an, in der Ina zu gehen hatte – ohne zu wissen, daß mein Versteck dicht beim Findling lag.

Aus meiner Deckung beobachtete ich, wie gut sie sich zu Beginn zurechtfand, prüfend lief ihr Blick hin und her, von der Erde zu den Pflanzen, den Pfählen; einige Zeichen steckte sie in die Tasche, mitunter schien sie sich über sich selbst zu amüsieren, besonders wenn sie etwas fortwarf, was sie für ein Zeichen gehalten hatte, einen Stock oder die Scherben eines Blumentopfs. Bald war sie in den Quartieren der Jungpflanzen, rätselte ein bißchen bei den Lebensbäumen, fand aber die Flasche, die auf den alten Kommandohügel zeigte und erstieg ihn und verschwand gleich darauf in der Senke. Ich zweifelte nicht, daß sie den weißen Pfeil an unserer Bude entdecken und einmal um die Bude und die Saatbeete herumgehen würde bis zu dem großen Pfeil, an dem bereits das erste Zeichen für den Rückweg lag, und ich freute mich schon und überlegte mir, wie sie mich vorfinden sollte in meinem Versteck. Totstellen, ich wollte mich totstellen und erst aufspringen, nachdem sie mich angestupst hatte; das nahm ich mir vor.

Ina kam nicht. Ina fand mich nicht. Ich lag und wartete und hielt Ausschau nach ihr, ich verließ mein Versteck, trat offen hin, stieg auf den Findling, zuletzt lief ich auf den Kommandohügel hinauf, von wo aus ich alles überblicken konnte. Ina war nicht zu sehen. Eine Weile habe ich noch dort oben gesessen, dann zog ich los, um sie zu suchen, ich suchte überall, auf dem Land, an der Holle, am versengelten Bahndamm, doch Ina tauchte nicht auf, und auch auf dem Kollerhof wußte keiner, wo sie war. Als es dunkel wurde, kam die Angst, ich spürte sie im Bauch, in den Schläfen, als Ameisenzug auf der Haut, gleich nach dem Essen stieg ich in meine Kammer hinauf.

Es kann nicht allzu spät gewesen sein, als Ina nach Hause kam, sie bekam keine Vorwürfe zu hören, dafür aber wurde sie gelobt, weil sie ihre Fliederbeersuppe aufaß und alle Grießklöße dazu. Nach mir fragte sie nicht; dennoch ist sie nicht bei den andern geblieben, die jeden Abend in ihren Büchern lasen; sie hat nur eine Weile leise mit dem Chef gesprochen, danach ist sie nach oben gekommen, gleichmäßig, sodaß sich aus ihrem Schritt nichts herauslesen ließ, und vor unseren Türen ist sie einen Augenblick stehengeblieben, als ob sie sich noch bedenken müßte.

Dann hat sie bei mir geklopft. Dann ist sie mit dem zweiten Klopfen hereingekommen und hat flüsternd gefragt: Schläfst du, Bruno? Ich richtete mich auf und räumte meine Sachen vom Hocker, wischte sie einfach herunter, und Ina setzte sich im Schein meiner Taschenlampe und lächelte bekümmert und sah immer auf das Stück Papier hinab, das sie zwischen den Fingern drehte. Ich erkannte es wieder. Es war der kleine Brief, den ich an den Pfahl gepinnt hatte als erstes Zeichen für den Rückweg, mit Bleistift hatte ich darauf geschrieben: Damit Ina mich findet. Du mußt nicht traurig sein, sagte ich, du hast die meisten Zeichen entziffert, und das genügt, jetzt schuldest du mir nichts mehr. Ich sagte auch: Du bist eine gute Zeichenleserin, ich hab dich heimlich beobachtet. Ihr Ernst auf einmal, ihr Ernst und die langsamen verneinenden Bewegungen ihres Kopfes; sie beugte sich zu mir herab, sah mich an, in ihrem Blick lag eine einzige dringende Bitte, und plötzlich legte sie den Brief auf mein Zudeck und sagte: Es geht nicht, Bruno; ich hab's schon in der letzten Zeit gemerkt, aber das, woran du denkst, das geht nicht. Ich sah ihr an, wie schwer es ihr fiel, das auszusprechen.

Ich fühlte, daß etwas zu Ende ging, ein kleines Gewitter zog mir durch den Kopf, alle Wörter waren weg, und es wurde auch nicht besser, als Ina mir eine Hand auf die Schulter legte; auf einmal mußte ich an den Memelfluß denken, er führte das letzte Eis hinunter, tragende Schollen, und ich stand auf einer Scholle und trieb fort und sah zu, wie die bläulichen Ränder schmolzen, schneller, immer schneller, ein Stück nach dem anderen löste sich, trieb davon, und am Ufer blieb mein Vater zurück, dessen Bootshaken mich nicht erreicht hatte.

Du gehörst doch zu uns, sagte Ina, wir sind doch deine Familie. Das sagte sie, aber das war nicht alles; ohne daß sie ihre trockenen Lippen bewegte, sprach sie mit ihrer anderen, ihrer inneren Stimme, und ich hörte genau, wie diese Stimme sagte: Armer Bruno. Wenn ich nur wüßte, was alles sie damit gemeint hat; und was der Chef und Dorothea gemeint haben, wenn sie in gewissen Augenblicken weiter nichts sagten als: Laßt Bruno in Ruhe, traurig und mahnend und manchmal auch sorgenvoll, worauf sie dann immer diese Pausen machten, gerade, als ob Ungewißheit sie bedrückte. Aber ich kann mir schon denken, was es ist, es ist wohl mein ewiger Hunger, und es ist mein ewiger Durst, der sie ratlos macht.

Einmal kam Dorothea dazu, wie ich aus dem Großen Teich am Dänenwäldchen trank, ich lag am Ufer, die Wolken spiegelten sich im Wasser, und ich hatte das Gefühl, aus dem Teich und aus dem Himmel zugleich zu trinken. Und plötzlich hat Dorothea gerufen: Mein Gott, du wirst ja noch platzen, Bruno; da hab ich gesagt, daß ich den ganzen Teich leertrinken könnte, wenn sie es nur wollte, doch sie hat mich aufgehoben und nach Hause gebracht. Und einmal hat der Chef mich in Lauritzens Steckrübenfeld erwischt, er hat ungläubig auf die Strünke geguckt, die ich hinterlassen hatte, er wollte es einfach nicht für möglich halten, daß so viele Steckrüben in mich hineingehen, und er hat kopfschüttelnd und in Sorge meinen Bauch befühlt und nur »Bruno, Bruno«, gesagt. Und er hat auch gesagt: Für dich gelten wohl andere Maßstäbe.

Ich weiß nicht, wie das alles geschehen konnte mit mir, ich weiß nur, daß Ina mir ihren Bernsteintropfen schenkte – nicht das Kettchen, nur den Tropfen, und den hielt ich fest in der Hand, nachdem sie gegangen war, ich drückte und preßte ihn, bis es weh tat. Wenn ich nur wüßte, wo der Tropfen geblieben ist, er ist weg wie alles andere, vielleicht eingetreten in die Erde; vielleicht im Dänenwäldchen, überwachsen von Moos und Farn.

Also wurde ich doch gerufen, manchmal höre ich meinen Namen, ohne daß mich einer gerufen hat, oder es ruft mich einer, und ich weiß nicht, wer es ist – aber im Tor steht Max, ein Tütchen in der Hand, aus dem er Rosinen und Nüsse in sich hineinschüttet, gleich wird er auch mir eine Handvoll abgeben von seiner Lieblingsmischung. Seine Schuhe sind lehmverschmiert, der Hosenaufschlag hat sich eingedunkelt, demnach ist er bereits unterwegs gewesen, gewiß war er bei den Obstgehölzen; mit seinem Gruß hält er mir schon sein Tütchen hin: Da, Bruno, probier mal. Er lobt den Morgen und zieht mich aus der Packhalle hinaus, er lenkt meine Schritte zu dem mehrreihigen Kultivator, ich merk schon, daß er etwas vorhat mir mir, Max, der mir noch einmal von seiner Lieblingsmischung anbietet und mich zum Sitzen einlädt auf dem Gestänge des Kultivators.

Das hat mir mitunter gefehlt in der Stadt, sagt er und nickt hinüber zu dem ebenen Land, wo sie beim Verschulen zweijähriger Fichten sind, erst in der Abwesenheit spürst du, was du entbehrst. Ob ich noch manches Mal zur Gerichtslinde hinkomme, will er wissen, und ich sage nein. Ob ich mich noch unserer gemeinsamen Gänge am Ufer der Holle erinnere, will er wissen, und ich sage: Das war schön. Und der heiße, lange Sommer, ob ich noch gelegentlich an diesen Sommer denke, in dem die Holle fast versiegte und wir die Fische mit den Händen fingen, und ich sage: Da gab's jeden Tag Fisch. Weißt du, Bruno, am Anfang, da hat Hollenhusen mir nicht viel bedeutet, doch je älter ich werde, desto mehr wird es mir zum Zuhause; das sagt er und sieht über unsere Quartiere hinweg, über denen an manchen Stellen leichter Dunst liegt. Am Ende, sagt er, wenn du alles verfehlt hast, möchtest du zumindest irgendwohin gehören.

Sein Atem geht gedrängt, manchmal pfeift es aus ihm, er kann das Tütchen nicht ruhig halten zwischen seinen Fingern, etwas plagt ihn, immer wieder wischt er sich über Stirn und Augen, und seine Schuhe, die läßt er mit leichtem Klappen zusammenschlagen. Ich will nicht fragen, doch ich frage plötzlich: Wann kommt mal der Chef? Und da Max sich mir zuwendet, sage ich noch einmal: Einige vermissen ihn schon. Er sieht mich so forschend an, als ob er mich für etwas in Verdacht hätte, er, vor dem ich selten etwas verborgen habe, kommt nicht von mir los, diese Kälte auf einmal, diese Wißbegier und das langsam entstehende Mißtrauen, das ich kaum noch aushalten kann, er rückt ab von mir, um mich besser ins Auge zu fassen, und jetzt senkt er sein Gesicht, wie in schmerzhaftem Zweifel. Sag mir, Bruno, hast du nicht einen Brief bekommen, einen Brief aus Schleswig? Nein, sage ich, der letzte Brief, den ich bekam, der war von Simon, dem alten Soldaten, vor neun Jahren schickte er mir seine Skizzen und Pläne. Wann ich den Chef zum letzten Mal gesprochen habe, das weiß ich genau: Am vergangenen Dienstag, es war am Abend, ich zog mir die weichen Nadeln aus den Fichten und kaute sie, da hat er mich überrascht. Und was sagte er zu dir? Er hat mich nur gewarnt, und das war alles.

Warum lächelt er so mühsam, warum greift er sich die Meßlatte und beginnt, eine Rinne zu kratzen zwischen zwei Pfützen, eine Rinne mit Gefälle, sodaß das Wasser sich vereinigen kann? Warum will er, daß wir jetzt durch die Kulturen gehn, nur ein Stück, vielleicht bis zur Holle hinunter? Magst du nicht, Bruno? Doch, sage ich und sehe mich nach Ewaldsen um und winke dem Vorarbeiter zu, der schon erkannt hat, mit wem ich zusammensitze.

Warum ist es nicht wie sonst, wenn ich Max begleiten durfte, warum will die Freude nicht aufkommen, die doch immer da war, wenn er neben mir ging und mir erzählte, wie man das Glück entdecken kann, mir erzählte, weshalb einer umso mehr er selbst ist, je weniger er hat. Gib auf den glitschigen Weg acht, sage ich. Ach, Bruno, sagt er, nirgends, glaub ich, wäscht der Regen so das Land wie hier bei euch, schau dir nur an, wie das leuchtet. Wie in vergangener Zeit möchte ich ihm das Sprechen überlassen, ihm nur zuhören, doch er spricht kaum, er muß seine Fülle und Ungelenkheit ausbalancieren beim Gehen.

Bei einer Regentonne bleibt er stehen, er schöpft ein paar Insekten heraus, netzt sein Gesicht und blinzelt mich an unter verklebten Wimpern, und ich merke schon, daß er mich etwas fragen möchte, was ihm nicht leicht fällt. Und nun, Bruno, wirst du mir etwas zeigen, ja? Was, frage ich, und er darauf: Unser bestes Land, unser fruchtbarstes Land, das Stück, das du dir aussuchen würdest, wenn du die freie Wahl hättest; komm, zeig es mir. Der Chef, sage ich, nur der Chef kann das bestimmen, es ist sein Land vom Bahndamm bis zur Holle, er weiß besser als jeder andere, wo die Pappel gern steht und wo die Schattenmorellen und die Spießtanne, er braucht nur eine Handvoll Erde aufzunehmen, dann weiß er schon, für wen was gut ist. Das ist wahr, sagt Max, keiner kennt sein Land so wie er, aber ich möchte wissen, welches Stück du für das wertvollste hältst, welches du dir aussuchen würdest, wenn man es dir schenkte oder überschriebe.

Vielleicht die Senke, sage ich, das Land vom Findling bis zur Senke und dann den grauweißen Boden bis zur Steinmauer, den ganzen Norden des alten Exerzierplatzes. Ich zeige in die Richtung, in der der Findling liegt, schwenke über die Kulturen hinweg, schlage mit der Hand einen Kreis und stecke alles zeichenhaft ab bis zur Steinmauer, hinter der das feuchte Land beginnt. Er geht mit sich zu Rate, erinnert da etwas, vergleicht da etwas in Gedanken; wenn Max nicht so müde wäre, könnte ich ihm das nicht ansehen, und jetzt nickt er zufrieden, als hätte er ermittelt, worauf es ihm ankam.

Schnell muß ich ihm von meinem Traum erzählen; also mir träumte: einmal war ein Rauschen und Flattern in der Luft, es knackte in der Dunkelheit, es knisterte und stelzte und bohrte, da schlugen Hölzer aufeinander, Laubwolken stiemten am Fenster vorbei, ein heftiges Pinselgeräusch, als ob Büsche sich schüttelten, war zu hören, und als ich hinausguckte, da traute ich meinen Augen nicht: all unsere Bäume und Büsche und Pflanzen waren unterwegs, bewegten sich in tumultartiger Eile hierhin und dorthin. Sie hatten sich aus eigener Kraft gelockert, von ihrem Standort befreit und krochen auf ihren Wurzeln in alle Richtungen – nicht planlos und wie das Gedränge es gerade zuließ, sondern organisiert und wie auf Befehl. Entkommen wollten sie uns nicht, die hastige nächtliche Wanderschaft geschah nur, weil sie die Quartiere wechseln, einen neuen Standort ausprobieren und den Chef und mich und die andern einmal sprachlos erleben wollten. Lärchen gruben sich schnell dort ein, wo eben noch Zypressen standen, die Eiche tauschte ihren Platz mit der trägwüchsigen Scheinbuche, der Pfeifenstrauch einigte sich mit dem Knackbusch und besetzte sein Erdloch; am eiligsten hatten es die Obstgehölze, Quitten, Pflaumen und Walnüsse. Im Traum blieb ich wach bis zum Morgen, und als der Chef endlich kam, erzählte ich ihm, was geschehen war; er hörte sich alles vergnügt an, jedenfalls nicht so, als ob der nächtliche Umzug uns nun große Mühen bereiten würde, und zwinkernd meinte er lediglich zum Schluß: Laß sie doch, Bruno, sie wissen selbst am besten, welcher Boden ihnen gut tut.

Max hat für meinen Traum nur ein Schmunzeln übrig, er will weiter, will vielleicht das Land ausschreiten, das ich bezeichnet habe, aber warum nur, warum geht er mit mir durch die Quartiere, in denen er sich doch nie blicken ließ, warum tut er so, als ob er alles begutachtet, das Mutterbeet, die Nadelhölzer. Einmal hat er zu mir gesagt: Nichts ist so verbreitet wie die Sorge, daß man verlieren könnte, was man besitzt.

Die Mauer ist noch feucht, in den Vertiefungen der Steine blinkt Regenwasser, wir suchen uns einen Platz aus und setzen uns auf sein Zeichen mit dem Rücken zur Holle und dem Weideland. Er könnte mir sagen, was mit dem Chef geschehen ist, geschehen wird, jetzt, wo wir allein sind, könnte er mir auch sagen, ob ich nun fortgehen muß von Hollenhusen, er wird mir die Frage nicht verübeln, Max nicht, er, der bestimmt nur hier ist, um etwas zu retten, hat für alles Verständnis.

Also, Bruno, sagt er, stell dir vor, dies wäre dein Land, vom Bahndamm dort hinten bis hierher, alles deines und auf deinen Namen eingetragen – was würdest du tun? Es gehört dem Chef, sage ich, er hat es gepachtet zuerst und dann erworben, und was entstanden ist, das ist nach seinen Plänen entstanden, er allein hat hier das Sagen und wird es immer haben. Gut, sagt er, aber nehmen wir mal an, es gehörte dir plötzlich, du wärst der Eigentümer, der frei verfügen könnte über alle Quartiere und Kulturen – was würdest du tun?

Was will er, warum stellt er so seltsame Fragen, das ist ein anderer Max, voll von Hintergedanken, vielleicht will er mir sogar eine Falle stellen, jetzt, wo alles bergab geht, wie Magda sagte, wie Lisbeth sagte. Was würdest du tun, Bruno, fragt er schon wieder. Dem Chef, sage ich, ich würde es gleich dem Chef überlassen mit allen Rechten, weil er kann, was kein anderer kann, und weil es nur ihm zukommt, zu bestimmen.

Die Blechschachtel mit Kirschkernen; dort, wo er sitzt, in einer Höhlung zwischen den Steinen, steckt meine Schachtel, doch ich kann sie nicht herausholen, nicht jetzt, vor seinen Augen möchte ich die Kerne nicht aufschlagen. Ich spüre genau, daß er mehr zu fragen hat und mehr fragen möchte, er schweigt nur, weil Joachim uns vom Heckenweg zuwinkt und mit schnellen Schritten herankommt, geradeso, als ob er uns gesucht hat, schon höre ich das Zischen der Ledereinsätze in seiner Kniehose. Immer muß er ein Stöckchen bei sich haben, ein glattes Stöckchen aus schwarzem Holz, das er mir schon manchmal auf die Brust gesetzt hat, wenn er mit mir sprach, wenn er mich ein zweites Mal ermahnte. Sie wechseln einen schnellen Blick – ich merke schon, daß sie etwas besprechen möchten –, Joachim gibt mir die Hand, er, der mir zuletzt die Hand gab an meinem Geburtstag, und nun fragt er: Alles in Ordnung, Bruno? Ja, wir sitzen hier nur, sage ich und will gleich tun, was er von mir erwartet, will zurück zur Packhalle gehen, aber sein Stöckchen ist noch dagegen: Hör zu, Bruno, es gibt da etwas zu regeln. Wir müssen uns zusammensetzen. Alle in der Festung sind der Ansicht, daß du auf einen Abend heraufkommen sollst. Du bekommst noch Bescheid.

Jetzt ist es soweit, jetzt werden sie mich fortschicken nach all der Zeit, vielleicht werden sie mir auch eine Photographie und einen Geldbetrag zum Abschied geben wie Lisbeth, feierlich überreichen und dann die Tür hinter Bruno zuwerfen; aber vorher werde ich noch einmal mit dem Chef sprechen, mit ihm, dem ich alles verdanke, der mich einmal seinen einzigen Freund genannt hat. Ich werde ihn bitten, mich bei sich zu behalten, ich werde ihm bringen, was in meinen Verstecken liegt, er braucht mich, er wird ein Einsehen haben mit mir. Hast du verstanden, Bruno? In der Festung, an einem der nächsten Abende. Ja, sage ich und frage: Muß ich nun fort? Wieder tauschen sie einen Blick, Joachim sieht mich verwundert an, nicht anders, als hätte ich etwas Verbotenes gefragt. Davon war keine Rede, Bruno, sagt er und schüttelt nicht den Kopf über mich; er nickt auffordernd Max zu, der ihm bereitwillig folgt; sie haben einander viel zu sagen.

Welch ein Kuddelmuddel in meinem Kopf, ich muß die Kirschkerne aufschlagen, eine Handvoll Bitternis, die Kerne werden Ruhe bringen, Klarheit, ich muß einen Plan machen, und wenn sie mich rufen, muß der Plan fertig sein. Nein, nicht mit wandernden Handwerkern gehen, nicht in die Stadt, am liebsten ans Meer oder dorthin, wo sie Wälder pflanzen, Strandkiefern, vielleicht auf einer Landzunge. Das gelbe Floß. Die Kommandos, die Schüsse, die Schreie. Das Getrappel. Sie haben den Chef entmündigt. Die Soldaten stürmen den Kommandohügel, sie stürmen das Schiffsdeck, sie stürzen sich in die Senke, springen mit Waffen und Gepäck ins Wasser; das Sammeln nach dem Sturm, die kleinen Fontänen beim Eintauchen.

Vielleicht will er auch nur fortgehen, und dann werde ich ihn begleiten, einfach hinterhergehen. Hätte ich bloß noch die Okarina, die ich unter den Kuschelfichten fand, auf dem alten Biwakplatz, sie war ganz dreckig und verklebt, doch nachdem ich sie in Seifenwasser gewaschen hatte, gab sie wieder Töne. Einmal hat der Chef gesagt: Wer diese Töne hört, möchte ihnen immer hinterhergehen, üb nur weiter, Bruno. Und er hat auch gesagt: Wenn du gut genug spielst, werden dir alle hier folgen, sogar die Buchen und Ulmen, all unsere Quartiere.

Aber es bleibt auch noch der Platz, den Inas Mann sich wählte, als er keinen Ausweg mehr fand: er, der zu seiner Zeit hier alles verdrängte und übernahm und jedem überlegen war, nur nicht dem Chef, Guntram Glaser ging einfach auf die Schienen hinab und legte sich dort hin und wartete auf den Nachtzug nach Schleswig.

Bald, Bruno, bald werden sie dich rufen. Die Mauer muß sauber bleiben. Wer die Schalen der Kirschkerne findet, wird bestimmt denken, daß hier ein Mäusedepot ist.

Der Versandschuppen, hier, wo jetzt die Packhalle ist, stand früher unser Versandschuppen, ich war gar nicht dabei, als er abgerissen wurde – hochgezogen jedenfalls haben wir ihn für unsern ersten Tag der offenen Tür, in einem frühen Herbst. Ich wußte damals nicht, was das ist, ein Tag der offenen Tür, es war ein Einfall des Chefs, er versprach sich etwas davon in jener Zeit, in der Dorothea ihm immer etwas vorzuklagen hatte, sobald wir in unsern Kammern waren und sie unten allein saßen bei trübem Licht. Sie rechnete ihm die gewachsenen Schulden vor, nicht vorwurfsvoll, sondern nur besorgt, sie erzählte ihm von ihren Enttäuschungen mit einigen Hollenhusenern, die ihr empfohlen hatten, doch wieder dorthin zurückzugehen, woher sie gekommen war – und das nur, weil Dorothea beim Kaufmann von den vielen Blaubeeren und Pilzen erzählt hatte, die es in Rominten gab; auch über Zurücksetzungen auf dem Gemeindeamt klagte sie ihm etwas vor und darüber, daß es auf dem großen Erlenhof keine Eier und keine Milch mehr für uns zu kaufen gab. Die behandeln uns wie Fremde, sagte Dorothea. Der Chef, der abends oft noch in seinem Quartierbuch schrieb oder die selbstgemachte Kartei durchging, in die er unsere ersten mageren Verkäufe eintrug, hatte darauf nicht allzuviel zu sagen, vielleicht, weil er so müde und erschöpft war, er sagte immer nur: Wir müssen da durch, Dotti, oder: Wir geben nicht auf, und um sie zu trösten, sagte er auch: Hör nicht auf ihr Gerede, Dotti, eines Tages werden sie dich zuerst grüßen. Einmal hat er sie ganz ruhig gefragt, ob er denn alles hinschmeißen und mit ihr und den andern fortziehen soll, da habe ich einen solchen Schreck bekommen, daß ich auf mein Lager zurückrutschte und mir die Ohren zuhielt, aus Angst vor Dorotheas Antwort. Sie war wohl überzeugt davon, daß das Land uns enttäuschen würde und daß sich früher oder später herausstellen mußte, daß alles umsonst gewesen war, alle Entwürfe und Mühen und Anstrengungen für die Katz, dennoch forderte sie den Chef nicht auf, Schluß zu machen und das Feld beizeiten zu räumen; das tat sie nicht.

An einem Abend, wir waren noch unten bei ihnen, saßen noch vor den leergegessenen Tellern, da hat der Chef plötzlich erklärt: Wir veranstalten einen Tag der offenen Tür; wenn sie nicht von sich aus kommen, dann laden wir sie eben offiziell ein, laden jeden ein, mit uns und unserer Arbeit in den Kulturen bekannt zu werden. Da keiner von uns etwas auf seinen Vorschlag zu sagen hatte, ist er aufgestanden und langsam um den Tisch gegangen, und dabei ließ er sich einfallen, was zu solch einem Tag der offenen Tür gehören mußte, das fing bei den Einladungen und Bekanntmachungen an und hörte auf bei Demonstrationen und Ratschlägen für jedermann. Führungen sollte es geben, Ewaldsen und zwei Halbtagsarbeiter sollten zeigen, wie Beerensträucher und immergrüne Gehölze und Rosen und Obstbäume gepflanzt werden; Tips sollten gegeben werden, wie Schalen, Kübel und Kästen schön gemacht werden könnten, die Kunst der Veredlung sollte vorgeführt werden, und für den Schluß dachte sich der Chef eine Verlosung seltener Pflanzen aus.

Was meint ihr, fragte er, und das brauchte er nicht zu fragen, denn Ina war schon bereit, kolorierte Einladungen zu entwerfen, mit Bäumen, die sich verneigten, mit Sträuchern, die einen heranwinkten; sie übernahm es auch gleich, eine Anzeige in der Schleswiger Zeitung aufzugeben und überhaupt für die Verteilung der Einladungen zu sorgen. Joachim wurde dazu eingeteilt, die Kasse zu verwalten und am Ende des Tages die Verlosung zu leiten, er wußte auch sofort, wo er sich eine Kasse leihen konnte und wie die Lose aussehen sollten, jedes sorgfältig geschnitten und eingerollt und mit einem Gummibändchen zusammengehalten. Als der Chef auf einmal hinter mir stehenblieb, ahnte ich schon, daß er auch für mich eine Aufgabe gefunden hatte; seine Hände legten sich auf meine Schultern, und über mich hinweg sagte er: Keiner veredelt so geschickt wie Bruno; er wird alle Arten der Veredelung vorführen, er wird nicht nur alle Pfropfmethoden zeigen, sondern auch eine Kopulation mit Gegenzungen ausführen. Bei Bruno wird es was zum Staunen geben. Das hat er gesagt. Weil er selbst die beiden geplanten Führungen übernehmen und sich außerdem um alles kümmern wollte, blieb zuletzt nur Dorothea übrig – wenn Max nicht gerade fortgefahren wäre, hätte der Chef gewiß auch ihn angestellt –, sie wollte nicht zu Hause bleiben, sie wollte auf ihre Art etwas beitragen zum Tag der offenen Tür, und als der Chef ihr vorschlug, alle Gäste mit einer Blume zu begrüßen, sagte sie nein und lächelte und dachte noch ein bißchen nach, und dann entschied sie: Ich werde meinen eigenen Auftritt haben, ihr werdet euch wundern, ich werde mich zurechtmachen und meinen eigenen Auftritt haben, wartet nur ab.

Denke ich an unsern Tag der offenen Tür, dann sehe ich zuerst immer Ina über den Einladungen sitzen, dann höre ich Hammerschläge von hierher, wo der Chef mit zwei Männern einen provisorischen Versandschuppen hochzog, dann schaue ich Joachim beim Schneiden und Beschriften der Lose zu und spüre noch einmal mein eigenes Flattern beim Üben mit der Schwunghippe, mit dem Schnelläugler und dem Okuliermesser.

Dorothea, die saß in der Zeit der Vorbereitungen viel für sich, las und machte sich Notizen, manchmal schmunzelte sie, manchmal explodierte sie vor Lachen, und wenn einer von uns wissen wollte, worüber sie lachte, dann legte sie einen Finger auf die Lippen und senkte den Blick. Alle waren aufgeregt, sogar die Katze, die uns zugelaufen war; kaum hatte ich sie rausgelassen, da miaute sie schon wieder am Fenster und wollte rein und sprang dann nacheinander jedem auf den Schoß, Stumpe, unsere gelbgefleckte Katze.

Weil alle sich das wünschten, kam unser Tag der offenen Tür schnell heran, ein Herbsttag, der Wind plünderte schon sachte die Knicks, die Hecken, ein paar verspätete Schwalben stichelten noch an ihren Mustern, es war klar, es war sonnig, auch wenn die Sonne den Tau nicht mehr schaffte, und als wir in der Sonntagsfrühe vom Kollerhof aufbrachen, plinkerten wir uns zu und schleppten unsere Sachen zuversichtlich zu den Kulturen hinüber. Was Dorothea in einem Sack auf dem Rücken trug, das blieb auch jetzt ihr Geheimnis, sie wollte nicht, daß ich den Sack auch nur befühlte, sie trug ihn selbst bis zur Senke und verschwand mit ihm in der Bude und verbot uns, da hereinzukommen oder auch nur durch die Ritzen zu linsen. Ewaldsen und seine beiden Gehilfen stellten ihre Kübel und Kästen auf und bereiteten alles für ihre Demonstration vor, Ina und Joachim schleppten einen Klapptisch dorthin, wo der vorläufige Hauptweg begann; wer zu uns kam, mußte durch ein mit Girlanden und blauweißen Fähnchen geschmücktes Tor gehen, hinter dem der Chef stand, um die Leute von Wichtigkeit zu begrüßen, sie vielleicht auch ein bißchen zu begleiten. Wir waren im Nu auf unseren Plätzen, gerade so, als ob wir alles geprobt hätten; was jetzt noch fehlte, das waren die Besucher, eine sonntägliche Prozession, wie ich sie mir immer vorgestellt hatte, skeptische und mißgünstige und neugierige Hollenhusener, einige mit ihren aufgeputzten Kindern, die mehrmals verwarnt waren, ja nichts auszureißen oder zu zertrampeln, dazu all die Besucher von den umliegenden Ortschaften, von Seespe, Lundby und Klein-Sarup, und schließlich ein ganzer Zug voll mit Leuten aus Schleswig.

Aber so dringend wir auch nach Hollenhusen und zu unserm öden Bahnhof hinübersahen: da stieg nichts aus, da brach nichts auf – doch, ein einzelnes Paar strebte unserm Tor zu, Gemeindevorsteher Detlefsen, dieser sauertöpfische Reiher, und seine klein geratene Frau, die verbissen neben ihm hersäbelte und mindestens doppelt so viele Schritte machen mußte wie er. Sie waren die ersten, neugierig hörten sie sich die Begrüßung des Chefs an, das Angebot auf Begleitung lehnten sie ab, sie wollten sich allein umkieken, na, denn man tau, Trude, und damit gingen sie schon, und der Chef stand da und lächelte und zuckte die Achseln. Die Detlefsens zogen ab in Richtung Findling, und wir waren wieder unter uns, warteten, hielten Ausschau, dachten uns nach Hollenhusen, wo an jedem Baum unsere kolorierten Einladungen hingen, Joachim wußte nichts anderes zu tun, als seinen geschlossenen Pappkarton mit den Losen zu schütteln, und der Chef ging mit gesenktem Gesicht hin und her, murmelte mitunter etwas, massierte seine Handgelenke. Ich kam und kam nicht von ihm los, wenn er mal einen Bogen um ein Quartier schlug, ging ich gleich hinterher, immer auf etwas gefaßt, mehrmals wollte ich ihm etwas sagen, aber ich wagte es einfach nicht, ihn anzusprechen, ich weiß auch nicht, warum. Weil ich nur Augen für ihn hatte und damit beschäftigt war, ihm wünschen zu helfen, bekam ich gar nicht mit, wie Ina sich fortschlich, sie schlich zur Böschung des Bahndamms und rannte nach Hollenhusen, erst als sie hellblau über den Bahnhofsplatz sprang, merkte ich, daß sie weg war.

Das Rufen auf einmal, das Gelächter, es waren Ewaldsen und seine beiden Gehilfen, die riefen und lachten und unsern Blick zur Senke lenkten, wo ein altes Weib aufstieg und näher kam, schlurfend in löchrigen Galoschen, krumm wie ein Winkeleisen, den Oberkörper mit einem Knotenstock abgestützt. Ihre Jacke war ein alter Sack, ihr Rock ein noch älterer Sack, von einem Strick, den sie sich umgebunden hatte, baumelte und schlenkerte allerhand um sie herum, getrocknete Kräuter und Kohlrabi und Möhren und blasse Zwiebeln an dünnem Draht. Wollhandschuhe trug sie, doch die einzelnen Finger waren aufgerebbelt. Das riesige Kopftuch, auf dem ein Kalender eingedruckt war, ließ kaum etwas vom erdbraunen Gesicht erkennen, ihr Wackelkinn veranlaßte sie wohl, immerfort vor sich hin zu brabbeln.

Ich lief zum Chef und zog ihn von der Kiste hoch, und dann versuchte ich, mir hinterrücks etwas von dem baumelnden Gemüse abzupflücken, aber die Alte zischte mich an, scharf und warnend, wie kein Ganter zischen kann, und der Chef sagte nur: Vorsicht, Bruno, bei Kräuterhexen muß man vorsichtig sein. Sie konnte nicht nur zischen, wenn es ihr einfiel, machte sie kreisende Handbewegungen gegen einen, so daß man wie angenagelt stand, oder sie schlug mit dem Stock auf den Boden, daß es ganz hohl klang, und wenn sie klagend aufheulte, fuhr es einem ganz schön den Rücken hinunter. Wie leicht sie auf die Kiste sprang, wie beherrscht sie sich um sich selbst drehte und ihren Stock in alle vier Himmelsrichtungen stieß, nach Osten zweimal, und wie still wir waren, als sie mit angerosteter Stimme rief: Kommt der Ostwind, kommt die Raupe,/ kommt aus dem Tatarenland,/ stampf Lupinen, binde Roßhaar,/ so nur hast du sie gebannt. Ewaldsens Gehilfen stießen sich an und klatschten, da sah die Alte sie so bannend an, daß ihnen das Klatschen verging.

Bei allem, was sie tat und vor uns aufführte, versäumte sie nicht, immer wieder mit ihrem Blick den Chef zu suchen, sie suchte ihn, musterte ihn nachdenklich, auch besorgt; einmal rupfte sie Kräuter aus ihrem Strauß am Strickgürtel und warf sie ihm zu, einmal setzte sie die Spitze des Knotenstocks gegen seine Brust und murmelte: Borretsch, der macht allen Mut,/ Basilikum gibt Sprache wieder,/ Majoran tut jedem gut,/ Nieswurz weckt vergeßne Lieder. Das sagte sie, und dabei hob sie das Gesicht, und mir entging nicht, daß sie ihm zublinzelte und gleich darauf drohte, gerade so, als erwarte sie nun die Befolgung der Ratschläge, die ihr Zuspruch enthielt.

Auf einmal hörte ich Inas Stimme, sie rief etwas Ermunterndes, trieb zur Eile an, und in ihrem Schlepptau erkannte ich ein paar ihrer Mitschüler, dieser Rolf war dabei und Elma und Dieter, sie stellten sich gleich zu uns, mindestens acht Besucher, sie verschränkten mäßig interessiert ihre Arme und bewerteten die Rezepte der Kräuterhexe, die sie einem unerwartet erschienenen Schwesternpaar gab, launige Rezepte gegen Schnecken und Blattläuse, auch gegen Maulwürfe, deren Gänge, wie sie riet, man mit Karbid verstopfen sollte. Da fragte, unter Gelächter, einer von Inas Mitschülern an, ob es auch etwas gegen schlechtes Gedächtnis gibt, zum Beispiel für Geschichtszahlen, worauf die Kräuterhexe zu brabbeln anfing, sie kramte wohl in ihrem Gedächtnis, ging die Bücher ihrer gehüteten Erfahrung durch, und nach einer Weile hob sie triumphierend den Stock gegen den Fragesteller und sagte mit Entschiedenheit: Turner lehrte fünfzehnhundert,/ was uns heute noch verwundert:/ Lavendel, eingenäht in Mützen,/ erspart dem Geist das große Schwitzen. Man dankte ihr mit vergnügtem Beifall, da winkte sie ab und fügte hinzu: Zehrkraut und Rosmarin/ lassen das Gedächtnis blühn,/ Minze nachts unter dem Kopf/ halfen schon dem ärmsten Tropf.

Am liebsten wäre ich bei ihr geblieben, nur, um ihr zuzuhören und mir zu merken, was sie den Fragestellern antwortete und was die gutgelaunt aufnahmen, ich hätte so gern alles auswendig gelernt, aber mitten im Zuhören stieß mich der Chef an und deutete den Hauptweg hinab, wo Fräulein Ratzum ging, meine ehemalige Lehrerin, und ein Mann in grüner Uniform mit einem tolpatschigen Jungen an der Hand. Los, Bruno, sagte der Chef, nun mußt du deinen Platz einnehmen; und ich nahm mein Gerät und flitzte zum einstigen Kommandohügel, wo ich eine Tischplatte aufgebockt hatte, auf der schon alles lag, was ich brauchte, Reiser und Unterlagen und Bast zum Verbinden – die Schnellverschlüsse aus Gummi, die kannten wir damals noch nicht.

Schön aufgereiht lag das Veredelungsgerät, und zuerst blieb Fräulein Ratzum vor meiner Tischplatte stehen, sie gab mir freundlich die Hand und fragte, was »unser Bruno« zu bieten habe, und bevor ich noch antworten konnte, trat auch der Mann in der grünen Uniform heran, das heißt, er wurde von dem tolpatschigen Jungen herangezogen, einem schwerköpfigen Jungen mit wulstigen Lippen.

Ich wollte mit einer einfachen Okulation beginnen, zeigte gerade, wie man einen sauberen T-Schnitt anbringt und die Rindenflügel behutsam öffnet, da rief Lauritzen: Hierher, Niels, der Schwachkopf will uns was beibringen, und sie schoben sich an meinen Tisch, und ihre Nähe reichte schon aus, daß ich zu zittern anfing, gleich, als ich das Edelauge abheben wollte. Lauritzens Sohn nickte mir zu und gab mir so ein beschwichtigendes Zeichen, er wollte wohl, daß ich die Worte des Alten, der mir ungeduldig und fordernd auf die Finger sah, nicht allzu ernst nehmen sollte, doch da der Alte nicht aufhörte, mich Schwachkopf oder Döskopp zu nennen – nu mok man tau, Döskopp –, wurde ich immer zittriger, verletzte das erste Edelauge, hob ein neues ab und versuchte es einzusetzen. Es ließ sich nicht in die Rindenflügel zwängen, ich mußte es beschneiden und setzte die kurze, aber scharfe Klinge des Schnelläuglers an, drückte und glitt ab und sah, wie die Klinge schräg in den Zeigefinger hineinschnitt, bis zum Knochen drang sie ein, und mit dem Schmerz kam auch schon das Blut. Schnell drehte ich mich weg und wickelte mein Taschentuch um den Finger, und als Lauritzen belustigt sagte: Das ging wohl daneben, was?, setzte ich das Auge ein und legte einen Verband an, konnte aber nicht verhindern, daß der Bast fleckig wurde. Der tolpatschige Junge grabschte sich begeistert das veredelte Stück, steckte es in den Mund und kaute darauf, und unter gutem Zureden nahm der Mann in der grünen Uniform es ihm weg, worauf der Junge heftig schnaufte und trampelte und mich dann, einfach indem er die Hände zusammenschlug, um ein neues Stück anbettelte. Lauritzen grinste nur, er sagte: Ihr werdet euch noch alle in den Finger schneiden; und danach schob er kopfschüttelnd ab und zog seinen Sohn mit sich, der nicht vergaß, mir anerkennend zuzunicken.

Auch der Mann in der grünen Uniform nickte mir zu, er trug Wickelgamaschen und geflochtene Schulterstücke, sein dunkelhäutiges Gesicht war gesprenkelt von hundert bläulichen Punkten, so, als ob er eine Schrotladung abbekommen hätte, mit sanfter Stimme redete er auf den Jungen ein, um ihn zu beruhigen, und dann nahm er einfach meine Hand und beguckte sich die Verletzung, drehte den Finger und prüfte die Tiefe des Schnitts. Bevor er noch etwas sagte, entschied Fräulein Ratzum: Bruno muß verbunden werden, er muß behandelt werden, komm Bruno; da fischte der Mann ohne ein Wort ein Verbandspäckchen aus seiner Brusttasche, riß ohne ein Wort die wasserdichte Hülle auf und verband die Wunde und verknotete die Enden des Verbands locker und fest zugleich an meinem Handgelenk. Es klopfte. Es brannte. Heiß stach es in die Fingerkuppe hinein. So, sagte Fräulein Ratzum, und nun wird unser Bruno seine Vorführung unterbrechen, und ich werde ihn zu Herrn Zeller bringen. Nein, nein, sagte ich, es geht schon, und ich wählte extra umständlich unter Reisern und Unterlagen und beobachtete dabei Heiner Walendy und zwei aus seiner Bande, die vermutlich durch die Quartiere gegangen waren, alle drei rauchten und schoben sich rauchend heran, ich konnte ihnen ihre Spottbereitschaft ansehen und ihre Unternehmungslust, jeder konnte erkennen, daß sie etwas vorhatten, ich glaubte, daß sie es auf mein Veredelungswerkzeug abgesehen hatten.

Weil der Mann in der grünen Uniform es sich wünschte, führte ich das Pfropfen in den halben Spalt vor; es ging nicht wie sonst, jeder Druck schmerzte, und als ich den Veredelungskopf spaltete und einen Keil herausschnitt, rötete sich der Verband, nicht viel, nicht so, daß es rot suppte, aber doch sichtbar für alle, die meinen Tisch umstanden; den Bast zog ich mit den Zähnen fest. Der Fremde lobte mich, und Fräulein Ratzum sagte: Gut gemacht, Bruno, und wollte das Stück als Andenken haben, doch der tolpatschige Junge sprang mich an und hängte sich mit seinem ganzen Gewicht an meinen Arm, so daß ich nachgeben, ihm das Stück überlassen mußte; wieder biß er darauf, schnaufend und glücklich. Den Geißfuß, den ich danach machte, und der mir nicht so ebenmäßig gelang, wie ich es wollte, steckte ich schnell Fräulein Ratzum zu, die sich derart darüber freute, daß sie ihre altmodische Handtasche aufklappte und ein Fünfzigpfennigstück herausnahm, das sie mir in die Jackentasche steckte, worauf Heiner Walendy und seine Begleiter nur einen Blick tauschten und so nahe herankamen, daß sie meinen Tisch berührten.

Der sengende Schmerz: ich weiß noch, ich wollte eine Pause einlegen und hätte es wohl auch getan, wenn nicht der Chef mit zwei unbekannten Männern erschienen wäre, schweigsamen Männern, die der Uniformierte zuvorkommend grüßte; der Chef zwinkerte mir zu, er lächelte versteckt, und ich wußte, was sein Lächeln bedeutete, und unter den Augen der unbekannten Männer nahm ich zwei gleichstarke Stücke von Reis und Unterlage, um eine Kopulation mit Gegenzunge vorzuführen. Ich hörte, wie der Chef sie aufmerksam machte auf diese schwierige Art der Veredelung, ich hörte es und fühlte schon, wie der Schmerz nachließ, die zungenförmigen Einschnitte mußten gelingen, so, daß die beiden fremden Partner innig ineinandersaßen und größte Festigkeit erhielten; ich schnitt und setzte Reis und Unterlage zusammen, und ich konnte sie so leicht ineinanderschieben, und sie hatten so viel genauen Kontakt, daß ein Bastverband gar nicht mehr nötig war.

Die beiden unbekannten Männer hatten kein Wort für mich übrig, sie winkten mir nur zu, der Chef aber sagte: Gute Arbeit, Bruno, und dann gingen sie schon weiter, und ich legte den Bastverband an, wie es erforderlich ist, blickte auf und sah in die Augen von Heiner Walendy. Hier, sagte ich, das ist für dich, ich sagte es wohl aus Angst, und er war so überrascht, daß er nicht einmal die Hand öffnete; ich wiederholte meine Worte, ich sagte auch: Vielleicht macht es dir Freude; da nahm er das Stück ungläubig an und wandte sich um, und die beiden, die nur grinsten, die es zur Probe auch mal in der Hand halten wollten, die stieß er hart zurück. Maulend folgten sie ihm, in der Senke blieben sie stehen, jetzt durften sie das Stück begutachten, und während sie es taten, winkte Heiner Walendy kurz zu mir herauf.

Was hat sie nur, was will Magda von mir, jetzt, am hellen Tag, hier in der Packhalle, wo uns jeder sehen kann, es ist doch ihr Wunsch, daß wir uns draußen aus dem Weg gehen, einfach, damit nichts in Umlauf kommt über uns, denn wenn sie erst zu reden anfangen, schwillt ihr Interesse immer mehr an, und sie forschen einen aus und graben einen um, bis nichts mehr übrigbleibt. Was ist denn, Magda, frage ich, und sie sagt: Zur Apotheke, ich muß nach Hollenhusen zur Apotheke, und sie sagt auch gleich: Mich hat keiner gesehen, nur ruhig Blut. Dieser kleine Triumph in ihren Augen, diese Überlegenheit, jeder könnte ihr ansehen, daß sie nicht nur so hier hereingekommen ist, nicht nur, um zu beobachten, wie mein Piassavabesen über den Zementfußboden zischt. Also, was ist, Magda, mach schnell. Sie wartet noch, sie wirft die Lippen auf und setzt sich auf die Mauerkante, unbesorgt, wie einer, der viel auszuspielen hat und dem darum kaum etwas anzuhaben ist. Nu sag schon.

Nichts, sagt sie, der Chef ist noch nicht entmündigt; sie haben das Entmündigungsverfahren erst eingeleitet. Jetzt weiß ich es genau, alles liegt noch beim Gericht in Schleswig, und das hat noch nichts entschieden, nur eine vorläufige Vormundschaft, so hab ich's verstanden, die hat es für den Chef angeordnet, eine vorläufige Vormundschaft. Wer hat das eingeleitet, will ich gerade fragen, und da sagt sie von sich aus: Die in der Festung, die haben das Verfahren in Gang gesetzt, alle haben unterschrieben. Sie sieht mich an, sie sagt leise: Frag mich nicht, woher ich das weiß; ich weiß es eben, und du kannst dich darauf verlassen, daß es stimmt.

Wenn das nur wahr ist! Noch ist es also nicht so weit, noch haben sie es nicht geschafft, den Mann zu entmündigen, dem sie hier alles verdanken; er wird sich wehren, er ist ihnen allen überlegen, und darum wird er zuletzt gewinnen, und ich werde nicht fortgehen müssen. Nicht entmündigt! Der Chef ist noch nicht entmündigt.

Warum, frage ich, weißt du auch, warum sie das beschlossen und eingeleitet haben? Jetzt ist Magda nicht mehr so sicher, sie zuckt die Achseln, steht auf, linst nach draußen. Es heißt, er leidet an Geistesschwäche, sagt sie, und leise fügt sie hinzu: Es heißt auch, er gefährdet den Familienbesitz, alles hier um uns herum.

Ich weiß nicht, wie man einen Familienbesitz gefährden kann, darüber hab ich noch nicht nachgedacht, ich kann mir einfach nicht vorstellen, daß er auf's Spiel setzen soll, was er selbst gemacht und hochgebracht hat in vielen Jahren, ich kann es nicht glauben, von ihm nicht, der einmal im Namen von allen Gartenbaumschulen sprach und Bürgermeister von Hollenhusen war und viele Auszeichnungen bekommen hat und in einem Frühjahr den Minister durch unsere Kulturen führte. Er ist doch der Chef, ihm gehört doch hier alles, und keiner hat soviel zu sagen wie er, keiner.

Wie macht er das, Magda? Wodurch gefährdet er alles? Genaues weiß ich nicht, sagt sie, aber oben, da haben sie von einem Vertrag gesprochen, den er selbst in Schleswig aufgesetzt hat, von einem Schenkungsvertrag. Sie muß gehen, gleich kommt noch die Warnung, ja, ich verspreche es, von mir wird keiner etwas erfahren, niemals, es ist gut, daß du gekommen bist, Magda, daß ich das nun weiß, und geh nicht zwischen den Gleisen.

Am liebsten würde ich zu ihm hinrennen, einfach in die Festung, einfach an Dorothea und Ina vorbei in den Raum, wo er allein sitzt, und ich möchte ihn nichts fragen, denn das steht mir nicht zu, nur meine Hilfe, die möchte ich ihm anbieten, wenn etwas zu überbringen ist oder wenn etwas ausgekundschaftet werden muß, ich könnte es übernehmen.

Sie haben alles erst eingeleitet, es ist noch nichts entschieden, da werden sie wohl auf seinen Widerstand gefaßt sein müssen, denn wer den Chef entmündigen will, der muß schon früh aufstehen und einiges vorzubringen haben, mir jedenfalls ist noch nie aufgefallen, daß er den Familienbesitz gefährdet oder daß er an Geistesschwäche leidet; was die einem alles nachsagen können! Wovor haben sie bloß Angst, er hat doch immer die Verträge entworfen, unterschrieben, alles hing nur an seiner Unterschrift, was können sie auf einmal dagegen haben? Ich weiß nicht, was es auf sich hat mit einem Schenkungsvertrag, aber wenn er ihn aufsetzt, wird es schon zu etwas gut sein. Wenn ich nur in seiner Nähe bleiben kann, ich würde ihn überallhin begleiten, ihn, der immer gut zu mir war.

Er sah gleich, daß der Verband, den mir der Mann in der grünen Uniform angelegt hatte, durchgeblutet war, er löste ihn, als wir allein waren, er untersuchte die Wunde und verband sie von neuem, und dann sagte er nur: Komm, Bruno, für dich ist Feierabend, und mehr sagte er vorerst nicht. Er hat mich hinuntergeführt zu der bekränzten Pforte, wo Joachim seine Lose verteilte und Ina die aufgereihten Gewinne überreichte, Blumen und Staudenpflanzen vor allem, aber auch Beerensträucher, es waren meist Fremde, die die Gewinne wegtrugen, von den Hollenhusenern waren fast nur die Geschäftsleute gekommen, und die hielten sich bei allem zurück, zeigten das einzige Interesse an der Verschönerung von Blumenkästen und Schalen. Die Alte in ihren Lumpen aus Sackleinen hatte immer noch die meisten Zuhörer, bei ihr ging es hin und her mit komischen Fragen und dunklen Antworten, da wurde gelacht, da erschreckte man sich und drohte einander spaßhaft, und immer wieder verblüffte die Alte ihre Zuhörer durch nie gehörte Ratschläge. Auf alles wußte sie etwas zu sagen: um Blumen haltbar zu machen, riet sie, etwas von der getrockneten und zerstoßenen Wurzel der Schwertlilie ins Wasser zu tun; gegen Diebstahl empfahl sie nach tiefem Bedenken ein Büschel Gnadenkraut; einem, der unbedingt nach Geistern sehen wollte, schlug sie vor, wilden Thymian und die Knospen von Stockrosen unter seinen Salat zu mischen, und gegen Schnecken wußte sie nur ein Mittel: Bier und nochmals Bier. Das stand auch in ihrem zerplieserten Handbüchlein, in dem sie mitunter las und das sie, wenn sich Zweifel regten, zum Beweis hochhielt.

Wie sie plötzlich von ihrer Kiste herabsprang, so leicht, daß alle staunten, und wie sie auf mich zuschoß, meinen Arm packte und mich mit sich zog und zerrte, da wußte ich noch nicht, daß der Chef sich heimlich mit ihr besprochen hatte, da ahnte ich noch nicht, daß sie mich nach Hause bringen wollte, zum Kollerhof; ich war so verwirrt, daß ich mich nur ungelenk bewegte, während sie zischte und fauchte zur Freude der andern.

Wir flohen, sie zielstrebig, ich man unsicher und mehr mitgerissen als freiwillig, so daß es nach einer Entführung aussehen konnte, bis zur Windhecke ging das so, und nachdem wir die hinter uns hatten, nahmen wir uns an die Hand und glitten die Böschung hinab zum Bahndamm, wo uns keiner mehr erkennen konnte. Hier haben wir uns erst einmal hingesetzt, und Dorothea hat ihr Kopftuch abgenommen und lange gepumpt, bis ihr Atem sich beruhigt hatte, und dann hat sie gesagt: Ich glaube, Bruno, es hat sich gelohnt, wir können alle zufrieden sein. Und sie hat auch gesagt: Es wäre noch einfacher mit ihnen, wenn sie sich mit den Geheimnissen, die man ihnen anbietet, zufrieden gäben, aber die Hollenhusener, die wollen sie außerdem erklärt haben, die Geheimnisse. Sie prustete vergnügt, ließ die Lippen flattern wie ein Fohlen, und dann war sie es, die mich hochzog und sagte: Jetzt aber schnell nach Hause, wir müssen deine Wunde behandeln.

Noch mit den Säcken behängt, hat sie Wasser aufgesetzt, Seife geraspelt und den Finger in warmer Seifenlauge gespült; dann hat sie etwas aufgepinselt, das brannte und zog, und um den Schmerz zu mildern, hat sie meine Hand gestreichelt, leicht strichen ihre Finger über meine Finger, diese Kühle, diese Besänftigung, ein paarmal hat sie auch die Wunde behaucht, und nachdem sie einen frischen Verband angelegt hatte, murmelte sie einen heiteren Hexenspruch und machte Zeichen und versicherte, daß die Heilung schon begonnen habe. Dann gab es Brote mit Blutwurst und eine Schale Birnenkompott, und Dorothea hat neben mir gesessen und sich gewundert, wie schnell ich mit allem fertig wurde, sie hat mir immer mehr gebracht, und in ihrer Freude hat sie vom Chef erzählt, von seinen Ideen und seiner Ausdauer und auch davon, daß er es mit jedem aufnimmt, wenn es sein muß, wenn es um sein Recht geht.

Einmal, das war noch in Rominten, als sie in den Quartieren des Sonnenaufgangs lebten, da hat eine Stelle, ich glaube, die Landwirtschaftskammer, eine Preisfrage öffentlich ausgeschrieben, es ging um das Entlauben gerodeter, zum Versand bestimmter Pflanzen im Herbst, um das Entblättern, das damals noch von Hand gemacht wurde – gerodetes Laubgehölz muß entblättert werden, weil es sonst schnell vertrocknet. Zufällig sah der Chef die Teilnahmebedingungen bei seinem Vater; der machte nicht mit, der gehörte zu der Kommission, die die beste Antwort auf die Preisfrage ermitteln und dann preiskrönen sollte; dreihundert Mark, sagte Dorothea, waren ausgesetzt, und obwohl der Chef erst siebzehn war und deshalb noch gar nicht mitmachen durfte, hat er sich heimlich die Bedingungen abgeschrieben und hat draußen, an Orten, wo er nicht erwischt werden konnte, die Preisfrage auf seine Art beantwortet. Stubben dienten ihm als Unterlage, Bretter, eine alte Schubkarre, nur die Zeichnungen von der Entblätterungstrommel, die ihm eingefallen war, die hat er im verschlossenen Zimmer gemacht – seine Standtrommel, bei der es ihm darauf ankam, die Triebe zu schonen. Dann hat er alles in einem großen Umschlag in die Stadt geschickt, zu dieser Landwirtschaftskammer, keiner wußte etwas davon.

Das zog sich hin und dauerte, manchmal dachte er schon, sein Beitrag sei verlorengegangen, und als er bereits für sich beschloß, alles zu vergessen, da wurde er an einem Abend zu seinem Vater gerufen. Der sagte zuerst nur: Gratuliere, du hast den Vogel abgeschossen; doch nach einer

Weile sagte er auch: Du wirst den Preis natürlich nicht annehmen. Da mußte sich der Chef erst einmal hinsetzen, wie auf einem Schüttelrost ist er sich vorgekommen, denn sein Vater beglückwünschte ihn noch einmal zu seiner Arbeit, sagte ihm aber auch noch einmal, daß er den Preis nicht annehmen könne, einfach, weil sonst alle behaupten würden, daß hier die Familie eine Sache unter sich abgemacht hat.

Das hat der Chef eingesehen, und er hat sich noch am gleichen Abend hingesetzt und an die Kommission einen Brief geschrieben, in dem er um die Rücksendung seiner Preisarbeit bat, vor allem aber bat er darum, ihm den ausgesetzten Preis nicht zuzuerkennen. Sein Vater sorgte dafür, daß das auch geschah. Kaum hatte der Chef aber seine Arbeit zurückbekommen, da schickte er sie schon wieder weg, diesmal an einen alten Diplomgärtner aus Johannesburg, der sich ebenfalls an der Beantwortung der öffentlich ausgeschriebenen Preisfrage beteiligt hatte, und der nun, wie der Chef aus den Papieren seines Vaters erfahren hatte, an seiner Stelle ausgezeichnet werden sollte. Plinski hieß der Diplomgärtner und war überall bekannt für sein Buch über die Krankheiten der Gehölze. Der ließ nichts von sich hören, der schwieg und tat gerade so, als ob er die Sendung des Chefs mit den Zeichnungen von der Entblätterungstrommel nie erhalten hätte; doch einen Tag vor der Preisübergabe in dieser Landwirtschaftskammer, da schickte er ein wortarmes Telegramm, es war das erste Telegramm, das der Chef in seinem Leben bekam, und es forderte ihn auf, in die Stadt zu kommen aus bekanntem Anlaß.

Nicht gemeinsam mit seinem Vater, allein ist der Chef dorthin gefahren, wo die festliche Verleihung stattfand; er hat ganz hinten gesessen, in der Deckung eines Gummibaums, und nach Musik und Begrüßung und Überreichung der Urkunden hat Plinski, der alte Diplomgärtner, eine Rede gehalten, die Dankrede sein sollte, aber es nicht wurde. So wichtig ihm seine eigene Arbeit auch war – er hatte wohl Vorschläge gemacht, wie der Wuchsstoffgehalt im Blatt künstlich zerstört werden kann –, noch bedeutender erschien ihm die Antwort, die ein junger Sachkundiger auf die Preisfrage gegeben hatte, und dann hat er die Gedanken und Ideen des Chefs wiederholt, hat auch die neue Entblätterungstrommel vorgestellt, die so konstruiert war, daß die Triebe mehr als bisher geschont wurden, und zum Schluß hat er einfach erklärt, daß er mit seiner fünfzigjährigen Erfahrung wohl übersehen könne, wem der erste Preis zusteht. Ist dann einfach, der Plinski, durch den Saal gegangen bis zum Gummibaum, hat den Chef dort aus dem Versteck gezogen und ihn bekannt gemacht mit den Anwesenden, und nicht nur dies: nachdem er ihm den Geldbetrag überreicht hatte, wandte er sich an die Kommission und bat sie um die Ausfertigung einer entsprechenden Urkunde; er wollte sich, mit seiner fünfzigjährigen Erfahrung, zufriedengeben mit dem zweiten Preis.

Nach Hause sind sie dann aber gemeinsam gefahren, der Chef und sein Vater, viel geredet wurde nicht, doch als sie in den eigenen Quartieren ankamen, da hat der Vater gesagt: Die Trommel, du Lachodder, dies Wunderding, die bleibt erst einmal bei uns.

Es hätte nicht viel gefehlt, und vom Birnenkompott wäre nichts nachgeblieben für die andern, mit kleinem Schrekkensschrei trug Dorothea die Schüssel fort in die Speisekammer, auch Blutwurst und Käse brachte sie in Sicherheit, nur das Brot, das sie für diesen Tag selbst gebacken hatte, blieb vor mir stehen, und ich brockte davon so viel in mich hinein, daß ich ganz schwer wurde und kaum hochkam, als endlich Joachim und Ina heimkehrten und bald nach ihnen der Chef.

Ina befühlte gleich meinen Verband und setzte sich zu mir und erinnerte mich daran, wie man Schmerzen wegdenken kann, während Joachim auf Schritt und Tritt Dorothea folgte, er half ihr, aufzutragen, er griff immer wieder nach ihrer Hand und wollte bei jeder Gelegenheit wissen, ob sie mit ihm zufrieden gewesen sei. Einmal, als sie ihm schnell über die Wange strich, glitt ein Schimmer von Freude über sein Gesicht, und er mußte uns erzählen, wie sich die Leute um seine Lose gebalgt hatten, einige hatten verlangt, daß ein Tag der offenen Tür regelmäßig stattfinden sollte, vielleicht zweimal im Jahr. Wie der seine Mutter ansehen konnte, so erbötig, ständig darauf aus, einen Blick aufzufangen, nichts bedeutete ihm mehr, als von ihr belobigt zu werden.

Dem Chef war nicht anzusehen, ob er zufrieden oder unzufrieden war, zumindest nicht, als er hereinkam und zu seinem Wandschrank ging, den Ina blauweiß gestrichen und mit einer Pfingstrose verziert hatte. Er schloß das Schränkchen auf, goß sich aus seiner flachen Flasche ein und setzte sich an den Tisch, gegenüber von Dorothea; wir waren ganz still und sahen nur zu, wie er sie anblickte, wir beobachteten, wie ein Lächeln entstand, um die Augen zuerst, dann in den beweglichen Gesichtsfalten und schließlich um die sich öffnenden Lippen, und vorsichtig, um ja nichts zu verschütten, hob er das Glas gegen Dorothea und sagte: Zum nächsten Geburtstag, Dotti, da hab ich nur einen Wunsch: daß du noch einmal auftrittst – für mich allein; und dann trank er und beugte sich über den Tisch und küßte Dorothea auf die Stirn.

Beim Essen, da fand er für jeden ein gutes Wort, auch für Ewaldsen und die beiden Gehilfen, denen einige Blumenschalen so gut gelungen waren, daß sie gleich Bestellungen darauf erhielten, aber das war man Kleinvieh, wie er sagte, trug gerade die Unkosten; was zählte – und worauf er sich noch ein Glas genehmigte –, das war die Lieferung, die er zum Schluß abgesprochen hatte, fast schon im Weggehen, eine Lieferung über sechstausend Jungpflanzen der Schmucktanne. Plötzlich hat der Chef mir einen Arm um die Schulter gelegt und hat mich grüßen lassen, er sagte: Ich soll dich grüßen, Bruno, und dir ausrichten, daß man eine Kopulation mit Gegenzungen nicht besser machen kann, und der Mann, der dir das ausrichten läßt, versteht eine Menge davon. Da hab ich gefragt, ob er vielleicht eine grüne Uniform trug und einen tolpatschigen Jungen bei sich hatte, und der Chef hat genickt und leise hinzugefügt, daß er es war, der Forstmeister Dähnhardt, der die Jungpflanzen bei uns bestellt hat.

Weil der Chef noch viel aufschreiben und sich mit Dorothea besprechen mußte, ließen wir sie allein. Joachim und Ina sind gemeinsam nach Hollenhusen gegangen, ich hatte keine Lust dazu, ich ging in meine Schlafkammer hinauf, und ich sah gleich, daß da etwas auf dem Kopfkissen lag, etwas Handliches, Zerpliesertes, das braune Hexenbuch, das Dorothea selbst vollgeschrieben hatte. Ich war so verwirrt, daß ich es gar nicht aufzuschlagen wagte, und ich hab das Büchlein fest zusammengedrückt und bin immer nur hin- und hergegangen, aber dann habe ich es doch geöffnet, da stand: Für Bruno zur Erinnerung an unseren Tag der offenen Tür.

Später lauschte ich nach unten, und zum ersten Mal konnte ich nicht verstehen, was sie miteinander besprachen, ich bekam nur mit, daß sie mit ihren harten, dicken Gläsern anstießen, vielleicht kam es daher, daß ich das braune Buch immer festhalten mußte und dabei andere Stimmen hörte, Angstmacherstimmen und manchmal Gelächter.

Wenn ich nur wüßte, wo Bruno das Büchlein verloren hat; ich hatte bereits das meiste auswendig gelernt, als es auf einmal weg war, nicht unterm Kopfkissen, nicht im Geheimversteck hinter der breiten Fußleiste, es verschwand wie so vieles andere auf Nimmerwiedersehen. Kann sein, daß viele Dinge sich bei mir einfach nicht wohlfühlen, Magda hat es schon einmal gesagt – damals, als ich ihr Etui mit Schere und Nagelreiniger nach kaum einem Tag verlor: Wirklich, Bruno, dir kann man nur Sachen schenken mit einem Stück Schnur dran, und dann gleich alles festbinden und verknoten. Und sie sagte auch: Wer soviel verliert wie du, mit dem kann etwas nicht stimmen.

Schnell zum Bahnhof, zur Bahnhofswirtschaft, wo kalte Frikadellen auf mich warten, schön getürmt unter einer Glasglocke, in einer Viertelstunde kann ich zurück sein, zwei Frikadellen und eine Zitronenbrause. Ewaldsen wird gar nicht merken, daß ich fort war, er, der sich immer eine Weile in den Schatten legt, sobald er seine Stullenpakete gegessen und das Pergamentpapier zusammengelegt hat. Es war nicht genug, was Lisbeth mir zugeteilt hat, bei Kochfisch gibt es immer nur ein Stück, doch Kochfisch weckt erst richtig meinen Hunger, ich weiß auch nicht, warum. Die blasse Frau hinter dem Tresen wartet meine Bestellung erst gar nicht ab, sie weiß gleich, was ich will, schon bei meinem Eintritt hebt sie die Glasglocke von den Bratklopsen ab und lächelt mir zu und öffnet eine Zitronenbrause. Wenn es hier nur nicht so nach kaltem Rauch und Lysol riechen würde.

Da sitzt einer, diesmal bin ich nicht allein, da unter dem Bord, auf dem die Wimpel des Hollenhusener Sparvereins einstauben, sitzt einer in zerknitterter Jacke und trinkt sein Bier, Elef, wenn das man nicht Elef ist, seine Schirmmütze ist es jedenfalls, die dort auf dem Nebenstuhl hängt. Jetzt hat er auch mich erkannt, ah, Herr Bruno, seine Verbeugung, sein Schnurrbart, die Anfrage, die in seinem Gruß liegt, ja, komm schon, sage ich, komm schon, wie sicher er das Bierglas balanciert, aus dem er kaum getrunken hat. Ach, Herr Bruno. Also Fraus Schwester kommt mit dem Zug und Fraus Vater kommt auch, sie werden wohnen im großen Holzhaus, beide sind schon älter, sitzen viel auf dem Stuhl, brauchen wenig Platz; wenn der Chef wünscht, können beide auch arbeiten, haben immer auf dem Land gearbeitet, altes, gelbes Land, aber zu trocken. Warum muß er mir nach jedem Bissen zunicken, warum freut er sich so, nein, ich nehme keine Zigarette, will auch nicht zum Bier eingeladen werden, denn ich muß gleich wieder fort, Elef, viel Arbeit.

Ich möchte mal wissen, was Duus hier sucht, der Polizist, möchte wissen, weshalb er so lange am Eingang steht und über die leeren Tische der Bahnhofswirtschaft blickt, er muß doch wohl erkennen, daß nur wir beide hier sitzen, ich und Elef. Wie er sich bewegt, man sieht bei ihm gar nicht, wie Schritte entstehen, müde und grämlich schleift er zu uns heran, ohne angekündigtes Interesse. Ob ich mal die Papiere sehen darf, fragt er nicht mich, sondern Elef, der sofort aufsteht und sich verbeugt und in seiner zerknitterten Jacke grabbelt, eine Brusttasche durchsucht, die andere Brusttasche durchsucht, jetzt hat er sie gefunden, die verlappte Brieftasche aus Kunstleder, und hält sie Duus hin, der sie aber nicht in die Hand nimmt, obwohl Elef freundlich sagt: Sehr zu bitten.

Wie schnell Elef begreift, daß Duus die Brieftasche nicht berühren möchte, nur Arbeitsbescheinigung und Aufenthaltsgenehmigung prüfen will, eifrig beginnt er zu fingern, zieht einen Zeitungsausschnitt hervor, den er auf den Tisch legt, zieht einen zerkodderten fremden Geldschein hervor, den er auf den Tisch legt, er atmet schneller, jetzt fischt er einen trockenen, schon krümelnden Zweig eines Lebensbaumes heraus, der wird wohl ebensowenig als Ausweis anerkannt wie das Paßphoto eines jungen schwarzhaarigen Mädchens; aber hier, sagt Elef, sehr zu bitten, und er reicht Duus ein gestempeltes Papier.

Das Papier ist gut, Duus liest es und gibt es nickend zurück, doch etwas fehlt noch, die Arbeitsbescheinigung, ob er die wohl mal sehen könnte. Elef fummelt und forscht und löst voneinander ab, was sich in seiner Brieftasche verklebt hat, die Bescheinigung will sich nicht zeigen,

Duus streckt die offene Hand umsonst aus. Bei uns, sage ich, Elef arbeitet schon lange bei uns, und ich sage auch: Der Chef wird es bestätigen. Duus möchte sich damit zufrieden geben, aber etwas in ihm kann es wohl nicht, er überlegt, er sucht nach einem Ausweg, schließlich sagt er: Vorzeigen, auf der Dienststelle, innerhalb von drei Tagen.

Er dreht sich weg, übersieht Elefs Verbeugung, der sich hinsetzt und ratlos noch einmal die Brieftasche untersucht, unverständliche Worte murmelnd, jetzt, bitte, einen mit Bleistift geschriebenen befleckten Brief findet, in dem sich die Arbeitsbescheinigung versteckt hat, bitte, doch Duus ist schon draußen auf dem Bahnsteig, läßt sich da vom Pastor grüßen und ansprechen. Nur ruhig, Elef, mach, was er dir gesagt hat.

Eilig stopft er alles in seine Brieftasche, da sind schon Leute auf dem Bahnsteig, gleich wird Zug kommen, er muß hinaus, um Fraus Schwester und Fraus Vater zu begrüßen, ja, ja, du mußt gehen, ist schon gut. Er verbeugt sich schnell und läuft zur Tür, was ist denn, was hat er vergessen, er kommt noch einmal zurück, also, Herr Bruno: Am Sonntag kleines Fest, große Freude, wir erwarten Herr Bruno gegen Abend, aber bestimmt, und nun läuft er schon wieder und winkt noch einmal von der Tür, er in seinen Röhrenhosen.

Das hab ich mir oft gewünscht. Hoffentlich passiert nichts bis zum Sonntag, man weiß nicht, was ihnen bis dahin einfallen kann in der Festung, sie haben das Entmündigungsverfahren gemeinsam eingeleitet, und alle haben unterschrieben. Hoffentlich werde ich auch nicht krank, denn so ist es schon manchmal gekommen: wenn ich mich auf etwas sehr gefreut habe, bin ich im letzten Augenblick krank geworden, einen Tag, bevor der Zirkus nach Hollenhusen kam, einen Tag, bevor der Chef das große Johannisfeuer abbrennen wollte – die Krämpfe und das Fieber haben immer bis zum letzten Augenblick gewartet und dann verhindert, daß ich dabeisein konnte.

Was macht Max auf dem Bahnsteig? Wen will er denn abholen, und da geht auch Joachim, der seinen Autoschlüssel wie einen Propeller kreisen läßt; wenn sie für den kurzen Weg das Auto nehmen, wird es wohl ein besonderer Gast sein, der mit dem Zug aus Schleswig kommt. Sie dürfen mich hier nicht sehen, jetzt nicht; wieviel sie zu tun haben, all die Grüße zu erwidern, und wie unterschiedlich sie zurückgrüßen, jetzt ein angewinkelter Arm, jetzt eine steife Verbeugung, ein Zwinkern jetzt, und das karge Nicken, das gilt wohl Duus, der sich strafft und die Hand an die Mütze hebt. Den ganzen Bahnsteig schlendern sie hinab, die aus der Festung, und mich würde es nicht wundern, wenn auch die Laternen grüßten und der Signalturm und das Ortsschild »Hollenhusen«. Palme, kaum erscheint Palme mit Kelle und roter Mütze – der alte Bahnhofsvorsteher Kraske hat die Züge immer nur mit erhobener Hand und Trillerpfeife verabschiedet –, da kündigt sich auch schon der Zug an, ich spür schon, wie es zittert, seh schon, wie es in Elefs Bierglas, das er nicht leergetrunken hat, leise vibriert, und nun verdunkelt es sich auch schon, bremst und quietscht. Hollenhusen, hier Hollenhusen: Palme ruft das so aus, daß es halb wie Glückwunsch klingt, halb wie Warnung.

Ihn kenne ich nicht, ihn hab ich noch nie gesehen, diesen dunkelgekleideten Mann, den Max und Joachim freundlich begrüßen und der selbst nur süßsauer lächelt und dabei große Schneidezähne zeigt, ein feierlicher Hase, der es wohl gewohnt ist, abgeholt zu werden, seine Reisetasche trägt er vorsichtig. Der Vormund, vielleicht ist das der Vormund des Chefs, den das Gericht geschickt hat, vielleicht soll er den Chef unter die Lupe nehmen und sich mit allem bekannt machen, wofür er vorläufig die Verantwortung trägt, es kann aber auch ein Arzt sein, der in seiner Reisetasche alles gegen Schmerzen hat; obwohl Joachim zweimal danach greift, läßt sich der Fremde die Reisetasche nicht abnehmen. Er geht in der Mitte, wie abgesichert, vor unserem Ortsschild stutzt er und guckt ein bißchen erschrocken, als ob er sich im Stationsnamen geirrt hätte, doch Max erklärt ihm etwas, und er lächelt schon wieder und läßt sich zur Sperre führen und weiter zum Bahnhofsplatz.

Da sind sie, das Kopftuch und die beiden Ballonmützen, sie haben sich gefunden, Elef und Fraus Schwester und Fraus Vater, fröhlich schleppen sie Körbe und Beutel und verschnürte Kartons zum Ausgang, natürlich muß Elef zu mir hereinlinsen, mir ein Zeichen geben, ein Werfen des Kopfes soll zeigen, wie er sich freut. Wenn doch erst Sonntag wäre.

Jetzt hebt Palme seine Kelle, die Lokomotive zieht an, ein Wölkchen umhüllt den Bahnhofsvorsteher, der aufzuschweben scheint – nun aber weg hier, es wird höchste Zeit, einfach quer über die Gleise zu unserer Versandrampe, laßt ihn rufen, laßt ihn hinterherdrohen, bis hierher ist mir noch keiner nachgerannt, und wenn wir uns das nächste Mal begegnen, ist alles vergessen.

Siehst du, Bruno, diese Eile war gar nicht nötig, Ewaldsen schläft immer noch im Schatten der Jungfichten; ich werde ihn jedenfalls nicht anstupsen oder wachkitzeln, ich nicht.

In den ersten Jahren sagte der Chef manchmal zu mir: So, Bruno, und nun wollen wir eine Mütze voll Schlaf nehmen, und er hat sich ausgestreckt, wo wir gerade waren, auf der warmen Erde, im Gras, hat mir noch einmal zugeplinkert und war schon eingeschlafen. Was er mit einer Mütze voll Schlaf meinte, das hab ich damals nicht verstehen können, aber er sagte das so und nicht anders, und es kam mir nicht zu, ihm Fragen zu stellen, auch wenn er mehr als einmal feststellte: Wenn du etwas nicht verstehst, Bruno, dann frag, durch Fragen kannst du dir viel ersparen, manchmal retten sie dich sogar.

Max, der kann fragen, daß einem ganz schwindlig wird, er brauchte mich nur einzuladen, ihn zu begleiten auf seinem Weg zur Gerichtslinde hinaus oder zum Hünengrab, dann machte ich mich schon immer auf einen Regen von Fragen gefaßt, und wenn ich schließlich nicht mehr mitkam, gab ich einfach alles zu, nur damit das Durcheinander in meinem Kopf aufhörte. Was der sich alles ausdenken konnte, früher, als er mich mithaben wollte auf seinen Wegen.

Einmal, in einem Frühjahr, eine arme Sonne schien, da wollte er unbedingt einen Gang mit mir machen, obwohl ihm anzusehen war, sie sehr er fröstelte in seiner Unausgeschlafenheit; er müßte seine Gedanken auslüften, sagte er, und er nahm mich mit zur Holle und legte seinen Arm um meine Schulter. Da nur ich Gummistiefel trug, ging ich auf der schlechten Seite des Wegs, dort, wo Pfützen standen, wo der Schlamm quatschte und Wolken in den Lachen machte. Auf dem ganzen Weg zur Gerichtslinde hat er von einem Mann erzählt, der für sich lebte auf seinem unermeßlichen Besitz, viele Leute arbeiteten für ihn und erfüllten seine Wünsche, dennoch war er nicht glücklich, weil er sich zuviel sorgte; und weil er seinen Besitz jeden Tag überprüfen und verteidigen mußte, wurde er mißtrauisch gegen jedermann und brauchte Gewalt, um alles zusammenzuhalten und noch zu vermehren.

Als dieser Mann einmal von seinem Pferd abgeworfen wurde, da lag er lange krank, und es pflegte ihn eine junge Frau, die jeden Morgen fröhlich war und von gleichbleibender Zufriedenheit, auch wenn sie ausgeschimpft und herumkommandiert wurde; ihr konnte nichts etwas anhaben. Nachdem der Mann endlich gesund geworden war, ließ er die Frau rufen, um sie extra zu belohnen, und er fragte sie, was sie brauche, am nötigsten brauche, und sie sagte: Nicht viel – alles, was ich brauche, kann ich auf meinen Daumennagel schreiben. So hat er die Belohnung eingespart, aber er konnte nicht aufhören, an die Antwort der jungen Frau zu denken, und oft, wenn er über seinen Besitzurkunden saß, hat er seinen Daumennagel betrachtet, hat ihn gedreht und betrachtet, bis er, versuchsweise und in kleiner Schrift, ein erstes Wort darauf schrieb und gleich erkannte, daß da noch viel Platz übrig war. Er war so erstaunt, daß er, auch wieder nur versuchsweise, nach und nach andere

Worte aufschrieb, die Worte, die besagten, was einer am notwendigsten zum Leben braucht, nicht mehr und nicht weniger.

Und eines Tages hat er ein paar Dinge in einen Schultersack gesteckt und ist weggegangen, er ging weit fort, in ein Niemandsland, da gab es keine Wege, nur Wald und einen ruhigen See gab es, und am Ufer des Sees hat er sich eine Hütte gebaut, und im Wald hat er ein Stück gerodet und ein kleines Feld angelegt; die Reusen, die ihm noch fehlten, hat er aus biegsamem Astwerk geflochten. Dort lebte er, und wenn er einmal, was sehr selten geschah, zu einem fernen Kaufmannsladen wandern mußte, dann achtete er darauf, daß er nur Waren einkaufte, deren Namen sich gleichzeitig auf einen Daumennagel schreiben ließen. Er hat die Tage nicht gezählt, was er im Winter entbehrte, das brachte ihm der Sommer, er stellte sich gut mit den Jahreszeiten und liebte seine Einsamkeit. Einem erfolglosen Jäger, der sich an den See verirrte, gab er zu essen und zu trinken, und als der Jäger wissen wollte, woher die Gelassenheit und die Ruhe und Zufriedenheit des Mannes kamen, da hat er gesagt: Prüfe, was du wirklich brauchst, und wenn du das, was du brauchst, auf einem Daumennagel aufzählen kannst, dann bist du auf der richtigen Spur.

Auf dem ganzen Weg zur Gerichtslinde hat Max von diesem Mann erzählt, und auf dem Bänkchen, dem bemoosten, das vor der ausgehöhlten, mehrmals vom Blitz getroffenen Linde stand, da ging es los mit seinen Fragen, die er oft so schnell und erwartungsvoll stellte, daß ich schon denken mußte, er könne nicht genug hören und sei süchtig nach Antworten. Ob ich es auch so gemacht hätte wie jener Mann, wollte er wissen, und ich sagte: Ich weiß nicht; und ich sagte auch: Mit so einem unermeßlichen Besitz kann einer doch zufrieden sein, er braucht nur etwas zu wünschen, und schon steht es auf dem Tisch. Max schüttelte nur den Kopf und sagte: Aber er kommt nicht zu sich selbst, Bruno, der Besitz macht mißtrauisch und erbittert und hartherzig; zu sich selbst findet er erst, wenn er sich von all dem trennt, was er nicht nötig hat.

Ob ich denn auch einen solchen Besitz haben möchte, fragte er, und ich sagte: Nein. Siehst du, sagte er, und warum nicht? Weil ich dann viel Angst haben müßte, sagte ich. Richtig, Bruno, sagte er, und wovor? Aufzufallen, sagte ich, doch damit war er nicht zufrieden und sagte, was er wohl lieber von mir gehört hätte: Vor dem Verlust, Bruno, jeder Besitz weckt gleich die Angst, etwas zu verlieren. Und dann fragte er, warum so viele darauf aus sind, Besitz zu erwerben und zu häufen, und als ich sagte: Vielleicht, weil sie vorsorgen müssen, vielleicht, weil sie sich daran freuen, da schüttelte er wieder den Kopf und sagte: Dauer, Bruno, wer Besitz anhäuft, der will dauern, der will bleiben, der findet sich nicht damit ab, daß alles nur seine Zeit hat. Und er sagte auch: Wer haben will, der will erst einmal für sich haben. Zwischendurch bot er immer von seinen Gummibonbons an, und wenn ich mitunter schwieg, klopfte er mir auf die Schulter und beschwichtigte mich: Schon gut, Bruno, schon gut, aber dann hat er doch mit geschlossenen Augen weitergefragt, ob das nicht wahre Unabhängigkeit ist, wenn man nur soviel für sich braucht, wie auf einen Daumennagel geht? Was kann einer antworten auf solche Frage? Zum Schluß bleibt doch nichts anderes übrig, als daß man zustimmt, nur, damit alles aufhört.

Für alles, was ich ihm zeigte und sagte, hatte er kaum Interesse, und mitunter mußte ich staunen, wie wenig er Bescheid wußte; die Ringeltaube, die sich plötzlich in die Gerichtslinde setzte, kannte er nicht bei ihrem Namen, und wozu man das faulig schimmernde Holz brauchen kann, das sich im Innern des hohlen Stammes ablagert, hatte er noch nie gehört, noch nie. Ich war so entgeistert, daß ich ihm gern mehr abgefragt hätte, einfach um herauszubekommen, was er alles nicht wußte, aber seinem Gesicht konnte ich ansehen, daß er nachdachte und woanders war, deshalb war ich still.

Doch auf einmal ging es wieder los, auf einmal wollte er

von mir wissen, was ich besitze, ich sollte ihm alles aufzählen, und so gut es mir einfiel, habe ich auch alles genannt, die Jacke und den Regenmantel, die Hemden, die Rohlederstiefel, die Arbeitshose und das Gestell und das Geschirr; er nickte nur, als ob er jedes Teil registrierte, und ich weiß noch: bis auf den Bernsteintropfen, den Ina mir schenkte, habe ich alles erwähnt. Gut, Bruno, sagte er, und wollte dann wissen, wieviel ich entbehrte, und ich sagte: Wenn ich etwas brauche, bekomm ich's vom Chef. Er war wohl nicht zufrieden mit meiner Antwort, er dachte ein wenig nach und fragte dann: Aber frei, du fühlst dich doch unbelastet und frei? Und ich sagte: Wenn der Chef mich nur bei sich behält, denn fehlt mir nichts. Zufrieden war er nur, als ich ihm erzählte, daß ich mein Taschengeld, das ich manchmal vom Chef, manchmal von Dorothea bekam, auf zwei Verstecke verteilte – wo die Verstecke lagen, das interessierte ihn nicht, obwohl ich es Max gesagt hätte, ihm, der immer gut zu mir gewesen ist.

Und dann erzählte er von einem Mann, der herausgefunden hat, daß Eigentum Diebstahl ist, weil doch das, was die Erde bietet, eigentlich allen gehört oder gehören müßte; dazu konnte ich nichts sagen, ich konnte ihm nicht bestätigen, daß es so ist, weil ich gleich an den Chef denken mußte, der das vernarbte Land, das Soldatenland, nur erworben hatte, um es zu verwandeln und hier seine Kulturen anzulegen, von denen nicht nur wir leben, sondern viele in Hollenhusen. Max hatte noch mehr Fragen zu stellen, er merkte mitunter gar nicht, daß ich still blieb neben ihm, doch wenn mein Schweigen ihm zu lange dauerte, dann hat er sich selbst Antworten gegeben, mit stockender Stimme, und als wir zu den Wiesen gingen und am Rand der Wiesen in Richtung Dänenwäldchen, da fragte er immer noch, warum es so ist, daß der, der hat, unbedingt mehr haben muß.

Die Kiebitze waren schon da, sie schlenkerten über die Wiesen, winkelten scharf ab und setzten den schlenkrigen Flug fort, bis wir ihren Nestern zu nahe kamen, da griffen sie uns an, ihre Angriffe und Ablenkungen nutzten nichts, mir konnten sie nichts vormachen, schnell hatte ich mir ausgerechnet, wo ein Nest war, und ich holte mir die Eier und bot sie Max an zum Probieren. Ich zeigte ihm, wie man zwei Löchlein in das Ei macht, vorsichtig, ohne die Schale zu zerdrücken, und wie man das Ei auf einen Zug leertrinkt, doch er wollte es nicht ausprobieren, nicht einmal zusehen konnte er, wie ich die Kiebitzeier schluckte, er mußte die Augen schließen und sich abwenden.

Vielleicht dachte er, daß ich ein angebrütetes Ei verschlucken könnte oder sogar ein Kiebitzküken, vielleicht dachte er das, aber ich sehe auf einen Blick und fühle nach kurzem Schlackern, wie weit alles im Innern des Eies ist, mir ist es nur einmal passiert, daß ich ein Ei leertrinken wollte, in dem schon ein Junges drin war. Was schon zu weit ist, das lege ich gleich zurück in die Nester, vor den Angriffen der Kiebitze brauchte keiner Angst zu haben, sie machen nur Lärm, schreien und erschrecken mit Flügelklatschen und sausendem Luftzug, aber zustoßen und hacken, das tun Kiebitze nicht.

Weil er es nicht über sich bringen konnte, die Eier zu probieren, wollte ich Max eine andere Freude machen, im Dänenwäldchen, ich wollte ihn zu der abgedeckten Grube führen, in der ich meine Wurzelleute versteckt hielt, Schlangenmänner und Beulenköpfe und krummfüßige Tänzer, wir hatten sie beim Roden ausgegraben, ausgerissen, ich und der Chef. In der Holle gewaschen, lange getrocknet und gebleicht, waren sie so hart wie die Spanten des ausgegrabenen Boots, keine Klinge konnte in sie eindringen, meine Wurzelleute bewahrten ihr mutwilliges Wachstum und ließen sich auf so viele Art zusammenstellen, daß ich mich oft nur wundern mußte über das, was den Wurzeln alles einfällt. Die dreibeinige Frau. Der Krakenmann. Der Straßenfeger und der Stelzengänger. Max sollte sich ein Stück aussuchen.

Später, ich hab es ihm später geschenkt, denn wir waren noch nicht im Dänenwäldchen, da hörten wir den regelmäßig fallenden Schlag einer Axt und eine aufgebrachte Stimme; und wir sahen noch keinen, da wußten wir schon, daß es Lauritzens Stimme war, die polterte und drohte und sich mitunter vor Wut überschlug. Wir haben nur einen Blick gewechselt, Max und ich, und sind dann langsam weitergegangen, bis wir den Chef sehen konnten, der ruhig ein paar Stämme fällte, dünnere Stämme, die er für ein Gatter bestimmt hatte, er schien sich überhaupt nicht um Lauritzen zu kümmern, ja, er tat so, als bemerkte er ihn gar nicht, kennerisch faßte er einen Stamm ins Auge, fuhr einmal mit der Hand über ihn hin, schlug ihn um und begann gleich mit dem Entästen.

Lauritzen wagte es wohl nicht, sich ihm in den Weg zu stellen oder ihm von vorn zu drohen, er hielt schön auf Abstand und knurrte und blaffte den Chef von der Seite an, redete dauernd von altem Recht und Gewohnheitsrecht und drohte mit Schleswig: In Schleswig sehen wir uns wieder, rief er einmal, und damit meinte er das Gericht. Durch das Farnkraut stapfte er dem Chef hinterher zum nächsten Stamm, eine seiner Wickelgamaschen hatte sich gelöst, wieselte ihm nach wie ein aufgegangener Verband, doch das hindert ihn nicht, weiter zu krakeelen und den Chef zu beschuldigen, sich an fremdem Eigentum zu vergreifen, auf fremdem Grund zu räubern. Er tat so, als ob das Dänenwäldchen ihm gehörte, er rief: Das werdet ihr noch bereuen, und er rief auch: Ihr Hergelaufenen; und als er das rief, setzte der Chef die Axt auf den Boden und sah ihn zum ersten Mal an, sah ihn nur an, worauf Lauritzen schluckte und damit begann, seine Wickelgamasche Hand über Hand einzuholen. Ohne ein einziges Wort zu sagen, hat der Chef dann weitergearbeitet, bis er die benötigten Stämme beisammen hatte, er hat nichts entgegnet, nichts zurückgegeben, auch als Lauritzen noch einmal mit Schleswig drohte, bevor er endlich abschob. Zu uns sagte er nur: Anscheinend hat sich hier einer ziemlich aufgeregt, und mehr sagte er nicht, er nahm uns gleich ran und lud uns vier Stämme auf, zwei auf die linke, zwei auf die rechte Schulter, er selbst schulterte die breitschneidige Axt, und dann ging es zum Kollerhof, wo er ein morsches Gatter reparierte. Daß Max keine Zeit mehr hatte, um ihm zu helfen, hat er nur mit kurzem Nicken zur Kenntnis genommen und danach mit so erbitterter Genauigkeit einen Nagel ins Holz getrieben, daß ich eine Gänsehaut bekam.

Ewaldsen schläft immer noch unter den Jungfichten, schläft, obwohl da einer bei ihm steht und auf ihn herabsieht, wenn das man nicht Plumbeck ist, Pastor Plumbeck, breit genug ist er, auch silberhaarig und stiernackig genug, und der schwarze Hut könnte gut sein Hut sein. Er stößt unsern Vorarbeiter mit dem Fuß an, er bückt sich und rüttelt ein bißchen an ihm, und jetzt stützt Ewaldsen sich auf und guckt bedeppert, wie nur er gucken kann, schüttelt den Schlaf ab und kommt hoch und scheint sich bei Pastor Plumbeck zu entschuldigen. Da möchte einer nicht viel reden, wenn er zu dieser Zeit geweckt wird auf seiner Arbeitsstelle; Ewaldsen deutet zu mir herüber, will gehen, muß gehen, doch er soll wohl noch eine Auskunft geben, vermutlich über den Chef, denn Pastor Plumbeck steht schon auf dem Hauptweg, der zur Festung führt, und zeigt mit dem Daumen über seine Schulter hinweg auf das große Haus. Ewaldsen wird wohl sagen, was er immer sagt, sobald einer Genaues von ihm wissen will: Gehört hab ich nix, und gesehen schon gar nix. Wenn ich nur wüßte, warum Pastor Plumbeck diesmal den Chef sprechen will, er, der sonst nur gekommen ist, um Spenden abzuholen für ein neues Glockenhaus oder für die Reparatur des Gestühls; aber vielleicht haben ihn ja auch die andern gerufen, die seine Meinung hören wollen zur eingeleiteten Entmündigung. Er geht zur Festung.

Schmoren, wie oft er uns im Konfirmandenunterricht gedroht hat, daß wir später einmal schmoren würden, wenn wir die zehn Gebote nicht achteten, wenn wir sündigten im kleinen und im großen. Stampfschritte hat er bei seinen Drohungen gemacht, und seine grauen, tiefliegenden

Augen suchten mich, zuletzt immer mich – ich weiß auch nicht, warum; ich weiß nur, daß er mich aufs Korn nahm, wenn er von den Qualen sprach, die auf uns warteten. Gott hat euch die Zehn Gebote als Spiegel gegeben, sagte er, und wenn ihr wissen wollt, wie sündig ihr seid, dann seht nur hinein; das hat er gesagt und gleich die Strafen aufgezählt, mit denen jeder rechnen muß, der ein Gebot übertritt. Eine Zeitlang hab ich mich so gefürchtet, daß ich an meiner Tür auf dem Kollerhof eine zweite Haspel anbrachte und ein drehbares Riegelholz, die Sünde sollte nicht hineinfinden zu mir, auch das Dachfenster hielt ich geschlossen, nur, damit die Sünde mich nicht überraschen konnte, all das Böse, das uns dauernd hinunterzieht, wie er sagte.

Einmal sollte ich das Gleichnis vom großen Gastmahl erzählen, die Geschichte von dem wohlhabenden Mann, der ein großes Essen gab und sehr zornig war, weil die, die er eingeladen hatte, im letzten Augenblick absagten; doch er besänftigte seinen Zorn und schickte seinen Knecht aus, all die Krüppel, die Blinden und Lahmen von der Straße zu holen, und mit denen schmauste der Mann sämtliche Töpfe und Pfannen und Bleche leer, und zum Schluß sagte er, daß er die anderen, die ihm abgesagt hatten, nie mehr einladen werde. Pastor Plumbeck saß dicht vor mir mit seinem blauroten Gesicht und hörte zu und war zufrieden, doch dann forderte er mich auf, das Gleichnis auszulegen; er behauptete, daß Jesus ein großer Geschichtenerzähler war und daß er mit jeder Geschichte eine verborgene Wahrheit traf; die sollte ich mal hervorheben, aber kurz und fein.

Mir fielen immer nur die Ausreden ein, mit denen die Eingeladenen dem großen Gastmahl fernblieben – einer hatte Ochsen gekauft und mußte sich um sie kümmern; ein anderer hatte Land gekauft und mußte es besichtigen; und wieder ein anderer hatte geheiratet und mußte bei seiner Frau bleiben; und weil die Ausreden nicht viel wert waren, konnte ich nichts anderes glauben, als daß die Eingeladenen nicht allzuviel von dem Essen hielten, das der wohlhabende Mann ihnen vorsetzen wollte, vielleicht war es schwer verdaulich oder zu fett oder zu scharf, jedenfalls mußten sie wohl ihre Erfahrungen gemacht haben. Mit dieser Auslegung war Pastor Plumbeck nicht einverstanden, er sah mich forschend an, in seinem Gesicht regte es sich, ein gewisser Ausdruck entstand, ein Ausdruck von Verdacht, er verdächtigte mich, nicht das gesagt zu haben, was ich wirklich glaubte. Die Sünde, sagte er, du weißt gut genug, daß es hier um Sünde geht und nicht ums Essen; da hab ich noch einmal nachgedacht, aber mir ist nicht aufgegangen, was er meinte, ich entdeckte die Sünde nicht, und nach der Stunde hielt er mich zurück und schlug Lukas Vierzehn auf und befahl: Lies, bis du es begreifst; und das war schon alles.

Allein in der alten Hollenhusener Kirche, die Dämmerung, die Kühle und Stille, ich las das Gleichnis, las es wieder und wieder, ohne dahinterzukommen, wo die Sünde sich verborgen hielt; um mich zu entspannen, bin ich ein bißchen herumgegangen, an den dicken, von Salpeterblumen bedeckten Mauern entlang, ich stand unter einem Rundfenster und linste ins Abendlicht, beklopfte die Pfeiler, zählte die Gesangbücher, die geschichtet auf einem wackligen Tisch lagen. Als ich vor der schweren Tür stand, hab ich versuchsweise den Drücker in die Hand genommen, und da zeigte es sich, daß die Tür verschlossen war, ich konnte sie nicht öffnen, soviel ich auch ruckte und zog, da hab ich einen ganz schönen Schrecken bekommen und bin zu meiner Bank gegangen, las und lauschte. Dann reichte das Licht nicht mehr, die Buchstaben schrumpften, und ich streckte mich auf der glatten Bank aus, bereit, aufzuspringen beim mindesten Geräusch, beim ersten Schlüsselgeräusch.

Wie lange ich dort schlief, weiß ich nicht mehr, ich weiß nur, daß mich auf einmal ein Licht blendete, es schwankte hin und her vor meinen Augen, und ich hörte die Stimme des Chefs, spürte seinen Arm unter meinem Nacken und fühlte mich hochgehoben von der Bank. Da haben wir ihn ja, sagte der Chef, und Pastor Plumbeck aus dem Hintergrund sagte: Daß mir das passieren konnte, und an der Kirchentür legte er mir die Hand auf wie bei der Einsegnung und sagte: Wie konnte ich dich nur vergessen. Es war dunkel draußen, der Chef knurrte nur zum Abschied; wir nahmen den Pappelweg zum Kollerhof, und ich konnte ihm kaum folgen, so weit schritt er aus, auf dem ganzen Weg hat er nur ein einziges Wort gesprochen, nicht zu mir hin, sondern mehr für sich, das Wort »Pennbruder«.

Vom Feierabend wird hier keiner überrascht; schon eine halbe Stunde, bevor Ewaldsen das hängende Eisen bearbeitet, hören sie mit der richtigen Arbeit auf, rauchen erst einmal und ruhen sich aus, und dann machen sie sich daran, die Geräte zu säubern, sie kratzen und polken und wischen, alles zögernd und planlos, so daß man von weitem nicht entscheiden kann, ob sie bereits bei der endgültigen Reinigung sind oder da eben nur mal etwas vom Dreck befreien wollen, damit es besser vorangeht. Kommt der Feierabend näher, dann verbergen sie ihre Vorbereitungen immer weniger, sie putzen und reiben hastig, streben zu den Wasserhähnen hin, um ihre Gummistiefel zu waschen, einige tauschen schon das Arbeitszeug gegen die Kleidung, in der sie nach Hause gehen werden.

Ihre Aktentaschen liegen griffbereit oder baumeln an den Geräten, es wird nur noch wenig geredet, oft nach der Uhr gesehen, und wie immer wundern sie sich, daß die letzten fünf Minuten sich so ziehen. Endlich beginnt das Eisen zu singen, und jetzt eilen sie auch aus den Kulturen auf den Hauptweg zu, drängen schon zum Tor hinab, während Ewaldsen doch erst Feierabend schlägt, und vor dem Geräteschuppen entsteht ein Stau, weil Meißelpflug und Grabepflug, weil Säe- und Sandstreumaschinen und Rode- und Balliermaschinen eingefahren werden sollen, alles, was dem Chef gehört.

Früher, als wir nur ganz wenige hier waren, da wurde überhaupt kein Feierabend geschlagen, da hat der Chef einfach gesagt: die fünfhundert müssen noch gestäbt oder umgetopft werden, und dann blieben wir dabei, bis alles fertig war, und wir beide waren die letzten, die gingen. Er selbst machte immer erst Schluß, wenn er nicht mehr konnte, wenn er krumm wurde und ihm nichts mehr nach seinem Willen geriet; noch habe ich keinen gesehen, der so müde sein konnte wie er, und der in seiner Müdigkeit nicht verdrossen oder schweigsam war, sondern zufrieden und erzählbereit.

Am liebsten war ich mit einem müden Chef zusammen, er sah dann immer so aus, als hätte er irgendjemandem ein kleines Schnippchen geschlagen, er war heiter in seiner Erschöpfung und hatte für fast alles Verständnis; dennoch entging ihm nichts, so müde er auch war. Schleppte Ewaldsen ihm nach Feierabend Hollenhusener an, die bei uns Arbeit suchten, dann forderte der Chef sie nur auf, drei junge Koniferen zu setzen und drei zu verpflanzen, er saß mit seiner Müdigkeit auf einer umgedrehten Schubkarre und sah unter halbgeschlossenen Lidern zu, manchmal glaubte ich, er sei eingeschlafen, aber zum Schluß entschied er, wie ich auch entschieden hätte: Sie nicht, aber Sie und Sie. Wenn der Chef es Ewaldsen überließ, neue Leute einzustellen, dann fragte der immer zuerst nach dem Alter und achtete darauf, wieviel einer heben, tragen, überhaupt zwingen konnte; lud sich einer drei Kisten auf anstelle von zweien, dann konnte das schon den Ausschlag geben.

Wie sich gleich alles verändert nach Feierabend, wenn die Kulturen sich selbst überlassen sind und sich niemand mehr zwischen ihnen bewegt; ich hab schon oft denken müssen, daß die Pflanzen sich dann ein bißchen recken und Umschau halten und Signale austauschen, Signale der Erleichterung; das hat Bruno schon oft denken müssen. Unter der Erde, da schieben sie sowieso ihre Wurzeln herum, bis sie sich berühren und verklammern, vielleicht sogar austauschen können.

Aber ich muß das Loch in der Tasche zunähen, es kommt bestimmt vom Messer, das Metall drückt in den Stoff, es reibt ihn und drückt, und auf einmal, wenn ich etwas aus der Tasche nehmen will, dann ist dort ein Loch und sonst nichts. Die Blechschachtel mit dem Nähzeug muß unterm Kopfkissen sein, die goldgelbe Schachtel, die Tim und Tobias mir einmal brachten, die kleinen Quälgeister, die es in ihrem Übermut immer auf mich abgesehen haben; bestimmt hatte Ina ihnen befohlen, mir die Schachtel mit den Schokoladenherzen zu bringen. An dem Abend, an dem ich sie aufaß, war ich darauf gefaßt, daß sie eines der Schokoladenherzen mit Senf oder Pfeffer gefüllt hatten, doch ich brauchte keines auszuspucken, alle waren gut.

Hat es geklopft? Wer will was von mir, jetzt, wer ist über den Nebenweg herangekommen, das kann doch nicht sein, aber er ist es, er steht dort vor meiner Tür, dunkel gekleidet, seinen Hut in der Hand: der feierliche Hase, den Max und Joachim vom Zug abgeholt haben, der Vormund oder der Arzt, nun klopft er schon wieder, schüchtern nur, nicht wie Magda, die entweder mit der Faust klopft oder mit der flachen Hand. Wer nicht da ist, braucht nicht aufzumachen, doch eben nach Feierabend muß ich wohl zu Hause sein, vielleicht haben sie mich von der Festung aus gesehen, vielleicht hat er auch schon meine Schritte gehört; wenn ich nur wüßte, was er von mir will. Der Sessel muß frei sein, weg mit dem alten Hemd, einfach hinter den Vorhang, und die Gummistiefel und das Handtuch und den Teller, einfach hinter den Vorhang; nun kann er hereinkommen. Ja? Wer ist da?

Herr Messmer? fragt er. Woher weiß der meinen Namen, er, dem ich noch nie begegnet bin, so hat mich noch nie einer angeredet: Herr Messmer; das ist bestimmt ein schlechtes Zeichen, aber nun muß ich aufmachen. Sein süßsaures Lächeln, wie auf dem Bahnsteig, seine großen Nagezähne und dieser leidvolle Ausdruck in seinen Augen, geradeso, als ob ihn etwas bedrückt. Entschuldigen Sie, wenn ich Sie bei Ihrem wohlverdienten Feierabend störe, sagt er, aber ich bin beauftragt worden, mit Ihnen zu sprechen. Darf ich für einen Augenblick hereinkommen? Beauftragt?

Von wem beauftragt? Das werde ich ihn gleich mal fragen, wenn er sitzt, werde ich ihn das fragen. Kommen Sie.

Wie schnell der sich umsieht, wie rasch der Kummer aus seinen Augen geht und von Wißbegier ersetzt wird, im Nu hat er alles zur Kenntnis genommen und in seinem Kopf notiert, auf die kaputte Uhr im Marmorgehäuse deutend, sagt er: Ein schönes Stück. Und jetzt sagt er: Nett haben Sie es hier, und sagt in gleichem Ton: Mein Name ist Murwitz, und nimmt sich den alten Sessel, den der Chef mir geschenkt hat vor langer Zeit. Ich muß mich auf den Hocker setzen und ihm das Wort lassen, ihm, der mich angeredet hat wie noch keiner in Hollenhusen. Das Licht blendet ihn wohl, er rückt ein bißchen zur Seite und sieht mich freundlich an und sagt schon, was ich ihn fragen wollte: also er ist Herr Murwitz aus Schleswig und vertritt die Interessen der Familie Zeller.

Was will er damit sagen? Welche Interessen meint er eigentlich, ich verstehe ihn nicht, ich weiß nur, daß ich jetzt aufpassen muß, auch wenn er mir aufmunternd zunickt und die Truhe lobt, die Dorothea mir geschenkt hat. Ob es zutrifft, fragt er leise, daß ich schon mehr als zwanzig Jahre bei der Familie Zeller bin, und ich sage: Es sind einunddreißig Jahre, ich war von Anfang an dabei. Mein Gott, sagt er, einunddreißig Jahre, da geschieht viel, da erlebt man allerhand, ob man will oder nicht. Er schließt die Augen, denkt vielleicht darüber nach, was er selbst alles in den vergangenen einunddreißig Jahren erlebt hat, und jetzt schüttelt er den Kopf, belustigt, ungläubig, als wäre es zuviel für eine kurze Erinnerung. Mir wurde erzählt, sagt er, daß zwischen Ihnen und Herrn Konrad Zeller eine enge Verbindung besteht; wie es heißt, hat er Sie am Ende des Krieges in seine Familie eingeführt.

Der Landungsprahm, der krängt und wegsackt; die springenden, mit ihrem Gepäck springenden Soldaten, und die schwimmenden Pferde, die prusten und stöhnen und mit ihren Hufen das Wasser walken, und das gelbe abtreibende Floß, von dem die Leute winken und schreien, und dann die verdrehten, angsterfüllten Augäpfel, der nasse Hals, die Schläge: Er hat mich da rausgeholt, sage ich, als wir untergingen, da hat der Chef nach mir getaucht und hat mich rausgeholt. Das wurde mir berichtet, sagt er, und ich habe auch erfahren, daß er Sie bei einem zweiten Unglück vor dem Schlimmsten bewahrt hat; das trifft doch zu? Ohne den Chef wäre ich nicht hier, bestimmt nicht.

Er hat das Buch entdeckt, das Max mir gewidmet hat, er nimmt es in die Hand, fragt blickweise um Erlaubnis, ich hab schon zugestimmt, und nun blättert er, liest die Widmung und schmunzelt für sich. Wenn er die Interessen der Familie Zeller vertritt, dann ist er wohl auch im Namen des Chefs gekommen, jedenfalls kann er nicht der Vormund sein, der vorläufige Vormund, wie Magda gesagt hat, vielleicht ist er sogar hier, um mir eine Nachricht vom Chef zu bringen, endlich Gewißheit. Ich muß jetzt nur achtgeben, daß meine Gedanken nicht immer unterwegs sind, ich muß sie zusammenhalten, denn er wird wohl noch einiges wissen wollen von mir, obwohl er schon genug weiß; vermutlich möchte er nur, daß ich ihm bestätige, was er bereits weiß. Seine Stimme höre ich gern, seine rauchige Stimme.

Man kann also mit Recht sagen, Herr Messmer, daß Sie der Mann der ersten Stunde sind, der Weggefährte, der seinen Anteil in das Lebenswerk eingebracht hat? Das sagt er und drückt seine Anerkennung durch eine Bewegung der Lippen aus. Was soll ich ihm darauf antworten, ich kann doch nur sagen: So gern wie ich hat wohl keiner für ihn gearbeitet, so gern. Von Ihrer Verläßlichkeit habe ich gehört, sagt er, und er sagt auch: Es war gut, daß Herr Zeller jemanden hatte, auf den er sich so verlassen konnte, den er einweihte in seine Pläne, mit dem er zur Not etwas erledigen konnte, was keinen etwas anging; wer Großes leistet, braucht jemanden, auf den er sich stützen kann. Vermutlich haben Sie viel gemeinsam erlebt und bestanden? Ja, sage ich, wir haben viel zusammen erlebt in den Jahren, manchmal hab ich schon Angst, daß ich nicht alles behalten kann, aber noch hab ich wohl nichts vergessen, weil ich mich in der Dämmerung immer an etwas erinnere, jeden Tag an etwas anderes. Richtig, sagt er, so muß man es tun, täglich eine Erinnerungsstunde, Erinnerungen sind ein Kapital, auf das wir nicht verzichten können. Wie anerkennend er alles mustert, wie versonnen sein Blick auf meinen Sachen liegt, er ist bestimmt mit Wissen des Chefs hier, seine Freundlichkeit spricht dafür. Wenn er es nicht von sich aus sagt, dann werde ich ihn einfach fragen, zum Schluß werde ich ihn fragen, wie es dem Chef geht.

Kann man sagen, Herr Messmer, daß Sie sich nach all den Jahren einer Vertrauensstellung erfreuen, ich meine, sogar einer Vertrauensstellung besonderer Art? Was meint er nun damit wieder, ich hab noch nicht darüber nachgedacht, ob ich eine Vertrauensstellung habe, ich hab immer nur angenommen und ausgeführt, was der Chef mir auftrug, und ich brauchte nicht mehr als seine Zufriedenheit. Vor mir, sage ich, hat er nie etwas abgeschlossen oder weggelegt, zum Beispiel das Quartierbuch, er ließ alles offen liegen – wenn Sie das meinen. Nein, nein, sagt er, Sie haben mich mißverstanden, unter Vertrauensstellung verstehe ich eine Position, in der Ihnen mehr bekannt war als anderen, in der Sie Ratschläge geben, Einfluß nehmen konnten. Da kann ich nur sagen: In ganz Hollenhusen findet sich keiner, der dem Chef Ratschläge geben kann, wenn der einen guten Ratschlag braucht, dann gibt er ihn sich selbst. War das auch im letzten Jahr so, will er wissen, und fügt gleich hinzu: Sie müßten das am ehesten bemerkt haben, Herr Messmer, denn kaum einer steht ihm so nahe wie Sie.

Wenn ich es richtig bedenke, Bruno, dann bist du mein einziger Freund: das hat der Chef einmal zu mir gesagt, und er hat immer gemeint, was er sagte. Nun? fragt er, und ich sage: Ihm kann keiner hier das Wasser reichen, er sieht nur einmal hin und erkennt gleich, was erkannt werden muß. Das schließt doch aber nicht aus, daß Herr Zeller sich verändert hat, in seinem Wesen, in seiner Eigenart? Gut, er soll es wissen: Trauriger ist der Chef geworden, sage ich, trauriger und vielleicht auch verbittert, so ausgeglichen wie am Anfang ist er jedenfalls nicht mehr; und ich sage auch: Kann sein, daß er sich allein gelassen fühlt. Er überlegt, scheint das wohl zu verarbeiten, nickt, als wäre er einverstanden mit meiner Antwort, und sagt leiser als sonst: Gründer wie Herr Zeller, Männer mit solch einer Lebensleistung sind Einzelgänger, müssen einzelgängerisch werden nach gewisser Zeit, sie folgen darin nur einem Gesetz. Jetzt überlegt er wieder, netzt die großen Schneidezähne mit der Zunge und umspannt die Sessellehnen mit solcher Härte, daß die Haut über den Knöcheln fahl wird. Sein Ernst auf einmal, sein gepreßter Atem.

Könnte es sein, Herr Messmer, daß eine Krankheit Herrn Zeller verändert hat, ich will sagen: hat er Ihnen gegenüber in letzter Zeit über Schmerzen geklagt? Oder hat er seltsam reagiert, zum Beispiel Entscheidungen getroffen, die Sie nicht verstehen konnten?

Max hat gesagt, als er hier war: Der Chef hat viel für uns getan, nun müssen wir etwas für ihn tun, und er hat auch gesagt: Du gehörst doch zu uns, Bruno.

Haben Sie vielleicht Anzeichen von Schwermut bei Herrn Zeller entdeckt, oder von Verwirrung, oder von Geistesschwäche? Am meisten Trauer, sage ich, und vielleicht auch noch Großzügigkeit und Nachsicht; in der letzten Zeit, da ließ er mir mehr durchgehen als früher; als er dazukam, wie ich die Nadeln aus den jungen Fichten riß und aussaugte, da schüttelte er nur den Kopf und ging schweigend weg. In der letzten Zeit hat der Chef weniger gesprochen als sonst, das hat er, sage ich, und ich kann ihm ansehen, wie hellhörig er wird, gleich wird er einhaken, in diese Kerbe hauen, und jetzt fragt er: Heißt das, daß er Sie nicht mehr in seine Pläne eingeweiht hat wie früher, daß er seine größeren Vorhaben für sich behielt? Wenn ich nur wüßte, worauf er hinauswill, warum er sich in all das einmischt, ich muß etwas sagen, damit er zufrieden ist und weggeht. Also das Wichtigste, das hat der Chef immer für sich behalten, das hat er auf seine Art bedacht und erst ausgebreitet, wenn alles reif war, sage ich. Warum er nun lächeln muß, das weiß wohl nur er allein, hoffentlich ist er jetzt fertig, es drückt ganz schön auf die Schläfen, am liebsten möchte ich ein paarmal mit der Stirn gegen den Türpfosten schlagen, aber er vertritt die Interessen der Familie Zeller, und da muß ich wohl aushalten. Und Ihre eigenen Pläne, fragt er aufgeräumt, darf man etwas über Ihre eigenen Pläne erfahren, Herr Messmer? Veränderungen haben Sie wohl nicht beabsichtigt? Bleiben, sage ich schnell, ich möchte da bleiben, wo der Chef ist.

Wie auf einmal beim Aufstehen seine Freundlichkeit verschwindet, wie forschend er mich ansieht und sich plötzlich abwendet und durch das Fenster auf die Kulturen hinausblickt, wobei er den Hut auf dem Rücken hält und ihn wie geübt zwischen den Fingern dreht, wie ausdauernd der sich bedenken kann, ich kann ihn jetzt nicht stören, doch, jetzt muß ich fragen, wie es dem Chef geht, und ich frage gegen seinen Rücken: Der Chef, er hat sich längere Zeit hier nicht blicken lassen – kommt er bald wieder? Er wendet nicht einmal sein Gesicht, vielleicht hat er mich nicht verstanden, ich kann ja gleich mehr fragen, zum Beispiel, ob es stimmt mit dem Antrag auf Entmündigung, das könnte ich nun gut fragen, doch jetzt strafft er sich und will etwas loswerden. Ist Ihnen bekannt, Herr Messmer, daß Herr Zeller vor kurzem bei seinem Schleswiger Notar einen Schenkungsvertrag unterschrieben hat? Magda hat recht gehabt, sie wußte es, sie hat recht gehabt. Und ist Ihnen bekannt, Herr Messmer, daß der Vertrag Sie bedenkt mit einem Drittel des Landes und mit einem angemessenen Teil der Einrichtungen? Der Schenkungsvertrag tritt in Kraft im Falle des Todes von Herrn Zeller.

Nein, das ist nicht wahr, nein, das sagt er nur so, er will bloß sehen, wie ich das aufnehme, damit fertig werde, einen Jux will er sich mit mir machen, um mich zu prüfen, aber warum, weshalb hat er es auf mich abgesehen, er, den ich nicht kenne, und der die Interessen der Familie Zeller vertritt?

Er dreht sich um zu mir, er wartet unwillig auf etwas, seine Augenlider sind zur Hälfte geschlossen, und um seinen Mund zuckt es. Sie werden verstehen, Herr Messmer, daß die Familie Zeller nicht gewillt ist, sich mit diesem Vertrag abzufinden.

Was für ein Kuddelmuddel, das kann doch nicht ihr Ernst sein, ein Drittel des Landes und einige Einrichtungen dazu, vielleicht den Norden des alten Exerzierplatzes, alles vom Findling bis zur Senke und den grauweißen Boden bis zur Steinmauer, einer hat mich doch schon nach der besten Erde gefragt, Max wollte, daß ich mir nur zum Spaß das fruchtbarste Stück aussuchte, welche Hintergedanken hat er dabei gehabt? Ich weiß von nichts, sage ich, alles hier gehört doch dem Chef, er allein hat das Sagen, und außer ihm seine Frau und Joachim und Ina: die bestimmen, was mit den Quartieren geschehen soll. Ihnen ist wirklich nicht bekannt, wozu Herr Zeller sich verstiegen hat, fragt er, und er fragt: Er hat nichts mit Ihnen besprochen? Daß ich nicht fortgehen muß aus Hollenhusen, das hat er einmal gesagt, am Großen Teich hat er mir versprochen, daß ich immer bei ihm bleiben kann.

Blasen stiegen vom Grund auf, es burbelte wie von einer heimlichen Quelle, als das Gewicht unten ankan, und wir saßen dicht nebeneinander auf dem verrotteten Stamm, und plötzlich sagte er: Uns bringt nichts mehr auseinander, Bruno, das verspreche ich dir.

Gottseidank will er zur Tür, ich muß mich besinnen, ich muß allein nachdenken, was seine Überlegenheit bedeuten kann und dieser spöttische Ausdruck auf einmal; er zögert, er sagt: Es kommt da allerhand auf Sie zu, Herr Messmer, ich fürchte, Sie können kaum ermessen, was auf Sie zukommt. Aber er sagt auch etwas mit seiner anderen Stimme, mit der Stimme von weither, ich höre sie genau, dunkel, nicht mehr so rauchig: Dieser Vertrag wird nie in Kraft treten, da könnt ihr beide sicher sein, wir werden tun, was notwendig ist, um diese Schenkung zu verhindern. Zeller ist wohl von allen guten Geistern verlassen.

Was will er denn noch von mir? Er hat die Hand schon auf dem Drücker, jetzt fällt ihm wieder etwas ein: Wenn ich noch etwas fragen darf, Herr Messmer, es wird erzählt, daß Sie hier verschiedene Funktionen erfüllen, das trifft doch zu? Ja, sage ich, und er darauf: Aber mit Maschinen und mit mechanisierten Geräten haben Sie wohl nichts zu tun? Kann es sein, daß Herr Zeller es nicht gutheißt? Der Chef möchte das nicht, sage ich, er hat mir die Aufsicht gegeben über alles Schneidewerkzeug und Veredelungsgerät. Eine wichtige Aufgabe, sagt er, und grüßt freundlich und setzt sich den Hut erst auf dem Hauptweg auf, setzt ihn sorgfältig auf und erstarrt plötzlich und tastet sich ab, nein, er hat nichts aus Versehen bei mir liegengelassen, er hat schon gefunden, wonach er suchte, und er geht auf die Festung zu.

Nie und nimmer hat sich der Chef das ausgedacht, er weiß doch, daß ich ohne ihn nichts anfangen kann, nie und nimmer hat er solch einen Vertrag unterschrieben, wer kommt bloß darauf, wer setzt es in die Welt, daß der Chef mir den ganzen Norden unseres Landes schenken will, einschließlich einiger Einrichtungen. Da er mich kennt wie kein anderer, weiß er, daß ich am glücklichsten bin, wenn ich nach seinen Anweisungen arbeiten kann. Wenn er mir das Land hätte schenken wollen, hätte er bestimmt ein Wort gesagt, eine Andeutung gemacht, oder er hätte mich sogar gefragt, ob ich nicht einmal das Stück vom Findling bis zur Senke übernehmen möchte, das hätte er bestimmt getan, und ich hätte ihm dann gleich gesagt, daß ich das nicht will.

Ein Irrtum, das ist gewiß ein Irrtum. Die getrockneten Pflaumen: gestern waren noch ein paar in der Tüte, ich habe die Tüte hier aufs Fensterbrett gelegt, und nun ist sie weg – kann sein, daß ich die Pflaumen selbst aufgegessen hab im Halbschlaf. Einen Schenkungsvertrag hat der Chef unterschrieben, das hat Herr Murwitz gesagt, und der Vertrag soll in Kraft treten, wenn der Chef tot ist, und dann soll mir gehören, was seine ganze Freude war und sein

Stolz – ich will es nicht, mir kommt es nicht zu, und ich will es nicht. Nur daran zu denken, das macht mich schon ganz schwindlig.

Es war nach einem Sturm; die ganze Nacht hatte es geweht, ein Tumult in der Luft, wie man ihn auch bei uns nur selten erlebt, das heulte in immer neuen Anläufen, erprobte die Festigkeit von Schuppen und Buden und Bäumen, allerhand flog durch die Luft, nicht nur Äste und Dachpfannen, manchmal glaubte man schon, selbst gelüftet und weggeweht zu werden. Viele zog es hinaus am nächsten Morgen, wir trauten der ausgebrochenen Stille nicht, gingen beklommen herum und zählten die Schäden, doch in den Quartieren waren sie nicht sehr groß, nicht so, wie nach manchen stillen Nächten, in denen der Hakenmann durchgegangen war mit seinem schlimmen Werkzeug. Ich mußte zum Dänenwäldchen, zu meiner Baumwohnung, die ich mir hoch in den Ästen einer alten Buche gebaut hatte, alles dicht verflochten und mit zahlreichen Gucklöchern, ich wollte nur nachsehen, wieviel der Sturm übriggelassen hatte von meinem schwingenden Versteck, zu dem das Stöhnen der verwundeten Soldaten nur gedämpft heraufkam. Wie immer schnitt ich auch damals den Weg ab, ging über die Wiese zwischen tausend Maulwurfshügeln auf den Großen Teich zu, und da sah ich den Chef, sah gleich, daß er da etwas gepackt hielt und hinter sich herschleifte, etwas Geflecktes, etwas braunweiß Geflecktes. Schon lief ich, rief und winkte und lief.

An einem Hinterlauf zog er einen toten Hund, es war einer von Lauritzens gefleckten Hunden, einer der beiden, die fast jede Nacht in unseren Kulturen jagten, in erfolgreichem Zusammenspiel; bei Mondhelle hatte ich selbst einmal gesehen, wie der eine Hasen oder Kaninchen aufstöberte, hochschreckte und sie dem andern zutrieb, wobei es über Jungpflanzen und Saatbeete ging, in wilden Haken, das riß und flog nur so; die konnten in einer halben Stunde verwüsten, was wir in drei Tagen angelegt hatten. Alle Bitten und Aufforderungen des Chefs, Lauritzen möchte seine Hunde nachts einsperren, waren unbeantwortet geblieben.

Ich erschrak wohl ein bißchen, als ich den toten Jagdhund sah, ich blieb stehen, doch der Chef winkte nur knapp und ließ mich anpacken, und gemeinsam schleiften wir ihn zum Großen Teich. Dort, am Ufer, wo ich mich oft zum Trinken hinlegte, dort fragte er mich, ob wir den Hund lieber vergraben oder versenken sollten, und ich war gleich für versenken und rannte schon los, um Steine zu suchen, schwere, längliche Steine, die sich leichter umschnüren lassen als runde. Am Rande des Dänenwäldchens war ein Steinhaufen, bemoost schon, von Brombeerranken überwachsen, dorthin lief ich, und als ich die Ranken zur Seite bog, fand ich die Schrotpatrone, die warme Hülse; ich brachte sie dem Chef, er roch an der Hülse und wollte sie in den Teich werfen, besann sich aber plötzlich und sah mich eindringlich an und sagte: Hier, Bruno, nimm es, hier hast du etwas, das so gut ist wie ein Beweis. Warum er mir die Patronenhülse gab, hab ich nie herausgekriegt, aber er gab sie mir, und ich nahm mir vor, sie in mein Jackenfutter einzunähen, um sie nicht so schnell zu verlieren.

Jeder von uns hat dann einen Stein an den Jagdhund gebunden, der Chef am Hals, ich an den Hinterbeinen, und dann hoben wir das Tier auf, dem aus vielen kleinen Wunden Blut sickerte, hoben es auf, schwangen es hin und her, der Chef zählte eins – zwei – drei, und gleichzeitig ließen wir los. Es platschte ganz schön, und Binsen und Schilf gerieten durch die auslaufenden Wellen in Bewegung, schwangen sanft hin und her, und wo das beschwerte Tier unten ankam, da stiegen Blasen auf, es burbelte wie von einer heimlichen Quelle, kochte sich aus; erst nachdem sich alles beruhigt hatte und das Wasser nichts mehr verriet, wuschen wir uns die Hände und setzten uns auf einen verrotteten Erlenstamm. Er sagte nicht viel, der Chef, aber er sagte: Uns bringt nichts auseinander, Bruno, das versprech ich dir.

Wie still die Festung daliegt, nichts regt sich, keiner läßt sich an den Fenstern blicken, man könnte denken, sie hätten das große Haus verlassen, aber ich weiß, daß sie dort alle versammelt sind und unaufhörlich beraten, Dokumente prüfen, Vollmachten unterschreiben, sich vielleicht auch streiten, und bestimmt ist einer von ihnen immer am Telefon, es zirpt und summt und knistert in den Drähten, die von uns zum Bahnhof Hollenhusen führen und dann an den Gleisen entlang bis nach Schleswig. Wegen Geistesschwäche also und wegen Gefährdung des Familienbesitzes soll der Chef entmündigt werden, so wollen sie es haben, und bei allem vertritt Herr Murwitz ihre Interessen.

Wenn ich wüßte, woher die Angst kommt auf einmal, etwas zieht sich zusammen, der Löffel klirrt schon in der Tasse, er hat mir die Angst gebracht, dieser fremde Mann mit seinen Fragen und Erklärungen. Einschließen, am liebsten möchte ich mich bei mir einschließen und nicht mehr herauskommen, bis der Chef selbst an meine Tür klopft und mich mit hinausnimmt zu den Blautannen und mir eine Arbeit zuteilt, aber er wird nicht mehr von selbst kommen, das spür ich. Ich muß zu ihm, jetzt.

Auch wenn sie sich wundern werden in der Festung, daß ich dort eintrete, ohne daß mich einer gerufen hätte – ich muß zu ihm gehen, muß mit ihm sprechen, nicht nur, damit ich weiß, wie alles wird mit mir, ich muß außerdem rückgängig machen, was er beschlossen und verfügt hat, oder was er vorhat zu verfügen. Das karierte Hemd und die graue Hose, so kann ich zu ihm gehen, vermutlich sitzt er allein in seinem Zimmer, nur wenn er allein ist, werde ich mit ihm sprechen, ihn darum bitten, daß er mich nicht bedenkt, mit dem Stück Land nicht und mit den Einrichtungen nicht – falls das überhaupt stimmen sollte. Aber die Angst, die sagt mir, daß es stimmt, daß er etwas unterschrieben hat zu meinen Gunsten, auf meine Angst konnte ich mich noch immer verlassen. Soll den Hauptweg nehmen, wer will, ich geh an der Windschutzhecke entlang, an den Rosenbeeten bin ich schnell vorbei, und wenn ich erst unter den Rhododendren bin, bemerkt man mich nicht so leicht, die Rhododendren vor meinem alten Kellereingang haben mich oft beschützt.

Einmal waren viele Leute auf der Terrasse, sie drängten sich nur so, um dem Chef zu gratulieren, es waren gewiß hundert feiertäglich gekleidete Leute, die um ihn herumstanden und das Kreuz am Band bewundern wollten, das Verdienstkreuz, das er frisch bekommen hatte, und ich stand lange in den Rhododendren und konnte alles aus der Nähe beobachten, ohne daß mich einer entdeckt hätte. Und später, als einige schon in die Festung gegangen waren, konnte ich sogar einige gute Reste von den Tabletts angeln, ohne daß es einer bemerkt hätte.

Magda hat da vielleicht gestaunt. Aus den Obstschalen in der Diele will ich diesmal lieber nichts nehmen, obwohl Dorothea es mir erlaubt hat, die bunten Schalen sind auch heute gefüllt, ich möchte nur mal wissen, wer das Obst bekommt, wenn es zu mulschen beginnt. Die Stimmen kommen aus der Halle, die Stimme von Max und die von Murwitz: Wollen Sie bei Ihrem Vorschlag bleiben, Herr Doktor? Ich halte ihn für aussichtsreich, Herr Professor. Auch Inas Stimme meldet sich, sie bietet Tee an und Gebäck. Am besten, ich gehe gleich die Treppe hinauf, den langen Flur hinab, wo die Stiche hängen, die Ginster-Stiche, Färberginster, Stechginster und der Gemeine Besenginster; da wo der Deutsche Ginster hängt, ist seine Tür. Ich werde mich nicht anmelden, ich werde einfach bei ihm anklopfen und da sein, und falls mich vorher einer aufhält, werde ich nur sagen, daß ich zum Chef muß in dringender Angelegenheit.

Zuletzt war ich hier, als die Dohlen uns heimsuchten, der ganze Himmel war auf einmal dunkel von Vögeln, ein lärmender Himmel, der sich auf unsere Quartiere hinabsenkte, zänkisch und rücksichtslos. Wer weiß, woher all die Vögel kamen, die zuerst nur ihre Schleifen zogen und in unberechenbaren Formationen aneinander vorbeistiemten wie in Schaukämpfen, plötzlich aber niedergingen auf die jungen Gehölze, so plump und zahlreich, daß die Äste unter ihnen wegbrachen. Sie stritten sich um die Äste, sie wollten unbedingt nebeneinander hocken, und ihr Streit und ihr Gewicht machten, daß noch mehr wegknickte und brach; was sie nicht ertrug, das knickte weg. Es sah so aus, als hätten sie sich vorgenommen, unsere Quartiere zu verwüsten, und da mein Klatschen sie nicht vertrieb, mein Schreien nicht und nicht mein Fuchteln, lief ich zum Chef, ich rannte hier herauf und klopfte nur einmal an und weckte ihn auf. Er war am Schreibtisch eingeschlafen, doch als er sah, was draußen passierte, wußte er sofort, was zu tun war; er ließ seine Büchse im Ständer, er zog mich runter zu dem Schuppen, in dem einige harte, funkelnde Teerblöcke lagen, die schleppten wir hinaus, nachdem er die Windrichtung geprüft hatte. Schnell hatten wir einige Baljen und Roste aufgestellt, der Chef goß Benzin über die Teerblöcke, und dann stieg sie auf, eine Schwefelwolke, gelb und giftgrün, nein, sie stieg nicht auf, sie wälzte sich auf die Gehölze zu, durchzog alles mit stinkendem Nebel, und Tausende und Tausende von Dohlen lüfteten sich und kreisten lärmend über der Wolke, bis sie ihrem Anführer folgten und abzogen.

Einer kommt hinter mir her mit schnellen Schritten, vielleicht hat er bemerkt, daß ich hereingekommen bin, ich werde einfach weitergehn, erst einmal die Treppe hinauf, die zu den Schlafzimmern führt und zu dem großen Spielzimmer von Tim und Tobias. Es ist Magda, es ist ihre Schürze, mit Schaufel und Handfeger läuft sie vorbei zur Tür des Chefs, klopft jetzt und wartet. Bitte, nehmen Sie das auf, sagt Joachims Stimme, alle Scherben, und geben Sie acht. Er ist nicht allein, das ist sicher, jetzt kann ich nicht mit dem Chef sprechen, ihn fragen, was nur uns beide angeht, jetzt nicht; am besten, ich verschwinde wieder, such mir eine andere Gelegenheit, hoffentlich komm ich hier ungesehen wieder raus. Wie kühl das Schiffstau ist, das hier als Treppengeländer dient, es ist schon eingedunkelt von vielen verschwitzten Händen, hinaufziehen kann man sich gut, nur beim Runtergehen, da schwingt es und gibt gefährlich nach. Türen, manchmal muß ich denken, die vielen Türen sind nur zum Horchen da, das schleicht sich an und lauscht und weiß auf einmal, was kein anderer weiß; wenn ich ein Haus hätte, ein richtiges, dürfte es nur eine einzige Tür geben, durch die man hereinkommt und rausgeht, und vielleicht eine Geheimtür für mich allein.

Bruno? Bist du es, Bruno? Joachim hat mich von hinten erkannt, ich kann ruhig stehenbleiben und mich umsehen, es ist kein Vorwurf in seiner Stimme, nicht mal Überraschung, er lächelt schmerzlich, hält mir schon wieder die Hand hin. Ich vermute, du willst zum Chef, sagt er, und ich nicke und sage: Ich wollte nur mal mit ihm sprechen, nur einen Augenblick. Du mußt wohl wiederkommen, sagt Joachim, es tut mir leid, aber der Arzt ist gerade bei ihm. Krank, ist der Chef krank? Nichts Ernstes, sagt Joachim, nur Gleichgewichtsstörungen, so allgemeine Schwäche und Gleichgewichtsstörungen. Er klopft mir auf die Schulter, er sagt: Das geht wohl bald vorüber. Du weißt ja, daß ihm nichts etwas anhaben kann, nur ein paar Tage Ruhe, und er ist wieder der alte. Wie selbstverständlich er mich wegzieht, er will gar nicht wissen, ob ich nur von mir aus zum Chef will, oder ob der Chef mich zu sich bestellt hat, er hakt mich ein und zieht mich langsam weg, drückt mich leicht gegen die Wand, weil Magda vorbei muß mit einer Schaufel voller Scherben, mit einem Tablett, auf dem eine angesprungene Karaffe steht und zwei ebenfalls kaputte Gläser. Wir schauen uns nicht an, Magda und ich, wir übersehen uns einfach, so, wie sie es immer haben wollte, das drückt auf den Magen, der Mund wird ganz trocken auf einmal, doch ihr scheint es wohl kaum etwas auszumachen, sie hält Joachim das Tablett hin und fragt ruhig: Vielleicht kann man sie leimen, die kostbare Karaffe? Nein, sagt er, das lohnt sich wohl nicht, und jetzt geht sie schon wieder, als ob nichts mehr zu sagen wäre.

Noch nie hat Joachim mich so lange begleitet, erst hier bleibt er stehen, in der Diele, unter dem Bild seines Großvaters, der schuldbewußt auf uns herabguckt. Tja, sagt er und bedauert noch einmal, daß ich umsonst gekommen bin, tröstet sich aber gleich mit der Verabredung, die wir an der Mauer getroffen haben: Du kommst mal auf einen Abend, Bruno, wir geben dir bald Bescheid. Was soll ich machen, ich kann doch den Apfel nicht zurückweisen, den er von der Schale nimmt und mir in die Tasche steckt.

Wenn ich jetzt nur ungesehen zu mir könnte, schnell abschließen und den Riegel vor und keinem öffnen, der weniger als siebenmal klopft, keinem, aber ich kann nicht an ihnen vorbei, diesmal nicht, die kleine Plage hat wohl auf mich gelauert dort in meinem Rhododendron, noch glaubt sie sich unentdeckt. Bestimmt haben sie einen Klumpen von Kletten gesammelt, gleich wird einer von ihnen das Kommando geben, und darauf werden sie um mich herumtanzen, werden sich recken und mir überall Kletten anmachen, doch ich werde so tun, als ob ich gar nichts merke; ich werde sie nicht an ihren zarten Hälsen packen, sondern ruhig weitergehn bis zu mir, ihr Schmähgeschrei werde ich überhaupt nicht hören. Nun kommt schon heraus und überrascht mich, zeigt schon, was ihr diesmal für mich ausgedacht habt.

Nicht jetzt, ich werde ein andermal in dem Buch von Max lesen, bald wird es dunkel, und heute möchte ich bei mir kein Licht machen, heute nicht. Wenn ich nur wüßte, was mir bevorsteht, wie alles kommen wird, wenn ich das nur wüßte! Auf dem Kollerhof, da war es einfacher, da wußte ich fast alles im voraus, weil mir kaum etwas entging, was der Chef unten in der Wohnstube mit Dorothea beredete und beschloß, ich wußte früher als andere, wann wir uns an einer Ausschreibung für Forstgehölze beteiligen würden, wußte im voraus, was ich zum Geburtstag und was zu Weihnachten bekommen würde; da der Chef die größten Umsätze mit Obstgehölzen machte, wußte ich, welche Quartiere wir demnächst erweitern und vermehren würden, und ich kannte nicht nur seinen Plan, eine gebrauchte Zugmaschine und eine neue Rillenschare zu kaufen, ich kannte auch seine Gründe dafür.

Daß wichtiger Besuch von den berühmten Pinneberger Baumschulen erwartet wurde; daß Bestandsbücher eingerichtet werden sollten; daß sich mein Taschengeld demnächst erhöhen würde: ich wußte alles vor der Zeit, und ich wußte auch, daß Dorothea wünschte, einen Betriebsleiter einzustellen, weil es für den Chef zuviel wurde. Wir wollen auch etwas von dir haben, das hat sie gesagt, und sie hat auch gesagt: Wer soviel zustandegebracht hat wie du, der darf sich wohl ein bißchen zurücklehnen. Er gab ihr fast immer recht und tat doch, was ihm notwendig erschien, war als erster in den Quartieren, ging als letzter fort, er tauchte überall auf, um seinen guten Rat abzugeben, und nach Feierabend, da saß er noch lange über seinem Quartierbuch und seinen Papieren. Wer nicht weiterwußte, der sagte einfach: Wolln mal den Chef fragen, und wenn der kam und sich ein wenig bedachte, dann ging es auch weiter.

Der Brunnen, einmal mußten wir einen Brunnen bohren, und alle schlugen dem Chef vor, die Bohrung auf dem feuchten Land niederzubringen, auf dem sich auch bei Trockenheit ölig schimmernde Tümpelchen hielten; er hörte ihnen schweigend zu und ging dann zu unserer geschichteten Mauer hinauf, wo er zuerst nur angespannt dastand und sich auf einmal mit vorsichtigen Schritten bewegte, gerade als ob er da auf Glasscherben treten und sich die Füße aufschneiden könnte. Kreise schritt er aus, den Blick immer auf dem Boden, manchmal ging er ein paar Schritte rückwärts, steppte zur Seite weg, wobei dieser oder jener ihm nur kopfschüttelnd zusah, und nach einer Weile zeigte er auf eine schwarzgraue Stelle und sagte: Hier, Jungs, hier treibt man ein Rohr ein.

Sie schraubten einen eisernen Klemmring auf das Rohr, setzten die Stahlspitze an, über der viele kleine Löcher waren, und mit einem Fallblock schlugen sie das senkrecht gestellte Rohr in den Boden, und weil das Senkblei, das sie durch das Rohr hinabließen, noch kein Wasser anzeigte, schraubten sie ein zweites und dann ein drittes Rohr an, und schließlich meldete das Senkblei, was sie alle nicht für möglich gehalten hatten, bis auf den Chef. Die Pumpe, die sie ansetzten, holte zuerst nur schlammiges Wasser herauf, aber nach einer Weile wurde es klar und immer klarer, der Chef trank als erster davon, wusch sich das Gesicht und trank noch einmal, und da er das Wasser gefunden hatte, durften wir ihn naßspritzen; das machte Freude. Zum Bohrmeister, der nicht aufhören konnte, sich zu wundern, sagte er: Ihr müßt da einen richtigen Saugkopf runterbringen, am besten aus Messingdrahtgewebe, und mehr sagte er nicht.

Wir prüften gerade das Gefälle für die Brunnenleitung,

für die Röhrenfahrt, als ich die fremden Männer sah, die bis auf den Weißhaarigen ihre Jacken ausgezogen hatten und langsam auf uns zukamen, schlendernd. Sie trugen helle Hemden und gebügelte Hosen, und ich sagte zum Chef: Wer da wohl kommt, und er blickte auf und sagte nichts, prüfte gleich wieder, wie der Graben für die Röhrenfahrt verlaufen sollte. Wie freundlich sie grüßten, wie interessiert sie die Blicke wandern ließen, der Weißhaarige fragte uns sehr höflich, wo er Herrn Zeller finden könnte, und der Chef sagte: Das bin ich, womit kann ich Ihnen helfen?

Soldaten, es waren ehemalige Soldaten, die mit vielen andern zu einem Kameradschaftstreffen nach Hollenhusen gekommen waren, ins »Deutsche Haus«, und sie wollten nur um die Erlaubnis bitten, sich bei uns ein wenig umzusehen, auf dem Land, das sie von früher her kannten. Der Weißhaarige sagte: Es gibt viele Erinnerungen, wie Sie verstehen werden, und wir möchten uns gern ein bißchen umtun. Der Chef lehnte die Zigarette ab, die ihm angeboten wurde, er lächelte und sagte: Ich fürchte, hier hat sich einiges verändert, und der Weißhaarige sagte darauf: Erstaunlich, ganz erstaunlich – er war früher einmal der Kommandeur von allen Soldaten in Hollenhusen gewesen. Dafür, daß der Chef ihnen die Erlaubnis gab, über sein Land zu gehen, bedankten sich alle, es war so ein gemurmelter Dank, den ich noch nie zuvor gehört hatte. Der Chef sagte noch: Ich gebe Ihnen einen Begleiter mit, und mir flüsterte er zu: Paß auf, daß sie keinen Schaden anrichten, und dann gingen wir durch den heißen Tag, in der Luft war ein Knistern und Ticken, auch kleine Platzgeräusche waren zu hören, als ob Schoten platzten, Samenkapseln sprangen. Ich brauchte mich nicht umzudrehen, ich wußte, daß der Chef uns nachblickte mit seinem undurchdringlichen Lächeln.

Nicht voraus, ich ging ihnen nicht voraus, sondern hielt mich hinter ihnen, blieb stehen, wenn sie stehenblieben, wartete immer darauf, daß sie mich etwas fragten, doch sie fragten mich nichts, nickten mir nur dann und wann freundlich zu, am häufigsten der Einarmige, der seinen leeren Hemdsärmel in den Hosenriemen geklemmt hatte. Er war es, der die andern plötzlich zu sich heranwinkte, der ihnen etwas zeigen mußte auf der Erde, dort bei den einjährigen Schattenmorellen, er schlug einen Kreis, drehte sich um, wies in die Richtung, in der einst die Häuserattrappen gestanden hatten, und die andern scharten sich um ihn, blickten auf den Boden, drehten sich um und sahen in die bezeichnete Richtung, sie nahmen auf, wozu der Einarmige sie anregte und einlud, doch an ihren Gesichtern und an der Art, wie sie dastanden, konnte ich schon erkennen, wieviel Mühe sie hatten, etwas wiederzufinden.

Weil mich immer mehr interessierte, auf was sie aus waren, machte ich mich stillschweigend an sie heran, ging am Schluß ihrer Gruppe, stand unter ihnen, wenn sie hielten und einer sich besann, auf den Platz besann, an dem der Übungspanzer eingegraben war; unser Übungspanzer, sagte der Mann mit dem rotweißgestreiften Hemd. Es muß hier gewesen sein, sagte er, es war hier, und er zeigte einfach auf unsere Johannisbeersträucher, bog einige Äste auseinander und ließ sie zurückschnellen, es gab keinen Zweifel für ihn, daß der Übungspanzer einst dort gestanden hatte, und er wandte sich an den Einarmigen und erinnerte ihn daran, wie sie beide den Panzer von hinten erledigen mußten, aufspringen, Haftladung, abspringen, volle Deckung. Da der Einarmige zustimmend nickte, seufzte und nickte, mischte ich mich nicht ein und verzichtete darauf, ihnen zu sagen, daß der Übungspanzer ganz woanders gestanden hatte, mitten in unseren Birnenquartieren.

Sie drangen nicht in die Quartiere ein, sie bewegten sich auf den Arbeitsgassen, die wir für den Schmalspurtraktor gelassen hatten, nur manchmal scharrten sie an den Quartierrändern, mit dem Fuß, mit dem Stock, kratzten und scharrten, ohne etwas zu finden. Einer, der fragte sich selbst immer wieder, wo die Kuschelfichten geblieben waren, er suchte sie mehr als alles andere, zog mit der Hand

Luftlinien aus der Senke heraus, einmal sagte er, daß er in den Kuschelfichten eine Nachtübung verschlafen habe und als Sieger aufgewacht sei, das sagte er.

Am Findling, als wir am Findling standen, da konnte der Mann im rotweißgestreiften Hemd wohl nicht anders, er machte vor, wie er hinter dem unförmigen Stein einst Dekkung gefunden hatte, er und sein Maschinengewehr, und er sagte, daß sich ihm von hier aus stets ein ideales Schußfeld geboten hätte, das wollte er gewiß gleich wiederfinden, aber nach einer Weile, nach einem langen Blick auf die Taxus- und Thujaquartiere, stand er auf und sagte, daß sich hier wohl zuviel verändert hätte, das ideale Schußfeld gab es nicht mehr. Von mir erfuhr er nicht, was wir mit dem Findling gemacht hatten. Sie waren enttäuscht, sie waren ratlos, ich merkte es, und ich überlegte, ob ich ihnen etwas aus meinen Verstecken holen sollte, Erinnerungsstücke, auf die sie vielleicht aus waren, Kokarden und Knöpfe, Münzen und Patronen oder das Koppelschloß oder das Seitengewehr, aber da wir alles selbst gefunden hatten, der Chef und ich, gehörte es uns, und ich hielt es für besser, all die Dinge zu behalten.

Auf dem Kommandohügel setzten sie sich hin, unter einer sengenden Sonne verflimmerten die Quartiere – die endlosen Spaliere, die von Süden nach Norden liefen, und einer der Männer sagte: Das sieht so aus, als ob sie zur Besichtigung angetreten sind, die Bäumchen und Pflanzen, wie zu einem dauernden Appell; und ein anderer sagte: Das ist unsere Ablösung.

Was die beiden Männer bei den alten Kiefern in Richtung Bahndamm suchten, das wußte keiner, sie hatten sich einfach abgesondert und waren dorthin gegangen, vermaßen ein Stück mit ihren Schritten, irrten sich, nahmen eine Dreiergruppe als Ausgangspunkt und maßen da abermals etwas aus, und danach untersuchten sie die Erde, sie gruben und scharrten nicht, sie betrachteten sie nur und stocherten ein bißchen. Als sie zu uns heraufkamen, mochten sie nicht viel sprechen, sie setzten sich hin und rauchten, und einer von ihnen sagte: Nix, hier findet ihr nix mehr; die haben alles von uns weggeeggt.

Und plötzlich entdeckte er die Erkennungsmarke, die ich damals an einer Schnur um den Hals trug, das Blechschildchen war mir wohl aus dem Hemdausschnitt gerutscht, das ovale Ding, das ich einmal im Abbruchschutt der Häuserattrappen gefunden hatte. Er bat mich darum. Er las die Buchstaben und Zahlen. Er konnte kaum etwas sagen vor Staunen. Ohne ein Wort gab er die Erkennungsmarke schließlich an den Weißhaarigen weiter, und der wischte über sie hin, drehte und befummelte sie und wollte von mir wissen, wo ich sie gefunden hätte, und nachdem ich es ihm gesagt hatte, fragte er mich, ob ich ihm die Marke schenken möchte. Ich schenkte sie ihm, und er verwahrte sie sorgfältig in seiner Brusttasche, und als der Einarmige sagte: Eggers, die hat damals der Eggers verloren, da nickte der Weißhaarige langsam, so als wüßte er das bereits; es war ihm anzusehn, daß es ihm etwas ausmachte.

Zur Steinmauer gingen wir, zu meinem Bootsskelett und zu dem Streifen unseres feuchten Lands, auf dem auch bei Trockenheit ölig schimmernde Tümpelchen standen, wir gingen ein Stück an der Böschung des Bahndamms entlang und blickten in die Sandgrube hinab, streiften durch die Nadelholzquartiere, je länger wir gingen, desto unachtsamer wurden sie, desto schweigsamer. Längst hatten sie es aufgegeben, etwas wiederzufinden, das sie an ihre eigene Zeit erinnerte, da war kein Abdruck, keine Spur, da war nichts Vergrabenes, das der Regen oder unser Pflug hochgebracht hätte, nichts bewies mehr, daß ihnen dieses Land einmal gehört hatte, denn selbst die behelfsmäßigen Fundamente, auf denen die Häuserattrappen ruhten, hatten wir aus der Erde geholt. Der Chef legte keinen allzu großen Wert darauf, noch einmal mit ihnen zu sprechen, aber da sie schon einmal an ihm vorbeimußten, unterbrach er seine Arbeit, nahm den nochmaligen Dank des Weißhaarigen entgegen und sagte: Ich hoffe, Sie haben einiges wiederfinden können. Da zuckte der Weißhaarige nur die Achsel, er blickte fragend in die Gesichter der andern, geradeso, als ob er ihnen eine Antwort überließe, doch da keiner von ihnen sprechen wollte, sagte er schließlich selbst: Erstaunlich, was hier entstanden ist, wirklich, ganz erstaunlich; fast sind wir uns als Fremde vorgekommen. So geht es manchmal, sagte der Chef, und er sagte auch: Mitunter, da stellt uns die Natur den Stuhl vor die Tür. Bevor sie zurückgingen nach Hollenhusen, ins »Deutsche Haus«, luden sie den Chef ein, am Abend zu ihnen zu kommen, sie boten ihm an, ihr Gast zu sein, und der Weißhaarige versicherte, daß er sich über das Erscheinen des Chefs besonders freuen würde, doch der bedankte und entschuldigte sich mit dringenden Arbeiten. Ich weiß nicht, warum sie mir leid taten, als sie den Hauptweg hinabgingen, ohne einen Blick für die Mutterbeete und das kleine Rosenfeld, ich weiß es nicht.

Auf einmal ist einer von ihnen zurückgekommen, ein noch junger Mann, lässig, schmalgesichtig, ob Herr Zeller ihm eine Frage gestatte, wollte er wissen, und der Chef sagte darauf: Klar, man zu. Er hatte da etwas gelesen, der ehemalige Soldat, einen Aufsatz, eine Schrift über Bäume, die Signale austauschen, die so eine Art Alarm geben, wenn Gefahr besteht; an den Verfasser konnte er sich nicht genau erinnern, aber ihm war so, als ob der auch so ähnlich wie Zeller hieß. Nicht nur so ähnlich, sagte der Chef, er hieß eindeutig Zeller; im übrigen habe ich die Sache vor langer Zeit geschrieben, als wir noch im Osten waren. Darauf lächelte der Mann und sagte nichts weiter, als daß es ihm eine Freude sei, und dann ging er auch schon, und der Chef schüttelte für sich den Kopf, vielleicht, weil er nicht damit gerechnet hatte, daß sich jemand an etwas erinnerte, das so weit zurücklag; während der gemeinsamen Arbeit merkte ich, wie ihm das nachging.

Gesprochen aber hat er nicht darüber, das hat Dorothea getan, am Abend nach dem Essen, als wir allein waren und auf den Chef warteten, der mit den Bohrleuten am neuen Brunnen saß, wo sie sich aus Begeisterung über das gute Wasser eins auf die Lampe gossen – so nannte das Dorothea. Ich fragte sie einfach, wie der Chef herausgefunden hat, daß die Bäume Alarm geben können; zuerst hat sie sich darüber gewundert, woher ich das wußte, doch nachdem ich es ihr erzählt hatte, besann sie sich eine Weile, und an ihrem Gesicht konnte ich sehen, wie sie in Gedanken immer weiter zurückging, immer weiter, bis zu den verlorenen Quartieren im Osten, in denen ich mich schon ganz gut zurechtfand, obwohl ich nie dagewesen bin. Das große Gewächshaus, die unermeßlichen Nadelholzquartiere, das von Weinlaub bewachsene Haus, in dem sie wohnten – ich sah alles gleich vor mir, auch den Waldsee, in dem die kleine Schwester des Chefs ertrunken war in einem Winter, weil sie sich zu früh aufs Eis gewagt hatte, auch den Fluß, der breiter und klarer war als die Holle und auf ein ganzes Stück der Familie des Chefs gehörte.

Dort, an dem Fluß, wuchsen gesunde Weiden, und etwas weiter vom Ufer, auf sanft ansteigendem Land, da standen einige Ahorne zu beiden Seiten des Flusses, in Sichtweite, es sah wohl so aus, als ob die einen die anderen davon überzeugen wollten, daß es auf ihrer Seite besser sei. Einmal, als der Chef zum Fluß ging, um ein schnelles Bad zu nehmen, so kurz untertauchen und gleich wieder raus, da fiel ihm auf, daß Weiden und Ahorn übermäßig von Raupen befallen waren, es war weder der Ringelspinner noch der große Frostspanner, auch der putzige Braune Bär war es nicht, der den Bäumen zusetzte, es war eine unbekannte Raupe, schön gefärbt mit hornigem Kopf, mit Stacheln und glänzenden Punktaugen. Mit ihren beweglichen Fühlern tasteten sie sich zum Blattrand hin und sägten ihre halbbogenförmigen Löcher heraus, ganz unbekannte schöne Raupen. Während der Chef einige von ihnen auf die Hand nahm, war es ihm, als ob von den Blättern ein besonderer Geruch ausging, ein strenger, flüchtiger Fäulnisgeruch, den er nie zuvor wahrgenommen hatte. Gleich hat er einige Blätter gepflückt, mit bloßem Auge war ihnen nichts anzusehen, aber als er sie unter sein Mikroskop legte und einige Raupen auf sie setzte, konnte er erkennen, daß die Blätter sich unmerklich verdunkelten, und er spürte auch wieder, daß sie diesen flüchtigen Geruch aussonderten, einen Wirkstoff, der die Raupen nach einer gewissen Zeit träge machte, nicht sehr, nur ein bißchen.

Am selben Tag ist er dann auf die andere Seite des Flusses gegangen – über die Brücke, deren Geländer aus Birkenholz war: vor ihm hatten sich Dorothea und er einmal photographieren lassen –, er ging hinüber und war ziemlich erstaunt, daß hier weder die Weiden noch die Ahorne von der unbekannten Raupe befallen waren, kein einziges Blatt war angesägt, dennoch entging ihm nicht, daß die verschonten Bäume denselben Geruch abgaben, den er unter den befallenen wahrgenommen hatte. Da mußte der Chef einfach glauben, daß die Bäume diesen Geruch aussonderten, um sich zu schützen, sie taten das vorsorglich, weil die andern sie gewarnt, weil sie Alarm gegeben hatten mit Hilfe des flüchtigen Wirkstoffs.

Der Vater des Chefs, der lächelte nur darüber; er sagte: Vielleicht werden sie sich noch eines Tages mit dem Flaggenalphabet verständigen, unsere Bäume, Arme haben sie ja genug dazu, und er sagte auch: Bei den Tieren, da kann es angehn, daß sie Alarm geben, aber bei Gehölzen, da sollten wir lieber ein Fragezeichen machen. Den Chef hat das nicht davon abgebracht, die befallenen und nicht befallenen Weiden und Ahorne zu beobachten, zu vergleichen, er schrieb alles auf, er schickte die Blätter zur Untersuchung, und eines Tages wurde ihm bestätigt, daß da seltsame Stoffe in den Blättern drin waren, die sich im allgemeinen bei Weiden und Ahornen nicht nachweisen lassen; als er diese Nachricht bekam, ist der Chef zufrieden gewesen, er hat nun seine Entdeckung in ein Heft eingetragen, alles von Anfang an, und das Heft hat er an den alten Diplomgärtner in Johannisburg geschickt, an Plinski, der überall bekannt war für sein Buch über die Krankheiten der Gehölze.

Der ließ, wie schon beim ersten Schreiben, lange nichts von sich hören, der schwieg so beharrlich, daß der Chef schon denken mußte, der Diplomgärtner Plinski sei gestorben, doch an einem Sonntag kam er selbst angefahren, begleitet von seiner Nichte, er, der zufällig in der Gegend zu tun hatte, kam selbst angefahren, es hatte ihn neugierig gemacht, was der Chef da herausgefunden hatte, er wollte persönlich mit ihm sprechen. Und nachdem er lange genug zugehört und gefragt hatte, forderte er den Chef auf, seine Beobachtungen fortzusetzen durch zwei Jahre, er gab ihm auch Ratschläge, und bevor er wieder wegfuhr, sagte er zum Vater des Chefs: Was der entdeckt hat, dein Junge, das kann mal Bedeutung für uns alle haben; wenn er weit genug ist, werde ich mich darum kümmern. Das sagte er, und als die Zeit kam, da hat er sein Versprechen gehalten und die Entdeckung des Chefs drucken lassen.

Dorothea erzählte das an jenem Abend, als wir allein waren und auf den Chef warteten, ich wollte da gleich, daß sie mir noch mehr erzählte von den Quartieren des Sonnenaufgangs, aber sie mochte nicht, sie fühlte sich zu müde, nur als ich sagte, daß ich nicht genug hören könnte aus dieser Zeit, hat sie mich lächelnd angesehen und hinzugesetzt: Damit du auch das weißt, Bruno, die Nichte, die den Diplomgärtner begleitet hat, das war ich. Dann hat sie mir noch ein großes Glas Buttermilch gegeben und hat angefangen, den Tisch abzuräumen, wobei sie mitunter schmunzelnd innehielt, ihre Augen verengte und mit vorgeschobener Unterlippe über ihr Gesicht blies, über ihr schönes Gesicht.

Was da alles lebendig wird im Dunkeln, auf einmal glimmt es in den Mutterbeeten, als ob Augen sich öffneten, das Rascheln macht nicht der Wind, die beiden krummen Pfähle rücken näher aneinander heran. Das hetzt und wieselt über der Erde, im Mondlicht rollt sich etwas zusammen, liegt ganz verklumpt da, ganz tot, in den Pappeln brieselt es ununterbrochen, grünes Blatt, silbriges Blatt, wer da draußen auf etwas tritt, muß damit rechnen, daß es weich ist und wegrennt, zu den Blautannen hinüber, der Duft der Blautannen streitet sich mit dem Duft des Heus, der von weither kommt; jetzt muß ich den Riegel vorlegen. Ein Vogel ruft über den Wiesen, und auf den abgelegenen Gehöften das Gebell der Hunde, die anfragen, lauschen, antworten: Melde dich mal, wir bewachen den Horizont.

Im Dunkeln schickte er mich nach Hollenhusen, ins »Deutsche Haus«, er schwankte ein wenig, als er von den Brunnenbohrern zurückkam, er küßte Dorothea zweimal ziemlich ungenau und mußte lachen über seinen Zustand und bat um nichts als Kaffee. Daß Ina im »Deutschen Haus« beim Servieren aushalf, damit war der Chef einverstanden, aber nachdem er auf die Uhr gesehen hatte, wollte er, daß ich sie abholte. Ihr braucht euch nicht zu beeilen, Bruno, sagte er, nur kommt mir gut nach Haus.

Die Stimmen, ich hörte immer Stimmen hinter mir, als ich den Pappelweg entlanglief, da war so ein Vorsprecher, dessen Stimme eine eigene Stimmkraft hatte, er wiederholte ständig einen Satz, und die anderen Stimmen antworteten ihm, das ging so bis zum »Deutschen Haus«, erst in der Helligkeit verstummten sie. Ich wagte nicht, einfach hineinzugehen; ins »Kieck in«, in den alten Krug, da wäre ich gleich hineingegangen, aber ins neue »Deutsche Haus«, das aus roten Ziegeln gebaut und hoch und breit war und viele Fenster hatte, traute ich mich nicht ohne weiteres hinein, ich strich erst einmal um das Haus herum, dicht an der Wand.

Auf dem Hof die Karre, das Sims, die gestapelten Bierfässer: schon war ich oben, hockte mich hin, schob mich an ein großes Fenster heran. Da saßen sie und zeigten sich Photographien, schrieben etwas auf kleine Zettel, einige gingen herum mit großen Gläsern in der Hand, tranken sich zu; dort, wo sie in Gruppen standen, legte auch einer seinem Nachbarn die Hand auf die Schulter, so wie Mirko es tut, wenn er mit mir spricht. Den Weißhaarigen sah ich, der am Kopfende eines langen Tisches saß, sah den Einarmigen, der wohl immer, von einigen Kameraden umringt, für Heiterkeit sorgte, und plötzlich erkannte ich auch den Schmalgesichtigen wieder, der sich an den Chef gewandt hatte mit seiner weit hergeholten Frage; gerade schleppte Ina ein Tablett an ihm vorbei.

Ach, Ina, wenn du schon damals gewußt hättest, wer er war und was dir bevorstand mit ihm, wenn du geahnt hättest, was euch beiden einmal zustoßen würde, dir und diesem lässigen, schmalgesichtigen Mann, der jünger war als die andern und den ich kein einziges Mal trinken sah. Immer, wenn er mir auffiel, stand er bei einer Gruppe und hörte zu, stand mit verschränkten Armen da, eine wippende Zigarette zwischen den Lippen, er mischte sich nie ein und gab nichts zum besten. Auch wenn er so aussah, als ob ihn nichts besonders interessierte, entging ihm wohl kaum etwas, er bekam gleich mit, daß dir einer die Bänder der kleinen Servierschürze löste, blitzschnell die Schleife aufmachte, während du mit dem schweren Tablett vorbeigingst, und bevor du es selbst merktest, war er schon bei dir und nahm dir für einen Augenblick das Tablett ab, damit du die Schleife wieder binden konntest. Kann sein, daß du ihn da zum ersten Mal gesehen hast oder daß er dir da auffiel unter den vielen ehemaligen Soldaten, er stand vor dir mit seinem Lächeln und seiner Überlegenheit, und du lächeltest verlegen zurück: von den gestapelten Bierfässern aus hab ich's gesehen.

Wie dann der Weißhaarige aufstand und zu sprechen begann, alle gingen auf ihre Plätze, und er sprach mit gesenktem Blick, es war kein Wort zu verstehen, obwohl ich ganz nah an das Fenster heranrückte, und mitten in seiner Rede das wütende Hundegebell – der große schwarze Hund hatte mich entdeckt, er versuchte, auf den Stapel der Fässer hinaufzukommen, sprang und fiel herunter, sprang und fiel noch einmal herunter, was seine Wut nur erhöhte, seine jaulende Wut. Ich hatte nichts, das ich ihm hinwerfen, nichts, womit ich ihn vertreiben konnte, in meiner Angst legte ich mich flach auf die Fässer, linste über den Rand hinweg, weil ich ihn im Auge behalten mußte. Das Brennen auf einmal, diese sengende Feuchtigkeit, als der große schwarze Hund sich an der Hauswand aufrichtete und mit den Vorderpfoten fast das Sims erreichte und dabei bellte und schnappte, daß das harte Klappen seiner Kiefer zu hören war. Ich wollte schon ans Fenster klopfen, sie hätten mir bestimmt geöffnet, die ehemaligen Soldaten, sie hätten mich hereingelassen, doch da fiel plötzlich ein Lichtschein aus dem Kücheneingang, und eine weiße Gestalt trat heraus und rief: Asko und noch einmal Asko, und weil der Hund nicht folgte, bewegte sich die Gestalt über den Hinterhof, ein Mädchen in weißem Zeug, mit weißer Haube. Sie sah sich nur flüchtig um, sie packte den Hund am Halsband und schlug ihm auf die Schnauze, und ich konnte hören, wie sie sagte: Immer so'n Krach machen, und nur wegen die Katzen. Dann hat sie ihn eingesperrt.

Ich lag und wagte nicht, mich zu rühren, bis auf einmal Musik aus dem Saal kam, zwei Ziehharmonikaspieler, schwarze Hosen, leuchtende Seidenhemden, standen auf einem niedrigen Podest und spielten und sahen dabei nur sich an, aufmunternd, gutgelaunt. Und dann tanzten sie im Saal, und am schönsten tanzte der Einarmige. Ich hab nur ein paarmal getanzt, mit Dorothea damals, als wir die Festung bezogen und einweihten, und noch einmal mit ihr, als Tauffest bei uns war, aber ich konnte nie zu Ende tanzen, weil ich bald schwindlig wurde und hinfiel; ich brauch mich bloß zur Musik zu drehen, dann werde ich auch schon schwindlig, und ich fall auch schon hin. Zusehen, ich kann immer bloß zusehen, wenn sie tanzen, aber das auch nicht zu lange, nach einer Weile muß ich mich abwenden, selbst als Ina getanzt hat, mußte Bruno sich abwenden.

Ach, Ina; wie du mit dem schwarzen Tablett am Rand der Tanzfläche standest und überlegtest, wie du durchkommen könntest zwischen den tanzenden Paaren, und wie er auf einmal bei dir war, dir das Tablett abnahm und es sicher zum Tisch brachte, es absetzte und einfach deine Hand ergriff und dich zur Tanzfläche zog, ohne daß du dich sperrtest. Er hat dich nicht an sich gezogen und umklammert, so, wie es manche der ehemaligen Soldaten mit ihren Frauen machten, er hielt dich ganz locker und ein bißchen von sich weg, du legtest ihm eine Hand auf die Schulter, eure Blicke verfingen sich, und dann ging es so leicht, alle Schwere war fort, es war gar nicht mehr zu erkennen, was euch bewegte und trug, denn alles ging bei euch in Bewegung auf, besonders, als du dich ganz weit zurückbogst und nur noch schwebtest. Nicht nur ich, auch die anderen sahen euch zu.

Das Ende eures Tanzes hab ich nicht gesehn, ich konnte erst wieder hingucken, als sie klatschten und einen zweiten Tanz verlangten, doch er lächelte und brachte dich zu deinem Tablett zurück, wo schon der Schaum auf den Gläsern starb; dort verbeugte er sich vor dir und ließ deine Hand los, die er die ganze Zeit gehalten hatte: Guntram Glaser, der plötzlich da war, der für länger verschwand und unvermutet wiederkehrte, und der nach seiner Zeit bei uns keinen anderen Ausweg mehr wußte, als einfach auf die Schienen zu gehen und auf den Nachtzug nach Schleswig zu warten.

Weil ich es nicht wagte, ins »Deutsche Haus« hineinzugehen, wußte ich mir schließlich keinen andern Rat: ich pfiff; ich stieß unsern Pfiff aus, als die Musiker Pause machten und die Fenster zum Lüften geöffnet wurden, und ich sah, wie Ina aufhorchte und mit ein paar leeren Gläsern den Saal verließ. Schneller wäre da wohl keiner vom Stapel heruntergekommen, ich flitzte um das Haus herum zum Haupteingang, trat hinter einen Baum und wartete, und als sie in der geöffneten Tür erschien und ins Dunkel spähte, pfiff ich noch einmal unseren eigenen, langgezogenen, etwas klagenden Pfiff, mit dem wir uns auf dem Kollerhof immer gleich fanden. Zehn Minuten wollte sie noch von mir haben, nicht mehr als zehn Minuten; sie wollte mich hineinziehen, in den Vorraum, doch ich wartete lieber draußen, setzte mich auf einen Fahrradständer und hörte zu, wie sie im Saal ihre Lieder sangen.

Was war bloß los mit ihr, sie hüpfte unterwegs, sie drehte sich plötzlich um sich selbst, verbeugte sich vergnügt vor mir und nahm für einen Augenblick meinen

Arm, den sie so fest an sich drückte, daß ich ihre Rippen spürte; dann ging sie mit gespieltem Ernst; dann tat sie, als ob sie mir Gehorsam schuldete; dann rief sie: Los, wer ist zuerst zu Hause, und rannte schon den Pappelweg entlang und ließ mir nichts anderes übrig, als hinterherzulaufen, bis zum gemauerten Brückchen zunächst und von dort über die Wiesen. Ich hätte sie einholen können, aber ich wollte es nicht, ich schloß nur knapp zu ihr auf und trieb und trieb sie, ihr Atem wurde immer schneller, ihr Keuchen heftiger, dort, wo lange ein Durchschlupf gewesen war, gab es keinen Durchschlupf mehr, weil sie die Pfähle gerichtet und den Stacheldraht neu gezogen hatten, sie stieg hinauf, der gespannte Draht knarrte und schwankte und schlug aus, und mitten in ihrem Sprung riß etwas, und sie fiel vornüber, fiel in den Graben. Kein Wasser, nur Modder; sie stand bis zu den Schenkeln in Modder, raffte mit einer Hand ihren Rock und hielt mir die andere Hand entgegen: Nu mach schon, und nachdem ich sie herausgezogen hatte aus der zähen, blubbernden Masse, herrschte sie mich an: Einen zu jagen, das kommt davon, wenn du einen so jagst, und sie befahl auch gleich: Los, reib das ab.

Sie blickte starr in Richtung Kollerhof und hielt ihren Rock hoch, und ich kniete vor ihr und wischte die Modderbatzen von ihren Beinen, zuerst mit den Fingern, dann mit Gras, und zuletzt, als da keine Klümpchen und Fäden mehr waren, wischte und rubbelte ich mit dem Tuch, das sie mir gab. Solange ich sie säuberte, sprachen wir kein einziges Wort, aus ihren Halbschuhen ließ sich der Modder nicht vollständig entfernen, und als ich sagte: Die Schuhe mußt du wohl waschen, sagte sie streng: Du wirst sie waschen, wer einen so jagt, der muß das tun. Aber dann haben wir uns doch wieder versöhnt; nachdem sie dem Chef und Dorothea erzählt hatte, was zu erzählen war, ist sie noch einmal in meine Kammer gekommen, hat sich vorgetastet bis zu meinem Kopfende, hat meine Hand verlangt und mir von ihrem Verdienst eine Mark geschenkt fürs Abholen und überhaupt. Es war ihr erstes selbstverdientes Geld, seit sie die Schule verlassen hatte.

In der Festung brennt nur unten Licht, sein Zimmer liegt im Dunkeln, vielleicht steht er am Fenster wie ich und sieht über seine Quartiere, in denen jetzt die Mäuse und die Nachtvögel unterwegs sind, gedeckt von leichtem Nebel, der von der Holle herantreibt. Vielleicht denkt er an mich, so wie ich an ihn denke. Morgen, ich hab das Gefühl, sie werden mich morgen schon auf die Festung bestellen, Max oder Joachim, dann werde ich auch von ihnen hören, was es auf sich hat mit dem Schenkungsvertrag, und ich werde wissen, was aus mir wird. Ein Drittel des Landes mit den dazugehörenden Einrichtungen: er kann das nicht gemeint haben, auch wenn er mich einmal seinen einzigen Freund genannt hat; sie werden sich bestimmt geirrt haben.

Heute muß ich rasiert sein. Wieder hab ich vergessen, ein paar Klingen zu kaufen, aber wenn ich die alte säubere, sie abziehe, dann wird es schon gehen, wenigstens werde ich mich nicht schneiden am unteren Rand der Narbe. Mit einer neuen Klinge hab ich mich manchmal schon so geschnitten, daß ein Dutzend Papierschnitzel, die ich auf die winzige Wunde draufklebte, durchgeblutet ist, und einmal hat Ewaldsen zu mir gesagt: Aus dir blutet es ja wie aus einem gestochenen Schwein, und er hat auch zwinkernd gefragt, ob er mir nicht Nachhilfe geben sollte beim Rasieren. Einen neuen Rasierspiegel, den werde ich mir vielleicht zum Geburtstag wünschen, obwohl der Sprung mich nicht stört, er läuft genau über den Mund, und ich hab mich schon so an ihn gewöhnt, daß er mir kaum noch auffällt. Mit dem gleichen Dachshaarpinsel schäumt sich auch der Chef ein, einen schöneren Pinsel gibt es bestimmt nicht, ich möchte nur wissen, ob die Haare vom lebenden oder vom toten Dachs sind.

Heute muß ich rasiert sein. Wenn ich mich aus dem Schaum angucke, dann sehe ich gleich, was gewiß kein anderer sieht: mein rechtes Auge ist kleiner als das linke, es ist nicht nur ein bißchen heruntergerutscht nach der Operation, es ist auch kleiner; das kommt vermutlich von der anderen Haut, die immer so straff ist, so blank. Auf der Narbe wächst nichts mehr, die ist nur glatt und blaurot und braucht nicht rasiert zu werden, aber auf dem erhöhten Rand kommen immer einzelne kräftige Haare, hart wie Borsten, die müssen weg. Leckauge, hat Joachim einmal gesagt, und er hat auch gesagt: Du Triefauge; es ist das rechte Auge, das immer leckt und Wasser abgibt, so mancher hat das schon für Tränen gehalten, aber geweint hab ich seit langem nicht mehr. Die Pickel auf der Stirn kommen nicht wieder, die Salbe hat sie weggefressen, Dorotheas gute Salbe, die ich am liebsten jeden Tag aufschmieren möchte, weil sie so kühlt. Dorothea meinte, wer eine so schöne, gewölbte Stirn hat wie ich, der muß etwas tun, damit sie rein bleibt. Meine Zähne, was die mich schon um meine Zähne beneidet haben, sogar der Chef wollte sie mir abkaufen, damals, als er immer Würfelzucker mit Rum tränkte und die Stücke auf seine schmerzenden Backenzähne legte.

Heute muß ich mich auch besser anziehen, nicht das karierte Hemd und die graue Hose, ich werde zur grauen Hose das helle Hemd tragen, dazu die Windjacke, auch wenn der Reißverschluß nicht mehr in Ordnung ist, ich werde die Windjacke offen lassen, so wie Joachim seine Windjacken offen trägt, und ich werde die Schwunghippe einstecken, mein Lieblingsmesser, das ich mir aus der ausgedienten Garnitur aussuchen durfte. Auch wenn es sich bei uns kaum lohnt, die Schuhe zu putzen, einmal könnte ich sie einreiben und ein bißchen wienern, die geschonten Stiefel, die auch dann keine weißen Kappen kriegen, wenn ich bei Regen im feuchten Land gewesen bin. Zum Friseur zu gehen, dazu ist es wohl zu spät, vielleicht kann ich mir die Zipfel selbst abschneiden, das, was über die Ohren gewachsen ist; Magda will mir nicht glauben, daß mein Haar einmal maisblond war, die denkt, es ist schon immer so stumpf und ohne richtige Farbe gewesen. Wie bloß das viele Licht ins Wasser kommt, sogar die braune Schüssel hellt sich auf, wenn ich den Krug da hineinkippe.

Hoffentlich wird es nicht Joachim allein sein, dem ich werde antworten müssen, hoffentlich werden auch Max und Dorothea mit mir sprechen, mit ihnen geht es leichter, da kommen die Gedanken wie von selbst, aber er, er braucht nur auf seine Art den Kopf zu schütteln und sich mit einem Blick umzusehn, als ob er nach Hilfe sucht, dann versteift sich schon alles in mir, und mein Herz hämmert bis zum Hals, und ich merke, wie etwas gekappt wird und sich schließt. Und wenn ich dann vielleicht sehe, wie er sich wieder einmal die Hände wäscht – man kann schon gar nicht zählen, wie oft er das am Tag tut, auch draußen in den Quartieren, in jeder Regentonne, unter jedem Wasserhahn –, dann habe ich für eine Weile überhaupt keine Wörter mehr.

Wenn einer will, daß ich von hier fort muß, dann ist es bestimmt Joachim, von Anfang an war er dagegen, daß der Chef mich neben sich haben wollte bei allem, was er tat, und daß er mich einweihte in seine Pläne und mir manches Geheimnis anvertraute. Und er ließ mich von Anfang an spüren, wieviel er mir hier zu sagen hat, er mit seinen lederbesetzten Hosen und den langen Schals und den weichen Reitstiefeln, die er so oft trug. Es nützte nichts, wenn ich ihm sagte, daß der Chef mir aufgetragen hatte, bis zum Abend die Saat abzudecken, er verlangte einfach von mir, daß ich zur Bahnhofsgaststätte nach Hollenhusen lief, um für ihn und die beiden hochgewachsenen Mädchen vom Erlenhof drei Flaschen Limonade zu holen; er verlangte es einfach. Und wenn er fror und seine Jacke brauchte, schickte er mich zum Kollerhof, ich mußte seine Briefe zur Post bringen, ich mußte zuhören, wenn er auf seiner Klarinette übte, Sträuße mußte ich für ihn pflücken und binden, seine Jacken abbürsten, und einmal, als er und sein Freund und die Mädchen vom Erlenhof im Großen Teich baden wollten, ließ er mich die Wolldecke und den Korb hinterhertragen und die Decke ausbreiten. Der Chef wäre bestimmt nicht damit einverstanden gewesen, doch ich sagte nichts, ich beschwerte mich nie bei ihm über das, was Joachim von mir verlangte.

Wie verblüfft er war, als ich an einem Abend nein sagte, wie fassungslos er mich ansah, als ich mich nicht rührte, nicht die Zügel seines Pferdes nahm, es nicht festband an der Buche, wie er es wollte. Sie waren auf mich zugaloppiert, er und die beiden Mädchen, und zuerst dachte ich, sie wollten über die geschichtete Mauer setzen, mich nur ein wenig erschrecken und dann darüber wegspringen, was sie schon manchmal gemacht hatten; aber kurz vor der Mauer hielten sie und stiegen ab, und Joachim streckte mir die Zügel hin und sagte: Bind es fest, Bruno. Ich sah in das aufgerissene Auge des Pferdes und weigerte mich, unwillkürlich trat ich etwas zurück, in die Sicherheit der Mauer, um mich, wenn es sein sollte, in den toten Winkel zu werfen und mich an die Erde zu schmiegen. Du sollst es festbinden, sagte Joachim drohend, und weil ich abermals zurückwich, kam er mir nach, langsam, entschlossen, bis die Mauer mich nicht weiterließ und ich mich mit beiden Händen nach hinten abstützte. Die Mädchen sahen gespannt zu, sie hielten ihre Pferde an den Zügeln und schwiegen. Zum letzten Mal, sagte Joachim, bind es fest, und als ich nur den Kopf schüttelte, holte er zu einem Schlag aus, nicht einmal schnell, sondern ruhig und berechnet, er holte aus und besann sich und ließ die Hand plötzlich sinken, fast schon im Schlag. Dann sagte er: Wir sprechen uns noch, und nach einer Aufforderung an die Mädchen saßen sie auf und ritten zu den Wiesen hinunter.

Nicht mir allein, auch den andern glaubte er Anweisungen geben zu dürfen, selbst Ewaldsen wollte er einmal beibringen, wie oft er die Koniferen in unseren Kulturkästen wässern sollte. Ich weiß nicht, warum Dorothea ihn immer in Schutz nahm und für jede Kleinigkeit ausdauernd lobte, er brauchte nur mal den Flur auf dem Kollerhof ausgefegt zu haben, dann wurde er schon einen ganzen Abend lang gelobt, und wenn er es fertigbrachte, etwas aus Hollenhusen mitzubringen, dann fragte Dorothea gleich besorgt, ob es nicht für ihn zu schwer gewesen sei, die Brote, die Nägel, die Batterien zu tragen. Das Gösselchen, unser Gösselchen, das bereits zu leiden begann, wenn da ein Fleck auf seinem Hemd war oder auf seiner Hose – so rein mußte alles sein, so adrett. Wenn wir uns mal verspätet hätten, der

Chef oder ich, dann hätte Dorothea bestimmt einschlafen können; nicht bei Joachim: bevor sie sich hinlegte, mußte er vom Erlenhof zurück sein, auch wenn es noch so spät wurde. An der Holle, in einem Sommer, sie hatten sich untergehakt und gingen an der Holle entlang; hin und wieder warfen sie etwas hinein und sahen zu, wie es wegtrieb, dann gingen sie Arm in Arm weiter, gerade so, als wären sie verheiratet.

Woher er den Revolver hatte, das hab ich nie erfahren, und ich wußte auch nicht, wo er ihn aufbewahrte; er zeigte ihn mir am Großen Teich, einen kleinen Revolver, er gab ihn mir und forderte mich auf, einmal zu schießen, doch ich schaffte es nicht – obwohl die Kammern gefüllt waren, löste sich kein Schuß. Darauf machte er es mir vor, er schoß auf ein Teichrosenblatt und auf ein schwimmendes Stück Holz, und er traf beide Male; dann hat er mir den Revolver noch einmal gegeben, ich hab zu früh abgedrückt, die Kugel fuhr in die Erde, und Joachim hat den Kopf geschüttelt und gesagt: Gib ihn bloß wieder her! Bevor er ihn einsteckte, hat er ihn sorgfältig geputzt.

Unangenehm wurde es immer, wenn er mit seinen Listen ankam, auch andere machten sich auf was gefaßt, sobald er den Pappdeckel öffnete und zu fragen und zu vergleichen begann, was in seinen Listen eingetragen war, oder wenn er etwas haargenau wissen wollte, das er ausdruckslos in seine Listen hineinschrieb. Der Chef hatte das nie gemacht, und gewiß war auch er es nicht, der Joachim empfohlen hatte, alles aufzuschreiben, Zahlen und Stunden und verbliebene Bestände. Der Chef hatte aber auch nichts dagegen, daß Joachim herumging mit seinen alleswissenden Listen, bei deren Anblick man schon ein schlechtes Gewissen bekam; er hatte ihn schließlich lange genug neben sich sitzen lassen, an diesem dunklen Kartentisch, den er sich eigens aus Schleswig hatte kommen lassen und der bald auch nicht mehr ausreichte, um alle Bücher, Ordner und Papiere zu tragen. Zu der Zeit, als der Chef noch das meiste allein machte, da waren Bestellbogen an die Wand gepinnt, Rechnungen waren bündelweise aufgespießt, rund um den Tisch lagen geklammerte oder mit sauberen Steinen beschwerte Geschäftspapiere auf dem Fußboden; an einer gespannten Schnur, an einem hängenden Metallring brachten sich ihm beschriebene Bogen in Erinnerung; wie er da noch durchfand, das wußte nur er allein.

Von dem Tag an, an dem er Joachim neben sich sitzen ließ, änderte sich das allmählich, die Schnur und der Spieß und der Metallring verschwanden, der Fußboden konnte überall betreten werden, denn Joachim sorgte dafür, daß neben dem Tisch ein Regal aufgestellt wurde und ein offener Aktenschrank; was verstreut war und herumflatterte, fand seinen festen Platz, der nicht nur beschildert, sondern auch gegen Zugluft geschützt war. Ich wunderte mich, wie wenig Mühe der Chef aufbringen mußte, um Joachim einzuweihen, oft schob er ihm die Papiere nur still zu, oder er machte einen Kringel um eine Zahl, oder er sagte nur: Was meinst du dazu, und es dauerte nicht lange, da konnte Joachim sich schon so dazu äußern, daß der Chef zufrieden war. Er vertraute Joachim und überließ ihm immer mehr, manchmal staunte er darüber, was der alles von sich aus gemacht hatte, und einmal kam ich dazu, wie sie eine Flasche Wein zusammen tranken, das war, nachdem sie sich abgesprochen und geeinigt hatten über einen Vertrag, der noch vor ihnen auf dem Tisch lag.

Beim Abendbrot sagte der Chef zu Dorothea: Damit du's nur weißt, Dotti, neben dir sitzt mein kleiner Partner; paß nur auf, der Junge ist mit allen Wassern gewaschen. Das hat er gesagt, und dann durfte ich einen Schluck Wein probieren.

Als der Schuß fiel in der Ferne, da ahnte ich gleich, daß ein Unglück geschehen war, ein trockner Knall an einem Sonntagnachmittag, der bei uns in der Senke so schwach ankam, daß der Chef den Kopf hob und fragte: War das nicht ein Schuß? Aber er maß ihm keine Bedeutung bei, er zuckte die Achseln und fuhr fort, die Keimwilligkeit der Samen zu bestimmen, während ich auf meinem Hocker saß und ihm zusah, wie so oft in unserm Schuppen in der Senke.

Joachim, und plötzlich taumelte Joachim herein, sein Atem ging so schwer, daß er kaum sprechen konnte, sein Gesicht war schweißbedeckt vom schnellen Lauf, und seine Hände hörten nicht auf zu zittern; auch als er sich auf die Platte des Arbeitstisches stützte, zitterten sie noch. Der Chef ließ alles fallen und zog Joachim zu sich heran und wollte immer nur hören, was geschehen war, doch Joachim hatte kaum Wörter, er konnte nur sagen: Kommt, schnell, oder: An der Steinmauer, schnell; mehr schaffte er nicht, und als wir losrannten, der Chef und ich, taumelte er nur hinter uns her, einmal fiel er auch hin – ich sah es, als ich mich nach ihm umdrehte.

Wir liefen auf die drei Pferde zu – eines stand ruhig an der Steinmauer, zwei rupften sich Blätter von meinem Holunder –, und je näher wir kamen, desto mehr hielt ich mich zurück. Und dann sah ich sie: eins der Mädchen lag auf der Erde, das andere kniete neben ihm und sprach auf es ein, es weinte und war ganz verschmiert im Gesicht, und als es den Chef erkannte, weinte es noch heftiger, wurde aber auf einmal von Husten geschüttelt und wimmerte nur noch. Der Chef stieg gleich über die Mauer hinüber, beugte sich über das wie tot liegende Mädchen, er fragte es, ob es ihn verstehe, doch das Mädchen bewegte nicht die Lippen, seine Augen waren geöffnet, sein Blick folgte sogar den Bewegungen seiner kreisenden Hand, aber sprechen, das konnte es wohl nicht. Ich blieb diesseits der Mauer und behielt die Pferde im Auge, die gesattelt waren, die sich gleichgültig bewegten und von meinem Holunder rupften. Plötzlich fragte der Chef: Ist sie hier gestürzt?, worauf das kniende Mädchen mit Verzögerung nickte, es stand auf und deutete den Weg an, den sie von den Wiesen bis zur Mauer geritten waren, und dann sagte sie sehr leise: Hier, und wollte wissen, ob der Arzt schon unterwegs sei. Hat das Pferd gescheut, fragte der Chef. Das Mädchen kniete sich nieder, ohne zu antworten, es sammelte behutsam einige lange Haare aus dem Gesicht seiner Freundin und flüsterte: Maike, hörst du mich, Maike; erst nachdem der Chef seine Frage wiederholt hatte, sagte es: Der Schuß, beim Schuß ging es durch, und hier wurde Maike abgeworfen.

Daß kein anderer als ich Doktor Ottlinger holen würde, das wußte ich im voraus, ich wartete nur, bis der Chef mir den Auftrag gab, und als er mich losschickte, war Joachim immer noch nicht bei uns, aber ich sah ihn schon und lief auf ihn zu und rief im Vorbeilaufen, daß Doktor Ottlinger gleich kommen würde. Die Böschung hinunter zu den Schienen stürzte ich, rannte ich, und dann auf dem harten, erlaufenen Pfad neben den Gleisen bis zur Schranke, nicht die Hollenhusener Hauptstraße, sondern am vergessenen Sportplatz vorbei und weiter zu dem dichten Tannenspalier, mit dem Doktor Ottlinger sein großes Rotziegelhaus umgeben hatte, schnell über den Rasen und geläutet und geläutet, bis eine Frau kam und sagte: Er ist nicht da, mein Mann macht Besuche. Also zuerst Sibbersen, da war er schon weg, dann weiter zu Knull, von denen er zu Wiermanns fahren wollte, hier hätte ich ihn fast erwischt, aber vor Tordsens Kolonialladen stand sein altes, geräumiges Auto. Endlich hatte ich ihn, ich stellte mich vor sein Auto, bis er kam, ein alter Mann mit lichtem Haar, freundlich, doch mit zugenähten Lippen. Beim Zuhören neigte er immer den Kopf, als ob er alles bezweifelte. Ein knapper Wink, und ich durfte neben ihm sitzen.

Nichts, er gab dem Mädchen nichts ein, er untersuchte es schweigend und blickte nicht einmal auf, als Joachim erzählte, unbedingt erzählen mußte, wie es geschehen war. Joachim konnte sich den Sturz gar nicht erklären, da sie im Trab geritten waren von den Wiesen herauf, die beiden Mädchen voran und er hinterdrein, nur im Trab, durch ein Gelände, das auch den Pferden vertraut war, in dem sie sich im Schlaf zurechtfanden, die niedrige Mauer hatten sie oft genommen, spielend, frommer als Maikes Pferd war kein anderes Pferd weit und breit, für Joachim gab es da einfach keine Erklärung. Doktor Ottlinger schwieg zu allem, er sagte auch nichts, als Joachim ihn fragte: Sie kommt doch in Ordnung, nicht, Maike schafft's doch wieder? Der Doktor strich dem Mädchen über die Wange und gab dem Chef ein Zeichen, und beide gingen zum Auto und machten sich an den Sitzen zu schaffen, sie verstellten sie, und dann hoben sie gemeinsam, der Chef und der Doktor, das Mädchen hoch und betteten es so in das alte geräumige Auto, daß es fast ausgestreckt lag.

Wie geduldig es alles mit sich machen ließ, es sprach nicht, es stöhnte nicht, man konnte ihm den Sturz nicht ansehen, nur im Mundwinkel war ein bißchen Blut, und eine Wange war aufgerauht und unrein, als ob Sandkörner sich dort eingedrückt hätten. Das andere Mädchen fragte, ob es mitfahren dürfe, nein, es fragte nicht, es bettelte: Bitte, bitte, ich muß mitfahren, und Doktor Ottlinger nickte und gab dem Chef die Hand und fuhr los, langsam, rumpelnd übers Land bis zu einer Arbeitsgasse und dann in Richtung Hauptweg.

Joachim bibberte, nie hab ich ihn so bibbern sehen, er blickte immerfort den Chef an, der auch noch unbeweglich dastand, nachdem das Auto verschwunden war. Der Chef sagte nicht viel, er wollte nur wissen, womit Joachim geschossen hatte, und Joachim sagte darauf: Nur ein einziger Schuß in die Luft, mit einem Revolver; abliefern, wie der Chef es gleich wollte, konnte er den Revolver nicht, weil er ihn schon fortgeworfen hatte. Such ihn, sagte der Chef, such ihn und bring ihn mir, und das war schon alles; er wandte sich ab und ging zur Senke hinunter, und ich folgte ihm, wagte es aber nicht, ihn einzuholen.

Das Schweigen auf dem Kollerhof. Die blickweise Verständigung zwischen Dorothea und dem Chef. Joachims Schritte, wenn er hin- und herging in seiner Kammer. Das Getuschel, nachdem der Chef zurück war vom Erlenhof, das Achselzucken. Niedriger kam mir die Decke nie vor, es war, als ob alles zusammengepreßt wurde in dem Haus, die Luft und die Stimmung und wir selbst. Einmal, als Joachim seinen unangerührten Teller in die Küche bringen wollte, prallten wir zusammen, ein wenig von seiner Milchsuppe schwappte über, befleckte nicht seine Hose, sondern platschte auf den Fußboden, da sah er mich verbittert an und sagte: Doofkopp, verdammt.

Ina wußte es als erste, von ihr erfuhren wir, daß Maike in Schleswig lag und daß sie nicht gehen konnte und vermutlich nie mehr würde gehen können. Der Sturz hatte etwas kaputtgemacht in ihr, ich weiß nicht, was, die Wirbelsäule oder den Kopf. Wie betäubt saß Joachim, als Ina das erzählte, er stierte vor sich hin, während Dorothea und der Chef sich mit ihren Blicken suchten; er saß eine ganze Weile so da, und auf einmal stand er auf und ging nach draußen, ohne daß einer ihn anrief oder fragte, was er vorhatte. Sie ließen ihn gehen, sie erwähnten ihn während eines ganzen Tages nicht, sorgten sich anscheinend nicht um ihn, doch spät in der Dunkelheit, da fing Dorothea an, in der Küche zu arbeiten, sie wärmte da wohl etwas, stieß das ewig klemmende Fenster auf und schloß es wieder, ging herum und klapperte und kratzte – ich hörte es von meinem Lager. Es war wohl spät in der Nacht, als Joachim zurückkam, ich war eingeschlafen und hochgeschreckt und wieder eingeschlafen, aber weil ich mir vorgenommen hatte, bei seiner Rückkehr wach zu sein, wurde ich auch wach, seine Stimme kam zu mir in den Schlaf, seine kleinlaute Stimme, die Dorothea nur soviel zu berichten hatte, daß er abgewiesen worden war, in Schleswig, im Krankenhaus, ohne weitere Erklärung abgewiesen, alles Reden und Ausharren hatten nichts geholfen, er durfte das Krankenzimmer nicht betreten, und nun war er hier und wußte einfach nicht, was er tun sollte. Was soll ich nur tun, sagte er mehrmals, und wenn einer wie Joachim so etwas sagte, dann hatte es schon viel zu bedeuten.

Dorothea, die wußte bald, was zu tun blieb; sie brauchte nur lange genug mit sich zu Rate zu gehen, dann fiel ihr noch jedesmal ein, wie einem geholfen werden konnte, ganz gleich, ob ich es war oder Ina oder mitunter sogar der

Chef, sie verfiel schon auf etwas, und eines Morgens machte sie uns mit ihrem Plan bekannt, südwärts zu fahren, dahin, wo es Heide und Wälder gab, für gut zwei Wochen wollte sie zum ersten Mal verreisen, zusammen mit Joachim, ins Land der Schafe. Sie sagte: Wir haben es wohl beide nötig; und sie sagte auch: Wenn wir weg sind, dann werdet ihr erst merken, was ihr an uns habt. Joachim freute sich nicht auf die Reise, er sah nur wortlos zu, wie Dorothea alles für ihn einpackte, und als ich ihr Gepäck zum Bahnhof brachte und dem davonfahrenden Zug nachwinkte, da hat nur Dorothea zurückgewinkt, Joachim nicht.

Gleich hört das Brennen auf, meine Haut ist straffer als die Haut von Joachim, rauher und straffer, das künstliche Augenlid ist ein wenig blasser als das andere, aber einen großen Unterschied zwischen den Augenlidern gibt es nicht. Heute wird Ewaldsen mich nicht zur Arbeit einteilen; wenn er mich sieht in den guten Sachen und rasiert, dann wird er bestimmt wissen wollen, was ich vorhabe oder wen ich erwarte, vermutlich wird er fragen, was er schon ein paarmal gefragt hat: Na, Bruno, bei wem willst du heute Eindruck schinden; doch aus mir wird er nichts herausbekommen, nein. Gewiß sind sie alle schon bei der Arbeit. Vielleicht sollte ich die Uhr reparieren lassen, jedem fällt sie sofort auf, jeder beneidet mich und möchte das schöne Marmorgehäuse in die Hand nehmen, dabei hat kaum einer bemerkt, daß meine Uhr nur einen einzigen Zeiger hat, nur den kleinen, den großen hab ich selbst abgebrochen, er war fast so scharf wie ein Messer, die dünne Wunde blutete stark und wollte und wollte nicht heilen.

Besehen, ich muß es mir jetzt einfach besehen, unser Land, das nach Norden liegt und von dem es heißt, daß der Chef es mir zugedacht hat in seinem Schenkungsvertrag; obwohl ich nur die Augen zuzumachen brauche, um gleich alles vor mir zu haben, möchte ich es in Ruhe abgehen, von der Senke aus zum Brunnen, zum Findling, zur Windschutzhecke und dann zur Mauer hinüber und weiter an Lauritzens Wiesen entlang und wieder zur Senke zurück. Wer mich sucht, wird mich schon finden, hat mich jedesmal gefunden. Am liebsten möchte ich, daß Johanni wäre, und daß ich mir einen wilden Brombeerzweig an die Mütze stecken könnte, denn wer zu Johanni einen wilden Brombeerzweig an der Mütze trägt, der ist unsichtbar, das hat der Chef mir versichert, er hat es selbst ausprobiert, dort, wo er herkommt, in den Quartieren des Sonnenaufgangs: unsichtbar hat er zugehört, was sie im Haus sprachen, hat auf dem Brückengeländer gesessen und am Zaun gelehnt, unsichtbar, und seine Leute gingen an ihm vorbei und betrugen sich, als wären sie allein. So möchte ich auch jetzt durch die Quartiere gehen, unbemerkt, still für mich, ohne daß sie mir von überall zurufen und auf mich zeigen und mir nachgucken.

Wenn es zutrifft, was gesagt wird, dann will der Chef, daß mir der größte Teil der Nadelholz-Quartiere zufällt, die Fichten, die Lärchen, die Schmucktannen und die Blautannen, meine Blautannen, und was sich dort im Sand bescheidet; der Wacholder soll mir auch gehören – seine Beeren könnte ich unentwegt kauen, seine an luftigem Ort getrockneten Beeren. Dort seine Kiefer, die schöne Parkkiefer, die nach fünfzig Jahren eine weißbunte Rinde bekommt, hat mir der Chef wohl kaum zugedacht, aber wenn es wahr ist, was gesagt wird, dann soll ich die dreijährigen Taxussämlinge bekommen, die so empfindlich sind gegen Sonnenbrand.

Nein, es kann nicht sein, sie irren sich, sie wollen mich wohl auf die Probe stellen oder irgendein Spiel treiben mit mir, aber warum, warum, der Chef hat mich nie gefragt, ob ich mir zutraue, das Land zu übernehmen, er, der hier allein zu bestimmen hat, weiß ganz genau, daß ich es nicht schaffe, nicht mit allem fertig werden kann wie er, der die Dinge auf den ersten Blick erkennt und im Vorbeigehen und mitten im Gespräch die Pflanzen ausreißt, die wegmüssen. Einmal hat er zu mir gesagt: das Wichtigste,

Bruno, das sieht man nicht bei uns, das muß man fühlen. Da er alles über mich weiß und mich kennt wie kein andrer, wird er mir bestimmt nicht übertragen, womit ich nicht fertig werde. Aber wenn es wahr ist, dann sollen mir eines Tages auch die Quartiere mit einigen Obstgehölzen gehören, die Buschbäume, die Schnurbäume für Äpfel und drüben die Süßkirschen, für die der Chef einen schwachen Wuchs haben will, eine schwach wachsende Unterlage, weil die großen Baumformen die Ernte erschweren.

Hier, bei den Schattenmorellen, haben wir damals die Erdproben genommen, ich hör noch die Hammerschläge, mit denen er das Eisenrohr in den Boden trieb, das einfache Rohr, das uns einen Erdbohrstock ersetzte, und ich spür noch die Proben zwischen den Fingern, klebrig, körnig und stumpf. Dort war der Übungsbunker mit der geschwärzten Schießscharte, bei scharfem Ostwind und Regen kauerten wir in seiner Deckung, wir gingen nicht in den Bunker hinein, weil er voll war von vertrockneten Grumpeln, wir blieben draußen und sahen auf das vernarbte Soldatenland und hatten unsere Gedanken. Frisch ist der Boden, nahrhaft, humoser Sand und milder Lehm, wo er Kalk braucht, da bekommt er ihn. In den Quartieren ist nichts zu verändern, nichts zu verbessern, ich würde alles so lassen, wie der Chef es angelegt hat, auch die hochstämmigen Linden, die wohl bald als Alleebäume weggehn, würde ich dort belassen.

Das ist Mirko, ja, ja, ich seh dich, er bringt Simazin aus, gegen das Unkraut, gegen die Lichtkeimer des Unkrauts; obwohl der Chef seine Freunde hat unter den Unkräutern, müssen wir das Land von ihnen freihalten, weil sie die härtesten Konkurrenten der Kulturpflanzen sind, da ist eine ewige Konkurrenz um Wasser und Nährstoffe, und bei den Jungpflanzen auch um Licht. Nein, ich geh nicht hinüber zu ihm, ich kümmere mich nicht um ihn und sein Gerät, er könnte sonst vielleicht annehmen, daß ich ihn überprüfen will, ob die Mischung richtig ist, ob er an die Verträglichkeit gedacht hat und daran, daß jede Bodenart ihre eigene Behandlung verlangt. Ich kann mir nicht vorstellen, daß er weiß, was ich weiß, daß Magda mit ihren Neuigkeiten zuerst zu ihm geht, ich kann es mir nicht denken. Daß er immer so heiter ist, so wichtigtuerisch; welche Arbeit man ihm auch zuteilt, er führt sie so aus, als hinge von ihr alles ab, unsere ganze Existenz, mit der kleinsten Arbeit möchte er auf sich aufmerksam machen.

Verstehen könnten wir uns schon, die Quartiere und ich, manchmal sprech ich bereits mit ihnen, wie der Chef es tut, manchmal lob ich sie mit seinen Worten, die Eiben mehr als die Lärchen, weil sie sich gegen Vögel und Mäuse behaupten müssen, doch mehr als alle anderen lob ich die Blautanne, wenn sie im Beet eingesenkt und gestäbt ist. Sie erkennen mich wieder, die Blautannen, ich spür es, sie bewegen sich nicht, recken sich nicht bei meinem Schritt, dennoch erkennen sie mich wieder, bieten mir die grünen weichen Pfoten an, die ich nicht lange genug halten und behutsam reiben kann. Vielleicht, wenn ich das Sagen hätte, würde ich die Quartiere mit Blautannen vermehren, auf die Linden könnte ich verzichten, auch auf die Schattenmorellen, um an ihrer Stelle Blautannen zu pflanzen; sonst braucht nichts verändert zu werden. Es gibt keine Löcher mehr, der Chef hat recht behalten. Ich brauche keine Angst mehr zu haben wie in dem letzten verregneten Sommer, als sich alleweil tiefe Löcher vor mir auftaten, dunkle Löcher, nicht nur hier auf dem Land, sondern auch auf dem Pappelweg und sogar in Hollenhusen, ich mußte bei jedem Schritt aufpassen, daß da nicht plötzlich ein Loch war und ich hineinfiel, zuletzt habe ich mich nur noch vorwärtsgetastet, aber der Chef hat dafür gesorgt, daß es keine Löcher mehr gibt und daß ich wieder sicher gehen kann.

Sie grüßen mich, beide nehmen ihre Mütze ab, das sind Elefs Leute, die unsere Windschutzhecke trimmen, die grüne Wand, vielleicht hätte Ewaldsen mich heute ihnen zugeteilt, damit ich ihnen beibringe, worauf es ankommt;

aber ich sehe schon, daß sie hart rangehen an die Basistriebe und daß sie die Seitentriebe so zurückschneiden, daß alles schräg zuläuft. Das Unordentliche muß weg, das Sperrige, denn die Leittriebe müssen Platz finden; seid bloß nicht zimperlich: nichts regt das Wachstum so an wie ein guter Schnitt. Ihr werdet euch wundern, wie Heckenpflanzen sich erziehen lassen, wenn man sie nur früh genug in Form bringt.

Auf den Findling, ich muß auf den Findling steigen, von ihm aus kann ich fast alles überblicken. Wie pulvrig die grauen Flechten sich auflösen, sie zergehen zu Pulver und sind dennoch nicht tot; wenn es sein muß, sagte der Chef einmal, kann die Flechte es mit jedem Stein aufnehmen, die klammert und dauert auf ihre Art. Wie das Licht schmerzt! Flimmrig liegt es über unserm Meer von Bäumen. Das also, das und auch alles bis zum Bahndamm und bis zur Steinmauer, die ich geschichtet hab: es ist das Stück, von dem wir leben, es ist seine Freude, sein Stolz, dieses Land, das er mir zugedacht haben soll. Wer das besitzt, der muß auffallen, von dem wird noch und noch gesprochen, über seine Herkunft und Fähigkeiten, und erwartet, es wird viel erwartet von ihm, Ratschläge und Anweisungen, er muß seine Überlegenheit beweisen, mißlingen darf ihm nicht viel. Zeigt er sich, dann heißt es: Da kommt er, da geht er, man bückt sich und weicht seinem Blick aus, legt ein bißchen zu, wenn er danebensteht, und wenn er mal nachfragt, ist alles in bester Ordnung. Trauer kann er sich nicht leisten. Allein sein darf er nicht nach Wunsch. Übersieht er etwas aus Müdigkeit, muß er für alle Folgen aufkommen. Stellt er einen Anspruch, dann wird der ihm gleich bestritten aus mehrfachen Gründen.

Ich beanspruche nichts, ich kann nicht übernehmen, was mir nicht zukommt, schon der Gedanke macht mich schwindlig, daß dies alles eingeschrieben wird auf meinen Namen, diese dankbaren Quartiere, die nach seinem Willen geplant sind. Wer allzu lange ins Licht sieht, der wird blind, sagt einer – aber wer nur? Vielleicht war es Simon, der alte Soldat in dem niederziehenden Mantel. Sie heben sich, die Spaliere; wie von einer sanften Dünung bewegt, beginnen sie zu schwanken, werden hochgetragen, gleiten in ein Tal hinab, nicht anders, als ob unsichtbare Wellen da hindurchliefen und alles erfassen mit ihrer gleichmütigen Kraft, das schlingert und torkelt, reckt sich und sucht einen Grund, und ich höre plötzlich einen Wind, hoch über den Gehölzen, einen feinen Wind wie eine Singstimme. Dieser Druck. Diese Übelkeit. Dieses Dröhnen auf einmal. Ich muß runter vom Findling, auf die Erde, liegen, mich ausstrecken und liegen und mit dem Kopf an den Boden schlagen, gut, wie das dröhnt, zurückdröhnt, diese flekkige Dunkelheit, die Ringe, eine kleine Handvoll Erde in den Mund, warme Erde, körnig und süß, nur nicht essen, nur ganz ruhig atmen. Sie sind da, sie sind es doch: ihr Gehüpfe, ihr fröhliches Geschrei, beide haben weiße Kniestrümpfe an, sie umtanzen mich auf ihren dünnen Beinen, gewiß haben sie mich beobachtet, verfolgt, meine Quälgeister in Matrosenanzügen. Ich werde mich aufsetzen, ich werde so tun, als ob ich müde war und ein bißchen geträumt habe, mein Lächeln macht schon, daß sie sich näher heranwagen; kommt, setzt euch, sage ich, setzt euch zu mir, und ihr werdet etwas erleben. Da, probiert mal, sage ich, wer ein richtiger Mann werden will, der muß auch einmal Erde gegessen haben, nur ein Häufchen, ein Klümpchen, da, nehmt nur, ich hab's auch gerade probiert, man kann danach gleich in siebenfacher Schärfe sehen, wie ein Bussard. Sie trauen mir nicht, zuerst wollen sie, daß ich etwas Erde runterschlucke, also paßt auf – habt ihr's nun gesehen? Sie beäugen, beriechen die Erde, nein, sie glauben mir nicht und werfen die Proben hintereinander hoch in die Luft. Jetzt kann ich wieder aufstehen, ich werde ihnen den Rücken kehren, mal sehen, was sie sich diesmal ausgedacht haben für mich, ich werde ganz langsam gehen, zu mir.

Was sagt er, was sagen sie? Als ob sie sich abgesprochen

hätten, so ergänzen sie sich: Heute abend, ich soll heute abend in die Festung kommen. Man hat sie ausgeschickt, sie sollen mich suchen, Onkel Joachim hat sie also beauftragt, mir die Nachricht zu überbringen, und das ist schon alles. Sie riskieren nichts, obwohl ich ihnen den Rücken zukehre und davongehe, vielleicht wagen sie es deshalb nicht, weil ich in die Festung muß heute abend, wo sich bestimmt alles entscheiden wird. Ich drehe mich nicht mehr um, und wenn ihr noch so darauf wartet: zu euch drehe ich mich nicht mehr um.

Auch wenn es siebenmal klopft: ich öffne keinem, Magda nicht und Ewaldsen nicht; dem Chef, dem würde ich öffnen, aber er wird nicht kommen, er wird wohl für sich sitzen und über alles nachdenken, vielleicht bereitet er sich auf den Abend vor, liest noch einmal die Papiere und Dokumente und ordnet sie. Wenn es erst Abend wäre und ich wüßte, was aus mir wird, ob es zutrifft, was sie erzählen, oder ob ich nicht doch fortgehen muß, einfach verabschiedet werde wie Lisbeth, mit Erinnerungsphoto und etwas Geld im Umschlag. Wenn ich fort muß, werde ich zuerst mein Geld ausgraben, keiner weiß, daß es beim Wacholder liegt. Ich werde die graue Decke mitnehmen und die Uhr und die Gummistiefel und die Trillerpfeifen, in dem Koffer und den beiden Pappkartons kann ich viel wegtragen, nur die Truhe und die Kommode und das Gestell mit dem Vorhang, die muß ich wohl zurücklassen oder verschenken. Es wird ganz schön leer sein bei mir, wenn ich fort bin.

Längst hätte ich mal nachsehen sollen, ob mein Geld noch beim Wacholder liegt, ich hab es immer im Dunkeln vergraben, hab gewartet und gesichert und die Stelle umkreist, leiser kann sich keine Katze bewegen, doch manchmal gibt es einen, der unsichtbar mitschleicht, der sieht, was er sehen will, und der dann, wenn er endlich allein ist, das Vergrabene aus der Erde holt.

Einmal ist mir einer nachgeschlichen, damals, als ich mein Geld neben dem Bootsskelett vergrub, er hat mich heimlich verfolgt und beobachtet, und nachdem ich weggegangen war, hat er sich genommen, was ihm nicht gehörte.

Auch wenn ich immer noch keinen Beweis hab, ich weiß genau, wer es war; der Regen hat damals zwar die Spuren verwischt, dennoch stand es von Anfang an für mich fest, daß nur er es gewesen sein konnte, er, der immer schlecht zu Bruno war und der mich nur deshalb seinen Freund nannte, weil ich ihm in seinem Unglück half.

Er hat behauptet, daß der Wind ihn umwarf, eine plötzliche Fallböe, aber ich hab gesehen, daß er mit dem dreirädrigen Lieferauto zu forsch auf den Ziegelweg einbog – dort, wo der Frost die Steine hochgedrückt hatte –, er hat das Steuer bestimmt zu scharf herumgerissen, und das kleine Auto kippte auf die Seite, und die Persenning riß sich los und flatterte und schlappte wie ein Segel. Heiner Walendy sollte das Auto seines Stiefvaters nach Hause fahren, vom »Kiek in«, dem ältesten Krug in Hollenhusen, zu dem Neubau, in dem sie wohnten; er hatte bei seinem Stiefvater so lange darum gebettelt, bis der ja sagte und ihm die Schlüssel gab, obwohl Heiner Walendy keinen Führerschein hatte. Da lag er, lag auf der Seite am Rand eines Rapsfeldes, und ich rannte gleich los, doch noch bevor ich bei ihm war, konnte er die Tür öffnen und sich hinauszwängen; er war so erschrocken, daß er für eine Weile gar nichts sagen konnte. Ihm war nichts geschehen, und dem Auto war auch nicht viel geschehen, aber die Ladung, die war ins Feld geflogen, auf die schwarze, aufgeweichte Erde: flache Holzkisten und Aluminiumschüsseln und Emailleschalen lagen da herum, Eisgrus schimmerte bläulich, vor allem aber die Fische: um das gestürzte Dreirad herum war die Erde besät von verdreckten, verschmierten Fischen, die Heiner Walendys Stiefvater – den alle bei uns nur Fisch-Otto nannten, weil er zweimal in der Woche die Hollenhusener und die abgelegenen Gehöfte belieferte – nicht losgeworden war.

Schleiheringe sah ich, weißgraue Dorschfilets, Makrelen und Butt und ein paar Aale, aber auch Geräuchertes, Bücklinge und Sprotten und sanft gedrehte Schillerlocken, alles backte fest auf dem nassen Feld, nur einige Flachfische, die versuchten sich in befreiender Krümmung und klappten die Kiemen ab, und die paar Blankaale suchten schlängelnd die Tiefe des Rapsfeldes. Während Heiner Walendy nur blaß und steif dastand, sprang ich gleich ins Feld, um den Aalen den Weg zu verlegen, ich setzte ihnen einfach meine Schuhe entgegen und zwang sie zur Umkehr, und später schnappte ich sie, die schon ziemlich schlapp waren, wischte sie mit einem Lappen sauber und legte sie in eine Holzkiste. Mus, sagte Heiner Walendy, wenn er das sieht, schlägt er mich zu Mus, und damit gab er zu, wieviel Angst er hatte vor seinem Stiefvater. Eine Weile sah er nur zu, wie ich die Fische einsammelte, reinigte und auf Schüsseln und Schalen verteilte; den Makrelen und Schleiheringen konnte man nicht mehr anmerken, daß sie auf dem nassen Feld gelegen hatten, auch den Sprotten und Bücklingen nicht, die sich leicht abwischen ließen, doch die Dorschfilets nahmen den Dreck in sich auf, und in den Kiemen und Mäulern der Fische hielten sich beharrlich Erdkrümel.

Endlich wachte er auf, griff sich ohne ein Wort einen Lappen und sprang umher wie gestochen, klaubte hastig verstreute Fische zusammen, wischte sie nicht nur, sondern blies sie auch sauber, und einige Schillerlocken leckte er sogar rein, ehe er sie in eine Kiste legte. Die Eisstückchen schmolzen beim Zusehen, wir konnten nicht alle auflesen, was sich brauchen ließ, das warfen wir auf die Filets. Wir hatten die Fische bereits eingesammelt, da entdeckte ich zum Glück das kleine Messinggewicht, und als wir daraufhin den Gewichtsständer prüften, zeigte es sich, daß alle Gewichte beim Sturz herausgefallen waren – nun ging ein Suchen los, aber so gewissenhaft wir auch alles inspizierten, zwei Gewichte konnten wir nicht finden, zwei von fünfen nicht. Heiner Walendy war sehr bedrückt, er jammerte ein bißchen, er fluchte und jammerte, vielleicht dachte er an das, was ihn zu Hause erwartete. Als ich ihm vorschlug, zwei neue Gewichte zu kaufen, da sagte er, daß er überhaupt kein Geld hätte, und nicht nur dies: er hatte vorerst auch keine Aussicht, welches zu besitzen, da er alles, was er sich hier und da verdiente, gleich an seinen Stiefvater abliefern mußte, der ihn mit Vorliebe zu Geldstrafen verurteilte, Schläge allein waren ihm nicht genug. Plötzlich schluchzte Heiner Walendy, nie hätte ich gedacht, daß er, der die Schlechtigkeit im Blick hatte, schluchzen könnte, es war ein trockenes Schluchzen, das sich wie Schluckauf anhörte, da versprach ich ihm das Geld für die beiden andern Gewichte.

Wie ungläubig er mich darauf ansah, wie er gleichzeitig schluchzen und lächeln konnte; stammelnd gab er zu, daß er nicht immer gut zu mir gewesen war, er schüttelte den Kopf, als ob er sich selbst nicht verstehen könnte, und auf einmal nahm er meine Hand und sagte: Das werde ich dir nicht vergessen, Bruno, ab heute hast du einen Freund. Das sagte er, und dann klagte er über Schmerzen im Nacken und ging um das Dreirad herum und überlegte, wie es sich wieder aufrichten und auf die Räder bringen ließ, das nicht allzu schwere Dreirad. Mit zwei Stangen hätten wir es anwippen und hochwuchten können, doch es gab keine Stangen, und es gab auch kein Seil, mit dessen Hilfe wir das Gefährt hätten aufrichten können, wir stemmten und lüfteten und drückten, alles war umsonst, erst als Ewaldsen vorbeikam, als wir ihn heranwinkten, als er seine magere Schulter einsetzte, da ging es, und das Dreirad stand wieder. Schnell säuberten wir die Persenning und zurrten sie fest, wir wienerten die verdreckte Tür – für die Kratzer, glaubte Heiner Walendy, würde er schon eine Ausrede finden –, und zum Schluß luden wir die Fische auf und brachten auf der Ladefläche alles in die gewohnte Ordnung. Bruno, sagte er zum Abschied, und das war schon alles.

In der Dämmerung ging ich zum »Kiek in«, wo er und seine Freunde oft saßen, in einem Raum für sich; sie hatten dort ihre Musik und spielten Tischfußball und andere Spiele – im Sommer hatte ich sie dort manches Mal gesehen, durch das offene Fenster. Das Geld für die verlorenen Gewichte trug ich bei mir, ich hatte es aus dem Versteck am Bootsskelett geholt, sechs Mark in einzelnen Markstükken, die wollte ich Heiner Walendy bringen. Er war da, und er erkannte mich sofort, er stand von seinem Tisch, seinem Bier auf und kam auf mich zu, und gegen die Erwartung der anderen, die wohl dachten, daß er etwas mit mir anstellen würde, legte er mir eine Hand auf die Schulter und sagte: Gut, daß du kommst, Bruno, setz dich zu uns; und dann führte er mich an seinen Tisch, und alle rückten zusammen und duldeten mich. Obwohl ich nichts trinken wollte, schickte Heiner Walendy einen seiner Freunde in den Gastraum, um mir ein Bier zu holen, es war ein blasser Bursche mit Windhundgesicht, der maulend hinausschlurfte und sich viel Zeit ließ, und als er endlich zurückkam, blieb er hinter mir stehn; an den Gesichtern der andern merkte ich, daß er etwas mit mir vorhatte, vermutlich wollte er mir mutwillig etwas Bier auf meinen Kopf gießen, aber noch bevor ich aufsprang, sagte Heiner Walendy scharf: Laß den Quatsch, Arno, und setz dich hin.

Dann tranken wir von dem Bier, das sie aus einer Gemeinschaftskasse bezahlten, und Heiner Walendy erzählte, was ihm mit dem Lieferwagen passiert war, und ließ mich die Einzelheiten bestätigen. So, wie er es erzählte, hatte ich das meiste getan, um das Mißgeschick zu beheben, und immer wieder hob er meinen Anteil hervor, lobte meine Schnelligkeit und meinen Spürsinn, einmal mußte ich vormachen, welche Finger man spreizen muß, um einen Aal festzuklemmen, dazu nickte er bewundernd und forderte alle auf, zu trinken. Ohne Bruno, sagte er, wäre ich nicht hier, und er sagte auch: Bruno sollte sich ruhig öfter mal bei uns sehen lassen. Zwei von ihnen zwinkerten mir zu, und darüber war ich froh und überließ ihnen gern mein Bier, das mir viel zu bitter schmeckte und den Kopf schwer machte. Heiner Walendy fragte nicht nach dem Geld, ich gab es ihm draußen auf dem Flur, schnell und ohne ein Wort, niemand sah es. Er zählte nicht nach, er schob das Geld gleich in die Tasche und nickte mir dankbar zu, und dann forderte er mich auf, doch öfter mal ins »Kiek in« zu kommen, zu ihm, zu seinen Freunden, die ab und zu etwas losließen, wie er sagte, etwas Gekonntes, etwas Tolles, das immer noch für Gesprächsstoff und Gelächter gesorgt hatte. Und ich ging zu ihnen, wenn der Chef mich nicht mehr brauchte, und sie hießen mich jedesmal willkommen, gaben mir zu trinken, brachten mir ihre Spiele bei, keiner versuchte, mich reinzulegen oder irgendetwas anzustellen mit mir, und wenn sie mich an meinen Beitrag für die Gemeinschaftskasse erinnerten, dann legten sie mir immer die Rechnungen vor und ließen mich selbst nachprüfen.

Einmal kam ein kleiner Zirkus nach Hollenhusen, der brachte einen Hungerkünstler mit, einen kurzen Mann, der in einem abgewetzten schwarzen Anzug auf einem Sofa saß und rauchte, unentwegt rauchte; zu jeder vollen Stunde goß er sich aus einer großen Flasche Wasser in ein Glas und trank, dabei konnte man ihm zusehen. Vierundvierzig Tage hatte der Mann bereits gehungert, alles an ihm war geschrumpft und eingefallen, nur seine Augen, die hatten sich geweitet, graue, traurige Augen, die alles übersahen, was in der Nähe passierte. Wir standen eine Weile bei ihm und bewunderten ihn, ich und Heiner Walendy und die anderen, doch weil er nicht mehr bot als Rauchen und Trinken und sein Blick immer nur die Ferne suchte, beschlossen wir, in sein Programm einzugreifen, wir wollten einfach mehr von ihm sehen, und einer von uns rannte zum »Kiek in« und holte Weizenkorn, eine halbvolle Flasche. Wie leicht es war, den Korn in die Flasche zu füllen, aus der der Hungerkünstler zu vollen Stunden trank! Wir rückten ganz nah an das Sofa heran und schirmten Arno so gut ab, daß er sogar drei Flaschen unbemerkt hätte umfüllen können, und danach gingen wir wieder auseinander und warteten.

Außer uns hatten sich noch ein paar Hollenhusener eingefunden, die beobachten wollten, wie der Hungerkünstler trank, und als die volle Stunde kam, wurde es still, Kinder ließen sich hochheben, Ehepaare tauschten Blicke, alle hingen an dem knochigen Mann, der sich zaghaft bewegte, wie zur Probe bewegte, zuerst sorgfältig seine Zigarette ausdrückte, dann die Beine streckte, dann seinen Hals massierte und sich endlich die Flasche angelte und das Glas. Gleich wird er trinken, sagte einer hinter mir. Und dann trank er, zuckte zusammen, winkelte in der Hüfte ab und preßte die Hände auf den Magen, sein Blick starr vor Entsetzen. Auf ein Zeichen von Heiner Walendy vertröpfelten wir uns, schoben an den Wägelchen vorbei zur Straße, noch wollte keine Heiterkeit aufkommen, noch sagten wir nicht einander vor, was uns gelungen war, das taten wir erst in unserem Raum im »Kiek in«, als wir unter uns waren.

Feiern, es mußte gefeiert werden, und zuerst stellten wir uns um einen runden Tisch, jeder streckte die rechte Hand aus, wir legten unsere Hände aufeinander und standen mit gesenkten Gesichtern da – ich weiß immer noch nicht, warum sie das machten, doch ich fragte nicht, meine Hand steckte zwischen ihren Händen, ich fühlte sie kaum noch, spürte nur ein warmes Gewicht und war glücklich. Anfangs wagte ich es nicht, meine Hände einfach auf ihre Hände zu legen, aber Heiner Walendy sah mich nur an und sagte: Worauf wartest du, Bruno?, und da trat ich schnell an den Tisch und wußte, daß ich dazugehörte. Einen Augenblick standen wir so, ich hätte gar nichts sagen können vor Erregung, plötzlich stieß Heiner Walendy einen Zischlaut aus, jeder zog seine Hand zurück, und auf ein Signal machte jeder eine Faust und schlug dreimal auf die Tischplatte; daß ich nachkleckerte, nahmen sie mir nicht übel. Dann setzten wir uns hin, eine Flasche mit einem Rest Weizenkorn kreiste, jeder nahm nur einen Schluck, ich mußte es ihnen nachtun, obwohl es brannte, ich mußte als letzter aus der Flasche trinken.

Diese Enttäuschung, als Arno aus der Wirtsstube zurückkam und erklärte, daß die Feier leider nicht stattfinden könne, da in der Gemeinschaftskasse nichts mehr drin sei und die Frau des Wirts uns erst wieder erlaube, anschreiben zu lassen, wenn wir die Schulden des vergangenen Monats bezahlt hätten. Da machten die meisten bekümmerte Gesichter und maulten und hatten wenig Lust, sich vorzuerzählen, was mit dem Hungerkünstler geschehen war.

Daß sie ihre Taschen umdrehten, half ihnen auch nicht, es rollte nichts heraus, und Heiner Walendy sah mich bekümmert an und sagte: Dann muß sie eben ausfallen, unsere Feier.

Ich schüttelte nur den Kopf, stand auf und ging zur Tür, und bevor ich sie verließ, sagte ich in ihre Verwunderung hinein: Wartet hier auf mich, und dann lief ich durch die Dämmerung, schnürte über unser Land zu dem steinharten Bootsskelett und grub eine Blechbüchse aus und zweigte eine Handvoll Münzen ab.

In all der Eile vergaß ich zu sichern, ich schlug keine Haken, lauschte und wartete nicht; nachdem ich die Büchse mit der Hand vergraben hatte, lief ich auf dem Trampelpfad neben den Schienen zurück ins »Kiek in«, wo sie immer noch trocken herumsaßen – bis auf Heiner Walendy, der draußen war, um irgendwas aufzutreiben: das sagten sie. Es dauerte nicht allzulange, bis er kam, ich gab ihm das Geld, und er zeigte es allen und sagte: Bruno, er hat unsere Feier gerettet, und danach bestellten wir; daß ich nicht mittrinken wollte, nahmen sie mir nur am Anfang krumm, später ließ es sie gleichgültig.

Ich hab nicht ausreichend gesichert, das war es, darum konnte es geschehen, daß einer – und nur er kann es gewesen sein – mir nachschlich und mein Versteck erkundete und sich heimlich ausgrub und nahm, was ihm nicht gehörte. Leer, an jenem Morgen war mein Versteck am Bootsskelett ausgeräumt, allerdings entdeckte ich es nicht am Morgen nach unserer Feier, sondern später, zu Beginn jenes Sommers, als unseren Beständen die höchste Güteklasse bescheinigt wurde und wir Markenetiketten zugesprochen bekamen, die Sortenechtheit garantierten und gesunden Wuchs und gute Bewurzelung; und es war jener Sommeranfang, als der Chef seinen Plan nicht mehr für sich behalten mochte: im Nieselregen nahm er mich mit auf den Kommandohügel, auf die sanfte Erhebung, die nichts trug, von der aus sich unsere Quartiere nach allen Richtungen überblicken lassen; hier legte er mir eine Hand auf die Schulter, lenkte meinen Blick, drehte mich leicht hierhin und dorthin und ließ sich viel Zeit, ehe er etwas sagte.

Die Festung, er hatte sich entschlossen, die Festung zu bauen. Nun ist es soweit, Bruno, sagte er, und er sagte auch: Jetzt werden wir ihn endgültig in Besitz nehmen, den alten Exerzierplatz, auf dem alles geübt wurde, Angriff und Verteidigung: hier wird unser Haus stehen, es wird sich über die Quartiere erheben, ein Haus mit genügend Platz für uns alle – der Kollerhof ist zu alt. Mit einem Stock furchte er einen krummen Grundriß in den Boden: hier, siehst du, hier die Terrasse nach Südwesten, und über die ganze Breite das Gebäude, zweigeschossig, und hier der Haupteingang und zwei Nebeneingänge, du kriegst deinen eigenen Raum mit allem, was dazu gehört, und vorne, siehst du, da sind die Rosenbeete und an den Seiten Rhododendren; es wird ein Wunschhaus, in dem jeder bleiben möchte.

Am Abend auf dem Kollerhof, da brachte der Chef nach dem Essen eine Rolle mit Zeichnungen auf den Tisch, alles war schon entworfen nach seinen Plänen und Vorstellungen, und wir umlagerten ihn und ließen uns einweisen und staunten nur, wieviel er bedacht hatte und wie sorgsam jedem von uns etwas zugesprochen war – auch Max sollte sein kleines Reich haben, obwohl er nur in den Ferien zu uns kam. Die durchgehenden und die gestrichelten Linien, die Querschnitte, Pfeile und Zahlen: ich konnte mich nicht zurechtfinden auf den Zeichnungen, fand kein Bild – im Unterschied zu Ina, die gleich alles verstand und vor sich sah und am liebsten einen Eingang für sich allein gehabt hätte. Joachim, der interessierte sich am meisten für die Lage der Zimmer, ihn kümmerte nicht die Aussicht, die Himmelsrichtung; wer neben wem wohnen sollte, das fragte er wohl dreimal, und er war es, der wissen wollte, ob auch ich in das neue Haus einziehen würde. Gewiß hatte er damit gerechnet, daß der Chef mir eine andere Bleibe zuweisen würde, und er stierte nur vor sich hin, als Ina das

Wunschhaus auf ihre Art entwarf, ein hohes, uneinnehmbares Haus unter der Sonne, der östliche Flügel mit Weinlaub behängt, die Rosenbeete schön geschwungen; auf der Terrasse zeichnete sie eine Dogge als Wächter hin, und aus übergroßen Fenstern ließ sie uns alle fröhlich herausgukken – mein Fenster war von Weinlaub umrankt. Ohne zu wissen, daß der Chef es einmal für sie tun würde, setzte sie vor ihrem Fenster einige Linden hin, ihre Lieblingsbäume, und dort, wo die Senke ist, deutete sie einen Weiher mit Gänsen und Enten an, aber den ließ der Chef nicht anlegen.

War das ein Planen und Nachfragen und Anmelden von Wünschen; nur Dorothea hatte wenig zu fragen, sie schien bedrückt, sie schien ihre eigenen Sorgen zu haben, obwohl sie sich mit uns freute und wie zur Besiegelung Tee und Kokosplätzchen auftischte. Vor dem Einschlafen, allein in meiner Kammer – nur der Chef und Dorothea waren noch unten geblieben – hörte ich, was sie bedrückte, ich hörte ihre Bedenken, ihre Mahnungen und Zweifel. Sie war mit dem Bau der Festung einverstanden, sie freute sich, so wie wir uns freuten, doch sie wollte alles hinausgeschoben haben um wenigstens ein Jahr. Da nahm ich mir gleich vor, am nächsten Morgen zum Bootsskelett zu gehen und auszugraben, was ich mir gespart hatte.

Zweimal brach der Stock, mit dem ich kratzte und scharrte, und weil sich mit den Fingern nur schlecht graben ließ in der backigen, vom Regen backigen Lehmerde, nahm ich den kurzstieligen Feldspaten und hob an den Steinen, die ich als Zeichen gesetzt hatte, kleine Löcher aus, ohne daß es nur ein einziges Mal knirschte oder klickte. Weg, alles war weg. Da blinkte mir nichts entgegen wie sonst. Ich hab mich hingesetzt und lange nachgedacht, über meine Freunde und den Regen, der die Spuren verwischt, und um mich zu beruhigen, hab ich Kirschkerne geknackt und das Kernfleisch gegessen, auch die Milchtropfen aus Löwenzahnstengeln hab ich geschluckt.

Die Rufe immer: wie oft glaubte ich, daß ich gerufen

werde, deutlich höre ich, wie sie meinen Namen in die Länge ziehn, doch wenn ich dann Ausschau halte, steht niemand in meiner Nähe. Bru-no; ja, ja, ich komm schon. Das war die Stimme des Chefs, er stand am Fuß des Kommandohügels, dort, wo die gelbe Maschine wühlte und baggerte, wo sie dabei waren, auszuschachten und ein Stück des Grundes mit Eisenstangen markiert hatten, zwischen denen, locker gespannt, ein rotweißes Band lief. Ich sah sofort, daß da etwas geschehen war; nicht nur der Chef und der Maschinist, sondern auch Ewaldsen und ein paar andere standen auf einem frischen Erdhügel und starrten auf etwas hinab, standen nur und starrten, allen war anzumerken, daß sie da etwas Seltenes entdeckt hatten. Es war kein vollständig erhaltenes Skelett, das die gelbe Maschine mit ihrem bezahnten Baggereimer freigelegt hatte, ein Arm fehlte ihm, der Bagger hatte ihn mitgenommen und auf den Erdhaufen gekippt, aber sonst fehlte nichts, keine Rippe, kein Fußknöchel. Ewaldsen stieg hinab und scharrte behutsam Erdreste von den Knochen, den Schädel wischte er mit seinem Taschentuch sauber, im Brustkorb stocherte er und suchte gefühlvoll, ein Sieb, das er gern gehabt hätte, ließ sich nicht auftreiben. Der Maschinist drehte sich eine Zigarette und konnte immer nur sagen: Das hat mir grade noch gefehlt. Obwohl ich neben ihm stand, fragte der Chef: Wo bleibt denn Bruno? Und nachdem ich mich gemeldet hatte, schickte er mich los zur Wache, zu Duus: Sag ihm, er soll sofort kommen.

Der wollte zuerst nicht, wie der Chef es verlangte. Duus guckte mich nur kopfschüttelnd an, als ich ihm sagte, daß wir dort, wo für die Festung ausgeschachtet wurde, allerhand Knochen gefunden hatten, er schnallte erst sein Lederzeug um, als ich von einem Toten sprach, der vom Bagger ans Licht gebracht worden war. Da kam er, da konnte es ihm nicht schnell genug gehen, und am Kommandohügel wollte er von jedem wissen, wann er von wo aus das Skelett entdeckt hatte, es gab eine Menge zu notieren für ihn. Als ich ihn fragte, ob das nicht das Gerippe des Feldwebels sein könnte, der hier vor langer Zeit verschüttgegangen war, sagte er nur: Was weißt du denn davon, und danach stieg er hinab und scharrte ein bißchen und ließ ein wenig Erde durch die Finger gleiten; den Brustkorb betastete er, aber den Schädel, den untersuchte er sehr genau. Der Chef half ihm, aus dem Graben herauszuklettern, wir umringten ihn, doch konnte er uns auch nur sagen, was wir alle schon wußten; daß dieses Land früher ein Exerzierplatz gewesen war, und daß man den da unten sicher in jenen Tagen hier vergraben hatte, wer weiß warum. Hier ging's heiß zu, das sagte er auch. Er verfügte eine Unterbrechung der Arbeit. Er wollte, daß nichts angerührt wurde bis zu eingehender Untersuchung und zum Abtransport. Er gab zum Abschied nur dem Chef die Hand und sagte: Ausgerechnet, was? Und der Chef zuckte die Achseln und sagte darauf: Ein Exerzierplatz eben, da muß man auf einiges gefaßt sein.

Im Schuppen, in der Senke, wo wir uns ein wenig ausstrecken wollten, lag der Chef nur mit offenen Augen da, er, der überall sofort einschlafen konnte wie auf Befehl, sackte nicht weg, er musterte die Feuchtflecken an der Decke, knetete seine Finger, mitunter ächzte er leise. Es kam nicht dazu, daß ich über seinen Schlaf wachen konnte wie so manches Mal an der geschichteten Mauer oder beim Findling, sein Atem beruhigte sich nicht, und da er wußte, daß auch ich nicht schlief, begann er auf einmal zu sprechen, er erzählte von einem anderen Land, Berge fielen sanft zum Meer ab, zwischen den schütteren Korkeichenwäldern schimmerte mausgraues Gestein, die Buckel sahen aus, als hätten sie ein durchgescheuertes Fell. Eine Eisenbahnlinie führte um die Berge herum, manchmal verschwand sie auch in einem Tunnel, und in einer Schlucht, in der nur einzelne Krüppeltannen wuchsen, lagen umgestürzte Waggons, zerbeult und zerschmettert mit den Rädern nach oben.

Weil die Schienen immer wieder aufgerissen oder gesprengt wurden, mußte der Chef sie sichern, er und einige Leute seiner Kompanie, sie konnten aber nur wenig ausrichten, weil die andern überall und nirgends waren, und einmal wurden sie eingeschlossen und belagert. Manch einer wurde abgeknallt. Der Chef war mit seinem besten Freund zusammen, sie teilten sich alles, zuletzt eine Handvoll Oliven, sie verteidigten sich lange, aber eines Nachts wurden beide getroffen, und der Chef kam erst wieder in einem Notlazarett zu sich. Sein Freund blieb verschollen.

Nachdem er wieder gesund geworden war, gab es nur eins für ihn: er mußte herausbekommen, wo sein Freund geblieben war, und er suchte und forschte, prüfte Verlustlisten, einen halben Urlaub hat er damit verbracht, alles zu untersuchen – erst nach zwei Jahren, als er wieder dorthin kommandiert wurde, fand er etwas. In der rötlichen, ein wenig aufgebuckelten Erde neben den Schienen wuchsen zwei Olivenbäumchen – es waren die letzten Oliven, die der Chef seinem Freund in die Tasche gesteckt hatte. Da wußte er, was er wissen wollte.

Unten im Schuppen hat der Chef das erzählt, als er dalag, ohne einschlafen zu können, und er hat sich gewünscht, daß sie bei dem Skelett am Fuß des Kommandohügels ein paar Dinge finden möchten, mit deren Hilfe sich etwas herausbekommen ließe über Herkunft, Name, Todesart, er dachte an eine Erkennungsmarke oder an ein Feuerzeug mit Monogramm, doch es erwies sich, daß man dem Mann da unten alles fortgenommen hatte. Was von ihm übriggeblieben war, haben sie behutsam eingesammelt und abtransportiert; die Arbeit, die wurde erst wieder aufgenommen, nachdem das Auto verschwunden war, und es war der Chef selbst, der das Signal gab und die Leute antrieb.

Und er ließ es sich auch nicht nehmen, das Ausschachten und das Gießen der Fundamente selbst zu überwachen, überall mußte er dabei sein, nahm dem Architekten oder dem Polier die Zeichnungen aus der Hand und kontrollierte und verglich, einmal schleppte er Steine, einmal schleppte er Bier, er vermaß und mauerte, turnte im Gerüst herum, mischte sogar Mörtel nach. Die Münzen, die Zeitungen und Urkunden, die durfte ich in die Maueröffnung schieben, und alle standen herum und klatschten, während er das Loch zumauerte. War das ein Gewimmel, die Anfahrten und Abfahrten und die ewige Staubfahne, und das Rattern und die Rufe im Wind; stetig wuchs die Festung auf, bald konnten wir den Rohbau vom Kollerhof aus erkennen, das ausladende Mauerwerk, das die Hollenhusener erstaunte und das uns ungeduldig und stolz machte: Nur noch ein Weilchen, sagte der Chef, dann sind wir endgültig angekommen, dann ist dies ein für allemal unser Exerzierplatz. Das sagte er.

Zum Richtfest waren auch einige Nachbarn gekommen, ein böiger Wind ging, der viel von der Rede des Poliers mitnahm, aber auch die Dankrede des Chefs kam nur bruchstückhaft über, jedenfalls bekamen wir die Wünsche und Hoffnungen und Gelöbnisse mit, die da wechselweise laut wurden, und Dorothea knipste die Redner einzeln und knipste sie, wie sie sich die Hand gaben, und sie hörte nicht auf zu knipsen, als die Richtkrone mit den bunten Bändern festgemacht wurde und die Dachdecker und Zimmerleute uns ihr Spiel vorführten, das es nur noch in Hollenhusen gibt: am letzten behauenen Balken versuchten die Dachdecker die Zimmerleute zu sich heraufzuziehen, die aber stemmten sich mit ihrem Gewicht dagegen und versuchten ihrerseits, die Dachdecker aus ihrer Höhe herunterzuholen, das war ein Geschaukel und Gewippe, und man konnte schon Angst haben, daß dieser oder jener abstürzte oder weggeschleudert wurde, doch alle kannten ihr Spiel, und darum ist keiner zu Schaden gekommen.

Auch wenn die Fröhlichkeit groß war, gezittert hab ich doch, und ich hab mich erst beruhigt, als Körbe herumgetragen wurden, Körbe mit kalten Frikadellen und Würstchen und panierten Koteletts, aus denen sich jeder nehmen durfte, soviel er wollte. Bier und Weizenkorn mußte sich jeder selbst holen vom Behelfstisch, den ich im Windschatten aufgeschlagen hatte; mehr Flaschen haben wohl selten nebeneinander gestanden. Bestimmt hätten wir von allem etwas übrigbehalten, wenn da nicht die Hollenhusener gewesen wären, sie, die nur aus scheeler Neugierde gekommen waren, langten jedesmal zu, wenn ein Korb an ihnen vorbeigetragen wurde, und was sie nicht gleich essen wollten, das wickelten sie sich ein für später; und während sie in sich hineinbrockten und wegkippten, was ihnen nicht zugedacht war, ließen sie sich auf ihre Art über die Festung aus, nannten sie abschätzig einen Kasernenbau oder das Flüchtlingsschloß, und eine alte quelläugige Flunder, die wohl schon acht Frikadellen verschlungen hatte, fand den Ausdruck »Villa Großkopf«. Am liebsten hätte ich sie alle verwandelt, in Telegraphenstangen oder in Chausseesteine.

Einer jedoch sparte nicht mit Lob und Anerkennung, ein graugekleideter Mann, den keiner erwartet hatte; mit verlegenem Lächeln ging er zum Chef und überreichte ihm ein Mehl- und ein Salzfäßchen, die schönsten Fäßchen, die ich je gesehen habe, und danach wollte er schon bescheiden zurücktreten, aber der Chef, dem ebensoviel Überraschung wie Freude anzusehen war, ließ es nicht zu: schnell rief er Ina zu sich, gab die Fäßchen an sie weiter, und gemeinsam führten sie Niels Lauritzen durch den Rohbau, zeigten ihm, der bestimmt ohne Wissen seines Vaters gekommen war, die unverputzten Räume, wobei sie über manche Sperrlatte klettern mußten. Ich beobachtete sie auf ihrem Gang, und als sie ins Freie traten, da schnappte ich mir einen Korb und bot Niels Lauritzen kalte panierte Koteletts an, doch er wollte nichts essen, er gab mir freundlich die Hand und sagte: Danke, Bruno, und er sagte auch: Ein herrliches Haus, hier kann man es aushalten. Er hatte warme kluge Spanielaugen, und obwohl er so jung war, zeichneten sich auf seiner Stirn schon Falten ab. So oft ihm auch etwas aus einem Korb angeboten wurde, er lehnte immer ab, doch Ina, die schaffte es, daß er etwas trank, er wartete, bis auch sie sich ein wenig eingeschenkt hatte, und dann tranken sie sich zu und setzten sich auf einen übriggebliebenen Stapel Ziegelsteine, wo Ina sich zum zweiten Mal erklären ließ, wie man das schöne Mehl- und Salzfäßchen nachfüllen muß.

Hinlegen, für eine Weile werde ich mich hinlegen, wer weiß, was sie mit mir vorhaben am Abend, wie lange sie mich bearbeiten werden – auch Max, dem ich soviel verdanke. Sein Buch, die verblaßte Widmung: Bruno, dem geduldigen Zuhörer, zur Erinnerung an gemeinsame Jahre; wenn ich langsam lese, höre ich ihn gleich sprechen. Theorie des Eigentums. Der Mensch, der nichts will. Der Mensch, der nichts weiß. Der Mensch, der nichts hat. Fünfmal hab ich das schon gelesen, und alles zieht vorüber auf Nimmerwiedersehn, die Namen, die Gedanken, aber Meister Eckhart, den erinnere ich, Max nennt ihn immer nur Meister und spricht viel von ihm, von seiner Bedeutung und davon, daß alles gilt, was er vor langer Zeit geschrieben hat.

Ich hab ihn mir immer mit einer Lederschürze vorgestellt, an einem Tisch sitzend, auf dem ein aufgeschlagenes Buch liegt, und neben dem Buch stehen ein Krug mit Wasser und ein Becher, und durch ein sehr kleines Fenster fällt ein Lichtstrahl genau auf das Buch. Anders kann ich ihn mir gar nicht vorstellen. Viele, die sind, was sie haben, und wollen nichts anderes sein; das ist nicht gut. Ledig soll der Mensch sein, aller Dinge und Werke, innerer wie äußerer, ledig; das ist gut. Es ist nicht schlecht, wenn wir etwas besitzen oder tun, aber wir sollen nicht gebunden, gefesselt, gekettet sein an das, was wir besitzen oder tun.

Woher nur die Müdigkeit kommt, sie steigt mit der Wärme auf, Abendwolken stehen über den Wiesen, über den betränten Wiesen an der Memel, die gurgelnd vorbeigeht, aber aus der Tiefe, da blitzt es herauf, geradeso, als ob kleine Sterne zerspringen, vielleicht ist der Fischkönig unterwegs auf dem Grund seines Flusses, zwischen Hechtkraut und allem Versunkenen, was sich da abgelagert hat.

Nein, ich gehe nicht zum Essen, und wenn sie sich noch so wundern werden: heute gehe ich nicht in die Küche, um meinen Teller an der Klappe in Empfang zu nehmen, süßsaure Linsen vermutlich, mit Speck abgemacht; früher, auf dem Kollerhof, da war das ein Lieblingsessen des Chefs. Über mein Lieblingsessen brauche ich gar nicht nachzudenken: nicht Aal in Gelee, nicht Hackbraten in Tomatensauce, und auch angeräuchertes Eisbein nicht, sondern von Anfang an und immer noch Gänseklein, schön in Erbsen zerkocht: bläulich funkelndes Magenfleisch, Hälse und Flochten und Hautstücke aus dem Rücken, mir macht die Rauheit nichts aus, die von den Federkielen kommt.

Ina, die verzog bei Gänseklein immer das Gesicht und ließ ihre Fleischstücke gleich zu mir hin wandern, weil sie sich vor der fahlen Gänsehaut ein bißchen ekelte, Joachim mochte sie auch nicht gern, aber er aß sie, er rührte nur das Magenfleisch nicht an, das er auf dem Tellerrand häufte. Einmal sagte Ina: Euch werden noch Federn wachsen eines Tages, und vielleicht werdet ihr über den Kollerhof fliegen.

Lisbeth kocht nur selten mein Lieblingsgericht, und es schmeckt auch nicht so gut wie das Gänseklein, das Dorothea früher auftischte; dafür gelingen ihr Birnen mit Speckbohnen und Kohlrouladen und ein Zimtreis, von dem ich siebenmal mehr essen könnte, als sie mir zuteilt. Wenn Lisbeth gut gelaunt ist, dann gibt es mitunter etwas Besonderes, Schweinepfoten mit Bratkartoffeln oder Brotpudding mit Vanillesauce; gibt es nur Eintopf mit Rindfleischbrokken oder Stippe oder Kartoffelsuppe, dann weiß ich gleich, daß ihr etwas über die Leber gelaufen ist. Nein, ich geh nicht zum Essen rüber.

Bei den Taxussämlingen: das könnte Elef sein, wer weiß, ob es mir noch vergönnt sein wird, ihn zu besuchen, Elef, der es unbedingt einigen Hollenhusenern nachmachen muß und auf dem Land nur in Holzpantinen herumläuft; wie der stelzt, wie der wackelt, das machen die Lehmbatzen unter den Sohlen. Einmal wollte er mich reinlegen, aufgeregt rief er mich zu sich, schnell, Herr Bruno, sehen Sie nur, Herr Bruno, also seine Holzpantinen, die hatten angeblich über Nacht Wurzeln geschlagen, feine Haarwurzeln, die zeigte er mir und ließ sie mich bewundern. Ich sah gleich, daß die feinen Wurzeln mit Lehm festgeklebt waren, aber ich sagte es nicht, ich sagte nur, daß die Pantinen nun viel Wasser haben müßten und nahm auch schon die Gießkanne und goß die Holzschuhe voll, damit hatte Elef gar nicht gerechnet, aber er lachte, als ich davonging. Er hat den Düngerstreuer einfach stehen lassen, anders als dieser Mirko, der mit dem Streuer bestimmt zum Essen gefahren wäre.

Schweiß genügt nicht. Früher, hat der Chef gesagt, da wurde unser Land nur mit Schweiß gedüngt, aber davon wird kein Boden satt, wir können uns das gar nicht leisten; um den Boden dankbar zu machen, geben wir ihm Stallmist und Torf, Weißtorf, die sorgen für Nährstoffe und Humus – im Hühnerdung sind noch mehr Nährstoffe drin, doch der ist zu konzentriert, und Hornmehl und Hornspäne, die sind zu teuer. Vier Jahre hat der Chef gebraucht, bis wir wußten, daß Laubgehölze lieber Stallmist haben wollen, daß aber Koniferen besser wachsen, wenn sie Torf bekommen.

Sieben; siebenmal klopft nur Magda, ja, es ist ihr Kopftuch mit dem Anker, dem Einrohr, dem geschlungenen Tau, gleich wird sie wieder klopfen, sie weiß, daß ich zuhause bin, Magda ahnt es, spürt es; in der zerbeulten Frühstücksdose hat sie mir früher schon viel gebracht, gebratene Karbonade und Fischfilet. Ich muß aufmachen, ich muß sie hereinlassen. Komm, setz dich, sage ich, setz dich in den Sessel. Sie nimmt das Kopftuch nicht ab, sie hat es bestimmt eilig; wie achtlos sie die Frühstücksdose auf den Tisch schiebt, diesmal ist sie gewiß nicht nur gekommen, um mir etwas zu essen zu bringen, mit diesem Ernst hat sie nur selten dagesessen, mit dieser Besorgtheit. Ist was passiert, Magda? Mit dem Chef?

Ich hab dir was zu erzählen, Bruno, aber frag mich ja nicht, woher ich das weiß, ich weiß es eben, und du kannst dich darauf verlassen, daß es stimmt – wie tonlos sie das sagt, wie stockend, geradeso, als müsse sie ein Urteil überbringen. Nun sag schon, was geschehen ist. Warum sieht sie mich so an, als ob ich wer weiß was getan hätte, ich hab doch noch keinem ein Unglück gebracht; warum siehst du mich so an, Magda?

Deinetwegen, Bruno, sie haben das Entmündigungsverfahren auch deinetwegen angestrengt, so hab ich's verstanden. Sie haben es getan und unterschrieben, weil der Chef einen Schenkungsvertrag hinterlegt hat, nach dem du das beste Land hier bekommen sollst, nach seinem Tod soll dir das beste Stück gehören und dazu einige Einrichtungen. Begreifst du, was das heißt? Wenn alles so kommt, wie der Chef es will, dann gehört dir hier vielleicht ein Drittel, ein Stück, das mehr wert ist als alles andere, stell dir bloß vor, was aus dir wird, wenn alles so kommt, wie der Chef es will – auf einmal hättest du hier etwas zu sagen.

Jetzt fängt es schon wieder an, dieses Durcheinander. Wer das nur in die Welt gesetzt hat, mir hat der Chef kein Wort darüber gesagt, nicht mal eine Andeutung hat er gemacht, daß da ein Schenkungsvertrag aufgesetzt und unterschrieben wurde, und damit du's nur weißt, Magda, ich will nichts und ich erwarte nichts, nur bei ihm bleiben, solange es geht, das möchte ich, das allein. Warum schüttelt sie den Kopf? Hör mir gut zu, Bruno, was geschehen ist, ist geschehen, es gibt diesen Vertrag, diesen Schenkungsvertrag, doch die andern in der Festung, die können sich nicht damit abfinden, sie wollen nicht anerkennen, was der Chef verfügt hat, deshalb gehen sie gegen ihn vor, und auch du, Bruno, mußt dich auf etwas gefaßt machen, ich sag's dir nur. Weil sie zuviel zu verlieren haben, werden sie auch etwas gegen dich unternehmen, das hab ich herausgehört. Schwachkopf, das hat einer gesagt, den sie zu Gast haben, und damit hat er wohl dich gemeint; er hat gesagt: dieser Schwachkopf hat doch kein Gefühl für Verantwortung, und wem dies Land zufällt, der muß zumindest die Pflichten kennen, die er übernimmt.

Wie leise Magda spricht, wie fern sie ist, alles verschwimmt und wird ungenau, und durch das Dröhnen Magdas Stimme: Ich weiß nicht, Bruno, ich weiß nicht, was du tun sollst, aber mit dem Chef sprechen, das mußt du.

Heute abend, Magda, da soll ich in die Festung kommen, sie haben mich bestellt. Geh noch nicht, bleib noch ein wenig, du mußt mir raten, was ich machen soll, was ich ihnen antworten soll – ja, ich weiß, daß du fort mußt. Gleich kommt die Ruhe zurück, wenn ihre Hand auf meiner Schulter liegt. Laß dir Zeit, Bruno, sagt sie, hör gut zu und laß dir Zeit und sag nicht zu schnell ja und nicht zu schnell nein, es steht für alle viel auf dem Spiel, da darf man nicht zu rasch antworten. Und sie sagt: Du mußt dir alles merken, du mußt mir alles erzählen, ich werde klopfen, und wenn es noch so spät ist. Ja.

Man hört überhaupt nicht, wie sie die Tür schließt, so sanft, so geräuschlos, mit zwei Sprungschritten ist sie auf dem Weg, umdrehen wird sie sich bestimmt nicht.

Er mit den gelblichen Nagezähnen, Murwitz, er hat hier gesagt: Es kommt noch allerhand auf Sie zu, Herr Messmer; und er hat auch gesagt, daß die Familie Zeller nicht gewillt ist, sich mit dem Schenkungsvertrag abzufinden. Wenn ich nur wüßte, was er gemeint hat, was da auf mich zukommt, aber etwas Gutes kann es nicht sein, das ist sicher, sie werden sich schon etwas ausdenken für mich, vielleicht werden sie mir nachspüren, mir Angst machen, wie damals, als bei uns Geräte und Saatgut und viele Jungpflanzen in Töpfen verschwanden und der Verdacht auf mich fiel. Der Verdacht. Da war immer einer hinter mir, einer, der mich im Auge behielt, Tag und Nacht, er trat unter den Bäumen des Dänenwäldchens hervor, als ich am Großen Teich die Pompesel brach, trat hervor und tauchte gleich wieder in den Schatten ein, er folgte mir in den Quartieren – es raschelte und knackte um mich herum –, erwartete mich im Nebel am Fluß, lauschte vor meiner Tür, und immer gelang es ihm, unerkannt zu bleiben.

Wenn sie jetzt einen bestimmen, der mir nachspüren soll, dann werde ich es nicht für mich behalten, ich werde es dem Chef erzählen, und der wird schon wissen, was getan werden muß, er, der mich einmal seinen einzigen Freund genannt hat. Zur Not kann ich mich auch hier einschließen, auf die beiden Sicherheitsschlösser und auf den Riegel ist Verlaß, die bricht so leicht keiner auf, und alles, was auf mich zukommt, muß draußen bleiben und warten. Gewalt werden sie wohl nicht brauchen, aber wenn sie es tun, dann könnte ich sie ganz schön überraschen, ein einziger Schnitt mit meiner Schwunghippe reicht aus, einfach den Hals zurückbiegen und einen kräftigen Querschnitt von links nach rechts.

Kartoffelsalat und Frikadellen; wie locker die Frikadellen sind, wie bröselig, die hat gewiß Lisbeth gemacht mit viel zu viel Reibemehl, im Wartesaal sind sie härter, älter und härter. Wenn der Chef nicht das Sagen hätte, dann müßte Lisbeth wohl schon morgen fort von Hollenhusen, sie und ich wären die ersten, die wegmüßten, aber noch bestimmt er, wer hier im Gerätehaus wohnen bleiben darf, und sein Wille reicht aus, daß sie ihr Zimmer behält drüben in der Festung. Es stehen schon viele Zimmer leer drüben, ich weiß gar nicht, wie viele es mittlerweile sind, bereits beim Einzug damals zeigte es sich, daß einige Zimmer übrig waren, aber das geht mich nichts an; für mich war kein Bleiben in der Festung, ich werde niemals in den Keller zurückkehren.

Ach, Ina, ich höre noch, wie du dir am Abend vor dem Umzug, als wir auf dem Kollerhof zwischen den Bündeln und Kisten herumsaßen, versichern ließest, daß du dein Zimmer allein, ganz allein einrichten dürftest, nur die fremden Männer, die uns halfen, gingen zu dir hinein, und die Blicke, die sie auf dem Flur tauschten, sagten mir schon, daß sie etwas gesehen hatten, woran sie nicht gewöhnt waren.

Ich war der erste, dem du alles gezeigt hast, vielleicht wolltest du an mir den Eindruck erproben, den dein Zimmer auf andre machte, machen sollte. Komm mal, Bruno, nur einen Augenblick, und dann nahmst du mich mit zu dir. Im Freien, ich stand nicht im Zimmer, sondern im Freien, denn die Wände waren mit großen bunten Plakaten bedeckt, die du vor uns allen verborgen hattest: Wiesen umgaben mich, auf denen Pferde ihre Hälse aneinander rieben, hier strichen Wildenten über eine Schilflandschaft, dort standen, fein ausgerichtet, Bienenkörbe unter blühenden Obstbäumen, sogar auf eine Waldlichtung konnte man blicken, auf der sich eine verschwitzte Gesellschaft zum Essen und Ausruhen gelagert hatte. Von den Wänden war fast nichts mehr zu sehen.

Das Schönste aber, das waren deine Zeichnungen, Ina, die du nebeneinander aufgehängt hattest, alle waren gleich groß, und sie zeigten uns: Dorothea und den Chef, und Max und Joachim und mich und dich. Das Gesicht des Chefs mußte man in der Krone eines Walnußbaums suchen, und Dorothea, die war ganz mit Brombeergestrüpp behängt, Max und Joachim hatten zusammengekniffene Augen, als ob die Sonne sie blendete, und du selbst gucktest aus einem Spiegel heraus. Mein Gesicht erkannte ich sofort – du hattest es auf einen Papierdrachen gemalt –, und aus Begeisterung bat ich dich gleich, mir die Zeichnung zu schenken, aber du sagtest nein. Und du sagtest auch: Bei mir sollt ihr alle zusammenbleiben. Da hab ich mich sehr gefreut und dich um Erlaubnis gebeten, ab und zu bei dir sitzen zu dürfen, und du hast zugestimmt und gesagt: Du weißt doch, Bruno, meine Tür ist immer offen, das wird sich auch hier nicht ändern, in der Festung. Und dann wolltest du mit mir kommen in die Kellerwohnung, die der Chef für mich vorgesehen hatte, du wolltest mir beim Einrichten helfen, und du warst ziemlich erstaunt, als ich dir sagte, daß es nichts zu helfen gab, weil ich längst fertig war mit allem.

Von meinem Fenster aus konnte ich das helle, ebenerdige Büro des Chefs nicht sehen, doch ich konnte alle sehen, die zu ihm wollten, meistens waren es Männer in Joppen oder in grünen Mänteln, seltener Paare, sie kamen in Autos angefahren, in Lieferwagen, und ihr erster Blick galt nicht dem Büro, sondern unseren Quartieren, die sich bis zum Horizont erstreckten. Wie sie standen. Wie sie die Augen beschatteten. Wie sie sich anstießen und mit ausgestreckter Hand auf etwas zeigten, das sie wiedererkannten. Auch der Minister stand so, der uns an einem Sonntagnachmittag besuchte, auch er beschattete seine Augen und erklärte den Leuten, die ihn begleiteten, was er in der Ferne erkannte.

Mir macht das Warten nichts aus, aber die andern, die werden schon ungeduldig, wenn sie nur eine halbe Stunde warten müssen, Joachim vor allem, der damals immer wieder auf die Terrasse hinaufsprang und von dort aus die Chaussee mit seinem Fernglas absuchte, so lange, bis er die beiden schwarzen Autos entdeckte. Sie kamen über den Hauptweg herauf, und der Minister stieg als erster aus und gab jedem die Hand, aus Versehen gab er auch Ewaldsen die Hand, der eine Last Fichtenreisig abgesetzt hatte und nur zuguckte, und dann schaute er, den der Chef einen großen Gartenfreund genannt hatte, über unsere Quartiere und nickte anerkennend und erklärte da etwas seinen Begleitern. Der Minister, der ein Gartenfreund war, hatte ein junges Gesicht und weißgraues Haar mit gelblichen Strähnen drin, seine Hände waren warm und fleischig, an einem Finger trug er einen klobigen Siegelring mit blaßblauem Wappen; sein kleiner Mund war immer ein wenig geöffnet, gerade so, als wunderte er sich über etwas. Daß er gebeugt ging, kam sicher von seiner Körpergröße, er überragte alle und mußte sich zu jedem, zu dem er sprach, hinabneigen, und er ließ es sich nicht nehmen, mit jedem in seiner Nähe zu sprechen. Mich fragte er nach meiner Lieblingsbeschäftigung, und ich sagte: Blautannen stäben, da nickte er mir so überrascht zu, als ob dies auch seine Lieblingsbeschäftigung sei.

Den Chef kannte er wohl von irgendwoher, denn er nahm ihn vertraulich am Arm und sagte mit einem Blick auf die Festung: Ein schönes Zuhause haben Sie sich geschaffen, lieber Zeller, und einmal sagte er auch: Man hört sehr viel Gutes über Ihre Arbeit, mitunter sogar Wunderdinge. Der Chef sagte darauf achselzuckend: Keiner entgeht dem Gerücht, Herr Minister; mehr sagte er nicht. An Dorotheas gedeckten Kaffeetisch wollten sie sich später setzen, nach der Besichtigung, nach dem Umgang, erst einmal wünschte der Minister etwas zu sehen, und er und der Chef gingen voraus, und ich ging einfach mit zwischen den Leuten, die der Minister mitgebracht hatte.

Es waren stumme, freundliche Leute, bis auf einen, bis auf den Mageren, der dunkelblau gekleidet war und immer nur hin- und herwieselte in nervöser Bereitschaft, nichts durfte ihm entgehen, kein Ministerwort, kein Ministerwunsch, er mußte wohl alles mitbekommen, nur um dem Minister zustimmen zu können. Daß ich mitging im Gefolge, paßte ihm bestimmt nicht, oft genug musterte er mich scheel von der Seite, doch weil der Chef mich duldete und mich ein paarmal aufforderte, bei den Kulturkästen und beim Folientunnel mit anzufassen, wagte er nicht, mich irgendwas zu fragen.

Er hätte gut und gern bei uns eine Arbeit annehmen können, der Minister, er wußte sehr gut Bescheid: daß Pappelsorten kaum gefragt waren, wußte er, daß Forstgehölze leicht anzogen und am besten Obst- und Ziergehölze gingen, wußte er – worüber sie auch sprachen und wovor sie auch stehenblieben, der Minister konnte bei allem mitreden. Einmal widersprach er sogar dem Chef, das war, als sie sich über Veredelungsunterlagen für Flieder austauschten, der Chef meinte, daß die besten Unterlagen zwei Jahre im

Saatbeet stehen müßten, weil sie in dieser Zeit zuverlässig Augen annehmen, der Minister hingegen wollte nichts auf verpflanzte Wildlinge kommen lassen, obwohl bei denen der Wurzelstock ziemlich verhärtet ist.

Was der alles fand und aufhob und betrachtete – die leichten Flügel von Käfern, eine Heuschrecke, die ganz vertrocknet war, ein Haarbüschel aus einem Hasenfell, Schoten und Rispen und das Skelett eines sehr kleinen Vogels – alles nahm er auf und hielt es sich unter die Augen. In unserer Anzucht von Johannis- und Stachelbeeren bat er den Chef um eine Erklärung, er wollte von ihm wissen, wer wohl die Pflanze zum Blühen bringt, und der Chef sagte: Das Blatt natürlich, die Zeit des Blühens wird vom Blatt bestimmt, und als der Minister ihn darauf nur fragend ansah, erzählte ihm der Chef, was er mir längst erzählt hatte: daß im Blatt eine Pflanzenuhr steckt, die die Länge der aufeinanderfolgenden Tage und Nächte mißt, und wenn sie einmal ausgemessen hat, daß die Tageslänge günstig fürs Blühen ist, dann gibt sie eben die Anweisung dazu. Mit so einem Stoff. Mit einem chemischen Botenstoff. Auch wenn eine Pflanze nicht bereit ist zur Blüte: sie wird sogleich der Anweisung folgen, sobald man ihr ein Blatt aufpfropft, das für eine andere Pflanze eine günstige Blütezeit ermittelt hat. Die Zentrale sitzt im Blatt, sagte der Chef, und der Minister sagte nach einer Weile: Es gibt da ja mehrere Ansichten, lieber Zeller, aber Ihre Ansicht hat ohne Zweifel am meisten für sich.

Und bis auf den Mageren setzten wir uns alle auf meine geschichtete Mauer und blickten über die Beete und Kulturen, der Chef berichtete dem Minister, wie wir Stück für Stück des alten Exerzierplatzes erschlossen und in Gebrauch genommen hatten; er sagte auch, daß ich ihm von Anfang an geholfen hatte: Unser Bruno war immer dabei. Das machte mich froh. Während der Chef sprach, drehte der Minister eine leere Patronenhülse zwischen den Fingern, er hatte sie selbst gefunden, rollte sie und kratzte zuerst und blies dann ein bißchen Erde aus der Hülse, und in einer Pause fragte er plötzlich, ob die Gefahr denn nun endgültig vorbei sei; er fragte es, ohne aufzublicken, und der Chef sagte ruhig: Noch nicht, sie haben es immer noch nicht aufgegeben. Der Minister sagte: Wenn ich recht unterrichtet bin, dann wurden hier einige Generationen von Soldaten ausgebildet, die berühmten 248er, was der Chef bestätigte und dann leise sagte: Einige Generationen, ja, aber es war für nichts, alles nur für nichts. Und nachdem er sich bedacht hatte, fügte er hinzu: Freiwillig gehen wir hier nicht weg.

Der Minister nickte, es war ein beifälliges Nicken, er konnte wohl verstehen, daß der Chef dieses Land niemals freiwillig aufgeben würde nach allem, doch es war ihm anzusehen, daß er mehr wußte, als er sagen durfte, und vorsichtig, mit Worten, die uns keine Gewißheit ließen, erwähnte er eine sogenannte Vorbehaltsklausel, die beim Verkauf von militärischem Gelände galt, und auch etwas anderes erwähnte er, das ich noch nie gehört hatte: Bündnisverpflichtung und Verteidigungsauftrag. Nicht, daß er den Chef gleich überzeugen wollte, er versuchte nur, ihm etwas zu bedenken zu geben, aber der Chef kannte wohl alles, hatte längst über alles nachgedacht und sich zu etwas entschlossen, was er einstweilen für sich behalten wollte, er blickte aus verengten Augen über seine Spaliere und preßte die Lippen zusammen. Wenn er so schwieg, wenn er so unbeweglich dasaß, dann spürte ich sofort, daß etwas auf dem Spiel stand für ihn und für uns, und ohne zu wissen, was es war, stieg Unruhe in mir auf, und die Unruhe brachte jedesmal diesen Druck im Bauch. Ich nahm seinen Blick auf, sah über die Spaliere unserer Koniferen, gefaßt darauf, daß etwas geschah – es hätte mich nicht gewundert, wenn aus dem kümmerlichen Schatten ein paar Soldaten herausgekommen wären –, doch es regte sich nichts auf dem Land, alles hielt Sonntag.

Daß mir bei uns auch mancherlei entgehen konnte, das merkte ich, als der Minister plötzlich fragte, ob die Kommission schon hier gewesen sei, und der Chef darauf wie von weither antwortete: Ja, sie ist hier gewesen, die Kommission. Und? fragte der Minister. Der Chef zuckte die Achseln und sagte: Fragen, Notizen, Ankündigungen, aber bisher ist noch nichts gekommen, nichts Endgültiges; wir warten. Na, sagte der Minister, noch ist nichts entschieden, und er tickte dabei mit der Patronenhülse gegen die Steinmauer, noch ist Hoffnung, lieber Zeller, und dann sagte er noch etwas, das ich nicht mehr verstand, denn mein Hals schwoll zu, ich konnte kaum atmen, in den Schläfen wummerte es, und im Nu sammelte sich Schweiß auf meiner Brust. Und dunkel, wie unterirdisch, hörte ich auf einmal eine andere Stimme des Ministers, die Stimme, mit der er zu sich selbst sprach, sie sagte: Es steht schlecht, lieber Zeller, wie es aussieht, will das Wehrbezirkskommando nicht verzichten, aber mich, mich haben Sie auf Ihrer Seite.

Der Minister legte dem Chef eine Hand auf die Schulter, und beide rutschten von der geschichteten Steinmauer und nahmen ohne ein weiteres Wort den Weg zur Festung, gefolgt von einer Begleitung, die wohl gar nicht mitbekam, daß ich sitzen blieb und pumpte und den Hals lang machte. Soldaten sprangen aus dem Horizont. Aus dem Dänenwäldchen brachen sie hervor, setzten über die Holle, stürmten über Lauritzens Wiesen, eroberten ein Quartier nach dem andern. Da standen auf einmal überall Pflüge, doppelscharige Motorpflüge, übermütig nahmen die Soldaten sie in Gebrauch und pflügten um, was sich auf unserm Land zeigte, alle Laubgehölze, Nadel- und Obstgehölze, und was sie umpflügten, das schwärzte sich und verdorrte zusehends, und eine ganze Kompanie rannte hinter den Pflügen her und sammelte das Gehölz ein und schichtete es. Als einem Offizier eine Fackel gereicht wurde, als er die Fackel in den Zunder warf, da hielt ich es nicht mehr aus, da rannte ich dem Chef und den andern nach, aber melden, melden konnte ich nichts. Einmal gelang es mir, dem Chef heimlich ein Zeichen zu geben, wir sonderten uns ein wenig ab, und als er mich fragte: Ist was, Bruno?, brachte ich nichts heraus, ich konnte nur seinen Arm packen und zudrücken – worauf er mir zulächelte und flüsterte: Nur ruhig, mein Junge, bald sind wir wieder unter uns.

Am Rosenbeet des Chefs, an seinem Spielbeet, wie er es nannte, blieb der Minister stehen, er erkannte gleich, daß der Chef eine Vorliebe für alte Sorten hatte, für die Teerose, für die Noisette, er erriet, daß alle Arten auf die Hundsrose veredelt waren; nur daß dem Boden Magnesium und Kali beigegeben war, das erriet er nicht. Gemächlich besah er sich die Blüten, lobte den Wuchs, die kräftigen Triebe, fragte nach Frosthärte und Ruhezeit, und dann ging er in die Hocke und streckte die Hand aus: er hatte die Namenlose entdeckt, den Stolz des Chefs. Er war ganz still, er zupfte ein Blumenkronblatt heraus, rieb es, roch an ihm, behutsam legte er seine offene Hand um die Blüte und zog sie zu sich heran, und bei allem zeigte er seiner Begleitung, wie ausgiebig einer etwas bewundern kann ohne ein einziges Wort. Direkt wollte er wohl nichts fragen, er drehte sich nur auf dem Absatz um und sah zum Chef hinüber, und der sagte langsam: Eine Rückkreuzung, ich hab's mal versucht, eine Rückkreuzung von der Polyantha- bis hin zur Wildrose, der kann so leicht nichts anhaben, sie blüht bis zum Frost. Die muß ins Jahrbuch, sagte der Minister, sie ist gut genug fürs Jahrbuch.

Nicht der Minister, der Magere aus seiner Begleitung fragte nach dem Namen der Rose, und der Chef sagte: Damit lassen wir uns hier Zeit. Da wollte der Magere wissen, ob schon ein Name in Aussicht genommen sei, worauf der Chef ihn erstaunt ansah und zurückfragte: Möchten Sie uns einen Vorschlag machen? Der Magere lachte gezwungen und winkte schon ab unter eigentümlichen Verrenkungen, es sollte nur eine Frage sein, ein bescheidener Hinweis darauf, daß die Gelegenheit zur Taufe gerade günstig sei, wenn er sich erlauben dürfe, dies anzumerken, ein Namensgeber sei zufällig anwesend. Der Chef tat, als ginge das nicht in seinen Kopf rein, und sagte nach einer Weile: Bei uns hier, da muß sich alles seinen Namen verdienen, rechtfertigen muß er ihn – wenn Sie verstehen, was ich meine. Und mehr sagte er nicht dazu, vielmehr lud er den Minister und seine Begleitung ein, ins Haus zu gehen, wo Dorothea mit der Kaffeetafel auf sie wartete. Ich ging einfach mit bis zum Haupteingang, und als die meisten bereits in der Festung waren, da kam der Chef noch einmal zurück, er machte den Eindruck, als ob er etwas vergessen hätte, doch er hatte nichts vergessen, er zog mich nur schnell zum Büroeingang und fragte: Was denn, Bruno, was ist los mit dir? Und diesmal konnte ich ihm sagen, was ich gehört hatte. Nachdenklich sah er mich an, sein Gesicht verdunkelte sich, dann wischte er mir über den Kopf und warnte mich: Denk nicht soviel voraus, Junge, und beeilte sich, ins Haus zu kommen.

Meinen Sonntagskuchen, den hatte ich bereits im Gehen verdrückt, gleich nach dem Mittagessen, Dorothea hatte ihn selbst gebacken, Streuselkuchen mit einer Schicht Vanillecreme, ihre Streusel sehen aus wie Sonnentropfen, wie getrocknete, gehärtete, zart gebräunte Tropfen aus der Sonne, sobald ich die im Mund hab, muß ich die Augen zumachen. Ich stieg nicht in meinen Keller hinab, Bruno schlenderte zu den großen schwarzen Autos, der Chauffeur des Ministers winkte mir, er bot mir einen Pfefferminzdrops an, und während er mir noch die Rolle hinhielt, wollte er wissen, wo man hier pinkeln könnte; in seiner Abwesenheit guckte ich mir das Auto an. Bis heute kann ich nicht verstehen, warum die Hupe plötzlich diesen Dauerton von sich gab, ich wollte doch nur das Steuerrad mit beiden Händen anfassen, wollte doch nur einen Augenblick hinter dem Steuerrad sitzen, als Lenker, als Chauffeur, nur probeweise, da röhrte es schon los, da brüllte und gellte es, vermutlich waren es verschiedene Hupen, die ich in Tätigkeit gesetzt hatte, ihr Ton schmerzte, er ging in die Zahnwurzeln, und ich glitt vom Fahrersitz und rannte los; erst als ich am Großen Teich war, brach der Ton jäh ab. Diese Hitze. Dieses Brennen auf der Haut. Zerstochen – so kam ich mir vor, und ich ging langsam zum Großen Teich und legte mich hin und trank erst einmal.

Die Lichtkringel waren schon blasser, unbestimmter, sie schaukelten nicht mehr blitzend unter der Oberfläche, all die kleinen Dellen, die der Wind macht, ebneten sich ein – wie immer, wenn es gegen Abend geht, feiner Dunst kommt dann auf, das klar Gestochene beginnt zu verschwimmen, es fließt wie unter stetigem Hauch, fällt zurück in etwas, das sich nur ahnen läßt. Bläulich trieb der Dunst gegen das Dänenwäldchen. Mein Bauch war schwer. Es gluckerte in ihm. Wenn ich ganz still war, konnte ich hören, wie der Teich atmete, wie er die Luft einsog bis in seine Tiefe und dann erleichtert und gleichmäßig ausatmete, so daß Rohr und Wasserpflanzen sanft schwankten. Von ferne hörte ich auch schon die Stimmen und das Stöhnen der verwundeten dänischen Soldaten – gedämpft, und immer nur dann, wenn der Wind sich sammelte und stoßweise durch die Wipfel ging. Da sah ich sie.

Sie kamen aus dem Dänenwäldchen, Ina und Niels Lauritzen, beide in moosgrünem Zeug, sie traten heraus und mußten sich gleich anschauen, nicht anders, als wollten sie sich vergewissern, daß sie wirklich gemeinsam am Rand des Dänenwäldchens standen, doch bald guckten sie in verschiedene Richtungen, ein bißchen angestrengt und unschlüssig, was sie nun machen sollten; zum Glück stob etwas aus den Brombeeren davon, ich konnte nicht erkennen, was es war, aber es stob davon, und Niels Lauritzen sprang herum und deutete mit ausgestrecktem Arm in den Wald hinein, gewiß fielen ihm auch ein paar Worte ein, dem immer freundlichen, wortknappen Niels. Es war feucht im Erlengebüsch, es sapschte und quatschte, aber ich kroch hinein und stützte mich da auf, wo die Bügel einer uralten Reuse verrotteten.

Die Maulwurfshügel; nachdem Ina damit angefangen hatte, die lockeren Maulwurfshügel zu zertreten, machte Niels es ihr nach, mitunter rannten sie auf denselben Hügel zu, so daß ich schon denken mußte, gleich knallen sie zusammen und werden sich abfangen oder überkugeln oder sonst was, aber kurz vor einem Zusammenprall bremste

Niels Lauritzen ab, er war es immer, der abbremste und Ina den Hügel zur Zerstörung überließ. Frösche quakten auf der andern Seite des Großen Teiches, sie lagen zwischen den Schlingpflanzen und quakten, und als Ina und Niels keine Lust mehr hatten, Maulwurfshügel zu zertreten, gingen sie zu den Fröschen hinüber, schlichen sich da an, um ja keine Erschütterungen hervorzurufen – eine einzige Erschütterung, und die ganze goldäugige Bande taucht weg. Sie beobachteten die Frösche, sie zeigten sich gegenseitig, was sie auf dem Wasser ausmachten. Dann suchte und fand Ina etwas, das sich werfen ließ, eine Latte, ein Stück Kantholz, das irgendeiner hier verloren hatte, sie schleuderte es zwischen die Schlingpflanzen, vermutlich auf die Frösche, die sich da umklammert hielten – ach, Ina, ich weiß noch, wie du nach Steinen, nach Wurfgeschossen verlangt hast, als wir beide einmal dort standen und du dich nur geekelt hast beim Anblick der vielen verklammerten Frösche. Plansch, war die Bande weggetaucht, und im gleichen Moment krümmte sich Ina, schlackerte ihre Hand aus, untersuchte sie, nahm einen Finger in den Mund und saugte, während Niels, der nicht wußte, was geschehen war, sie anstarrte, dicht an sie herantrat und es nicht wagte, sie zu berühren.

Du, Ina, hast ihm deine Hand hingehalten, hast ihm gezeigt, wie der Splitter oder der Nagel die Haut aufgerissen hatte, und Niels nahm deine Hand und guckte sie so ausdauernd an, so interessiert, als hätte er nie zuvor eine Hand gesehen, aber schließlich hielt er es doch für angebracht, sein Taschentuch herauszuholen und die bescheidene Wunde zu verbinden: Niels Lauritzen, der immer freundlich zu mir war und mich bei keiner Begrüßung übersah. Warum ihr ins Dänenwäldchen zurückgegangen seid, das weiß ich auch nicht, ich weiß nur, daß er seinen Arm um deine Schulter legte und dich behutsam wegführte mit kleinen Schritten, du warst einverstanden, durch meinen Blättervorhang erkannte ich, daß du einverstanden warst mit dem Weg, den er für euch aussuchte.

Und am Abend brachtest du ihn zum ersten Mal mit in

die Festung, wir saßen beim Essen – in der ersten Zeit aß ich ja noch mit am großen Tisch –, und Joachim konnte nicht aufhören, an mir herumzumeckern. Er brauchte mich nur zu Gesicht bekommen, dann hatte er schon etwas auszusetzen an mir. Die Tropfspur, er hatte auf dem blanken Fußboden eine Tropfspur entdeckt und ein wenig schwarzen Dreck, den ich wohl hereingeschleppt hatte, da ging es los mit Berufungen, Beschuldigungen, ob ich denn alles einsauen müßte, fragte er, ob ich nicht bemerkt hätte, daß wir hier nicht mehr auf dem Kollerhof wären. Der Chef brauchte lange, bis er zu Joachim sagte: Nun reg dich mal wieder ab, und Dorothea sagte nicht mehr als: Gib schon Frieden, Bruno wird es nach dem Essen wegmachen. Aber er setzte seine Nörgeleien fort, stockender und nicht direkt gegen mich gerichtet, er stichelte so lange, bis Ina die Tür aufstieß und aufgeräumt sagte: Seht mal, wen ich mitgebracht habe. Verblüffung war das mindeste, was sie am Tisch zeigten, sie hörten auf zu essen, starrten den unerwarteten Besuch an und erhoben sich erst, als Niels Lauritzen, von Ina gezogen, am Tisch stand und unsicher lächelte und wohl an einer Entschuldigung kaute; die aber wollte keiner hören. Niels wurde freundlich begrüßt und eingeladen, mit uns ein Stück Brot zu essen. Ich hatte längst die Dreckspur bemerkt, die Ina und Niels von der Tür bis zum Tisch gezogen hatten, schwarze feuchte Abdrücke, sie waren deutlicher als meine, waren vielleicht noch mit kleinen Erdbatzen aus den Maulwurfshügeln angereichert – ich hatte sie bemerkt und sagte nichts und wartete nur darauf, daß Joachim etwas sagen würde, und als er endlich erkannte, was sich auf dem hellen Teppich abzeichnete, da räusperte er sich und fragte Ina: Hast du eigentlich schon unsere Fußabtreter gesehen? Ina, die gerade zwei Teller und Bestecke auflegte, blickte an sich herab, gewahrte die Dreckspur und lachte auf und sagte zu Niels: Guck mal, wie wir uns verewigt haben, und zu Joachim sagte sie: Der ehrlichste Dreck, den es gibt, ein Einweihungsdreck, und mehr sagte sie nicht.

Niels Lauritzen aß nur eine Scheibe Brot und trank nur eine einzige Tasse Tee, er sprach wenig und stellte an diesem Abend nur eine einzige Frage – wie es Doktor Zeller gehe, wollte er wissen, und der Chef sagte, daß Max wohl wie immer unter den Verhältnissen leide und daß es ihm deshalb gut gehe; in unser Schweigen hinein sagte er auch noch: Je unzufriedener Max mit dem Zustand der Welt ist, desto wohler fühlt er sich, und dann reichte er den Brotkorb herum und forderte uns auf, noch etwas zu essen.

Ina mußte die kleine Wunde an ihrem Zeigefinger vorweisen, es kam kein Blut mehr, ein Pflaster wollte sie nicht, doch sie wollte das Taschentuch nicht gleich zurückgeben, das mußte zunächst gewaschen und geplättet werden; was sie über die Herkunft der Wunde erzählte, das stimmte. Wie bemüht sie war, uns mit ihrer Aufgeräumtheit anzustecken, sie gab das Wort nicht ab, mußte uns klein-klein berichten, wo überall sie mit Niels gewesen war und was sie gesehen und erlebt hatten – ein Dachs, es mußte ein Dachs gewesen sein, den wir in den Brombeeren hochschreckten –, sie redete so aufgedreht, daß sie gar nicht mitbekam, wie Joachim seufzte und vor Ungeduld auf seinem Knie trommelte. Und als er ihr Reden nicht mehr ertrug, bat er sie nicht, still zu sein, sondern wandte sich an den Chef und fragte abrupt, ob die Bestandskontrolle fortgesetzt werden sollte wie vorgesehen, und der Chef streifte ihn nur mit einem Blick und fragte seinerseits: Was denn sonst? Auch alle anderen Arbeiten, wollte Joachim wissen, und der Chef darauf mit leichtem Erstaunen: Warum denn nicht, morgen ist ein ganz gewöhnlicher Tag. Dorothea, immer bereit, für Joachim Partei zu nehmen, glaubte den Chef darauf hinweisen zu müssen, daß die Frage ihre Berechtigung hatte, sie sagte: Vielleicht sollten wir warten, bis alles geklärt ist, aber der Chef entschied ruhig: Wir machen weiter, Dotti, alles geht weiter wie gewohnt, damit wehren wir uns am besten.

Gewiß spürte Ina den Ernst, die Bedrückung, sie sah auf einmal besorgt von einem zum anderen, umspannte ihr

Teeglas mit beiden Händen und hoffte wohl darauf, daß einer ihr mehr sagen würde, aber keiner weihte sie ein, und da fragte sie einfach, ob der Besuch schlechte Nachrichten gebracht habe, fragte auch: Wie ging's denn überhaupt mit eurem hohen Besuch? Da guckten alle nur vor sich hin, erst als Niels aufstand und druckste und sich verabschieden wollte, hob der Chef das Gesicht, er bat Niels durch eine Handbewegung, sich wieder hinzusetzen und sagte: Du wirst es nicht glauben, Ina, aber ich hab dem Minister ein Angebot gemacht, beim Abschied, als er alles hier lobte, da hab ich ihn scherzhaft eingeladen, bei uns anzufangen, und er war nicht einmal sehr belustigt, er sagte sogar: Vielleicht, lieber Zeller, nehm ich Sie mal beim Wort. Lange ist der Chef nicht mehr bei uns sitzengeblieben, er mußte in sein Büro gehen, und als er Niels Lauritzen die Hand gab, forderte er ihn auf, bei Gelegenheit wiederzukommen, das tat er.

Die Vögel: immer mißtrauisch und bereit, immer ein Auge auf den anderen, als ob von den anderen alles abhinge, selbst wenn sie in der Pfütze baden, beobachten sie einander, stoßen vor und erschrecken sich, der andere hat immer den besten Platz und muß zuerst einmal weggejagt werden. Unsere Vögel baden immer einzeln, obwohl die Pfütze so groß ist, daß sechs oder acht Vögel gleichzeitig baden könnten, tun sie es nicht, sie hocken herum und beäugen den, der mitten hineinhüpft in die Brühe, unter wildem Nicken Wasser über sich bringt, anfangs nicht allzuviele Tropfen, die sein Gefieder wohl nur vorwaschen sollen, und wenn er sich dann ausreichend benetzt hat, geht es richtig los: tief duckt er sich, spreizt seine Schwingen und läßt sie im Wasser schwirren, schlägt so schnell, daß ein kleiner Sturm entsteht und es in der Luft nur so sprüht und funkelt, er peitscht und walkt da herum, als wollte er gar nicht aufhören. Mitten im Spaß fliegt ihn ein anderer an, ein Schatten, ein warnender Schnabelhieb, und er hüpft hinaus und steht struppig und verklebt da, es tropft von ihm, die Flügel hängen, trauriger kann kein Vogel aussehen, ein Wunder, daß er sich überhaupt erheben und wegfliegen kann.

Alle fliegen auf und davon, das Auto hat sie vertrieben, der Krankenwagen, das ist ein Krankenwagen, der langsam zur Festung hinauffährt, sie werden doch nicht den Chef holen, er ist bestimmt nicht krank, so, wie die Frau von Ewaldsen krank ist, die liegen muß, manchmal in der Sonne sitzt, dürr und zitronengelb, dann wieder liegen muß – der Chef ist nur enttäuscht, verbittert ist er, allein, vielleicht auch mutlos, aber wenn es sein muß, wird er mit allem hier fertig, sie können ihn nicht einfach krankschreiben und überführen lassen und dann hier alles regeln und aufteilen in ihrem Sinn, das läßt er sich niemals gefallen. Aber wenn sie ihn wegbringen müssen, wenn es ihm geht wie dem alten Gemeindevorsteher Detlefsen, dem es plötzlich beim Frühstück nicht gelang, die Kaffeetasse an den Mund zu heben und überhaupt zu trinken und zu essen – wenn es soweit ist mit ihm, dann kann ich gleich anfangen zu packen, dann ist meine Zeit in Hollenhusen schon morgen vorbei.

Zwei steigen aus, das sind bestimmt keine Krankenträger, vielleicht sind sie irrtümlich zu uns gekommen, ich muß warten, bis sie wieder abfahren. Früher, auf dem Kollerhof, da war es schön, krank zu sein, ich lag allein in meiner Kammer, und alle waren gut zu mir und kamen und brachten mir etwas, früher sagte jeder, was er dachte, wenn Dorothea sagte, so, Bruno, nun schlafen wir uns aus der Krankheit hinaus, dann schlief ich auch schon ein, und wenn ich aufwachte, war die Krankheit kleiner.

Ina: sie geht den Männern entgegen, sie spricht mit ihnen, und jetzt kommt Max, der Lisbeth führt, also wird Lisbeth fortgebracht, die sich ungestützt wohl nicht mehr bewegen kann. Keinen Blick hat sie für die Männer übrig, die sie übernehmen und zum Krankenwagen bugsieren, keinen Blick für Magda, die einen großen Koffer schleppt. Magda im Mantel. Auch sie steigt ein. Sie wird mir erzählen, was geschehen ist, sie muß es erzählen, in der kommenden Nacht wird sie klopfen, das hat sie versprochen.

Vielleicht sollte ich doch nicht ans Meer gehen, zu Bootsbauern, sondern in eine kleine Stadt, alles ist da bestimmt übersichtlich, so daß man sich rasch einleben könnte, und wenn Magda mitkäme, würde es wohl nicht mal einen Tag dauern, bis wir etwas gefunden hätten für uns.

Zusammen, da würden wir uns gleich zurechtfinden in einer Stadt. Sie könnte mich zur Stadtgärtnerei bringen, wo es bestimmt Arbeit gibt für mich, und bei allem, was sie kann, würde sie gewiß in kurzer Zeit auch etwas für sich finden – Magda, die selbst in einer kleinen Stadt an der Küste groß geworden ist und genau weiß, wie man zu etwas kommt.

Von ihrer Stadt an der Westküste spricht sie nicht gern, wenn ich sie nach ihrem Leben gefragt habe, hat sie immer nur das Nötigste gesagt, aber ich war noch jedesmal zufrieden mit dem Nötigsten, denn ich sah die alte Stadt deutlich genug vor mir: die engbrüstigen Häuser, vor denen hier und da Malven standen, das Kopfsteinpflaster, die Linden, die im Seewind kümmerten, die Werft, auf der nur noch Fischerboote repariert wurden. Dort wuchs sie auf in einem schmalen grauen Haus. Ihr Vater war Schiffszimmermann, er kenterte bei einer Probefahrt und ertrank; ihre Mutter wollte sich nicht damit abfinden und saß lange am Fenster, sie saß auch manchen Winter so, ungläubig und hoffend, und einmal bekam sie Fieber und starb nach kurzem Krankenlager, nun war Magda allein mit ihren jüngeren Geschwistern, Jan und Clara, die beide noch zur Schule gingen.

Um sie satt zu bekommen, nahm sie eine Stellung an bei einem Drogisten, dessen Frau hatte einen Kropf und einen Fimmel, den Staubfimmel, den ganzen Tag war sie hinter Magda her, wies sie an, beaufsichtigte sie und rügte sie, und wenn Magda am Abend nach Hause ging, mußte sie sich abmelden. Essen durfte Magda nur das, was die Frau ihr zuteilte, und kaum war ihr Teller leer, da hieß es auch schon: Die Arbeit wartet nicht gern; fertig wurde sie niemals.

Einmal hat Magda gesehen, wie die Frau den Staubbeutel aus dem Staubsauger absichtlich ein wenig öffnete und etwas von dem Inhalt auf einen Lehnstuhl schüttete und auf die Blätter einer Zimmerpflanze, sie hat es gesehen und nichts dazu gesagt, doch als die Frau dann mit ihrer üblichen Inspektion anfing, als sie Magda beweisen wollte, daß ihre Arbeit nicht das Geld wert sei, das sie erhielt, da erlebte sie eine ganz schöne Überraschung. Ohne ein Wort hat Magda den Staubbeutel genommen und den ganzen Inhalt über die Zimmerpflanzen verstreut, so daß sie aussahen wie mit Dreck gepudert, und dann hat sie der Frau den Staubbeutel in die Hand gedrückt und ist gegangen.

Der Räuchermeister: sie hat auch einmal bei einem Räuchermeister gearbeitet, der war Witwer und lebte allein in einem geräumigen Haus, das von wildem Efeu bewachsen war, ihre Geschwister waren da schon aus der Schule. Die Stube, in der sie wohnte, war erfüllt vom Lärm der Vögel, die ihre Nester im Efeu hatten, bei der Arbeit war sie ohne Aufsicht, und sie durfte sich zu essen nehmen, soviel sie wollte. Überall im Haus, auf Kommoden, Schränken, Fensterbrettern, standen Flaschen herum, schöne Flaschen, die der Räuchermeister ausgetrunken hatte, und damit er sich erinnern konnte, mit wem er es getan hatte, trugen alle Flaschen kleine Aufschriften, die enthielten nur Name und Datum. Immer, wenn der Räuchermeister nächtlichen Trinkbesuch hatte, war Magda ruhig und zufrieden, nachdem sie eine Weile den Stimmen zugehört hatte, konnte sie leicht einschlafen, und sie schlief durch und schrieb am nächsten Morgen die Etiketten aus. Bange aber war sie immer dann, wenn kein Trinkbesuch kam, wenn der Räuchermeister allein mit seiner Flasche in der Küche saß, Ansprachen hielt oder jammerte oder seine Wut ausließ an den Sachen in seiner Nähe; in solchen Stunden lag sie wach und fühlte, wie die Furcht stieg, sobald er zu wandern begann, treppauf und treppab. Jedesmal kam er auf seinen Wanderungen auch an ihre Tür, er war dann zuerst ganz still und lauschte nur, manchmal bewegte er den Drücker, um zu prüfen, ob Magda abgeschlossen hatte, sie hatte immer abgeschlossen, sie stellte sich schlafend und antwortete nicht, wenn er leise ihren Namen rief.

Kaum war er am nächsten Morgen aus dem Haus, da lief Magda hinunter zum Hafen und bis zur Spitze der Mole, dort warf sie eine Flasche ins Meer, eine Flaschenpost, sie nahm sich einfach, was auf den Kommoden und Fensterbrettern stand, entfernte das Etikett und steckte eine Botschaft in die Flasche. Magda wollte mir nicht sagen, was die Botschaft enthielt, doch ich kann mir schon denken, daß sie darauf aus war, aus der Ferne Antwort zu erhalten. Obwohl sie den davontorkelnden Flaschen dreimal hinterherspuckte, obwohl sie sich versicherte, daß ihre Botschaften von Wind und Strömung aufs offene Meer und westwärts getrieben wurden, hat sie kein einziges Mal eine Antwort bekommen.

Einmal rüttelte der Räuchermeister an Magdas Tür – er hatte sich auf Strümpfen angeschlichen –, er bewegte nicht nur den Drücker, sondern rüttelte und rief und befahl ihr, aufzumachen, da nützte es nicht viel, daß sie sich schlafend stellte, sie mußte ihm antworten, und sie bat ihn, zu Bett zu gehen, sie sagte auch noch, daß sie sich fiebrig fühle, aber das bedeutete ihm nichts, er war entschlossen, zu ihr zu kommen, er ließ sich nicht wegschicken. Als er sich gegen die Tür warf, hat Magda ihn gewarnt, und als er nach einer Weile das Brecheisen ansetzte, hat sie ihn zum zweiten Mal gewarnt, doch er machte sich nichts aus ihren Warnungen, er stemmte und hebelte.

Ich kann mir gut vorstellen, wie Magda nach einem Ausweg suchte, ich sehe deutlich, wie sie sich durch die dunkle Stube bewegt und eine Flasche nach der andern auf dem Fußboden zerschlägt und die Scherben wegscharrt und vor ihrem Bett verteilt, einen Kranz von Scherben; dann springt sie in ihr Bett und setzt sich auf und erwartet ihn.

Gleich nach seinem Eintritt zog er sich eine Scherbe ein, er stöhnte und humpelte, und nachdem es ihm gelungen war, die Glasscherbe aus dem Fuß zu ziehen, schob er ab nach unten ohne ein einziges Wort.

Zum Frühstück hatte er eine Entschuldigung vorbereitet, er saß bereits am Tisch, als Magda herunterkam, er winkte sie zu sich heran und wollte, daß sie sich neben ihn setzte, doch sie schüttelte nur den Kopf, legte Haus- und Kellerschlüssel auf den Tisch und ist gegangen.

Magda: als ich sie zum ersten Mal sah, da wußte ich gar nicht, daß sie es war und daß sie zu uns gehörte, aber aufgefallen ist sie mir schon, wie sie an einem Ecktisch im Bahnhofswartesaal saß mit dem Mädchen und dem jungen Soldaten. Weil es bei uns nur Gemüse mit Suppe und Ei gegeben hatte, mußte ich am Nachmittag noch einmal rasch zum Wartesaal hinunter, es war sehr schwül, und zu den Frikadellen bestellte ich mir gleich zwei Flaschen Limonade. Über den Schienen brütete die Hitze, der Bahnhof war ganz verödet, es wunderte mich, daß die drei dasaßen, die beiden Mädchen und der Soldat, obwohl der nächste Zug noch lange nicht fuhr. Sie kamen mir beinahe gleichaltrig vor, die drei, dennoch entging mir nicht, daß eines der Mädchen das Sagen hatte, Magda im blauweiß gestreiften Kleid, Magda mit der Halskette und dem Bastkorb, den ein Tuch abdeckte; allein wie sie dasaß, zeigte schon, was sie beanspruchte und was die andern ihr bereitwillig entgegenbrachten an Respekt. Ihre Nachdenklichkeit. Ihre ernste Art, Fragen zu stellen. Ihre knappen Ermunterungen und Einsprüche und ihr gutmütiges Lächeln, mit dem sie manchmal den andern zuhörte.

Als die blasse Frau hinter dem Tresen hervorkam und

wollte, daß die drei etwas bestellten, da war es Magda, die antwortete, und sie war es dann auch, die die hingesetzten Teller verteilte, die Terrine zu sich heranzog und jedem auffüllte von der Suppe, dem Soldaten am meisten; ihm schob sie auch den Bauchspeck zu, der auf ihren Teller geraten war. Aus ihrem Bastkorb holte sie zwei Brötchen heraus, der Soldat bekam ein ganzes, sie und das andere Mädchen teilten sich eins.

Ich hatte längst meine Frikadellen gegessen und die Limonade getrunken, wollte längst unterwegs sein zur Holle, aber ich blieb dort sitzen, ich weiß nicht, warum, ich weiß nur, daß mich etwas hielt und ich nicht wegfinden konnte, vielleicht war es die Freude, die nur vom Zusehen kam.

Später haben sie sich noch Apfelsaft bestellt, zwei Flaschen mit drei Gläsern, und plötzlich haben sie ganz schnell ausgetrunken, sind aufgesprungen und auf den Bahnsteig hinausgerannt, wo Magda jedem ein Päckchen zusteckte, es waren gleichgroße Päckchen. Als der Zug einlief, begann es leicht zu regnen, nur einzelne große Tropfen, die im Staub zerplatzten oder auch wegkullerten, Magda gab zuerst dem Mädchen einen Kuß und dann dem Soldaten, und schob nach, als sie ins Abteil stiegen, und während die beiden hinaufstiegen, bekamen sie eins mit der flachen Hand auf den Hintern. So, wie die beiden zurückwinkten, hab ich noch keinen winken gesehn; übereinander hingen sie im Fenster, der Fahrtwind zauste sie, der zunehmende Regen schlug in ihre Gesichter, doch sie zogen ihre Köpfe nicht ein, sie winkten zuerst schnell und dann immer langsamer und im gleichen Rhythmus, bis der Zug hinter der Biegung Richtung Schleswig verschwunden war.

Meine Windjacke, sie kam unter meine Windjacke, obwohl ihr dünnes Kleid schon durchnäßt war, zuerst verstand sie mich nicht, weil der Wolkenbruch seinen eigenen Lärm hatte, doch schließlich hob sie den Korb vom Kopf, mit dem sie sich gegen das Wasser zu schützen versuchte und war einverstanden damit, daß ich die wasserdichte Jacke über uns beide hielt. Auf der andern Seite der Schienen vergewisserte sie sich, ob es da zu unseren Quartieren hinaufging, danach hielt sie sich neben mir, achtete nur auf ihre Schritte und ließ sich von mir führen am Versandschuppen vorbei und am neuen Gerätehaus, wenn mein Arm ihre Schulter berührte, duckte sie sich und ging gleich ein wenig rascher, und ich achtete darauf, daß es nicht wieder geschah. Erstaunt guckte sie mich an, als ich vor meiner Tür stehenblieb und den Schlüssel herausfischte, sie hatte bestimmt nicht gedacht, daß auch ich hierher gehörte, doch während ich aufschloß, dämmerte ihr wohl etwas, und sie fragte: Sind Sie vielleicht Bruno? Ja, sagte ich und lud sie ein, zu mir hereinzukommen und den Wolkenbruch abzuwarten, und sie tat es zögernd.

Da es von ihr nur so tropfte und floß, hätte ich sie am liebsten in eine Waschschüssel gestellt, ich mußte sie überreden, sich auf den Hocker zu setzen, und nachdem sie es widerstrebend getan hatte, bot ich ihr von dem an, was auf dem Fensterbrett lag für meinen Nachthunger, doch sie wollte nichts haben. Beim Anblick meiner Uhr schmunzelte sie, sie entdeckte gleich, daß sie nur einen Zeiger hatte, sie sagte: Die geht wohl nach dem Mond; aber das Marmorgehäuse, das hat sie bewundert; behutsam drehte sie es in den Händen, wischte über es hin, dann hat sie ein bißchen nachgerechnet und gesagt: Bald werden sie in Schleswig sein, und als ich fragte: Wer?, sagte sie: Meine Geschwister, es war ihr erster Besuch in Hollenhusen.

Eine Weile haben wir schweigend gesessen, die schweren Wolken trieben zur Ostsee weiter, wie immer bei uns kam die Helligkeit schnell zurück, draußen siddelte es nur noch. Plötzlich wollte sie von mir wissen, ob ich gern hier sei, und ich sagte, daß der Chef mich hierher gebracht hatte, und daß ich seit dem Tag bei ihm war, an dem er daran ging, den alten Exerzierplatz zu bearbeiten, und ich sagte ihr auch noch, daß ich es mir gar nicht vorstellen könnte, woanders zu leben.

Ob es ihr bei uns gefiel, das konnte sie noch nicht sagen, auf meine Frage hob sie die Schulter und meinte: Mal sehen, wie sich hier alles anläßt.

Mit dem Chef sprach ich nicht über Magda, in jener Zeit waren wir auch nur selten unter uns, weil er oft Besuch hatte und immer wieder nach Kiel mußte und nach Schleswig, das war ein Kommen und Gehen in der Festung, Leute aus Hollenhusen kamen zu uns, unbekannte Leute aus kleinen Nachbarorten, als ob es Sonderangebote bei uns gäbe, so zogen wir sie an, und wenn sie uns verließen, verabschiedete der Chef viele mit einem Handschlag oder mit heiterem Zuruf.

Als die Verladerampe eingeweiht wurde, die die Bahn eigens für uns errichtet hatte – es war wohl die einzige Rampe weit und breit –, da begegneten wir uns, da standen wir dicht nebeneinander, er kniff mich leicht in den Nakken und sagte, ohne mich anzusehn: Weißt noch, Bruno – in alle Himmelsrichtungen, und jetzt ist es so weit. Was wir hier aufziehn, das geht in alle Himmelsrichtungen: ich hab's dir vorausgesagt, und nun geschieht es auch. Bevor ich ihm antworten konnte, mußte er schon zu dem uniformierten Bahninspektor, mit dem zusammen er die Flachsteigen und Doppelkisten inspizierte, in denen Ballenpflanzen verstaut waren, Sträucher und Wildlinge und Bodendekker. Ich wunderte mich nur, wie bemüht manche waren, einige Worte mit ihm zu wechseln, und wie sie sich beeilten, ihm beizupflichten, nicht anders, als hingen sie von ihm ab. Gewiß kam das auch davon, daß überall in Hollenhusen Plakate klebten, an Bäumen, an Zäunen, an den Wänden von Scheunen, und daß auf den Plakaten ein Photo des Chefs zu sehen war, es waren sogar zwei Photos: auf einem sah er jeden ernst an, auf dem andern hatte er den Spaten tief in die Erde gestochen, um etwas zu pflanzen, das Bäumchen, das neben ihm lag.

Sie hatten ihn für die Wahl aufgestellt, sie wollten, daß er Bürgermeister würde in Hollenhusen, nicht alle, aber doch die, die sich etwas davon versprachen; wie Max erzählte, haben sie ihn so lange bedrängt und ihm zugeredet, bis der Chef schließlich zustimmte; von da an war er viel unterwegs, und das Licht in der Festung brannte länger als sonst. Um die Düngung all unserer Topfgewächse konnte er sich nicht mehr kümmern, die hatte er mir anvertraut, und ich machte es wie er, gab ihnen je nach Art und soviel sie brauchten, sprach mit ihnen, und bei allem lauschte ich auf die Geräusche des Wachstums, die der Chef schon hundertmal gehört hatte und die ich endlich an einem Morgen auch hörte, ein ganz schwaches Knistern. Oft hatte er zu mir gesagt: Komisch, Bruno, du hörst doch sonst so gut, aber die Geräusche des Wachstums, die bekommst du wohl nicht mit – und nun hatte ich sie zum ersten Mal gehört und freute mich darüber.

Magda war nicht im »Deutschen Haus«, und ich wäre wohl auch nicht da gewesen, wenn Max mich nicht mitgenommen hätte, Max, der uns nur zu den Festen und besonderen Anlässen besuchte; auf dem Rückweg von der Gerichtslinde, wo er mich bald totgefragt hätte, sagte er plötzlich: Heute abend, Bruno, da mußt du dabei sein, da wirst du den Chef in einer neuen Rolle erleben, ich jedenfalls gehe hin. Max bot sich auch gleich an, mich mitzunehmen, und ich wartete auf ihn am Bahnübergang und ging dann neben ihm ins »Deutsche Haus«, wo ganz Hollenhusen sich versammelt hatte und dazu viele aus den Nachbarorten, mehr Männer als Frauen. Das Geschiebe. Die Begrüßungen. Der Zigarrenrauch. Das viele grüne Tuch, das hineindrängte in den matt erleuchteten großen Saal. An Längstischen nahmen sie Platz, möglichst weit hinten. Wir gingen gleich nach vorn, wo noch zahlreiche Stühle unbesetzt waren, bei der Aushilfskellnerin bestellte Max für sich ein Bier, für mich eine Limonade, außerdem bestellte er schon mal ein Kännchen Tee für Dorothea, die noch kommen wollte. Zählen konnte ich all die Leute nicht, weil einige immer hin- und hergingen zwischen den Tischen, hinter vorgehaltener Hand flüsterten, eben mal raus mußten, in Begleitung wiederkehrten, sich an anderen Tischen aufstützten, wo sie selbst etwas geflüstert bekamen – jeder Versuch, sie zu zählen, mißlang.

Kaum hatte Dorothea sich zwischen uns gesetzt, kaum hatte ihr Atem sich beruhigt, da wurde der Chef von zwei Männern in den Saal geführt, es wurde so still, daß ihre Schritte auf dem Holzfußboden zu hören waren, kein Gewinke, kein großes Wiedererkennen, auch als sie dicht vor unserm Tisch vorbeizogen, tauschten wir kein Signal. Geklatscht hat niemand. Die Männer geleiteten den Chef zu einem Pult, das von zwei Kübelgewächsen flankiert war, er wurde gebeten, sich zu setzen, und einer der Männer stieg aufs Pult und begrüßte launig die Anwesenden, es war der Höker Tordsen, der jeden im Saal kannte und sich freute, daß kaum einer fehlte. Er hielt es für überflüssig, Konrad Zeller vorzustellen, er wollte nur daran erinnern, daß dieser Mann – er sagte meistens: dieser Mann – gleich nach dem Krieg mit dem großen Strom aus dem Osten gekommen war, einer, der seine Pflicht erfüllt und alles verloren hatte, aber deswegen noch lange nicht bereit war, aufzugeben und beiseitezustehen, sondern, was viele bezeugen können, als Fremder, als Mittelloser, mit Ausdauer und Erfahrung etwas aufbaute, das überall Anerkennung gefunden hat, nicht nur in Hollenhusen. Diesem Mann, sagte Tordsen, schulden wir Dank, und er sagte auch: Dieser Mann hat unser Vertrauen, er und seine Partei.

Nach ihm stieg der Chef aufs Podium, und jetzt klatschten einige, nicht heftig, nicht anhaltend, aber sie klatschten – als ich mitklatschen wollte, da verwies mich Dorothea durch einen Blick, und Max zog meine Hände unter den Tisch. Der Chef war sehr ernst, er sprach langsam, sein Blick wanderte über uns hinweg bis in die halbdunklen Ekken des Saals, von all dem, was er zu sagen hatte, verstand ich nicht viel, doch ich bekam mit, daß es um Europa ging, um seinen Zusammenschluß auf verschiedenen Feldern, er sprach von Opfern und Veränderungen und kündigte an, daß die auch in Hollenhusen gebracht und verkraftet werden mußten, besonders auf dem Land, besonders auf kleinen und allerkleinsten Höfen, jedenfalls täten manche gut daran, sich auf Opfer und Veränderungen einzustellen. Max wiegte den Kopf, während Dorothea die Gesichter um uns herum prüfend musterte, all die harten, skeptischen Gesichter, die das meiste für sich behalten können. Ohne Regung hörten sie zu, wie der Chef zuerst von den guten Nord-Süd-, dann aber von den schlechten Ost-West-Verbindungen bei uns sprach, er schlug vor, eine Umgehungsstraße zu bauen mit Anschlüssen an die Straße nach Schleswig, und als er über die Flurbereinigung sprach, schlug er vor, auf dem Gemeindeland eine neue Schule zu bauen, die sollte alle benötigten Klassen haben und eine Turnhalle. Der Chef las nichts ab, er hatte alles im Kopf, mitunter schloß er die Augen, um sich zu entsinnen, und wenn er das Gesicht zur Seite wandte, konnte ich sehen, daß ihm der Schweiß nur so herunterlief. Die Kante des Pults hielt er bestimmt nicht vor Aufregung umklammert, er war so ruhig wie einer, der seinen Worten immer vertraut hat, und ruhig und selbstgewiß und oft bereit, einen Satz zu wiederholen, sprach er von Drainagearbeiten und der Vereinigung der beiden altmodischen Molkereien, und zum Schluß dankte er allen für die Aufmerksamkeit.

Die Aussprache, ich weiß noch, daß nach magerem Beifall Getränke hereingebracht wurden zur großen Aussprache, einer – und er rief es laut – wollte, daß der Saal aufgehellt wird, aber es blieb bei mattem Licht, es blieb auch bei der gewohnten Sitzordnung und bei der gleichen Anzahl Zuhörer, nur bei der üblichen Hollenhusener Stille und Unerregtheit blieb es nicht. Solange der Chef gesprochen hatte, war nichts von ihnen gekommen, kein Gegenwort, kein Zuruf und keine Nachfrage, so daß einer, der uns hier nicht kennt, gut und gern hätte glauben können, der Redner habe alle überzeugt, aber in der Aussprache, da zeigte es sich, daß sie in Hollenhusen nicht schweigen aus Zufriedenheit.

Zuerst wollten sie wissen, womit der Chef das bezahlen wollte, was er vorgeschlagen hatte, sie ließen sich nicht abspeisen mit ungefähren Angaben und in Aussicht gestellten Zuflüssen aus Landesmitteln, sie bestanden auf genauen Zahlen für Schule, Turnhalle und alles andere, und der Chef sagte, was er wußte, aber er gab auch zu, daß er einiges nicht wußte. Der Chef erregte sich nicht, auch als einer aus seiner dunklen Ecke nach den Zweihundertachtundvierzigern fragte, erregte er sich nicht, beherrscht erklärte er, daß die Rückkehr der Soldaten zwar einige Vorteile brächte, das schon, aber andererseits würde sich zuviel ändern an unserem Leben hier. Mehr sagte er nicht; der in seiner Ecke und einige andere hätten wohl gern weitergefragt, aber sie unterdrückten, was sie loswerden wollten an Anspielung und Verdacht, und der Chef wollte von sich aus nichts hinzufügen, er, der immer gewußt hat, welche Antwort einer bekommen soll.

Erstaunt geguckt hat er aber doch, als sich vom letzten Fenster einer nach vorn aufmachte, ein schmächtiger Alter, der ohne Eile an den Tischen vorbeistakste, zäh, mit erhobenem Gesicht, einmal verwirrt stehenblieb, als hätte er sich verlaufen, dann aber seinen Weg zielbewußt fortsetzte zum Pult, wo er sich ziemlich viel Zeit ließ mit seinem Begehren und nur den Chef anstarrte, auf unerbittliche Art. Er verlangte zusätzliche Auskunft über Europa und das Opfer, das er persönlich bringen sollte, er hatte verstanden, daß kleine Höfe ohne Zukunft waren, und er stammte von einem kleinen Hof, nicht mal fünfundzwanzig Hektar, von diesem bißchen Land aber hatten seine Leute über zweihundertfünfzig Jahre gelebt, und was denn nun werden sollte mit ihm und seinesgleichen – das wollte er mal vom Chef wissen. Da sprangen einige im Saal auf, der alte Mann hatte für sie gesprochen und bekam seinen Beifall, ich erschrak, als ihre Fäuste die Tische betrommelten, und Dorothea schaute sich besorgt um und suchte den Blick von Max. Die Stimme des Chefs änderte sich kaum, sie klang nur ein wenig trauriger, als er dem alten Mann versicherte, daß er alles verstehen könne, die Bitterkeit, den Zorn und die Verzweiflung, er sagte: Ich weiß, was es heißt, alles zu verlieren, und er sagte auch: Wir sind immer unterwegs, nirgendwo steht geschrieben, daß alles so bleiben muß, wie es ist. Diese Worte genügten weder dem alten Mann noch denen, für die er ohne Auftrag gesprochen hatte, sie verlangten Gewißheiten, sie mußten erfahren, worauf sie sich einzustellen hatten, und der Chef war sogleich bereit, sich mit ihnen zusammenzusetzen, später, im kleineren Kreis.

Als wir gemeinsam zur Festung zurückgingen, da war jeder mit seinen Gedanken beschäftigt, ich und Dorothea und Max, wir trotteten hintereinander den Schotterweg entlang, ohne den Chef, der noch geblieben war, um den Aufgebrachten und Wißbegierigen den Rest zu erklären. Nachdem wir durch unsere Thujahecke geschlüpft waren, gingen wir nebeneinander, und Dorothea, die sich hin und wieder zusammenzog wie unter Kälteschauern, hakte sich bei uns ein und schüttelte den Kopf und murmelte: Warum macht er das nur, warum läßt einer sich nur darauf ein; und Max sagte leise: Nichts ist mühseliger, als andere zu überzeugen, nichts bringt so wenig ein. Aber warum tut er es dann, fragte Dorothea, und Max darauf: Einige müssen es übernehmen, damit es am Ende weitergeht mit allem. Max war einverstanden mit dem, was der Chef auf sich genommen hatte, er lobte und verteidigte ihn, seine Rede bewunderte er sogar, zumindest hatte er sie ihm nicht zugetraut, dennoch glaubte er, daß es für den Chef nicht reichen würde, bei allen Anstrengungen nicht, weil er einen Fehler begangen hatte, den sich keiner leisten kann: Offenheit, entwaffnende Offenheit. Damit hat er sich um seine Chance gebracht, sagte Max, ihr werdet es erleben.

Wir erlebten es nicht. Max bekam nicht recht, denn es dauerte nicht lange, da wählten sie den Chef zum Bürgermeister von Hollenhusen, man knapp, aber sie wählten ihn.

Das ist nicht Magdas Kopftuch, bestimmt wird es wieder die einäugige Frau sein, die hinter der aufgelassenen Ziegelei wohnt, diesmal klaut sie nicht Hagebutten, sondern Rhododendron-Stecklinge, immer nur ratsch und in den Sack, ratsch und in den Sack, alles für ihren zusammengestohlenen Garten, vor dem noch jeder Fremde stehengeblieben ist. Einmal hab ich sie ganz schön erschreckt, ich hab mich angeschlichen und sie so erschreckt, daß sie ihren Sack fallen ließ, daß sie erstarrte, wie eine Vogelscheuche stand sie da, unfähig, sich zu bewegen, doch als ich gerade überlegte, ob ich sie dem Chef vorführen sollte, da drehte sie sich langsam um und sah mich an mit ihrem einzigen Auge, und ich konnte nicht viel sagen. Sie klauen hier, sagte Bruno, und das war schon alles. Ich warf den Knüppel weg, den ich bei mir hatte, und wartete darauf, daß sie abschob, vor lauter Unsicherheit hab ich ganz vergessen, ihr die Beute abzunehmen.

Wie sie einsackt, nicht anders, als ob sie im Akkord für uns arbeitet, suchend geht sie von einem Steckling zum andern, tief geduckt, ohne zu sichern, am liebsten möchte ich sie stellen und dem Chef vorführen, damit er die Strafe festsetzt, aber ich geh hier nicht raus, vor dem Abend lasse ich mich nicht blicken. Häher fliegen auf. Eine Elster fliegt auf. Gewiß kommt einer den Transportweg hinab, vielleicht wird er sie überraschen, die Frau hat immer noch nichts bemerkt, ahnungslos reißt sie und schüttelt die Erde ab und sackt ein; jetzt ist es zu spät, um zu rennen.

Joachim. Joachim allein und ohne Hund, und noch hat er sie nicht entdeckt. Joachim hat seine Augen nur bei Mirko, der mit seinem Traktor eine Sämaschine abschleppt. Ein Signal, ich müßte ihr ein Signal geben. Joachim ruft Mirko an und deutet zu den Kiefern hinüber. Sie wirft sich nicht hin, sie schleppt ihren Sack zu den Regentonnen, versteckt ihn und beginnt seelenruhig ihre Schuhe zu reinigen und späht dabei zu Joachim hinüber, der neben Mirkos Traktor hergeht, zum Gerätehaus.

Sie wählten ihn zum Bürgermeister von Hollenhusen, obwohl Max ihm keine Chance gegeben hatte, es war das knappste Ergebnis, an das sie sich erinnerten bei uns, dem Chef aber machte das nichts aus, er übernahm das Amt und war einverstanden damit, daß sie ihn im Gemeindehaus Herr Bürgermeister nannten, manchmal sagte sogar Dorothea zu ihm: Komm, Bürgermeister, iß noch ein Würstchen. Welche Arbeiten in den Quartieren anstanden, das wußte er zu jeder Zeit, er konnte nicht mehr soviel bei uns sein, aber über Ewaldsen und Joachim ließ er uns sagen, was vorrangig zu tun war, und wenn wir ausführten, was er für dringend hielt, hab ich mir so manches Mal vorzustellen versucht, womit er sich gerade beschäftigte, und sah ihn dann bei Besichtigungen oder hörte ihn vom schwarzen Pult zu Leuten sprechen, mitunter nahm er auch die Bitten von Hollenhusenern entgegen.

Einmal hat er ein Fest eröffnet, das Große Ringreiten, zu dem die Wettkämpfer von überall angeritten kamen, alte Männer und Jungbauern, aber auch Schulmädchen, sie ritten zur Holle hinunter, auf Lauritzens Wiese, die sie zu einer Festwiese gemacht hatten mit Fahnen, Kampfbahnen, Buden und Verkaufsständen. Dort nahmen sie Aufstellung, und der Chef stieg auf eine Kiste und eröffnete das Ringreiten, er sprach nicht lange, und ich konnte auch nicht verstehn, was er sagte, weil ich nicht allzu nahe herangehen mochte, aber es muß eine heitere Eröffnung gewesen sein, denn Gelächter antwortete ihm, und er bekam viel Beifall. Die Reitanzüge schwarz und weiß. Die bewimpelten Lanzen. Die geschmückten Pferde, Rosen hinter den Ohren. Gekalkte Masten, zwischen denen schon Ringe hingen. Sperrseile überall. Das mächtige, verwaschene Festzelt: der größte Pilz, den man je gesehen hat. Ina, die mich im Schutz meiner Mauer aufstöberte, mich einfach an die Hand nahm und hinabziehen wollte: Komm schon, Bruno, komm, das gibt's nur einmal im Jahr. Nein, sagte ich, von hier aus kann man alles schön überblicken. Vorn am Sperrseil fand mich niemand, ich guckte von der Mauer aus zu, saß vor dem Erlengebüsch, und als die Ausscheidungskämpfe begannen, da ging ich bis zur Holzbrücke vor, aber näher heran bin ich nie gegangen, nie so nah, daß ich die Augen der Pferde erkennen konnte.

Schmalzgebackenes und gebrannte Mandeln, ein paarmal auch türkischen Honig ließ ich mir von Heiner Walendys kleinem Bruder holen, der hatte überhaupt kein Geld und rannte gern für mich zu den Buden hinunter, nur, damit er etwas abbekam. Allzu lange konnte ich die Wettkämpfe nicht beobachten; wenn ich genug hatte vom Getrappel und Gedröhn und vom Prusten und Wiehern, dann ging ich zu unseren Kulturen zurück, zur Senke, wo alles nur ganz gedämpft hinkam, und dort war es auch, wo Ina mir aufgeregt zurief: Niels, wenn du ihm die Daumen drückst, dann gewinnt er, dann wird er König, und ich hab ihr gleich wünschen geholfen und Niels die Daumen gedrückt, so heftig, daß er nach drei Tagen König geworden ist.

Von allein wäre ich niemals ins Festzelt gegangen, aber der Chef wollte es, der Bürgermeister, er verfügte: Heute bleibt die Familie zusammen, und er selbst führte uns an den Tisch, der für uns reserviert war in dem Riesenzelt, und den er unseren Stützpunkt nannte. Und nachdem wir uns auf die Klappstühle gesetzt hatten, legte er uns nacheinander beide Hände auf die Schultern, geradeso, als wollte er uns andrücken.

Die meisten trugen Reitanzüge, manche hatten ihre Lanzen am Tisch aufgepflanzt, auf einem Podest packte eine Drei-Mann-Kapelle ihre Instrumente aus. Träge schlappte die Zeltplane hin und her, am Himmel zogen weiße Wolken, prall wie Schweinsblasen, da war starker Wind zu erwarten. Wer etwas essen oder trinken wollte, der mußte es sich selbst holen von einem Verkaufsstand auf Rädern.

Ich wußte schon im voraus, daß sie mich schicken würden, um alles anzuschleppen, und während ich noch versuchte, Ordnung in ihre Wünsche zu bringen, kam Niels an unsern Tisch, er trug bereits die Nadel und das glitzernde Brustgehänge, das ihm als König zustand, und als Ina ihm mit einem Kuß gratulierte, fragte er schnell, was er uns bringen könnte. Wir gingen gemeinsam zum Verkaufsstand, ich gab die Bestellungen auf, und Niels guckte mich von der Seite an und sagte anerkennend: Was du dir alles merken kannst, Bruno, ich hab schon die Hälfte vergessen; und später am Tisch, nachdem wir die Tabletts abgesetzt hatten, sagte er noch einmal: Ich hätte bestimmt dreimal gehen müssen, aber Bruno, der merkt sich alles. Er rückte dicht an Ina heran und teilte sich mit ihr den Stuhl, es machte beiden nichts aus, daß sie ganz schön wacklig saßen, mitunter fuchtelten sie und klammerten sich aneinander, um nicht wegzukippen.

Wie er König geworden war, das konnte er weder dem Chef noch Dorothea erklären, die es immer wieder wissen wollten; das größte Verdienst gab er Fabian, seinem alten Pferd, das den gleichmäßigsten Galopp geht, den man sich denken kann, auf Fabian, sagte er, sitzt man wie auf einem Schaukelstuhl, und wenn man die Bewegungen berechnet, braucht man die Lanze nur hinzuhalten, dann findet sie schon in den Ring – auf Fabian hätten alle seine Konkurrenten gewonnen.

Immer blieb die Familie aber nicht zusammen, von Zeit zu Zeit kamen Leute an unsern Tisch und sprachen mit dem Bürgermeister, ein paarmal holten sie ihn auch weg, und ich sah ihn dann an anderen Tischen sitzen, ein Glas in der Hand, anstoßbereit. Als die Kapelle zu spielen begann, verließen uns auch Niels und Ina; weil Niels König war, gehörte ihm der erste Tanz, der Königswalzer, wie Dorothea sagte, doch er tanzte gewiß nicht wie ein König; es lag wohl an seinen Reitstiefeln, daß er aus dem Takt kam, kleine Hüpfer machte, ständig ein bißchen hinterher war während des ganzen Tanzes, am Ende konnte ihm jeder die Erleichterung ansehen. Wie schnell er Ina wegzog, das Klatschen hatte noch nicht einmal aufgehört, da war er schon mit ihr im Gewühl beim Zelteingang verschwunden. Daß Joachim so gut tanzen konnte, hätte ich ihm nicht zugetraut, er tanzte nur mit Dorothea, zwei-, dreimal, er lächelte unentwegt und sah sie während des ganzen Tanzes an, wenn Dorothea nicht so außer Atem gekommen wäre, hätte er sie wohl noch öfter aufgefordert.

Der Schleppzug, ich weiß noch, wie aus dem Dunst, aus den Rauchschwaden der Schleppzug auftauchte, an gestreckten Armen wurde einer herangeschleppt, der sich sträubte, der sich dem Zug entgegenstemmte, er zerrte und ruckte und wollte loskommen, nicht mit letzter Kraft, aber er versuchte es. Ich sah gleich, daß sein Widerstand auch ein wenig gespielt war, denn der alte Lauritzen wäre sicher losgekommen, wenn er es mit aller Gewalt versucht hätte, deshalb war er wohl insgeheim damit einverstanden, daß Niels und Ina ihn heranschleppten an unsern Tisch. Ich denk mir, daß sie ihn vorher lange bearbeitet hatten und sich, da er nur eigensinnig und knurrig dasaß und nicht einmal zu uns herüberlinsen wollte, hinter seinem Rücken verständigten, ihn auf ein Zeichen packten und abtransportierten, zu ihrem eigenen Vergnügen. Sie brachten ihn an unseren Tisch und hielten ihn fest und flankierten ihn wie einen Gefangenen, und er, der ziemlich krumm war, straffte sich und suchte den Blick des Chefs, der sich langsam erhob und auch nur Augen hatte für sein Gegenüber, so standen sie da und taxierten einander mit einer Ausdauer, die uns alle kribbelig machte.

Der alte Lauritzen bekam als erster die Lippen auseinander, leicht zur Frage angehoben sagte er: Zeller? Und der Chef entgegnete: Lauritzen? Und danach starrten sie sich wieder an, bis Lauritzen es nicht mehr aushielt und grummelte: Bürgermeister, was, aber nicht mein Bürgermeister, nicht meiner. Macht nichts, sagte der Chef, die einfache Mehrheit genügt mir, und mit sicherem Griff schnappte er einen leeren Stuhl vom Nebentisch, stellte ihn zwischen sich und Dorothea und forderte Lauritzen auf, sich zu setzen, und der bedachte sich und machte eine wegwerfende Geste und setzte sich. Gleich stand ein gefülltes Glas vor ihm, gleich luden Dorothea und der Chef ihn ein, mit ihnen anzustoßen, aber er mochte noch nicht, er mußte erst fragen: Das Holz aus dem Dänenwäldchen, das läßt sich doch wohl immer noch verwenden, nicht? Worauf der Chef sagte: Es läßt sich verwenden, nicht schlechter als all die Steine, die man uns nachts geschenkt hat. Danach nickten sie sich zu und kippten das nach Kümmel riechende Zeug.

Was die vertragen konnten! Was die sich zu sagen hatten, ohne laut zu werden, jeder packte aus, was sich in ihm angesammelt hatte, das ging hin und her am Tisch, eine Bezichtigung ergab die andere, keiner blieb dem andern etwas schuldig. Früher, da ließ es sich noch leben in Hollenhusen. Wann war das, früher? Bevor ihr gekommen seid, die Landplage aus dem Osten, da war es still hier, jeder wußte, was ihm gehörte, nie hätte sich einer vergriffen an fremdem Eigentum. Dafür haben wir euch gezeigt, wie man leben kann und was sich machen läßt aus dem Land, das keiner haben wollte. Jedenfalls waren wir hier zufrieden. Ja, die alles hatten, die waren zufrieden. Bei euch zu Hause habt ihr doch nur eins gelernt – beiseiteschaffen und Mazurka tanzen. Richtig, und ihr habt euch nur mit dem ersten begnügt. Ein Kuckucksnest: mehr waren wir nicht für euch. Der Kuckuck hat kein Nest, soviel ich weiß. Ohne euch hätten wir jedenfalls ein anderes Hollenhusen. Richtig, da wäre hier noch alles wie anno Grünkohl.

So ging das zwischen ihnen, aber gelegentlich lächelten sie versteckt, und in Pausen hoben sie die kurzen Gläser gegeneinander. Keiner von ihnen hatte etwas dagegen, daß Niels eine neue Flasche vor sie hinsetzte als Gruß vom Ringreiter-König; der alte Lauritzen selbst entkorkte sie mit seinen knotigen Fingern und schenkte ohne zu fragen ein, auch Dorothea, die nur unter der Bedingung trank, daß niemand mit ihr zu tanzen verlangte. Dat med de Danzerei, dat is doch man dumm Tüch, sagte der alte Lauritzen, und mehr sagte er nicht. Er trank uns ein letztes Mal zu und erhob sich ruckhaft und balancierte sich aus, und dann tastete er sich am Tisch entlang und ging steif davon, doch vorher neigte er sich noch einmal dem Chef zu und flüsterte ihm etwas ins Ohr. Joachim mußte gleich wissen, was Lauritzen dem Chef zugeflüstert hatte, und der Chef sagte: Nichts weiter, er hat mich eingeladen.

Das Festzelt leerte sich schon, Dorothea hatte bereits ihre drückenden Schuhe unterm Tisch wieder angezogen und forderte mich auf, meine Limonade auszutrinken, da sah und erkannte ich ihn wieder. Am Zelteingang stand er, lässig gegen einen Mast gelehnt, das schmale Gesicht suchend erhoben: Guntram Glaser. Ich wußte sofort, daß er Ausschau hielt nach uns; ja, Ina, ich wußte es, und als er uns entdeckte und auf uns zukam, da war ich weniger überrascht als beunruhigt; ich hätte gar nicht sagen können, woher die Unruhe kam, sie stieg einfach auf in mir und machte, daß ich auf ihn zeigte, ohne ein Wort zu sagen. Als der Chef ihn erkannte, winkte er ihm zu, hierher, hierher, und Guntram Glaser winkte kurz zurück und beschleunigte seine Schritte und begrüßte uns aufmerksam. Er war erst für den nächsten Tag auf die Festung bestellt. Er war zu früh angekommen. Nie hätte ich gedacht, daß er einmal Betriebsleiter werden würde bei uns, nein, Ina, das hätte ich nicht gedacht.

Was soll ich ihm sagen, wenn er zu mir kommt, er guckt schon zu mir herunter, er faßt mich wohl schon ins Auge von der Terrasse, vielleicht hat er beschlossen, mir selbst zu erklären, warum er den Schenkungsvertrag unterschrieben und hinterlegt hat, den Vertrag auf meinen Namen. Sag nicht zu schnell ja und nicht zu schnell nein: das hat mir Magda geraten, ich werde ihm gleich aufmachen und zuhören, bestimmt wird er mir alles anvertrauen, auch das Geheime, auch das, was er nur für sich denkt; sobald er sagt: Und jetzt mußt du mal weghören, Bruno, dann weiß ich schon, daß es allein für mich bestimmt ist. Er wartet wohl noch ein bißchen, macht ein paar Schritte, er sieht über die Quartiere hinweg zu den alten Kiefern am Bahndamm, wie müde er sich bewegt, wie vorsichtig, vermutlich hat er Angst, hinzufallen, wie vor kurzem in der Sandgrube, als ihn der Schwindel erfaßte und er einfach umfiel und weg war, ich bin bei ihm geblieben, bis er wieder aufstehen und sprechen konnte: Kein Wort, Bruno, hörst du, darüber sagst du zu keinem ein Wort.

Das Gewehr, er hat sein doppelläufiges Gewehr umgehängt, vielleicht will er doch nicht zu mir kommen, aber nun geht er zur Treppe, steigt behutsam hinab, ein langer Blick zurück zur Festung, nein, es zeigt sich niemand an den Fenstern, er kommt zu mir, um mich in alles einzuweihen, jetzt kann ich schon aufschließen. Ich werde ihm nicht sagen, was ich weiß, was erzählt wird, wenn er mich nicht fragt, werde ich nicht damit herauskommen, denn es könnte ihm weh tun, und ich will nichts sagen, was ihm weh tut oder was ihn traurig macht, nichts.

Er will doch nicht zu mir, geht nur vorbei, ohne herzusehen, abweisend, in sich gekehrt, da möchte ich ihn lieber nicht anrufen. Ihm hinterherlaufen, das werde ich, ihm heimlich folgen auf seinem Weg und dort, wo uns keiner beobachten kann, hervortreten und einfach da sein. Der Chef weiß sicher, daß ich abends auf die Festung bestellt bin, vielleicht weiß er auch schon, was sie von mir wollen, wenn er dabei ist, wird alles leichter sein, denn sobald es darauf ankommt, wird er für mich antworten, wird auch Murwitz antworten, der mir gedroht hat, daß da allerhand auf mich zukommt.

Schnell abschließen, und dann in die hochstämmigen Quartiere hinein, wo Bruno unsichtbar wird für jeden und doch jeden anderen sehen kann, von Stämmen vergittert. Der Hakenmann versteckt sich hier nicht, früher dachte ich, daß sich der Hakenmann, der in manchen Nächten nach seinem eigenen Plan unsere Stämme knickt, in den hochstämmigen Quartieren verbirgt, aber der Chef hat mir bewiesen, daß er von weiter herkommen muß, bei unseren gemeinsamen Streifzügen fanden wir keine Spur.

Deinetwegen, Bruno, hat Magda gesagt, sie haben das Entmündigungsverfahren auch deinetwegen angestrengt, weil der Schenkungsvertrag vorsieht, daß dir nach dem Tod des Chefs das wertvollste Land zufallen soll, ein Drittel von allem mit den dazugehörenden Einrichtungen; das können sie nicht hinnehmen, hat Magda gesagt. Falls alles stimmt, dann hat der Chef seine Gründe, er hatte immer seine Gründe, für alles, was er tat.

Warum trinkt er nicht wie sonst aus der Freilandleitung? Er geht doch nur selten am Wasserhahn vorbei, ohne ihn zu öffnen, ein wenig ablaufen zu lassen und dann von dem Wasser zu trinken, dessen Quelle er selbst gefunden hat, und das er nicht genug loben kann für seinen Geschmack. Er schenkt dem Wasserhahn keine Beachtung, geht schlurfend Richtung Bahndamm, der Lederriemen seines Gewehrs scheint wohl zu rutschen, jetzt zieht er ihn schon wieder auf die Schulter hinauf. Es ist lange her, seit ich ihn zum letzten Mal mit dem Gewehr durch die Quartiere gehen sah, ich möchte nur mal wissen, worauf er aus ist, die Kaninchen sind fort, die schwarzen Vögel hat er zuletzt geduldet, vielleicht will er nur mal sein Gewehr ausprobieren, das so lange unbenutzt war.

Umfallen kann man hier nicht zwischen den jungen Stämmen, sie stehen so dicht, daß man einfach hängenbleibt, wenn die Beine versagen oder wenn man getroffen wird, die Stämme fangen alles ab; wer hier tot umkippt, der fällt nicht auf die Erde, der wird an der Luft getrocknet.

Es kann auch sein, daß er mir danken will mit der Schenkung. An mir hat der Chef nur ganz selten etwas aussetzen müssen, keiner hat seine Anweisungen so gern ausgeführt, oft brauchte er sie gar nicht zu Ende zu sprechen, da wußte ich bereits, wie etwas gemacht werden sollte und was er zum Schluß erwartete; einmal sagte er sogar: Du kannst mir wohl alles von den Augen ablesen, Bruno. Bei ihm, der allen überlegen ist, brauchte ich niemals nachzufragen, ich ging ihm zur Hand und führte aus, was er mir aufgab – ob der tote Jagdhund im Großen Teich versenkt werden sollte, ob es galt, die Bohlen der Holzbrücke in die Holle zu werfen oder das Vieh auf fremde Weiden zu jagen, auf mich konnte er sich immer verlassen. Ich hab auch nicht gefragt, als er mich anwies, seine befleckte Jacke zu verbrennen, und die Körbe mit allerhand guten Sachen, die er den Ewaldsens schickte, hab ich so heimlich abgestellt, daß keiner erfahren hat, woher die kamen.

Und mit meiner Arbeit in den Kulturen war er nicht nur einverstanden; so manches Mal rief er unsere neuen Arbeiter und sagte zu ihnen: Seht euch an, wie Bruno es macht; so müßt ihr umtopfen, stäben, veredeln. Es kann gut sein, daß der Chef mir für alles danken will; es ist auch möglich, daß er denkt, Bruno hat genug gelernt, und wenn er das Land übernimmt, wird er alles in meinem Sinne machen, und nichts wird sich ändern, in der Bodenpflege nicht und nicht in den Pflanzplänen, Bruno wird dafür sorgen, daß für immer erkennbar bleibt, was wir hier getan haben. Auch wenn er nie mit mir darüber gesprochen hat: es ist nicht ausgeschlossen, daß er so denkt.

Zur Kiesgrube geht er, dorthin, wo wir früher den Sand geholt haben zum Vorkeimen; ohne sich ein einziges Mal umzusehen, geht er den ausgefahrenen Transportweg hinab, er achtet gewiß nicht auf die Geräusche, er, der immer alles vor mir entdeckte, verharrt überhaupt nicht, prüft und vergewissert sich nicht wie sonst, gleich ist er an der Thujahecke. Obwohl er es nie leiden konnte, wenn einer von uns sich durch die Hecke zwängte: jetzt zwängt er sich selbst hindurch, taucht weg, ich weiß schon, ich weiß schon, jetzt stolpert er hinab zu den Kiefern, vielleicht wird gleich ein Schuß fallen, nein, die Krähen sind noch nicht nach Hause gekommen.

Da sitzt er, auf dem Platz, auf dem wir beide gesessen haben viele Male, in den frühen Jahren, als es mehr zu tun gab als jetzt und wir dennoch Zeit übrig hatten, um zu erzählen und auf die Heimkehr der Krähen zu warten; oft saßen wir noch im Dunkeln, nur die Schienen glänzten unter uns. Ich darf ihn nicht erschrecken. Er hat das Gewehr auf die Erde gelegt. Er starrt nur in eine einzige Richtung, zum Kollerhof, der wohl immer noch unbewohnt ist. Sein gekrümmter Rücken. Die Hände im Schoß. Er hat mich nicht gerufen, als ich die Nadeln aus den Fichten riß und sie aussaugte. Ich muß zu ihm, langsam, wie zufällig da sein und neben ihn treten, weil er es noch nie mochte, wenn man hinter ihm stand, ihn von hinten ansprach.

Na, Bruno, was machst du denn hier? fragt er. Kein Blick, kaum eine Bewegung, allein an meinen Schuhen hat er mich erkannt, aus den Augenwinkeln. Komm, setz dich zu mir, sagt er, und beklopft leicht die Erde, setz dich hierher. Es ist keine Erregung in seiner Stimme, er spricht wie früher. Ruhe liegt auf seinem Gesicht und ein klein wenig Verwunderung. Was gesagt werden muß, darauf wird er bestimmt von selbst kommen, er hat das Wichtigste noch nie vergessen.

Weißt du, was das ist, Bruno, hier, in meiner Hand? Beeren, sage ich, und er: Die Mistelbeere, hinter der sie alle her sind, Vögel, Marder und sogar Fledermäuse, alle mögen die Mistelbeere, denn nichts schmeckt besser als ihr Fruchtfleisch. Er kippt mir zwei Beeren in die Hand, ich möchte am liebsten eine probieren, ritze sie aber zuerst mit dem Fingernagel, wie klebrig das ist, macht nichts, das geht schon den Hals runter, eine Mistelbeere habe ich noch nie gegessen. Bruno, Bruno, sagt der Chef und schüttelt den Kopf, hoffentlich verklebt dir das Zeug nicht den Magen, aus den Samen wird nämlich Vogelleim gemacht, aber wir wissen ja, du hast einen Drosselmagen. Freundlich sieht er mich an, freundlich und neugierig, als ob gleich wer weiß was in mir passieren könnte, aber die Beere backt noch im Hals. Komisch, sagt er, die Vögel verbreiten das Zeug, mit dem sie gefangen werden, sie streifen den Rest des klebrigen Fruchtfleisches an den Zweigen ab, oder sie bekleckern die Äste und legen so die Samen für neue Misteln, vor allem die Drossel. Es gibt einen alten Spruch: Die Drossel kackt sich ihr eigenes Unglück. Jetzt ist die Beere runtergerutscht, mit viel Spucke, jetzt ist es geschafft. Bei der Drossel, sagt der Chef, braucht der Samen nur eine halbe Stunde, um durch den Körper zu wandern. Es schmeckt süßlich, sage ich. Ja, Bruno, süßlich, aber die Mistelgewächse, das sind schlimme Parasiten, wenn sie deine Birnbäume erreichen, Walnuß- und Birnbäume, dann ist der Wirt in Gefahr.

Wieder sieht er über die Schienen und das Land hinweg zum Kollerhof. Er hat deine Birnbäume gesagt, er meint schon meinen Walnußbaum, also trifft es zu. Da drüben, Bruno, auf dem Kollerhof, da waren wir doch mal ganz glücklich, oder was meinst du? Ich weiß gar nicht, was ich jetzt sagen soll. Ich nicke einfach und schaue mit ihm nach drüben, wo wir einmal ganz glücklich waren, und er fragt nicht weiter, er ist wohl zufrieden. Weißt du auch noch, wie der Alte hieß, der mit seinen Schlingen und Tellereisen und dem ausgestopften Iltis? Ja, er hieß Magnussen. So ist es: Magnussen, und ich glaube, daß er dort glücklich war, weil niemand was von ihm wollte und er nichts von den andern.

Das sind die ersten, eine Vorhut der Krähen, die von der großen Müllgrube heranschwingen, nun haben sie uns entdeckt und drehen ab, krächzen und drehen ab, einige haben ausgefranste Schwingen, als ob sie schon getroffen wurden, von Kugeln, von Schrot getroffen; gleich werden sie den großen Schwarm warnen und ihn umlenken zum Pappelweg. Nicht die Saatkrähen, die Raben sind ein schlimmes Zeichen, aber es gibt nur noch wenige, hierher hat sich noch keiner verirrt. Ich spüre genau, daß er etwas sagen möchte, vielleicht sucht er nach einem Anfang, jetzt aber ist ihm etwas eingefallen, er streckt sich, beklopft und durchfingert die Außentasche seiner Joppe, spreizt die kleine Westentasche, und da hat er es, er schließt es in seine Faust ein und will meine Hand: Gib mal deine Hand, Bruno. Es ist warm und rund und schwer. Eicheln, es sind zwei silberne Eicheln, die an einem silbernen Kettchen hängen, sie sind massiv und klicken, wenn sie aufeinandertreffen: Die sind aber schön, sage ich. Das kleine Plättchen zwischen ihnen ist beschriftet: »Von Ina zum zwölften Zwölften«, die Nummer auf der Rückseite ist zu klein, ich kann sie nicht lesen. Behalt sie, sagt er, steck sie ein, damit du etwas hast, was dich an mich erinnert. Aber hier steht etwas, sage ich, eine Widmung. Ich weiß, Bruno, so hast du eben ein bißchen mehr zum Erinnern; das sind bestimmt die schönsten Eicheln, die es gibt.

Maxens Stimme, sie ist dicht hinter uns, er hat uns gewiß eine Weile beobachtet, hinter der Thujahecke gelauert und gelauscht. Hier also seid ihr, sagt er laut, vielleicht ist er sogar mir gefolgt, während ich dem Chef gefolgt bin, hart tritt er auf und sagt noch einmal: Hier also seid ihr. Er will sich nicht setzen, so, wie er dasteht, möchte er nur etwas melden, sein schneller, taxierender Blick will alles wissen, sein mißtrauischer Blick, den auch sein Lächeln nicht aufhebt. Die Eicheln werden immer wärmer in meiner Hand, die silbernen Eicheln, sie fangen an zu brennen, am liebsten möchte ich sie dem Chef zurückgeben, aber wie soll ich das machen, da er nicht aufgestanden ist? Er hat sich abgewendet und guckt über die Schienen zum Hollenhusener Bahnhof, Max ist gar nicht da für ihn, nicht einmal umgedreht hat sich der Chef nach ihm. Bald wird der Zug abfahren. Herr Murwitz ist gekommen, sagt Max.

Der Chef hat ihn wohl nicht verstanden; ohne sich zu rühren, starrt er zum Zug hinüber, wo einige Leute rennen und Sachen schleppen und der Mann mit der Kelle schon ein paar Türen zuwirft. Herr Murwitz wartet auf dich, sagt Max. Er bückt sich, will das Gewehr aufheben, der Chef merkt es sofort und legt eine Hand auf den Lauf, ihm entgeht nichts, er bekommt sogar mit, was hinter seinem Rükken passiert. Der Zug fährt an, passiert die niedergelassene Schranke, vor der einige Radfahrer stehen und der Lieferwagen von Heiner Walendys Stiefvater, aus einigen Fenstern winken sie zurück zum Bahnhof, oft haben sie mir hier schon zugewinkt, obwohl sie mich nicht kannten. Im letzten Waggon möchte ich nicht sitzen, der ruckelt, als möchte er aus den Schienen springen. Doktor Murwitz will dich noch einmal sprechen, sagt Max, er sagt es gegen den Rücken des Chefs, nicht bittend oder verlegen, sondern kühl und dringlich. Ruhig wendet sich der Chef um und hebt sein Gesicht und sieht Max an mit einem einzigen Blick der Verwunderung, seine Lippen verziehen sich, seine Schultern bewegen sich, und nun drückt er sich vom Boden ab und übersieht die Hand, die ihm aufhelfen will. Denk an die Mistelbeete, Bruno, die Drossel kackt sich ihr eigenes Unglück – mehr sagt er nicht und geht mit umgehängtem Gewehr zur Thujahecke, unbekümmert darum, in welchem Abstand Max ihm folgt, Max, der mir nur sagt: Bis dann.

Die Eicheln müssen weg, ich darf sie nicht bei mir tragen, mit den silbernen Eicheln würde ich nur auffallen;

dort in der Sandgrube habe ich schon die Patronenhülsen und die Granatsplitter vergraben, unter den freihängenden Kiefernwurzeln. Zuerst aber müssen sie weiter fort sein, der Chef und Max, jetzt muß ich doppelt aufpassen, wer weiß, ob nicht einer aus der Festung mich im Auge hat bei allem, was ich tue, vielleicht beobachtet mich auch einer in ihrem Auftrag, hinter der Hecke könnte er liegen, hinter den Kiefern.

Wie viele Farbtöne der Sand hat, hier ganz braun wie Rost und dort von der Sonne gebleicht, wo die Sonne hinkommt, wird der Sand leichter und feiner, manchmal habe ich hier früher zum Spaß Ameisen und Käfer unter kleinen Sandhügeln begraben, sie krabbelten noch jedesmal hervor. Kein Spaten, ich muß mit den Händen graben wie so oft, ich werde die Eicheln in eine der Dosen legen, zu den Splittern und Patronenhülsen, hier muß es doch sein, unter den freihängenden Wurzeln, ich hab's mir genau gemerkt. Tiefer können sie nicht liegen. Wann kommen die Dinge endlich, die beiden Dosen, auf Wanderschaft gehen die doch nicht mit ihrem Gewicht, und von dieser Seite haben wir niemals Sand geholt in den Jahren. Einer hat sie ausgegraben und mitgenommen, aber wer nur, auflösen können sie sich nicht, einer muß immer hinter mir her sein, auch im Dunkeln, vermutlich setzt er sich auf meine Spur, sobald ich nach draußen gehe, und begleitet mich überallhin, um alles über mich herauszubekommen und Beweise zu sammeln.

Sie wollen Beweise gegen mich sammeln, das ist es. Ganz ruhig, Bruno, ich muß die Grube wieder zuschütten, nicht eilig, sondern so, als hätte ich hier nur ein bißchen zum Spaß gegraben, wenn ich einen Zweig nehme, mit ihm über den Sand fahre, etwas peitsche, dann ist kaum noch zu erkennen, wo ich gegraben habe. Die Eicheln muß ich bei mir verstecken, am besten in der Uhr, im Marmorgehäuse ist Platz für die silbernen Eicheln, in der Erde darf ich nichts mehr vergraben.

Weg hier, ich darf nicht stehenbleiben. Ich muß langsamer gehen, mir kann keiner verbieten, mitten auf dem Weg zu gehen und ein wenig Wasser zu trinken, so wie es der Chef getan hat, das kann mir auch keiner verbieten; ein besseres Wasser als bei uns kann man nicht finden. Nicht einmal Joachim hat mir etwas zu sagen, denn es ist schon nach Feierabend, und ich habe ein Recht, hier herumzustreifen und zu tun, was ich für erforderlich halte; aber Joachim ist wohl der letzte, der mir über den Weg laufen könnte, er ist bestimmt unabkömmlich in der Festung, wo sie jetzt alle dem Chef gegenübersitzen. Ich werde die Schwunghippe einstecken, von nun an werde ich sie immer bei mir haben.

An meinem Schloß ist niemand dran gewesen. Alles ist an seinem Platz, auch das Kopfkissen hat keiner berührt. In der Uhr sind die Eicheln sicher, sicherer noch als unter der Matratze, aus diesem Versteck ist mir schon so manches abhanden gekommen, das Tagebuch, das Dorothea mir schenkte, die Salbendose, die ich der Zigeunerin abgekauft habe – als ich sie einmal hervorholen wollte, da waren sie verschwunden.

Eisen, wie lange der Nachgeschmack im Mund bleibt, unser Wasser aus der Freilandleitung schmeckt nach Eisen, und das ist gut, hat der Chef immer gesagt.

Das Wasser aus dem Brunnen, der nach seinen Angaben gebaut wurde, schmeckte bereits nach Eisen, doch noch eisenhaltiger war das Wasser, das Guntram Glaser heraufpumpen ließ für seine Beregnungsanlage, damals, in dem heißesten Sommer hier, als alles dorrte und gilbte und die Kulturen so matt waren wie nie zuvor. Kaum einer hätte gedacht, daß unter dem alten Exerzierplatz so ergiebige Wasseradern sind, nur Guntram Glaser ahnte es, er war erst kurz bei uns und roch es schon, im Unterschied zu Joachim, der das einfach nicht glauben wollte und dem Chef sogar ein paarmal riet, die Probebohrungen einstellen zu lassen und überhaupt auf die Beregnungsanlage zu verzichten. Obwohl Guntram Glaser noch nicht Betriebsleiter war, durfte er in der Festung wohnen, in anderthalb unbenutzten Räumen, an den Wochenenden durfte er auch am Familientisch essen, und alle hörten ihm gern zu, wenn er von den Quartieren in Elmshorn erzählte, wo er gearbeitet hatte, und von seinem sonderbaren Onkel da, über den allerlei Geschichten im Umlauf waren. Joachim hat oft zugehört, wenn Guntram Glaser erzählte, und oft genug hat er die Geschichten mit seinem Spott bedacht, aber Guntram Glaser hat es immer verstanden, das letzte Wort zu behalten und wie nebenher zu zeigen, daß er Joachim überlegen war. Durfte ich am Familientisch sitzen, dann war ich schon gespannt auf Guntram Glaser und auf das, was er erzählen würde; daß Joachim dann mitunter sehr früh aufstand und wegging, bedauerte außer Dorothea niemand.

Nachdem der Chef ihn eingewiesen hatte, wollte Guntram Glaser am liebsten allein in den Quartieren sein, so manches Mal schickte er den Mann fort, der ihm zugeteilt war, und wenn ich mich anbot, ein wenig mit ihm herumzugehen und ihm zu erzählen, wie alles zu Anfang bei uns war, dann lächelte er nur und sagte: Ich war noch vor euren Anfängen hier, Bruno; ich kenne dieses Land länger als ihr. Seine Hosen aus Khakistoff, seine dunklen Hemden. Er war so schmal und seine Hände so unverbraucht, daß man ihm auf dem Land nicht zutrauen mochte, aber die schwerste Schubkarre machte ihm nicht mehr Mühe als Ewaldsen oder mir. Sein kurzes, hellblondes Haar, das auch bei Wind glatt anlag. Seine schöne Armbanduhr, seine engen Augen, die jeden Blick aushielten, und seine Sicherheit, mit der er auf jede Frage antworten konnte. Daß er niemals schwitzte – selbst in dem heißen Sommer, als wir schon vom Bücken schweißnaß wurden, blieben sein Gesicht und sein schmaler Körper trocken, er pellte sich auch nicht aus seinem Zeug wie wir, sondern saß in Khakihose und dunklem Sporthemd auf einer Kiste und rauchte und sah rauchend zu, wie wir halbnackt durch den zerstäubenden Strahl seiner Beregnungsanlage flitzten. Wo er saß und ging und arbeitete, da rauchte er, und häufig sprach er auch mit der wippenden Zigarette zwischen den Lippen.

In einer Mittagspause, als wir uns im rotierenden Strahl erfrischten, kamen der Chef und Joachim vorbei, sie blieben stehen und guckten zu, wie wir uns gegenseitig in den Strahl schubsten, und nach einer Weile fragte Joachim, wann hier wohl Duschkabinen gebaut würden, und Guntram Glaser sagte: Es ist selbst geworbenes Wasser. Darauf sagte Joachim: Zur Erfrischung jedenfalls kann man es brauchen, und er wollte noch mehr sagen, aber der Chef forderte ihn durch eine Handbewegung auf, ruhig zu sein, und nickte Guntram Glaser zu und sagte zu ihm: Ich hab mir die Werte angesehen, bei der Düngung müssen wir daran denken, wieviel Kalium und Sulfate im Wasser sind, wir müssen das berücksichtigen. Ich hab den Plan bereits aufgestellt, sagte Guntram Glaser, und er sagte auch: Die Wirkung bei der chemischen Krautbekämpfung wird sich nun auch verbessern. Der Chef hat ihm nur kurz die Hand auf die Schulter gelegt und ist zufrieden weitergegangen, doch Joachim, der brachte keinen Gruß fertig, der ging mit abgewandtem Gesicht, gewiß konnte er sich nicht damit abfinden, daß der Chef soviel Anerkennung übrig hatte für Guntram Glaser. Auch wir merkten bald, daß man ihm nicht sehr viel vormachen konnte, manches machte er anders, aber was er einführte bei uns, das war gut, und wir konnten ihm allerhand absehen, das konnten wir.

Einmal in jenem heißen Sommer entdeckte ich ihn am Rand des feuchten Landes, ich stand auf aus dem Schatten der Mauer, ich ging zu ihm hin und sah, daß er dort stocherte und die ölig schimmernden Tümpel untersuchte, er stieß einen Stock in den Morast, drehte ihn etwas und beobachtete, wie schmutziges Wasser dicht am Stock emporstieg und bald eine Vertiefung füllte, die Vertiefung einer Hufspur. Den aufgeworfenen Modder backte sich die Sonne zurecht und ließ ihn verkrusten und platzen. Es roch faulig, Fliegen mit grüngoldenem Panzerleib und Bremsen schwirrten über das sumpfige Stück, das der Chef immer noch nicht trockengelegt hatte, obwohl der alte Lauritzen keinen Anspruch mehr darauf erhob.

Als Guntram Glaser meinen Schatten erkannte, hob er sein Gesicht und lächelte und sagte: Ich weiß nicht, Bruno, ob wir es drainieren sollen, ich weiß es nicht. Rasch zog er mich weg vom feuchten Land, ich merkte, daß er nicht mit mir dort stehen wollte, wir gingen zum Findling, wo er sich nervös die letzte Zigarette ansteckte und den Rauch mit langem Zischgeräusch ausstieß. Das leere Päckchen zerknüllte er in der Hand und begrub es. Ich fragte ihn, ob ich ihm neue Zigaretten aus Hollenhusen holen sollte, darauf sagte er: Das wird schwierig sein, denn heute ist Sonntag, aber ich sagte: Ich weiß, wo es immer welche gibt, und ließ mir das Geld geben und lief los zum Wartesaal im Bahnhof, und ich war viel früher zurück, als er es erwartet hatte. Du bist ein Helfer in der Not, Bruno, sagte er, als ich ihm die Zigaretten brachte. Er hat dann noch zwei oder drei geraucht, wir standen an den Findling gelehnt und blickten über die matten Spaliere, die Unruhe, die anfangs wie von selbst kam, wenn ich ihm begegnete, setzte mir nicht mehr zu, und so fragte ich ihn, ob es eine schöne Zeit gewesen sei, seine Soldatenzeit auf diesem Land, und er mußte etwas nachdenken, ehe er sagte: Je weiter etwas zurückliegt, Bruno, desto fester klebt es an uns. Er brauche nur die Augen zu schließen, dann seien die Kulturen und Quartiere wie weggewischt, die Häuserattrappen seien wieder da und der Übungspanzer und die Kuschelfichten, aus denen fast jeder Angriff vorgetragen wurde, und es könne noch so still sein in der Luft, nach einem Weilchen höre er, ob er wolle oder nicht, die Kommandos, das Sturmgeschrei und das Prasseln der Schüsse. Den Exerzierplatz, den könne er einfach nicht loswerden.

Und dann rief Ina von der Mauer herüber, und wir gingen zu ihr und fanden sie fröhlich und verschwitzt und mit ein paar Insektenstichen im Gesicht und an den Beinen. Ina hatte eine kleine Stechschaufel in der Hand, und in ihrer aus Bast geflochtenen Tragetasche lagen Gräser, Seggen und Kräuter, gepflückt oder mitsamt den Wurzeln und ein wenig Erde ausgestochen. Und sie ließ uns bestimmen, was sie am Großen Teich und am Dänenwäldchen und auf den Feldern und am Ufer der Holle gesammelt hatte, und dabei saß sie vor uns und hatte nur eine dünne Bluse an und sehr kurze Hosen, die ganz verschmiert waren vom vielen Händeabwischen. Und ich konnte beinahe ebensoviele Pflanzen bestimmen wie Guntram Glaser: Acker-Kamille und Windhahn und Froschbiß, Wollgras und Gänsedistel und Quecke und Hederich, auch Franzosenkraut und Löwenzahn waren dabei. Ina wollte sie alle zeichnen, und die Zeichnungen zusammen sollten ein Lob des Unkrauts werden.

Ina wollte uns beweisen, wie schön Unkraut ist, und sie lobte die spießförmigen, die gelappten und gefiederten Blätter, auch die gesägten lobte sie und die verschiedenen Rispen und Dolden, und Guntram Glaser hörte sich alles lächelnd an und sagte dann: Man hört es nicht gern, das Lob seiner Feinde. Und Ina sagte uns voraus, daß wir unsere Meinung schon mal ändern würden, wenn wir erst ihre farbigen Blätter zu sehen bekämen, denn alles bei ihr würde in Gesichtern aufgehen, und jedes Unkrautgesicht würde für sich sprechen. Und Guntram Glaser sagte, daß es leider auch in Pflanzengesellschaften Schädlinge gäbe, die das Wachstum von anderen beeinträchtigten und den gewünschten Ertrag und die Qualität, deshalb bleibe einem nichts anderes übrig, als die kurz zu halten, die andere bedrohen. Sie stritten sich ein bißchen, aber es machte ihnen Freude, sich zu streiten, und ich hätte ihnen wer weiß wie lange dabei zuhören können.

Und dann sagte Guntram Glaser, daß er am wenigsten den Ackerfuchsschwanz leiden könnte, und sofort schaute Ina nach, ob der in der Tragetasche lag, aber er war nicht drin, der Ackerfuchsschwanz fehlte ihr in ihrer Sammlung, und sie entbehrte ihn so sehr, daß sie erwog, auf die Suche zu gehn. Guntram Glaser sagte, daß es wohl nicht leicht sei, dies gemeine Kraut zu finden, man habe es glücklicherweise zurückdrängen können, da sah Ina mich fragend an, Ina, der plötzlich am Ackerfuchsschwanz mehr zu liegen schien als an allem anderen, und ich merkte schon, woran sie dachte, und sagte von mir aus: Dann zieh ich mal los, ich weiß schon, wo ich ihn finden kann. Und Ina dankte mir und versprach, daß sie es gutmachen würde, sie sagte: Ich werde mir etwas Schönes überlegen für dich, Bruno, und plinkerte mir zu.

Ach, Ina, ich ging zuerst zum feuchten Land, wo die Schwalben die Tümpel ritzten und ihre Muster zogen in der Luft, und als ich mich umdrehte nach euch, da half Guntram Glaser dir gerade von der geschichteten Mauer herunter, in die Tragtasche hatte er sich schon eingehenkelt, bereit, sie für dich zu tragen.

Manchmal vergaß Ina, daß sie mir etwas versprochen hatte, auf das Bestimmungsbuch für Bäume warte ich heute noch, ebenso auf das gebrauchte Mensch-ärgere-dich-nicht-Spiel, das ich für meine Gänge zu Niels Lauritzen bekommen sollte; aber daß sie mir etwas für den Ackerfuchsschwanz versprochen hatte, das vergaß sie nicht. Beim Schuheputzen, ich war gerade damit fertig, alle unsere Schuhe zu putzen, als Ina mir noch ihre weichen Lederstiefel hinsetzte und mich fragte, ob ich schon einmal im Kino gewesen sei, und ich sagte nein. Darauf fragte sie mich, ob ich nicht Lust hätte, sie zu begleiten, ins »Deutsche Haus«, wo nach langer Pause wieder ein Film gezeigt werden sollte, und ich sagte ja, und war damit schon eingeladen. Gut, Bruno, dann sitzen wir nebeneinander.

Wir saßen auch nebeneinander, ich saß auf der rechten Seite von Ina, und links von ihr saß Guntram Glaser; im großen Saal standen keine Tische, nur Stuhlreihen, und vorn, wo sonst das Pult war, da hing eine straffe Leinwand. Guntram Glaser hatte eine Tüte mit gebrannten Mandeln bei sich, davon bot er uns an, er sagte, daß er den Film schon einmal gesehen hätte und daß es sich lohne, ihn zum zweiten Mal anzusehen, außer dem Titel wollte er uns nichts verraten. »Am Strom«, so hieß der Film. Daß ich noch nie im Kino war, konnte Guntram Glaser sich gar nicht vorstellen, er schüttelte nur den Kopf und sagte: Dann wird es aber höchste Zeit, Bruno.

Der Strom und der unablässige Regen am Strom und das drängende Wasser vor den Pfählen des krummen Holzstegs, und an ihm vertäut der plumpe, geteerte Kahn, der hin und her schwojte, die gebleichte Persenning, die plötzlich lebendig wurde: da schälte sich ein Mann heraus, der wohl unter der Persenning geschlafen hatte, sein rundes, unrasiertes Gesicht hob sich übers Dollbord, er suchte mißtrauisch die Ufer ab, duckte sich, als er zwischen den Holzhäusern einen Gendarmen erkannte, der sein Fahrrad ohne Eile zum Birkenwäldchen schob.

Das Wasser stieg, es zerrte an überhängenden Gräsern und Ästen, es schwappte über den Holzsteg, in der Mitte des Stroms glitten in trudelnder Fahrt Bretter und Flaschen und entwurzelte Bäume vorbei, dem Delta zu. In den Holzhäusern hielten sie die Fenster besetzt und beobachteten, wie das Wasser stieg, die Kinder und die jungen Leute taten es, während die Alten kramten und packten und allerhand Zeug nach oben schleppten, auf die Böden; Betten trugen sie hinauf und Geschirr und Wanduhren, und wenn sie sich ausruhten, lauschten sie auf das ferne Murren in der Luft und auf ein dunkles Brausen, ihre Blicke begegneten sich, sie bestätigten sich etwas.

Der Gendarm hatte das Birkenwäldchen noch nicht erreicht, da kam ihm ein anderer Gendarm entgegen, sie schoben ihre Fahrräder zusammen und besprachen sich, jeder hatte seinen eigenen Verdacht, doch zuletzt entschlossen sie sich, noch einmal das Ufer abzusuchen, die Schuppen, in die das Wasser schon hineinleckte, die vertäuten Kähne. Sie ließen ihre Fahrräder bei den Häusern stehen und kamen den überspülten Uferpfad herab, das Wasser ließ leichte Kisten aufschwimmen und lüftete Baljen und ausgediente Netze; die Gendarmen stapften um sie herum, spähten in die dämmrigen Schuppen hinein, untersuchten alles, aufmerksam von dem beobachtet, dem ihre Suche galt, von dem rundgesichtigen Mann in dem geteerten

Kahn. Bevor die Gendarmen auf seiner Höhe waren, kroch er unter die Persenning und stellte sich tot, aber er ahnte nicht, daß ein Schuh und ein Stück seiner Sträflingsjacke unter der Persenning hervorguckten, daran erkannten sie ihn, und ohne ein Wort nahmen sie ihre Karabiner vom Rücken und riefen ihn an und befahlen ihm, an Land zu kommen.

Er gehorchte nicht, er blieb einfach liegen und stellte sich tot; die Gendarmen stimmten sich leise ab, und einer von ihnen balancierte über den glitschigen Holzsteg, der bereits unter Wasser lag, griff nach dem Tau und versuchte, den Kahn gegen die mächtige Strömung heranzuziehen. Ob der Gendarm nur ausrutschte oder von dem Mann im Kahn einen Stoß erhielt, war gar nicht so schnell zu erkennen, jedenfalls stürzte der Uniformierte ins Wasser, und der Sträfling, der die Persenning plötzlich abgeworfen hatte, kappte mit einem einzigen Schnitt das Tau, da trieb er ab und davon, die paar Schüsse, die man ihm verspätet hinterherschickte, warfen nur harmlose Fontänen auf.

Das Wasser stieg und stieg, das ganze Land war überschwemmt, eine graue Einöde, aus der Baumwipfel hervorragten und ein paar düstere Gehöfte, und durch diese Einöde trieb der plumpe Kahn, der Mann stakte und ruderte abwechselnd, mitunter blieb er in kreiselndem Geäst hängen, doch er kam immer wieder frei. Einmal stieß er sich von einer ersoffenen Kuh ab, einmal saß er wohl auf einem Drahtzaun fest und sprang selbst ins Wasser, um das Boot über das Hindernis zu bringen. Es machte ihm Freude, daß er allem entkommen war, aber es machte ihm noch größere Freude, wenn er an verlassenen Gehöften anlegte, die halb unter Wasser standen, seinen Kahn an einem Fensterkreuz oder einer Bodenluke vertäute und sich ins Innere der Behausungen schwang, wo es allerhand zu sortieren und mitzunehmen gab, Bestecke und Werkzeug und Schuhe. In dem dunklen Anzug, den er sich aus einem Bodenschrank genommen hatte, sah er nicht anders aus, als ob er zu einer Hochzeitsfeier wollte.

Als ihm aus einer Bodenluke gewinkt wurde, da hörte er zu rudern auf, er zögerte, er wußte nicht, was er tun sollte, aber nach einer Weile entschied er sich doch und mühte sich zu einem alten Holzhaus hin, auf dessen vermoosten Dach eine Zwergkiefer wuchs. Im offenen Luk stand ein Junge, er stand bis zu den Knöcheln im Wasser; geschickt fing er die Leine auf, die der Mann ihm zuwarf, schlang sie um einen roh behauenen Balken und zog den Kahn so nah heran, daß der Mann aussteigen konnte. Ihre Schritte im Dunkeln. Die Geräusche. Der aufzuckende Schein einer Taschenlampe, der knapp über Gestapeltes schwenkte und auf dem Gesicht des Jungen hängenblieb.

Wie ich plötzlich erschrak, denn es war nicht der fremde Junge, der dort auf dem Dachboden stand, sondern ich selbst: ich spürte die kalte Zugluft, fühlte das Wasser an meinen Füßen, und es war nicht allein meine Hand, die sich abwehrend gegen den blendenden Schein hob, es war auch meine Stimme, die den Mann bat, zur Treppe hinzuleuchten. Dort schwamm ein Körper, schwamm mit dem Gesicht nach unten, sanft gewiegt von immer noch steigendem Wasser: mein Großvater. Ich sagte zu dem Mann: das ist mein Großvater, und er bückte sich und drehte den Körper um, zog schnell die Uhr aus der Westentasche heraus und zerrte den Toten zum Luk und schob ihn hinaus auf die graue Einöde. Dann wollte er wissen, wo unsere Wertsachen waren, die wir gerettet haben wollten, und als ich nur die Achseln zuckte, sagte der Mann: Na, los, komm schon raus mit der Sprache, sonst holt sich alles der Strom, diesmal zeigt er es uns, das kannst du mir glauben.

Ich führte ihn zu den gestapelten Sachen, aber es waren nicht Decken, Möbel, Geschirr und Teppiche, die er meinte, sondern Münzen und Bestecke und Schmuck, so zeigte ich ihm also die Truhe und half ihm, sie aufzubrechen, und er prüfte alles im Licht der Taschenlampe und sonderte aus, was er für wertvoll hielt, und trug es selbst in den Kahn. Er wollte alles an einen sicheren Ort bringen, mich wollte er später holen. Das sagte er. Und ging zum Luk. Und griff das Tau, um den Knoten zu lösen.

Ich sah mir zu, wie ich hinter dem Mann herging, ebenfalls das Tau packte und dann ruhig darum bat, gleich mitgenommen zu werden, worauf er nickte und mich anblinzelte und plötzlich so kraftvoll zuschlug, daß ich zusammensackte. Er stieg in den Kahn, schon wollte er sich abstoßen mit der Stange, als ich hochkam, ich schüttelte mich, maß den Abstand, den er gerade gewonnen hatte, nahm Schwung und sprang durch das Luk hinaus, sprang und erwischte das Dollbord und hielt mich mit beiden Händen an ihm fest, bis zur Brust im Wasser. Der Kahn schwankte, wenn der Mann nicht die Stange gehabt hätte, mit deren Hilfe er die heftigen Schwankungen ausglich, wäre er bestimmt gekentert. Dann kniete er sich hin. Dann schlug er auf meine Finger. Dann drückte er meinen Kopf unter Wasser. Ich prustete, klammerte und paddelte, ich wollte nicht loslassen, nicht versacken, eine Stimme, die weder seine noch meine Stimme war, rief mich verzweifelt an, jemand bog meine Finger auseinander, biß auch in sie hinein, ein paar Klapse links, rechts trafen mein Gesicht, dann zwei brennende Schläge, ich wurde hochgezogen, fortgezerrt, ohne zu wissen, wo ich war.

Der Baum, ich saß mit dem Rücken gegen einen Baum gelehnt auf der Erde, und neben mir hockte Guntram Glaser und wischte mir übers Haar, wie es der Chef oft getan hat, und tätschelte meine Schulter. Von weither sagte er: Na, Bruno, endlich bist du wieder bei dir, und nach einer Weile fragte er, ob ich mir zutraute, allein nach Hause zu gehen, und ich sagte ja.

Am nächsten Morgen wartete Ina, bis wir allein waren, dann kam sie zu mir und nahm wortlos meine Hand und untersuchte meine Finger, auf dem Zeigefinger waren nur einige rotblaue Punkte zu sehen, schwache Vertiefungen, mehr nicht. Sie nickte zufrieden. Sie sagte: Schade, Bruno, daß du den Film nicht zu Ende gesehen hast, denn er ist gut ausgegangen – dem Jungen ist nichts passiert, und der

Mann hat zum Schluß eine Frau gerettet und wurde auf seine Art belohnt. Ach, Ina, zusammen sind wir nie mehr im Kino gewesen.

Was die in der Festung wollten, das möchte ich gern mal wissen, vielleicht hat Elef wieder mal ein Bittgesuch abgegeben, vielleicht hat er sogar eine Einladung überbracht, Elef, der sich bei gewissen Gelegenheiten immer von seinen Leuten begleiten läßt, von Frau und Tochter und Fraus Schwester, im Geleitzug ziehen sie vorbei.

Als Dorothea einmal beim Zahnarzt war, ist auch Elef dort erschienen, er hatte eine geschwollene Backe, sechs von seinen Leuten waren bei ihm und warteten geduldig vor dem Behandlungszimmer, bis sie ihn nach Hause bringen konnten.

Beim Chef ist Licht, auch dort, wo die andern sitzen, brennt Licht, aus der Ferne kann man die Festung für ein erleuchtetes Schiff halten, das durch die Kulturen gleitet. Langsam kann ich mich fertigmachen. Nicht zu früh ja sagen und nicht zu früh nein. Vor allem zuhören. Und nicht so gebückt dastehen, hat Magda gesagt. Fragen stellen, wenn es sein muß, und die Antworten gut aufheben im Gedächtnis, denn wenn Magda kommt, will sie alles wissen. Wenn ich nur erst wieder zurück wäre.

Er ist nicht da, alle haben sich schon eingefunden, aber der Chef ist noch nicht da. Ina und Max nebeneinander auf der Sofabank, Joachim für sich auf dem gepolsterten Hocker, Dorothea im Ohrensessel, zurückgelehnt; gewiß warten sie alle auf den Chef. Auch er wartet, auch Murwitz wartet, der wohl gerade etwas vorgelesen hat aus den Papieren, die vor ihm liegen, neben der Teetasse. Alle haben Teetassen vor sich stehen, von der Gebäckschale hat bestimmt noch keiner genommen; vielleicht sollte ich mich schnell verdrükken und erst wiederkommen, wenn der Chef da ist, er, der immer für mich gesprochen hat, aber Murwitz pliert schon zu mir herüber, Max winkt mir schon zu, ich muß ganz ruhig bleiben und mir noch einmal die Schuhe abtreten, sorgfältig, damit auch Joachim es mitbekommt.

Da ist ja Bruno, setz dich zu mir, Bruno, möchtest du auch eine Tasse Tee? Ja, gern, sage ich. Wie deine Gesichtshaut spannt, Ina, ich sehe dir an, daß du geweint hast, daß du wenig geschlafen hast, jetzt betastest du schon zum zweiten Mal deine Schläfen, feiner und knochiger können Finger nicht sein, viel zu fein für die beiden zusammengelöteten Ringe. Hier ist auch Gebäck, Bruno, sagt Dorothea mit ihrer alten Freundlichkeit und schiebt mir die Schale zu und lehnt sich gleich wieder zurück. Warum nickt Max mir so zu? Warum plinkert er, zwischen uns ist nichts heimlich abgesprochen, er hat keinen Grund, mich zu beschwichtigen, aber vielleicht ist etwas Auffälliges an mir, ich hab die Tasse noch gar nicht berührt, vielleicht will er, daß ich erst einmal trinke. Das große Ölbild hinter ihm, der

Leuchtturm, der mit seinem dürftigen Schein einem nur halb getakelten Segler die Einfahrt zum Hafen zeigt – zweimal ist es schon heruntergefallen, rums, da lag es, ohne daß einer das Bild berührt hätte, und jedesmal waren Gäste dabei.

Ich muß aufpassen, muß auf der Hut sein, mit einem einzigen Blick hat Dorothea Murwitz aufgefordert, das Wort zu nehmen, und er hat verstanden, er sieht uns nacheinander an, als wollte er uns zählen, er senkt sein Gesicht, gleich wird er reden mit seiner rauchigen Stimme, feststellen, daß immer noch einer fehlt.

Also, über den betrüblichen Anlaß dieser Zusammenkunft sind sich alle im klaren, sagt er – er sagt nicht, daß der Chef noch abwesend ist und daß wir wohl noch ein Weilchen warten sollten, das sagt er nicht, demnach haben sie verabredet, alles ohne ihn zu verhandeln, vermutlich brauchen sie ihn gar nicht, denn was sie vorhaben, geschieht über seinen Kopf hinweg. Herr Messmer wurde bereits von mir über die Existenz des Schenkungsvertrags unterrichtet, er ist auch darüber informiert, daß der Vertrag mit dem Ableben von Herrn Konrad Zeller in Kraft tritt.

Warum gucken sie mich alle an, ich hab den Vertrag nicht gesehn, ich war doch nicht dabei, als der Chef ihn unterschrieben hat in Schleswig, warum mustern sie mich, als wäre ich schuld an allem, was verlangen sie von mir? Soweit es ihn selbst betrifft, ist Herr Messmer eingeweiht in die Artikel des Schenkungsvertrags; das sagt Murwitz auch noch und sieht auf die Papiere hinab.

Dorothea: sie ist immer gut zu mir gewesen, hat mich immer in Schutz genommen; an Dorothea muß ich mich halten, sie weiß fast ebensoviel über mich wie der Chef. Wie besorgt sie mich anguckt, wie traurig sie lächelt, jetzt. Alle, Bruno, sagt sie, alle machen wir uns Sorgen um den Chef, er hat sich sehr verändert in der letzten Zeit, er hat uns manche Rätsel aufgegeben. Vielleicht hast auch du es schon gemerkt, bestimmt hast du es gemerkt, denn mit keinem ist er so oft und so gern zusammen wie mit dir. Es wird dir gewiß aufgefallen sein, daß er nicht mehr der alte ist. Verstehst du, Bruno, was ich sagen will?

Ich nicke nur, und sie ist zufrieden mit meinem Nicken; wenn ich nur wüßte, worauf sie hinauswollen, sie haben gewiß einen Plan, und wenn ich sie enttäusche, werden sie mich fortschicken, das werden sie. Joachim möchte das wohl gleich tun, der hält es kaum aus vor Ungeduld, er wippt manchmal mit der Fußspitze, und jetzt faßt er mich ins Auge, er mildert seinen Ausdruck, das Wippen hört auf, er sagt: Du mußt begreifen, Bruno, manchmal muß man etwas schweren Herzens tun, es ist nötig, um Schlimmeres zu verhindern, und wir alle sind überzeugt davon, daß es jetzt getan werden muß. Der Chef braucht unsere Hilfe, er ist nicht mehr der alte, den wir kennen, wir glauben, daß eine Krankheit ihn verändert hat, eine Krankheit, verstehst du, die ihn manchmal nicht mehr erkennen läßt, was er macht. Und damit wir dem Chef helfen können, müssen wir alles wissen, mußt du uns sagen, was dir aufgefallen ist, wenn ihr allein wart, und dir ist doch so manches aufgefallen, oder? Ja, sage ich, ich habe schon ja gesagt, ohne nachzudenken, ich wollte es nicht und habe es schon getan. Nun erzähl mal, Bruno, du hilfst damit dem Chef.

Was soll ich sagen? Daß er mir scheu vorkam mitunter? Daß er hinfiel und weg war für eine Weile? Daß er mir ein paarmal aus dem Weg ging? Seine Unsicherheit. Sein langes Brüten. Seine Geschenke, mit denen er mich ganz schön erschreckt hat. Daß er plötzlich, mitten in der Arbeit, zu einem Unsichtbaren zu sprechen anfing, immer nur kurze Warnungen, unwirsche Befehle. Nein, sage ich, daß er krank ist, davon hab ich nie etwas gemerkt. Es ist wichtig, daß Sie sich erinnern, sagt eine andere Stimme, sagt Murwitz, denn es gilt eine erhebliche Gefährdung abzuwenden.

Hör mal zu, sagt Joachim, wir waren doch dabei, du und ich, als der Chef sich zum ersten Mal weigerte, ins Dänenwäldchen zu gehen, er wagte es nicht zu betreten und schickte uns hinein und blieb zurück: warum wohl? Die Bäume, er konnte nicht aufsehen zu den Baumkronen, weil er glaubte, daß einige auf ihn hinabstürzen könnten. Ich sage: Manchmal stürzt ein Baum, vielleicht dachte er daran, vielleicht hatte er Angst, daß er nicht schnell genug zur Seite springen könnte. Hast du schon erlebt, daß ein Baum einfach stürzt, fragt er, so mir nichts dir nichts einfach umkippt? Geschlagen, ja, abgesägt, umgepflügt, weggerissen, ja, aber ohne Zutun aus heiterem Himmel hat Bruno noch keinen Baum stürzen sehen, in all den Jahren nicht. Das hat der Chef sich doch wohl nur eingebildet, sagt Joachim, oder was glaubst du? Ich weiß nicht, was ich sagen soll, alle gukken mich an, es drückt auf den Magen, doch nun sagt Dorothea: Der Tee, Bruno, er wird kalt. Ich kann nicht, die Tasse scheppert bereits, wenn ich sie anhebe, ich kann nicht trinken.

Aber die Kiste, sagt Joachim, wo die Kiste mit den alten Werkzeugen geblieben ist, das weißt du doch noch, die Steinäxte, die Schaber, die Pfeilspitzen – na, erinnerst du dich? Wir haben alles in die Kiste gelegt, der Chef und ich, damals, als wir das Land bearbeiteten, das ganze Werkzeug aus der Steinzeit wurde abgewaschen, beschriftet; bei jedem Fund machten wir eine Pause, und er erzählte, wovon sie lebten am Anfang hier, im großen Nebel, unter gutmütigen Tieren, von jedem Schaber, jeder Axt wußte er eine Geschichte, ich konnte nicht genug bekommen, doch eines Tages sagte er, daß er die Kiste nach Schleswig bringen würde, in ein Museum, was er aber später vergaß oder für sich widerrief, jedenfalls blieb sie in seinem Besitz und machte unsere Umzüge mit. Du hast sie doch aufs Land getragen, sagt Joachim, du hast an einem Abend die Kiste getragen, und der Chef ging hinter dir her. Ja, sage ich, der Chef wollte es. Siehst du, Bruno, und nun erzähl uns auch mal, was ihr mit den Werkzeugen gemacht habt. Warum will er das wissen, wenn er schon das andere weiß? Als wir allein in den Quartieren waren, ist der Chef mir vorausgegangen, mit dem Blick auf die Erde, er hatte einen kurzstieligen Feldspaten bei sich, damit hob er ein Loch aus und sagte: Hier, und hob an anderer Stelle wieder ein Loch aus und sagte wieder: Hier, und ich nahm aus der Kiste, was sich gerade anbot und legte es in die Öffnung, die er gleich zuschüttete. Vergraben, sage ich, wir haben die Werkzeuge einzeln vergraben, alles, was wir in den ersten Jahren gefunden hatten; er wollte es so.

Woher wissen sie das alles? Sie haben ihre Augen wohl überall, beschleichen mich und den Chef, nichts entgeht ihnen, ich muß noch vorsichtiger sein, denn eben haben sie sich wieder verständigt mit den Augen. Vielleicht sollte ich mal fragen, wo der Chef ist, ob er noch kommt; aber das werden sie wohl nicht gern haben, und hier steht es mir nicht zu, Fragen zu stellen.

Wenn ich richtig gezählt hab, Bruno, bist du an die dreißig Jahre bei uns, oder sogar noch mehr, nach solch einer Zeit weiß man, wo man hingehört, da hat man Wurzeln geschlagen, da fühlt man sich zuständig und übernimmt wie von selbst eine gewisse Verantwortung, sagt Max und schnauft leicht und fährt fort: Beklagen, denk ich, kannst du dich nicht, was in unseren Möglichkeiten lag, das haben wir dir zuteil werden lassen, Mutter hat es getan, und der Chef sowieso, du gehörst einfach zu uns. Aber eben weil du es tust, mußt du auch anerkennen, was jeder von uns anerkennt, gewisse Verpflichtungen zum Beispiel, und zwar nicht einem einzelnen gegenüber, sondern uns allen.

Ihr dürft Bruno nicht so zusetzen, sagt Dorothea, sie lächelt mir aufmunternd zu, sie möchte, daß ich ihren Tee trinke. Gut, sagt Max, wir wollen ja auch nichts Unmögliches von ihm, wir wollen ihn nur daran erinnern, daß wir uns gegenseitig etwas schuldig sind, Offenheit zum Beispiel; jetzt ist keine Zeit für Geheimnisse. Wie er mich ansieht, die Härte, die Erwartung, früher, da hat er mich manchmal ganz schwindlig gemacht mit seinen Fragen, unter der Gerichtslinde. Du kannst es uns ruhig sagen, Bruno: die Geschenke, die der Chef dir in den letzten Monaten gemacht hat, die haben dich doch ganz schön überrascht, ich meine die großen, ausgefallenen Geschenke; du hast dich doch bestimmt gewundert über Dinge, die der Chef dir zusteckte. Die Uhr, die kostbare Uhr, mit der ich sofort aufgefallen wäre, ich hab sie doch zurückgegeben, er hat sie doch eingesteckt, zerstreut, als hätte er sich versehen. Ich sage: Einmal wollte er mir seine Uhr schenken, vielleicht, damit ich immer pünktlich bin, aber ich hab sie nicht angenommen, das hab ich nicht. Aber den Anhänger, Bruno, die silbernen Eicheln, das letzte Geschenk des Chefs – das hast du doch angenommen?

Sie wissen alles, man kann nichts verbergen vor ihnen. Inas silberne Eicheln, »Von Ina zum zwölften Zwölften« – wie ratlos sie mich ansieht, ein Auge ist wohl entzündet, Ina kann es nicht glauben. Ja, sage ich, der Chef hat mir die silbernen Eicheln gegeben, aber nicht zum Behalten, davon hat er nichts gesagt; soll ich sie schnell holen? Max schüttelt den Kopf, bleib nur hier, Bruno, das können wir später regeln. Leider, sagt Max, leider müssen wir annehmen, daß der Chef dir noch manches andere geschenkt hat, einfach zugesteckt im Vorübergehen. Nein, nein bestimmt nicht, nur die Uhr und die Eicheln, nichts anderes. Nimm dir Zeit, Bruno, erinnere dich, es hängt einiges davon ab; wir müssen davon ausgehen, daß der Chef dir noch mehr geschenkt hat, dir und wohl noch einigen anderen hier, er hat es in guter Absicht weggegeben, sagen wir vorläufig nur soviel: in guter Absicht. Ich sollte sie zur Erinnerung nehmen, der Chef gab mir die Eicheln und sagte: Damit du etwas hast, was dich an mich erinnert; mehr sagte er nicht. Hör zu, Bruno, hör mir jetzt genau zu: als der Chef dir diese wertvollen Dinge schenkte, hast du dich da nicht gewundert? Ich will nichts sagen, doch ich sage: Die Widmungen, ich durfte die Geschenke nicht behalten, weil da Widmungen drauf standen. Siehst du, sagt Max, also müssen wir uns eingestehen, daß der Chef kein Gefühl hat für die besondere Bedeutung seines Eigentums – oder würdest du wegschenken, was dir persönlich gewidmet ist? Und jetzt wirst du wohl verstehen, worauf es uns ankommt und was wir leider feststellen müssen: weil der Chef sich selbst verändert hat, hat sich auch sein Verhältnis zu den Dingen geändert; er übersieht nicht mehr seine Handlungen, er erkennt nicht ausreichend, wozu er verpflichtet ist, er empfindet kaum noch Verantwortung für das, was ihm gehört.

Dorothea: wie mühsam sie aufsteht, sich abwendet, zum Fenster geht mit kleinen Schritten, es gibt nichts zu sehen in der Dunkelheit, vielleicht lauscht sie und wartet, daß er herunterkommt, so wie ich auf ihn warte, es ist so schwer, zu denken, wenn es schnürt und wummert, am liebsten würde ich mit dem Kopf gegen den Türpfosten schlagen, wie früher, nur ein paarmal, nur bis sich alles besänftigt, aber ich darf mich nicht wegrühren. Ich muß zu ihm.

Es steht Ihnen frei, sagt Murwitz, es steht Ihnen frei, den Schenkungsvertrag nach eigenem Urteil auszulegen. Joachim: Es ist dir hoffentlich klar geworden, daß der Chef nicht übersehen konnte, was er da aufsetzen ließ und unterschrieb, er hat einfach die Folgen nicht erkannt. Laß dir Zeit, Bruno, und sag nicht zu schnell ja und nicht zu schnell nein. Wie immer Sie sich entschieden haben oder noch entscheiden werden, sagt Murwitz, Sie werden es nicht vermeiden können, den Schenkungsvertrag im Zusammenhang mit der Persönlichkeitsveränderung von Herrn Konrad Zeller zu bewerten. Niemand unterstellt Ihnen, daß Sie diesen Vertrag angeregt oder begünstigt haben, aber Sie müssen gewärtig sein, daß die Inkraftsetzung des Vertrages nicht vorbehaltlos akzeptiert werden wird; denn er bedenkt Sie so weitgehend, daß eine Gefährdung des Familienbesitzes nicht von der Hand zu weisen ist.

Eine Gefährdung. Des Familienbesitzes. Joachim streckt mir die Hände entgegen, seine Freundlichkeit, seine Besorgtheit: Du verstehst doch, Bruno, was damit gesagt ist – wenn der Besitz aufgeteilt wird, dann verliert alles hier seinen Wert, dann ist die Arbeit vieler Jahre umsonst gewesen, nur, wenn alles zusammenbleibt, können die Hollenhusener Quartiere weiterbestehen, und das willst du doch auch, oder?

Warum holen sie nicht den Chef, warum lassen sie ihn

nicht sagen, was zu sagen ist? Er, der für alles seine Gründe hat, würde ihnen schon erklären, weshalb er den Vertrag aufgesetzt hat.

Nun mal ganz offen, Bruno – das ist die Stimme von Max –, ganz unter uns: du hast dem Chef von Anfang an geholfen, du hast alles mitgemacht, und was man dir aufgetragen hat, hast du immer zur Zufriedenheit ausgeführt; aber traust du dir zu, all das, was hier getan werden muß, selbst zu tun? Zu bestimmen, wie das Land bewirtschaftet wird? Zu berechnen, Anweisungen zu geben, zu verwalten und zu planen? Traust du dir das zu? Ich weiß nicht, was ich darauf sagen soll, worauf sie hinauswollen, ich hab noch nicht darüber nachgedacht, ich spüre nur, daß jeder von ihnen mehr weiß als ich, das spüre ich, und ich hab auch schon gemerkt, daß sie mich einkreisen. Nun, Bruno? Hierbleiben, sage ich, das ist alles, was ich möchte, sonst will ich nichts, wenn wir zusammenbleiben, der Chef und wir alle.

Wie schnell Murwitz sich aufrichtet, wie überrascht er sich umsieht, gewiß habe ich ihm etwas zum Gefallen gesagt, schon ist er dabei, seine Papiere durchzufingern, findet aber nicht, wonach er gesucht hat, und nun guckt er mich an: Wenn ich Sie richtig verstanden habe, Herr Messmer, bedeutet Ihnen die Fortsetzung Ihrer Tätigkeit hier mehr als alles andere, das heißt, Sie wären unter Umständen bereit, auf die Schenkung zu verzichten, mit der der Vertrag Sie bedenkt. Falls es sich so verhält, könnte eine Verzichtserklärung von Ihnen wesentlich dazu beitragen, den Fortbestand der Hollenhusener Quartiere zu sichern. Dürfen wir Sie so verstehen?

Ich weiß gar nicht mehr, was ich gesagt hab, der Hals schwillt zu, ich fühl es, jetzt könnte ich nicht mehr rufen, den Chef rufen, aber vielleicht ahnt er, wie ich ihn brauche, jetzt muß er für mich sprechen. Wir werden dir eine Erklärung aufsetzen, sagt Joachim, eine Verzichtserklärung, niemand braucht davon zu erfahren, du wirst sie nur unterschreiben, und die Sache hat sich; alles bleibt hier, wie es ist. Überleg mal, sagt Max, und er sagt auch: Selbstverständlich werden wir deinen Verzicht belohnen, du sollst es nicht umsonst unterschreiben.

Das ist der Schweiß, der so sauer schmeckt, Max hat wohl gemerkt, daß mein Gesicht ganz naß ist, er hält mir etwas Weißes hin, ein Papiertaschentuch, hier Bruno, nimm nur. Seine Augen, das Lauern in der Tiefe seiner Augen, ich verstehe, verstehe, höre immer deutlicher, was du denkst, was deine andere Stimme sagt: Dämlack, so hast du mich genannt. Wann wirst du es begreifen, Dämlack, was du uns schuldig bist, nie wirst du mit deiner Aufgabe hier fertig, du kannst froh sein, daß wir dir soweit entgegenkommen; also mach schon und sag zu, sonst müssen wir andere Saiten aufziehen. Ich will sein Taschentuch nicht, welch ein Durcheinander: vorläufige Verzichtserklärung, du brauchst nur, es genügt schon, seit wann bist du so, du Dussel, los, antworte auf unseren Vorschlag, wovon träumst du denn, willst du etwa dein eigener Chef werden, wir müssen zusammenhalten, Bruno, du hast es in der Hand, ob alles hier so bleiben kann – wer sagt das, wer von ihnen denkt das, ich kenn ihre Stimmen nicht mehr, sie wollen mich in die Enge treiben, das wollen sie. Zu ihm, jetzt muß ich zu ihm, nicht hastig, ganz ruhig aufstehn und so tun, als würde ich gleich zurückkommen, ganz beherrscht, als müßte ich eben mal hinaus, und dann die Treppe hinauf und den Korridor hinab zu seiner Tür. Wir warten auf dich, Bruno, sagt Max. Ja, ja, erst einmal weg hier, weg.

Was so zittert und zuckt, das ist nur mein Arm, ich muß die Luft anhalten, ich muß gleichmäßig weitergehn. Daß ich zu ihm will, darauf wird keiner kommen, zu ihm geht man nur, wenn man gerufen wird, ich zumindest, von allein hab ich mich kein einziges Mal bei ihm gemeldet, aber nun muß ich es, muß ihn um Auskunft bitten, und wie ich ihn kenne, wird er es verstehen. Stufe für Stufe, langsam, damit der Atem sich beruhigt, jetzt sieht mich keiner mehr, wie lang der Korridor ist, nur leise, damit meine Quälgeister nicht die Tür öffnen, hinter ihren Türen ist Licht, ich darf nicht zu laut klopfen.

Sitzt er im Dunkeln? Das war seine Stimme, er hat »herein« gesagt. Da sitzt er, neben dem kleinen Licht. Na, Bruno? Ist jemand hinter dir her? Beruhige dich erst mal. Er wundert sich gar nicht, daß ich hier bin, er ist nicht ärgerlich, daß ich ihn unterbrochen hab beim Nachdenken.

Reg dich ab, Bruno. Was willst du? Ich bleib nicht lange, sage ich, unten warten sie auf mich. So, sagt er, dann haltet ihr wohl alle Kriegsrat – oder seid ihr dabei, das Fell des Bären zu verteilen? Setz dich hin, Bruno. Nein, nein. Hast du Sorgen, fragt er und steht auf und faßt mich am Ärmel. Wie soll ich anfangen, der Vertrag, das Land, die Entmündigung, wo soll ich beginnen, wie mühsam er steht, er schwankt ein bißchen, er möchte zurück zu seinem Stuhl: Es geht schon, Bruno, es geht; also? Ist es der Schenkungsvertrag? Ja, sage ich.

Warum lächelt er? Warum nickt er für sich, vielleicht weiß er noch nicht, worauf sie aus sind und was sie schon eingeleitet haben, vielleicht weiß er das nicht. Siehst du, Bruno, wenn man so weit ist wie ich, dann muß man Vorsorge treffen, es ist gut, wenn die offenen Angelegenheiten beizeiten geregelt werden. Jeder ist bedacht worden, Bruno, deine Sache ist in Schleswig hinterlegt, was der Vertrag vorsieht, wird dir zu gegebener Zeit eröffnet werden; zu gegebener Zeit. Ich will das Land nicht, sage ich, ich will nur, daß alles so bleibt, daß wir zusammen sind. Wie er mich anguckt, er ist nicht einverstanden mit mir, er sagt: Wart nur ab, red nicht soviel mit anderen und hör ihnen nicht zu und wart ab.

Wissen, er muß wissen, was sie beantragt haben beim Gericht, und er muß wissen, daß sie mir eine Verzichtserklärung aufsetzen wollen, die ich nur zu unterschreiben brauche. Hör nicht zuviel auf die andern, Bruno, das Wichtigste mußt du allein tun. Es wurde etwas beantragt, sage ich, beim Gericht. Er ist gar nicht verwundert, hebt mir ein wenig sein Gesicht entgegen, er weiß sicher längst, was gegen ihn läuft, was ihm abgesprochen werden soll, keine Trauer, kein Zorn, nur dies Zucken um seinen Mund. So ist es, Bruno, auf einmal bist du allein und stehst da mit deinen Erfahrungen, die dir nicht weiterhelfen. Sie wollen sich nicht abfinden mit meiner Verfügung, sie erkennen sie nicht an – wir werden sehen, wer zum Schluß gewinnt; noch kann ich mich verteidigen, ich bin nicht mehr der alte, Bruno, aber verteidigen kann ich mich noch. Nach allem, was geschehen ist, wird es nie mehr so sein wie früher, wir haben wohl alle ein wenig Schuld angehäuft, und darum gibt es keine Rückkehr zu den Anfängen. Du mußt annehmen, was der Tag bringt, Bruno, wünsch dir nicht, daß alles leicht geht und ohne Widerstand geschieht.

Ich soll unterschreiben, sage ich, die Verzichtserklärung, die soll ich unterschreiben. Nichts, Bruno, vorerst wirst du nichts unterschreiben; du wirst keinem etwas zugestehen oder versprechen, du wirst deine Arbeit tun wie immer, und sonst gar nichts. Hast du mich verstanden? Ja, ich werde nicht unterschreiben, auch wenn sie mich fortschikken. Es wird dich keiner fortschicken, nicht, solange ich hier bestimme, diese Angst brauchst du nicht zu haben, und jetzt komm her, komm näher, so, und gib mir die Hand. Ich kann mich doch auf dich verlassen, Bruno? Ja. Wir müssen jetzt zusammenhalten. Ja. Wenn ich bei dir klopfe, wirst du mir dann aufmachen? Immer. Gut, Bruno, ich werde bald vorbeikommen, ich war ja lange nicht mehr bei dir. Und nun mußt du wohl gehen.

Er wird kommen, wird mir beistehen und alles ebnen, und wenn ich seine Anweisungen befolge, kann mir nichts passieren. Warum sieht er mir nicht nach, er hat sich schon weggedreht, kein Winken, er starrt auf die leere Tischplatte und brabbelt leise, sackt immer mehr zusammen und wischt jetzt über die Platte hin und seufzt und klagt; für ihn bin ich schon gegangen. Behutsam, ich darf ihn nicht aufschrecken, die schwere Tür schließt ganz leicht; also doch: der Norden des Landes von der Senke bis zu Lauritzens Wiese, unterschrieben und hinterlegt, also doch; es ist wahr, was sie erzählt haben.

Max, das war er, ich hab ihn genau erkannt, sein Kopf, seine Schulter, er hat mich bestimmt gesucht, vielleicht hat er auch gehorcht, unten an der Treppe wird er mich erwarten, zu den andern bringen, nein, ich werde nicht unterschreiben, ich muß halten, was ich versprochen habe.

Hier bist du, Bruno, wir dachten schon, dir geht es nicht gut; komm, trink deinen Tee. Wie sie mich mustern, taxieren, gerade so, als ob sie einen Verdacht gegen mich haben; nur Dorothea guckt besorgt, schiebt mir das Gebäck hin und nimmt selbst einen gezuckerten Stern zur Ermunterung. Es ist dein Lieblingsgebäck, Bruno. Das kracht und knirscht, gewiß hören sie den Lärm in meinem Kopf. Ich muß einen Schluck Tee nehmen, es geht, die Hand zittert kaum noch, auch beim Absetzen scheppert die Tasse nicht. Fortgehen muß ich nicht, das nicht; solange er hier bestimmt, kann ich bleiben. Einmal mußt du es zur Kenntnis nehmen, sagt Joachim, einmal mußt du erfahren, daß wir die letzten beiden Geschäftsjahre nicht gerade zufriedenstellend abgeschlossen haben, es gibt so verschiedene Ursachen dafür, vielleicht sind dir sogar einige bekannt, jedenfalls mußt du wissen, daß es nicht so weitergehen kann wie bisher. Wir müssen an den Haushaltungskosten sparen. Wir müssen an den Maschinen sparen. Auch an Leuten müssen wir sparen. Ich hoffe, Bruno, du hast mich verstanden. Wie ernst er das sagt, sein Blick läßt mich nicht los, er will mich verwarnen und etwas von mir hören, aber ich hab ihm nichts zu sagen.

Begreifst du, daß wir jetzt alle Verantwortung tragen? Ja, sage ich. Ist dir klar, daß auch du deinen Beitrag leisten mußt, fragt er. Ja, sage ich, und ich will es nicht, doch ich sage: Die Verzichtserklärung, die kann ich nicht unterschreiben.

Das hätte ich wohl nicht sagen sollen. Joachim schüttelt nur den Kopf, wie er immer den Kopf über mich schüttelt, sicher möchte er am liebsten weggehen, und Max schnalzt mit der Zunge und verdreht die Augen, nur Murwitz regt sich nicht, guckt mich nur an und regt sich nicht: Hoffentlich sind Sie sich bewußt, was Sie mit diesem Entschluß auf sich nehmen, Herr Messmer, sagt er so langsam, als sollte jedes Wort mitgeschrieben werden, und Max setzt gleich nach: Gut, Bruno, jetzt wissen wir, auf welcher Seite du stehst, aber wundere dich nicht, wenn sich hier nun einiges verändert, du selbst hast es nicht anders gewollt. Bitte, sagt Dorothea, bitte, ihr sollt Bruno nicht so zusetzen.

Aufstehen, jetzt kann ich wohl gehen, wenn ich nur erst draußen wäre oder bei mir. Ina bewegt die Lippen, doch ich verstehe nicht, was sie sagt, ach, Ina, rückwärts bis zur geöffneten Schiebetür, wie freundlich Dorothea mir zunickt. Bruno? Ja. Vergiß die Geschenke nicht, ruft Max, die Eicheln und das andere, was du noch bei dir finden wirst, wir warten darauf. Ja, sage ich, schon unter dem Vater des Chefs, der schuldbewußt aus seinem Rahmen guckt, sein Bild ist noch nie heruntergefallen wie das andere, er muß die Apfelschale bewachen, den Eingang.

Ich könnte helfen, den Fortbestand der Hollenhusener Quartiere zu sichern, das hat Murwitz gesagt, Bruno braucht nur die Verzichtserklärung zu unterschreiben, aber der Chef will nicht, daß ich es tue, und er weiß besser als jeder andere, wie der Fortbestand gesichert werden muß. So hat er mir noch kein Versprechen abgenommen, mit diesem Ernst, mit dieser Dringlichkeit, ich spür noch den Druck seiner Hand, ich seh noch seine eisblauen Augen; er kann sich auf mich verlassen, das kann er. Es sind meine eigenen Schritte, ich brauch nur stehenzubleiben, dann ist es still, nein, es ist keiner hinter mir her. Er hat das Licht gelöscht, vermutlich sitzt der Chef im Dunkeln, um ruhig über alles nachzudenken. Rauch ist in der Luft; immer wenn ein sanfter Wind vom Land kommt, riecht es nach Rauch. Wir müssen zusammenhalten, hat der Chef gesagt, und er hat gesagt, daß er mich besuchen wird.

Heute will ich lieber kein Licht machen, ich rück mir den Sessel vors Fenster, dann kann ich den Weg übersehen, auf dem Magda kommen wird, und wenn die langsamen Wolken den Mond freigeben, kann ich die älteren Quartiere erkennen, meine Quartiere, denn nach seinem Willen soll mir dies Stück bis zum Bahndamm gehören, alles, was der Mond aufhellt. Ob ich mir überhaupt zutraue, das Land zu bewirtschaften – das hat Max gefragt, Max, dem ich bestimmt erzählt habe, daß ich Maschinen und technische Geräte nicht bedienen darf und auch nicht dabei bin, wenn Pflanzpläne aufgestellt werden, ich möchte nur mal wissen, warum er mich das vor den anderen gefragt hat. Das größte Zutrauen zu mir selbst hab ich immer dann, wenn der Chef in meiner Nähe ist; arbeite ich mit ihm zusammen oder unter seinen Augen, dann gelingt mir mehr als sonst.

Einmal wollte der Chef wohl herausbekommen, wieviel ich bei ihm gelernt hatte, wir machten einen Gang durch die Obstgehölze, einen sonntäglichen Prüfungsgang, für mich gab es dabei wenig zu sagen, aber es machte einfach Freude, neben ihm herzugehen und ihm zuzuhören. Wir prüften die Triebspitzen, die Biegsamkeit der Zweige und die Seitenknospen, und unvermutet fragte er mich, was es bedeutet, wenn sich an den Ästen Geschwülste zeigen, Furchen oder Verdrehungen, und ich sagte, daß es dann wohl die Rillenkrankheit sei; da sah er mich nur überrascht an. Gleich darauf fragte er mich, was denn aber frühzeitige Herbstfärbung zu sagen hat und übereilter Austrieb von Seitenknospen, und ich wußte gleich, daß es der Besenwuchs war, und sagte es ihm. Gestaunt hat er da noch nicht, aber als ich ihm bewies, daß ich auch über die Gummiholzkrankheit Bescheid wußte und über die Steinfrüchtigkeit, bei der besonders Birnen Dellen und Beulen zeigen, da hat er ganz schön gestaunt und gesagt: Eines Tages, Bruno, gibt es hier für dich nichts mehr zu lernen. Und abends beim Essen hat er noch einmal gesagt: Unserm Bruno kann hier bald niemand mehr etwas vormachen, der kennt sich sogar in den Viruskrankheiten aus.

Ewaldsen, der würde mir vielleicht helfen, das Land zu bewirtschaften, und auch Elef und seine Leute würden das tun, gewiß wären auch noch manche in Hollenhusen bereit, nach meinen Anweisungen zu arbeiten, aber wer alles im Büro machen soll, das weiß ich nicht, und erst im Büro wird errechnet, wieviel die Quartiere wert sind. Der Chef brauchte nicht einmal einen Bestandszähler, der schätzte einfach in der Vegetationsperiode die Zahl der Pflanzen, die gut waren zum Verkauf, und seine Schätzungen waren immer richtig und wurden im Büro aufgehoben; wenn er sie später verglich, konnte er gleich sehen, welche Kulturen auf welchem Stück einmal angebaut worden waren und wo die Gefahr von Bodenmüdigkeit bestand. Oft genug hat er im Büro entschieden, was draußen gemacht werden sollte.

Krank, warum sagen sie mir nur, daß er krank ist und mitunter nicht mehr erkennt, was er tut? Einmal hat sich Dorothea bei Ina beklagt, daß der Chef sich immer mehr vernachlässigt, Magda hat das genau gehört, und sie hat auch bestätigt, daß die Sachen des Chefs noch nie so schmutzig waren wie in der letzten Zeit, sein Hemd ebenso wie das Geschirr auf seinem Zimmer und an einem Morgen sogar sein Bettlaken, aber Magda hat nicht gesagt, daß der Chef krank ist, höchstens alterskrank, hat sie gesagt. Geistesschwäche – wer sich das bloß ausgedacht hat? Ich werde alles so machen, wie er es haben will: zuhören und abwarten und nichts unterschreiben, nichts.

Da ist wieder dieses Auto, wie langsam es den Hauptweg hinaufrollt, wie die Lichtbündel der Scheinwerfer über die Kulturen hinweg schwenken, über die Festung huschen und auf den Rosenbeeten des Chefs liegen bleiben, kann sein, daß Magda nach Hause kommt. Ja, sie ist es, allein, also hat sie Lisbeth im Krankenhaus gelassen, sie geht schnell durch das Lichtbündel, ihr langgezogener Schatten auf der Terrasse, bestimmt will sie noch berichten, bevor sie zu mir kommt. Wenn es ihr nur möglich ist, wird sie mir etwas zu essen bringen, aber ich werde nicht traurig sein, wenn sie ohne ein Päckchen, ohne ihren Korb vor meiner Tür steht.

Wir werden die Rollos nicht herunterziehen. Wir werden im Mondlicht sitzen. Zuerst wird sie von Lisbeth erzählen, und dann werde ich vom Chef erzählen und von allem anderen. Und wenn alles gesagt ist, werden wir uns hinlegen. Wetten, wer als erster einschläft, das brauchen wir nicht, weil es ihr immer gelingt, als erste einzuschlafen. Ihre Holzperlenkette, die muß sie zum Schlafen abnehmen. Klopfen, heute braucht sie nicht siebenmal zu klopfen, ich werde warten, bis sie hinter den Rhododendren hervorkommt, und wenn sie die Hand hebt zum ersten Schlag, werde ich ganz rasch öffnen und sie zu mir hereinziehen.

Nein, nein, Ewaldsen, ich habe nicht verschlafen, ich hatte nur eine Besprechung mit dem Chef, und auch mit den anderen gab es etwas zu klären, außerdem mußte ich gerade etwas abliefern auf der Festung, das alles hat Zeit genommen, mußte überdacht werden, aber nun bin ich soweit, ich komm schon. Die Schattenhalle, gehen wir zur großen Schattenhalle, um mal wieder die Netze nachzuspannen. Wie es dem Chef geht? Wie soll es ihm gehen, der hat immer seine Pläne, in seinem Alter muß man allerhand regeln, aber bald wird er wieder in den Quartieren auftauchen, das glaube ich. Dann is ja man gut. Bestimmt weiß er etwas und denkt sich sein Teil, denn wer so wegsieht und für sich lächelt, der hat sich längst aus Gehörtem seine eigene Meinung gemacht, und gehört haben sie hier wohl alle etwas. Nimm du die andere Seite, Bruno, ich bleib hier, sagt Ewaldsen und brennt sich erst mal seine geflickte Stummelpfeife an.

Daß wir hier eine Schattenhalle brauchten, das hatte der Chef auch schon so manches Mal gesagt, wenn wir unsere sonntäglichen Prüfungsgänge machten, aber hochgezogen wurde sie erst, als Guntram Glaser bei uns war, er, der sofort erkannte, daß die jungen Schatten- und Halbschattenpflanzen vor dem harten Lichteinfall geschützt werden müßten, und der auch wußte, daß die Halle gut ist als Überwinterungsfläche. Die Halle, die bauen Bruno und ich, hat er gesagt, und danach reichte er mir auch schon die Axt, schulterte selbst die kleine Motorsäge, und ohne uns breit zu besprechen, zogen wir zum Dänenwäldchen, wo wir acht Stämme schlugen, die als Pfeiler dienen sollten, und dazu Gestänge für die Seiten. Wie genau er den Fall der Bäume berechnen konnte; er ging nur einmal um den Stamm herum, suchte die günstigste Sturzlücke, nahm Augenmaß, und dann krachte der Baum dorthin, wo er ihn liegen haben wollte. Als wir die Pfeiler richteten, kreuzte Joachim bei uns auf, er grüßte wortlos, stand nur herum und sah zu, ohne etwas anzufassen, aber seinen Rat, den mußte er wohl loswerden, und nachdem er uns lange genug zugeguckt hatte, schlug er vor, die Halle mit Spalierlatten zu decken oder einfach mit Fichtenreisig, aber Guntram Glaser nahm den Vorschlag nicht an. Aus Schleswig hatte er längst etwas Besseres besorgt, von den Soldaten dort hatte er ein ausgedientes Tarnnetz erworben, das lag schon im Gerätehaus, ein erdfarbenes Netz, unter dem sie einst Kanonen und Panzer versteckt hatten, und das groß genug war, um die ganze Halle zu decken und den empfindlichen Jungpflanzen den nötigen Schatten zu geben. Joachim sagte da nichts mehr und ging weg, doch als wir das Netz über die miteinander verbundenen Pfeiler brachten und es auszogen und spannten, kam er mit dem Chef zurück und gab uns gleich zu überlegen, ob Spalierlatten oder Bambussplitt nicht doch besser seien zum Decken der Halle, das Tarnnetz, so glaubte er, mache einfach zu früh schlapp und hänge durch und liefere keinen verläßlichen Schatten. Dann werden wir eben nachspannen von Zeit zu Zeit, sagte der Chef und ging herum und lobte Guntram Glasers Einfall und unsere Arbeit, einmal ging er auch ein Endchen Richtung Findling, nur um die Schattenhalle aus der Entfernung zu begutachten; lachend sagte er: Jetzt kommt uns keiner mehr auf die Schliche. Die Urkunde, für die Rhododendren aus unserer Schattenhalle wurde dem Chef eine Urkunde verliehen, die hing lange im Büro neben all den anderen Urkunden und Schleifen und Preisen, viele haben sie gelesen und bewundert, und er selbst hätte sie dort wohl für immer hängen lassen, aber nachdem er die letzte Aufforderung erhalten hatte, alle unsere Eichen zu vernichten, nahm er sämtliche Urkunden und Auszeichnungen von der Wand, niemand hat sie seither gesehen.

Wenn Ewaldsen ganz still steht, wenn das Schattenmuster auf ihn fällt, dann sieht er aus wie gefangen in den ebenmäßigen Maschen; kleine Vögel können leicht durch sie hindurchfliegen, aber Elstern und Krähen, die schafften es nicht. Er merkt, daß ich ihn beobachte, er fragt: Is was, Bruno? Und ich sage: Die hat noch Guntram Glaser gebaut, die Halle hat sich gut gehalten; darauf will er nicht antworten, über Guntram Glaser hat er kaum ein Wort verloren, ich weiß auch nicht, warum. Ich weiß nur, daß er als erster voraussah, was dann wirklich geschehen ist. Er stand neben der Sandstreumaschine, und ich rannte zu ihm, gleich nachdem der Chef mich verlassen hatte, ich mußte einfach loswerden, was ich gerade erfahren hatte, und Ewaldsen war der erste, den ich sah. Sortier man erst, was du im Kopf hast, sagte er. Ich erzählte ihm, daß der Chef sich entschlossen hätte, Guntram Glaser als Betriebsleiter zu beschäftigen, nicht als zweiten Vorarbeiter, sondern als Betriebsleiter, worauf Ewaldsen mich nur ruhig musterte, den Kopf zurücklegte und dann sagte: Damit wäre der Anfang geschafft. Wieso der Anfang, fragte ich, und er, mit gleichbleibender Ruhe: Ich seh, was ich seh; bald werden sie noch mehr bekannt geben, bald, Bruno, gehört er zur Familie. Ewaldsen hat es vorausgesehen.

Auch von mir haben sie gesagt: der Bruno gehört zur Familie, auch von Lisbeth haben sie gesagt: die gehört schon hundert Jahre zur Familie, die war schon beim Vater des Chefs, Lisbeth, die mir Grüße geschickt hat. Zuerst konnte ich es gar nicht glauben, daß sie mich grüßen ließ, aber Magda selbst ist bei ihr gewesen, Magda hat sie ins Krankenhaus begleitet und hat etwas geschenkt bekommen, einen gehäkelten schwarzen Schal. Lisbeth will nicht, daß einer von der Familie sie besuchen kommt, der Chef, ja, der darf kommen, aber einen andern will sie nicht an ihrem Bett sehen, das hat sie Magda zum Abschied aufgetragen, und Magda weiß nicht, wie sie es denen auf der Festung beibringen soll. Überall hat Lisbeth Wasser, in der Lunge, in den Beinen, bewegen kann sie sich nur zur Not, und ihre Gichtfinger, die wie große verzogene Krallen sind, können kaum noch etwas halten. Die kommt wohl nicht mehr zu uns zurück, hat Magda gesagt und hat sich an mich geschmiegt und gleichmäßig geatmet, und als ich dachte: nun ist sie eingeschlafen, da sagte sie leise: Wir werden alles nehmen, wie es kommt, Bruno, das werden wir.

Um den Schatten in einer Ecke zu verdichten, hat Guntram Glaser über das Tarnnetz noch eine ausgediente Fischreuse gelegt, die war kleinmaschig und heil, eine gute Falle, und es dauerte nicht lange, bis sich die erste Dohle im Garn verfing und von Inas Katze geschnappt wurde. Inas grauweiße Katze lauerte oft in der Schattenhalle, sie tat so, als ob sie schliefe, aber aus ihren grünen Schlitzen beobachtete sie alles, und sobald sich ein Vogel blicken ließ, sprang sie auf und erschreckte ihn und trieb ihn ins Garn, erwischt jedoch hat sie nur selten einen. Einmal, bei einer Verfolgungsjagd, ist sie selbst in die Reuse geraten, sie kroch durch die sich verjüngenden Reifen, bis sie im Sackende gefangen war, da zitterte sie und klagte, plumpste in ihrer Verschnürung immer hin, sobald sie aufstehen wollte; um sie zu befreien, mußte Guntram Glaser das Sackende aufknoten. Ina nahm die Katze auf den Arm und liebkoste und bedauerte sie, die Muster, die die kleinen Maschen in das Fell gedrückt hatten, wurden bald schwächer, und sie verschwanden ganz, als Guntram Glaser die Katze zu streicheln begann, anfangs mit kurzen Bewegungen gegen den Strich, wobei die Haare knisterten und sich aufstellten, und dann langgezogen und glättend vom Kopf zum Schwanz hin. Das tut ihr gut, sagte Ina, sie schnurrt schon wieder, bald hat sie es vergessen. Am nächsten Tag lauerte die Katze schon wieder in der Schattenhalle, doch sobald sie auch nur den Kopf hob oder zum Sprung ansetzte, klingelte ein Glöckchen, das Ina ihr an einem Halsband angehängt hatte.

Ach, Ina, als du die Katze an dich drücktest, als Guntram

Glaser sie streichelte und ihr euch nur ansaht, ohne ein Wort zu sagen, da begann ich schon etwas zu ahnen, und als ich euch bald darauf an einem Abend im »Deutschen Haus« entdeckte, allein an einem Fenstertisch, da wußte ich, daß Ewaldsen recht bekommen würde mit seiner Voraussage.

Nach Feierabend hatten wir Tannengrün in den Großen Saal des »Deutschen Hauses« geschleppt, hatten das Grün nur abgelegt, weil sie die Girlanden zum Schlußball des Vogelschießens selber flechten wollten, und beim Hinausgehen – ich war der letzte, der ging –, linste ich aus dem bereits abgedunkelten Saal in den Speiseraum und sah die einzigen Gäste, sah euch. Die bauchige Tischlampe. Die Weingläser. Seine Hand. Der kleine Lichtkreis. Seine Hand. Du hobst das Gesicht und sahst, daß er dir seine Hand entgegengeschoben hatte. Dein unschlüssiges Lächeln. Und dann hast du deine Hand in die seine gelegt, und ihr habt euch angesehen. Kein Wort. Hecht habt ihr gegessen, gespickten Hecht.

Hier in der Schattenhalle verringerte sich die Blattbeschädigung, einfach weil die Wirkung der Temperaturunterschiede ein wenig gemildert wurde. Das hat der Chef bald selbst zufrieden festgestellt, und er sagte: Wir hätten sie längst selber hochziehen sollen, die Halle, was meinst du, Bruno? Ja, sagte ich, aber auf die Tarnnetze als Decke wären wir wohl nicht gekommen, wir hätten bestimmt Spalierlatten oder Fichtenreisig genommen. So ist es, sagte der Chef, und er sagte auch: Er hat uns allerhand beigebracht, mein Betriebsleiter, er hat uns bewiesen, daß man nie ausgelernt hat.

Wir saßen auf Holzkisten, und in der Luft war ein Rieseln, man konnte glauben, daß es das Licht war, das rieselte, sacht und viel feiner als Regen, der Chef machte ein Gesicht, als wollte er nicht angesprochen werden, jetzt, wo es so etwas Seltenes zu hören gab. Aber auf einmal seufzte er und wandte sich mir zu, er wischte sich über die Stirn, über die Augen, als wollte er etwas sagen und war sich noch nicht schlüssig, ob er es tun sollte, doch dann hielt er es wohl nicht mehr aus und vertraute mir an, daß demnächst etwas geschehen werde, und ich solle es als erster wissen, also Ina wird heiraten. Ich weiß noch, er zuckte die Achseln, als er das sagte. Ich weiß noch, er öffnete den Mund und verzog ihn ein bißchen. Er wollte nicht wissen, wie ich darüber dachte, in seinem Blick lag keine Frage, eher eine aufkommende Verwunderung darüber, daß ich nicht überrascht war; forsch stand er auf und sagte nur: Es bleibt noch unter uns, dann ging er, ging nach Hollenhusen, ins neue Gemeindehaus, wo er in seinen Dienststunden bei offener Tür arbeitete und wo jeder das Recht hatte, einzutreten, der den Bürgermeister sprechen wollte.

Zuerst hieß es im »Deutschen Haus«, dann in der Festung, und endlich wieder im »Deutschen Haus«, und das vor allem deswegen, weil sie dort den größten Saal in Hollenhusen hatten, und nachdem die Entscheidung gefallen war, saß Ina nur noch vor der Gästeliste und schrieb ihre Einladungskarten, hakte ab und schrieb, wurde und wurde nicht fertig, weil ihr oder Dorothea oder dem Chef immer neue Namen einfielen. Diesen müssen wir ... den dürfen wir nicht ... wenn schon Jessen, dann auch Plessen. Auf alle Einladungskarten zeichnete Ina Früchte, schön koloriert, sie ließ sie über den Namen hängen, die Früchte glänzten in ihrer Reife, Kirschen, Brombeeren und Mirabellen, aber auch Quitten und Himbeeren, über meinem Namen leuchteten zwei Walnüsse, ich weiß auch nicht, warum. Als ich sie fragte, ob ich ihr die Festgirlande flechten dürfte, da hat sie nichts gesagt, hat mich nur einmal ganz schnell und heftig umarmt, und da wußte ich Bescheid und holte mir mit Erlaubnis des Chefs alles Tannengrün, das ich brauchte, und alle Rosen und Zinnien und blauweißen Bänder, die nötig waren, und im alten Schuppen in der Senke fing ich an.

Daß Guntram Glaser mich dort überraschen würde, damit hatte ich am wenigsten gerechnet, doch unerwartet tauchte er vor der kleinen verschmierten Scheibe auf, spähte herein und kam zu mir; rauchend hob er sich auf die wacklige Arbeitsbank, ließ die Beine baumeln, guckte zu und wollte nicht aufhören, mir anerkennend zuzunicken. Er wußte und konnte fast soviel wie der Chef, aber eine Girlande flechten, das konnte er nicht. Noch nie, sagte er, hätte er so eine schöne Girlande gesehen, sie sei festlich und fröhlich zugleich, er freue sich schon darauf, mit Ina da hindurchzugehen, und wenn es so weit sei, dann müßte der Photograph ein Bild von uns dreien aufnehmen.

Und dann fragte er plötzlich, warum ich ihm immer so lange mit den Blicken folge, ihm nachgucke, als käme ich gar nicht von ihm los, er sagte: Vielleicht merkst du es gar nicht, Bruno, aber mitunter muß ich denken, daß du mich beobachtest oder daß du wer weiß was im Sinn hast; wenn was ist, mußt du es mir sagen. Nein, sagte ich nur, nein, nein, und damit war er im Augenblick zufrieden und lächelte und deutete an, wieviel Gutes er bereits über mich gehört hätte, über meine Arbeit in den Quartieren, über mein Gedächtnis und meine grüne Hand; das tat er. Und er wünschte sich, später einmal noch enger mit mir zusammenzuarbeiten, ihm schwebte eine Anzucht von Halb- und Viertelstämmen beim Kernobst vor, dabei sollte ich ihm zunächst helfen, doch erst einmal sollten wir uns die Hand geben auf ein gutes Auskommen miteinander. Bevor er mich verließ, nahm er ein Stück der Girlande in die Hand, ich sah, daß er glücklich war, und er lobte mich abermals und versprach, daß diese Girlande nicht auf dem Kompost landen wird.

Was alles ich in die Girlande hineingeflochten habe, das habe ich für mich behalten, nicht einmal Ina selbst hat es erfahren, wie viele Wünsche im Tannengrün verborgen waren: daß sie nie Angst zu haben braucht, hab ich ihr gewünscht, und daß sie immer einen kleinen Grund zur Freude findet; ich hab Rosenblätter, die eine samtene Schwärze zeigten, mit dem Feuer der Zinnien umgeben, nur, damit Ina keine schlimmen Enttäuschungen erlebt, und blauweiße Schleifen und Teerosen sollten verhindern, daß sie krank wird. Viele Wünsche hab ich in die Girlande hineingeflochten, auch, daß Ina alles wiederfindet, was sie verlegt hat, auch, daß sie manchmal an mich denkt. Die Girlande war nicht mein einziges Geschenk; weil ich ahnte, worüber Ina sich freuen würde, habe ich ein Kästchen mit farbiger Ölkreide gekauft, das stand für sich auf dem langen Gabentisch, doch weil ich vergessen hatte, eine Karte mit meinem Namen dranzuheften, hat Ina nicht gleich gewußt, wer ihr das Kästchen geschenkt hatte. Ihre Begeisterung. Ihr Bedürfnis, die Kreiden ganz schnell auszuprobieren.

Nicht Ina, Dorothea gab mir die Aufsicht über den Gabentisch, ich hatte die dunkle Jacke an, die der Chef nur wenige Male getragen hatte, ich stand ein paar Schritte hinter dem Hochzeitspaar und sah zu, wie die Gäste sich heranschoben, locker, hochgestimmt, um ihre Glückwünsche loszuwerden und Geschenke zu überreichen, das war ein Gratulieren und Umarmen und Zwinkern, und die Knallküsse, die Ina bekam, konnte ich schon gar nicht mehr zählen. Jedes Geschenk wurde an Bruno weitergegeben, und ich wog es in den Händen, wog es und versuchte zu erraten, was in Kartons unter Schmuckpapier verborgen war, viele Gläser und Gluckerflaschen erriet ich, Terrinen und Bestecke noch und noch, ein Satz Blumentöpfe, ein Sortiment Bürsten, Nußknacker und ein Grammophon, und immer wieder Weiches, Leichtes: Wollsachen. Das türmte sich ganz schön. Das wollte behutsam gestapelt werden.

Wenn Joachim sein Geschenk angeschleppt hätte – diese blaue Schaukelbank –, dann wäre ich mit dem Platz nicht ausgekommen, aber er hatte sie bereits in der Festung überreicht, ebenso wie Max sein Geschenk in der Festung übergeben hatte, einen seidig glänzenden Wandteppich mit Jagdbildern. Der weiße Hirsch. Die springende, bellende Meute. Die kindlichen Gesichter der Reiter. Pastor Plumbeck, der lieferte das handlichste Geschenk ab, ein Neues Testament in schwarzem Leder, die schwerste Gabe brachte der alte Lauritzen mit, er übergab sie ausdrücklich auch im Namen von Niels, der selbst nicht kommen konnte: das feinste Eckschränkchen, das sich denken läßt. Während ich das Schränkchen übernahm und vorsichtig absetzte, blickte er über den Gabentisch, lächelte und sagte: Een Fuhr hest allsbald tosammen, wat? Es war auch eine Fuhre, die Ladefläche unseres Transporters war gerade groß genug, um später alles auf einer Fahrt in die Festung zu schaffen.

Daß ich beim Hochzeitsessen am Kopfende sitzen durfte, hatte ich bestimmt Ina zu verdanken, ich saß mit dem Rücken zum Saal, an der Ecke, dort, wo zwei Tischbeine sich beinahe berührten, ich hatte Ina und Guntram Glaser gut im Blick, und wenn ich mich vorbeugte, konnte ich auch all die anderen sehen, und wenn es im Saal nicht allzu laut war, bekam ich fast alles mit, was gesagt wurde. Guntram Glasers Mutter, die saß still und schläfrig neben dem Chef, der Onkel aber, über den allerhand Geschichten erzählt wurden, saß mir schräg gegenüber, ein mächtiger, fleischiger Mann, der unentwegt zupfen und fummeln und den Leuten zuplinkern mußte, auch mir plinkerte er ein paarmal zu, gerade als ob wir uns für etwas verschworen hätten. Einen Flieger hab ich mir ganz anders vorgestellt, doch wie Guntram Glaser uns erzählte, war sein Onkel schon im Krieg Flieger gewesen, und da er einfach nicht davon loskam, hatte er eine Maschinenhalle so vergrößert, daß sein alter Doppeldecker darin Platz fand, ein klappriger Zweisitzer, mit dem er meist an Sonntagen aufstieg und wer weiß wie oft schon als verschollen galt. Dorothea, die neben ihm saß, winkte gleich vergnügt erschrocken ab, als er sie für den nächsten Tag zu einem Rundflug einlud, sie wollte weder das Wattenmeer noch unsere Quartiere von oben sehen, nein, das wollte sie nicht. Die einzige, die sich bereit fand, mit dem Onkel aufzusteigen, war Ina, doch Guntram Glaser wollte es nicht, er legte einen Arm um seine Frau, er zog sie fest an sich und sagte zu seinem Onkel: Das könnte dir so passen, mit Ina auf einer Sandbank notlanden, und er sagte auch: Solange ich etwas zu melden hab, wird sie nicht in deinen Leukoplastbomber steigen.

Zuerst gab es Melone mit Schinken, süße Melone mit dünn geschnittenem Räucherschinken, alles war so zart, daß man es kaum zu kauen brauchte; obwohl ich nicht als erster fertig sein wollte, war ich doch als erster fertig – seltsam beäugt von Guntrams Onkel, der mich wohl eine ganze Zeit beobachtet hatte. Er lachte, er schüttelte den Kopf, und dann fragte er mich, ob ich noch nie gehört hätte, daß Fruchtkerne im Bauch Wurzeln schlagen könnten. Dann gab es eine Brühe mit Mark und Fleischklößchen, eine kräftige, schillernde Brühe, die ihre Wärme bis zum Schluß bewahrte, und während wir löffelten, wurde Wein eingeschenkt – wer keinen Wein wollte, der bekam Selterswasser –, jeder mußte etwas in seinem Glas haben zum Anstoßen oder wenigstens zum Angucken bei der leisen, stokkenden Rede des Chefs.

Ich hab nicht alles verstanden, es ging um Abschiede, um die vielen kleinen Abschiede, die zum Leben gehören, jeder, sagte der Chef, verabschiedet sich auch mehrmals von sich selbst. Und einmal kommt auch der Augenblick, sagte der Chef, wo wir von denen Abschied nehmen müssen, die uns lange sehr nahe waren, die zu uns gehörten und alles mit uns teilten, einmal treiben sie fort in eine andere Richtung, und das ist gut so, denn jeder soll das Recht haben, seine eigenen Erfahrungen zu machen. Und an Ina und Guntram Glaser gewandt, sagte er auch: Wenn zwei sich so einig sind, so entschlossen, können sie ruhig davon ausgehen, daß mit ihnen etwas Neues beginnt, sie können ruhig darauf bestehen, alles selbst auszuprobieren und fremde Erfahrungen links liegen zu lassen, diesen ungemütlichen Besitz. Das wichtigste ist nur, daß ihr unter einer Decke steckt. Zum Schluß sagte er: Ob ihr's glaubt oder nicht, aber wer gegen die Welt konspirieren muß – und jeder muß es mitunter auf seine Art –, der tut es am erfolgreichsten zu zweit; und damit hob er sein Glas, und wir alle standen auf und tranken Ina und Guntram Glaser zu. Der Beifall danach wollte nicht aufhören, und wir klatschten rhythmisch, als Ina dem Chef beide Hände um den Hals legte und sich so heftig an ihn drängte, daß sein Stand unsicher wurde und er sich an der Stuhllehne festhalten mußte. Guntram Glaser dankte mit einem Handschlag.

Der Onkel musterte mich mit Wohlwollen, das spürte ich, ohne seinen Blick aufzunehmen, er beobachtete mich, und auf einmal fragte er mich, ob ich nicht auch die Absicht hätte zu heiraten, und ich sagte: Ich weiß nicht. Da fragte er weiter, ob ich mich schon einmal umgesehen hätte in Hollenhusen, und ich sagte: Noch nicht. Wie bedenklich er mich darauf ansah, nicht anders, als hätte ich vorsorglich das Beste ausgelassen, das es gibt, doch dann schmunzelte er und nickte zu Ina hinüber und sagte: Wenn man lange genug wartet . . . fast jedes Mädchen hat eine Doppelgängerin . . . wenn man nur lange genug wartet. Ach Ina, nachdem er das gesagt hatte, wagte ich es gar nicht mehr, zu dir hinzugucken.

Das Mißgeschick, ausgerechnet mir mußte das Mißgeschick passieren; ich sehe noch durch den Schmerz Joachims spöttisches Gesicht, sein Achselzucken, mit dem er doch nur darauf hindeuten wollte, daß man bei mir eben auf alles gefaßt sein müsse, bei jeder Gelegenheit, selbst an einem Hochzeitstag.

Fasan auf Weinkraut gab es als Hauptgang, der Flieger achtete darauf, daß die Schüssel mit Kartoffelpüree, daß die Terrine mit Sauce bis zu mir hinwanderten, er ahnte vielleicht meinen ewigen Hunger, denn er forderte mich auf, gleich man ordentlich zu nehmen, für alle Fälle. Es war der erste Fasan, den ich zu essen bekam, tief schnitt ich in das trockene Brustfleisch hinein, tunkte die Fasern in die Sauce, spießte einen Ananaswürfel auf und mußte die Augen schließen bei diesem Wohlgeschmack. Und das Weinkraut! Wer das dazu erfunden hat! Da der Onkel das Brustbein beknabberte, nahm ich auch meines in die Hand, drehte wie er den Schenkel ab, löste wie er das Fleisch von den blassen Sehnensträngen, nur Schrotkugeln, die konnte ich nicht wie er auf dem Tellerrand sammeln, denn mir geriet keine zwischen die Zähne, vermutlich habe ich sie alle heruntergeschluckt.

Keiner hat mich vor den Röhrenknochen des Fasans gewarnt, ich wußte nicht einmal, daß Fasanen solche Knochen haben, die leicht brechen und nadelspitz sind, so spitz, daß man zuerst, wenn sie im Hals steckenbleiben, nur einen feinen Stich spürt, einen ganz dünnen Schmerz, bei dem man sich nicht gleich das Schlimmste denkt. Ich zuckte nur zusammen, als der gesplitterte Knochen sich mit der Spitze in meinen Hals einbohrte, fühlte anfangs lediglich, daß da ein Widerstand war beim Schlucken; ich dachte, daß sich das geben wird bei weiterem kräftigem Schlucken, einfach hinabfahren mit Weinkraut und Ananaswürfeln, aber soviel ich auch unzerkaut nachschluckte, der Splitter löste sich nicht, er blieb stecken. Dann weitete sich der Schmerz aus, klopfte und ging in Wellen durch meinen Kopf, und dort, wo das Knöchlein steckte, fing es an zu brennen, es war eine Siedehitze, die mir das Wasser in die Augen trieb, es half nichts, daß ich sie mit einem Glas Selterswasser zu löschen versuchte. Der Hals schwoll zu, das Pochen wurde immer heftiger, ich würgte, riß wohl unwillkürlich am Tischtuch, wobei mein Glas umkippte, wollte etwas sagen und konnte es nicht, da merkte der Flieger, daß mir etwas zugestoßen war, und ahnte auch gleich, wovon alles ausging.

Nichts half, das trockene Brot nicht, nach dem er schickte, Beklopfen nicht und auch nicht ein großes Glas Selterswasser, mein Hals war zu, ich zog und pumpte und hörte eine Frauenstimme sagen: Er verfärbt sich schon, der junge Mann; und ganz verschliert sah ich Ina, die aufgesprungen war und besorgt zu mir herguckte, und ich sah auch, wie der Chef aufstand und an der langen Tafel entlangging zur Saalmitte. Er und Doktor Ottlinger brachten mich hinaus, von Max bekam ich einen wohlmeinenden Knuff, Joachim begleitete mich mit seinem spöttischen Lächeln, und dann lag ich in dem breiten Sessel, meine Hände umschlossen die Armstützen, mein Kopf ruhte auf der Rücklehne, und über mir war nur das Gesicht von Doktor Ottlinger. Kein Wort, er sagte kein Wort; wenn er wollte, daß ich meinen Mund noch mehr öffnete, zwängte er ihn einfach mit den Fingern auseinander; wie er den Knochensplitter aus meinem Hals holte, weiß ich immer noch nicht; aber ich weiß, daß ich den Brechreiz unterdrückte und den Ausguß im Büro des »Deutschen Hauses« nicht vollzukotzen brauchte.

Ach Ina, am liebsten wäre ich davongeschlichen, zum Bootsskelett oder zu meinem Schuppen, ich wollte mich nicht mehr blicken lassen auf deiner Hochzeit, und als ich lange allein saß im Büro, da hoffte ich, daß ihr mich vergessen hättet, aber auf einmal wischte mir einer über den Kopf, und das war der Chef. Er sagte nicht viel, er sagte nur, daß drei Portionen Fruchteis auf mich warteten, und zwar garantiert ohne Knöchlein, und damit zog er mich schon hoch und führte mich zurück zu euch, nicht auf meinen alten Platz, sondern auf einen Stuhl neben Max, der immer nur Rotwein trank und schwitzte und mit seinen Blicken nicht loskam von dir, weil du ihm ganz fremd erschienst, fremd und schön.

Ja, Ewaldsen, ich bin fertig, auf meiner Seite habe ich das Netz nachgespannt, so kann sie sich wieder sehen lassen, unsere Schattenhalle.

Das Brummen, das tiefe anschwellende Brummen, das über den Horizont heraufkommt, als ob hundert starke Motoren laufen, so hört es sich an. Siehst du, Bruno, da, Richtung Schleswig? Ja, jetzt sehe ich sie, es sind Flugzeuge. Manöver, sagt Ewaldsen, es gibt hier große Manöver, letzte Nacht fuhren einige Panzer durch Hollenhusen, das ganze Haus zitterte, aber hier habt ihr wohl nichts davon gemerkt.

Wie gleichmäßig sie anfliegen, die schweren dunklen Flugzeuge, gegen den Wind kommen sie näher, zerfetzte Wolken bleiben hinter ihnen zurück, blitzend springt Sonnenlicht von den Kanzeln ab. Sie fliegen nicht sehr hoch, es sind bestimmt fünfzehn Flugzeuge, ein paar haben einen doppelten schlanken Rumpf, und ihr Körper in der Mitte, der sieht aus wie eine plumpe Zigarre. Wo die wohl alle hinwollen, sagt Ewaldsen, und er sagt: Uns jedenfalls erkennen sie nicht unter dem Tarnnetz. Über der Holle, über Lauritzens Wiesen, nein, jetzt schon über dem Erlenhof, und das Brummen ist auf einmal schwächer, und aus dem letzten Flugzeug fällt etwas heraus und wird schräg fortgerissen, aus allen Flugzeugen fällt und stürzt es heraus und wird schräg fortgerissen, und das, was hinter den schwarzen Punkten herschlappt, geht weiß auf und öffnet sich. Fallschirme, sieh mal, das sind alles Fallschirme. Der ganze Himmel ist gesprenkelt, das pendelt und treibt vor dem Wind, das kreiselt und schwebt zur Erde – eine Pusteblume, eine riesige Pusteblume hat nach einer plötzlichen Böe ihre Samen entlassen, die an weißen Fallschirmen umherschweben. Schwere Kisten fallen aus den Flugzeugen heraus, plumpe Behälter, über denen gleich zwei oder sogar drei Fallschirme aufgehen, mehrfarbige Schirme, auch sie treiben vor dem Wind zu uns herüber, obwohl sie nicht so stark pendeln wie die Körper, die jetzt Arme und Beine bekommen: wie sie rudern und strampeln und schlingern, um ihren Fall zu steuern, wie sie schaukeln und rucken in ihren Seilen, nur, um schneller und genauer zu landen, auf einem Stück, das sie wohl im Auge haben. Die haben sich verschätzt, ruft Ewaldsen, der Wind wirft sie uns in die Quartiere.

Der Himmel hängt noch voll, ein paar treiben so stetig, daß sie wohl an der Küste landen werden, aber die ersten, die gehen schon nieder, sie fallen auf unser Land, überkugeln sich auf den Mutterbeeten, verheddern sich in Schnurbäumen, Buschbäumen, bis zuletzt langt der Wind unter ihre Schirme, bläht sie auf und wellt sie, und die Männer reißen den widerspenstigen Stoff an sich, sammeln und werfen sich auf ihn, gerade so, als müßten sie etwas Lebendiges bezwingen. Was da knackt und bricht und umgerissen wird in den einjährigen Quartieren, in den Birnen plumpsen sie herunter, es wirft sie in die Schattenmorellen und in die Apfelveredelung, von überallher kommen ihre

Rufe, Verständigungsrufe, Erleichterungsrufe, und jetzt schlägt eine der schweren Kisten auf, rums, mitten ins Beerenobst. Da, Bruno, da, einer hängt in den Kiefern. Ich muß den Chef holen. Er muß kommen. Runter, zieh den Kopf ein, schreit Ewaldsen; der Luftzug, der Schatten: da ist einer der großen Behälter, hart knallt er auf, reißt ein Loch in die jungen Rhododendronpflanzen und wird fortgeschleift an den Schirmen und klemmt sich am Wasserkasten fest. Wir müssen den Chef holen, sage ich, und Ewaldsen darauf: Der hat's längst mitbekommen, der wird gleich hier sein.

Auf den schmalen Transportwegen zwischen den Quartieren sammeln sie sich, immer mehr Soldaten kommen angerannt, hier und da öffnen sie schon Behälter, heben Waffen heraus, Geräte, ein Geschütz auf Gummirädern, anscheinend brauchen sie gar nicht mehr auszukundschaften, wo sie sind, ihr Offizier zeigt ihnen nur eine Richtung an, und in kleinen Gruppen traben sie in den Schutz unserer Quartiere. Zwei baumeln in den alten Kiefern, strampeln und versuchen, runterzukommen, auch auf Lauritzens Wiesen gehen einige nieder, bestimmt wird der eine oder andere in der Holle landen, das möchte ich annehmen. Die haben uns erobert, sagt Ewaldsen und lacht und steckt sich seine Stummelpfeife an. Und er zeigt auf einen Fallschirm, den ein Soldat mühsam birgt, und sagt: Beste Qualität, Seide, daraus könnte man was Gutes nähen. Hinter dem Findling kauern ein paar und in der Deckung meiner Mauer, sie sind schwer zu erkennen in ihren gefleckten Uniformen, in den Quartieren kann man sie überhaupt nicht ausmachen, da errät man sie nur an der schnellenden Bewegung der jungen Bäume. Tim und Tobias, meine Plagegeister, sind natürlich als erste da, wo etwas los ist, da sind sie zur Stelle, schleichen schon einigen Soldaten hinterher, gehen geduckt und wichtigtuerisch und machen ihnen alles nach – aber die Flugzeuge sehen sie nicht mehr, die sind längst fort. Komm, Bruno, schnell, sagt Ewaldsen, er zieht mich einfach mit, dorthin, wo die Transportwege auf einen Hauptweg hinausgehen, zu den versammelten Soldaten, die ihren Offizier umringen und sich wohl einweisen lassen und Trupp nach Trupp verschwinden. Er möchte dabei sein, Ewaldsen will mithören, was Joachim zu sagen hat, der ein ganzes Stück gelaufen ist, nun aber ein wenig gehemmt auf die Soldaten zugeht und wartet, bis der Offizier wieder ein paar losgeschickt hat.

Sie geben sich die Hand, sie nennen ihre Namen. Joachim fragt: Sind Sie der befehlshabende Offizier?, worauf der Soldat nur nickt und zum Himmel zeigt und eine Geste der Hilflosigkeit macht, so als wollte er sagen, daß auf die Winde da oben kein Verlaß sei; dann deutet er über die Quartiere und bedauert die Schäden, die entstanden sind. Er sagt: Unser Landeziel waren die Wiesen, aber der Wind drückte uns hier herüber, und er sagt gleich hinterher: Alle Schäden werden geregelt, schnell, unbürokratisch, innerhalb von acht Tagen ist alles in Ordnung gebracht.

Ein Maschinengewehr, an meiner Mauer schießt ein Maschinengewehr, wie trocken sich die Stöße anhören, und von weither, Richtung Erlenhof, ein dumpfer Knall: vielleicht eine Kanone, eine Panzerkanone. Entschuldigen Sie mich, sagt der junge Offizier und dreht sich weg und will in den Quartieren verschwinden mit dem Rest seiner Soldaten, aber er kommt nicht weit, ein Anruf hält ihn zurück, ein knapper Befehl des Chefs: Warten Sie.

Da steht der Chef, unrasiert, in dreckigen Stiefeln, er hat eine Wolljacke an, die er verkehrt zugeknöpft hat, den Feldspaten, den er hält, hat er gewiß unterwegs aufgehoben. Der Offizier entschuldigt sich, er bleibt stehen und entschuldigt sich und wiederholt, was er Joachim gesagt hat: daß ein Gutachter erscheinen wird, der alle Schäden schnell und unbürokratisch regelt, daß der Wind schuld ist an den Verwüstungen. Ich brauche Ihren Namen, sagt der Chef, und ich brauche Nummer und Standort Ihrer Einheit. Das Maschinengewehr feuert, der Offizier schaut einmal zur Mauer hinüber und blickt dann den Chef an, der ruhig und fordernd dasteht, und ohne ein weiteres Wort sucht der Offizier in seiner Ledertasche nach einem Zettel und schreibt auf, was von ihm verlangt wird, und hält es stumm Joachim hin, doch der Chef nimmt ihm den Zettel aus der Hand und fragt: Wie gedenken Sie wieder gutzumachen, was Ihre Leute hier angerichtet haben?

Dem Offizier ist anzusehen, daß er es eilig hat, er muß zu seinen Soldaten, gewiß will er mit ihnen angreifen und gewinnen, doch die Unnachgiebigkeit des Chefs hält ihn zurück. Sind Sie der Besitzer, fragt er, und der Chef antwortet: So ist es, und darum möchte ich wissen, wie Sie Schadenersatzansprüche grundsätzlich behandeln, Sie oder Ihr Gutachter. Nach allem, was ich weiß, pauschal und großzügig, sagt der Offizier und glaubt wohl, den Chef mit dieser Auskunft zufriedengestellt zu haben, denn er hebt grüßend die Hand und will sich schon wieder abwenden, nicht zuletzt wohl auch deshalb, weil Joachim ihm sein Einverständnis zu erkennen gibt und feststellt: Das geht sicher in Ordnung.

Nein, sagt der Chef entschieden, das geht nicht in Ordnung, eine pauschale Regelung kommt nicht in Frage, nicht bei mir. Wir werden die Schäden aufnehmen, jeden Schaden einzeln, wir werden zusammenzählen, was Sie und Ihre Leute hier angerichtet haben, und wenn der Gutachter erscheint, wird er eine spezifizierte Rechnung bekommen, das wird er. Nach allem, was man mit uns gemacht hat, haben wir keine andere Wahl. Der Offizier nickt und dreht sich um und verschwindet mit den letzten noch wartenden Soldaten, und bevor Joachim etwas sagen kann, hat der Chef Ewaldsen zu sich gewinkt, sie treten ins Birnenquartier, sie zeigen sich da etwas und bereden sich, hämmern gegen einen metallenen Behälter, befingern Stämme und Astwerk und blicken vom Weg aus über die beschädigten Mutterbeete. Das läßt sich doch nicht machen, sagt Joachim leise, das ist doch eine Zumutung, ein unnützes Erbsenzählen – was meinst du, Bruno? Ich weiß nicht, was ich glauben soll, noch weiß ich es nicht, und ich möchte auch nichts zu ihm sagen, weil er über den Chef den Kopf schüttelt, so, wie er es viele Male über mich getan hat. Jedenfalls sieht es ihm ähnlich, sagt Joachim und geht langsam fort. Auch der Chef läßt Ewaldsen stehen und geht fort, er geht seinen eigenen Weg, nicht ein einziges Mal sieht er sich nach Joachim um, der auf dem Hauptweg zögert und sich dann doch entschließt, den Soldaten zu folgen.

Ja, ja, ich komm schon, Ewaldsen, ich kann mir schon denken, welche Arbeit ihr für Bruno ausgesucht habt, ich weiß schon im voraus, daß wir gemeinsam alles abgehen werden, um auch den kleinsten Schaden zu notieren, jeden gebrochenen Zweig, jede ausgerissene Pflanze. Also, wir machen es so, wie der Chef es will, sagt Ewaldsen, er hat mir Papier gegeben und diesen Stift, du, Bruno, wirst mir das Nötige zurufen, nur Gattung und Schaden, und ich werde alles aufschreiben, klar? An der Art, wie Ewaldsen mir meine Arbeit zuweist, merk ich schon, daß er nicht allzuviel hält von der Anweisung des Chefs, vermutlich möchte er auch den Kopf schütteln über die Rechnung, die am Ende herauskommen soll, aber er wagt es nicht, winkt mich nur gleich ein und murmelt: Fangen wir an.

Er hat recht: wo hab ich nur meine Augen, ich hab schon wieder einen geknickten Stamm übersehen, aber das kommt davon, daß ich dem Chef nachsehen muß, der gebeugt über das Land geht, so gebeugt, als überprüfte er die krümlige Erde. Vielleicht soll ich doch auf alles verzichten, was er mir zugedacht hat, vielleicht kämen sie sich dann näher eines Tages und einigten sich auf der Festung, und es wäre wie früher, aber er selbst will nicht, daß ich die Verzichtserklärung unterschreibe, und er wußte noch immer, was das richtige war. Wegrasiert sind hier die Kronen der Schattenmorellen, wer weiß, ob das auch die Soldaten gemacht haben.

Manche glaubten, daß der Chef sich überhaupt nicht freuen konnte, aber ich weiß, daß er oft genug Gründe zur Freude fand, kleine unscheinbare Gründe mitunter, die ihn fröhlich sein ließen oder gutgelaunt oder auf heitere Art zufrieden: es genügte ihm, daß ein Pflanzplan aufging, daß sich eine Balliermaschine bewährte oder Schnittlinge Adventivwurzeln anlegten und Triebknospen bildeten – mehr brauchte es gar nicht zu sein. Weil er offener zu mir war als zu anderen, hat er mir seine Freude oft genug gezeigt, sogar seine Vorfreude hat er mir gezeigt, er tippte mich manchmal mitten in der Arbeit an und sagte nur: Komm, Bruno, nun wollen wir uns mal belohnen, und an seinem Schritt und an seiner Neigung, im Vorübergehen Dinge zu berühren – einen Wasserhahn oder einen Zaun oder einen Zweig, den er bog und zurückschnellen ließ –, merkte ich schon, daß er gut aufgelegt und gespannt war auf etwas.

Komm, Bruno, und ich ließ meine Arbeit liegen und ging mit ihm zum Hollenhusener Bahnhof, wir kletterten nicht in sein offenes Auto, in dem er meistens in den Ort fuhr, sondern gingen zu Fuß, an den Schienen entlang, wo die Heuschrecken tickten, an der Schranke vorbei und ohne Bange über die Gleise – er wollte es so. Der Stationsvorsteher sah zu, wie wir die Gleise überquerten, doch er berief und verwarnte uns nicht, er grüßte nur den Chef und lobte den sonnigen Tag, wie auch die meisten, denen wir begegneten, den Chef grüßten, sogar die Frau im Wartesaal tat es, und ohne daß wir ein Wort sagten, brachte sie uns, was wir gern wollten, mir eine Limonade, ihm einen Weizenkorn. Er trank mir zu, zuckte die Achseln, er schien unsicher, aber vergnügt in seiner Unsicherheit, auf einmal sagte er: Wir werden ihn schon erkennen, unseren Gast – in Hollenhusen bleibt keiner unerkannt.

Den Freund, wir wollten seinen Freund abholen, den der Chef aus vielen Briefen kannte, den er aber noch nie gesehen hatte, er kam ganz aus Amerika zu uns und sollte ein paar Tage in der Festung wohnen, und noch bevor der Zug einlief, auf dem Bahnsteig draußen, sagte der Chef: Es wird da etwas stattfinden gegen Abend, und ich möchte, daß du dabei bist, Bruno; das sagte er.

Und dann kam der Zug, es war ein einziges Zischen und Rufen und Türenschlagen, viel mehr Leute als sonst stiegen aus, Fremde, die zögerten, die Ausschau hielten, an der Sperre staute es sich schon, hier und da winkten sich einige zu und liefen aufeinander los; der Chef stand ganz starr und ließ seinen Blick am Zug entlanglaufen, musterte die Aussteigenden, und dann entschied er: Das ist er, das muß er sein.

Ein alter Mann mit schwarzem Hut stand am Ende des Zuges und wartete geduldig neben seinem Gepäck. Das ist er, Bruno. Wir rannten. Wir winkten. Leslie, sagte der Chef zur Begrüßung, und der alte Mann sagte Konrad, und danach hielten sie sich an beiden Händen und sahen sich an; viel brauchte wohl nicht gesagt zu werden zwischen ihnen. Als ich Professor Gutowski die Hand gab, da nickte er mir freundlich zu, gerade so, wie man einem alten Bekannten die Hand gibt, da mußte ich gleich denken, daß ihm der Chef in einem seiner vielen Briefe von mir erzählt hatte. Bruno schnappte sich den Koffer, der Chef ließ es sich nicht nehmen, die Reisetasche zu tragen, und gemächlich zogen wir den Bahnsteig hinauf, ließen den Zug abfahren und überquerten zu dritt unter den Augen des Stationsvorstehers die Gleise. Der Chef fragte, ob die lange Reise nicht zu beschwerlich gewesen sei, und der Besucher erzählte von einem Schiff, das so groß war wie eine Stadt, in den ersten drei Tagen habe er sich immer verlaufen, und wo er auch hinkam, jedesmal führte ihn sein Irrweg in einen erleuchteten Speisesaal, in dem es alles zu essen gab, was man sich nur denken kann, Krebse, Schinken und Geflügel, einfach alles. Es gab da Musik auf dem Schiff und Kino und Vorträge, mitunter hat der alte Mann ganz vergessen, daß er übers Meer fuhr.

Untergehakt gingen sie vor mir her. Sie hatten sich noch nie gesehen. Um mitzubekommen, worüber sie sonst noch sprachen, hielt ich mich hinter ihnen, und ich hörte, wie sie in unseren Quartieren über die Bäume redeten, über die Fähigkeiten beschädigter Bäume, sich zu behaupten und neu auszutreiben.

Sie hatten sich nie zuvor gesehen und sprachen auf ihrem ersten gemeinsamen Weg gleich darüber, was Bäume alles ertragen können. Die Stümpfe, die mit ruhenden Knospen kamen, der erfrorene Ölbaum, der aus den Wurzeln treibt. Der alte Professor war wohl überall gewesen; was es zu sehen gab, das hatte er gesehen. Die Eukalyptusbäume, die zundertrockene Rinde haben und sich den regelmäßigen Bränden in ihrer Heimat dennoch so gut anpassen können, daß ihnen sengende Hitze und Feuer nichts ausmachen. Die Bäume in Afrika, die sich mit Korallensträuchern umgeben, um gegen Feuer geschützt zu sein. Pflanzen, die unterirdische Stämme besitzen. Dieser Baum auf einer vulkanischen Insel, der manchmal von glühender Asche verschüttet wird und trotzdem die Kraft behält, wieder auszutreiben. Die kahlen, verkohlten Stämme, die vor einem Bombenangriff Bäume waren und die, obwohl ihnen alle Zweige und Äste abgerissen wurden, schon nach einigen Monaten wieder Blätter haben. Wenn sie aber tot sind, verschwinden sie schnell und gründlich – von denen zerpulvert, verwertet, die von ihnen leben, und man kann sich kaum ausdenken, wer alles von toten Bäumen lebt.

Dann und wann blieben sie stehen, aber der Wunsch, stehenzubleiben, ging allein von ihm aus, von unserm Besucher, der über unsere Quartiere hinblickte zur Thujawand oder zur Holle hinunter, die sich schwarz durch die

Wiesen drängte; sobald sie stehenblieben, schwiegen sie, der alte Mann unter dem dunklen Hut sah dann ganz versonnen aus, und seine Haut, in unserm Licht schimmerte sie rosig. Am längsten standen sie vor der Festung, unser Besucher musterte sie forschend, er prüfte da gewiß etwas, verglich wohl das Haus mit dem Bild, das er einmal bekommen hatte.

Und dann mußte er auch schon Dorotheas Winken erwidern, sie hatte uns bereits erkannt, sie stand auf der Terrasse neben dem beschirmten Tisch und winkte und reckte sich – Dorothea, die unseren Besucher auch noch nie gesehen hatte und die ihn zur Begrüßung umarmte und nur sagte: Willkommen, Leslie, willkommen.

Mir hatte der alte Professor kein Geschenk mitgebracht, doch Dorothea, die bekam eine weinrote Brosche, die sie gleich anstecken mußte, ein gezacktes Blatt, das ganz dünn in Gold eingefaßt war, und der Chef bekam fünf kleine Silberbecher, die ineinanderpaßten, Trinkbecherchen, zu denen ein Lederetui gehörte. Mit einem bedeutungsvollen Blick auf seinen Koffer sagte der Besucher: Meinen offiziellen Auftrag erledige ich wohl später; das war Dorothea nur recht, sie wollte, daß erst einmal Kaffee getrunken und von der Reise erzählt wurde.

Wie gern ich ihm zugehört hätte, ich hätte wer weiß wieviel gelobt und versprochen, um dabeibleiben zu können, aber der Chef erinnerte mich an die Schulklasse, die durch unsere Kulturen geführt werden sollte, und sagte: Übernimm du's einmal für mich, Bruno, an solch einem schönen Tag schaffst du's schon; und er sagte auch noch: Denk an heute abend, ich möchte dich dabei haben.

Sie warteten schon an unserem hölzernen Eingangstor, zwanzig oder fünfundzwanzig Kinder, sie jagten sich da herum, lümmelten sich an den Pfosten, schubsten sich und hüpften, da konnte die junge Lehrerin sie noch soviel berufen, die gemischte Klasse blieb immer in Bewegung, war eingehüllt in Geschrei und Gequietsche. Nein, sagte ich, ich bin nicht Herr Zeller, Herr Zeller hat Besuch aus Amerika, und darum bin ich gekommen, mein Name ist Bruno. Die Kinder waren nicht gleich alt, mir fielen sofort ein paar sehr kleine Mädchen auf, die feines Zeug anhatten und sich bei den Händen hielten, artig und ernst, im Gegensatz zu einigen Jungen. Nachdem die Lehrerin sie zusammengescheucht hatte, verkündete sie: Also, Kinder, hört zu, und denkt daran, was wir gelernt haben, und dann zog und schob sich unsere Ziehharmonika erst einmal zu den Frühbeeten, wo ich dem unruhigen Volk zeigte, wie Koniferen durch Stecklinge vermehrt werden, wie Stecklinge sich bewurzeln. Später zeigte ich ihnen Augenstecklinge und Blattstecklinge, und beim Findling, da setzten sich alle hin, und ich machte ihnen vor, wie veredelt wird, Geißfuß und Pfropfen, was einige so interessierte, daß sie ihre Taschenmesser herausholten und es mir nachmachten. Am wenigsten interessierten sie die Bodenpflege und die Pflanztermine; auch wie wir die Quartiere einteilten, interessierte sie nicht, da konnte ich reden, wie ich wollte, sie guckten immer nur woandershin oder beschäftigten sich miteinander. In der Maschinenhalle aber schwärmten sie gleich aus, erprobten Hebel und verstellbares Gestänge, versteckten sich voreinander und erschreckten sich und kletterten auf die Maschinen hinauf.

In der Maschinenhalle: plötzlich packte ich eins der kleinen Mädchen an den Hüften, hob es hoch und setzte es auf den Sattel einer Zugmaschine, trat zurück und ließ es da sitzen, doch anstatt sich zu freuen, begann das Mädchen gellend zu schreien, es schrie, als ob ich ihm wer weiß was getan hätte, es rutschte und fuchtelte auf dem Sitz herum und war im Nu ganz verschmiert von Tränen. Ist gut, sagte ich, ist ja gut, und wollte es wieder herabheben, da bog es sich zurück und schlug nach meinen Armen, das Mädchen wollte sich nicht berühren lassen von mir. Die Lehrerin mußte kommen, mußte die Kleine herabnehmen und trösten, allmählich hörte das Mädchen zu weinen auf, es suchte die Nähe seiner Freundin, die mich nur mißtrauisch und furchtsam beobachtete. Beide, und auch noch ein paar andere, wichen mir aus, sobald ich auf sie zutrat. Einmal streckte ich die Hand aus und sagte: Wollen wir uns nicht wieder vertragen; da begann das Mädchen abermals gellend zu schreien, die Lehrerin mußte es wegführen von mir, und nachdem die Kleine sich beruhigt hatte, kam sie zu mir und bat mich, die Kinder nicht anzufassen. Was ist denn, fragte ich, und die Lehrerin darauf: Angst, sehen Sie es denn nicht? Ein paar Kinder haben Angst vor Ihnen.

Es half nicht, daß sie mir freundlich zulächelte, ich spürte schon, wie da in meinem Kopf ein kleines Gewitter aufzog, und ich dachte nur: zum Eingangstor, du mußt sie jetzt nur noch bis zum Eingangstor bringen, denn das erwartet der Chef, und ich ging ihnen voraus, unbesorgt, ob sie mir folgen könnten. Den Folientunnel, den ich ihnen sonst gern erklärt hätte, übersah ich einfach, ich lotste sie nur zum großen Holztor, nickte der Lehrerin zu und ging ganz schnell zu mir, schloß ab und legte Stange und Kette vor; das tat ich. Dann kniete ich mich hin, nicht vor dem Waschgestell, sondern am Fenster, und ohne zu warten, schlug ich mit dem Kopf aufs Fensterbrett, ein ums andere Mal, bis dem Dröhnen ein anderes Dröhnen antwortete, bis der befreiende Schmerz kam, der alles unterbrach und zurückdrängte. Ich ließ mich auf den Fußboden nieder, in meinem Mund schmeckte ich nur saures Wasser, ich machte keinen Versuch, aufzustehn, lag nur da und bemühte mich, meine Gedanken zu ordnen, doch es gelang mir nicht – noch bevor ich etwas beschloß, kam der Schlaf. Unter dem Fensterbrett, mit dem Rücken gegen die Wand gelehnt, schlief ich ein.

Der Chef klopfte nicht siebenmal, er hämmerte viele Male gegen meine Tür, er hämmerte mit den Fäusten, daß alles nur so zitterte, und dabei rief er meinen Namen und drohte, da hätte keiner gewagt, sich totzustellen. Wie er mich ansah von der Schwelle. Wie er näher kam. Einen Augenblick glaubte ich, daß er mich zum ersten Mal schlagen würde, aber er tat es nicht, er hat es niemals getan, ohne ein Wort drückte er mich sanft auf den Hocker nieder und befühlte meine Stirn, untersuchte und befühlte sie, dann nahm er aus der Schublade mein Brotmesser. Er tauchte die Klinge in meinen Wasserkrug. Leicht preßte er die flache Klinge gegen meine Stirn, wippte auch so ein bißchen, und plötzlich warf er das Messer auf den Tisch und ging zur Tür. Denk an heute abend, sagte er über die Schulter, und mehr sagte er nicht.

Sie waren alle da, bis auf Max, und fast alle wollten wissen, woher die Beulen an meiner Stirn stammten. Dorothea hätte mir am liebsten gleich ihr Wundermittel geholt, und Guntram Glaser empfahl mir leise, was der Chef längst ausprobiert hatte: Leg ein Messer auf, Bruno, deine Schwunghippe. Ich war froh, daß ich die dunkle Jacke des Chefs anhatte, denn die anderen hatten sich ebenfalls zurechtgemacht, trugen Sonntagszeug, Schlipse, Halsketten, es brannten viele Kerzen. Alle hatten ein Wort für mich übrig, sogar Joachim begrüßte mich mit einem Schnalzgeräusch, nur sie guckte durch mich hindurch, zeigte nicht einmal Erstaunen oder Befremden, sondern guckte einfach durch Bruno hindurch: Frau Sasse vom Gut Bodden. In ihrem grünen Kleid, mit dem langen gelockten Haar sah sie gar nicht aus wie eine berühmte Dressurreiterin, aber sie war es, und Joachim, der Maren zu ihr sagte, wollte es ihr wohl nachtun und war immer um sie herum und achtete darauf, daß ihr nichts fehlte. Der alte Professor beklapste meinen Handrücken und sagte: Da ist ja auch unser Freund, und danach bot er mir seinen Teller mit Fisch- und Wursthäppchen an, den Dorothea ihm hingestellt hatte, ich weiß auch nicht, warum er mir gleich seinen Teller hinhielt. Wir umstanden ihn, hörten, was er über das Blühen sagte, er nannte das Blühen ein verzweifeltes Geschäft, das für die Blüte selbst schlecht ausgeht: entweder sie verwelkt nach der Bestäubung, oder sie wird abgeworfen. Er, der viel herumgekommen war, hatte einen Kaktus gesehen, der schon fünf Sekunden nach der Befruchtung seine Blüten schließt, einfach, um den Insekten anzuzeigen, daß der Laden geschlossen ist. Eine Ehrenpreis-Art verfärbt sich von Blau zu

Purpur, sobald kein Nektar mehr zu holen ist, und der Zwergbuchs, erzählte er, der wird rot nach der Befruchtung, rot. Viele Blüten verlieren kurz nach der Bestäubung ihren anziehenden Duft, womit den Besuchern gemeldet werden soll: es ist erreicht, bemüht euch nicht mehr. Ja, sagte der alte Mann, Blühen ist ein Problem.

Auf einmal reckte er sich, nahm von einem Beisitztisch einige Papiere und bat den Chef zu sich, bat ihn ganz nah zu sich heran, und er, der alle sonst in die Tasche steckt, sah sich ein wenig verlegen um und folgte der Aufforderung, ganz wohl war ihm nicht dabei, und er mußte sich gefallen lassen, daß Dorothea ihn knuffte: Nu mach schon.

Zuerst also die Urkunde. Im Namen des Verbandes Nordamerikanischer Rhododendron-Züchter, so fing der alte Mann an, besann sich dann aber, schüttelte den Kopf und begann von neuem: Lieber Konrad, meine Damen und Herren. Sie zeigt uns viel, die Natur, sagte er, sie überwältigt und besticht und blendet uns, sie verblüfft uns mit ihren Zufällen und setzt uns matt mit ihren Gesetzen, und bei allem müssen wir erfahren, daß sie noch nicht einmal alle Karten ausspielt. Der alte Professor überdachte das Gesagte, war auch damit nicht zufrieden, er fing noch einmal von vorn an und wandte sich nur an den Chef und sagte: Mein lieber Freund Zeller. Und dann sprach er davon, daß die Pflanzen lange vor dem Menschen da waren und gut ohne sie ausgekommen sind, weil sie sich immer verwandeln und anpassen konnten, sie waren immer aufgelegt zu Experimenten und deshalb nicht mehr als üblich gefährdet. Ernsthaft gefährdet wurden sie erst, als sich die Menschen die Kontrolle über die Pflanzen verschafften und nur noch an den Ertrag dachten, das ist ganz klar, und sie mußten auch durch Auslese und dergleichen auf größeres Wachstum aus sein, aber dabei sollten sie nicht den schönsten Ertrag vergessen, den uns die Pflanzenwelt gewährt: Freude, diese große unverhoffte Freude, die aus dem Staunen kommt, aus Bewunderung und Wohlbefinden.

Und dann sprach er davon, daß es zum Glück Agenten

der Pflanzenwelt gibt, die beweisen können, daß es eine Nützlichkeit des Schönen gibt, Agenten aus Liebe, die dafür sorgen, daß sich das Wunder erhält. Er sprach leise, manchmal schloß er die Augen, am liebsten hätte ich jeden Satz auswendig gelernt, besonders, als er dann den Chef einen Agenten nannte, der für die Nützlichkeit des Schönen eintritt, der über alle Grenzen hinweg für das wirbt, wovon wir auch leben, von absichtsloser Freude. Da klatschte Dorothea, ein bißchen voreilig, aber sie klatschte, und ich kam ihr gleich zu Hilfe und klatschte mit.

Die Cäcilia also, der Verband Nordamerikanischer Rhododendron-Züchter verlieh dem Chef in Anerkennung seiner Arbeit, speziell aber für seine Cäcilia, eine Urkunde, die Professor Gutowski überreichte, eine mehrfarbig verzierte, kostbare Urkunde, auf der die zart fleischroten und mattvioletten Blüten abgebildet waren sowie die lederartigen elliptischen Blätter der Cäcilia, die der Chef kultiviert und zur Winterhärte gebracht hatte. Nun klatschten alle, und der alte Professor umarmte den Chef und flüsterte ihm einige Worte zu, die Dorothea aber mitbekam, denn sie lachte und sagte: Keine heimliche Liebe, Leslie; Cäcilie, so hieß Konrads Großmutter, von ihr hat er den Namen. Es wurde auch noch eine zweite Urkunde überreicht, sie war nur einfarbig und bestätigte, daß der Chef zum Ehrenmitglied des Nordamerikanischen Verbandes gewählt worden war – und das, lieber Konrad, ist eine der seltensten Ehren, die wir vergeben, sagte der Professor.

Alle wollten die Urkunden gleich mal in die Hand nehmen, zumindest in ihnen lesen, doch der Professor war noch nicht fertig, er nahm da noch etwas vom Beisitztisch auf und hielt nach mir Ausschau und sagte: Bei allen Ehren, die wir zu vergeben haben, sollten wir auch an die denken, die bescheiden und verläßlich zum Erfolg beitragen, an die stillen Mitarbeiter, die mit dem Halbschatten vorliebnehmen. Es ist ein Blatt der Anerkennung, Herrn Bruno Messmer persönlich gewidmet für all seine treue und empfindsame Mitarbeit. Da wurde mir ganz schwindlig, und ein Zittern kam in die Beine, aber der Chef, der bestimmt alles im voraus gewußt hat, zog mich nach vorn, und während ich das Blatt entgegennahm, klatschte er, und Dorothea und Guntram Glaser klatschten auch. Anstoßen, sie wollten mit mir anstoßen und das Blatt sehen, es war ein Photo mit breitem Rand, auf den Rand war mein Lob geschrieben, und das Photo, das zeigte den prachtvollsten Rhododendronstamm, der sich denken läßt, vier, wenn nicht fünf Meter hoch, und die Blüten waren doldentraubig und dunkelrot.

Sie mußten noch warten, denn erst einmal sprach der Chef, er war sehr bewegt, er war glücklich, lange mußte er nach Worten suchen, um zu danken, und danach erzählte er von Cäcilie, seiner Großmutter, die alle Eigenschaften der Pflanzen kannte. In ihrer Bibel preßte sie alles, was sie draußen fand, Kräuter, die Flöhe abhielten und den Teufel daran hinderten, die Schwelle zu überschreiten, aber auch Blumen, die einen garantiert von Sommerwiesen träumen ließen. Sie hat ihm beigebracht, daß man nur ein Stück Rhododendron-Wurzel auf der Brust zu tragen braucht – an einer dünnen Schnur befestigt –, und schon wird man verwandelt und erkennt, was andere nicht erkennen. Zum Schluß sagte er: Ich freue mich, daß Cäcilie diese Aufmerksamkeit gefunden hat.

Wenn ich nur wüßte, wo das Anerkennungsblatt geblieben ist, es verschwand einfach wie so vieles andere, wie die Geschenke, die Fundstücke, obwohl wir es gemeinsam suchten, Magda und ich, konnten wir es nicht finden; aber überreicht wurde es mir an dem Abend, als der Chef geehrt wurde, das weiß ich bestimmt. Ich mußte das Photo herumzeigen, Ina las mein Lob vor, das auf den Rand geschrieben war, alle bewunderten den Rhododendronstamm und seine Blüten, nur für Frau Sasse gab es nichts zu bewundern, sie sah nur gleichgültig auf das Photo und ließ sich von Joachim Feuer für ihre Zigarette geben. Ihr müder, abschätziger Blick. Ihre Verdrossenheit. An allem hatte sie etwas auszusetzen, und zuhören konnte sie nicht anders als mit hochgezogenen Augenbrauen. Ich paßte immer auf, daß ich nicht in ihre Nähe kam. Magda wußte, daß das Gut Bodden nicht Frau Sasse gehörte, sondern ihrem Bruder, von dem sie alles bekam, was sie sich wünschte, sogar einen Übungsplatz für ihre Dressuren hatte er ihr ausgestückt. Daß der Chef nicht viel mit ihr im Sinn hatte, hab ich ihm schon bald angemerkt; wenn einer ihm nicht paßte, dann hatte er eine ganz bestimmte Höflichkeit für ihn übrig, eine erzwungene, aber tadellose Höflichkeit, die bekam auch Frau Sasse zu spüren, aber ihr, die schon zweimal verheiratet gewesen war, machte das nichts aus.

Gewohnt, überall das Wort zu bekommen, hielt sie sich auch bei uns nicht zurück; was sie fragen wollte, das fragte sie; an Zuhörern hatte sie wohl nie einen Mangel.

Wie sie mit dem alten Professor aneinandergeriet, das ist mir einfach entgangen, ich bekam jedoch mit, daß sie ihn nach seiner Herkunft fragte, sie meinte, daß sein Name eigentlich ein europäischer Name sei, und als der alte Mann das bestätigte – er sagte: Mein Großvater ist noch in Modlin geboren –, da nickte sie und sagte: Eben. Was gut ist in Amerika, das kommt aus Europa. Professor Gutowski lächelte, er wollte zuerst wohl nicht darauf antworten, doch Frau Sasse gab sich mit seinem zagen Lächeln nicht zufrieden, sie wollte von ihm wissen, was amerikanisch ist in Amerika, und er sagte leise: Vielleicht das Gefühl, unser Lebensgefühl. Sie überging das. Sie ließ sich nicht davon abbringen, daß Amerika das Beste Europa zu verdanken hat, den vielen Auswanderern, ihren verschiedenen Kenntnissen und Fähigkeiten, ihrer Kultur, ihrem Sinn für Geschichte, sie sagte: Sinn für Geschichte.

Je ausdauernder der alte Professor schwieg, desto kiebiger redete sie, sie war selbst einmal in Amerika gewesen, ihr waren Städte und das Land bekannt – was allein sie versöhnt hatte mit dem Kontinent des Faustrechts, das waren die Zeugnisse europäischer Herkunft, das europäische Erbe.

Ich sah schon, daß der Chef unruhig wurde, er kippte

sein Glas und schenkte sich gleich nach, unwillkürlich schob er sich an Frau Sasse heran, bereit, selbst etwas zu sagen, aber der alte Mann, der das bemerkt hatte, winkte leicht ab und sammelte sich und sagte ganz ruhig, daß ihm fast alles bekannt sei, was gegen Amerika vorgebracht werde, fast alles, und zwar überall. Manches habe ihm zu denken gegeben, das schon, aber bei allem frage er sich, wie es wohl komme, daß Amerika für viele in der Welt ein Name der Hoffnung und Ermutigung sei; übel beredet, schwarz gemalt und noch und noch beschuldigt, stelle es dennoch für viele eine Stärkung und Bestätigung dar, vor allem für jene, die entbehren müssen, worauf jeder Mensch einen Anspruch hat. Er habe das zum Beispiel vor gar nicht langer Zeit aus der Heimat seines Großvaters erfahren, sagte er, und er sagte auch noch: Wir sind verläßliche Schuldner. Da mischte der Chef sich ein, reichte dem Professor schon ein Glas und forderte ihn auf, endlich mit ihm zu trinken.

Der Auszug, nie hätte ich es gedacht, daß Joachim noch in jener Nacht aus der Festung ausziehen würde, ich stand meist für mich und aß die Schnitten, mit denen Ina mich versorgte, trank den Saft, den sie mir einschenkte, und Joachim, wo und mit wem ich ihn auch sah, kam mir nicht anders vor als sonst, er legte weder seine Heiterkeit ab noch seine Überlegenheit. Vermutlich ahnte er selbst noch nicht, was sich da vorbereitete, er bemühte sich unentwegt um Frau Sasse, war glücklich, wenn er ihr einen Gefallen tun konnte, freute sich, wenn Dorothea mit ihr sprach. Auch als ich fortging – und ich ging als erster –, hätte ich mir niemals träumen lassen, daß Joachim schon am nächsten Tag nicht mehr in der Festung sein würde. Wer nach mir als nächster ging, weiß ich nicht, aber ich weiß von Magda, daß zuletzt nur noch der Chef und Joachim übrigblieben, Magda sagte, daß es kein Zufall war, sie glaubte, daß der Chef auf Joachim gewartet hätte, der Frau Sasse unbedingt nach draußen und ein Stück bringen mußte.

Erregt sollen sie kaum gewesen sein, geschrien hat keiner. Der Chef brachte Joachim bei, daß er sich zum ersten Mal in seinem Leben bei einem Gast entschuldigt hatte, und zwar für einen anderen Gast, der in seiner Überheblichkeit die einfachsten Gesetze der Gastfreundschaft verletzte und sogar noch Vergnügen daran fand. Joachim gab sich überrascht, verstand nicht oder wollte nicht verstehen, und da erinnerte ihn der Chef an das Betragen von Frau Sasse und hielt ihm noch einmal vor, was sie von sich gegeben und wie sie den Freund, den Ehrengast, herausgefordert hatte ohne Grund. Darauf ließ sich Joachim gleich etwas zur Verteidigung einfallen, er verharmloste das Gesagte, meinte, daß Frau Sasse es eben gewohnt sei, alles auszusprechen und daß sie keinen Hehl macht aus ihren Gedanken, auch wenn sie miteinander redeten, sagten sie sich alles, aber auch alles.

Der Chef hatte nichts dagegen, er bescheinigte Joachim jede Freiheit und Unabhängigkeit, er bestritt ihm nichts und legte ihm nichts nahe, er erbat sich nur eins: daß Frau Sasse nie mehr in der Festung auftauchte, weder in Joachims Begleitung noch allein. Da wollte Joachim wissen, ob das so eine Art Verbot sei, und der Chef sagte darauf, daß er kein Verbot ausgesprochen habe, sondern nur einen Wunsch. Es ging hin und her zwischen ihnen, und auf einmal stand Joachim auf und sagte: Gut, wenn du mir verbietest, einen Gast mitzubringen, der mir besonders nahesteht, dann wirst du wohl auch auf meine Anwesenheit verzichten können, und da der Chef daraufhin keine Antwort gab, fügte Joachim noch hinzu: Dann ist für mich alles klar. Und dann packte er zusammen, was er brauchte, und zog aus. Nachts. Ohne Abschied. Zog aus.

Bestimmt hätte er auf Gut Bodden wohnen können, wo sie noch mehr Zimmer hatten als in der Festung, aber er wollte es wohl nicht, es schien ihm richtiger, in Hollenhusen zu wohnen, in dem neuen Haus von Kaufmann Tordsen, dort mietete er sich ein und ließ sich von Dorothea besuchen und von Ina, vom Chef bekam er keinen Besuch. Ich möchte nicht wissen, wie oft Dorothea ihn zu überreden versucht hat, wieder nach Hause zu kommen, vermutlich hat sie gelockt und gebettelt, doch er weigerte sich, und sie mußte Tordsens Haus immer allein verlassen.

Eines Mittags hörte ich, wie Dorothea zum Chef sagte: Willst du nicht mitkommen? Er hat heute Geburtstag. Ich hab daran gedacht, sagte der Chef nur, es liegt ein Päckchen auf meinem Schreibtisch, das kannst du ihm mitnehmen. Mehr sagte er nicht, und Dorothea ging wortlos weg. Oft, wenn ich Joachims Auto sah, saß auch Frau Sasse drin, entweder fuhren sie in Richtung zum Gut Bodden oder sie kamen daher; daß sie gemeinsam ausritten und sich dabei auch bis in unsere Nähe verirrten, das geschah nur selten, mehr als zweimal bin ich ihnen nicht begegnet.

Aushalten; als ich mir einmal beweisen wollte, daß ich es gegen meine Angst allein im Dänenwäldchen aushalten konnte in der Dämmerung und bei starkem Wind, da hätten sie mich fast aufgestöbert wie ein Kaninchen. Die tintigen Wolken mit den schlohweißen Rändern. Das Geschiebe am Himmel. Das Wehen und ein anschwellendes Sausen, vor dem man sich gleich ducken wollte. Nachdem ich mich am Ufer des Großen Teichs hingelegt und erst einmal vollgetrunken hatte, wäre ich am liebsten nach Hause gegangen, aber ich wollte mir ein für allemal beweisen, daß ich es allein aushalten konnte kurz vor dem Fall der Dunkelheit, und so ging ich zu dem Stubben, auf dem auch schon der Chef gesessen hatte, rutschte mich zurecht und lauschte. Was einem da alles in die Glieder fuhr! Ich brauchte gar nicht lange zu warten, bis das Murmeln der verwundeten Soldaten zu hören war, die hier einmal Schutz gesucht hatten, und bei genauerem Lauschen war auch schon das Ächzen zu vernehmen und das Gestöhn und so ein schweres Ausatmen. Das rieb sich, das knirschte und ratschte, eine Säge ging da, eine Zange schnappte, und das Pochen in meinem Kopf, das kam gewiß davon, daß Fäuste auf den Boden schlugen.

Sie ritten aus der Deckung der Erlen hervor, Frau Sasse zuerst und hinter ihr Joachim, sie ritten ganz langsam das

Ufer des Teiches aus, und dort, wo ich getrunken hatte, stiegen sie ab und ließen ihre Pferde saufen.

Sie standen nebeneinander und blickten auf die Pferde, und dann legte Joachim einen Arm um die Schulter der Frau, zögernd, wie versuchsweise, und da die Frau sich nicht bewegte, sammelte er ihr kurzes dichtes Haar in einer Hand, locker, gerade so, als ob er es wiegen wollte. Er spielte mit ihrem Haar, strählte es ein bißchen, und sie stand immer noch unbewegt da; dann faßte er sie mit beiden Händen an den Schultern und drehte sie zu sich herum, er versuchte, sie an sich zu ziehen, doch er gab es gleich auf, denn die Frau hob schnell eine Hand und setzte ihm die Spitze ihrer Gerte auf die Brust, warnend, mit erhobenem Gesicht.

Gesagt wurde wohl nichts, sie maßen sich nur mit Blikken, und auf einmal winkte sie knapp, und Joachim legte schon seine Hände zusammen, beugte sich schon dienstbar und half ihr aufs Pferd. Wie sie es herumriß, wie sie aufs Wäldchen, auf mich zuritt, da ließ ich mich schnell vom Stubben kippen und preßte mich an den Boden und machte mich klein.

Es gab gewiß nur wenige, die ihn bei uns vermißten. Ewaldsen und ich, wir haben oft ganze Tage nicht von Joachim gesprochen, auch Magda fragte nur selten nach ihm, er war weg und ging uns nichts an, selbst als einer von uns ein Bild in einer Schleswiger Zeitung fand – es zeigte Joachim mit Frau Sasse und einigen anderen Dressurreitern –, da schauten wir es nur an, von Rückkehr sprachen wir nicht, das nicht. Ob der Chef ihn entbehrte und sein Fortbleiben bedauerte, habe ich nicht herausbekommen, was er verschweigen wollte, das verschwieg er, da konnte man lauern und bohren, solange man wollte.

Dorothea, der war am meisten anzumerken, sie wurde um so stiller, je länger Joachims Abwesenheit dauerte, manchmal saß sie ganz versunken da, kein vergnügtes Wort kam von ihr, keine Nachfrage, kein Zuspruch wie sonst, ihr helles Gesicht wurde knochig. Sie konnte aufstehen, ohne ihren Teller angerührt zu haben, und draußen, da konnte sie auf einem Weg plötzlich stehenbleiben und hastig in die entgegengesetzte Richtung gehen, ein paarmal tat sie es wohl deshalb, um dem Chef auszuweichen. Begegneten wir uns, dann hatte sie lediglich ein bekümmertes Lächeln für mich übrig, Arbeiten, die sie dringend getan haben wollte, fielen ihr nicht ein, nach jeder Begegnung war ich traurig, und es kam ganz von selbst, daß ich mir die Tage auf dem Kollerhof zurückwünschte. Es wunderte mich nicht, daß sie eines Tages krank wurde.

Magda hatte von dieser Krankheit auch noch nie etwas gehört, es war einfach so, daß Dorothea alles, was sie aß, erbrechen mußte, sogar eine Hühnersuppe und gedämpftes Fischfilet; kaum hatte sie etwas zu sich genommen, da würgte es sie schon, da kam es ihr hoch, und sie mußte es ganz schnell von sich geben. Oft gelang es ihr nicht, zur Toilette zu kommen oder zum nächsten Ausguß, und weil es jedesmal ein Wettrennen war, sorgte sie dafür, daß an einigen Stellen gebrauchte Handtücher lagen und kleine Eimer mit ein wenig Wasser standen; dennoch passierte es, daß sie das Wettrennen verlor und sich in die Hände erbrach oder auf den Boden. Sie bestand darauf, alles selbst zu säubern und zu entfernen, keiner durfte ihr dabei helfen. Allmählich fiel es ihr immer schwerer, sich auf den Beinen zu halten. Doktor Ottlinger kam jetzt häufiger, er saß lange an Dorotheas Bett, ohne viel zu sagen, einmal glaubte Magda schon, er sei auf dem Stuhl eingeschlafen. Auch der Chef saß oft an Dorotheas Bett, auch er hatte nicht viel zu sagen.

Ach, Ina, wenn du nicht gewesen wärst, du mit deiner Ungeduld, mit deiner Entschiedenheit, du hast noch immer gewußt, wie weit etwas gehen darf und wie weit nicht, und als die Grenze erreicht war für dich, bist du mit deinem dikken Bauch zuerst zu Joachims Wohnung gefahren, und weil er nicht dort war, gleich weiter zum Gut Bodden, auf den Übungsplatz. Ich kann mir vorstellen, wie du ausstiegst aus dem Geländewagen des Chefs, schnaufend unter dem Gewicht des Kindes, Joachim einfach vom Pferd herunterholtest, keine Frage mehr zuließest, sondern ihm auf eine Art befahlst, mitzukommen, daß er sich kaum Zeit nahm zu langwierigem Abschied und sich neben dich hockte und nicht einmal auf den Gedanken kam, dir das Steuer abzunehmen. Du hast ihn bis zur Eingangstür der Festung gefahren – das hab ich gesehen –, und als er dort einen Augenblick verharrte, hast du nicht mehr gesagt als: Los, weiter, oder es passiert etwas, in deinem eigenen, für jeden unerwarteten Ton, dem sich keiner zu widersetzen wagt. Es half ihm nicht, daß er unschlüssig wurde, mit deinem Blick zwangst du ihn weiter durch die Diele, die Treppe hinauf zu Dorotheas Zimmer, und obwohl du bereits ganz schön keuchen mußtest – denn es dauerte noch einen Monat, bis Tim kam –, suchtest du den Chef und befahlst auch ihm auf eine Art mitzukommen, daß er nicht einmal fragte, wohin du ihn schleppen wolltest.

Da standen sie sich gegenüber nach langer Zeit. Magda hat erzählt, daß überhaupt nichts zu hören war, kein Wort, kein Geräusch, und als sie einmal den Hagebuttentee brachte, stand jeder für sich an einer Seite des Bettes, sie mochten sich nicht setzen, fortgehen aber mochten sie auch nicht. Ina wartete in der Diele, ausgestreckt in einem Sessel, beide Hände auf ihrem Bauch, und je länger sie wartete, ohne etwas zu hören, desto mehr beruhigte sie sich, sie hielt es so lange aus, bis beide, der Chef und Joachim, die Treppe hinabkamen, da ging sie ihnen entgegen, und bevor noch etwas gesagt wurde, erkannte sie schon, daß einer bald wieder einziehen würde bei uns, doch an dem Tag, an dem er dann schließlich zurückkehrte, war der Chef nicht zu Hause, es kam ihm gewiß gelegen, daß er da nach Elmshorn mußte.

Wenn ich nur wüßte, wann Ewaldsen endlich fertig ist und mich abholt, es reicht doch, wenn er eine vorläufige Schadensliste abgibt, da ist doch nicht soviel zu übertragen, zu berechnen, aber ich ahne es schon, ich kann mir denken, daß er mich wieder einmal vergessen hat, einfach hat sitzenlassen wie so manches Mal. Einmal sagte er zu mir: So ist das eben mit dir, Bruno, man merkt gar nicht, daß du einem fehlst. Auf dem Wasserkasten sitzt er nicht mehr, zum Hauptweg ist er auch nicht gegangen, vielleicht hat er sich mal in die Koniferen verdrückt und wird gleich wieder herauskommen, es sind die Koniferen aus der Flasche, wie der Chef sie genannt hat, denn er hat ihr Saatgut mit Holzkohlenpulver vermischt und in Flaschen ruhen lassen, und was kaum einer bei uns glauben wollte: die Keimkraft erhielt sich drei Jahre lang.

Was leuchtet da, was reißt und ratscht da, das kann nur Ewaldsen sein, ich weiß schon, ich seh, er reißt einen Fallschirm entzwei, zerlegt ihn in Stücke, also hat er doch noch einen gefunden und für sich auf die Seite geschafft; es ist die beste Seide, die es überhaupt gibt, hat er gesagt. Mit seinem Messer schneidet er die Seide an, und dann reißt er, zuerst ruckweis und zuletzt gleichmäßig bis zur äußersten Öffnung seiner Arme, es sirrt, wenn die Seide kaputtgeht, sirrt wie ein Gummirad auf nassem Asphalt.

Hast du mich erschreckt, sagt er, und sagt: Warum schleichst du dich immer an, und ohne mich zu beachten, bemißt er eine Bahn und wickelt sie sich um seinen Körper; vermutlich hat er sich schon etliche Bahnen umgewikkelt, wenn er die Joppe darüberzieht und sie zuknöpft, wird keiner erkennen, daß er einen zerrissenen Fallschirm bei sich hat. Los, Bruno, nimm dir auch ein Stück, das ist vom Himmel gekommen, darum gehört es uns. Es ist kostbares Zeug, man kann es gut verschenken. Halt, halt, sage ich, aber er hat bereits mein Hemd hochgeschoben und wickelt mir einen Streifen Seide um die Hüften, reißt noch eine Bahn ab und wirft sie mir zu: nu mach schon, Bruno, und ich ziehe den Stoff stramm und klemme die Enden in den Hosenbund. Die Gurte und Stricke dürfen hier nicht liegenbleiben, sie könnten uns verraten eines Tages. Das hab ich kaum gedacht, da sagt Ewaldsen auch schon: Den Rest hier, Bruno, den wirst du eingraben, aber nicht so eben verscharren, sondern tiefer, als der Pflug geht. Ja, sage ich, und nun geht er, und ich spüre, wie mich die Fallschirmseide einschnürt.

Erst einmal ist Essenszeit, vergraben kann ich die Überbleibsel auch später, erst einmal geht Bruno zum Essen, doch Magda wird nicht gleich erfahren, was ich für sie unter dem Hemd trage, weiß und glänzend, das wird sie nicht. Abends ja; wenn sie kommt, werde ich sie raten lassen, was ich an mir trage, und wenn sie lange genug vorbeigeraten hat, werde ich sie auffordern, mich auszupellen. Magda wird auf den ersten Blick erkennen, daß dies die beste Seide ist, die es gibt. Mißtrauisch, wie sie mir gegenüber von Zeit zu Zeit ist, wird sie wohl zunächst wissen wollen, wo ich den kostbaren Stoff herhabe, und ich werde ihr erzählen, daß er vom Himmel gefallen ist, und das wird die Wahrheit sein.

Rosenkohl, ich rieche schon den Rosenkohl, über den Magda immer ein bißchen Muskat reibt, dazu wird es wohl Karbonade geben und Kartoffeln mit Buttersauce, ich hoffe nur, daß sie diesmal den Fettrand drangelassen hat an der Karbonade. Die Küchenklappe ist offen, Magdas Gesicht erscheint wie eingerahmt, sie guckt nicht freundlich, guckt so, als ob Lisbeth ihr das Seufzen und die Strenge vererbt hätte: Kommst du endlich, ja? Ich darf ihr kein Zeichen geben, hier soll jeder glauben, daß wir uns nichts angehen, auch wenn wir allein sind, darf ich ihr nicht zuzwinkern, und berühren darf ich sie schon gar nicht. Ob ich mir die Hände gewaschen habe: das fragt sie ebenso automatisch wie Lisbeth, mein Teller steht bereits auf der Wärmeplatte, großzügig hat sie ihn nicht aufgefüllt, diesen Teller hätte auch Lisbeth gefüllt haben können, sie, die mich so oft Vielfraß genannt hat. Wie sie über mich hinwegsehen kann, wenn sie mir den Teller hinsetzt, wie sie darauf bedacht ist, mir ja nicht zu nahe zu kommen. Am liebsten möchte ich mein Hemd aufknöpfen und sie einmal ganz schnell auf das Weiße, Leuchtende sehen lassen, aber damit würde ich unsere Abmachung verletzen.

Es gab wohl viel Aufregung draußen, sagt sie, und mehr

sagt sie nicht und dreht schon wieder ab. Da ist allerhand vom Himmel gefallen, sage ich, Soldaten an Fallschirmen, die warf der Wind in unsere Quartiere, viel ist zu Bruch gegangen, aber wir haben die Schäden genau registriert. Sie nickt mir durch die Klappe zu, wendet sich ab, ist wieder bei ihrer Arbeit; ich möchte ihr noch mehr erzählen von den Flugzeugen und dem Schweben über uns, aber ich müßte dann jedes Wort laut hinüberrufen, und das will ich lieber nicht, und sie will es auch nicht. Hoffentlich kann ich noch Kartoffeln und Sauce nachbekommen.

Das kann nicht sein, ihm wird doch alles nach oben gebracht, der Chef wird sich wohl verirrt haben, früher, da ist er ab und zu hier hereingeschneit, aber seit langem nicht mehr. Der Chef hat dasselbe Zeug an wie vorher in den Quartieren, er grüßt mich mit einer Handbewegung, er sagt: Laß es dir schmecken, Bruno, und vor der Küchenklappe sagt er: Nur geriebene Äpfel, wie immer, und nun dreht er sich um und kommt zu mir und setzt sich ohne ein Wort. Selbst wenn er sich im Dunkeln neben mich setzte, ich wüßte sofort, daß er es ist, ihn spüre ich einfach. Müde wischt er sich übers Gesicht, drückt leicht auf seine Augen. Sein Schnappen. Das kleine, klappende Geräusch seiner Zähne. Das schwache Lächeln, das wohl aus einer Erinnerung kommt. Er starrt auf meinen Teller, er fragt plötzlich: Reicht das denn, Bruno? Und zur Küchenklappe hin ruft er: Gibt's noch etwas für Bruno? So ist er, immer hat er an mich gedacht, selbst wenn er vieles bedenken und regeln muß, vergißt er nicht, daß es bei mir etwas länger dauert, bis ich satt werde. Seine Taschenflasche mit Wacholder: Auf dein Wohl, Bruno, willst du auch mal probieren? Nein, nein.

Behutsam setzt Magda ihm die Glasschüssel hin, und er ißt gleich los und schnappt jedesmal nach dem Löffel, er führt den Löffel nicht zum Mund, sondern schnappt nach ihm mit geschlossenen Augen, das hat er sich wohl erst in der letzten Zeit angewöhnt. Wie gleichgültig er schluckt, da sieht man, daß es ihm keine Wohltat bereitet, etwas zwischen den Zähnen zu haben, er nimmt sich nicht die Zeit zu schmecken, läßt den geriebenen Apfel mit Sahne und Zimt nur den alten Hals hinabfahren – er, der mir einmal gesagt hat, daß es schlimm ist, wenn wir dem Essen keinen Geschmack mehr abgewinnen können. Schneller als er könnte ich auch nicht fertig werden mit der Apfelspeise, er steht schon auf, bestimmt hat er Wichtiges zu erledigen, jetzt, wo die meisten gegen ihn sind; ich möchte ihm etwas sagen, ihm etwas versprechen, aber ich weiß nicht, wie ich anfangen soll.

Sein freundlicher Stups gegen die Schulter. Siebenmal klopfen, nicht, Bruno? Ja, sage ich. Ich komme gewiß mal vorbei. Der Schluckauf, ausgerechnet nun muß sich mein Schluckauf melden, das hickst schon und reißt den Kopf zurück, ich kann nicht alles verstehen, was er sagt. Also glätten, er will etwas leidlich einrenken, weil er einem Besucher den Stuhl vor die Tür gesetzt hat, einem vom Gericht, der angeblich herausgekommen ist, um sich mit ihm zu unterhalten, in Wahrheit jedoch nur ein bißchen herumschnüffeln wollte. So weit sind wir, Bruno, da kreuzt einer auf, um mich unter die Lupe zu nehmen, vielleicht, um zu begutachten, wie hinfällig ich bin, und das in öffentlichem Auftrag; ich habe dem Herrn gesagt, was zu sagen ist, knapp, und danach hab ich ihn verabschiedet. Es ist anzunehmen, sagt der Chef, daß er jetzt bei Joachim hockt und da Bericht erstattet.

Wissen, er muß wissen, daß er sich auf mich verlassen kann, was ich ihm versprochen habe, habe ich gehalten, nichts ist unterschrieben, und Auskunft gegeben hab ich keinem. Ich sage: Was ich versprochen hab, das habe ich gehalten. Er nickt mir aufmunternd zu, er weiß es, er weiß alles über mich. Er stellt die Glasschüssel vor die Küchenklappe, er ruft Magda einen Dank zu, vergißt nicht, sie daran zu erinnern, daß ich einen Nachschlag haben muß, und mehr sagt er nicht und geht hinaus wie einer, der Gründe für seine Zuversicht hat.

Wer nicht siebenmal klopft, dem werde ich nicht aufmachen, es kann sein, wer will, und wer mich ausfragen will, für den werde ich nichts wissen. Wenn schon einer kommt, um den Chef zu begutachten, dann werden sie auch bald einen zu mir schicken, einen vom Gericht, hoffentlich fängt der mich bloß nicht in den Quartieren ab, wo ich allein bin. Am liebsten möchte ich jetzt zu mir und abschließen und nicht zu Hause sein, so könnte keiner einen Bericht über mich machen. Nur noch die zweite Portion, und dann sollen sie sehen, wo sie mich finden. Wer in einem Bericht steht, der bleibt in einem Bericht, wer einmal aufgefallen ist, wird bei nächster Gelegenheit als erster auffallen, darum werde ich mich nicht zu erkennen geben und still sein.

Sie ist wieder da, die Feldmaus. Du glaubst wohl, ich schlafe, aber ich liege nur ganz still auf meinem Bett und denke nach, hab nur die Schuhe ausgezogen, die Rohlederstiefel, die dir ja auch von innen bekannt sind, im Mondlicht bist du einmal kopfüber hineingeplumpst, im hellen Mondlicht. Daß du dich schon am Tag blicken läßt, beweist mir, wie hungrig du bist oder wie übermütig, vor der Dämmerung bist du sonst nie herausgekommen aus deinem Versteck hinter der Fußleiste. So spitz, so lautlos, und dieses Huschen, wie aufgezogen: das kannst du nur von deiner Vorgängerin haben, die nie enttäuscht war, sondern so lange herumhuschte, bis sie etwas fand, ein Krümelchen auf der Fensterbank, unterm Tisch. Ihre Schreckhaftigkeit verlor sie nie, beim kleinsten Geräusch witschte sie hinter die Fußleiste, wartete dort ein Weilchen und kam schnuppernd zurück, manchmal, wenn ich ihr ein Stück Brotrinde hinlegte oder eine halbe Pellkartoffel, brachte sie ihre ganze Familie mit, war das ein Geschiebe und Piepsen und Tanzen. Sobald alles weggeputzt war, tanzte die ganze Familie für mich.

Für dich hab ich nichts, ein paar Maiskörner vielleicht, ich werde sie dir vom Kolben lösen, nur renn nicht gleich weg, wenn ich mich bewege, wenn die Körner prasseln und springen, die sind bestimmt etwas für dich. Das hab ich mir gleich gedacht: schreckhaft wie alle, aber jetzt bin ich wieder still, und du kannst ruhig hervorkommen.

Morgen oder übermorgen, jedenfalls bald werde ich mir einen Vorrat anlegen, im Gestell hinter dem Vorhang werde ich alles verwahren, dann kann ich es lange hier aushalten. Ich werde zu Kaufmann Tordsen gehn, und wenn er sich noch so wundert: ich werde soviel kaufen, wie ich wegtragen kann, das werde ich. Die Dauerwurst, deren Haut schon schrumplig geworden ist vom vielen Schwitzen. Ein Glas mit Sauerfleisch und ein Glas mit Aal in Gelee. Eine große Tüte mit Rosinen und Knäckebrot und einen Tortenboden aus Mürbeteig. Äpfel werde ich kaufen, ein ganzes Säckchen voll, bestimmt auch Tannenhonig und eine Dose Makrele in Tomatensauce, und was ich gewiß nicht vergessen werde: Käse und Lakritze. Am besten werde ich ganz früh zu Tordsen gehen, warten, bis er aufschließt, und alles zusammenkaufen, bevor andere Kunden kommen.

Siehst du, da bist du schon wieder, nun such die Körner und probier sie mal, so mehlig und süß schmeckt der Hollenhusener Mais. Näher zum Bett, komm noch näher, und husch nicht soviel, warum lauschst du jetzt, hast du Angst, vor mir brauchst du dich doch nicht zu verstecken.

Da will einer zu mir, vielleicht schleicht er sich an, sie hat längst die Schritte gehört und ist hinter die Fußleiste geflitzt und wartet und ist still. Max? Was will Max jetzt von mir, er kommt direkt auf meine Tür zu, gleich wird er klopfen, meinen Namen rufen, durchs Fenster gucken wird er nicht, das hat Max noch nie getan, aber ich werde ihn nicht hereinlassen; denn er will mir sicher einen neuen Vorschlag machen zur Güte, und wenn nicht dies, dann will er nur wieder Fragen stellen, hundert Fragen, die ich ja doch nicht so beantworten kann, wie er es möchte. Er klopft und wartet mit gesenktem Gesicht, ich werde ihm nicht öffnen. Wie leise er ruft, fast als fürchtet er, mich zu stören; Joachim, der würde mit der Faust gegen die Tür schlagen und mir befehlen, sofort aufzumachen, Max niemals. Er zuckt schon die Achseln, wendet sich schon ab – geh ruhig zu den Quartieren, Bruno ist diesmal nicht zu Hause, ihn wirst du nicht überreden, wie du so viele andere überredet hast.

Einmal ist es ihm gelungen, sogar Heiner Walendy zu

überreden, hier bei mir, an einem Abend, als Blitze über den Quartieren rissen und ein Sturzregen niederging, der Ritzen und Löcher in meinem Teerpappdach fand; es tropfte auf einmal überall, und wir mußten Gefäße unter die Tropfstellen bringen, um das Wasser aufzufangen. Heiner Walendy hatte sich schon einige Tage bei mir versteckt. In der Dunkelheit hatte er mich abgepaßt, nicht weit von meiner Tür – vielleicht hätte ich ihn nicht hereingelassen, wenn er nur geklopft hätte –, er war einfach aus der Thujahecke getreten und hatte meine Hand genommen und gebettelt: Bring mich unter, Bruno, nur eine Nacht, aus alter Freundschaft, und wegen der Narbe auf meinem Rücken.

Ich merkte gleich, daß er in Not war und nahm ihn mit zu mir, wo er kein Licht gemacht haben wollte, wo er sich in eine Ecke auf den Fußboden setzte, die Beine weggestreckt, den Kopf an die Wand gelehnt. Zuerst sagte er: Das werde ich dir nie vergessen, Bruno, und er sagte auch: Auf dich war noch immer Verlaß, und dann aß er von dem Brot, das ich übrig hatte, dankbar, ohne mehr zu verlangen. Sie hatten ihn irrtümlich verhaftet und irrtümlich verurteilt: das erzählte er. Schuld an allem hatte allein Frau Holgermissen, die jeder bei uns kennt, obwohl kaum einer sie gesehen hat, denn das schöne große Haus, in dem sie allein mit ihrer schwermütigen Tochter wohnt, verläßt sie nur ganz selten.

Frau Holgermissen läßt alles für sich machen, einkaufen und kochen, Wäschewaschen, alles, viele aus Hollenhusen haben schon etwas für sie gemacht, einer der letzten war Heiner Walendy. Der bot sich an, die uralte Buche zu fällen, deren Krone die Zimmer verdunkelte und deren Wurzeln das Mauerwerk bedrängten; gemeinsam mit einem anderen kappte er Spitze und Äste, legte den Stamm um, grub den Stubben aus, und das Holz, das zersägten und zerhackten sie in gerechte Stücke für den Kamin. Als er mit seiner Arbeit fertig war, wurde Heiner Walendy zum ersten Mal ins Haus gebeten, er war ganz sprachlos angesichts der Dinge, die er da zu sehen bekam, sogar einen kleinen Elefanten aus Silber hat er da entdeckt, jedenfalls stand er herum, bis Frau Holgermissen kam und ihm einen Umschlag gab mit seinem Lohn.

Es war nicht der Lohn, den sie ausgemacht hatten, zumindest erinnerte sich Heiner Walendy, daß ihm mehr versprochen worden war, so ging er an einem Abend hin, um sich den Rest zu holen – daß Frau Holgermissen und ihre Tochter da schon zu Bett gegangen waren, das wußte er nicht. Nichts, man wollte ihm nichts zulegen für seine Arbeit, doch da er ein Recht auf mehr hatte, suchte er einfach nach der Kassette, stöberte alles durch, und um das in Ruhe tun zu können, band er Frau Holgermissen und deren Tochter an ihren Betten fest und nahm sich, was ihm zustand.

Daß sie ihn bereits auf dem Hollenhusener Bahnhof verhaften würden, damit hatte er überhaupt nicht gerechnet; sie nahmen ihm die Fahrkarte ab und das Geld und noch ein paar Sachen, die er bei sich hatte und von denen er sich gar nicht erklären konnte, wie die in seine Taschen geraten waren; Heiner Walendy schob es auf seine Erregung und auf seine Eile, daß er eine Brosche und den kleinen silbernen Elefanten eingesteckt hatte, gern hätte er die von sich aus zurückgegeben, aber sie nahmen seinen Vorschlag nicht an und brachten ihn nach Schleswig. Dort wurde er irrtümlich verurteilt. Zu seinem Glück wurde er mehrmals in der Woche zur Feldarbeit abgestellt, sein Aufseher war schon alt, es kostete nicht sehr viel Mühe, hinter seinem Rücken zu verschwinden und zum Bahndamm zu fliehen, wo alleweil langsame Güterzüge vorbeiruckelten. So etwas kann einem passieren, sagte Heiner Walendy, und er gab mir den Rat, nie etwas für Frau Holgermissen zu machen.

Er war unglücklich, er war erschöpft, und er tat mir so leid, daß ich ihn in meinem Bett schlafen lassen wollte, aber er weigerte sich und konnte mir nicht genug danken für meine Bereitschaft, ihn überhaupt aufzunehmen für eine Nacht. Er schlief auf dem Fußboden, in dem feuchten Zeug, das ihm zu klein war und ihn überall schnürte und kniff, und ich war nicht überrascht, daß er sich am nächsten Morgen elend fühlte und mich darum bat, ihn auch noch tagsüber zu verstecken; am Abend, versprach er, wollte er mich verlassen. Also schloß ich ihn ein, zweigte ihm etwas ab von meiner Mittagsportion, war ihm nicht böse, als er mir gestand, daß er von meinen getrockneten Apfelringen genommen hatte, und als es Abend war, brachte ich ihm Brot und Frikadellen für den Weg. Um sich hinauszuwagen, dazu ging es ihm aber noch nicht gut genug, so behielt ich Heiner Walendy bei mir und erlaubte ihm, in meinem Bett zu schlafen, er war mit allem zufrieden, nur zu essen hätte er gern ein bißchen mehr gehabt.

An einem Sonntag kam Max; er kam wie vorausgesagt, er wollte mich mitnehmen auf einen Gang zur Gerichtslinde, wieder einmal, und da er wußte, daß ich zuhause war, ging ich zur Tür – Heiner Walendy konnte mich nicht zurückhalten –, er bat und drohte, doch zurückhalten konnte er mich nicht. Im Augenblick, da ich hinausschlüpfte, entdeckte Max meinen Gast, er sah ihn an, ohne ihn zu erkennen, und stellte sich abseits und schwieg, als ich bei mir abschloß. Wir gingen zur Holle hinunter und den matschigen Weg entlang, der zur Gerichtslinde führt, immer wieder bot er mir seine Weinbonbons an, und wenn er überhaupt den Mund aufmachte, dann sprach er über das Alter, über das Älterwerden. Ich konnte ihm dazu nichts sagen, konnte ihn nicht trösten in seinen Enttäuschungen, die er mit dem Älterwerden hatte, er sagte: Alles kommt in die Jahre, Bruno, nicht nur wir, sondern auch die andern und alles, was wir gedacht haben und wofür wir eingetreten sind. Auch Ideen, sagte er, kommen in die Jahre, auch Hoffnungen und Erwartungen, sie lagern sich ab, was in die Jahre kommt, das verändert sich, ob es will oder nicht. Dagegen müssen wir uns wehren, Bruno; das hat er auch noch gesagt. Als wir am Weidengebüsch vorbeikamen, wollte er ein Stöckchen geschnitten haben, ich suchte ein gerades, biegsames für ihn aus, kappte es mit meiner Schwunghippe, zog berechnet den Bast ab und machte ihm einen Griff. Mit keinem Wort fragte er nach dem Gast, den er bei mir gesehen hatte, vermutlich wollte er gar nichts über ihn wissen, doch später, da hielt ich es nicht mehr aus, ich mußte ihm einfach sagen, daß ich Heiner Walendy aufgenommen hatte, den Jungen von früher, aus der Nachbarbaracke. Und ich erzählte ihm, was Heiner Walendy mit Frau Holgermissen erlebt hatte und wie er irrtümlich verhaftet und verurteilt worden war, darüber war Max nicht überrascht, er nickte lediglich ein paarmal, wie zu einer vertrauten Geschichte.

Die wacklige Bank unter der Gerichtslinde war besetzt, das sahen wir schon von weitem, dennoch setzten wir unsern Weg fort und fanden eine alte Frau und ein dickes freundliches Mädchen, das gleich zur Seite rückte, um uns Platz zu machen. Erst auf den zweiten Blick erkannte ich meine alte Lehrerin wieder, Fräulein Ratzum, sie hatte ein ganz kleines, braunfleckiges Gesicht, auch ihre Hände waren braunfleckig, und ihre Augen wirkten milchig, wie zerkocht. Ich sagte ihr, daß ich Bruno sei, Bruno von damals, darauf suchte sie ein bißchen in ihrer Erinnerung und öffnete bedauernd die Hände; sie entsann sich nicht genau, ein wenig dämmerte ihr, doch nicht genug, um nachzufragen. Von Professor Zeller hingegen hatte sie gehört, sie freute sich, ihm zu begegnen, wenn auch nur hier draußen. Mit dem Sehen, sagte sie, sei es vorbei bei ihr, zum Glück aber komme Marlies an manchem Sonntag, die führt sie ein wenig aus und erklärt ihr, wie alles steht und liegt und was sich verändert hat; so sei sie im Bilde, immer noch. Wie sie dann weggingen, Hand in Hand; und je mehr sie sich entfernten, desto schwieriger war es zu entscheiden, wer wen führte.

Auf einmal bekam er wieder Lust, Fragen zu stellen, auf seine Art, zuerst fragte er so sonderbar, daß ich glaubte, mich verhört zu haben, denn er wollte tatsächlich von mir wissen, in wessen Besitz das Land hinter Lauritzens Wiesen sei, das ganze Land zwischen Bahndamm und Dänenwäldchen, und ich sagte: das gehört doch dem Chef, wem sonst? Und davor, fragte Max ruhig weiter, wem hat es davor gehört? Den Soldaten, sagte ich, als wir hier anfingen, war das ein Exerzierplatz, den der Chef zuerst nur gepachtet und dann gekauft hat. Es wunderte mich, daß er mir Fragen stellte, die er sich leicht selbst beantworten konnte, aber das tat er oft, ich weiß auch nicht, warum, ich weiß nur, daß es immer mit leichten, sonderbaren Fragen anfing und dann schwierig und schwieriger wurde.

Gut, Bruno, und vor den Soldaten, wem gehörte das Land vor den Soldaten? Keine Ahnung, sagte ich, und er darauf: Versuch's dir einfach mal vorzustellen. Vielleicht hat das alles einem General gehört, sagte ich. Da lächelte Max und guckte mich von der Seite an und sagte: Gar nicht schlecht, Bruno. Nehmen wir einmal an, ein General hätte sich so verdient gemacht, daß er von seinem König dieses Land zur Belohnung erhielt, er benutzte es zur Jagd und verpachtete es, und als er sehr alt war, verkaufte er es an die Armee, als Exerzierplatz. Aber davor, wer hat es vor ihm und vor dem König besessen?

Das ist lange her, sagte ich, und sagte: Kann sein, daß es damals einem Bauern gehörte, der nach eigenem Plan seine Gerste und seinen Hafer anbaute, worauf Max den Kopf schüttelte und mich darauf hinwies, daß es zu jener Zeit hier noch keine freien Bauern gab, sondern nur Pächter, die allesamt verschuldet waren bei einem mächtigen Gutsbesitzer. Da fragte ich schnell: Und er? Von wem hatte er das Land? Von Kleineren, sagte Max, denen hat er's abgeknöpft, weggenommen, vielleicht auch abgekauft.

Treppab, mit seinen Fragen führte er mich richtig treppab in ganz frühe Zeit, manchmal hatte ich das Gefühl, daß es bald keinen Boden mehr gab, weil es immer weiter zurück und tiefer hinab ging, dunkler wurde es da von allein, und in meinem Kopf herrschte ein ziemlicher Kuddelmuddel. Und davor? Und vor diesem? Und ehe jener kam? Seine Fragen brachten uns ganz nach unten, in eine Ferne, eine Dämmerung, in der das Land allein sich selbst gehörte, keine Fußspuren gingen über es hin, keine Zäune teilten es ein, alles genügte sich selbst, alles wuchs und verging und kam mit sich aus. Als dann der erste hier auftauchte, als er vielleicht auf dem späteren Kommandohügel stand und das Land überblickte, das keine Häuser trug und von keinen Wegen durchzogen, von keiner Bahnlinie durchschnitten war, da mochte er sich manches ausgerechnet haben, aber bestimmt nicht dies: das Land in Besitz zu nehmen. Ursprünglich, sagte Max, gehörte alles allen. Auch als ein zweiter kam, ein dritter, verfiel keiner auf den Gedanken, etwas für sich allein zu fordern und auszustücken und gegen anderen Anspruch zu verteidigen – was vorhanden war, war wie selbstverständlich gemeinsames Eigentum.

Und dann wollte er von mir wissen, ob es nicht gut wäre, wenn jeder sich nur das nimmt, was er braucht, und ich sagte: Einige brauchen immer mehr als andere. Und dann seufzte er und fragte, ob es nicht gut wäre, wenn das, wovon wir leben, wieder zum Gemeingut gemacht würde, und darauf wußte ich keine Antwort.

Max schüttelte den Kopf und klopfte mit seinem Stöckchen auf die Bank, ich konnte ihm ansehen, daß er nicht zufrieden war mit mir, aber das dauerte nicht lange, und als ich ihm vorschlug, unsere verdreckten Stiefel in der Holle zu waschen, da war er gleich dafür. Er setzte sich auf die Böschung, und ich wusch seine Stiefel, tunkte ein Grasbüschel in die Holle und rieb und rubbelte, manchmal zog ich ein bißchen oder ich hob ein Bein zu forsch an oder drehte einen Fuß nach außen, da preßte Max seine Lippen zusammen und stöhnte leise wie unter Schmerzen. Nicht so heftig, Bruno, sagte er, nicht so heftig.

Es waren seine Gelenke, die schmerzten, das bekam ich heraus, als wir weitergingen in Richtung Dänenwäldchen und er immer wieder seufzte und stehenblieb, er suchte geradezu nach einem Vorwand, um stehenzubleiben. Meine Wurzelleute konnte ich ihm nicht zeigen, die waren weg, das Grubenversteck war noch immer abgedichtet und schien unberührt, aber der Stelzengänger und der Krakenmann und die dreibeinige Hexe waren verschwunden, nie habe ich sie wiedergesehen. Die doppelköpfige Schlange, die ich Max einmal geschenkt hatte, die besaß er noch; sie lag auf einem Regal und bewachte seine Bücher: das sagte er, und vor dem leeren Versteck sagte er auch: Vielleicht hat es sich selbständig gemacht, dein Wurzelvolk, ist einfach ausgezogen und treibt sich irgendwo herum.

Er, Max, hat auch einmal eine Sammlung gehabt, das war noch in den Quartieren des Ostens, doch was er dort als Junge sammelte, das waren weder Patronenhülsen noch mutwillige Wurzelgewächse, sondern etwas, das lebte, und das er in drei Holzkisten aufbewahrte, die sein Großvater ihm überlassen hatte.

Du wirst es nicht glauben, Bruno, woraus meine einzige kurzlebige Sammlung bestand, aber es waren Raupen. Den grünen Kiefernspanner hatte er in einem Kistchen, auch die gelbgraue Queckeneule, er hatte den Baumweißling und den Braunen Bär, und mit ihren schönen Farben, mit ihren Dornen und Hörnern erfreuten sie ihn so manches Mal. Kaum war er aus der Schule, schlich er sich auch schon in den Schuppen, in dem er seine lebende Sammlung versteckt hatte, und die immer hungrigen, immer krabbelnden und sägenden Raupen bekamen dann Blätter und Kiefernnadeln und was sie sonst noch mochten. Die Kisten waren hinter Maschendrahtrollen verborgen, die der Chef angeschafft hatte, um Jungpflanzen gegen den Verbiß der Wildkaninchen zu schützen, und als er eines Tages den Draht spannen wollte, fand er die Sammlung und trug sie erst einmal ins Freie, wo er Max zu sich rief und ihm erklären wollte, welche schlimmen Feinde er da mästete und verwöhnte. Max konnte das nicht verstehen, er bettelte für seine Raupen, er schwor, so auf sie aufzupassen, daß sie keinen Schaden anrichten konnten, aber der Chef gab nichts darauf, er hatte für jedes Wort nur ein Kopfschütteln, und obwohl Max seinen Arm umspannte und ihn zerrend und bittend zurückzuhalten versuchte, trug er die Kistchen zu einem offenen Feuer und kippte sie aus. Rums, kippte er sie aus. Das krümmte sich. Das stellte sich steil auf. Flackernd schnurgelten die bunten Härchen weg. Das zerbriet blasig und schmolz und verkohlte und war im Nu verschwunden. So erging es meiner Sammlung, sagte Max, und mehr sagte er nicht.

Ich dachte schon, er würde den ganzen Weg nur noch schweigen, denn er ging in sich gekehrt, den Blick auf den Boden gerichtet, die Hände mit dem Stöckchen auf dem Rücken – aber als wir die Quartiere erreichten, fragte er mich aus heiterm Himmel, was für mich Glück ist, worauf ich ihn wohl so verdutzt ansah, daß er selbst lächeln mußte, und nach einer Weile fragte er wiederum: Was ist es denn für dich – Glück? Ich hab nicht sehr lange nachgedacht, ich sagte: Blautannen stäben. Da fragte er: Weiter nichts? Und ich sagte: Doch, wenn der Chef mit meiner Arbeit einverstanden ist, wenn er kommt und alles bewertet und meint: das macht dir keiner so leicht nach, Bruno. Max hat mir darauf einen freundlichen Klaps auf die Schulter gegeben, er war plötzlich so vergnügt, wie ich es mir wünschte, auch verwundert kam er mir vor, nicht anders, als sei ihm gerade etwas aufgegangen. Und als wir zu mir kamen, hat er sich nicht gleich verabschiedet, er nickte zu meiner Tür hin, er fragte stumm an, ob er hineinkommen dürfte, und ich schloß auf und rief Heiner Walendy ein beruhigendes Wort zu.

Heiner Walendy hatte uns längst bemerkt, er stand schon fluchtbereit neben dem Eingang, flach an die Holzwand gedrückt, wenn ich es nicht geahnt und ihm beim Eintreten den Weg versperrt hätte, wäre er draußen gewesen auf Nimmerwiedersehn. Widerwillig setzte er sich aufs Bett, ich spürte seinen Vorwurf, mir entging nicht der lauernde Blick, mit dem er Max musterte, all mein Zureden hatte keine Wirkung, er entspannte sich nicht einmal, als ich ihm sagte, wen ich da angebracht hatte. Einen Weinbonbon, den Max ihm anbot, übersah er, doch die Zigarette, die nahm er und ließ sich Feuer geben und sog den Rauch gierig ein. Reden wollte er nicht, als Max ihn nur fragte, wie lange er schon bei mir sei, zeigte er auf mich und sagte: Der da weiß es, der weiß alles; und als Max ihm beibrachte, daß er die ganze Geschichte seines Mißgeschicks von mir erfahren habe, sagte Heiner Walendy: Dann können Sie ja dafür sorgen, daß ich abgeholt werde. Anruf genügt.

Mehr zu sich selbst als zu Heiner Walendy sprach Max davon, daß es seine Risiken hat, wenn einer versucht, sich die ausbleibende Gerechtigkeit gewaltsam zu verschaffen, man kann es versuchen, gut, man muß es wohl auch mitunter, aber man sollte nicht vergessen, welche Folgen das haben kann. Wenn Gewalt aus der Verzweiflung kommt oder aus unabsehbarem Leiden, dann muß man sie wohl verstehen und anerkennen, aber hier war das ja wohl nicht der Fall. Heiner Walendy begann zu grinsen, er grinste und sah gequält zu mir herüber und fragte mich: Was ist los, Bruno, sollen wir hier Nachhilfeunterricht kriegen? Dann geh ich lieber gleich.

Ein anderer, plötzlich war da ein ganz anderer Max als der, den ich kannte, schon die Art, wie er sich vom Fenster her Heiner Walendy zuwandte, zeigte seine Überlegenheit, eine drohende, unheilvolle Ruhe, die ich nie zuvor an ihm erlebt hatte, er verengte die Augen und sagte scharf: Spielen Sie sich nicht auf, Freundchen, Sie haben keinen Grund dazu; Sie scheinen zu vergessen, was Sie Bruno schuldig sind. Das hatte ganz schön gesessen, denn Heiner Walendy guckte nicht nur erstaunt, sondern auch bedammelt, und er vergaß an seiner Zigarette zu ziehen, als Max die Biegsamkeit seines Stöckchens erprobte, es spannte und zurückschnellen ließ und dabei zu reden anfing.

Daß er genug gehört habe, sagte er, und daß er nur wenig davon glaube, sagte er, vermutlich sei es so gewesen, daß ein fester Lohn für das Fällen der Buche gar nicht ausgemacht worden sei; er, Heiner Walendy, habe sich nur deswegen unterbezahlt gefühlt, weil er sich ein Recht verschaffen wollte, sich im Haus von Frau Holgermissen ein wenig selbst zu bedienen, wenn es anders gewesen wäre, hätte er sich mit dem fehlenden Betrag begnügt und im übrigen darauf verzichtet, einige wertvolle Sachen mitgehen zu lassen. Kennen wir doch, sagte Max, wissen wir doch.

Ich merkte, daß es Heiner Walendy mulmig wurde und er am liebsten fortgegangen wäre, einmal spielte er darauf an, als er sagte: Schade, daß es noch nicht dunkler ist; da konnte Max nur lachen, er lachte auf und fragte, ob ein gutes Gewissen vielleicht von Tageszeiten abhängig sei. Hören Sie, Freundchen, sagte Max, ich kenn Sie besser, als Ihnen angenehm ist, und wenn ich Ihnen einen Ratschlag geben darf: Verschwinden Sie, gehen Sie freiwillig dorthin zurück, woher Sie gekommen sind. Ihnen bleibt nichts anderes übrig, denn die Gründe für das, was Sie getan haben, überzeugen nicht, Sie haben sich Ihre Gründe hinterher zurechtgelegt, und das ist scheinheilig, damit kommen Sie nicht an.

Welchen Beistand konnte ich Heiner Walendy geben? Er erhoffte, erwartete etwas von mir, dringlicher hat er mich selten angesehen, aber mir fiel nichts ein, was ihm hätte helfen können, jetzt, wo er nur noch kleinlaut und mit abfallenden Schultern dasaß.

Auf einen Wink folgte ich Max nach draußen, abschließen durfte ich nicht, wir gingen zum Essen in die Festung, ich zu Magda, er zu den andern; daß Heiner Walendy in unserer Abwesenheit verschwinden könnte, hielt er für ausgeschlossen. Der bleibt, Bruno, der wird nur einmal die Tür öffnen, hinaussehen und bleiben – und das nicht wegen des Gewitters. Am Himmel wurde allerhand verschoben und zurechtgebaut, von Nordwest zog es schwarz und prall herauf – noch ging es nicht los, noch war der Aufzug nicht beendet, hinter Hollenhusen verharrten erst einmal die Korvetten und Schaluppen, wie so manches Mal.

Mein Abendbrot stand bereits auf dem Tisch, die Küchenklappe war geschlossen – ein Zeichen dafür, daß Magda woanders gebraucht wurde –, deshalb konnte ich so schnell essen, wie ich wollte, und während ich aß, dachte ich nur an Heiner Walendy und daran, wie er geduckt worden war. Obwohl ich damit rechnete, daß er in unserer Abwesenheit verschwinden würde, wickelte ich ein Wurstbrot ein für alle Fälle, er tat mir noch mehr leid als damals, als er mit dem Lieferauto seines Stiefvaters verunglückte und alle Fische ins Rapsfeld flogen.

Heiner Walendy war nicht fort, regungslos saß er auf meinem Bett und wandte nicht einmal den Kopf, als ich hereinkam, aber das Brot, das ich ihm hinhielt, das nahm er und vertilgte es ohne ein Wort. Dann verlangte er den Schlüssel, und ich durchschaute gleich seinen Plan und sagte nein. Dann bat er mich abzuschließen doch ich tat es nicht. Weil ich fühlte, daß er sich vor Max fürchtete, versuchte ich ihm die Furcht zu nehmen, indem ich ihm einiges von dem erzählte, was ich mit Max erlebt hatte in den Jahren – das half nicht viel. Als er sich schnell erhob einmal und die Tür aufriß, dachte ich, daß er hinausstürzen würde, aber er starrte nur in den Regen und schloß die Tür beim Reißen eines ganzen Blitzgefechts.

Max kam in einem Regenmantel, er hatte einen Zellophanbeutel bei sich, den warf er Heiner Walendy so überraschend zu, daß der ihn auffangen mußte. Äpfel erkannte ich und zwei, drei kleine Päckchen, bestimmt war in einem etwas Gebratenes drin. Das ist für den Weg, sagte Max kurz, und er sagte auch noch: Es macht einen guten Eindruck, wenn man freiwillig zurückkehrt. Warum er so lange und so eindringlich auf Heiner Walendy herabsah, das weiß ich nicht, aber ich weiß, daß er sich unverhofft aufrichtete, geradeso, als habe er eine beruhigende Gewißheit erhalten, danach wartete er noch einige Blitze ab, grüßte uns leicht und ging. Blop, blop, so tropfte es von der Decke, ich brachte Gefäße unter die Leckstellen, alle Gefäße, die ich finden konnte. Gesprochen wurde nicht mehr bei uns, nachdem ich abgeschlossen hatte, hockte sich Heiner Walendy in eine Ecke, den Zellophanbeutel neben sich, er verzichtete auf mein Bett, das ich ihm zuletzt überlassen hatte, und als ich am nächsten Morgen erwachte, da war er schon weg.

Ich möchte nicht wissen, wie viele Max schon überredet hat, er kann das wie kein anderer, fragt zuerst und hört zu und macht einen glauben, daß er selbst nur darauf aus ist, verstehen zu lernen, man kann ihm zusehen, wie er nachdenkt – daß er das Gemeinte im voraus weiß und noch viel mehr, das gibt er nicht zu. Und wenn man schon glaubt, daß er selbst unsicher geworden ist und alles auf sich beruhen lassen möchte, dann nimmt er es wieder auf und fragt sich an einen heran, es bleibt dann nicht viel übrig zu überlegen, man muß ihm recht geben, ihm beipflichten, und während er weiter und weiter geht, immer noch so, als suche er selbst festen Stand, verengt sich etwas, es beginnt zu schnüren. Max schnürt einen regelrecht ein, und zum Schluß kommt man sich vor wie der Birkenspanner in seinem Kokon, festgesponnen. Da klebt man und kann nur ja sagen oder das tun, was sich als einziges ergibt.

Wie schlaff sein Gesicht geworden ist, wie schlaff und gedunsen. Einmal, als ich ihn von der Bahn abholte, sagte er zu mir: Ich bin fett geworden, Bruno, nicht? Aber mit etwas Fett läßt sich die Welt leichter aushalten, schließlich braucht jeder einen Puffer, ich hab mir diesen zugelegt.

Obwohl Max viele überreden kann, Chef könnte er hier nicht sein; Joachim, ja, der könnte sich zumindest so aufspielen, doch Max nicht. Aber wer weiß, vielleicht haben sie beide schon von der Nachfolge geträumt, wenn sie nicht davor haltmachen, den Chef entmündigen zu lassen, müssen sie wohl auch bedacht haben, wer danach alles übernimmt und fortführt, einer von ihnen wird es tun müssen. Max nicht, nie und nimmer, der weiß nicht einmal, wie sich die Keimblätter beim Kürbis entwickeln, und daß das Wasser in manchen Pflanzen durch Wurzeldruck hochgepreßt wird, das konnte er sich nicht vorstellen – damals, als ich die Wette gegen ihn gewann. Ich bekam mein Glas Honig, wie ich es mir gewünscht hatte, denn der Chef selbst bestätigte, daß manche Pflanzen ihr Wasser mit einem Druck von acht Atmosphären hochpressen. Es kann aber auch sein, daß Max mich nur gewinnen lassen wollte, vielleicht hat er mit Absicht verloren, ihm muß ich es zutrauen, ihm, der mich bestimmt nicht fortschicken wird. Zwei Wetten hab ich sogar schon gegen ihn gewonnen, der Einsatz war auch bei der zweiten Wette ein Glas Honig, es war vor dem großen Ameisenhügel im Dänenwäldchen, vor der rieselnden Ameisenburg, die er zum ersten Mal sah.

Max glaubte nicht, daß es einer wagen würde, sich auf diesen Hügel zu setzen, der Biß von tausend kleinen Zangen, meinte er, müßte jeden abschrecken; da fragte ich ihn, wieviel es ihm wert sei, wenn es einer täte, und er sagte: Mindestens ein Glas Honig. Ich bekam es. Mit einem Schwupp setzte ich mich auf den lockeren Hügel und verhielt mich ganz still, die Ameisen gaben gleich Alarm, ließen ihre weißen Eier fallen, krabbelten aus ihren Arbeitswegen und wimmelten über meine Hände und Schuhe und Beine, einige verliefen sich auf meinem Rücken, drangen bis zum Hals vor und untersuchten meine Ohren – die in den Mund hineinwollten, die blies ich weg. Gebissen hat mich keine, wenigstens fühlte ich kein Brennen, keinen Schmerz, und Max, der mich nur entgeistert ansah, mußte sich an einen Baum anlehnen, um den Anblick auszuhalten. Später, nachdem ich mich ganz ausgezogen und die verbiesterten Ameisen aus meinem Zeug gepuhlt hatte, sagte Max: Du bist eben etwas Eigenes, Bruno, ich weiß nicht, was, aber gewiß etwas Eigenes. Ich bekam den Honig.

Wenn Max wiederkommt und noch einmal klopft, werde ich ihm doch aufmachen, kann sein, daß er mir etwas Wichtiges sagen will, vielleicht muß er auch schon wieder abreisen und möchte sich nur verabschieden – Max, der noch kein einziges Mal weggefahren ist, ohne sich von mir zu verabschieden. Dennoch, mitunter werde ich nicht aus ihm schlau, in ihn hineinzusehen ist viel schwieriger als bei den andern, bestimmt gibt es bei ihm verschiedene Schichten, wie auf unserem Land hier. Sollte er wirklich der neue Chef werden, dann wäre er ziemlich auf mich angewiesen, in der ersten Zeit käme er überhaupt nicht ohne mich aus – aber wie komme ich nur darauf, ich sollte lieber ein bißchen ruhen als so etwas denken, denn eher erheben sich alle unsere Quartiere in die Luft, als daß Max hier das Sagen bekommt.

Wachbleiben, für immer, das schaffe ich einfach nicht, ich hab mir schon oft überlegt, wie es wäre, wenn ich immer wach bleiben könnte, Tag und Nacht, drinnen und draußen, und manchmal hab ich es auch versucht, mich gegen den Schlaf zu wehren, indem ich mir alles mögliche ausdachte, Brände und Schiffsuntergänge und durchgehende Pferde, doch nicht einmal das, was mir Angst macht, konnte die Müdigkeit aufhalten, zum Schluß hat der Schlaf mich überall gefunden. Nicht auf den Bauch oder auf die Brust, zuerst legt er sich auf die Augen, ich muß sie zumachen, ob ich will oder nicht, hören kann ich noch fast alles, aber zu sehen gibt es immer weniger, nein, es ist anders: das, was zu sehen ist, rückt fort und verwackelt, es verliert seine Schärfe, seine Schwere, mitunter kann ich auch auf alles von oben herabgucken, auf die Holle, aufs Dänenwäldchen. Die Spannkraft, vielleicht könnte man immer noch wach bleiben, wenn der Schlaf einem nicht die Spannkraft nähme; das hat der Chef einmal gesagt: Der Müller bleibt so lange wach, wie sein Mühlrad unregelmäßig geht.

Daß es sogar weh tun kann, wenn man mit Gewalt wach bleiben möchte, das hab ich schon ein paarmal gemerkt: ganz langsam entsteht so ein Druck hinter den Augen, ein ziehender Schmerz geht über die Haut, und im Kopf fühlt man einen Stau von Hitze – wie jetzt. Kneifen hilft eine Zeit, aber es hilft nicht immer. In jener Nacht, als Bruno mit dem Chef auf Wache war, als wir im Birnenquartier hockten, hatte ich mich wer weiß wie oft gekniffen, um wach zu bleiben, dennoch überfiel mich kurz vor dem Morgengrauen der Schlaf, und als der Schüttler über meine Mauer stieg und sich mit seinem Stolpergang zum Findling hinbewegte, mußte der Chef mich kurz anstoßen und rütteln.

Es kann sein, daß ich eingeschlafen war, weil sich in all den voraufgegangenen Nächten nichts gezeigt hatte; wir streiften und lauerten, wir standen steif wie Störche im Schatten und lagen zwischen den Mutterbeeten – ohne Erfolg; die Leute, die nachts in unseren Quartieren aufräumten und ganze Fuder wegfuhren, bekamen wir nicht zu Gesicht.

Schlag ich aber die Augen auf, dann hängt nichts mehr an mir, kein Traum, keine Dumpfheit, die Benommenheit ist weg, ich brauch keine Übergangszeit wie Magda, die zuerst immer quengelt und gar nicht angesprochen werden will – ein Stoß vom Chef genügt, ein kleiner Rüttler, und ich bin wach und bekomme alles mit.

Über dem ausgestreckten Arm des Chefs sah ich den Mann über die Mauer steigen und ohne zu sichern in Richtung Findling gehen, er quälte sich vorwärts in seinem eigentümlichen Gang, und ich dachte, daß er gewiß vorgeschickt worden war, um unsere Wachsamkeit zu erproben. Und als der Chef mir durch ein Zeichen zu verstehen gab, daß ich dem Fremden den Weg abschneiden sollte, da war ich sicher, daß wir nun endlich einen von ihnen in der Falle hatten, einen von den Unsichtbaren, die sich nahmen, was ihnen nicht gehörte, immer in den Nächten, in denen keiner von uns draußen war. Alles fuhren sie ab, von unseren Laubgehölzen, von unseren Nadel- und Obstgehölzen, sie wußten genau, was gut war zum Verkauf, und sie bedienten sich so ausgiebig, daß der Chef nach jedem ihrer nächtlichen Besuche eine neue Bestandsaufnahme gemacht haben wollte, nicht bloß überschlägig geschätzt, sondern mit dem Zähler ermittelt. Die Hollenhusener Polizei fand auch keine Spur, Duus begnügte sich damit, ein paarmal gut sichtbar durch die Quartiere zu gehen und unsere Verluste zu Protokoll zu nehmen, mehr gelang ihm nicht, die nächtlichen Wachen mußten wir gehen, ich immer mit dem Chef, Joachim und Guntram Glaser wachten für sich allein.

Den Fluchtweg, den hätte ich ihm gar nicht abzuschneiden brauchen, denn als er mich erkannte, winkte er mir zu, winkte mich von der Höhe des Findlings zu sich heran, froh darüber, zu dieser Stunde einen Menschen entdeckt zu haben. Ich wartete, bis der Chef seinen Bogen geschlagen hatte und in seinen Rücken gelangt war, dann erst ging ich auf ihn zu, auf den breiten Mann, der mich sehr freundlich grüßte und mich höflich einlud, mich neben ihn zu setzen. Ich sagte nichts, ich überließ alles dem Chef, der leise herangekommen war und den Fremden so plötzlich anrief, daß der erschrak und vom Findling herunterrutschte; er sah nun abwechselnd uns beide an und wußte nicht, wie er sein Erscheinen erklären sollte. Wenn wir da schon geahnt hätten, wer es war, der da verlegen vor uns stand, wenn wir das nur geahnt hätten! Als der Chef ihn darauf hinwies, daß er sich auf privatem Grund befand, da nickte er, er sagte: Ich weiß, meine Herren, ich weiß; und dann machte er eine unbestimmte Geste über das Land hin und schüttelte den Kopf, geradeso, als könnte er nicht begreifen, wie sehr sich hier alles verändert hatte in den letzten Jahren. Der Chef fragte ihn, ob er von Hollenhusen heraufgekommen sei, darauf sagte er: Nein, nein, weiter weg; und lächelnd sagte er auch noch: Ich mache gern einen frühen Gang. Für das, was er bei uns sah, fand er Worte der Bewunderung, die genauen Spaliere beeindruckten ihn, die sich über die Ebene zogen und in die Senke hinabliefen, das mächtige Haus auf dem Hügel – er sagte nicht Kommandohügel – und die Mauer gefielen ihm, die ich in der ersten Zeit geschichtet hatte; da war mir klar, daß er alles hier kannte aus seiner Vergangenheit. Mehrmals entschuldigte er sich für sein Erscheinen, er bedauerte, daß er uns von einer Tätigkeit abgezogen hatte, und wie achtsam er sich auf dem Land bewegt hatte, das sollte seine Spur beweisen, auf die er uns wiederholt aufmerksam machte. Es war wohl das Schweigen des Chefs, das ihn veranlaßte, immerfort zu reden; gewiß wäre er am liebsten fortgegangen, doch da er unsicher war, was wir mit ihm vorhatten, blieb er und redete bewundernd und bedauernd.

Und auf einmal zuckte er heftig zusammen, mitten in einem Satz, als ob eine Kugel ihn getroffen hätte, so winkte er ab, mit nach hinten ausgestreckten Händen tastete er sich an den Findling heran und sackte in die Hocke. Sein hechelnder Atem. Die fahrigen Greifbewegungen, mit denen er seine Hände zu verklammern suchte. Das Schwanken, das Zittern, das Schütteln seines Oberkörpers. Hilflos blickte er zum Chef auf, hilflos und so, als ob er sich schämte, und ich wunderte mich darüber, wie ruhig der Chef blieb, er sagte nichts, einmal brachte er nur die Hände des Fremden zusammen, damit der seine Knie umspannen konnte, und das war alles. Die Saugbewegungen mit seinen Lippen machte er umsonst, ich erriet gleich, daß er eine Zigarette haben wollte, doch wir hatten keine bei uns, und es dauerte auch nicht lange, bis das Schütteln vorüber war und er sich ohne unsere Hilfe erheben konnte. Zum Abschied grüßte er nur knapp und mit belegter Stimme, und der Chef grüßte noch knapper zurück, und dann blickten wir ihm nach, wie er sich stolpernd zur Steinmauer bewegte und über das feuchte Land zur Holle hinunterging. Vermutlich sah der Chef mir an, daß ich nicht damit einverstanden war, den Fremden einfach ziehen zu lassen, denn er sagte: Der nicht, Bruno, der gehört nicht zu ihnen, aber ich möchte mal wissen, was der hier will. Vielleicht wurde er nur vorgeschickt, sagte ich, worauf der Chef sagte: Nicht mit diesen Händen, Bruno, und außerdem ist er ein Schüttler. Und wenn er uns nur etwas vorgemacht hat, fragte ich. Der hat uns nichts vorgemacht, sagte der Chef, der hat irgendwann etwas abbekommen, vielleicht im Krieg, vielleicht war er verschüttet wie mein Melder, der auch zum Schüttler wurde.

Ich schlich hinter ihm her; der Chef versprach sich nicht viel davon, aber er hatte nichts dagegen, daß ich ihn verfolgte, denn er war der erste, den wir gestellt hatten, seit wir unsere nächtlichen Wachen gingen. Da er sich kein einziges Mal umwandte, brauchte ich nicht ständig unter Bäumen, hinter hohem Gras Deckung zur suchen. Ich folgte ihm geduckt und sah, wie er zur hölzernen Behelfsbrücke ging, zu den verdreckten Bohlen und Brettern, über die Lauritzens Vieh trottete, dort setzte er sich hin und blickte den Lauf der Holle hinab. Aus dem Horizont sickerte Licht in schmalen gelbroten Streifen, es brachte ersten Glanz auf die Wiesen, gab der Holle ihre funkelnde Schwärze, und der Fremde saß wie in Erwartung des Sonnenaufgangs; ab und zu warf er etwas ins Wasser, Halme und Blätter vermutlich, und sah zu, wie sie davontrieben. Es gab kaum einen Zweifel für mich, daß er unsere Holle kannte, und ich wußte es endgültig, als er aufstand und sich am Ufer bewegte, bis zur Viehtränke, hinter der gleich die tiefste Stelle der Holle ist, ein Erwachsener findet da gerade noch Grund. Das Wasser drängt dort nicht eilig vorbei; es schickt aus der Tiefe Wirbel hoch, die sich gegen das Ufer verlaufen, und was auf ihm hinfährt, das kreiselt hier erst einmal, ehe es, wieder von der Strömung erfaßt, weiterzieht. Hier hielt sich der Fremde noch länger auf als bei der Behelfsbrücke, er starrte nur in das Wasser, so lange, bis die Sonne hochkam, dann ging er weg, Richtung Hollenhusener Bahnhof.

Der Chef zuckte die Achseln, er konnte sich auch nicht erklären, was der Fremde bei uns an der Holle wollte, der Schüttler, dem wir auf jener Wache zum ersten Mal begegneten. Viel mehr als an ihn dachte er an die anderen, um derentwillen wir wieder umsonst draußen gewesen waren, seine Enttäuschung und seine Erbitterung waren ihm anzumerken. Als er seinen Feldspaten in die Erde hieb, daß es nur so ratschte, wußte ich, daß dies ein Signal zum Aufbruch war, wir gingen schweigend nebeneinander her, jeder in seinen Gedanken, doch bevor ich ihn verließ, sagte er: Wir schnappen sie noch, Bruno, einmal gehen sie uns in die Falle, denn an Ausdauer sind wir allen überlegen.

Wir schnappten sie nicht. So oft wir auch draußen waren:

wir bekamen keinen zu Gesicht, weil sie entweder schon vor uns dagewesen waren oder aber mit dem Abräumen der Pflanzen warteten, bis wir unsere Wache verlassen hatten, wir mußten denken, daß sie uns immer im Auge hatten und sogar mithörten, was wir verabredeten. Über all die Verluste führte der Chef Buch in seinem Büro, er war außer sich, er war ratlos und verlor mitunter die Beherrschung, und es wunderte mich nicht, daß er sich eines Nachts entschloß, sein Gewehr umzuhängen und es während der Wache auf den Knien zu halten. Alles, ich hab ihm da alles zugetraut.

Einmal, im Morgengrauen, schoß er eine Elster und kümmerte sich nicht um den Balg, das hatte er noch nie getan; ich brauchte nur auf einen Ast zu treten oder zu seufzen, dann zischte er mich schon an und verwarnte mich blickweise. In manchen Nächten wagte ich es gar nicht, auch nur ein einziges Wort zu sagen, so verschlossen und düster hockte er neben mir, und wenn er plötzlich etwas sagte, dann erschrak ich mitunter. Ich spürte, wie er immerfort nachdachte, und ich war ganz sicher, daß er, der noch alles durchschaut und geregelt hat, eines Tages die Falle zumachen würde. Ob er damals schon einen Verdacht hatte, das weiß ich nicht, aber ich weiß, daß er die Gewohnheit annahm, jeden, der ihm begegnete, nach seiner Arbeit zu fragen oder Leuten nachzublicken, lange und grüblerisch, selbst Joachim und Guntram Glaser blickte er so nach. Nicht allein Bruno merkte da, daß etliche sich bemühten, dem Chef aus dem Weg zu gehen.

Im Winter hörten die nächtlichen Besuche auf, in dem schneereichen Winter, der wie ein Konditor in unseren Quartieren arbeitete und allen Pflanzen Mützen und Kappen aufsetzte, das war ein Stäuben, ein Glitzern, wenn der Wind durchging oder wenn ein Krähenschwarm einfiel. Die Unsichtbaren holten sich nichts mehr, die wenigen Spuren auf dem Land stammten immer nur von uns, schon begannen wir, auch an etwas anderes zu denken als immer nur an die heimgesuchten Quartiere, doch einer konnte es nicht vergessen, wo er stand und saß, und das war der Chef.

Er kam nicht davon los. Er litt wohl darunter, daß er keinen hatte schnappen können; daß ihm die Verluste zu schaffen machten, gab er nicht zu erkennen. Dieses Brüten, diese Abwesenheit. Dieses Forschen und Befragen. Selbst zu Silvester, beim Bleigießen, konnte man ihm ansehen, was ihn mehr beschäftigte als alles andere. Sein Grogglas mit beiden Händen umfaßt, so saß er für sich in einer Ecke und starrte auf den feuchten Ring, den sein Glas machte, und hörte kaum hin, wenn die launigen Gebilde ausgelegt wurden. Als Ina ihn einen Spielverderber nannte, da nickte er bekümmert.

Sie war es, Ina, die das Wort hatte beim Spirituskocher und bei der gefüllten Waschschüssel, sie verwaltete auch das in Scheibchen gesägte Bleirohr und legte jedem eine Portion in den altmodischen Suppenlöffel, nur gießen und rausfischen, das mußte jeder selbst. Wie sie sich freute, wie sie hüpfen konnte vor Begeisterung, besonders wenn Guntram Glaser sich Bedeutungen einfallen ließ für die blitzenden Gebilde; obwohl jeder etwas zu dem Gegossenen sagte, soviel Launiges und Eigenartiges wie Guntram Glaser konnte keiner herauslesen, und für die Zukunft voraussagen schon gar nicht.

Nun seht euch an, was Joachim fertiggebracht hat: ein Pferd im Handstand, im Fußstand selbstverständlich, und diese Kugelköpfe, das sind Seehunde, die Beifall klatschen. Joachim wird einen Preis holen! Dorothea bestätigte er, einen Wasserfall gegossen zu haben, der bedeutete nie versiegende Kraft und Verläßlichkeit, und das graue Einsprengsel, das sollte ein gekentertes Boot sein von einem, der die Strömung unterschätzt hatte. Was das Blei, wenn es zischend in die Schüssel gefallen war, nicht alles zeigte: eine Pumpe mit Hut, ein Wrack auf dem Meeresgrund, explodierende Kiefern und einbeinige Reiher, wenn man nur ausdauernd genug suchte, dann fand man dies im Blei.

Warum ich so zitterte, als ich den Löffel in die Flammen hielt, das weiß ich nicht, ich hatte das Gefühl, alles schnell hinter mich bringen zu müssen, darum wartete ich auch nicht, bis die graue Scheibe zu einer einzigen silbernen Zunge wurde, und kippte sie verfrüht in die Schüssel. Nun laßt uns mal sehen, was Bruno sich geleistet hat. Eine Welle, sagte Max, die sich an einer Mole gebrochen hat und schön versprüht. Sieht mir eher nach einem plattgefahrenen Hund aus, sagte Joachim. Nein, sagte Dorothea in zurechtweisendem Ton: Bruno ist der prachtvollste Wacholderstrauch gelungen, ein Wächterstrauch, wie er im Buche steht. Ich freute mich darüber, doch Guntram Glaser, der mein Gegossenes drehte und beäugte, konnte keinen Wacholderstrauch entdecken, er sagte: Bruno ist etwas ganz Seltenes geglückt, eine Wolke nämlich, und zwar eine Wolke auf Rädern, und wenn ich mich nicht irre, ist dies das Zeichen für eine Reise, Bruno wird eine kombinierte Reise zu Wasser und zu Land machen.

Ina: ihr gelang es dann aber doch, den Chef aus seiner Ecke zu holen, ihm den Suppenlöffel aufzudrängen und ihn so weit zu bringen, daß er das Blei in die Flamme hielt – einem andern von uns wäre es bestimmt nicht gelungen, und bevor noch jemand etwas zu der Bleifigur des Chefs sagte, wußte sie schon: Ein Vulkan, ein gutmütiger Krater, der sich aber gerade wieder im Speien übt. Daneben, Schwesterchen, sagte Max, vollkommen daneben: Eine Fontäne ist das, aber die scheint mir von einem Rohrbruch auszugehen; das ist es, wir haben einen Rohrbruch zu erwarten. Mäßig interessiert blickte der Chef auf sein Gegossenes, er rieb ein bißchen daran und brachte es näher an die Flamme, und dann kniff er die Augen zusammen und murmelte: Ich halte es für eine Tretmine, die gerade hochgeht, und mehr sagte er nicht. Er bog, verbog seine Bleifigur und strebte in seine Ecke, mit zusammengepreßten Lippen saß er da, Schweißperlen sammelten sich unter seinem grauen Stoppelhaar, und ich rechnete schon damit, daß er aufspringen und uns verlassen würde, doch er blieb, atmete angestrengt und zwang sich zu bleiben.

Und auf einmal merkte ich, daß auch ich schwerer Luft bekam, von innen her schwoll mein Hals zu, und eine

Klammer setzte sich an die Schläfen; ich mußte mich ihm zuwenden, und obwohl er seine Lippen nicht bewegte, hörte ich seine Stimme, und seine Stimme sagte: Einer von euch muß beteiligt sein, einer von euch hängt da drin, ich spüre es, und ich werde es herausbekommen. Weil alle gerade Ina umstanden, schlüpfte ich schnell auf die Terrasse hinaus, preßte mir eine Schneekugel und rieb meinen Nakken und das Gesicht mit Schnee, die Hitze legte sich, doch ruhiger wurde ich nicht – selbst nachdem ich die Extraportion Krapfen und Apfeltaschen gegessen hatte, die Dorothea mir zuschob.

Auch Ina und Guntram Glaser überließen mir den Rest von ihrem Silvestergebäck, ich hatte ganz schön zu tun, um alle Teller zu leeren, aber ich schaffte es, und es gab manche Anerkennung – jedoch nicht von Joachim. Seine Ungeduld, seine Hippeligkeit, ihm konnte das alte Jahr nicht rasch genug zu Ende gehen, er ließ es sich nicht nehmen, unsere Gläser gut vor zwölf zu füllen, und als wir uns der Standuhr zudrehten, da hätte er wohl am liebsten dem Zeiger ein wenig nachgeholfen. Mit mir stieß er ebenso flüchtig an wie mit den anderen, er sagte nur: Auf ein neues, Bruno, mehr wünschte er mir nicht, und weil ich der letzte war, mit dem er anstieß, drückte er mir sein Glas in die Hand und ließ mich damit stehen. Er ging hinaus auf die Terrasse, während wir uns noch zutranken und alles mögliche wünschten für das neue Jahr. Max wußte die meisten Wünsche für jeden von uns, die wenigsten der Chef, der zu allem, was man ihm sagte, nur nickte, an Dorotheas Wange streifte er einen Kuß ab, mir gab er die Hand und ermahnte mich: Paß gut auf dich auf, Bruno.

Auf einmal begann das Feuerwerk, das Joachim vorbereitet hatte, es war gewiß das größte Feuerwerk, das es je gab in Hollenhusen, drei Kanonenschläge leiteten es ein, drei Detonationen, deren Wellen über die verschneiten Quartiere hinrollten und gewiß alles aufweckten, was sich bei uns versteckt hatte, Hasen und Vögel und alles. Flaschen, unter der Terrasse steckten Flaschen im Schnee und in den

Flaschenhälsen die Holzstäbe der Raketen. Joachim sprang von einer zur andern, hielt sein brennendes Feuerzeug an die Zündschnüre, und nacheinander stiegen sie zischend auf und entließen im Platzen rotierende Monde und Silberregen und vielfarbige Sterne, die sacht über das weiße Land hintrieben und den Pflanzen unter ihrer Schneelast laufende Schatten machten. Die bewundernden Rufe und das fröhliche Erschrecken und der Widerschein der zerspritzenden Sonnen – das wetterte nur so über unsere Gesichter, verfärbte und verschattete sie; allein aus unseren Gesichtern hätte man lesen können, was über den Quartieren barst und leuchtete und sich versprühte.

Wenn ich bloß wüßte, was kommt, ob ich fortgehen muß aus Hollenhusen, wenn ich überhaupt mehr wüßte über das, was sie planen und vorbereiten und nach wessen Willen alles geschieht, manchmal glaube ich, ganz nahe dran zu sein. Unter den Feuerrädern und platzenden Sternen, unter Joachims Feuerwerk versuchte ich Hinweise darauf zu finden, was das neue Jahr uns bringen würde, im Licht eines triefenden Kometen suchte ich den Chef, beim Silberregen hoffte ich, Ina zu entdecken, ich ließ es schnell März sein und August und dachte an Dorothea und Joachim, doch erkennen konnte ich nichts. Eine rauchige Dunkelheit hielt alles verborgen; und während ich noch nach Zeichen suchte, zischten Schwärmer über uns hinweg und Knallfrösche explodierten rappelnd in den verschneiten Rosen und sprangen bis zu uns herauf, da mußte jeder aufpassen, daß er nicht getroffen wurde. Nur der Chef, der hüpfte nicht hin und her, er stand allein an der Terrassentür und sah sich alles an, zu hören war nichts von ihm, kein Wort der Begeisterung, aber auch keins der Mißbilligung, wenn mal eine Rakete auf flacher Bahn im Birnenquartier einschlug und dort verglühte. Er brachte auch nichts über die Lippen, als wir alle Joachims Feuerwerk lobten, er wollte gleich wieder in seine Ecke, zu seinem Grogglas, doch bevor er dort noch versank, nahm Dorothea seine Hand und hielt ihn auf.

Sie zog ihn zurück, zog ihn noch einmal auf die Terrasse hinaus, und ohne daß er es merkte, gab sie mir den verabredeten Wink, darauf flitzte ich in Dorotheas Zimmer und lud mir den neuen Schaukelstuhl auf, den schönsten Stuhl, der sich denken läßt, und trug ihn vorsichtig in die Halle hinab. Max half mir, ihn abzusetzen. Ina wußte schon einen Platz, wir nahmen die letzte Schutzpappe weg und bestaunten den Stuhl, sein schwarzes, matt glänzendes Leder, die polierten Schaukelbögen – was Dorothea von ihren Einkäufen mitbrachte, das mußte man einfach bestaunen.

Dann meldeten wir versteckt Dorothea, daß alles bereit war. Dann bugsierte sie den Chef wieder herein, und während sie ihn dem Schaukelstuhl näher und näher brachte, zeigte sich auf seinem Gesicht kaum Spannung oder Vorfreude, nur so eine Art brummiger Gutwilligkeit. Vor dem Schaukelstuhl ließ sie ihn los und trat zur Seite: Da, eine Überraschung zum neuen Jahr, ganz allein für dich.

Ich dachte, daß er sogleich einmal Probe sitzen, sich zurechtruckeln und uns danach vormachen würde, wieviel Behagen einer in dem Stuhl finden kann unter sanftem Schaukeln, aber er tat es nicht, er stand nur da und musterte den Stuhl, blickte auch auf die hellbraune Sofaecke, in der er sonst immer saß, hob die Schultern und sagte: Fast zu schade, um darauf zu sitzen, oder? Freust du dich nicht, fragte Dorothea, es ist das Beste, was man kriegen kann in Schleswig. Das sieht man, sagte der Chef, und er sagte noch: Ein Stuhl für die Feiertage. Zum Ausruhen, sagte Dorothea und versuchte, den Chef auf den Schaukelstuhl zu ziehen, der soll ganz für dich allein sein, zum Ausruhen, nun setz dich doch schon mal hin.

Da setzte er sich, zögernd, steif und besorgt, als fürchte er, den Stuhl zu beschädigen oder ihn zumindest zu beschmutzen, sich zurückzulehnen wagte er nicht, zu schaukeln erst recht nicht, ganz verkrampft saß er einen Augenblick da, und nachdem er sich erhoben hatte, stellte er fest: Der ist sicher seinen Preis wert, der Stuhl.

Dorothea, auf einmal hatte Dorothea Tränen in den Augen, sie sagte nichts und weinte auch nicht richtig, mit Tränen in den Augen stand sie nur da, vielleicht wartete sie darauf, daß der Chef zum Schluß doch noch etwas sagte, ein Wort der Freude, des Dankes, aber von ihm kam nichts mehr, und plötzlich ging sie hinaus, blickte keinen von uns an und ging hinaus.

Niemand von uns rührte sich, jeder spürte wohl die Bedrückung, es war so still, daß ich das Knacken der Eiswürfel in Maxens Glas hören konnte. Max war es, der als erster die Stille unterbrach, er sagte: Das neue Jahr – nun hat es wirklich begonnen; und danach trank er auch gleich und setzte sein Glas so laut ab, daß es wie ein Startzeichen klang. Am liebsten wäre ich hinter Dorothea hergelaufen, um sie zurückzuholen, aber das stand mir nicht zu, andere hatten mehr Recht als ich, selbst Guntram Glaser, der nur betreten vor sich hinstarrte. Dann ging Ina zum Chef und nahm seinen Arm. Komm, sagte sie, bitte komm, wir holen sie gemeinsam zurück. Ohne ihn loszulassen, angelte sie sein Glas und gab es ihm und sagte: So können wir das neue Jahr doch nicht anfangen. Der Chef trank einen Schluck. Er sagte: Geh man, du schaffst es allein, Dotti hört auf dich. Sie wartet doch, daß du kommst, sagte Ina, ein Wort der Entschuldigung von dir, und alles ist vergessen. Der Chef streifte Inas Hand ab, er lächelte bitter und fragte ruhig: Wofür, wofür soll ich mich entschuldigen? Vielleicht dafür, daß ich mich nicht freuen kann? Und lauter sagte er: Eine Überraschung, diesmal zum neuen Jahr; in der letzten Zeit verging keine Woche ohne eine Überraschung, allmählich, denk ich, sollten wir uns mal an das gewöhnen, was wir haben.

Du übersiehst etwas, sagte Ina, und sie sagte auch: Du bist ungerecht, denn Mammi tut es doch nicht für sich, dir will sie eine Freude machen, dir. Wie soll sich einer freuen am Überflüssigen, fragte der Chef leise, fast für sich, und nach einem kurzen Schluck sagte er: Damit wir uns verstehen, Ina, ich hab nichts gegen eine Überraschung, aber ein

Ding muß doch einen Nutzen haben, eine kleine Notwendigkeit, wir können doch nicht wahllos erwerben und anhäufen, was uns vorübergehend gefällt. Darauf wollte Ina nicht mehr antworten, sie preßte ihre Hände zusammen, sie schloß die Augen, und unvermutet drehte sie sich um und ging hinaus; wiedergekommen ist sie nicht, solange ich da war nicht.

Trauriger war ich selten als in jener Nacht, ich ging nicht gleich zu mir, ich ging durch die verschneiten Quartiere, sammelte die zerfetzten Pappreste von Schwärmern und Raketen ein, stapfte bis zum Buckel des Findlings hinauf, von dem ich alles übersehen konnte. Massig und erleuchtet lag die Festung da, die Lichter jedoch hatten keinen ruhigen Schein, sie flackerten und zuckten, und gemeinsam mit dem Licht der Sterne gaben sie dem Schnee eine sanfte Bläue. Ich stand noch nicht lange, da flammte es im Zimmer des Chefs auf, seine Silhouette war nicht zu erkennen, aber ich wußte, daß er die andern verlassen hatte, wußte auch, daß er nicht mehr zu Dorothea gegangen war. Am liebsten wäre ich heimlich zurückgegangen in die Festung, einfach, um in ihrer Nähe zu sein und, da ich sie schon nicht selbst zusammenbringen konnte, darauf zu warten, daß es Ina oder sogar Guntram Glaser gelang. Alles, alles hätte ich gemacht, wenn sie nur zusammengekommen wären. Die Lichter erloschen nicht, ich stapfte durch den Schnee zu den alten Kiefern, in denen es leise knackte, ich nahm einen schweren Ast auf und zog ihn hinter mir her, so daß meine Spuren beinahe verwischt wurden, fast spurlos streifte ich zur Mauer hinüber und durch die Senke und in weitem Abstand um die Festung herum, und dabei dachte ich an Ina und versuchte, ihr mit meinen Wünschen zu helfen.

Als die Eingangstür sich für einen Augenblick öffnete, als ein Schatten in die Nacht hinausschlüpfte, glaubte ich, daß es Ina sei; sofort ließ ich den Ast los und folgte der Gestalt, die sich in der Deckung der erstarrten Rhododendren hielt und schnell über das helle Wegstück zu kommen suchte, erst im Schutz der Thujahecke verharrte sie. Da hatte ich schon erkannt, daß es Magda war, ich rief sie nicht an, ich behielt sie im Auge und ließ sie weiterhuschen, bis zu meiner Tür, an der sie zunächst lauschte, bevor sie klopfte. Sie hat sich ganz schön erschreckt, als ich plötzlich hinter ihr stand, es hat nicht viel gefehlt, und sie wäre wieder gegangen, so verärgert war sie, und kaum waren wir drin bei mir, das mußte ich ihr versprechen, sie nie mehr zu erschrecken. Zur Strafe setzte sie die Tüte, die sie unter ihrem Mantel verborgen hatte, nur achtlos und ohne ein Wort auf den Tisch, und dann wartete sie mißmutig, bis ich das Rollo heruntergezogen und im Ofen gestochert und nachgelegt hatte, und sagte nur: Wenn's dir schon nicht einfällt – ich wünsch dir ein gutes neues Jahr.

Nachdem wir uns versöhnt hatten, aßen wir gemeinsam von dem Schmalzgebackenen, das sie mitgebracht hatte. Magda las ein wenig in meinen Handlinien, konnte aber – wie üblich – nichts voraussagen, weil bei mir ein Planetenberg fehlt und ein Kreuzweg in die Irre führt. Meine Zukunft kam ihr so undurchdringlich vor, daß sie meine Hand kopfschüttelnd losließ und mich besorgt anguckte.

Die warme, süßliche Luft machte mich schläfrig, Magda jedoch war überhaupt nicht müde, grüblerisch starrte sie vor sich hin, seufzte, ihre Stirn war ganz verfaltet vom Überlegen, sie mußte an Dorothea denken, an die einmalige Frau Zeller, wie sie sie nannte, sie hatte sie weinen gehört zu Beginn des neuen Jahres und war sich gewiß, daß wir uns auf allerhand gefaßt machen müßten in der nächsten Zeit.

Wie zärtlich sie über die Schmucknadel strich, über die silberne Möwe im Flug, die sie von Dorothea zu Weihnachten bekommen hatte. Wie entschieden sie über den Chef sagen konnte, daß er ungerecht sei und griesgrämig und verbittert – da versuchte ich erst gar nicht, ihr zu widersprechen. Plötzlich wollte sie von mir wissen, was ich für das Wichtigste hielte, darauf hab ich sie wohl so verblüfft angesehen, daß sie lächeln mußte und mir schnell einmal übers Haar strich. Unabhängigkeit; sie sagte: Glaub mir, Bruno, nichts ist so wichtig wie Unabhängigkeit, wer die erreicht hat, der hat das Beste erreicht. Und sie sagte auch: Ich hab viel darüber nachgedacht, und vielleicht solltest du auch mal darüber nachdenken.

Auf einmal hat sie mir einen Arm um die Schulter gelegt, und das war so schön, daß ich mich kaum zu rühren wagte. Nach einer Weile hat sie meinen Rücken gestreichelt, behutsam, so, wie nur sie es kann, und dabei hat sie immer nur auf die Kontrollscheibe meines Ofens gesehen, hinter der es stetig glühte – der Chef selbst hatte mir diesen Ofen ausgesucht, weil sich in ihm die Glut besonders lange hielt, manchmal zehn Stunden. Ganz sacht hab ich mich zu ihr hingeneigt und mein Gesicht an sie gelehnt, aber die Holzperlenkette drückte derart gegen meine Wange, daß ich mich nur gegen ihren Arm lehnte. Magda hat ein Überbein, wie ich, das sah ich, als sie ihren Schuh runterplumpsen ließ und sich weiter hinaufzog auf mein Lager. Im Ofen rumorte es leise, sackte zusammen und lagerte sich ab, wir löschten das Licht, wir hatten genug an dem kleinen gelben Auge der Kontrollscheibe. Viel gesagt haben wir nicht, einmal fragte mich Magda nur, woher mein ewiger Hunger kommt, ich wußte es nicht, und als sie wissen wollte, ob ich schon einmal so satt gewesen sei, daß nichts mehr in mich hineinging, aber wirklich nichts mehr – da mußte ich zugeben, daß ich mich nicht daran erinnern konnte. Sie traute sich zu, es zu schaffen, ich spürte, wie sie bereits etwas erwog und in Gedanken zusammenstellte und bemaß, das meinen Hunger vollkommen stillen könnte, sie verriet es aber nicht, sie beließ es bei der Ankündigung, daß sie das Loch in meinem Bauch eines Tages stopfen werde, so walte Gott, Bruno. Zufrieden in dieser Gewißheit, streckte sie sich aus, drehte sich aus meiner Kuhle und atmete so gleichmäßig, als wartete sie nun auf den Schlaf. Auch ich streckte mich aus und legte vorsichtig und erkundend einen Arm um Magda und mußte staunen, wie weich sie war. Unsere Hände berührten und erfaßten sich. Damals blieb sie zum ersten Mal bei mir, es waren nur ein paar Stunden, denn sie mußte früh zur Festung zurück, und nachdem sie gegangen war, dachte ich an den Sommer und an die Einsamkeit einiger Quartiere, vor allem aber dachte ich an sie und an mich. Für das Gefühl konnte Bruno anfangs überhaupt keinen Namen finden, aber dann fand ich ihn doch: es war einfach Leichtigkeit, eine betäubende Leichtigkeit in allem. Das war es.

Am schönsten waren die Anfänge, weil die Anfänge am schwersten sind, kommt aus ihnen die größte Freude, und weil noch nichts geplant und festgelegt ist, kann man allerhand Eigenes ausprobieren, das bringt die größte Zufriedenheit.

Da klopft doch einer, das sind die Klopfzeichen von Max, er versucht es also wieder, und jetzt werde ich ihm aufmachen, jetzt muß ich es. Einen Augenblick. Elef? Was will Elef von mir, woher weiß er, daß ich hier bin? Am Schirm seiner Mütze guckt bereits die Pappe durch, wie klein er wirkt in den zerknitterten Röhrenhosen, und wie leicht ihm anzusehen ist, daß er einen Kummer abladen will bei mir. Komm rein, Elef. Er will mich nicht stören zu Hause, er kommt nicht wegen Messern oder Sägen oder weil mir schon wieder der Verlust einer Schere gemeldet werden muß, er hat etwas anderes auf dem Herzen. Setz dich doch hin, Elef. Unruhiger war er nie. Wie er druckst und mich absucht mit seinen dunklen Augen, wie unsicher er ist, ob er rauskommen soll mit dem, was ihn hergeführt hat. Nun sag schon, was los ist. Herr Bruno weiß viel. Ja, ja, nun komm schon. Der Chef, sagt er, es wird erzählt, der Chef sehr krank. – Genaues aber weiß keiner, vielleicht kann Herr Bruno Auskunft geben. So weit also, einer hat es aufgeschnappt und weitergetragen, sie flüstern es sich zu in den Quartieren, den Holzhäusern. Von wem, Elef, von wem habt ihr das gehört? Er zeigt dahin und dorthin, hat es also aus verschiedenen Richtungen gehört, es ist gleichgültig, woher er es hat, er will nur wissen, ob es stimmt. Wenn der Chef sehr krank, dann kein Fest am Sonntag, sagt er. Was soll ich ihm antworten und wieviel darf er wissen, er, der bestimmt alles weitergeben wird?

Ich war bei ihm, sage ich, gestern habe ich mit ihm gesprochen, er fühlt sich nicht ganz wohl, aber er wird sich bald wieder draußen blicken lassen. Und ich sage: Das Fest läßt sich doch zur Not verschieben. Wie ausgiebig er meine Antwort bedenkt, er kann seinen Zweifel nicht verbergen, seiner Hellhörigkeit entgeht kaum etwas. Ehrlich, Herr Bruno, kommt neuer Chef? Wem ist denn das eingefallen, frage ich, und er darauf: Wenn ein neuer Chef kommt, wir vielleicht alle nach Hause, fortgeschickt. Du kannst beruhigt sein, Elef: noch ist der Chef da, noch hat er das Sagen hier, keiner denkt daran, euch nach Hause zu schicken; auch ich habe dies und jenes gehört, es wird immer geredet, aber soviel weiß ich, ihr braucht euch keine Sorgen zu machen; wer das nur aufgebracht hat. Wieder denkt er meinen Worten nach, sie wenden und drehen alles, was sie hören, in ihrer Lage müssen sie es wohl tun. Die Bitte, tief in seinen Augen die Bitte, das Nötige gesagt zu bekommen, damit er weiß, woran er ist. Ja, Elef, wenn sich etwas entscheidet, wirst du es von mir hören, du kannst dich darauf verlassen. Gut, gut, und dankeschön.

Schnell läuft er zum Geräteschuppen hinüber. Bis zu Elef ist es also schon durchgedrungen, vermutlich reden sie überall darüber, daß oben etwas los ist oder daß sich da etwas vorbereitet, und ich würde mich nicht wundern, wenn sie bereits wüßten, was der Chef mit mir vorhat, mir zugedacht hat; vielleicht glauben einige sogar, daß ich hier schon etwas zu bestimmen habe, das kann durchaus sein. Keiner trägt nur das herum, was er gehört hat, er tut immer ein wenig hinzu, und so schwillt es und bläht sich auf, und zuletzt wird aus einer Haselnuß eine ganze Hecke.

Elef prüft die Gummibänder an der Rodemaschine, auch diese Maschinen hat der Chef verbessert, er hat so lange nachgedacht, bis er auf den Rüttler kam, der die unterschnittenen und herausgezogenen Jungpflanzen von haftender Erde befreit. Ich hab ihm versprochen, daß ich mich keinem anvertrauen werde. Aber ich muß mich fertigmachen, muß raus, jetzt werde ich noch mehr auf Ordnung achten, es ist noch Zeit, bis Joachim seinen Kontrollgang macht, aber von nun ab wird er nicht mehr den Kopf über mich schütteln, von heute an nicht.

Ihr werdet euch wundern, ihr Quälgeister, doch von euch laß ich mich nicht mehr ärgern, da könnt ihr euch noch soviel ausdenken in euerm Versteck dort hinter dem alten Traktor. Vielleicht glaubt ihr, daß ich nicht weiß, woher die trockenen Erdbatzen angeflogen kommen, die auf dem Pflug zerplatzen, den ich eben gereinigt habe, ich hab längst alles entdeckt, auch daß einer von euch mit dem Katapult schießt, nicht auf mich, aber auf Zapfegge und Rillenschare; solange ihr mich nicht trefft, schau ich nicht einmal auf. Ich krieg euch schon müde, ich schaff es schon, daß ihr abzieht, einfach indem ich überhaupt nicht beachte, was ihr anstellt, sondern weiterarbeite mit Stahlbürste und Lappen, abkratze, was ihr versaut, wegwienere, was ihr beschmutzt.

Am liebsten möchte ich sie an ihren dünnen Hälsen pakken und ihre Köpfe so gegeneinanderschlagen, daß sie mir künftig in weitem Bogen aus dem Weg gehen, aber ich darf sie nicht berühren, das darf ich nicht. Einmal, als sie sich bei mir eingeschlichen hatten – ich spürte sofort, daß jemand da war, und fand sie zusammengekauert hinter dem Vorhang meines Gestells –, hab ich sie an ihren Hälsen gepackt und auf den Weg hinausgeschleift, und da hieß es gleich, ich hätte ihnen die Luft abdrücken wollen, und Bruno hat Ina versprochen, die Kinder nicht mehr anzufassen.

Der Chef, der hat es ihnen gegeben, daß ihnen Hören und Sehen verging, ein für allemal, seit dem Tag in der Senke haben sie es nicht mehr gewagt, ihm auf ihre Art mitzuspielen, sobald er nur auftaucht, verdrücken sie sich nach Möglichkeit, und wenn er sie ruft, machen sie gleich, daß sie unschuldig aussehen, und wischen ihre Hände ab.

Wie sie sich anschlichen an ihn, als er auf der morschen Bank schlief, wie sie sich flüsternd abstimmten; ich sah sie durch das ewig verdreckte Fenster des Schuppens, ich stand ganz ruhig und beobachtete, wie sie sich an den fest Schlafenden heranmachten und zuerst, nur so zum Spaß, allerhand aus seinen Taschen zogen, ein Messer und ein Vergrößerungsglas und die abgegriffene Brieftasche, auch das gefaltete Papier zogen sie heraus mit ihren mageren Fingern, sie tanzten auf Zehenspitzen um ihn herum, und was sie erbeuteten, das verwahrten sie in einem Johannisbeerstrauch.

Das alles genügte ihnen nicht, jeder von ihnen hatte ein Stück dünner, gewachster Schnur bei sich, die knoteten sie zusammen und legten sie dem Chef leise von hinten um Brust und Arme und schlangen sie locker um das Geländer der Bank, es war eine gut ausgedachte Fessel, die sie da anlegten, doch in ihrer Ungeduld zogen sie zu früh und zu heftig an, so daß der Chef erwachte. Er erwachte und wollte auffahren, aber die Fessel hielt ihn fest, da hüpften die beiden vor Schadenfreude und bogen sich, allerdings nicht lange, denn der Chef brauchte nur kurz zu rucken und war frei. Er massierte seine Handgelenke und betastete sich, und dabei merkte er wohl, daß er nichts mehr in seinen Taschen hatte, und weil die beiden nur noch ausgelassener hüpften und vor Freude fiepten, wußte er sogleich, wer ihn im Schlaf um seine Sachen erleichtert hatte. Sinnierend starrte er sie an, und plötzlich stürzte er auf sie zu und packte sie an den Hälsen, er hob sie hoch und schüttelte sie, daß sie die Augen verdrehten und zu wimmern begannen, und dann fragte er, ohne sie loszulassen, nach seinen Sachen, und sie zeigten, so gut es ging, auf den Johannisbeerstrauch. Sie zappelten ganz schön in seinem Griff, und ich war still und gönnte es ihnen. Nachdem er sie gezwungen hatte, die Sachen aus dem Strauch zu ziehen und sie ihm auszuhändigen, packte er die beiden noch einmal, er wollte, daß sie sich eines für immer merkten: Wehe euch, sagte er, wenn ihr euch noch einmal an einem Schlafenden vergreift oder an einem Mann, der am Boden liegt; und damit sie mitbekamen, wie ernst es ihm war, ließ er ihre Köpfe gegeneinanderbumsen, vielleicht ein bißchen härter, als er gewollt hatte, darauf fingen die beiden zu flennen an und verkrümelten sich.

Macht nur weiter, ich laß mich nicht stören von euch.

Der Chef guckte ihnen nicht nach, er setzte sich wieder auf die Bank und zog das Papier heraus und las es und dachte nach, und als er mich zu sich hinausrief, da war ich auf einen Vorwurf gefaßt oder auf einen Auftrag, aber er hielt mir nur mit abgewandtem Gesicht das Papier hin und sagte: Lies mal, Bruno. Sein Rücktritt, er erklärte seinen Rücktritt als Bürgermeister von Hollenhusen, wenige Zeilen genügten ihm dazu, Gründe nannte er nicht. Ich las das Schreiben mehrmals, ich wußte nicht, was er von mir erwartete, und als er sich mir zuwandte und mich fragend ansah, konnte ich kein einziges Wort sagen.

Enttäuscht war er nicht, er lächelte nur bitter und nickte für sich, gerade als müßte auch er sich einem Unabwendbaren fügen oder anerkennen, daß nicht alles nach seinem Willen geschehen konnte. Er nahm mir das Schreiben aus der Hand und faltete es und legte es in seine Brieftasche, und weil er vielleicht spürte, welche Unruhe in mir aufstieg, klopfte er mir auf die Schulter und sagte: Nun werden wir mehr Zeit für uns haben, Bruno.

Und nach einer Weile kam er damit heraus, daß er allein stand im Rat von Hollenhusen, ganz allein, weil er nicht mit den andern dafür stimmen konnte, daß die Soldaten wieder nach Hollenhusen zurückkehrten – im Gegensatz zu den anderen, die sich einiges versprachen von der Wiederkehr der Pioniere, und die es so haben wollten, wie es einmal war, konnte der Chef diesen Plan nicht gutheißen. Er war dagegen. Er war dagegen, obwohl sie ihm im Rat versicherten, daß man den Pionieren ein anderes Stück Land als

Exerzierplatz anbieten würde – einen Teil von Lauritzens Wiesen und ein saures Feld und den Krüppelwald hinter dem Hünengrab –, er wollte einfach keine Soldaten mehr in Hollenhusen haben. Er war entschlossen zum Rücktritt, er war es, obwohl er vermutlich als einziger im voraus wußte, daß der Wunsch des Hollenhusener Rates niemals erfüllt würde – woher er das wußte, das hab ich nie spitz bekommen. Da ist keine Gefahr, sagte er, und mehr sagte er nicht dazu.

Als er aufstand, knackte es, vielleicht mußten, wie er es selbst einmal erklärt hatte, die Scharniere an seinen Knochen mal wieder geölt werden –, und er sah mich mit gespieltem Schrecken an und machte eine wegwerfende Handbewegung und stakste zu den Quartieren.

Nein, nein, ich werfe nichts zurück, diese Lehmbrocken nicht und auch nicht diesen Ziegelsplitter, da könnt ihr lange warten, mit mir könnt ihr euern Spaß nicht mehr haben. Ein bißchen lustloser seid ihr schon geworden, das merk ich, man darf euch eben nichts zu Gefallen tun, mitmachen, wie ihr es wollt, oder alles geduldig hinnehmen wie euer Vater.

Was Guntram Glaser sich nicht alles gefallen ließ! Wie der noch stillhielt, selbst wenn ihr ihm weh tatet! Dies kleine Ratschgewehr, das Pfeile mit einem Gummipfropf verschoß – mit einem Pfropf, der sich festsaugte –, das mußtet ihr gleich an ihm ausprobieren, gleich, nachdem er es euch zum Geburtstag geschenkt hatte. Sie aßen nicht einmal ihren Schokoladenkuchen zu Ende, auf ein Zeichen rutschten sie von ihren Stühlen, machten sich an den Gabentisch heran, um zu bestaunen, zu begrabschen und auszuprobieren, was da an Geschenken lag – weil ihre Geburtstage nicht einmal eine Woche auseinanderlagen, werden sie immer gemeinsam gefeiert, und beide werden am gleichen Tag beschenkt. Die Bilderbücher und die Metallbaukästen, die sie vom Chef mit einem Diener und artigem Handschlag entgegengenommen hatten, die interessierten sie kaum, auch für Dorotheas Xylophon hatten sie nicht viel übrig; das neue kleine Puppentheater von Ina, das erregte ihre Neugierde, am meisten jedoch beeindruckten sie die beiden Ratschgewehre, die Guntram Glaser ihnen geschenkt hatte.

Ich sah und hörte, wie sie den Pfeil in den Lauf schoben und die Feder aufzogen, und dann knallten sie zur Probe los, gegen die Bodenvase, gegen das Glas der Terrassentür. Wopf, so saugten sich die Gummipfropfen fest, und die roten Pfeile zitterten. Ihren zweiten Schuß bekam schon Guntram Glaser zu schmecken, er steckte sich gerade eine Zigarette an, als Tim und Tobias auf seinen Rücken zielten und abzogen. Da sprang er wie gestochen auf und erschrak ganz schön, aber mehr als freundlich gedroht hat er nicht. Das half ihm wenig; im Unterschied zum Chef, der ihnen nur ein einziges Mal vorsorglich drohte und daraufhin allen Zielversuchen entging, mußte Guntram Glaser noch mehrere Treffer aushalten; er nahm sie gutmütig hin, etwas säuerlich, doch gutmütig. Erst als Ina ihnen erklärte, daß es kein Puppentheater gäbe, wenn sie ihre Schießerei fortsetzten, ließen sie sich dazu überreden, das Spiel aufzugeben. Mit umgehängten Gewehren machten sie sich über die Reste des Kuchens her und gaben mir durch Blicke zu verstehen, daß sie mich als ihr nächstes Opfer bestimmt hatten.

Wenn Guntram Glaser Puppentheater spielte, wenn er mit fünf Stimmen sprach, wenn er den Wind vormachte und ein laufendes Feuer, wenn er Schatzsucher auftreten ließ und Räuber und Zirkusreiterinnen, dann konnte man alles vergessen. Mehr als ich freute sich wohl niemand auf die Einweihung des neuen Puppentheaters, denn Guntram Glaser hatte ein ganz besonderes Stück angekündigt, ein Geburtstagsstück: es sollte von einem alten schlauen Bären handeln, der sich auf ein fröhliches Fest von Bärenjägern verirrt – viel mehr wollte er nicht verraten. Als er das ankündigte, klatschte auch Ina in die Hände, nicht nur ich, und Ina sagte auch gleich: Bruno möchte sicher zuschauen, du bist herzlich eingeladen, Bruno. Nach dem Geburtstagskaffee, so wurde beschlossen, sollte die Aufführung stattfinden, und auf Dorotheas Zureden entschied sich auch der Chef zu bleiben, nur Joachim entschuldigte sich, er mußte angeblich dringende Arbeiten im Büro machen. Wir hatten uns zu früh gefreut.

Ich weiß noch sein Erstaunen, weiß noch seinen Unmut, als Magda hereinkam und einen Telefonanruf für Guntram Glaser meldete, und nicht nur dies: auf seine Frage, wer es denn sei und ob man den Anrufer nicht auf den nächsten Tag vertrösten könne, hatte sie auszurichten, daß es ein naher Freund sei, auf der Durchreise, einen Namen wollte er nicht nennen. Wie besorgt Ina guckte, als Guntram Glaser sich gegen seinen Wunsch erhob und versprach, es kurz zu machen, auch der Chef und Dorothea tauschten einen Blick, und eines von den Kindern rief: Komm schnell, oder wir schießen.

Ina schenkte Kaffee nach, ein bißchen zittrig, wie es mir vorkam, auf die Frage des Chefs, wer denn dieser nahe Freund sein könnte, wußte sie keine Antwort. Es zog sich, es dauerte, vielleicht hatten wir auch nur das Gefühl, daß es unermeßlich lange dauerte, bis Guntram Glaser zurückkehrte, und als er endlich kam, wirkte er ganz verdunkelt, er trat nicht an den Tisch, aus einiger Entfernung sagte er, daß er eben mal fort müsse, um etwas zu regeln, es ließe sich leider nicht aufschieben, mit dem Geländewagen sei er bald wieder zurück. Da wollten die Kinder gleich wissen, wann das Theater losginge und ob sie überhaupt etwas zu sehen bekämen, und er versprach, daß sie eine lange Abendvorstellung erleben würden. An Inas Begleitung zum Auto hinaus war ihm nicht gelegen, dennoch stand sie auf und lief hinter ihm her, und wir am Tisch sprachen kein einziges Wort, bis der Motor ansprang und die Reifen heftig über den Kies mahlten. So, sagte Dorothea, und jetzt wollen wir uns mal in Ruhe alle Geschenke ansehen.

Auch sie, auch Dorothea, konnte es nicht verhindern, daß sich Mehltau auf den Geburtstag legte, die richtige Freude wollte nicht mehr aufkommen, und es wunderte mich kaum, daß der Chef sich unvermittelt daran erinnerte, was noch getan werden müßte vor dem Abend. Er verabschiedete sich mit einem Kuß von Ina, die immer wieder an die Terrassentür ging, nichts anderes im Sinn, als Guntram Glaser heranzugucken, von den Geburtstagskindern verabschiedete er sich mit einem Knuff und einem warnend aufgestellten Zeigefinger, mir wollte er gerade einen Stups geben, als ihm eine Aufgabe für mich einfiel: das Expreßpaket. Komm, Bruno, wir müssen ein Expreßpaket bei der Bahn aufgeben.

Seht ihr, so werde ich mit euch fertig: ich tu einfach, als ob es euch nicht gibt, renne euch nicht hinterher, werfe nichts zurück und ärgere mich nicht, da werdet ihr wie von selbst müde; immer werdet ihr rasch müde, wenn das, was ihr anstellt, nicht die gewünschte Wirkung hat. Ich seh eure mageren Beinchen hinter dem Traktor, jetzt könnte ich euch leicht abfangen und mit den Köpfen gegeneinanderschlagen, verdient hättet ihr es bestimmt; denn sogar an jenem Geburtstag habt ihr dafür gesorgt, daß sich die Leute hinter mir anstießen und lachten, in den Quartieren zunächst und dann am Hollenhusener Bahnhof. Daß sie sich oft anstießen, wenn ich vorbeiging, daß sie mir nachblickten, daran war ich längst gewöhnt, aber daß sie sich so belustigten, das konnte ich nicht verstehn, selbst Michaelsen von der Bahnpost, dem ich das Expreßpaket einlieferte, selbst dieser Dorschkopf grinste, ohne jedoch zu verraten, welchen Grund er dafür hatte. Als die Kinder mir nachliefen und mich fröhlich ausschämten, da ahnte ich endlich, daß etwas auf meinem Rücken sein mußte, das sie so belustigte, und vor dem Reklamespiegel im Bahnhof sah ich ihn dann, den Fetzen, den sie mir angesteckt hatten und auf dem in roter Farbe stand: Frisch gestrichen. So war ich herumgelaufen und hatte mich ihrem Spott ausgesetzt. Obwohl Tim und Tobias es abstritten, mir den Fetzen angesteckt zu haben, gibt es für mich keinen Zweifel, daß nur sie es gemacht haben können, diese Milchgesichter, meine Plagegeister.

Um dem Spott zu entkommen, fiel mir kein besserer Ort ein als der Wartesaal – den darf man nur betreten, wenn man eine Fahrkarte hat oder etwas verzehrt, im Wartesaal konnte ich die Kinder und das Gelächter, das ich hinter mir herschleppte, loswerden, also flüchtete ich dorthin und bestellte mir, wie immer, eine Zitronenlimonade und zwei Frikadellen.

In der dämmrigsten Ecke saßen sie: Guntram Glaser und der Schüttler. Sie kümmerten sich nicht um die wenigen Reisenden, sie redeten immerfort aufeinander ein, Guntram Glaser, der mir den Rücken zukehrte, fordernd und heftig und mitunter unwirsch, der Schüttler hingegen, der sein Bierglas fast leergetrunken hatte, bekümmert und so, als müßte er für sich um Verständnis bitten. Einmal sprang Guntram Glaser auf, anscheinend entschlossen, fortzugehen, doch als der Schüttler ihm eine offene Hand entgegenstreckte, eine werbende Hand, da setzte er sich wieder und zog etwas aus seiner Brusttasche heraus und las dem andern etwas vor.

Um nicht entdeckt, nicht wiedererkannt zu werden, wandte ich mich ab und beugte mich über meinen Teller, schnell stopfte ich die Frikadellen in mich hinein, nippte nur an der Limonade; Furcht kam auf, und die riet mir, mich zu beeilen. Guntram Glaser sollte nicht noch einmal sagen können, daß ich ihn beobachtete bei gewissen Gelegenheiten.

Als die sonntäglich gekleidete Familie am Nebentisch aufbrach, schummelte ich mich zwischen sie und schlich in ihrer Deckung hinaus und mußte draußen stehenbleiben und ein paarmal durchatmen vor Erleichterung. Weg, nur weg, dachte ich, und ich konnte dennoch nicht widerstehen, noch einmal durch ein Fenster zu linsen, vom schattigen Bahnsteig aus, und da sah ich, wie Guntram Glaser seinem Gegenüber etwas über den Tisch schob, einen Briefumschlag, in dem gewiß Geld drin war, denn der Schüttler zwängte den Umschlag auseinander und blickte prüfend hinein, nicht anders, als ob er Geld zählte. Sehr zufrieden war er wohl nicht, da er das Erhaltene gleichgültig einsteckte. Für Guntram Glaser gab es wohl nichts mehr zu sagen, er stand auf und blickte auf den Schüttler hinab, sein Blick war eine einzige Verwarnung, und dann ging er, ließ sein unberührtes Bierglas stehen und ging ohne Gruß.

Der Zug, wenn nicht der Zug eingelaufen wäre, hätte ich einfach die Gleise überquert, wäre bei der Verladerampe in die Quartiere hinaufgestiegen, wäre ihm jedenfalls nicht unter die Augen gekommen; aber da die Schranke runterging und alle warten mußten, fand er Zeit, sich vom Geländewagen aus umzusehen, er entdeckte mich prompt, winkte und rief, und ich mußte mich neben ihn setzen.

Ich sagte ihm gleich, daß der Chef mich mit einem Expreßpaket zur Bahnpost geschickt hatte, dazu nickte er nur, wollte nichts über Inhalt und Empfänger wissen, er gab sich aufgeräumt, gab sich erleichtert, und ohne mich anzusehen, erzählte er, daß er einen alten Freund getroffen habe, der aus der Verschollenheit aufgetaucht sei, einen armen Kerl, dem er ein bißchen habe helfen müssen. Er sagte: Bis zu einem gewissen Grade ist man doch für seine Freunde verantwortlich, und er sagte auch: Es ist schon seltsam, aber gemeinsame Vergangenheit verpflichtet. Ob es mir nicht auch so gehe, wollte er wissen, da mußte ich gleich an Heiner Walendy und an seinen heimlichen Aufenthalt denken, und ich sagte ja. Er schien einverstanden mit dem, was er erreicht hatte, er nahm mir die Streichholzschachtel aus der Hand und bewies mir, daß man auch im offenen Wagen bei rascher Fahrt eine Zigarette anzünden kann. Du kommst doch zur Vorstellung, Bruno?

Auf dem schmalen Transportweg, wo wir hinter einer Zugmaschine halten mußten, guckte er auf meine Rohlederstiefel und das hochgerutschte Hosenbein und fragte, ob ich denn keine Strümpfe anhätte, und als ich es zugab, als ich ihm sagte, daß sich meine Strümpfe zu schnell verbrauchten und daß ich sie mir für die kälteren Tage aufsparte, schüttelte er den Kopf, er sagte Bruno, Bruno und wollte es nicht glauben. Plötzlich zog er seine Brieftasche hervor und nahm einen Zwanziger und hielt ihn mir hin: Hier, nimm ruhig, dafür bekommst du bestimmt drei Paar Strümpfe. Ich dankte ihm, nahm aber sein Geld nicht an. Er ergriff meine Hand und wollte mir das Geld aufnötigen, doch weil Bruno eine Faust machte, gelang es ihm nicht; da war er ratlos und wußte nicht, was er von mir denken sollte. Nachdem er sich schließlich mit meiner Weigerung abgefunden hatte, steckte er sein Geld weg, konnte es aber nicht auf sich beruhen lassen, daß ich ohne Strümpfe ging, und weil er sich wohl am meisten davon versprach, kündigte er mir an, daß er über dies Kapitel noch mit dem Chef sprechen werde, bei nächster Gelegenheit. Der Chef weiß es längst, sagte ich, er weiß es und hat nichts dagegen – da wurde Guntram Glaser ziemlich nachdenklich und murmelte etwas, das ich nicht verstand.

Am liebsten wäre ich ausgestiegen und allein weitergegangen, doch ich wagte es nicht, und wir waren kaum angefahren, da hielt Ewaldsen uns auf und wollte, daß wir sogleich mit ihm gingen zu den Sommerlinden, zu den Sämlingen der Sommerlinden, die alle umgefallen waren, die über Nacht die Umfallkrankheit bekommen hatten – als ob sie sich schlafen gelegt hätten, so sah es aus. Ewaldsen war unglücklich, er hockte sich hin und betastete einen Sämling, er wußte, weshalb die Krankheit hier aufgetreten war, hatte sie sogar vorausgesehen: wenn es nach ihm gegangen wäre, hätte man mit der Tilia-Saat gewartet. Zu früh, sagte er, die sind einfach zu früh in die Erde gekommen, und dann gab er zu verstehen, daß er zeitig genug seine Bedenken vorgebracht hatte, doch man habe nicht viel darauf gegeben, man habe sich allein nach dem Pflanzplan gerichtet. Er brauchte Joachims Namen gar nicht zu erwähnen, wir wußten sofort, daß Ewaldsen ihn meinte, daß er ihn bezichtigte, auf die Einwände der Erfahrung nicht gehört zu haben – es wunderte mich nur, daß Ewaldsen, der sonst geduldig den Anweisungen lauschte und dann meistens doch das tat, was er für richtig hielt, überhaupt nach Joachims Wünschen gearbeitet hatte.

Guntram Glaser gab Ewaldsen nicht recht, wie ich es gedacht hatte, er kratzte im Boden, nahm eine Handvoll Erde auf und rieb sie so zwischen den Fingern, wie der Chef es mitunter machte, dann untersuchte er einige Sämlinge und stellte fest, daß sie keinesfalls zu früh in die Erde gekommen waren. Nein, er ließ die Beschuldigung nicht auf Joachim sitzen, er fand bald heraus, daß der Boden vor zwei Jahren entseucht worden war, und da wußte er schon das Wichtigste; es ist immer so, sagte er, im ersten Jahr nach der Entseuchung können die Bodenpilze nicht viel anrichten, aber im zweiten Jahr, da haben sie sich wieder erholt oder sind ausgebildet worden durch die Dauersporen. Als Ewaldsen außerdem noch zugeben mußte, daß das Saatgut nicht gebeizt worden war, fehlte Guntram Glaser nichts mehr zu der Erklärung, warum die Umfallkrankheit bei uns auftreten konnte, und weil er mit ansah, wie sehr alles Ewaldsen zu schaffen machte, versuchte er, ihn ein wenig zu trösten, und riet ihm, den Keimlingen ziemlich viel Stickstoff zu geben, damit sie über das kritische Alter hinwegkämen. Er sagte: Wenn dein Keimling erst an der Basis verholzt, dann droht ihm keine Gefahr mehr.

Wenn ich nur wüßte, was einer tun muß, damit er undurchschaubar wird, damit man ihm nicht auf den ersten Blick ansieht, was ihn beschäftigt und umtreibt und ihm das Herz schwer macht, wenn ich das nur wüßte! Wie oft hab ich mir nicht gewünscht, alles so verbergen zu können wie Max, der einen betrachten kann, ohne daß man weiß, was er denkt; auch der Chef läßt sich nicht immer anmerken, was ihn belastet, ebensowenig Ina, die mich manchmal mit ihren Einfällen so überrascht hat, daß sie mir fast fremd vorkam.

Mir indes können sie alles ansehen, es gelingt mir nicht, das, was ich für mich behalten möchte, im dunkeln zu lassen, ich weiß auch nicht, wie es kommt: ich muß einfach glauben, daß das, was ich mit mir herumtrage, auf meinem Gesicht zu lesen ist – es kann ein Plan sein oder Traurigkeit oder ein heimliches Wissen. Wie viele Male hab ich mich nicht schon darüber gewundert, daß mir einer auf den Kopf zusagte, was ich noch für mich behalten wollte, und am meisten wunderte ich mich da über den Chef. Der brauchte mich am Morgen nur von der Seite anzugucken und wußte bereits, daß ich schwer geträumt hatte und daß ich den Traum nicht loswerden konnte, und um mir zu helfen, teilte er mich gleich zu einer härteren Arbeit ein. Einmal, als mich großes Zutrauen erfüllte – es war auf einem feierabendlichen Gang durch unsere Quartiere –, da wollte ich ihn um die Erlaubnis bitten, ebenso wie die anderen mit Maschinen und mechanisiertem Gerät umzugehen, und ich druckste wohl eine Weile herum, und als ich gerade mit meinem Wunsch herauskommen wollte, da wandte er sich mir zu und sagte: Später, Bruno, eines Tages wirst auch du die Maschinen steuern, vorerst brauche ich dich auf einem anderen wichtigen Platz. Vor ihm läßt sich nichts geheimhalten, ein Blick nur, und er weiß, was ich mit mir herumtrage.

Ich war noch nicht einig mit mir, ob ich ihm erzählen sollte, was ich im Wartesaal beobachtet hatte, ich wollte nicht, daß es einmal von mir hieß, ich sei das verlängerte Ohr des Chefs oder sein drittes Auge, das wollte ich nicht, und anstatt zur Festung zurückzukehren, wo bald die Vorstellung beginnen sollte, ging ich hierher, ins Gerätehaus, wo ich allein zu sein glaubte, aber nicht allein war; denn eben wollte ich mich auf den Sitz des alten Traktors hinaufziehen, als aus einer Ecke Hammerschläge kamen, kurze Schläge, mit denen ein großer Nagel ins Holz getrieben wurde.

Es war der Chef, der hämmerte, an drei Stellen schlug er Nägel ein, und an jeden Nagel hängte er ein Bündel Schafgarbe, er lächelte dabei in sonderbarer Zufriedenheit und zwinkerte mir zu. Nachdem er das letzte Bündel aufgehängt hatte, sagte er von der Trittleiter herab: So, Bruno, nun wollen wir mal sehen, ob die Alten recht hatten. Daß Schafgarbe gegen Blutungen hilft, das wußte ich, aber daß man sie über die Geräte hängt, um Unglücksfälle zu verhindern, das wußte ich nicht; der Chef hatte es getan, weil sich wieder einer von seinen Leuten an der Egge verletzt hatte, schlimm verletzt. Er sagte: Wichtig ist jetzt nur, daß die Leute erfahren, warum hier die Schafgarbe hängt.

Dann gingen wir zum Ausgang. Dann sah er mir ins Gesicht. Dann stockte er und verengte seine eisblauen Augen und fragte: Was ist denn mit dir, Bruno, was ist dir über den Weg gelaufen? Ich wollte immer noch für mich behalten, was ich gesehen hatte, aber da sagte er: Wen man nicht treffen will, den trifft man im Wartesaal, stimmt's? Und darauf lohnte es sich nicht mehr, meine Beobachtung geheimzuhalten, weil er im nächsten Augenblick bestimmt darauf gekommen wäre, was ich erlebt hatte.

Wie regungslos er alles anhören konnte, er guckte nur auf den Boden, ab und zu atmete er scharf ein, aber sonst zeigte er nichts, keine Unruhe, keine Überraschung, er ließ sich weder Verdacht anmerken noch aufkommende Bitterkeit, nachgefragt hat er kein einziges Mal, während ich erzählte, was er vielleicht schon wußte. Und zum Schluß, nachdem er alles angehört hatte, fiel ihm auch kein Wort des Dankes ein, er streifte mich nur mit einem müden Blick, legte einmal seine Hand auf meine Schulter und drehte sich um und ging weg. Etwas hemmte seine Schritte, er, dem sein Wissen sonst überall einen Vorsprung sichert, wurde jetzt niedergedrückt von ihm, das spürte ich. Dieses Zerren, dieses Schwindelgefühl. Diese Ratlosigkeit, in der er mich zurückließ, ich wußte gar nicht, was ich tun sollte, eine plötzliche Angst klammerte mich fest, die Angst, daß sich bald etwas Schwerwiegendes entscheiden würde. Ich verdrückte mich in meine Sicheltannen.

Keine Vorstellung; das Stück von dem alten schlauen Bären, der sich auf das fröhliche Fest der Bärenjäger verirrt, wurde nicht aufgeführt, an jenem Abend nicht und niemals. Eine Zeitlang rechnete ich damit, daß sie einen schikken würden, um mich zu holen, aber es kam keiner, bis zur Dunkelheit nicht. Als du kamst, Ina, da war es schon ganz dunkel, kein Mond, niedrige Wolken, durch das Fenster hätte ich dich gar nicht erkennen können, nichts war zu erkennen. Noch bevor du klopftest, hörte ich das Wimmern, und ich wußte sofort, daß du es warst, die da draußen wimmerte, da war ich auch schon an der Tür und rief dich und zog dich zu mir rein. Wie du aussahst, man mußte einfach erschrecken und das Schlimmste denken, so zerstochen warst du, so verdreckt und zerrissen, und überall blutete es aus kleinen Wunden, im Gesicht, an den Armen, aber das hast du wohl kaum bemerkt, zumindest hast du es nicht beachtet. Kaum saßest du in meinem Sessel, da begann ein Weinkrampf dich zu schütteln, all mein Fragen war umsonst, sprechen konntest du nicht, ich dachte nur: Laß sie sich ausweinen, und ich hab dich ganz vorsichtig gestreichelt und mit einem Tuch die blutenden Stellen betupft. Als ich die Dornen entdeckte, die in deinem Arm steckten, wußte ich gleich, daß du durch das Beet des Chefs gerannt und dort hingefallen warst; ich zog die Dornen heraus, und du zucktest dabei nicht einmal. Wie lange es dauerte, ehe du reden konntest, und wieviel länger es noch dauerte, bis ich halbwegs verstand, was du sagen wolltest, manches mußte ich mir zusammenreimen, weil du immer wieder stocktest und nur halbe Sätze sprachst und dein verschmiertes Gesicht in den Händen bargst.

So viel aber verstand ich sofort: daß du Angst hattest vor einem Unglück. Ach, Ina, mit meinem Handtuch hast du dein verschmiertes Gesicht abgewischt und mich dann angesehn wie von weither und mit kleiner Stimme gesagt: Ein Unglück, Bruno, ich glaube, es passiert ein Unglück. Und nach einer Weile hast du gesagt: Such ihn, Bruno, du mußt ihn finden, er wollte zu dem Mann. Zu welchem Mann, fragte ich, und du darauf: Guntram will ihn herbringen, ich weiß nicht, wer es ist, er will zu ihm und ihn zu etwas zwingen. Bestimmt wußtest du damals ebensowenig wie ich, ein paarmal fragtest du: Was geschieht da, Bruno, um Gottes willen sag es mir, wenn du etwas weißt, und du hast mich dabei forschend angesehen und mich am Arm festgehalten.

Für dich, Ina, bin ich nach Hollenhusen gegangen, nur für dich, in den finsteren Quartieren hätte man sich leicht verirren können, ich bin die Böschung hinabgerutscht und zwischen den Schienen gegangen, zuerst zum Wartesaal: nichts; im Bahnhof: nichts; dann hab ich die beleuchteten Straßen abgesucht und meinen Kopf ins »Kiek in« gesteckt, hier und überall: nichts. Im »Deutschen Haus« hoffte ich ihn zu finden, ihn und den Schüttler, von dem ich dir nur deswegen nichts erzählt hatte, weil ich nicht wußte, was ihn mit Guntram Glaser verband, aber auch dort waren weder der eine noch der andere, nur altbekannte Hollenhusener saßen da und tranken, und sie hielten mich fest und wollten mir auch etwas zu trinken geben, Bier, in das einer ganz schnell seine Zigarrenasche hatte fallen lassen, dieser sture Laatzen.

Auf einmal war Hollenhusen so groß, bot so viele Möglichkeiten, daß ich fast verzagt wäre, ich suchte und suchte, strich an der Schule vorbei, ließ den Ring nicht aus, ging sogar am Friedhof vorbei und umrundete das Gemeindehaus – Guntram Glaser war nicht zu finden. Ich weiß nicht, wie spät es war, als ich wieder nach Hause kam; meine Tür war nur angelehnt, die kleine Lampe brannte, doch du warst nicht da, hast es wohl nicht mehr ausgehalten. Nach einer Weile bin ich noch einmal hinausgegangen, es brannten viele Lichter in der Festung, viel mehr als sonst zu so später Stunde, aber dein Zimmer war dunkel.

Das sind seine Schritte, das zischende Geräusch seiner lederbesetzten Hosen verrät ihn gleich, Joachim macht seinen Kontrollgang, wie gewohnt, als ob sich nichts verändert hat bei uns; vermutlich sind sie sehr sicher, daß alles nach ihren Wünschen gehen wird. Er darf das Tor nicht zuschieben, ein Zeichen, ich muß ihm ein Zeichen geben, daß hier noch gearbeitet wird, die Stahlbürste quietscht ganz schön, wenn ich sie scharf über die Rillenschare ziehe, da kriegt man gleich eine Gänsehaut. Ja, ja, ich bin es, ich bin noch hier. Es ist längst Feierabend, Bruno, ruft er, darauf sage ich nichts, lasse ihn herankommen, lasse ihn zusehen bei meiner Arbeit, bei meiner eigenen Methode. Das blinkt ja alles, Bruno. So wie du pflegt keiner das Gerät. Stahlbürste, sage ich, Kratzer und Stahlbürste und ölgetränkte Lappen. Deine eigene Methode, schätze ich. Ja. Aber du solltest jetzt Feierabend machen und mir helfen, das Tor zuzuschieben. Er trägt kein Stöckchen in der Hand, nur die Stabtaschenlampe, wie sorgfältig er es vermeidet, mich wie sonst anzuleuchten, er läßt den Lichtstrahl nur in die Ecke wandern, mich blendet er nicht. Los, komm schon, Bruno, mach Schluß. Das ist wieder der alte, der andere Ton, so kenne ich meinen Joachim, ohne seine Gereiztheit und Unzufriedenheit ist er nicht er selbst, aber ratlos machen und unsicher, das kann er mich jetzt nicht. Wollen wir es gemeinsam versuchen? Das Tor schiebt sich so leicht, sage ich, das kann man mit einer Hand bewegen.

Willst du schon gehn, Bruno? Komm doch mit, sagt er, wir können doch zusammen nach dem Rechten sehen. Warum lädt er mich ein, ich hab ihn doch nie auf einem Kontrollgang begleitet, gewiß will er mich aushorchen, und wenn nicht dies, dann will er mich bestimmt weichreden, doch ich kann sein Angebot nicht einfach zurückweisen, das kann ich nicht. Wir gehn sowieso in deine Richtung, Bruno. Ja, ist gut.

Wie flüchtig er alles ableuchtet, der Schein seiner Lampe flieht nur, kreiselt über die Beete, schwenkt über die grüne Wand, noch hat das Lichtbündel nicht seine säulenhafte Starre, die bekommt es erst, wenn es ganz dunkel ist. Das war sie, die glimmenden Augen in der Thujahecke: das war die Wildkatze, wer weiß, wie die wohl zu uns gefunden hat, nur gut, daß Joachim sie nicht entdeckte. Ob ich etwas von Lisbeth gehört habe, möchte er wissen, von unserer Lisbeth, sagt er, und ich sage: Nein, nichts. Ich bin aber bei ihr gewesen, Bruno, ich hatte in der Stadt zu tun, und da hab ich bei ihr reingesehn; es ist traurig, das kannst du mir glauben. Stell dir vor, sie zeigte keine Freude, sie hat nur dagelegen und an die Decke gestarrt, gesprochen hat sie nicht ein einziges Wort, ich hatte fast den Eindruck, daß sie mich überhaupt nicht wiedererkannte. Nun möchte er wissen, ob ich mir das erklären kann.

Nein, aber vielleicht war sie zu müde, oder sie hatte zu große Schmerzen, sage ich, wenn so ein schwerer Körper in Ruhe fällt, dann zeigen sich erst die Leiden, die Schäden. Da kannst du recht haben, Bruno. Das sagt er zerstreut, ich spüre genau, daß er etwas anderes erwägt und bedenkt, einen Plan vielleicht, von dem er sich einiges versprechen kann, jetzt vergißt er sogar, den Schein seiner Lampe wandern zu lassen. Hör zu, Bruno, wie wäre es, wenn wir Lisbeth einmal gemeinsam besuchten, hättest du Lust dazu? Du kommst doch sonst nie raus, soweit ich mich erinnere, bist du noch nie in der Stadt gewesen, und das wäre doch eine gute Gelegenheit, ich nehme dich in meinem Auto mit. Na, was meinst du? Warum nicht, sage ich. Also abgemacht? Ich weiß noch nicht, sage ich, und er: Überleg's dir mal, Lisbeth hat es verdient.

Er wird sich wundern, wenn Lisbeth auch bei seinem zweiten Besuch kein einziges Wort sagen wird, sie möchte nicht, daß man zu ihr kommt, sie hat Magda beauftragt, das weiterzugeben, nur wir beide sind ihr willkommen, der Chef und ich. Vielleicht sollten wir den Chef mitnehmen, sage ich, wenn er mitkäme, würde Lisbeth sich bestimmt freuen. Er ist schon bei ihr gewesen, sagt Joachim, sagt es so schroff, als nähme er es ihm übel, ja, er ist allein bei ihr gewesen, niemand weiß, wie er dorthin kam. Daß der Chef sie bereits besucht hatte, merkte er gleich bei seinem Eintritt, Joachim sah es sofort: Auf dem Nachttisch, Bruno, da lag der Beweis, da lag ein Geschenk des Chefs, eine Medaille.

Joachim knipst die Taschenlampe aus, er bleibt stehen und ist jetzt ganz nahe, und flüsternd, als ob wir belauscht werden könnten, sagt er: Die Medaille, Bruno, die hat der Chef selbst einmal verliehen bekommen. Gewiß hat er sie nur vergessen, er hat sie Lisbeth gezeigt und auf dem Nachttisch abgelegt und später vergessen, sage ich; doch er weiß es besser. Nicht vergessen, fortgeschenkt hat er sie, gedankenlos weggegeben wie so vieles; du wirst es nicht glauben, Bruno, doch es gibt manches, was der Chef nicht mehr beurteilen kann, es ist, als hätte er zu einigen Dingen das rechte Verhältnis verloren, und weil er manches nicht erkennen und bewerten kann, kann er es auch nicht verantworten. So steht es um ihn.

Wenn ich nur wüßte, was ich ihm darauf antworten soll, es wäre doch besser gewesen, wenn ich gleich nach Hause gegangen wäre, wo die frische Milch wartet und der Bückling und das Rosinenbrötchen. Er läßt den Schein jetzt über die Mutterbeete laufen, er wendet sich ab und geht weiter und sagt über die Schulter: Jeder weiß, Bruno, wie du zu ihm hältst, was mein Vater für dich bedeutet, und gerade deshalb mußt du dich gefaßt machen auf Veränderungen; vielleicht hast du auch schon längst bemerkt, daß der Chef nicht mehr der ist, der er einmal war, du mußt es bemerkt haben. Wir jedenfalls haben feststellen müssen, daß er einiges tut, was sich nicht verantworten läßt, jeder von uns hat es festgestellt, unabhängig voneinander. Was er getan hat und tut, könnte uns alle hier gefährden, auch dich, Bruno, und weil es so ist, müssen wir etwas unternehmen, schweren Herzens, aus Notwehr.

Er schweigt, er wartet, er hofft auf eine Bestätigung, aber ich werde nichts sagen, ich werde mein Wort halten. Es könnte sein, Bruno, daß du bald unsere Ansicht teilst, du bist ja oft genug mit meinem Vater zusammen, prüf nur, vergleiche und denke nach, und wenn du glaubst, daß wir nicht unrecht haben mit unserer Sorge, dann komm zu mir, ich bin immer für dich zu sprechen. Hast du mich verstanden? Ja, sage ich und sage gleich dazu: Da bin ich schon, ich muß jetzt wohl nach Hause. Wie leicht sich das sagen ließ, er schüttelt nicht einmal den Kopf über mich, bleibt nur stehn und sieht mir nach und richtet den Schein seiner Lampe auf meine Tür, damit ich das Schloß schneller finde.

Immer noch nicht der Pfiff der Lokomotive, immer noch nicht. Und ich hab einen Mandelbaum für ihn gepflanzt, in Inas Auftrag. Vielleicht hat der Nachtzug Verspätung. Und sie stand da in schwarzem Kleid und sah nur stumm zu, wie ich das Bäumchen in die Erde brachte. Vielleicht hat er sich aber auch schon vorbeigeschleppt, der Nachtzug, und ich habe den Pfiff überhört, es ist mir ja schon manches Mal passiert, daß ich etwas überhört, übersehen habe. Und sie hat sich bedankt und ist allein weggegangen, noch bevor ich das Mandelbäumchen wässerte und die Erde antrat. Wenn der Nachtzug durch ist, kann ich leichter einschlafen, ich weiß auch nicht, warum, ich weiß nur, daß es schon lange so ist. Und dann hab ich sie nur noch einmal am Grab getroffen, damals, als ich das Bäumchen ausschnitt.

Es macht mir nichts aus, wenn ich einmal länger auf den Pfiff der Lokomotive warten muß, ich liege ganz ruhig und lausche, in meiner Vorstellung sehe ich schon die Lokomotive, wie sie sich unter den alten Kiefern vorbeimüht. Und Ina hat es anfangs auch für einen tödlichen Unfall gehalten, ebenso wie Max und Dorothea und ich, und Pastor Plumbeck, der die Grabrede hielt, wußte auch nicht mehr und sprach von einem tragischen Unglück.

Einen schöneren Begräbnistag kann es gar nicht geben, jedenfalls nicht in Hollenhusen: es ging kein Wind, karpfenblau war der Himmel, in der Luft hielt sich ein Geruch von dorrendem Gras, und die Kiesel auf dem Hauptweg gaben soviel Wärme zurück, daß einige Männer verstohlen ihre Jacken aufknöpften. Die Vögel, am liebsten hätte ich ein paar Kiesel aufgenommen und sie nach den Buchfinken geworfen, die mit ihrem Schmettergesang die Ausdehnung ihrer Reviere anzeigten, und auch die beiden Schwarzdrosseln hätte ich am liebsten vertrieben. Vier Männer hoben den Sarg, in dem Guntram Glaser lag, auf einen kleinen, gummibereiften Wagen, anzustrengen brauchten sie sich kaum, denn der Wagen lief schon vom Handauflegen, den Hauptweg hinab, zum Ringweg, zur mit Grün abgedeckten Grube. Gleich hinter dem Wagen ging Ina mit den Kindern an der Hand, hinter ihr gingen der Chef und Dorothea und Guntram Glasers Mutter, danach kamen schon Max und ich und Joachim, und im Abstand folgte dann die Trauergemeinde. Ina unverschleiert, Ina, leicht und knochig, ein graues Gesicht. Als ganz kleine zarte Herren in langen Hosen die beiden Kinder. Dorothea mit dem weißen Taschentuch in der Hand. Lippenlos der Chef, den Kopf erhoben, starr – er, der schon alles wußte. Und Max seufzend unter der Hitze, und Joachim mit hängenden Schultern.

Aufgeworfen neben dem Grubenrand war grauschwarzer Humus, fetter Lehm, eine Schicht körniger Mischerde; wir verteilten uns um die Grube, die Trauergemeinde schloß auf und krümelte auseinander, einzelne stiegen auf Bänkchen, erwogen wohl sogar, auf Grabsteine hinaufzuklettern, nur um besser sehen zu können, doch das riskierte keiner. Die Sonne blendete, auf unserer Seite mußten wir die Augen schließen ab und zu, auch der Chef, der sich auf dem fettigen Lehm zurechttrat, um festen Stand zu haben, und der ein paarmal nach meinem Arm faßte, als müßte er sich eines Halts versichern. Der Sarg wurde über die Grube gehoben und auf das querliegende Bretterzeug gesenkt, die Seile lagen schon bereit, Pastor Plumbeck stieg auf ein Erdhügelchen und begann zu beten – in diesem Augenblick erkannte ich ihn, erkannte den Schüttler.

Er kam hinter der Backsteinkapelle hervor, neben den uralten Grabsteinen, er blickte über die Trauergemeinde, mitunter wandte er sich auch um, als fürchtete er, hier entdeckt zu werden, anscheinend war er zufrieden damit, alles nur aus gewisser Entfernung zu erleben. Beim Gebet kam der Schüttler näher, behutsam, Schritt für Schritt, es zog ihn richtig heran, er begnügte sich nicht damit, aufzuschließen, sondern drängte sich an einigen Trauernden vorbei, auch an Ewaldsen, der einen schwarzen Rock trug, auch an Magda. Einmal verschwand er hinter einer Hecke, einmal wurde er auch von einer engstehenden Gruppe abgedeckt, doch er entkam mir nicht, ich behielt ihn im Auge, ich mußte es einfach, obwohl ich so nur wenig von dem mitbekam, was Pastor Plumbeck auf den Sarg hinabsprach. Von der Blüte der Jahre sprach er, das weiß ich noch, und ich weiß auch noch, daß er sagte: Denn alles Fleisch ist wie Gras und alle Herrlichkeit des Menschen wie des Grases Blume. Ina weinte nicht, doch Dorothea, die schluchzte, es schüttelte sie durch und durch, und Max mußte sie stützen.

Plötzlich war er weit vorn, er stand hinter Ina und den Kindern, und dort wollte er wohl bleiben, denn er senkte sein Gesicht und legte die Hände ineinander, er trauerte wirklich, jeder konnte es ihm anmerken, und vielleicht war es dies, seine Trauer, daß niemand in seiner Nähe sich für ihn interessierte, obwohl er so ein Zeug mit Fischgrätenmuster anhatte und ziemlich heruntergekommen aussah; aber auf einmal gewahrte ihn der Chef. Der Chef tastete nach meiner Hand und umspannte mein Gelenk, ich sah ihn an, und er nahm meinen Blick auf und lenkte ihn hinüber zum Schüttler, und so, daß es kein anderer hörte, flüsterte er: Drüben, Bruno, dort steht er, halt ihn fest.

Das war leicht gesagt, und ich überlegte und berechnete. Pastor Plumbeck sprach von unergründlichen Ratschlüssen, Dorothea schluchzte noch heftiger, die Trauergemeinde stand regungslos und horchte und sah sich an irgend etwas fest, und er selbst, den ich mir schnappen sollte, schien ganz versunken und der Welt abgekehrt, da konnte ich nicht einfach zu ihm hinspringen, das konnte ich nicht. Die Schaufel, vor mir lag die kleine Schaufel, mit der die Trauernden ein wenig Erde auf den Sarg hinabwerfen, ich hob sie auf und bewegte mich rückwärts fort, ich tat so, als wollte ich sie hinüberbringen zu Ina und den Kindern, die das Recht hatten, die Schaufel als erste zu benutzen, und ich glitt hinüber, ohne allzusehr beachtet zu werden, drückte die Schaufel in den Lehm und trat zurück und stellte mich neben den Schüttler. Der verharrte in seiner Trauer, der merkte wohl nicht einmal, daß ich mich neben ihn gestellt hatte, ein schwaches Zittern durchlief ihn von Zeit zu Zeit, und immer wieder krümmte er die Schultern und schüttelte sanft den Kopf. Mit seinem Murmeln ging er nicht auf Pastor Plumbecks Worte ein, ich mußte denken, daß er für sich seine eigene Grabrede hielt – so kam es mir vor.

Mitten im Schlußgebet blickte er auf und straffte sich, er sah mich an, ein zages Lächeln entstand auf seinem Gesicht, und auf einmal nickte er mir zu und ging, ging langsam und würdevoll an den Trauernden vorbei und weiter zur Backsteinkapelle, und dort verschwand er. Die Eingangstür der Kapelle war offen, es zog mich hinein, ich stand vor dem Hügel aus Kränzen, vor all den Sträußen, mit denen der Boden bedeckt war, der Duft der Lilien betäubte mich fast. Ich sah ihn nicht, doch weil ich seine Nähe spürte, trat ich an die Wand und wartete, und nach einer Weile rief ich leise, doch er meldete sich nicht, er gab keine Antwort. Ich glaubte, daß er sich in einer der beiden Kammern versteckt hatte, also ging ich auf Fußspitzen durch die Stuhlreihe und öffnete die erste Tür und linste in die ewige Dämmerung eines Abstellraums, ohne die paar Stufen hinabzusteigen, und danach zog ich die zweite Tür auf, nun schon damit rechnend, daß ich mich getäuscht hatte, auch die zweite Kammer diente als Abstellraum. Kühle Zugluft wehte mich an, ich wollte hinabsteigen, die hohen Steinstufen hinab, ich griff umsonst nach einem Geländer, auf ein scharrendes Geräusch drehte ich mich um, vielleicht zu heftig, ich weiß es nicht, ich drehte mich um und stieß irgendwo an, zumindest glaubte ich, daß ich mit dem Kopf irgendwo anstieß, in Wahrheit war es der Stoß, den er mir gab. Als ich fiel, da konnte ich gerade noch denken:

Jetzt falle ich, und ich konnte auch noch denken, daß ich mich abstützen müßte, um den Sturz zu mildern, aber daß ich unten aufknallte, das fühlte ich nicht mehr.

Ich hab keine Handvoll Erde auf Guntram Glasers Sarg hinabgeworfen, später, da hab ich in Inas Auftrag ein Mandelbäumchen gepflanzt, doch ich war nicht dabei, als sie den Sarg hinabließen und Erde auf ihn warfen, ich bin auch nicht beim Begräbniskaffee im »Deutschen Haus« gewesen, wo es gedeckten Apfelkuchen gab und Streuselkuchen. Obwohl es in meinem Kopf so schlackerte und schwappte, als ob sich da etwas losgerissen hätte, kroch ich ohne Hilfe aus der Kammer, das dröhnte ganz schön im Freien, und ich weiß nicht, wie oft ich auf dem Weg zu mir anhalten, auf alle viere runter mußte, aber weil ich nur nach Hause wollte, schaffte ich es schließlich, nur abgeschlossen, das hab ich nicht hinter mir, das hab ich einfach vergessen.

Der Chef kam als erster zu mir, er rasierte mir einige Kopfhaare weg und säuberte die Wunde und klebte ein Pflaster drauf, das er eigens von der Festung für mich holte; er wollte nicht, daß ich den anderen erzählte, was mir zugestoßen war, und ich hielt mich daran und gab nur einen Unfall zu. Sein Schweigen, wenn er bei mir saß. Seine Bedrücktheit. Die Erregung, die ihn mitunter befiel und die ihn zwang, aufzustehen und einige Schritte zu machen. Auch Dorothea kam zu mir, auch Max und Ina kamen – sie brachte mir nur eine Traube und gab mir die Hand und ging –, doch keiner kam so oft wie der Chef, und keiner saß so lange bei mir wie er; manchmal sagte er nicht mehr als: So ist es, Bruno, und das war schon alles. Einmal, nach Feierabend, sagte er bereits beim Eintritt: Denk dir, Bruno, er hat sich gestellt, der Schüttler hat sich in Schleswig der Polizei gestellt, und dann setzte er sich und wartete auf meine Meinung, und da ihm wohl nicht ausreichte, was ich zu sagen hatte, fügte er hinzu: Er hat alles gestanden. Und dann nahm er einen Schluck aus seiner Taschenflasche und ließ auch mich trinken, und ich tat es nur, weil das Angebot von ihm kam, von ihm, der alles vor uns wußte.

Er wußte, daß der Schüttler einen Teil seiner Soldatenzeit bei uns verbracht hatte, damals, als dieses Land noch Exerzierplatz war, und er wußte auch, daß sie in derselben Stube lagen, der Schüttler und Guntram Glaser, und daß sie ein doppelstöckiges Bett teilten und unzertrennlich waren als Kameraden. Wie bedachtsam der Chef mir alles erzählte, nicht anders, als wollte er das Erfahrene in meine Obhut geben oder in meinem Gedächtnis verwahren, aus einem Grund, den nur er kannte. Sie waren einst unzertrennlich, sie standen füreinander ein, was dem einen zustieß, stieß auch dem andern zu, wenn jemand nachexerzieren mußte, erzählte der Chef, oder wenn jemand nur auffiel beim Appell, dann war es nie einer von ihnen, immer traf es beide zugleich – ihre Kompanie hatte sich schon daran gewöhnt.

Einmal mußten sie zu einer Nachtübung aufbrechen, es war Herbst, es regnete, sie hatten die Zeltbahnen umgehängt und glitschten nur so über das aufgeweichte Land – ich kenne diese Herbstnächte, den bedeckten Himmel, den Wind, der alles untersucht. Viel zu sehen gab es nicht, sie orientierten sich am Klappern und Knarren des Gepäcks, das sie schleppten, über den ganzen Exerzierplatz schleppten bis zur Senke, dort sammelten sie sich und standen und warteten, und zu gegebener Zeit wurde ihnen eröffnet, daß es bald einen Angriff geben würde von der Holle, von den Wiesen her, den galt es abzuwehren. Und dann wurde ihnen auch gesagt, daß sie zu einem Gegenangriff antreten müßten, sobald drei Leuchtkugeln sich über ihnen zeigten. Danach verteilten sie sich und gingen in Stellung.

Der Schüttler und Guntram Glaser blieben wie immer zusammen, sie verkrochen sich in die Kuschelfichten – dort, wo jetzt unsere sommergrünen Koniferen stehen – und dösten und schliefen ein wenig, und als der Angriff begann und ein einziges Geknatter losging, da beteiligten sie sich auch an der Schießerei, wahllos, ohne ihr Versteck zu verlassen. Beim Gegenangriff fehlten sie, einfach, weil sie die Leuchtkugeln nicht erkannten, die der Wind flach wegdrückte, sie blieben in ihrem Versteck, bis die Nachtübung vorbei war.

Aufgestöbert hat sie ihr Feldwebel, der nicht viel sagte, der niemals viel sagte; er befahl ihnen, umzufallen und vor ihm herzurobben, und sie robbten mit ihrem Gepäck bis zu unserem feuchten Land, und dort ließ er sie den Gegenangriff nachholen, indem er sie ein paarmal durch das Sumpfstück jagte, durch die Wasserlöcher, durch blubbernden Modder, und dabei wollte er ihr Angriffsgeschrei hören. Als dem Schüttler ein Stiefel weggezogen wurde, da ließ er sie im Modder nach ihm suchen, und sie stocherten und bohrten, ohne den Stiefel zu finden, und weil sich ein Soldat mit solch einem Verlust nicht abfinden darf, mußten sie die Suche am Tag darauf fortsetzen, an einem Sonntag.

Der Feldwebel war nicht gut auf sie zu sprechen, weil sie zu oft auffielen und ihm selbst angeblich nur Schande bereiteten, er brauchte ihnen nur zu begegnen, dann hatte er schon etwas auszusetzen an ihnen, und um abwechslungsreiche Strafen gegen sie auszusprechen, brauchte er nicht lange nachzudenken. Und Guntram Glaser und der Schüttler, die beschwerten sich nicht, die führten aus, was er ihnen befahl, sie waren sehr jung, mitunter ließen sie ihn wohl spüren, daß er sie nicht kleinkriegen würde, und das bewirkte, daß der Feldwebel keine Gelegenheit ausließ, um ihnen beizubringen, wie weit seine Macht reichte.

Die Holle, er ließ sie die Hochwasser führende Holle durchqueren, sie und die andern Soldaten seines Zugs; weil ein Feind die Holzbohlenbrücke besetzt hielt, gab es nur eine Möglichkeit, ans andere Ufer zu kommen, also mußten sie ins Wasser mit ihren Waffen, einer nach dem andern, auch der Kleine mußte es, dieser Schwächling, den sie Bäkker nannten wegen seiner teigigen Haut und seiner Blässe, es half ihm nicht, daß er dem Feldwebel über Stiche klagte und erklärte, daß er Nichtschwimmer sei – auf einen Wink watete auch er in die Holle, das Gewehr überm Kopf. Der Nebel verschluckte die Geräusche, das Saugen, das Glucksen und Planschen, ein Feind auf der andern Seite hätte sie kaum bemerkt, drehend, mit tastenden, nach Grund suchenden Schritten bewegten sie sich gegen die Strömung, zu einem abgeflachten Uferstück. Aber den Schrei, den konnte wohl auch der Nebel nicht verschlucken, den Notschrei, den Verzweiflungsschrei, einer stieß ihn aus, als der Bäcker, vermutlich, weil er plötzlich keinen Grund fand, untertauchte, mit seinem Gewehr, das er um keinen Preis loslassen wollte, er versackte einfach mit Waffe und Stahlhelm.

Die in seiner Nähe suchten gleich nach ihm, grabschten und fühlten, immer darauf bedacht, ihre Waffen über Wasser zu halten, sie torkelten bei ihrer Suche, und manch einer stippte sein Gewehr ein, aber gefunden haben sie den Bäcker nicht, weil die Strömung ihn gleich ein paar Meter mitgenommen hatte. Auf den Schrei kam der Feldwebel dicht ans Ufer, er merkte gleich, was geschehen war, und watete nicht, sondern sprang in die Holle, dorthin, wo das Wasser ihm bis zur Brust ging. Dann tauchte er, in voller Uniform tauchte er und schwamm holleabwärts und kam schon nach kurzer Zeit hoch, er hielt den Bäcker im festen Griff, zerrte ihn ans Ufer und weiter aufs Trockene, wo er sich neben ihn hinkniete und die Übungen machte, mit denen das Wasser aus den Lungen geholt wird, leichtes Pressen und Pumpen. Einige, die um ihn herumstanden, schickte er zurück ins Wasser und befahl ihnen, das Gewehr des Bäckers zu suchen, sie fanden es nicht, und so blieb es an ihm, danach zu forschen, und er tat es gleich, nachdem der Bäcker auf die Beine gekommen war, und er brauchte nicht lange, um die Waffe heraufzuholen.

Das geräuschlose Durchqueren des Flusses, erzählte der Chef, das brauchten sie darauf nicht weiter zu üben, sie marschierten zu den Baracken, sie schwankten wohl eher dahin, und unterwegs achteten der Schüttler und Guntram Glaser auf den Bäcker, der zwischen ihnen ging und sich kaum aufrecht hielt. Sie durften auf ihre Stuben und das Zeug wechseln; danach setzten sie sich um einen Tisch und reinigten und wienerten ihre Waffen, auch der Bäcker, der noch nicht richtig da war und deshalb noch nicht wußte, was er unternehmen sollte. Der Schüttler half ihm beim Reinigen des Gewehrs, und er war es auch, der sich nicht abfinden wollte mit dem, was in der Holle passiert war, immer wieder fragte er sich und die andern, ob man nicht etwas unternehmen müßte gegen einen Vorgesetzten, der sich so an den Soldaten ausließ, er, der Schüttler, fragte sich auch zum ersten Mal, ob der Feldwebel nicht nach allem einen Denkzettel verdient hätte, doch keiner ging darauf ein, nicht einmal Guntram Glaser.

Wenn sie erledigt waren, wenn sie ausgepumpt und erbittert waren, dann sagte der Feldwebel manchmal zu ihnen: Vorbereiten, ich will euch nur hart machen und vorbereiten auf eine Zeit, in der euch nichts erspart werden wird, und er sagte auch: Eines Tages vielleicht wird mir manch einer von euch dankbar sein. An dienstfreien Sonntagen ging er manchmal allein ins »Kiek in«, und da saß er allein und rauchte und trank einige Gläser Bier.

Und er saß dort auch an jenem Nachmittag, als Guntram Glaser und der Schüttler hereinkamen und mit ihnen das Mädchen, das sie gerade vom Bahnhof abgeholt hatten, es war die Verlobte des Schüttlers, sie war zum ersten Mal zu Besuch, alle waren fröhlich. Sie grüßten ihren Feldwebel, sie grüßten ihn und strebten dann zu dem Tisch, der von ihm am weitesten entfernt war, doch bevor sie sich dort niedergelassen hatten, hörten sie einen knappen Befehl: nicht Guntram Glaser, der Schüttler sollte zum Tisch des Feldwebels kommen, er sollte den Gruß wiederholen, er sollte ihn so ausführen, wie er es gelernt hätte, und achselzuckend, nur, um es hinter sich zu bringen, grüßte der Schüttler also noch einmal, aber auch dieser Gruß fiel nicht zur Zufriedenheit des Feldwebels aus, und auch nicht der nächste und übernächste – vermutlich ließ Erbitterung den Schüttler sich so verkrampfen, daß er nicht hinbekam, was von ihm erwartet wurde. Schließlich aber gelang ihm ein Gruß, er durfte an seinen Tisch zurückkehren, er war bleich und zitterte und wollte eine Weile nichts trinken, und dort am

Ecktisch sagte er später zu Guntram Glaser: Das vergeß ich ihm nicht, das nicht.

Wochenlang hat der Schüttler seinen Plan mit sich herumgetragen, und als er glaubte, daß sich genug ergeben und angesammelt hatte, hat er den Bäcker und Guntram Glaser eingeweiht, er hätte es gern gesehen, wenn sie zu dritt gewesen wären, doch der Bäcker winkte ab, der wollte nicht dabeisein, obwohl er ja auch eine Rechnung zu begleichen gehabt hätte. So waren sie nur zu zweit. Und sind wie immer ausgerückt und haben unter seinen Augen den Angriff geübt in den Häuserattrappen. Und schlichen sich unter seinen Augen an den eingegrabenen Übungspanzer an und erledigten ihn nach seinen Anweisungen. Und tarnten sich als Strauch und gruben sich enge Löcher, um sich zu verteidigen, ohne ein Ziel zu bieten. Sie hatten sich abgesprochen und waren sich einig und warteten geduldig auf eine Gelegenheit. Nur einen Denkzettel: das war ausgemacht zwischen ihnen, und dann, nach langem Warten, war es einmal dunkel genug und still genug, und sie fingen ihn am Fuß des Kommandohügels ab, sie stürzten sich auf ihn, rissen ihn um und bearbeiteten ihn gleich ohne ein Wort, denn er durfte sie nicht erkennen, doch er konnte sich aus ihrem Griff befreien und sich erheben, und nicht nur dies: er fing an, sich zu wehren, traf zuerst Guntram Glaser und dann auch den Schüttler, sie waren gewarnt, aber zur Flucht war es zu spät, da er sie beide bereits erkannt hatte.

Und dann fiel er plötzlich, stöhnte auf und fiel. Der Schüttler beugte sich zu ihm hinab und holte aus. Und er lag da und rührte sich nicht mehr, hob nicht einmal die Hände, um sich zu wehren. Hör auf, es ist genug, wir müssen verschwinden. Guntram Glaser kniete sich hin und betastete ihn, spürte etwas Feuchtes an seinen Händen, und dann hörte er, wie ein Seitengewehr in die Scheide zurückgestoßen wurde, und fragte: Weißt du, was du getan hast? Und sie hockten und standen in der Dunkelheit bei dem reglosen Körper. Weißt du, was du getan hast? Sie lauschten, sie erkundeten die Umgebung, dann hoben sie ihn gemeinsam an und trugen ihn ein paar Meter fort, stachen Soden aus und gruben ein tiefes Loch und nahmen ihm alles fort, was er bei sich trug, einschließlich der Erkennungsmarke, und gemeinsam legten sie ihn in die Erde. Und legten zum Schluß die Soden auf und traten sie fest.

Der Chef erzählte es, und er wußte auch, daß bald ein großes Suchen und Forschen begann, nicht allein auf dem Exerzierplatz, sondern auch in Hollenhusen und in seiner Nachbarschaft, da wurde befragt und in Kette ausgeschwärmt, die vom Bahnhof wurden vernommen, sogar der Große Teich wurde abgesucht und das Dänenwäldchen durchstreift, doch alles Forschen führte zu nichts, es kam nichts an den Tag. Und als sie einen Marschbefehl bekamen und ausrückten, da hörte die Suche endgültig auf, andere Soldaten zogen in die Baracken ein, übten auf dem vernarbten Land, das nichts preisgab.

Guntram Glaser und der Schüttler, die blieben nicht mehr lange zusammen, beim großen Rückzug verloren sie sich, einer ging für den andern verschollen, und ihr Wissen, das trugen sie fort in verschiedene Richtungen und lebten damit, jeder für sich.

Wie bekümmert der Chef mich anguckte! Wie er aufstand und herumging, und wie er die Arme hob und sie fallen ließ. Siehst du, Bruno, sagte er, einer kann noch soviel Mut haben, was hilft das alles, wenn er nicht den Mut hat, beizeiten zu reden. Und dann schlurfte er ans Fenster und sah über das Land und erzählte so leise, daß ich Mühe hatte, ihn zu verstehen, wie der Schüttler hier eines Tages auftauchte, mit einer Volkshochschulgruppe, die von Guntram Glaser durch die Quartiere geführt wurde und der er sich einfach angeschlossen hatte – da waren viele Jahre vergangen, und zumindest einer rechnete nicht mehr mit einem Wiedersehen. Der Schüttler versteckte sich in der Gruppe, er zog mit ihr und hörte sich Guntrams Vortrag an, sie machten die große Schleife, wie wir es unter uns nannten, und zuletzt gingen sie ins Kühlhaus, wo ihnen die Mantelkühlung erklärt wurde, bei der es keine bewegte Luft gibt und die Pflanzen nicht zusätzlich befeuchtet werden müssen.

Um ihnen zu beweisen, daß Pflanzen im Mantelkühlraum nicht vertrocknen, zog Guntram Glaser einen Rosenbusch aus dem Holzgestell, und plötzlich erkannte er in der Öffnung vor sich das Gesicht des Schüttlers, erkannte es und vergaß, was er sagen wollte.

Sie trafen sich im Wartesaal und an der Holle und im Dänenwäldchen, und es war immer der Schüttler, der den Treffpunkt bestimmte, und jedesmal, wenn sie zusammen waren, kam er damit, daß er nicht mehr weiter wüßte und sich nun stellen würde, endgültig. Ausschlaggebend für seinen Wunsch, sich zu stellen, war die Art seiner Anfälle.

In den ersten Jahren nach seinem Unglück – sie hatten auf ihrem Rückzug einen Bahndamm gesprengt, und er war verschüttet worden –, kamen die Anfälle nur selten, mit der Zeit aber traten sie häufiger auf, und schließlich stellten sie sich prompt ein und wie auf ein Stichwort: er brauchte nur an etwas Bestimmtes zu denken, da begann schon das Beben, da zwang es ihn in die Knie, und weil er das, was den Anfall mit sich brachte, nicht denken wollte, mußte er es nur umso öfter tun.

Und Guntram Glaser half ihm, er half ihm auf die Beine und gab ihm alles Geld, das er erübrigen konnte, denn er wollte nicht, daß der Schüttler in seiner Not hinging und sich stellte, bei jeder Begegnung redete er auf ihn ein und versuchte, ihn davon zu überzeugen, daß es keinem mehr helfen würde, wenn er jetzt alles aufdeckte, nach so langer Zeit, und für den Augenblick sah es der Schüttler auch ein, für den Augenblick. Ab und zu fuhr er mit dem Zug fort, er sagte nie, wohin, er verschwand ohne Abschied für einige Tage, doch Guntram Glaser hatte sich abgewöhnt, darauf zu hoffen, daß er für immer verschwunden bliebe, plötzlich war er wieder da und brachte sich in Erinnerung. Er wohnte im »Kiek in«, in einem der niedrigen Zimmer, das er von Guntram Glasers Geld bezahlte, doch dort war er nur selten zu finden, weil er immer herumstreifte zu ungewohnter Zeit, an der Holle entlang oder durch unsere Quartiere; die Leute im »Kiek in« wunderten sich schon über ihn und stellten Fragen hinter seinem Rücken. Das taten sie. Vor allem wollten sie wissen, was diesen Fremden und Guntram Glaser verband, und warum die beiden sich an abgelegenen Stellen trafen, wo keiner sie belauschen konnte. Und da sie nichts erfuhren, machten sie sich gewisse Meinungen zurecht und brachten sie in Umlauf.

Zum letzten Mal wurden sie auf dem Bahnsteig in Hollenhusen zusammen gesehen, sie gingen dort auf und ab und sprachen miteinander, eine Fahrkarte hatte keiner von ihnen gelöst. Der Schüttler schien entschlossen, sich zu stellen, und wie Guntram Glaser spürte, daß ihn diesmal weder Bitten noch Beschwichtigungen davon abhalten würden, bot er ihm alles Geld an, das er hatte, die einzige Bedingung war nur, daß sie sich dann nicht mehr wiedersehen sollten. Er überlegte noch, der Schüttler, als ein Zug einlief, ein Güterzug, der immer langsamer wurde, aber nicht hielt, er stand da und starrte auf die vorbeirumpelnden Waggons, und auf einmal griff er nach diesem dünnen Eisengeländer, das zu dem Bremserhäuschen hinaufführt, sprang auf ein Trittbrett und klammerte sich fest; kein Wort, als er davonfuhr, kein Winken, festgeklammert blickte er zu Guntram Glaser zurück, bis der Zug die alten Kiefern erreichte.

Einige von unseren Leuten sahen Guntram Glaser von den Schienen heraufkommen und über das Land gehen mit ungewohnter Achtlosigkeit, er entgegnete keinen Gruß, verweilte nicht wie sonst bei den Kulturen, er ging geradewegs auf die Festung zu, doch bevor er sie erreichte, entschied er sich anders und verschwand auf einem Transportweg, der in die Senke hinabführt. Die Leute, die ihn zu Gesicht bekamen, sahen ihn da zum letzten Mal. Er suchte nicht den Chef, er ging zum alten

Schuppen hinab und war schon an ihm vorbei, als der Chef ihn entdeckte und anrief und aufforderte, in den Schuppen zu kommen, wo er damals oft war, um von sich aus die Ursachen der Keimruhe zu finden, all das, was im Fruchtfleisch sitzt oder im Samenkern oder in der Schale und das Keimen hemmt.

Ein Blick nur, und er, dem nichts entgeht, der alles wittert und durchschaut und das meiste vor allen andern weiß, erkannte sogleich, daß einer vor ihm stand, der nicht mehr weiter wußte, und er zog ihn in den Schuppen hinein und drückte ihn auf den Hocker nieder. Gewiß saßen sie sich eine Weile stumm gegenüber, und Guntram Glaser wußte wohl noch nicht, ob er alles erzählen und loswerden sollte, aber wen der Chef so ansieht mit seiner Ausdauer, mit seiner Bereitschaft zu verstehen, der fängt auf einmal wie von selbst an zu sprechen, manchmal sogar zur eigenen Überraschung. Und Guntram Glaser begann, und er schonte sich nicht; als ob er mehr und mehr mit sich selbst ins Gericht ging, schilderte er seinen Anteil an den Geschehnissen, er verharmloste nichts, machte sich nicht klein und ließ nichts aus.

Nie zuvor hatte der Chef einem zugehört, der so darauf aus war, sich selbst zu beschuldigen. Sie merkten nicht, daß die Dämmerung fiel. Sie saßen sich in der Dunkelheit gegenüber, und sie blieben noch sitzen, nachdem Guntram Glaser zu Ende gekommen war und vielleicht auf etwas wartete; der Chef war sich da nicht sicher. Damals stellte er die erste Frage, es war die einzige Frage, die ihm im Augenblick kam, und statt dem Chef zu antworten, stand Guntram Glaser auf, schweigend, trat vor die Tür, als wollte er sich bedenken, und da sein Schweigen dauerte, ging auch der Chef hinaus, um sich die Antwort zu holen. Da war niemand mehr da, Guntram Glaser war fort.

Der Chef setzte sich zu mir und sagte, daß er damals im Schuppen noch eine Weile gewartet hätte und dann allein zur Festung ging und gleich nach Guntram Glaser fragte, aber keiner hatte ihn dort gesehen, und keiner ahnte, daß er schon auf den Schienen saß und auf den Nachtzug wartete. Er sah keinen Ausweg mehr für sich, sagte der Chef, aber er sagte auch mit gesenktem Gesicht: Weil ich nun fast alles von ihm wußte, wollte ich auch den Rest wissen, und deshalb fragte ich ihn, ob der Schüttler etwas mit den Diebstählen auf unserm Land zu tun gehabt hätte.

Das hätte ich wohl nicht fragen sollen, Bruno, das nicht; denn er war wirklich nicht daran beteiligt, heute weiß ich es. Er tut mir leid, sagte ich, Guntram Glaser tut mir leid, aber der Schüttler, der tut mir auch leid. Meine Worte erreichten ihn wohl nicht, denn er starrte nur vor sich hin, ohne sich zu rühren, und auf einmal zog er diesen ungeöffneten Brief aus der Tasche, einen Brief an Ina, den der Schüttler geschrieben hatte, kurz bevor er sich stellte. Vermutlich war der Chef im Zweifel, ob Ina ihn lesen sollte und hatte ihn deshalb zurückgehalten, ich weiß es nicht, ich weiß nur, daß er auf einmal aufstand, mir zunickte und mit dem Brief in der Hand hinausging – nicht anders, als hielte er nun den Zeitpunkt für gekommen, ihn auszuhändigen.

Du immer mit deinem Mitleid, hat Magda damals gesagt, einer kann sein, wie er will, und machen, was er will, du findest noch genug an ihm, daß er dir leid tut. Sogar der Schüttler, sogar Heiner Walendy, und einmal sogar Joachim, als der fallende Baum ihm die Haut abriß – wenn es nur weit genug gekommen ist mit einem, dann hast du bestimmt Mitleid für ihn übrig. Auf mein Kopfschütteln wollte sie wissen, mit wem ich denn kein Mitleid hätte; los, sagte sie, nenn mir einen, der dir nicht schon einmal leid getan hat, da hab ich eine ganze Weile nachgedacht, ohne ihr einen Namen nennen zu können. Siehst du, hat sie gesagt.

Gewiß ist er schon durch, der Nachtzug, den Pfiff werde ich wohl überhört haben, den klagenden Pfiff, den der Wind über die Quartiere trägt. Mehlbeeren, ich hatte mir doch Mehlbeeren aufs Fensterbrett gelegt, eine ganze

Handvoll für den Nachthunger, anscheinend hab ich sie schon aufgegessen, ohne es zu merken. Wenn ich in Gedanken bin, dann kann ich essen, ohne zu merken, daß ich esse, und nachher hab ich es vergessen. Daß ich auch vor dem Schlafen essen muß!

Der Chef schläft noch nicht, es brennt immer noch Licht in seinem Zimmer, und dort steht er am Fenster, es ist seine Gestalt, vielleicht schaut er zu mir herüber und überlegt, wann er mich besuchen soll. Da ist noch jemand. Ina. Ina und er.

Er geht und geht einfach nicht. Er steht da mit seiner Aktentasche und sieht mir so ausdauernd und interessiert zu, als wolle er selbst lernen, wie von Hand getopft wird, und dabei hat er noch so viele Fragen, daß ich mich am liebsten taubstumm stellen möchte. Grieser heißt er oder Kiesler, seinen Namen hab ich nicht richtig verstanden, weil er immer zur Seite wegspricht, mit diesem Dauerlächeln, das kein wirkliches Lächeln ist. Wenn ich nur wüßte, was der so früh mit dem Chef besprechen möchte, seine Aktentasche ist nicht allzu dick, an Zeit fehlt es ihm nicht, und um über Bestellungen zu verhandeln, braucht einer doch nicht im dunklen Anzug zu kommen und so eigenartig gekämmt zu sein, wie er es ist: nicht nach vorn und nicht nach hinten, sondern das ganze Haar von einer Seite zur andern. Wer weiß, vielleicht ist es der, den das Gericht herausgeschickt hat, um den Chef unter die Lupe zu nehmen, und dem er selbst den Stuhl vor die Tür gesetzt hat, vielleicht ist es der, der in öffentlichem Auftrag hier herumschnüffeln soll, es würde mich nicht wundern, wenn sie nun damit anfangen, auf ihre Art Beweise zu sammeln, mich würde es nicht wundern.

Warum wir keine Tontöpfe mehr nehmen, fragt er, früher, da hat man die Jungpflanzen doch in Tontöpfe gesetzt. Wegen der Bewässerung, sage ich, die Wand des Tontopfes ist porös, das Wasser verdunstet schnell, in unseren Plastiktöpfen hält es sich länger. Und nun will er auch noch wissen, warum wir viereckige Töpfe nehmen und keine Rundtöpfe, dabei kann er doch hier auf meinem Arbeitstisch sehen, daß sich die Stellfläche viel besser ausnutzen läßt mit viereckigen Töpfen. Fragen hat der. Eine Pflanzmaschine. Ja? Ich hab mir eure Pflanzmaschine angesehn, da sitzen gleich drei Mann nebeneinander und pflanzen. Die Zeit, als wir noch mit Pflanzhacke und Keilspaten arbeiteten, die ist vorbei. Ob es denn nicht auch eine Maschine zum Topfen gibt, fragt er, die könnte doch bestimmt mehr schaffen als ich mit der Hand. Nein, die Maschine schafft nicht viel mehr, das haben wir ausprobiert: der Chef ließ einige von uns im Akkord mit der Hand topfen, und zum Vergleich ließ er nebenan die Maschine arbeiten – wir haben nur ganz knapp verloren. Das hätte ich nicht geglaubt, sagt er.

Wie er das Substrat beäugt, einen Topf berührt, wie er über meinen Arbeitstisch hinsieht: gewiß will er mir zu verstehen geben, daß ihm alles hier Eindruck macht. Er ist es, er ist es bestimmt, den sie zu uns herausgeschickt haben, um ein Gutachten über den Chef anzufertigen, vermutlich versucht er zuerst, uns auszufragen. Da kann man nur stehn und bewundern, was Herr Zeller alles gedeihen läßt auf seinem Land – gedeihen sagt er tatsächlich. Ihm kann keiner etwas vormachen, sage ich, ein Blick genügt ihm, und er weiß Bescheid, außerdem kennt er die Geheimsprache. Welche Geheimsprache, fragt der Lächler, fragt es erstaunt, ganz so, wie ich es erwartet habe, vor mir kann er seine Hintergedanken nicht verbergen, wer mich über den Chef ausfragen will, der muß schon früher aufstehn. Also welche Geheimsprache? Was soll ich ihm auftischen, wie kann ich ihn bedienen, jedenfalls darf ich ihn nicht angukken, sondern muß weiter topfen und alles nebenher sagen.

Das ist so, sage ich, Herr Zeller ist der einzige, mit dem sich unsere Pflanzen und Bäume unterhalten, ich hab es selbst erlebt, etliche Male, er hört im Vorübergehn, was sie zu sagen haben, und nimmt es auf und tut, worum sie ihn bitten. Hört er vielleicht Stimmen, fragt der Lächler. Einmal, sage ich, als wir gemeinsam bei vollkommener Windstille durch die Quartiere gingen, da fing es in den Birnen an zu rascheln, sie raschelten mit ihren kaum entfalteten

Blättern, die aber schon gekräuselt waren und verkrüppelt, und Herr Zeller hörte genau zu und nahm einige Blätter in die Hand und sagte zu mir: Tatsächlich, Bruno, sie klagen mir vor, daß sich Weichhautmilben bei ihnen angesaugt haben, da helfen nur Akarazide. Oder ein andermal, sage ich, da blieb er plötzlich stehen und lauschte, nicht anders, wie man auf einen Anruf stehenbleibt und lauscht, ich konnte nichts vernehmen, er aber nickte und ging zu den Hochstämmigen, und als ich zu ihm trat, glaubte ich es auch zu hören, doch ich verstand es nicht – das ganz leise Scharren und Knacken verstand ich nicht. Die Stämme, ob Sie es glauben oder nicht, machten Herrn Zeller auf winzige Spuren von Wachswolle aufmerksam, das ist das Zeug, das die Woll- und Schmierläuse ausscheiden; schon kannten wir die Gefahr, und der Chef ließ gleich Propoxur besorgen.

Nur weil er die Geheimsprache beherrscht, sage ich, kann er so viel bewirken. Glaube ich unbedingt, sagt der Lächler und tut so, als ob er nachdenkt, und beleckt seine Lippen. Könnte es auch sein, fragt er, daß eure Pflanzen und Bäume ihn erkennen, wenn er vorbeigeht? Ganz bestimmt, dafür gibt es Beweise. Glaub ich, sagt er, glaub ich gern, anders wären ja gewisse Resultate nicht zu erklären.

Er guckt auf seine Uhr, hoffentlich läßt er mich bald allein, falls er noch mehr wissen möchte, soll er sich doch mal an Ewaldsen wenden, der für Fremde höchstens drei Wörter übrig hat. Ich hab da noch eine Frage, sagt er: Diese Geheimsprache, ist die zufällig schon gedruckt? Was meint er damit? Wenn ich nur wüßte, was er jetzt im Sinn hat, aber er will die Antwort wohl gar nicht hören, er grinst nur und grüßt und schlendert davon – vermutlich hat er nicht ernst genommen, was ich ihm erzählt habe.

Max, das ist Max, der ihm zuwinkt, ich würde mich nicht wundern, wenn die sich erst einmal bereden, bevor der Lächler in die Festung geht; vielleicht wird jetzt die Geschichte von der Geheimsprache weitererzählt werden, mir ist es gleichgültig, was sie von ihr halten, ob sie sie glauben oder nicht – für den Chef könnte ich noch ganz andere Geschichten erfinden, für ihn könnte ich alles tun. Er wird gewinnen, das weiß ich, denn ihm kann keiner das Wasser reichen, er hat uns schon oft über das Schlimmste gebracht. Die Ausfälle beim großen Frost. Der Tod der hunderttausend Eichen. Das ist wohl das Schlimmste für ihn gewesen: das Ende unserer Eichen, es hat lange gedauert, bis er darüber hinweggekommen ist, aber ganz verschmerzt hat er es immer noch nicht. Manchmal, beim Verschulen, da kann sich sein Gesicht plötzlich verdunkeln, die alte Empörung kommt wieder zurück, und so, daß jeder in der Nähe es hören kann, sagt er: Hoffentlich hat hier jeder Baum seinen Arierpaß, sonst gnade euch Gott.

Zuerst wußte ich damals gar nicht, was er vorhatte, er kam aus dem Dänenwäldchen, in einer Hand trug er eine drei- oder vierjährige Eiche, die er dort ausgebrochen hatte, und als er mich sah, da hieß es nur: Los, Bruno, komm mit; und ich ließ alles liegen und begleitete ihn. Es waren bestimmt mehr als hunderttausend Eichen, die wir auf dem Stück zwischen Findling und Mauer verschult hatten, der Chef wollte sie dort haben, auf dem tiefgründigen Boden, der in der Soldatenzeit mit Kuschelfichten bedeckt war, und wie er es vorausgesehen hatte, entwickelten sie sich gut. Ah, wie er das mitgebrachte Bäumchen hinwarf, wie er auf eine unserer Jungeichen zeigte und mir befahl: Reiß sie raus, los, und als ich zögerte und ihn nur anguckte, seinen Befehl wiederholte mit einem Ernst, der mich erschreckte; da packte ich den glatten dünnen Stamm, ruckte, riß und zog, und es tat mir weh, als die Wurzel knallte. Leg sie hin, Bruno, beide nebeneinander, und dann erklär mir den Unterschied; das sagte er, und weil ich immer noch nicht begriff, was er von mir erwartete: Vergleich sie miteinander, mach schon. Da war kein Unterschied zu finden, im Wurzelwerk nicht und nicht an den Stämmen, und auch an den Blättern nicht, die gestielt waren und tiefbuchtig, wie sie bei der Wintereiche zu sein haben, ich brauchte nicht lange zu forschen, denn ein Bäumchen war wie das andere. Nix, sagte ich, ich kann keinen Unterschied erkennen, und der Chef darauf: Siehst du, Bruno, ich auch nicht; aber die Büroärsche, die im Ministerium hocken, die können dir angeblich den Unterschied erklären, und weil sie sich das zutrauen, wollen wir sie mal zu uns herausbitten, diese Schreibtischhengste, diese Trockenschwimmer. Er schüttelte den Kopf und seufzte und verzog sein Gesicht, er preßte seine Finger zusammen, daß es knackte, und dann trat er oben zwischen die Bäumchen und untersuchte ein paar aus der Nähe, es entging mir nicht, daß er mitunter nachdenklich über das ganze Quartier blickte und die Achseln zuckte, geradeso, als wüßte er nicht, was aus dem Eichenquartier werden sollte. Dann rief er mich zu sich. Dann sichelte er mit der Hand über die jungen Kronen hin. Dann sagte er: Stell dir vor, Bruno, wenn die weg müßten, allesamt. Weg, sage ich. Es ist ein Bescheid gekommen vom Ministerium.

Sie hatten sich neue Vorschriften ausgedacht, dort auf dem Ministerium, und um die abzusichern, hatten sie auch noch alte Vorschriften ausgegraben; der Chef sagte, daß es die schlechtesten Vorschriften seien, die einer sich denken kann, jedenfalls verlangten sie, daß alle Bäume von deutschem Saatgut stammen müßten, sonst dürften sie nicht verkauft werden. Also Stammbaum, Bruno, stell dir vor, diese Sachverständigen verlangen für jede Pflanze einen Stammbaum, das haben sie sich in ihren Stuben ausgedacht; sie wollen, daß in deutsche Erde nur deutsches Saatgut kommt, fehlt nur noch, daß sie uns zur Düngung deutsche Kuhscheiße vorschreiben. Er sagte auch noch: Gottseidank sind wir nicht betroffen, wir können alles nachweisen.

Mehr erfuhr ich zunächst nicht von ihm, weil Max für ein paar Stunden gekommen war und in der Festung wartete, und da der Chef es so wollte, begleitete ich ihn, und wir begrüßten Max, der noch am Abend in Kiel sein mußte, wo er zu vielen Menschen sprechen sollte. Es gab Schokoladenpuffer, aber auch den Lieblingskuchen von Max, schwere, angewärmte Mohnschnitten, Dorothea sorgte dafür, daß ich als einziger gleich von beiden Sorten auf dem Teller hatte, Max lächelte nur, aber ein Signal zum Wettessen wie in alten Zeiten, das gab er mir nicht.

Noch während wir aßen, schob er dem Chef ein Gastgeschenk über den Tisch, sein neuestes Buch; der Chef starrte es eine ganze Weile an, ehe er es zu sich heranzog und aufklappte und, nachdem Joachim ihm die Brille gereicht hatte, auch zu lesen begann, hier und da ein bißchen. Er nickte anerkennend und sprach langsam den Titel aus: Abschied von den Werten, danach legte er wie abwägend den Kopf schräg, nahm die Brille ab und wischte sich über die Augen. Ach, Max, sagte er und gab ihm zum Dank die Hand, damit werde ich mich bei Sonnenaufgang beschäftigen, dir bin ich nur in aller Frühe gewachsen. Und lächelnd sprach er noch einmal den Titel des Buches aus und sagte: Für uns entdecken wir sie gerade wieder, die Werte, wir kriegen sie per Verfügung ins Haus, vom Ministerium, hier, lies mal.

Und Max las das Schreiben, das der Chef aus seiner Brusttasche fischte, las es und amüsierte sich und stieß einen Preßlaut aus vor Unglauben, und bevor er noch etwas sagte, nahm Dorothea ihm das Papier aus der Hand und hielt es ans Licht, um selber zu lesen. Die spinnen wohl, sagte Max, deutsches Saatgut, deutsche Bäume, das erinnert so schön an das Artengesetz, an das Rassegesetz, vielleicht werden sie demnächst noch von Blutschande zwischen Bäumen reden. Sie sind eben auf Reinheit aus, sagte der Chef, nur das Reine kann sich im deutschen Wind behaupten, die minderwertigen Bestände müssen ausgemerzt werden, sie nennen es wörtlich so – ausgemerzt. Reinheit, wenn ich das schon höre.

Das ist doch nur zur Sicherung der Nachzucht, sagte Dorothea, wenn einer Bäume setzen will, dann möchte er doch auch wissen, woher die kommen. Ja, Dotti, sagte der Chef, das ganz gewiß, aber die Urheber dieser Vorschriften haben etwas übersehen, nämlich daß es am Ende eine schlimme Inzucht geben kann. Es ging eine Weile hin und her zwischen ihnen, Dorothea erinnerte an den Mann, der sehr viele französische Kiefern kaufte, ohne zu wissen, daß sie von krüppelwüchsigen Eltern stammten, und der Chef erinnerte an die große Bereicherung durch die japanische Lärche und die amerikanische Douglasie; Dorothea sprach von den Risiken bei Bäumen ungewisser Herkunft, und der Chef sprach von der Besserung des Bestandes durch fremdes Saat- und Pflanzgut, einig wurden sie sich nicht, einig nicht.

Dann aber forderte der Chef Joachim auf, den gewünschten Stammbaum für unser Saatgut zu liefern, den läppischen Stammbaum, wie er sagte, und Joachim, der sich immer schon um das Saatgut kümmern mußte und es im Auftrag des Chefs von einer Darre in Klein-Sarup beschaffte, begann auf einmal zu drucksen, er bekam einen trockenen Hals und konnte keinen Blick mehr aushalten, und auf die Tischplatte hinabsprechend kam er damit heraus, daß er einen Teil unseres Saatguts aus der neuen Klenge in Hollenhusen bezogen hatte und nicht aus Klein-Sarup.

Die Stille auf einmal, die Enttäuschung und die Stille. Dorothea war es, die Joachim beizustehen versuchte, sie sagte: Warum sollen wir unser Gut nicht mal aus Hollenhusen beziehen, Peter Landeck beliefert viele, und außerdem ist er Joachims Freund. Der alte Smissen in Klein-Sarup ist mein Freund, sagte der Chef, bei ihm weißt du immer, woran du bist. Da wollte Joachim gleich aufbrechen und nach Hollenhusen fahren, um sich die Garantiebestätigung für anerkanntes Saatgut zu holen, aber Dorothea sagte, daß das ja wohl Zeit habe bis zum nächsten Tag, und dann schenkte sie allen Kaffee nach und bat Max, der nur selten zu uns kam, mehr von sich zu erzählen, von seiner Arbeit, seinen Freunden. Bevor er ging, hat er so halb und halb versprochen, bei einem seiner nächsten Besuche die Musiklehrerin mitzubringen, mit der zusammen er ein altes Haus bewohnte, in dem immer etwas repariert werden mußte. Joachim brachte ihn zum Bahnhof, er ließ es sich nicht nehmen, er bestand einfach darauf; da ahnte ich schon, was er in Hollenhusen vorhatte. Der Chef, der wußte schon wieder alles im voraus.

Nie bin ich dahinter gekommen, was ihm dabei hilft, daß er so vieles voraussehen kann, ich bin mir nicht sicher, ob er sich das, was uns bevorsteht, ausrechnet, oder ob er es wittert oder einfach weiß, manchmal hab ich ihn darum beneidet, daß er kaum überrascht werden kann, manchmal jedoch tat er mir deswegen auch leid. Es sollte mich nicht wundern, wenn er insgeheim auch schon weiß, ob der Schenkungsvertrag seine Gültigkeit behalten wird und was aus uns hier wird, aus mir, aus ihm und den andern, es sollte mich nicht wundern.

Wir wuschen uns beide zu Feierabend unter dem kühlen Strahl, als Joachim auftauchte, unschlüssig und verklemmt, ich merkte gleich, daß er den Chef allein sprechen wollte, doch der schickte mich nicht fort und beeilte sich auch nicht, er wusch sich den Nacken und tauchte seine Arme in das Becken, und dann tranken wir beide noch ein wenig aus dem Strahl. Joachim wartete, er guckte mich an, den Chef und wieder mich, ohne zu erreichen, was er wollte, denn auf einmal sagte der Chef: Bruno gehört dazu, also red schon. Und dann fing er an zu reden, stockend, aber mit zurechtgelegten Worten, er eröffnete uns gleich, daß er die Garantiebestätigung für anerkanntes Saatgut nicht bekommen habe, da sei eine Kontrolle gewesen bei seinem Freund in der Hollenhusener Klenge, kürzlich erst, und bei dieser Kontrolle habe man so einiges entdeckt.

Der Chef schwieg. Eine staatliche Kontrolle, bei der man herausbekommen habe, daß Peter Landeck ganz schön in Schwierigkeiten steckte und daß er, um mit den Schwierigkeiten fertig zu werden, nach Rumänien gefahren sei und dort Saatgut eingekauft habe, günstig. Der Chef schwieg. Was Peter Landeck dort eingekauft habe, das sei später vermischt worden mit anerkanntem Saatgut, einen Unterschied habe keiner festgestellt, weder die in Elmshorn noch die in Pinneberg, die alle beliefert worden waren. Da sagte der Chef: So ist es, viele von uns wurden von deinem Freund beliefert. Auf Joachims Entschuldigung gab er nichts, er nickte nicht einmal, und er sah ihn auch nicht an, als er ruhig erklärte, daß die in Elmshorn und Pinneberg und andernorts schon den Brief von der Behörde hätten, die Verfügung, alles umzupflügen und zu vernichten, was aus einem Saatgut unbekannter Herkunft gekommen sei, vornehmlich aus der Klenge in Hollenhusen. Millionen, sagte er, es sind einige Millionen Bäume. Eine abermalige Entschuldigung wollte der Chef gar nicht zu Ende hören, er unterbrach Joachim, er sah ihn jetzt fest an und entschied: Ab heute hast du mit dem Saatgut nichts mehr zu tun, und leise sagte er noch: Wir haben sie noch nicht, die Verfügung, aber vielleicht kannst du dich schon mal hinsetzen und den Schaden ermitteln, für alle Fälle. Danach ging er weg, ließ Joachim stehen und ging weg, und ich wußte zuerst nicht, was ich tun sollte, aber schließlich lief ich doch dem Chef hinterher, und als ich zu ihm aufgeschlossen hatte, hörte ich ihn murmeln, er sprach mit sich selbst, keineswegs hilflos und verzagt, sondern entschlossen und selbstbewußt und mit drohendem Unterton. Einmal war es mir, als ob er sagte: Mit uns könnt ihr das nicht machen.

Der Brief der Behörde kam mit Verspätung, ein länglicher Brief, den der Chef immer bei sich trug, ein paarmal las er ihn Männern am Telefon vor – zumindest hatte er ihn vor sich liegen, während er telefonierte –, und einmal gab er ihn unvermittelt auch mir: Lies das mal, Bruno. Und ich las und konnte nicht glauben, daß sie von uns verlangten, den ganzen Bestand zu vernichten, sie wiesen uns an, unsere mehr als hunderttausend jungen Eichen umzupflügen und zu verbrennen, und als ich sagte: Das dürfen die doch gar nicht, meinte der Chef nur: Sie hocken auf ihren Bestimmungen, und die geben ihnen das Recht. Seine Empörung, seine Fassungslosigkeit. Sein Trotz und dies Glimmen in der Tiefe seines Blicks: ich sah, daß er nicht bereit war, alles nach ihrem Willen zu tun, und als er mir zuzwinkerte und zu seinem Büro ging, hätte ich ihn am liebsten begleitet, einfach um mitzuerleben, wie er sich gegen die Bestimmungen wehrte.

Mein Plan; allein im gefährdeten Quartier, hat Bruno sich damals einen Plan ausgedacht: ich nahm mir zum ersten Mal vor, ein Stück Land núr für mich zu erwerben, das feuchte Land, ich wollte es dem Chef abkaufen, ich war bereit, ihm all mein Geld zu geben – und was an der Kaufsumme fehlte, das sollte er mir vom Lohn abziehen, jahrelang –, und dann wollte ich es auf meine Art drainieren und düngen und bereit machen für mein Kümmerwäldchen, denn in ihm sollte nur das wachsen, was minderwertig und unverkäuflich war, das Krüppelwüchsige, das Mickrige, das Ausgesonderte und Herkunftslose, den ganzen Abfall der Quartiere wollte ich zusammenbringen und setzen und sich selbst überlassen. Warum der Chef es nicht wollte, ich weiß es nicht, ich weiß nur, daß er seltsam lächelte und mir vorschlug, mit allem noch einige Jahre zu warten; ein Kümmerwäldchen, sagte er, das setzt man im Alter, und mehr sagte er nicht.

Der Brief der Behörde war mit einem unleserlichen Namen unterschrieben, aber der Chef wußte, daß es ein Ministerialrat war, und an den schrieb er einen Brief und forderte ihn auf, herauszukommen und zu vergleichen und zu inspizieren, er stellte ihm frei, einen Tag selbst zu bestimmen, doch der Ministerialrat kam nicht. Er kam nicht, weil er eine Inspektion für überflüssig hielt, die Ergebnisse der Kontrolle waren ihm genug, an die hielt er sich und verlangte noch einmal, den Eichenbestand umgehend zu vernichten, das tat er.

Ah, und dann dieser Morgen, der Himmel war grau und friedlich, kein Wind in der Luft, kein Hauch, es war noch vor Arbeitsbeginn, auf einmal pochte und tuckerte ein Traktor los, dessen Lärm die Krähen auffliegen ließ, der Traktor fauchte heiser, beruhigte sich und pochte und fauchte wieder, nicht anders, als ob er wütend Anlauf nahm, um ein Hindernis zu bezwingen, und ich bedachte mich nicht lange und rannte dorthin, wo der Traktor tätig war. Der Eichenduft, als ich näher kam, selten zuvor habe ich einen so reinen Eichenduft eingeatmet, der kam von all den Bäumchen, die der Traktor umgerissen, entwurzelt und zermatscht hatte – den Duft spürte ich zuerst. Und dann sah ich auch schon ihn: angespannt hockte er auf dem Sitz, mit schweißglänzendem Gesicht, er fluchte und spuckte aus, er schaltete, daß es knackte und der Traktor zitterte und mitunter bockte, aber er schaffte es, ihn in Bewegung zu halten, und nicht nur dies: berechnet brach er in die Spaliere der Bäumchen ein und walzte sich Schneisen, das bog sich und knickte um, das verkeilte sich und sperrte und wurde weggeschleift – er, der Chef, der nur in den frühen Hollenhusener Jahren auf einem Traktor gesessen hatte, konnte immer noch mit ihm umgehen.

Ich gab ihm ein Zeichen, doch er sah es nicht, ich rief ihn an, um mich bemerkbar zu machen, doch er hörte mich nicht, erst als ich vor seinen Traktor sprang, stoppte er und stierte mich an, alles an ihm vibrierte. Er zeigte auf die umgefahrenen Bäumchen und auf den Anhänger, er wollte, daß ich schon mit dem Säubern und Aufladen begann, und ich fing auch an, sammelte die Stämmchen ein, deren Bast weggequetscht war von den Hartgummirädern, suchte Äste zusammen und schmiß alles auf den Anhänger, aber zuviele Bäumchen hatten noch ihre Wurzeln in der Erde, und die ließen sich nicht so leicht ausreißen, nicht so leicht. Ich keuchte ganz schön, und vielleicht, weil er es mitbekam, fuhr er plötzlich rückwärts aus dem Quartier und dann hinab zum Gerätehaus, wo er nur den Aushebepflug festmachte und gleich wieder zurückkehrte, und nun pflügte er die Bäumchen raus, immer der Reihe nach, mitsamt ihren Wurzeln kamen sie aus der Erde und kippten um – jetzt brauchte ich die Stämme nur aufzuheben.

Der Anhänger war bald voll, doch da der Chef nicht aufhörte, Reihe für Reihe herauszupflügen, fuhr ich damit fort, die jungen Eichen zu sammeln und zu schichten, ich schichtete sie in zwei großen Haufen, trampelte sie von

Zeit zu Zeit fest, und als Ewaldsen kam, forderte ich ihn auf, mir zu helfen.

Ewaldsen, der konnte nicht glauben, was er sah, der fragte mich, warum wir das machten; wenn es nach ihm gegangen wäre, dann hätte er die Bäumchen als Unterbau und Bodenschutz verkauft oder in kleinen Mengen an Landschaftspfleger: Warum habt ihr bloß nachgegeben? Ich konnte ihm darauf nicht antworten, ich konnte überhaupt nichts sagen, weil ich solch einen Druck auf der Brust hatte und immer nur pumpen mußte, um genug Luft zu bekommen, und als die andern kamen – von überall her kamen sie ungläubig heran und tuschelten und stießen sich an, wenn der Chef auf seinem Traktor vorbeizog, ohne sie eines Blickes zu würdigen –, da übernahm Ewaldsen es, mit ihnen zu reden, er bestätigte ihnen nur, was sie sahen, und schickte sie weg. Den Chef sprach er nicht an, er tat es auch nicht, als der Traktor mit laufendem Motor neben uns hielt und der Chef herabkletterte und sich einen Schluck Kaffee aus Ewaldsens Thermosflasche eingoß, in den zerbeulten Aluminiumbecher, den er mit verzerrtem Gesicht leerschlürfte. Seinem Blick zu begegnen, das tat fast weh, seine unheilvolle Ruhe zu erleben, ließ einen wer weiß was befürchten. Achtlos legte er den Aluminiumbecher auf Ewaldsens Aktentasche und kletterte ohne Dank auf seinen Traktor und fuhr los mit dieser schrecklichen Energie, die er für vieles aufbrachte, mit dieser Besessenheit.

Die Kinderstimmen, da sind sie wieder, meine Quälgeister, da kommen sie heran und schreien übermütig, hintereinander, im Gleichschritt kommen sie den Arbeitsweg herauf und wollen, daß jeder sie hört: A B C, die Katze lief im Schnee. Als sie wieder rauskam, da hat sie weiße Stiefel an. Da ging der Schnee hinweg, da lief die Katz im Dreck. Schreit nur, marschiert nur. Aber gebt auf eure weißen Kniestrümpfe acht, auf eure schönen Strickanzüge, jetzt ist es zu spät, um sich anzuschleichen, ich hab euch längst entdeckt, und falls ihr nach mir werfen solltet, dann werf ich zurück, heute werf ich zurück – aber so, daß keiner getroffen wird.

Guten Morgen, Bruno. Na, sieht man euch mal wieder, sage ich. Was machst du da? Topfen, das müßt ihr doch wissen. Warum? Damit die Pflanze sich entwickelt, sage ich, und sage: Eigentlich müßtet auch ihr getopft werden, wenn ich bloß einen größeren Kübel hätte, ich würde euch reichlich Substrat geben und wässern, bis es überläuft. Sie stecken die Köpfe zusammen, bereden sich, bestimmt haben sie sich wieder etwas ausgedacht für mich, also los, kommt raus mit der Sprache und hört auf zu kichern.

Ein Rätsel wollen sie mir aufgeben, das ist es, und wenn ich es rate, gehören die Karamelbonbons mir; na gut, fangt mal an, aber sagt es langsam auf. Sie verständigen sich, sprechen gemeinsam: Der arme Tropf, hat einen Hut und keinen Kopf, und hat dazu nur einen Fuß und keinen Schuh. Bis zehn soll gezählt werden, dann muß ich es wissen, also beginnt schon mit dem Zählen, ich weiß längst, daß es der Pilz ist, wenn ihr bei acht seid, sage ich es. Hat einen Hut und keinen Kopf – das kann nur der Pilz sein, stimmt's? Wie verblüfft sie sind, wie ärgerlich, besonders Tim. Besprecht euch ruhig, von mir aus, kommt ruhig mit etwas Neuem.

Und sie wieder wie aus einem Mund: Steht etwas am Rain, hat bloß ein Bein, einen verdrehten Zopf, und das Herz im Kopf. Das ist schwer, sage ich, sein Herz im Kopf hat wohl nicht jeder, doch wartet mal, wartet mal, vielleicht schaff ich es. Du nicht, sagt Tim und sieht mich an und beißt sich auf die Unterlippe, der ahnt nicht, daß ich die Lösung schon kenne, denn nur der Kohl hat sein Herz im Kopf, und auf einem Bein steht er ebenfalls, der Kohlkopf.

Er hat Inas Augen; so furchtsam wie er hat sie mich auch einmal angesehen, an jenem Abend, als sie ein verschnürtes Päckchen im Großen Teich versenkte und ich aus den Erlen hervorkam, auch sie biß sich damals auf die Unterlippe und zitterte wie ertappt und sagte leise: Guntram hat

Buch geführt; über alles, was er diesem Mann gegeben hat, hat er Buch geführt. Und plötzlich drehte sie sich um und ging fort.

Acht, neun, zehn: Der Kohlkopf, der Kohlkopf, schreien beide und hüpfen, weil sie glauben, gewonnen zu haben. Jetzt zieht mal los, sage ich, denn bald kommt der Chef; sie gehorchen, sie schieben ab, das weiß ich schon: wenn ich mit dem Chef drohe, parieren sie.

Es gibt wohl keinen bei uns, dem der Chef seine Anweisungen und Befehle lieber gibt als mir; die andern, die gukken erst einmal, die überlegen und zaudern und haben noch siebenundsiebzig Fragen, bei mir braucht er nicht viele Worte zu machen, zu zeigen, zu erklären, da heißt es einfach: Morgen Saat abdecken, oder: Bereite mal alles vor zur Winterhandveredelung, und Bruno weiß Bescheid und fängt an, ohne Zeit zu verlieren. Ich brauch nicht nachzufragen. Du allein, Bruno, aufladen.

Allein belud ich den großen Anhänger mit herausgepflügten Bäumchen, es war lange nach Feierabend, keiner war Zeuge, ich trat und schnürte das junge Holz fest, wie es mir aufgegeben war, gezählt habe ich die Stämme nicht. Dann setzte ich mich an den Rand des aufgebrochenen, verwüsteten Eichenquartiers, mit dem Messer zog ich einem Bäumchen ein Stück Bast ab, kaute darauf, kaute die Süße heraus. Der Hund des Chefs kam, er leckte mir die Hände und sah mich an, ich warf ihm etwas Zerkautes hin, und er verschlang es und rannte schnüffelnd über das aufgebrochene Land und wühlte ein wenig in frischen Vertiefungen.

Diese Klammer auf einmal, die sich um die Schläfen legte und Tränen aus den Augen preßte, und als der Schmerz zu klopfen begann, da warf ich mich hin und schlug mit dem Kopf auf den Boden, bis er mich rief, bis ich seine dreckigen Stiefel dicht vor mir sah und seinen Befehl hörte: Los, Bruno, komm hoch. Auf seinen Befehl stand ich auf, taumelte vielleicht ein bißchen, doch ich konnte schon tun, was er von mir verlangte: nachdem er den Traktor rückwärts an den Anhänger herangefahren hatte, steckte ich den Bolzen rein, befestigte die Sicherheitskette und schwang mich auf die festgezurrten Bäumchen hinauf, und kaum war ich oben, ging es auch schon los, durch die Dunkelheit nach Hollenhusen.

Wir fuhren ohne Scheinwerfer, es ruckelte, es wippte auf dem Anhänger, nicht anders, als ob die Bäumchen lebendig würden, auf unebenem Weg klemmten sie mir die Hände ein, federten unter mir, und auf einem holprigen Stück rieselte aus ihren Wurzeln die letzte Erde heraus. Es kam mir nicht zu, ihn zu fragen, wohin er mit dem verurteilten Holz wollte, ich dachte, daß er vielleicht zur großen Hollenhusener Abfallgrube fahren würde, wo ab und zu eine schwarze und eine weiße Wolke durcheinanderstiemten, eine Möwenwolke und eine Krähenwolke, aber so weit ging es nicht, gleich hinter dem Bahnübergang bogen wir in die Lindenallee ein und fuhren sie ganz hinauf, bis zu dem mächtigen Haus, in dem alle Ämter untergebracht sind.

Kaum Lichter. Leere Fahrradständer. Kein Mensch auf dem freien Platz. Und dann hielt er und sprang ab und kam zu mir gelaufen, ich sah ein Flackern in seinen Augen, roch seinen sauren Atem, als ich mich zu ihm hinbeugte; er kam mir ganz besessen vor. Und dann sagte er: Runter mit dem Zeug, und ich fing gleich an, packte mehrere Bäumchen auf einmal und schmiß sie vom Anhänger auf den gepflasterten Platz, wo er damit zu tun hatte, alles aufeinanderzuwerfen, zu schichten, zum Scheiterhaufen aufzuschichten; schneller als damals hab ich wohl noch nie abgeladen, grimmiger als damals hat er mich aber auch noch nie zur Eile angetrieben. Und dann reichte ich ihm den Kanister runter und hörte, wie er ihn schlackerte, schlackernd das Benzin über die Bäumchen goß, mit dem Rest zog er ein Rinnsal vom Haufen weg und schleuderte mir den leeren Kanister vor die Füße. Erst das vierte Streichholz brannte, und er stippte es in das Rinnsal und rannte zum Traktor, während das Feuer zunächst flach zum Haufen hinlief und plötzlich mit einem Knall alles erfaßte, den ganzen Stapel, das Feuer schlug über den Bäumchen zusammen und reckte sich und erhellte den Platz.

Der Anhänger hopste und rumpelte, und der Kanister kullerte nur so über die Ladefläche, als wir abfuhren, ich setzte mich um und sah zurück, wo das Feuer an Höhe gewann, wo es prasselte, sprühte, Funken hochwarf, das Feuer spiegelte sich in den Fenstern der Ämter, ein paar Gestalten rannten auf den Platz hinaus. Als wir die Schienen überquerten, da lüftete es mich ganz schön, und fast wäre ich abgekippt, und der Kanister, der flog runter auf Nimmerwiedersehen. Zum Maschinenhaus, wir fuhren gleich zum Maschinenhaus, und dort mußte ich ihm helfen, die große Leiter rauszuschleppen, wir legten sie an und stiegen in der Dunkelheit auf das Dach hinauf, aber es gab nicht viel zu sehen unten in Hollenhusen, wir sahen nur den fernen Schein des Feuers, mehr nicht. Er brummelte ständig vor sich hin, zeichnete Bewegungen in die Luft, schneidende, wegwerfende Bewegungen, und einmal sagte er: Trau keinem, Bruno, der das Echte, das Reine predigt, die Apostel der Reinheit bringen uns nur ins Unglück; und bevor wir abstiegen, sagte er auch noch: Eigentlich sollten wir ihm einen Karton voll Asche schicken, ihm da in seinem Ministerium, die Asche von undeutschen Eichen. Die Leiter einzuholen und wegzustellen überließ er mir, er gab mir auch keine Anweisungen mehr, er lehnte sich an einen Pfosten, schlug ein paarmal klatschend gegen ihn, und plötzlich murmelte er einen Gruß und ging zur Festung hinauf.

Am liebsten wäre ich nach Hollenhusen zurückgekehrt, zu unserem Feuer, hätte mich dort unter die Leute gemischt und zugesehen, wie sie den Scheiterhaufen löschten, aber etwas riet mir, nach Hause zu gehen und mich einzuschließen. Ich weiß noch die Freude. Ich weiß noch die Zufriedenheit. Und auch die kleine Begeisterung weiß ich noch, die bei dem Gedanken aufkam, daß unten auf dem gepflasterten Platz das große Rätselraten begann, das Fragen und Forschen, während wir längst über alle Berge waren.

Die Freude dauerte nicht lange. Am Morgen rief ich die Vögel, ein scharfer Zischlaut, unterbrochen von klagenden Pfiffen brachte sie wie immer heran – ich hatte ganz zufällig entdeckt, daß ein bestimmter Zischlaut sie ängstlich und neugierig zugleich macht und daß ein berechneter, klagender Pfiff sie dazu bringt, auf mich zuzufliegen –, und ich streckte die Hand mit den Brotkrümeln und Sonnenblumenkernen aus und war glücklich über das Geschwirre. Zwölf Vogelarten, einschließlich Dompfaff und Pfannenstielchen, schwirrten aus den Quartieren heran, manche schnappten sich etwas im Flug, andere umkrallten für eine Sekunde meinen Finger, sie erschreckten sich gegenseitig, pickten sich weg und verfolgten einander, und um mich herum schwebten Federchen zu Boden. Auf einmal stoben sie davon; auf den Warnruf einer Meise stoben sie alle davon, und als ich den Blick hob, erkannte ich auch schon Duus. Komm mal her, Bruno, sagte er und schlenkerte mit unserem Kanister.

Weil ich gleich alles zugab, mußte ich ihn zum Revier begleiten, wir blieben nur einmal unterwegs stehen, auf dem Platz, vor der Brandstelle, er zeigte auf das von Wasser und Asche geschwärzte Pflaster und auf die angekohlten Strünke und schüttelte den Kopf, gesagt hat er nichts. Außer Duus war noch ein zweiter Polizist auf dem Revier, der setzte sich an eine Schreibmaschine und sah mich immer nur bedauernd an, mitunter riskierte er es auch, mir zuzulächeln, ich weiß nicht, warum. Ich nahm alles auf mich. Als ich gefragt wurde, ob ich es war, der eine Fuhre junger Bäume abgeladen und in Brand gesetzt hätte, sagte ich ja. Als ich gefragt wurde, ob ich alles allein getan hätte, sagte ich ja. Als ich gefragt wurde, ob ich wüßte, daß das, was ich getan hätte, gesetzwidrig sei, sagte ich ja. Und als ich gefragt wurde, warum ich diese Tat begangen hatte, sagte ich: wegen der Verfügung, nach der Verfügung sollte unser ganzer Eichenbestand vernichtet werden.

Das sagte ich, aber ich merkte schon, daß Duus mir nicht glaubte; mehrmals wollte er wissen, ob ich wirklich allein und wirklich ohne Auftrag, ob denn Herr Zeller nichts davon, und wie ich unbemerkt mit dem Traktor, und woher ich das Benzin – an seinen Fragen erkannte ich bereits, daß er nicht zufrieden war mit meinem Geständnis. Als ich vorschlug, das Ganze noch einmal zu machen, ihnen alles vorzuführen, da lachte der junge Polizist auf, Duus aber sah mich ernst an und fragte, ob ich mir überhaupt im klaren darüber sei, welche Folgen mein Feuer hätte haben können, durch Funkenflug und so weiter, worauf ich ihm sagte, daß es bei lebendem Holz und feuchtem Blattwerk keinen Funkenflug gibt, oder doch nur wenig, wenn der Stoß schon niedergebrannt ist. Solch eine Antwort mochte er gar nicht hören, er wurde ziemlich streng mit mir und drohte mir eine Strafe an, da bekam ich es auf einmal mit der Angst und versicherte ihm, daß ich alles zum ersten und zum letzten Mal getan hatte. Dann flüsterten die beiden, ohne mich aus den Augen zu lassen, und meine Angst wuchs.

Den Chef erkannte ich schon an seinen Schritten, er klopfte nur einmal und riß auch gleich die Tür auf, einen Augenblick stand er an der Schwelle und schnaufte vom schnellen Gang, dann nickte er den Polizisten einen Gruß zu und kam herein und sagte: Hier bist du, Bruno. Erstaunt war er nicht. Wie Duus sich da beeilte, den Chef wegzuziehen und ihm leise Erklärungen zu geben, mir den Rücken zukehrend, ließ er ihn auch das Papier lesen und sagte auf Zwischenfragen nur: Gewiß, Herr Zeller, ist uns bekannt, Herr Zeller – das jedenfalls bekam ich mit. Und wie Duus gleich zustimmte, als der Chef ihn auf die Festung bestellte: Sagen wir um zwei, Herr Duus, ich stehe Ihnen dann zur Verfügung. Mir plinkerte er so zu, daß keiner es sehen konnte, und so, daß jeder es hören konnte, forderte er mich barsch auf mitzukommen; er sagte: Es gibt viel zu tun, und das war schon alles, und wir gingen nebeneinander hinaus und stiegen draußen in den Geländewagen. Viel hätte nicht gefehlt, und der Chef hätte einen der Arbeiter angefahren, die mit Harken und Besen den gepflasterten Platz säuberten und uns nur gereizt nachguckten, nachdem wir einfach über den Brandfleck gerollt waren.

Mitten in den Obstquartieren, auf einem Arbeitsweg hielt er plötzlich, und ich dachte, daß er mir eine Anweisung geben werde, doch er blickte nur geradeaus, und nach einer Weile, nie würde ich es vergessen, sagte er unvermutet: Danke, Bruno. Und fuhr wieder an. Und summte vor sich hin. Und schien selbstgewiß und einverstanden mit sich und redete in die Luft: Weißt du, Bruno, ich fühl mich einfach besser, es wird nicht billig abgehen, aber ich fühle mich sehr viel besser; ich hoffe nur, daß es dir genauso geht. Und dann zwinkerte er mir zu, und ich spürte nichts als den Wunsch, für immer mit ihm zusammenzubleiben.

Sie hat geweint, bestimmt hat Dorothea ein wenig geweint. Na, Bruno? Schneller als du kann hier wohl keiner topfen; das sagt sie und nickt mir zu mit ihrer alten Freundlichkeit und kommt ganz dicht an mich heran, um mir zuzusehen. Sie trägt etwas, sie drückt da etwas gegen den Körper, als wollte sie es wärmen, aber ich darf nicht hingucken, und fragen möchte ich schon gar nicht, weil es mir nicht zukommt. Hast du das alles schon getopft? Ja. Bald hast du es geschafft. Ja. Wie sanft ihre Stimme ist, ich könnte ihr immer zuhören. Ich war bei Elef, Bruno, sagt sie, bei ihm und seinen Leuten. Elef hat mich eingeladen, sage ich, sie wollen ein kleines Fest geben, und ich soll hinkommen. Ich weiß, Bruno, wir sind auch eingeladen, und wir freuen uns darauf, aber im Augenblick ist es uns nicht möglich. Es ist alles nur verschoben, sage ich. Ja, Elef hat das Fest gleich von sich aus verschoben, denn wir sollen alle dabei sein, sagt Dorothea und stellt auf den Abstelltisch, was sie in ihrer Armbeuge gehalten hat.

Die Rebhuhnfamilie; das ist die Rebhuhnmutter mit ihren fünf Küken, wie angelaufen das Silber ist, wie gedunkelt, die Küken schauen alle zur Mutter auf und lassen sich das Picken beibringen vor bergendem Dickicht. Dorothea streichelt die kleinen silbernen Rebhühner, ihre Hand zittert, sie preßt die Lippen aufeinander, gewiß ist sie kurz davor zu weinen, und jetzt wischt sie sich über die Wangen, obwohl noch keine Träne gekommen ist. Dem Chef, sage ich, die gehören doch dem Chef, auf dem Fensterbrett vor seinem Schreibtisch: da waren sie immer. So ist es, Bruno, und auf diesen Platz wollen wir sie wieder zurückbringen; das ist auch Elefs Wunsch. Mehr sagt sie nicht, aber ich weiß, weiß schon genug, gewiß hat der Chef die Rebhuhnfamilie zu Elef gebracht, er wird sie ihm geschenkt haben, so wie er mir die Uhr und die silbernen Eicheln schenkte oder doch schenken wollte. Es wird vieles schwerer mit der Zeit, sagt Dorothea und nimmt die Rebhuhnfamilie auf; früher dachte ich, vieles müßte leichter werden mit der Zeit, aber es wird schwerer, Bruno. Soll ich sie tragen, frage ich. Nein, die wiegen nicht soviel; aber wenn du fertig bist hier, die Kartoffeln müssen wohl verlesen werden, beide Schütten. Mach ich, zuerst topfe ich diesen Rest, dann komm ich in den Keller. Es hat keine Eile, sagt sie zum Abschied und lächelt und geht mit behutsamen Schritten weg, nicht anders, als ob sie etwas Lebendiges trägt, das davonflattern könnte.

Kein Wort über den Chef, über das, was ihm und uns allen hier bevorsteht. Wenn Schweigen herrscht, wird es ernst, hat Max einmal gesagt. Verlassen wird sie uns nicht; das nicht. Dorothea ist nur wenige Male fortgefahren, und sie ist immer früher zurückgekommen, als sie es vorgehabt hatte, einfach weil sie es ohne unsere Nähe nicht aushalten konnte; aber entzogen hat sie sich uns, einmal hat sie sich sogar wochenlang eingeschlossen und wollte keinem ihr Gesicht zeigen außer Joachim.

Denk ich an damals, dann seh ich gleich das schwarze Pferd »Mistral«, sehe die Koppel beim Großen Teich vor dem Dänenwäldchen und »Bravo«, den Rotfuchs mit der Blässe, und jedesmal spüre ich dieses Stechen zwischen den Rippen. Der Chef hatte nichts dagegen, daß Niels Lauritzen die Wiese beim Großen Teich als Koppel einzäunte, er sagte nur: Mach man, und sagte auch: Vielleicht kann dein Dünger etwas billiger werden, und damit war schon alles abgemacht zwischen ihnen; und Niels Lauritzen, der immer gut zu mir war, nahm mich mit zu dem ungenutzten Land, wo ich ihm half, die Pfähle einzuschlagen und Draht zu spannen, doppelt und dreifach. Als wir fertig waren, brachte er sein schwarzes Pferd auf die Koppel, er selbst schloß den Zaun mit dem Sperrbalken und winkte mich zu sich, und gemeinsam beobachteten wir seinen »Mistral«, der lange stand und die Ohren spitzte und mit dem Schweif peitschte, plötzlich aber antrabte gegen das Wäldchen, gerade als wollte er sein neues Reich vermessen, doch das schien ihm wohl zu langsam zu gehen, denn auf einmal wechselte er in Galopp über, weit griff er aus, Erdbatzen flogen nur so hinter ihm auf, er schnaubte und ließ seine Mähne wehen.

Niels Lauritzen merkte, daß ich wegwollte, darum packte er mich am Ärmel und hielt mich fest, er lenkte meinen Blick auf das Pferd, das kurz vor dem Zaun seinen Bug herumwarf und in einem Bogen auf uns zugaloppierte, immer noch kraftvoll und weit ausgreifend, alles schien zu zittern, zu beben unter seinen Sprüngen. Die Augen, beim Anblick der aufgerissenen Augen machte ich mich los. Bruno rannte in die Erlen und sah von dort aus zu, wie das Pferd abstemmte und sich aufbäumte, es ging vor Niels Lauritzen auf die Hinterhand, prustete und schlug mit den Vorderhufen in die Luft. Er blieb stehen, er hob wie bittend eine Hand gegen »Mistral«, und das Pferd schüttelte zuerst den Kopf und ging dann nickend so nah an ihn heran, daß er seine Nüstern berühren und sie streicheln konnte.

Komm, Bruno, rief er, rief es mehrmals, doch ich blieb, wo ich war, mich konnte nichts herauslocken aus der Dekkung der Erlen, und auch später wollte ich mir nicht zeigen lassen, wie man »Mistral« begegnen soll, um ihn freundlich zu stimmen. Das wollte ich nicht. Mehrere Wochen blieb das schwarze Pferd allein auf der Koppel, ich beobachtete es nur von weitem, sah zu, wie es graste oder seinen Hals an einem Pfahl rieb, manchmal auch – vielleicht weil es von einer Bremse gestochen wurde – mit hochgestelltem Schweif galoppierte, immer am Zaun entlang. Und an einem Sonntag war dann »Bravo« da, der Rotfuchs.

Dorothea beredete uns, gemeinsam hinauszugehen zum Großen Teich, an ihren Anspielungen hätte jeder gemerkt, daß sie eine Überraschung in petto hatte; und daß es Joachim war, auf den eine Freude wartete, das hätte auch jeder gemerkt, denn immer wieder mußte sie ihm ein Auge kneifen und ihn fragend ansehn. Obwohl Joachim nur Zweiter geworden war bei den Meisterschaften im Dressurreiten, hörte sie nicht auf, ihn Meister zu nennen, vermutlich hätte sie es gern gehabt, wenn auch der Chef etwas mehr zu Joachims Erfolg gesagt hätte, aber außer einem Glückwunsch hatte er nichts übrig. Möchte unser Meister noch Kaffee, fragte sie, oder sie sagte: Für einen Meister könntest du etwas zufriedener dreinschauen. Sie war es, Dorothea, die zum Aufbruch drängte, und draußen hakte sie sich bei Joachim ein und berief kein einziges Mal meine Quälgeister, die uns vorausliefen und mit ihren Stöcken köpften, was zu köpfen war, Kletten und Butterblumen.

Als hätte eines das andere beleidigt, so standen die Pferde auf der Koppel, sie standen zwar ganz dicht nebeneinander, aber eines guckte über die Kruppe des anderen hinweg, mitunter warf eines den Kopf, mitunter scharrte eines ein wenig. Im Sonnenlicht leuchtete das Fell des Rotfuchses. Er erkannte uns zuerst, erriet auch wohl, daß wir seinetwegen herausgekommen waren, denn er ließ gleich das schwarze Pferd stehen und kam uns entgegen, wieherte und trabte, um uns zu begrüßen – nicht mich, aber die andern, die an den Zaun traten. Joachims Lob. Seine Bewunderung für »Bravo«. Die Fesseln, der Widerrist, die Sprunggelenke: was ihm nicht alles auffiel und Anlaß gab zum Staunen. Der Rotfuchs ging gleich zu ihm hin und senkte den Kopf, mit seinen gelblichen, belegten Zähnen versuchte er, Joachims Jackentasche zu öffnen, gewiß hoffte er, etwas zum Knabbern zu bekommen, Zucker oder Brot, aber Joachim hatte nichts bei sich, er umarmte den Kopf des Pferdes und drückte für einen Augenblick seine Wange auf die Blässe.

Und dann fragte Dorothea, ob er das Pferd für sich haben möchte, und Joachim versteifte und sah sie ungläubig an. Und dann gab sie ihm zu verstehen, daß es von nun an ihm ganz allein gehöre, und er konnte sich immer noch nicht rühren und wußte nicht, was er sagen sollte. Und dann forderte sie ihn auf, »Bravo« in Besitz zu nehmen und sich ihm vorzustellen, und da nahm er sie in die Arme, küßte sie, es sah aus, als wollte er mit ihr ringen, so hielt er sie umklammert; doch auf ein Prusten des Pferdes ließ er sie los und stieg über den Zaun und beklopfte das Tier, fuhr mit der flachen Hand über sein Fell, sprach auf es ein. Der Schwarze, der neugierig herantrottete, »Mistral« wollte nicht beklopft werden, er hielt Abstand und guckte sich nur an, was Joachim mit dem Rotfuchs machte.

Auf den Chef hatte keiner geachtet, und als wir uns nach ihm umdrehten, da war er schon ein ganzes Stück weit weg, sein Gang hatte etwas Trotziges, Hämmerndes, jeder von uns wußte, daß es niemandem gelingen würde, ihn zurückzurufen. Diese kurzen Schritte, selbst von weitem konnte man ihm anmerken, daß er geladen war, zumindest aber aufgebracht, ohne lange hinzusehn, so im Vorbeigehen brach er sich einen Zweig aus der Hecke und hielt ihn fest. Etwas paßte ihm wohl nicht, sagte Dorothea, und Ina darauf: Er wird sich schon beruhigen.

Weil ich dachte, daß er mich vielleicht brauchen könnte, lief ich ihm nach und holte ihn bald ein, doch obwohl er spürte, daß ich hinter ihm war, wandte er sich nicht um, auch an der Wasserleitung, aus der er trinken mußte, beachtete er mich kaum, er grinste nur einmal flüchtig und setzte seinen Weg zur Festung fort. Drinnen, da hockte er sich an den nicht abgeräumten Kaffeetisch, leerte mit einem Zug den Rest in seiner Tasse, stierte eine Weile vor sich hin, und als das Dompfaffenpärchen sich mit anfragenden Pfiffen meldete, stand er auf und ging zum Käfig. Er steckte die Spitze des Zweigs zwischen die Stäbe, worauf die Vögel zu flattern begannen, daß der feine Sand nur so stäubte, sie hüpften und flatterten, und auf einmal waren sie draußen, schnell hintereinander durch die Käfigtür entwischt, die er geöffnet hatte. Knapp unter der Decke kreisten Dorotheas Vögel durch den Raum, bis sie die offene

Klappe der Verandatür entdeckten, der Luftzug sagte ihnen wohl, wo es ein Entkommen gab, und fft-fft waren sie draußen und flogen in die Spitze einer Linde. Jetzt erst schien dem Chef aufzufallen, daß ich da war und alles gesehen hatte, er lächelte bekümmert, bewegte die Käfigtür hin und her, gab denen die Schuld, die die Tür angeblich nicht richtig geschlossen hatten. Und dann wollte er wissen, ob ich das nicht bezeugen könnte, und ich sagte ja.

Selten habe ich ihm so lange still gegenübergesessen, er hatte keinen Auftrag für mich, er wünschte nur, daß ich mich hinsetzte, und so blieb ich. Seine geröteten Augen. Die Bewegungen seiner Lippen. Wenn er sich über das graue Stoppelhaar fuhr, sah er ganz zerquält aus, nahm er seine Hände vom Gesicht, dann konnte es plötzlich einen unerwarteten Ausdruck haben, Zuversicht zeigen, wo es eben noch verschattet war. Daß er meinen Blick so lange aushalten konnte! Endlich aber stand er doch auf, und bevor er zu sich nach oben ging, sagte er: Auch bei uns, Bruno, nun bewahrheitet es sich auch bei uns – auf die Gründer und Sammler folgen die Zerstreuer. Und mehr sagte er nicht.

Ich weiß noch die Unruhe, als ich ihn verließ, ich ahnte, daß noch etwas geschehen würde an jenem Tag, und beim Schnitzen zu Hause gelang mir nicht allzuviel mit dem alten Kirschholz, schon beim Herauslösen der Form wußte ich, daß ich einen langstieligen Rührlöffel ein zweites Mal würde machen müssen. Der Spieß war mir gelungen, auch die Gemüsegabeln und die hölzerne Zange konnten sich sehen lassen, aber der Rührlöffel mißglückte mir, und da ich Ina nicht zum Geburtstag schenken wollte, was mir selbst nicht gefiel, verschob ich die Schnitzarbeit auf den nächsten Abend und schmirgelte nur ein bißchen den Quirl und die andern Küchengeräte. Meine Unruhe behielt recht; wer da plötzlich anklopfte, wer mich nicht ungeduldig herausbefahl, sondern auf mein Herein wartete, war der, mit dem ich nie und nimmer gerechnet hätte. Von allein wagte Joachim sich nicht zu setzen; er, der sonst nur ein Kopfschütteln für mich übrig hat, sah sich anerkennend bei mir um; das geschnitzte Küchengerät, das mit den Stielen in einem großen Bierglas steckte, gefiel ihm so sehr, daß er sich bei Gelegenheit einen gleichen Satz bei mir bestellen wollte. Ach, Bruno, sagte er, nachdem ich ihm meinen Sessel angeboten hatte, und bei seinem Seufzen wußte ich schon, daß er verzagt war und einen brauchte, den er ins Vertrauen ziehen könnte.

Er war verzagt. Er machte sich Sorgen. Er hatte die Festung verlassen, weil er den Streit nicht mehr aushalten konnte. Die hören überhaupt nicht auf, Bruno, die finden immer noch etwas, das sie sich an den Kopf werfen können, es ist einfach nicht zu ertragen, sagte er und zog die Schultern zusammen wie unter einem Kälteschauer. Nie zuvor hatte er seine Eltern so erlebt, nie hätte er geglaubt, daß sie so außer sich geraten könnten. Er sagte: Sie überbieten sich geradezu darin, einander zu verletzen. Das Pferd, mit dem geschenkten Pferd hatte alles angefangen; daß Dorothea es von ihren eigenen Ersparnissen gekauft hatte, machte den Chef nicht still, er konnte nicht verstehen, daß Ersparnisse in schwieriger Zeit dazu benutzt wurden, um ein Pferd zu kaufen. Und jetzt machen sie Inventur, Bruno, und du kannst dich nur wundern, was sie alles auf Lager haben und hervorziehen. Joachim bat mich um eine Zigarette, aber ich hatte keine, und die Schale mit Birnenkompott, die ich ihm anbot, wollte er nicht; von den Pflaumenkernen jedoch, die ich ihm aufknackte, probierte er ein paar.

Das Versprechen, ich erinnere mich genau, daß er mir das Versprechen abnahm, einmal mit ihm allein zur Koppel hinauszugehen, er wollte mir da etwas beweisen, wollte mir vorführen, wie leicht es sei, sich mit einem Pferd anzufreunden, wenn man sich ihm nur richtig nähert und entgegenstellt, er bedauerte mich und wollte etwas in Ordnung bringen. Seinen »Bravo« nannte er die Freundlichkeit persönlich. Glaub mir, Bruno, wenn ihr beide euch erst eingehend beschnuppert habt, dann wird es nicht mehr lange dauern, bis du auf ihm drauf sitzt – das sagte er, und ich war so verblüfft, daß ich nichts erwidern konnte. Er sagte auch noch: Du mußt etwas loswerden, Bruno, und es gelingt dir am sichersten, wenn du dich zuerst einmal stellst. Ausgerechnet er bot sich an, mir bei allem zu helfen, und bevor er schließlich ging, mußte ich ihm versprechen, ihn an einem Wochenende auf die Koppel zu begleiten.

Seit die Pferde dort auf der neuen Koppel waren, ging ich weder zum Dänenwäldchen noch zum Großen Teich, meist ging ich zur Holle, saß da auf den Holzbohlen, die als Brückchen dienten, beobachtete Fischreiher und Kiebitze, manchmal hielt ich auch meine selbstgemachte Angel ins Wasser, zog kleine Brassen heraus, fingerdicke Aale, niemals einen Hecht. Vorsichtig löste ich die kleinen Fische vom Haken, ließ sie eine Weile zappeln und warf sie dann in die Holle zurück.

Aber einmal bin ich doch zur Koppel gegangen, und ich tat es deinetwegen, Ina; weil du mich darum batest, streifte ich da herum, um die Kinder zu suchen, fast einen ganzen Tag lang hatten sie sich nicht blicken lassen, dein Tim und dein Tobias, meine Quälgeister. Wenn einer gesucht werden mußte, bist du zuerst immer zu mir gekommen, und fast immer hab ich dir deine Sorgen abnehmen können, du warst ganz schön erstaunt mitunter, wie schnell ich einen finden konnte, der vorübergehend verschwunden war. Keiner weiß, daß ich da meine eigene Methode habe: kenne ich erst einmal die Stimmung, in der einer fortgegangen ist – also ob er zufrieden war oder erregt, verzweifelt oder auf etwas Besonderes aus –, dann begutachte ich das Wetter, einfach, weil einer sich bei Regen anders entscheidet als unter klarem Himmel, und danach frage ich mich, was ich selbst machen würde, und dann gehe ich los und spüre meistens den auf, der gefunden werden soll. Weil du mir sagtest, daß die Kinder ihre Katapulte mitgenommen hatten, ahnte ich gleich, daß sie zum Dänenwäldchen wollten, zu den zahllosen Waldtauben, unter denen nicht einmal der Chef mit seinem Gewehr aufräumen konnte, obwohl er sie gelegentlich bündelweise anschleppte, an einem Drahtstrupp.

Ich nahm mir vor, die Kinder zu ertappen, zu erschrekken, darum rief ich nicht ihre Namen, schlich mich im Schutz der Erlen am Großen Teich vorbei, unentdeckt von den kleinen Jägern, doch bemerkt von den beiden Pferden, die damit aufhörten, sich gegenseitig in die Mähnen zu beißen und einander zu jagen, und die nur noch zu mir hinblickten mit gespitzten Ohren. Wie gereizt die waren, wie schlecht gelaunt, ich konnte ihnen ansehen, daß irgendetwas sie erregt hatte, dennoch gab ich den Plan nicht auf, schnell zwischen den gespannten Drähten durchzuschlüpfen und über das schmale Stück Koppel zu rennen zum Dänenwäldchen. Als ein Schwarm Wildtauben aus der ältesten Eiche stob und mit diesem kurzen Klatschen ihrer Schwingen eine Runde drehte, wußte ich schon, wohin ich mußte, im Nu zwängte ich mich zwischen den Drähten hindurch, lief los und ließ im Lauf ein Vierkantholz wirbeln, das ich am Teichufer aufgelesen hatte.

Der Schwarze gab das Zeichen, »Mistral«; wiehernd sprang er an und galoppierte auf mich zu, den Rotfuchs mit sich ziehend, der ihn rasch einholte und sich dann neben ihm hielt; diese Sätze, dies Gewitter, dieses Schwellen und Geschiebe ihrer Muskeln, ich sah, daß ich es nicht schaffen würde bis zum Dänenwäldchen, ich mußte zurück, und ich schleuderte ihnen das Vierkantholz entgegen und rannte zum Zaun. Gewiß spornten sie sich gegenseitig an, ihre schweren Körper flogen nur so in der Streckung, getragen von Wut und Wetteifer, aber ich war vor ihnen am Draht, einen Atemzug vor ihnen. Dann warf es mich gegen den Zaunpfahl, daß es mir schwarz wurde vor Augen. Dann quietschte und knallte der Draht und ein furchtbares Wiehern war hinter mir. Dann rammte mich eine Masse und zwang mich zu Boden, und ein übermächtiges Gewicht legte sich auf meine Beine und klemmte mich fest. Der stechende Schmerz in den Rippen. Dicht vor mir das Fell des Rotfuchses, der nicht lag und nicht stand, sondern mit halbgestreckten Hinter- und Vorderläufen am Boden ruhte. Ich fühlte, wie die Last atmete, bekam jedesmal mit, wie »Bravo« sich zu erheben versuchte mit gesammelter Anstrengung, scharrte, ruckte, Stand suchte, doch immer wieder wegknickte und zurücksackte, weil das Bein nicht mehr trug, das rechte Vorderbein. Am niedergewalzten Zaun, aber gehorsam auf der Koppel, stand der Schwarze, er überschritt nicht die Grenze, er stand da und machte den Hals lang und schnupperte, immer wieder warf er den Kopf.

Die Kinder fanden mich, ich hörte schon ihre Stimmen auf der Koppel, hörte auch deutlich, wie sie »Mistral« klapsten, und dann kamen sie zu mir und konnten sich nicht erklären, was mit mir geschehen war. »Bravo« erhob sich nicht, obwohl sie ihn ermunterten und beklopften, es gelang ihnen auch nicht, mich wegzuziehen, da liefen sie fort, ohne mir zu sagen, was sie vorhatten, sie sagten nur: Wir kommen bald wieder. Ich rührte mich nicht, und das Pferd schien mich überhaupt nicht zu bemerken, es wandte kein einziges Mal den Kopf, es zitterte, wenn es wieder mal wegknickte und zurücksackte, und wartete in Ergebenheit.

Niels Lauritzen, der hat mich weggezogen, auf einmal war er da und erfaßte sogleich, was passiert war, auf sein Kommando bewegte sich »Bravo« – jedoch so, daß er kippte und auf der Seite liegenblieb –, und ich war frei und wurde weggeschleift und bekam die verbrauchte Reuse als Kopfstütze. Nachdem er mich abgetastet und beruhigt hatte, untersuchte er die Vorderhand des verunglückten Pferdes, er seufzte und sagte für sich: Mein Gott, und noch einmal: Mein Gott; dann ging er an den Rand der Koppel, wo er nach Spuren forschte und den Boden beklopfte, plötzlich tief in den Boden hineinlangte, fast bis zum Ellenbogen: Niels Lauritzen hatte das Loch gefunden, die Maulwurfshöhle, in die »Bravo« mit seiner Vorderhand geraten war, als er den wilden Lauf abbremsen wollte. So war es, Bruno, so muß es gewesen sein – er wollte vor dir abstemmen und geriet mit dem Stemmfuß in das Loch, nach dem doppelten Bruch konnte er die Schwungkraft nicht abfangen und stürzte in den Zaun und riß dich mit, sagte Niels Lauritzen. Auf ihn gestützt, machte ich ein paar Versuchsschritte, bei jedem Aufsetzen des Fußes stach es spitz in den Bauch, bald mußte ich wieder zu Boden, und Niels Lauritzen blieb nichts anderes übrig, als mich allein liegen zu lassen und zur Festung zu gehen und von dort Hilfe zu holen.

Da lagen wir beide, »Bravo« und ich, er lag ruhig auf der Seite, schnaufte, rieb seinen Hals am Gras, ab und zu bewegte er das gebrochene Bein, aus dem ein blutiger Knochen hervorstand. Er hatte wohl die Versuche aufgegeben, sich zu erheben. Ich kroch an ihn heran, ich bewegte mich so behutsam, daß er nicht ein einziges Mal lauschend die Ohren spitzte – der Schwarze, der sah mir zu –, und dann war ich bei ihm und so nah, daß ich die weißen Stichelhaare in seinem Fell erkennen konnte, und ohne daß ich es wollte, streckte ich die Hand aus und berührte ihn. Er zuckte, ich legte ihm die Hand auf, und er zuckte wiederum. Sein heftiges Prusten erschreckte mich, und ich kroch wieder von ihm weg und behielt ihn im Auge.

Und ich hätte ihn wohl noch einmal berührt, wenn nicht Niels Lauritzen und der Chef gekommen wären, im Geschwindschritt kamen sie vom feuchten Land herüber, gefolgt von den Kindern, die nur bis zum Rand der Wiese durften; eine Drohung des Chefs genügte, und sie wandten sich um und trotteten lustlos zurück. Er trug sein Gewehr. Der Chef trug sein Gewehr, den Lauf nach unten. Du machst Sachen, Bruno, sagte er und kniete schon bei mir, löste den Gürtel, pellte mein Hemd aus der Hose und schob es hoch bis zum Hals, und tastend fand er gleich die Stelle, an der es am meisten wehtat. Wenn er entschieden hat, daß etwas dringend getan werden muß, dann gibt es kein langes Erwägen und Suchen, dann ist auch schon alles zur Stelle: er brauchte nur eben durch die Erlen zum Teichufer zu gehen und hatte schon das Brett, das er sich wünschte, und den Strick, den er benötigte, schnitt er einfach aus den Leitflügeln der alten Reusen heraus, ein paar

Kerben noch, ein paar Knoten, und der Tragestuhl für mich war fertig.

Er legte ihn vor mir hin und ging zu Niels Lauritzen, der die ganze Zeit beim Pferd war und mit ihm sprach und sein kaputtes Bein in die Hände nahm; während sie miteinander redeten, umrundeten sie mehrmals das liegende Tier, zeigten sich etwas, beurteilten etwas, und dann beschlossen sie, es gemeinsam hochzubringen durch Griffe und Kommandos. »Bravo« gehorchte, er rollte sich zurecht, drückte und stemmte und richtete sich zu voller Größe auf, aber plötzlich knickte er wieder weg und ließ sich auf die Seite fallen, wobei das gebrochene Bein schlenkerte. Abermals besprachen sich die Männer. Und dann nahm der Chef sein Gewehr auf und lud durch und trat nah an das Pferd heran. Der Lauf senkte sich. Und er schwankte nicht, als er hinters Ohr zielte und schoß. Das Pferd warf ein wenig den Kopf hoch; ein Zittern durchlief den Rotfuchs, die Läufe streckten sich, als wollten sie noch einmal ausgreifen, der Schweif peitschte das Gras, und vor dem Maul platzten Bläschen. Niels Lauritzen tätschelte ihm den Hals. Und das Zittern hörte auf, und »Bravo« lag ganz still da.

Ich mußte mich auf das Brett setzen, und beide nahmen den Strick über die Schulter und hoben gleichzeitig an; so schleppten sie mich von der Koppel fort, wie auf einem Schaukelbrett saß ich zwischen ihnen. Die Übelkeit; einmal, als sie mich absetzten, um zu verschnaufen, war der Druck der Übelkeit so groß, daß ich mich vor ihren Augen erbrach, ich lag kaum auf der Erde, da kam schon der Strahl, und der Chef kniete sich hin und hielt meinen Kopf. Raus mit der Angst, sagte er, kotz sie aus, mehr sagte er nicht. Als sie mich wieder lüfteten, da war mir leichter, und ich nahm mir vor, alles so zu bezeugen, wie es bezeugt werden mußte.

Sie wollten nichts von mir hören. In der Festung brach großes Schweigen aus, nur in wenigen Zimmern brannte Licht an den Abenden. Joachim ließ sich allenfalls von weitem blicken, Dorothea überhaupt nicht. Du, Ina, du hast mir die breiten Heilpflaster aufgelegt und hast nach mir gesehen von Zeit zu Zeit, und von dir erfuhr ich, daß etwas für immer zerstört und gerissen war, ein Pakt, ein Band, von dir hörte ich auch die Worte, daß es bei uns nun nie mehr so sein könnte, wie es einmal war. Keiner hat mich gefragt, wie alles zugegangen war; was geschehen war, reichte aus, genügte ihnen, um sich voneinander abzuwenden. Dorothea schloß sich ein und schien für immer in ihrem Zimmer bleiben zu wollen; der Chef gab es bald auf, vor der verschlossenen Tür zu rufen, und ging seine eigenen Wege. Seine Einsamkeit. Er, der allen überlegen ist und nichts vergißt, wußte mitunter nicht mehr, welchen Auftrag er mir gegeben hatte, und mehr als einmal sagte Ewaldsen hinter seinem Rücken: Was is nur mit dem Chef los? Er tat mir so leid, daß ich beschloß, mit Dorothea zu sprechen, ich schlich mich hinauf und klopfte an ihre Tür – keine Antwort; doch ein anderer hatte mein Klopfen gehört und guckte mich mißtrauisch an und schickte mich weg: Joachim. Einer von beiden, entweder Joachim oder Ina, hat dann mit Max gesprochen, und der kam gleich zu uns für einen ganzen Tag, eilig und ungehalten, als mutete man ihm etwas zu, wofür er keine Zeit hatte, ich weiß nicht, was er ihnen vorgehalten hat, wie er sie bearbeitete, ich weiß nur, daß er beim Abschied die Achseln zuckte und seinen Mund verzog. Kurz nach seiner Abreise jedoch verließ Dorothea ihr Zimmer und erschien unten am Eßtisch.

Wenn das man nicht das Eisen war, einige haben sich darüber aufgeregt, daß der Chef zu den Pausen und zum Feierabend schlagen läßt, das singende Eisen, dessen Schwingungen manchem in der Nähe wehtun, einige fühlen sich auch an schlimme Zeiten erinnert und möchten den Beginn der Mittagspause selbst bestimmen, doch er will das Eisen nicht abschaffen, weil es schon in den Quartieren des Sonnenaufgangs die Stunden regelte, für ihn gehört es einfach dazu.

Fünf Töpfe noch, dann bin ich fertig, so lange muß Magda noch warten, bestimmt wird es Zusammengekochtes bei ihr geben, Bohnen mit Rippen und Bauchfleisch dazu, vielleicht auch Erbsen auf Schinkenschwarte, die allen andern zu zäh ist, zu ledern, nur mir nicht, an Schinkenschwarte kann ich nicht genug bekommen. Wie oft habe ich sie im Winter darum gebeten, mir übriggebliebene Schwarten mitzubringen, aber sie hängt sie lieber für die Meisen raus, als sie mir zu geben, einfach, weil sie glaubt, daß man von Schinkenschwarten einen harten Bauch bekommt. Sie hat es auch nicht gern, wenn ich neben ihr den Knorpel von den Rippen zerbeiße, angeblich kann sie das Krachen nicht ertragen und dieses Mahlen wie auf Grus oder Körnern – ach, Magda hat viel an mir auszusetzen, einmal sagte sie sogar: Ich weiß gar nicht, Bruno, was mich bei dir hält. Aber jetzt muß ich mich beeilen, und nach dem Essen geht's gleich in den Keller runter zu den Kartoffelschütten.

Sauerkraut gibt es, dazu Würstchen und Kartoffelpüree, mein Teller steht schon an der Durchreiche, so läßt Magda mich manchmal ihren Vorwurf spüren, und nun erscheint auch ihr Gesicht in der Öffnung: Na, geruht der Herr endlich auch zu kommen? Das ist ein bißchen zu laut gesagt, als ob es für einen Horcher bestimmt ist, ihr Winken, ihr Zeichen, sie will, daß ich an die Durchreiche komme, mir den Teller abhole. Er ist festgesetzt, Bruno. Wer? Der Termin; ich hab nicht alles mitbekommen, aber ein Termin bei Gericht ist festgesetzt. Nein, Magda. Ja, es ist einer hier gewesen, der einiges überbracht und zusätzlich aufgenommen hat, ich habe ihn selbst gesehen, und er und die andern glauben, daß es dazu kommen wird, zu der Entmündigung. Ich weiß nicht, was ich sagen soll, sie können ihn doch nicht entmündigen. Vielleicht war das schon sein vorläufiger Vormund, sagt Magda, und sie sagt: Du mußt alles auf dich zukommen lassen, Bruno, du hast nichts zu befürchten, nur weil der Schenkungsvertrag auf deinen Namen ausgestellt ist. Hast du mich verstanden? Ja, ja. Dann nimm deinen Teller. Er wird es sich nicht gefallen lassen, eines Tages, wenn seine Geduld ein Ende hat, wird er sich wehren, noch steckt er jeden in die Tasche, er mit seinem Wissen, mit seinen Narben. Für ihn könnte ich alles tun. Warum ißt du nicht, Bruno, ruft Magda, hast du keinen Hunger?

Sie sind geplatzt, die Würstchen, aber sie schmecken sehr gut, und die Apfelstückchen und die Weinbeeren veredeln den Kohl, das macht dir so leicht keiner nach, Magda. Wenn wir nur zusammenbleiben, er und ich. Er hat lächelnd zugesehen, wie ich mich einmal auf alle viere niederließ und stillhielt, damit meine Quälgeister mir das provisorische Halsband umlegten, auf dem Rasen, vor allen Leuten. Weil du mich so aufmunternd angesehen hast, Ina, spielte ich mit, streckte für sie, die damals noch so klein waren, den Hals aus, aber sie konnten mir nur die Schnur umlegen, den Knoten machte der Chef, der gerade mal wieder ausgezeichnet worden war. Und ich bellte und schnüffelte für sie und hob zu ihrer Freude ein Bein an den Rosen, ich machte Männchen, holte den Stock, fuhr auch diesem und jenem knurrend an die Beine. Ich wollte kein Spielverderber sein. Plötzlich aber zogen beide so heftig an der Leine, daß mir die Luft wegblieb, ich würgte und warf mich zurück, während sie sich freuten. Der Chef schnitt die Leine durch, mit seinem Messer kappte er sie.

Sauerkraut kannst du noch nachkriegen, Bruno, auch Kartoffeln, nur keine Würstchen, die sind alle. Nein, nein, für heute hab ich genug. Du hast dich bestimmt an etwas anderem satt gegessen, sagt Magda, einer wie du, der merkt es schon gar nicht mehr, daß er ißt. Hoffentlich kommt kein Fieber, mir ist schon, als ob der Teller sich vergrößert, so war es immer, wenn ich Fieber hatte, alles wuchs sich aus und verzerrte und vergrößerte sich, die Schuhe und der Apfel und der Schmetterling.

Hier ist mein Teller, Magda. Stell ihn nur hin. War es ein kleiner Mann mit Aktentasche, einer, der so komisch gekämmt war, frage ich, und sie: Wer? Wen meinst du? Na, du weißt schon, der, der vielleicht Vormund werden soll. Wie erstaunt sie mich ansieht. Woher kennst du ihn,

Bruno, sag bloß, du bist ihm begegnet? Er war bei mir, sage ich, er hat mir zugeguckt beim Topfen, Grieser heißt er oder Kiesler, und das einzige, was er kann: Fragen stellen, etwas anderes kann der nicht; um mit ihm fertig zu werden, braucht der Chef nur den kleinen Finger. Nicht so laut, Bruno, red nicht so laut. Kommst du heute abend? Es geht nicht, heute abend nicht. Aber beschließen, wir müssen doch etwas beschließen, sage ich, und sie, weggedreht: Erst einmal können wir nur warten. Auf meinen Dank hat sie nichts mehr zu sagen; also, ich geh jetzt.

Die Kröte muß raus, sonst kann ich nicht anfangen, bestimmt ist sie hier heruntergefallen, als das Kellerfenster offenstand, oder sie sprang von sich aus in die Dunkelheit, weil es ihr im Hellen zu gefährlich war; ich möcht nur mal wissen, wovon die hier gelebt hat. Diese verwarzte, immer pulsende Haut, diese goldgeränderten Augen. Hüpfen wie die Frösche, das kann sie nicht, sie zieht sich und klimmt und schleift mit ihrem Leibsack über die Kartoffeln, auf ein Regal kommt sie nicht hinauf, die Gläser und Krüge sind vor ihr sicher, auch der geräucherte Schinken im Schinkenbeutel. Frösche mag ich gern in der Hand halten, es macht Freude, wenn sie sich stemmen und spannen und aus der geschlossenen Hand herauswollen, aber Kröten fasse ich nicht an. Auf die Schaufel, komm, geh endlich auf die Schaufel, siehst du, und jetzt sitzenbleiben, ruhig, ruhig, und nicht springen, gleich bist du draußen und kannst dich unterm Rhododendron verstecken, unter den toten Blättern.

In den Drahtkorb, da müssen die Keime hinein, ganz schön ausgeschlagen sind unsere Kartoffeln, wie versteifte, weißliche Würmer fühlen sich die Keime an, glasige Würmer, die violett aufschimmern im Licht. Kellerblaß, kellerfeucht. Obwohl sie für Trockenheit sorgen, können sie nicht verhindern, daß der Salpeter durchschlägt. Salpeterblume, wulstig, zerplatzt. Hier, unter der Erde, unter dem Exerzierplatz, tief im ehemaligen Kommandohügel – und vielleicht nicht weit von der Stelle, an der sie ihn einst begruben –, hier stehen gewiß mehr Marmeladensorten als in Tordsens Laden, und jedes Glas ist von Dorothea beschriftet: Quitten, Erdbeeren, Apfelgelee und Pflaumen, aber auch schwarze Johannisbeeren und Preiselbeeren – wir haben von allem. Den Rumtopf, den hat der Chef selbst angesetzt, er ist auch so ziemlich der einzige, der das Zeug vertragen kann, drei Schalen hat er einmal im Winter leergelöffelt und konnte hinterher noch aufstehen und weggehen. Leicht lassen sich die Keime mit dem Daumen wegdrücken, ich brauche sie gar nicht abzuknipsen.

Das ist Joachims Auto, er hupt zweimal, wie er es immer tut, und die Stimme ist Inas Stimme, sie spricht zu einem Fremden, das hör ich gleich, sie verabschiedet ihn förmlich, dankt für seinen Besuch – der Fremde selbst redet so leise, daß kaum ein Wort zu verstehen ist. Sicherlich bringt Joachim ihn zur Bahn. Vielleicht ist es der Mann mit der Aktentasche, das kann gut sein, vielleicht hat er sich durch alles hier durchgefragt und weiß nun genug. Wenn ich nur wüßte, wie alles hier wird, mit mir und mit ihm.

Die Zugluft, warum zieht es auf einmal, ich hab die Kellertür doch zugemacht, aus das Licht, an das Licht, und die Schritte jetzt, die nicht Dorotheas Schritte sind; da kommt einer, da schleicht sich einer herunter, mal sehen, wer es ist und was er hier will – wenn ich mich ducke hinter der Schütte, tief wegducke, sieht er mich nicht. Der Chef. So murmelt nur er, wenn er allein ist. Er trägt ein Kästchen, ein Etui, das blauweiße Band ist wohl die Schleife, die an der Ehrenurkunde hing, und die er mit allen anderen Auszeichnungen und Preisen verschwinden ließ, nachdem wir das Eichenquartier vernichtet hatten; auch ein Päckchen trägt er, in Ölpapier eingeschlagen. Er setzt sich am Fuß der Treppe, regungslos stiert er vor sich hin, vielleicht hat er vergessen, warum er hier heruntergekommen ist. Er muß wissen, daß ich da bin, ich darf hier nicht kauern und ihn belauschen, ich muß mich erheben und ihm sagen, zu welcher Arbeit Bruno eingeteilt ist, aber nun ist es wohl schon zu spät. Wenn er mich nur nicht aufstöbert! Gleich hätte ich mich melden müssen. Wenn ich jetzt nur nicht husten muß oder einen Schluckauf bekomme.

Zu den schweren irdenen Krügen bückt er sich, vorsichtig zieht er sie von der Wand, die Krüge mit eingelegten Pflaumen, mit Kürbis und roter Bete, gewiß hat er da unten ein Versteck, er kratzt schon, er lockert, tief taucht er mit der Schulter weg und hebt da etwas heraus, immer im Selbstgespräch. Alles, was auf der Treppe liegt, nimmt er sich mit einem Griff, er hat es eilig auf einmal, versenkt die Sachen nacheinander in seinem Versteck und beklopft und verschließt es, vermutlich mit einem Stein oder mit einem ausgebrochenen Mauerstück. Das scharrende Geräusch der Krüge. Seine Erleichterung. Die Krüge verraten nichts. Sein Gesicht ist ganz naß vor Anstrengung, doch er ist zufrieden mit sich und wischt sich die Hände an den Hosen ab. Nun schleicht er nicht, nun stapft er nach oben. Knack, und ich sitze im Dunkeln und muß warten, bis die Tür geschlossen ist, und muß danach noch eine kleine Weile warten, für alle Fälle. Wer weiß, was er versteckt und in Sicherheit gebracht hat vor den andern, vielleicht sind es Dokumente oder alte Münzen, vielleicht auch Briefe, die ihm eines Tages als Beweis dienen sollen, er traut den anderen nicht mehr, er hat Angst, daß sie ihm fortnehmen können, was er für wichtig hält, der Chef fürchtet sich vor ihnen.

Da tropft etwas, nagt etwas, kaum ist es dunkel, da wagt sich schon was heraus, ich brauch nur mit einer Kartoffel zu werfen, dann ist es gleich still, eine gespannte, eine summende Stille. Der sicherste Keller ist nicht sicher genug, da helfen auch keine Schlösser, und kein Aufpasser kann verhindern, daß sich etwas einschleicht. Nie hab ich's geschafft, im Dunkeln zu sehen, obwohl ich's ein paarmal versucht habe, manchmal glaubte ich, daß ich dicht davor war, das Dunkel begann zu fließen und graute sich ein, aber erkennen konnte ich nichts. Jetzt kann ich wohl Licht machen.

Das Band hinter den Krügen ist noch zu sehen, das blauweiße Band, er hat es nicht sorgsam genug versteckt, nicht gepreßt und abgedeckt, wer hier herunterkommt, um eingelegte Pflaumen oder Kürbis zu holen, der wird es sofort bemerken, wird daran ziehen und finden, was der Chef verwahrt hat. Nein, ich darf da nicht ran, darf nichts berühren, auch wenn es bestimmt allerhand zu besehen und zu entdecken gibt, vielleicht liegt dort sogar etwas, das mich angeht – nein, es steht mir nicht zu. Es gehört ihm allein. Nur er hat das Recht, seine Sachen in die Hand zu nehmen. Aber die andern, die werden gewiß nicht darauf verzichten, alles zu untersuchen, was sie hier finden; sie werden es auswerten und sich beratschlagen, und vielleicht wird er hilflos dastehen und nicht mehr weiterwissen ohne sein Verwahrtes, das kann sein. Ich muß es ihm sagen. Er, dem ich alles verdanke, der mich einmal seinen einzigen Freund genannt hat, er muß erfahren, daß das blauweiße Band hervorguckt und jedem das Versteck verrät. Schnell, bevor Dorothea kommt, denn irgendwann wird sie kommen, schnell zu ihm, damit er noch Zeit hat, alles wegzustopfen und abzudecken.

Wenn das Licht aus ist, wird Dorothea erst gar nicht hinuntergehen, sie wird nur ins Dunkle rufen und dann etwas anderes tun, hoffentlich lauf ich ihr nicht in die Arme. Daß sie Staubsauger und Besen und all das Zeug immer hinter der Kellertür abgestellt haben will! Wie oft hab ich mich schon an den Stangen, an den Eimern gestoßen. Niemand sitzt am Tisch, leer die Sofaecke, geschlossen die Tür zur Terrasse, alles sieht wie verlassen aus, nur ein bißchen Wind bauscht die Gardine, weil die Tür sich verzieht, weil das Holz arbeitet und feine Ritzen entstehen – Holz will sich niemals abfinden, sagte der Chef einmal, und darum hört es nicht auf zu arbeiten. Nur der Vater des Chefs sieht mir aus seinem glänzenden Rahmen zu. Der Läufer auf der Treppe verschluckt das Geräusch der Schritte, wenn ich erst oben bin, ertappt mich keiner mehr, immer noch grüßt der Ginster von der Wand, Ina wollte die Stiche schon einmal austauschen, aber der Chef erlaubte es nicht, weil er sich zu sehr an sie gewöhnt hatte. Leise, leise, wenn ich zu laut klopfe, öffnet sich vielleicht eine andere Tür, am besten ist es, wenn ich klopfe und gleich eintrete, er wird es schon entschuldigen. Diese Trockenheit im Mund. Er antwortet nicht, er ruft nicht, doch ich muß zu ihm, ich muß hinein.

Auf der Couch, seinem Tageslager, Nachtlager, wie im Schlaf liegt er da, umnebelt von diesem Geruch, der kein Rumgeruch ist, zu säuerlich, zu verdorben, nicht mal die Stiefel hat er ausgezogen, und seine Joppe hat er nicht aufgehängt, sondern einfach über den Stuhl geschmissen. Nach verdorbenem Essen riecht es. Die silbrigen Stoppeln am Kinn, am Hals, angestrengt geht sein Atem, und sein Gesicht überläuft ein schwaches Zittern, da liegt er mit offenem Mund und geschlossenen Augen und hat noch nicht gemerkt, daß ich vor ihm stehe.

Na, Bruno, was ist denn? Was willst du? Er hat mich längst erkannt, nichts bleibt ihm verborgen, auch in seinem Halbschlaf nicht, einer wie er kann wohl mit der Haut sehen. Das Band, sage ich, unten im Keller, im Versteck hinter den Krügen, da guckt noch das Band hervor.

Wie er die Augen aufschlägt, wie er sich schüttelt und sich aufrichtet und mich ansieht, ich ahne schon, was er denkt, ich seh schon das Mißtrauen in seinem Blick, vermutlich glaubt er, daß ich ihm nachspioniert habe. Nein, ich war zufällig hinter der Schütte, ich sollte Kartoffeln entkeimen, sage ich, und er nickt nur müde und überlegt, ob er mir das glauben kann, er, der doch wissen müßte, daß ich ihn nie mit Absicht belauscht habe. Ach, Bruno, sagt er und schüttelt den Kopf, gewiß ist ihm elend zumute, elend vor Enttäuschung, trauriger hat er mich noch nie angesehen; wenn ich ihm nur beweisen könnte, daß ich ihn nicht beobachten wollte. Ich hab nichts berührt, sage ich. Das weiß ich, Bruno, aber ich bin enttäuscht, daß du kein Wort gesagt hast, als ich unten war, nur totgestellt hast du dich und aufgepaßt, was ich da mache.

Er wischt sich den Speichel vom Kinn, er lächelt ein wenig, bestimmt nimmt er es nicht so ernst, und nun greift er unter das Kissen und fingert da und zieht seine flache Taschenflasche heraus, aus der ich schon einmal trinken durfte, seinen Wacholder, den er lange im Mund behält, bevor er ihn schluckt. Leer, nur ein paar Tropfen fallen heraus und zerplatzen ihm auf den Lippen, doch es genügt ihm wohl, zufrieden verwahrt er die Flasche wieder und winkt mir und will, daß ich ganz nah herankomme. Hör zu, Bruno, da unten, da liegt meine heimliche Reserve, ich mußte sie anlegen, weil hier oben sicher alles kontrolliert wird in meiner Abwesenheit, kontrolliert und gezählt. Früher war unsere Festung wie ein Glashaus, alles lag offen, jeder konnte wissen, was er wissen wollte, doch das hat sich geändert, wie du weißt, nun gibt es Abseiten und Geheimkammern und allerhand Verstecke, jeder versucht, etwas zu tarnen, denn die Tarnung bringt jedem Vorteile. Ich werde das Band wegstecken, sage ich, tief ins Versteck werde ich's hineinstopfen, so daß es nichts verrät. Er ist einverstanden, er sagt schon ja mit den Augen: Gut, Bruno, tu das mal; ich weiß, daß ich mich auf dich verlassen kann.

Warum hält er mich fest? Ich muß mich doch beeilen, warum zieht er mich noch näher zu sich heran und hebt sich mir entgegen, als müßte er mich aus kürzestem Abstand erforschen? An meiner Jacke zieht er mich nieder, er will, daß ich mich setze. Du hast doch nichts unterschrieben, Bruno, keine Verzichtserklärung, nichts? Nein, nein, nichts unterschrieben. Das erwarte ich auch von dir, sagt er, und er sagt: Der Schenkungsvertrag ist hinterlegt, und mich wird keiner dazu bringen, ihn zurückzunehmen; eines Tages wirst du bekommen, was ich dir zugedacht habe, und dann wirst du zeigen müssen, daß du es verteidigen kannst.

Er spricht immer leiser, ich kann ihn kaum noch verstehen, auch erkennen kann ich ihn nicht mehr genau, der Schleier auf einmal und das Schwindelgefühl rücken ihn ab, nur seine Hand wird immer größer, jetzt muß ich es fragen: Warum, warum kann es nicht sein wie früher, wie damals,

als wir anfingen? Weil wir uns verändert haben, Bruno, jeder von uns, und weil wir Erfahrungen gemacht haben, die sich nicht übergehen lassen. Nun muß er es wissen: Wenn es an mir liegt, ich will nichts, ich brauche nichts und ich will nichts, am besten wäre es, wenn das Land dem gehörte, dem es immer gehört hat.

Diese Enge, jetzt kommen wohl keine Worte mehr durch den geschwollenen Hals, und in den Schläfen beginnt es zu klopfen, doch seine Stimme, die hör ich nun deutlicher, diese ruhige, andere Stimme: Nicht begreifen, Bruno, du wirst es doch nicht begreifen, du Schlafwandler, aber vielleicht wirst du aufwachen eines Tages. Einmal mußt du dich recken, aus der Deckung raus, mußt den Kopf schütteln und dich allein wehren – ich hab getan, was ich tun konnte. Ja, sage ich, ja, und er wieder von ganz fern: Du brauchst nicht zurückzusehn, denn es kommt nichts wieder, geh immer nur weiter, Bruno, bis du deinen Hügel erreicht hast.

Der Kollerhof, sage ich, der steht wieder leer. Ich hab genau gehört, daß ich das gesagt habe, aber er hat mich wohl nicht verstanden, er seufzt nur und sinkt zurück und rutscht sich zurecht auf seinem Lager. Nichts wiederholt sich, Bruno, das wirst du noch einsehen. Seine Mattigkeit. Die Schwere, die ihn hält. Er macht die Augen zu, für ihn gibt es nichts mehr zu sagen, obwohl es um seine Lippen zuckt, obwohl er seine Finger bewegt, als ob er etwas abzählt, ein Gruß würde ihn nur stören.

Das Band im Keller muß weg, zuerst muß ich da runter, wenn nur das Ziehen aufhörte, am Treppenpfeiler könnte ich es loswerden, nur ein paarmal dagegenschlagen, bis es zurückdröhnt, dann wird es wieder ruhiger. Keiner hat uns belauscht, ich kann langsam gehen jetzt, vorsichtig die Treppe hinunter; du bist ganz allein, Bruno, wie kühl der Pfeiler ist, wie glatt und kühl. Schlafwandler hat mich der Chef genannt, zum ersten Mal.

Aufstehn, rasch aufstehn, zur Kellertür, bevor sie kommt, das sind nicht Dorotheas Schritte, es hätte nicht viel gefehlt, und du hättest mich bei ihm ertappt, Magda, vielleicht wären wir sogar zusammengeprallt, ich und du mit deinem Tablett. So ist Magda: sie bleibt nicht stehen auf mein Zeichen, abweisend guckt sie mich an, warnend, damit ich ja keinen Versuch mache, mich mit ihr zu besprechen, im Haus darf keiner etwas ahnen; ist gut, ist gut: Ich sage kein einziges Wort, gib nur acht auf den Tee, auf die geriebenen Äpfel. Wie gut ihr die Strenge gelingt. Behutsamer kann niemand ein Tablett tragen, nichts klimpert und klirrt da oder kommt ins Rutschen. Wenn du wüßtest, was ich jetzt tun werde, auch ich habe meinen Auftrag von ihm, den geheimsten, der sich denken läßt, bestimmt würde er keinen andern damit betrauen, einfach, weil er sich auf keinen so verläßt wie auf mich.

Weg mit den Krügen, tiefer hinein das Band, es macht nichts, wenn es geknüllt und beschwert wird mit den passenden Zementbrocken; seine heimliche Reserve soll niemand entdecken, nur er und ich wissen, daß es sie gibt, verwahrt in Ölpapier, das vor der Feuchtigkeit schützt. Vielleicht wird er mich eines Tages beauftragen, unbemerkt etwas aus seinem Versteck zu holen, Geld oder Dokumente oder was er gerade braucht, er wird mir dann nichts groß beschreiben müssen, ein Wink wird genügen, und ich werde wissen, wo ich es finde. Gegen uns beide, Bruno, da kommt keiner an; das hat er einmal gesagt, aber das hat er auch schon einmal zu Dorothea gesagt, damals auf dem Kollerhof, als wir anfingen und alle an dem einzigen alten Tisch saßen, den wir hatten. Ohne Traurigkeit kann ich kaum noch an ihn denken.

Freude, ich werde ihm eine Freude machen, nicht morgen, sondern schon heute; ein Geschenk werde ich ihm bringen, und das wird ihn vielleicht an die Zeit erinnern, in der es jeden Tag etwas gab, worüber einer von uns sich freuen konnte. Warum konnte es nicht so bleiben, wie es einmal war, warum verzweigten sich die Wege und brachten uns so weit weg voneinander, ich komme und komme nicht ganz dahinter, bei allem Nachdenken nicht. Alles würde ich tun, alles, wenn ich sie nur zusammenbringen könnte, ihn und Dorothea.

Eine Schütte ist fast verlesen, die andere kommt morgen dran, wenn er ein Geschenk kriegen soll, dann muß ich jetzt aufhören und hinübergehen nach Hollenhusen, am besten zum Höker Tordsen, der alles führt, was einer sich wünscht. Ich weiß schon, was er nötig hat, über was er sich freuen wird, bestimmt wird er mich ungläubig ansehen und auflachen und mich in die Seite knuffen, das wird er, doch damit er nicht gleich sieht, was es ist, werde ich es verpakken lassen in einem Kästchen, das kann er erst einmal in der Hand wiegen und es ratend hin und her wenden. In den Quartieren ist gewiß Feierabend, keiner wird mich beobachten, also los, bevor Dorothea kommt und ich ihr antworten muß.

Wie rein die Luft ist, reingewaschen, nicht mehr der erdige Geruch, und diese friedliche Stille in den Spalieren, die nach unserem Plan wachsen. All dieses Land soll ich nach seinem Willen übernehmen, das hat er mir zugedacht: von hier bis zur Senke, dann zum Findling und zur Windschutzhecke hinüber und auch das ganze Stück vom Bahndamm bis zu Lauritzens Wiesen, alles, was nach Norden liegt, soll mir gehören, auf einen Blick kann man es gar nicht übersehen. Er will es so. Er hat es so entschieden. Mir kommt es nicht zu, ihn nach seinen Gründen zu fragen, ich hab immer nur getan, was er von mir verlangte. Aber hier, mitten in den Quartieren, darf ich mir gar nicht vorstellen, daß ich einmal das Sagen haben soll, alles beginnt, sich zu drehen, die Hände werden feucht, die Wörter bleiben wie von selbst weg, und ich seh schon voraus, wie sie von überall grinsend herankommen und überlegen dastehen und darauf warten, daß ich ihnen meine Anweisungen gebe, vielleicht von einer Holzkiste herab, damit ich besser zu sehen bin. Ich will nicht gesehen werden, ich will nicht auffallen, nicht gesehen werden. Warum zittre ich auf einmal so? Eines Abends hat Magda gesagt: Es gibt wohl keinen, Bruno, der sich so beunruhigen kann wie du.

Eine Flasche Wacholder werde ich ihm kaufen, darüber wird er sich bestimmt freuen; ich kann mir nicht denken, daß ihm einer Geschenke bringt in dieser Zeit. Unser alter Weg zum Kollerhof, der Privatweg, den wir uns erlaufen hatten, ist kaum noch zu erkennen; wenn andere ihn nicht nach uns benutzt hätten, wäre er wohl ganz zugewachsen, und nichts würde mehr daran erinnern, daß wir tausendmal am Wiesenrand entlanggegangen sind. Jetzt geht da nur der Wind herum und plündert das Strohdach und biegt sich die Hecke zurecht. Die Torfwolken, mit denen der Ofen uns anpaffte. Krosse Kartoffeln in der größten Bratpfanne der Welt, und Dorothea gut gelaunt und verbeizt. Und du, Ina, neben mir am Tisch, neben meiner Kammer. Und der Chef sagte: Die Durststrecke, die schaffen wir auch. Manchmal schüttelte es uns ganz schön durch auf dem Kollerhof, aber wir hielten uns aneinander fest, und wenn es darauf ankam, fanden wir uns immer unter einer Decke.

Wie dunkel die Holle ist, sie führt jetzt nicht allzuviel Wasser, das Hechtkraut pendelt in der Strömung, und was auf ihr hinfährt, sind nur Blätter und dünne Äste. Auf der Behelfsbrücke, das ist Niels Lauritzen, er beobachtet da etwas, treibendes Papier wird es wohl nicht sein, treibende Buchseiten wie an jenem Tag, als wir beide dort standen und keine Erklärung fanden für die Herkunft der dahinsegelnden Blätter. Ein paar von ihnen hat er herausgefischt – wir konnten gleich sehen, daß sie aus einem Buch ausgerissen worden waren –, er hat ein wenig gelesen und sie dann kopfschüttelnd zusammengepreßt und das zermatschte Papier wieder in die Holle zurückgeworfen. Warum das wohl sein mußte, Bruno, hat er gesagt. Die Sonnenblumenkerne: an einem Morgen lagen einmal fünf Sonnenblumenkerne unter meinem Kopfkissen, ich wußte nicht, wie sie dahingekommen waren, und wußte ebensowenig, was ich davon halten sollte, aber als ich meine Stecklinge untersuchte und sah, daß die sich tatsächlich gut bewurzelten, nachdem ich ihre Rinde verwundet hatte, da wußte ich es: Wer fünf Sonnenblumenkerne findet, dem wird recht gegeben bei dem, was er ausprobiert.

Tordsen hat geschlossen, das kann ich schon von hier aus erkennen, aber das Pappschild an der Tür möchte ich doch mal nachlesen, einer wie er hält seinen Laden bis zum letzten Augenblick geöffnet, damit ihm ja nichts entgeht. Wegen Trauerfall geschlossen. Wegen Trauerfall also. Dann eben zum Bahnhof, im Wartesaal habe ich noch immer bekommen, was ich haben wollte, auch bei der neuen Pächterin, die von allen nur Marion genannt wird; manche zwinkern ihr zu oder laden sie zu einem Glas ein; berühren läßt sie sich nicht, wer sie berührt, dem schlägt sie auf die Finger. Falls sie keinen Wacholder haben sollte, wird sie mir etwas anderes verkaufen, etwas, das der Chef manchmal im Vorbeigehen einnimmt, sie wird es schon wissen. Drüben, vor unserer Verladerampe, stehen keine Waggons wie in den vergangenen Jahren, das zerschrammte Holz neigt sich schon ein bißchen, keiner hatte Zeit oder Lust, die beiden kaputten Container fortzuräumen, selbst der Chef hat sie übersehen, er, der in allem Ordnung haben will. Bald wird es auch wieder Staatsaufträge geben, und dann werden sie die Rampe richten, bald. Daß wir sie jetzt so unruhig zählen, die Zeit; früher haben wir kaum darauf geachtet, wie die Jahre sich anhäuften.

Kein Platz, auf dem sie so oft etwas wegwerfen oder einfach fallen lassen wie auf dem Bahnhof, ob es Zigarettenstummel sind oder ungültige Fahrkarten oder Einwickelpapier – alles fliegt auf den Boden, sogar leergegessene Eistüten und Apfelgehäuse schmeißen sie einfach hin, hier, denken sie, können sie es sich erlauben, zwischen Ankunft und Abfahrt. Wie fleckig die Schwingtür ist von allen Fußtritten, die sie bekommen hat, und wie sie pendelt in der ewigen Zugluft – kein Wunder, daß Marion hustet, solange ich sie kenne. Zerdeppert die kleinen Scheiben des Süßigkeits-Automaten, vermutlich hat es einer aus Wut getan, weil der Automat nur alle Münzen schluckte und nichts hergab. Wenn der Chef hier etwas trinken wollte, dann tat er es nur im Stehen, kippte, zahlte und ging, auch wenn der Wartesaal leer war, mochte er sich nicht setzen, hier ist mir zuviel in der Luft, sagte er, und mehr sagte er nicht.

Na, Bruno, wie immer? Die Frikadellen sind ganz frisch. Nein, heute nicht, heute Wacholder, eine ganze Flasche, und schön eingepackt. Ich seh schon an ihren traurigen Murmelaugen, daß sie keinen Wacholder hat, also dann etwas anderes, ich weiß nicht, was, wenn es nur dem Chef schmeckt. Marion nickt, sie lächelt, sie weiß schon Bescheid: Weizenkorn tut es, den hat er gern; soll es ein Geschenk sein? Ja, sage ich. Wie erstaunt sie mich mustert, wie forschend, gerade als ob ich sie enttäuscht hätte, und nun fragt sie noch einmal, ob sie mir nicht das gleiche bringen soll wie immer, und ich sage nein. Warum schüttelt sie den Kopf über mich und sieht mich so nachsichtig an, sie kennt meine Bestellung, das sollte ihr doch genügen, jedenfalls werde ich nicht vor ihrem Tresen warten. Ich komm gleich wieder. Ja, ist gut.

Die Waage, ich möchte nur mal wissen, warum sie ausgerechnet auf dem Bahnhof eine Personenwaage aufgestellt haben, hier, wo man sich nur begrüßt und verabschiedet und immer in Eile ist, bestimmt hat auf dieser Waage noch niemand sein Gewicht geprüft, und ich will nicht der erste sein. Die Süßigkeits-Automaten haben sie regelrecht ausgeweidet, da hängen sogar die Drähte heraus. Lieber möchte ich aus der Kiesgrube Sand karren als auf diesem Bahnhof arbeiten, auch Torfstechen möchte ich lieber oder drainieren oder noch einmal Steine vom Land sammeln wie damals, zusammen mit ihm. Nichts wiederholt sich, Bruno, hat der Chef gesagt und hat dagelegen wie unter einem Gewicht. Wenn ich ihm nur helfen könnte.

Ich werde gesehen, ich spüre genau, daß mich hier einer von irgendwoher anstarrt, nicht vom öden Bahnsteig, nicht von der Eingangstür, dicht hinter mir sitzt er in seinem verglasten Fahrkartenschalter bei halb zugezogenen Vorhängen. Vielleicht fühlt er sich gestört durch meine Nähe, Bohnsack, der alte Bohnsack, den keiner anders erlebt als raunzend und verdrossen, und von dem Max einmal sagte: der geborene Feldwebel. Was lungerst du denn hier rum? fragt er und sieht mich abschätzig an aus seinen wäßrigen Augen, und ganz leise murmelt er: Schwachkopp. Ich darf hier doch wohl stehen? Klar, sagt er und grinst, klar, aber nicht vor dem Schalter, hier darf nur stehen, wer eine Fahrkarte erwerben will; das begreifst du doch? Sein Grinsen, sein verkniffenes Gesicht – der sieht so aus, als ob er auf einen Schlag alt geworden ist, über Nacht. Oder willst du etwa eine Fahrkarte kaufen? fragt er und amüsiert sich über seine Frage und stellt fest: Man braucht nämlich Geld dazu. Ich will nicht mit ihm sprechen, doch ich frage schon: Wieviel? Tja, sagt er, das kommt ganz darauf an, wohin der Herr reisen möchte. Nach Schleswig, sage ich, geben Sie mir eine Fahrkarte nach Schleswig. Wie verdutzt er mich anguckt, er weiß jetzt gar nicht, was er machen soll, der geborene Feldwebel. Ein Zwanziger müßte wohl genügen. Hier ist das Geld, sage ich und lege den Schein auf den Drehteller und streiche ihn glatt. So ungläubig hab ich ihn noch nie erlebt, doch er fängt sich, grinst achselzuckend, warum nicht, greift eine Fahrkarte, als ob er sich auf einen Spaß einließe, warum nicht, legt die Karte auf den Teller, schwupp, nicht das Wechselgeld vergessen, dann wünsch ich gute Reise.

Ich darf die Fahrkarte nicht knicken, meine erste Fahrkarte, die ganz warm wird in der Hand.

Hoi, Bruno, was ist denn mit dir los, sagt Marion und zeigt auf die Schwingtür, die ich wohl zu heftig aufgestoßen habe; das Päckchen liegt bereits auf dem Tresen. Es ist schön geworden, sage ich, der Chef soll nicht gleich erraten, was drin ist, erst soll er es auspacken und sich beim Auspacken freuen. Ich möchte gleich bezahlen. Warum sieht sie mich so seltsam an, warum fragt sie abermals: Ist was mit dir, Bruno? Mit mir ist überhaupt nichts, ich will nur bei uns oben sein vor der Dunkelheit. Keine Frikadelle, keine Limonade? Nichts, sage ich, heute mal nicht, und sie darauf: Du bist doch nicht krank, Bruno?

Schnell über die Gleise, an den neuen Verbotsschildern vorbei. Das Grün dunkelt sich schon ein. Alles wird stiller in der Dämmerung, zieht sich zusammen und buckelt sich auf für die Nacht. Bei manchem Schritt gluckert es im Päckchen, das gern verschnürt sein könnte mit einem farbigen Band. Schon torkeln die ersten Fledermäuse über dem Geräteschuppen. Du brauchst nicht zurückzusehen, hat er gesagt, geh immer nur weiter, Bruno, bis du deinen Hügel erreicht hast. Das hat er gesagt. Ich werde gleich traurig, wenn ich an ihn denke, wenn ich ihn auf seinem Lager sehe, wortlos und wie bezwungen von allem und nicht bereit, es noch einmal zu versuchen. Vielleicht glaubt er, daß seine Zeit vorbei ist, das kann sein; vielleicht glaubt er auch, daß es für ihn keinen neuen Anfang gibt, weil sich die Freude nicht wiederholen läßt und das Zutrauen der frühen Jahre. Diese Morgen damals, diese Morgen voll Ungeduld und Eifer, das weglose, vernarbte Land, das auf uns wartete und uns jeden Abend mit zufriedener Erschöpfung entließ – solch ein Anfang, meint er gewiß, wird uns nur einmal gegeben. Das Päckchen, das werde ich ihm noch verschönern, gewiß wird im Karton ein farbiges Band sein, im alten Schuhkarton, unter all den gesammelten Schnüren.

Ich brauch wohl nicht abzuschließen, nicht für diesen Augenblick, es genügt, wenn ich den Riegel vorlege, heute genügt es. Wie sich alles beruhigt, wenn ich zu Hause bin – sobald das Rollo runtergezogen ist und die Lampe brennt, setzt sich alles ab. Ich werde die Uhr reparieren lassen, die manch einer bewundert hat. Ich werde das Buch noch einmal lesen, das Max mir gewidmet hat. Die Fahrkarte, die kleine braune Fahrkarte: Schleswig – alle sind schon dagewesen, der Chef, Dorothea und Ina, sogar Magda ist dagewesen mit Lisbeths Sachen. Magda – nie würde sie es mir zutrauen; wie ich sie kenne, würde sie mich nur belustigt ansehen, mehr nicht. Und Joachim, der würde sich bestimmt freuen, wenn ich mal fort bin, und mit ihm auch noch manch anderer; nur er, der Chef allein, würde mich vermissen und nach mir fragen, vielleicht würde er mich sogar suchen lassen, denn nach seinem Willen soll ich übernehmen, was er mir zugedacht hat. Ich möchte fortgehen. Deinetwegen, hat Magda gesagt, wenn ich's richtig verstanden habe, Bruno, dann haben sie das Entmündigungsverfahren auch deinetwegen angestrengt, weil der Schenkungsvertrag vorsieht, daß du ein Drittel des Landes bekommen sollst mit den dazugehörigen Einrichtungen. Und das wollen und können sie nicht anerkennen.

Ich muß fortgehen. Wenn ich weg bin, gibt es nichts mehr, was zwischen ihnen steht, sie können ihm verzeihen und rückgängig machen, was sie eingeleitet haben, nichts steht mehr im Weg, wenn ich verschwunden bin. Ohne mich werden sie sich bestimmt einigen, sie werden ihn wieder aufnehmen unter sich, und er wird sein, was er immer war – er, dem ich alles verdanke. Das Werkzeug nehme ich mit, all die Dinge, die der Chef ausgesondert und mir überlassen hat. Meine Messer, die englische Baumsäge und die langschenklige Astschere, sie sind geschärft und geölt und gut verpackt in dem wasserdichten Beutel. Es ist noch Zeit bis zum letzten Zug nach Schleswig. Daß er immer noch bei mir ist, mein Koffer; so vieles ist mir verlorengegangen, war einfach weg, als ich es brauchte – er aber ist bei mir geblieben. Hemden sind wichtig und das Unterzeug und die geschonten Strümpfe – ich weiß gar nicht, wie viel man braucht, wenn man fortgeht.

Wer wohl als erster entdecken wird, daß ich fort bin, einfach weg, auf Nimmerwiedersehen – wer wohl? Magda vielleicht, und sie wird rumlaufen und es jedem erzählen, und eine Weile wird sie es mir übelnehmen und denken, daß ich undankbar bin, denn sie wird nicht von selbst darauf kommen, warum ich es getan habe. Wenn Ewaldsen merkt, daß ich nicht mehr hier bin, wird er wohl nicht mehr denken als: Dann eben nicht; und er wird allein machen, was zu machen ist. Dorothea, die wird traurig sein, aber sie wird bald herausfinden, welchen Grund ich hatte, Hollenhusen zu verlassen, und vielleicht wird sie dann hinaufgehen und bei ihm klopfen. Du, Ina, du wirst mich am längsten vermissen und wirst am besten verstehn, daß ich fortgehen mußte. Was er denken wird, weiß ich nicht; kann sein, daß er sich erregt und einige losschickt, um mich zu suchen, es kann aber auch sein, daß er insgeheim mit mir einverstanden ist – ihm bleibt nichts verborgen, nicht mal ein Gedanke, den man denkt.

Das Gestell bleibt hier und der Sessel, den mir der Chef geschenkt hat; wer weiß, wer noch einmal in ihm sitzen wird, und wer weiß, zu wem mein Tisch einmal kommt und wer meinen Spiegel benutzen wird. Mehr als ein Handtuch brauche ich nicht, Teller und Tasse kann sich nehmen, wer sie nötig hat, auch auf die alten Trillerpfeifen kann ich verzichten und überhaupt auf die vergrabenen Fundstücke aus der Zeit, als unser Land noch Soldatenland war, als wir das Eisenrohr, unsern Erdbohrstock, mit Hammerschlägen in den Grund trieben und sahen, daß es sich lohnte, hierzubleiben und anzufangen. Es ist einerlei, wer sich mein Kopfkissen nimmt und wer sich zudecken wird mit meiner Decke, sollen sie alles aufteilen unter sich, die Gummistiefel, die Arbeitshose, die Mütze mit den Ohrenschützern, über die der Chef immer lächeln mußte, weil ich ihn, wenn ich sie aufhatte, an einen Hasen erinnerte. In der ersten Zeit, da wird wohl manch einer, der etwas von mir übernommen hat, gefragt werden: Von wem hast du das? Und er wird antworten: Von Bruno, der fortgegangen ist; und mehr an Nachfrage wird es sicher nicht geben, denn wer aus eigenem Willen fortgegangen ist, an den denkt man nicht allzu gern zurück.

Ich höre, höre genau, daß einer vor der Tür steht, und ich weiß, daß es Dorothea ist, denn keiner klopft so wie sie an, dreimal kurz mit dem Knöchel; doch ich werde nicht aufmachen. Wenn sie hereinkommt und sieht, was ich vorbereitet habe, wird sie alles von mir wissen wollen, vielleicht ist sie auch hier, um mir eine Anweisung zu geben für morgen, doch morgen werde ich fort sein. Ich kann keine Anweisung mehr entgegennehmen. Wie es schnürt und sich zusammenzieht, und dieser Geschmack im Mund, geradeso, als ob ich mit der Zunge den Wasserhahn beleckt habe. Ich muß zusehen, daß ich fortkomme, gleich, wenn sie gegangen ist. Das Geschenk für den Chef werden sie schon finden, und wenn ich seinen Namen auf das Päckchen schreibe, werden sie wissen, daß es für ihn ist.

Kein Wunder, daß eins der Schlösser nicht schnappt, in all der Zeit hat es Rost angesetzt, ich werde einen Riemen um den Koffer binden, doppelt, so wird er halten. Der Tragebügel ist stark, an ihm kann ich noch den Beutel mit dem Werkzeug festmachen; was zu tragen ist, werde ich in einer Hand tragen können, es ist immer gut, wenn man eine Hand frei hat. Gewiß ist Dorothea gegangen, enttäuscht, daß sie mich nicht gefunden hat. Ich werde mich fertigmachen. Nicht lange mehr, und es ist dunkel. Nun kann die Tür offen bleiben.

Ich werde den Nebenweg nehmen, wie so oft, werde zum letzten Mal im Schutz der Thujahecke gehen, in ihrem bitteren Geruch. Und dann werde ich in dem Zug sitzen, auf den ich so oft vor dem Einschlafen gewartet habe, sein Lichterband wird durch die Ebene gleiten, sein Pfiff wird die Krähen hochschrecken aus ihren lieblosen Gehegen, noch einmal werde ich die Holle sehen, aber unsere Quartiere, die werde ich wohl kaum erkennen, da sie im Dunkeln nicht mehr sich selbst gleichen. Dennoch werde ich wissen, wo alles für sich steht: die Zypressen und die Lärchen, alle an ihrem Platz, und die Eiben und die Linden und meine Blautannen, alle dort, wo sie hingehören.